# 라이브

## 2

# 라이브 대본집&메이킹북 2

초판 1쇄 발행  2018년 5월 28일
초판 2쇄 발행  2021년 2월 4일

지은이 | 노희경, GT:st
펴낸이 | 金滇珉
펴낸곳 | 북로그컴퍼니
주소 | 서울시 마포구 월드컵북로1길 60(서교동), 5층
전화 | 02-738-0214
팩스 | 02-738-1030
등록 | 제2010-000174호

ISBN 979-11-89166-04-5  04810
ISBN 979-11-89166-02-1  04810(세트)

노희경 극본 · GT:st 제작

# 라이브

대본집 & 메이킹북

2

북로그컴퍼니

## 〈라이브〉는 모든 정직한 현장 노동자에 대한 찬사

나만 그런가? 방구석에 앉아 글 쓰는 직업을 갖게 되면서, 정직하게 몸으로 일하는, 현장직에 있는 사람들에 대한 한없는 열등의식이 생겼다. 나는 왠지 거저먹는 것 같고, 세상에 그닥 필요 없는 일을 하는 것 같고, 말만 하며 행동 않는 사기꾼 같고. 그래서 방구석에서 일하는 내가 얼마나 힘든지, 창작의 고통을 역설하고 침을 튀기며 항변하느라 허비한 시간도 꽤 길었다. 그러다 백기를 들고 정리했다. 나는 몸으로 뛰고 부딪히며 사는 모든 현장직 노동자에 대한 열등감이 있으며, 그들은 나보다 세상에 이로우며, 나보다 세상에 필요하며, 나보다 관심받고 격려받을 만하다. 그래서, 나는 세상의 모든 현장직 노동자에 대해 감사해야 하며, 내라는 세금은 내야 하며, 법을 잘 지켜야 하며, 말과 행동을 일치시키려 노력해야 하며, 그게 안 될 땐 말이라도 줄여야 한다. 따라서, 〈라이브〉에서 다루는 지구대 이야기는, 경찰 전체가 아닌, 이미 자신이 윗선인데 또 다른 윗선을 핑계 대며 변화를 거부하는 경찰 수뇌부와 결정권자들이 아닌, 정직한 현장 노동자에 대한 찬사다. 나는 경찰분들이 나의 드라마로 위로받길 바라지 않는다. 정직하지 못한 경찰, 비리 경찰, 타성에 젖은 경찰, 사명감 없는 경찰들이 이 드라마를 보고 자신을, 초심을 돌아본다면, 정직한, 법을 지키는, 사명감 있는 경찰은 그제야 진정 위로받을 수 있으리라.

나이가 들면서, 내 스스로가 위험하게 느껴질 때가 있다. 세상에 한없이 냉소적이고 비아냥대는 횟수가 늘어날 때, 분명 나도 일조해 만든 지금의 세상을 아무 부채의식 없이 타인의 잘못으로만 돌릴 때, 내 자신이 어떤 분야에선 이미 기득권이며, 수구세력임을 자각하지 못할 때. 그런 의미에서 〈라이브〉에서 다루는 사명감 이야긴, 작가의 반성

문 같은 성격을 띠고 있다. 법 질서, 정의, 열정, 패기, 공감, 유대, 연대, 초심 같은 말들이 감성팔이란 말로 폄하되는 조롱거리가 되어버린 세상에서 (이런 평가 역시, 지금의 어른 세대가 만들어놓은 것임을 인정한다) 드라마 내내 굳이 그것들을 긁어모아 놓은 것은, 젊은 세대에 대한 미안함이기도 하다. 지금의 부정과 부패, 불합리함은 기성세대의 잘못이지, '법 질서, 정의, 열정, 패기, 공감, 유대, 연대, 초심'은 여전히 찬란하다, 말해주고 싶었다.

사건을 빌미로 세상을 들여다보며, 쓰는 내내 맘이 아팠다. 피하고 싶었고, 다신 이런 소재론 글을 쓰지 않아야겠다, 수없이 다짐도 했다. 그 맘은 작업을 끝낸 지금도 사라지지 않는다. 피해자를 들여다본 것뿐인데도, 현장을 그저 글로 구경한 것뿐인데도, 이리 아픈데, 피해 당사자는 오죽할까. 말문이 막힌다. 그리고, 뜬금없이 작가가 되길 잘했단 생각도 들었다. 작가가 아니라면, 누가 굳이 아픈 사건 속으로, 세상 속으로, 피해자와 나와 다른 인물들의 삶 속으로 뚜벅뚜벅 걸어 들어가 공감할 생각을 하겠는가.

든든한 파트너이며 팀의 수장 김규태 감독님께 진심을 다해 감사한다. 처음 만나 뜨거운 동지애를 갖게 된 명현우·김양희 감독님, 반가웠고 감사했다. 김향숙 편집 감독님과 최성권 음악 감독님께 많이 의지했다. 〈라이브〉는 박장혁·김진한·신현철·이영진 촬영 감독님, 김보현·최용환 조명 감독님, 김주환·홍정호 동시녹음 감독님, 최기호 미술 감독님, 소품 허세민 님, 사운드 박준오 님, 이승우 님, C.G 조봉준 님, D.I 이정민 님, 로케이션 이재우 님, 이경환 님, 의상 홍수희 님, 이정은 님, 분장 이미진 님, 홍보 심영 님과 수많은 스태프분들의 결과물이다.

이순재·성동일·장현성 배우님, 많이 사랑했고 부디 또 만나 뵙길 바랍니다. 배종옥·배성우, 연구하는 멋진 동료들 존경하고 더 많이 비상하길 기원한다. 정유미·이광수, 모든 젊은 배우들이 작품에 임하는 자세가 그들만 같다면, 현장의 고단은 사라지고, 한국 드라마는, 세상은 더 빛날 것이라 자신한다. 고맙고, 멋졌다.

이얼 배우님께 감사하고 이시언·신동욱·염혜란·우현주·조완기·이순원·이주영·김건우·김종훈·백승도·고민시·장호준, 나의 동료들은 다른 작품에선 더 많이 평가받아야 마땅하다.

최진희 대표님, 제작총괄 이동규 님, 최원우·장정도·이정묵·정다형·강상훈 프로듀서분들, 이효선·노수환·정태문 조감독님들, 박은빈·정소미 스크립터분들 그리고 백성욱·이성희·박소정·임송 보조작가들과 함께한 모든 스태프분들에게, 연기자분들에게, 끝까지 큰 사고 없이 무사해주어, 진심으로 엎드려 감사드린다.

차례

# 메이킹 PART 2

## 일러두기

1. 이 책의 편집은 노희경 작가의 드라마 대본 집필 형식을 최대한 따랐습니다.

2. 드라마 대사는 글말이 아닌 입말임을 감안하여, 한글맞춤법과 다른 부분이라 해도 그 표현을 살렸습니다.

3. 말줄임표는 두 개, 세 개, 네 개 등으로 다양하게 표현되어 있습니다. 이는 대사 시 호흡의 양을 다양하게 표현하고자 한 작가의 의도를 반영한 결과입니다.

4. 쉼표, 마침표 등과 같은 구두점도 작가의 의도를 따랐습니다.

5. 드라마에서 장면을 나타내는 '씬'의 경우, 표준국어대사전에는 '신'으로 등록되어 있지만 여기서는 작가의 집필 형식에 따라 '씬'으로 사용했습니다.

6. 이 책은 작가의 최종 대본으로, 방송되지 않은 부분이 포함되어 있습니다.

## 장르물적 재미를 가진 감성 드라마라는 새로운 장르 개척

　지금까지 나온 경찰 드라마는 사건 위주의 드라마 일색이다. 우리나라의 경우 전 세계에서 유일하게 경찰이 독립적인 수사권을 갖지 못한 나라임에도, 드라마에서는 그들이 독립적으로 수사를 진행하고 해결하는 등 대단한 공권력을 가진 것처럼 비사실적으로 그려진다. 경찰의 위대함을 강조한 대가로 국민에게 경찰에 대한 거리감과 위화감을 준 것이다. 저렇게 대단한데 왜 아직도 세상은 이 모양인가? 강한 권력엔 눈감고, 약자에겐 무자비한 결과 아닌가? 국민, 시민과 대립각 속에서 그들을 보게 한 것이다.

　〈Live〉는 생생한 취재를 통해, 경찰이 시민(국민)들에게 공권력으로 각인되기보단 대다수의 경찰이 이야기하는, 제복 입은 성실한 국민과 시민, 민원과 치안을 해결하는 (시달리는) 감정노동자로 기억되길 바라는 염원을 담으려 한다.

　내 아버지, 내 형제, 내 아들이 사선에 서서 과도한 직무를 수행하고, 소소한 정의를 지켜내는 모습은 장르물적 재미와 뜨거운 감성 드라마라는, 신선하고도 진한 감동의 드라마가 될 것이다.

기득권에 대한 경고, 풍자와 해학이 넘쳐나는 시대를 엿보는 드라마

세계 치안 1, 2위. 그러나 대한민국 경찰 1인당 국민 600명 담당, OECD 최대 담당 인구. 전체 공무원 직업 자살률 1위(평균 공무원 자살률의 1.7배. 2016년 10월 경찰청 복지정책담당관실 작성), 연간 16.6명 자살. 자살 사유 1위, 늘 사선에 섰지만, 자신이 아무것도 할 수 없다는 무기력. 누가 이들에게서 사명감을 앗아가고 무기력을 주었나.

매년 평균 16명 이상의 경찰이 자살로 목숨을 잃는다. 순직보다 3배 가까이 많은 숫자다. 지금껏 경찰 드라마는 포장된, 경찰의 위대함을 드러내는 걸 목적으로 하다 보니, 그들의 애환과 그들의 상처와 그들의 과로는 눈감고 외면하는 기이하고도 아픈 사태를 낳았다.

〈Live〉는 사악한 범죄자의 폭력과 수구·기득권·공권력의 최상위 집단이 경찰에게, 내 아버지·내 형제·아들딸들에게 빼앗아간 사명감을 동료애로, 인간애로, 풍자와 해학을 장치로 되돌려주려 한다. 사명감이 사라진 사회는 결코 정의로울 수도, 행복한 세상을 꿈꿀 수도 없으므로.

주변에서 툭 튀어나온 듯 생생한 주변 인물 같은,
판타지가 사라진 주인공을 통해 평범의 가치를 말하는 드라마

　　드라마의 최우선 가치는 공감이다. 〈Live〉 속 드라마의 주인공들은 일상의 희로애
락의 풍파 속에 사는 나와 다르지 않은 인물들이다. 허세 있고 쪼잔하고 생계를 위해 비
굴해지다가도, 가족이나 동료를 위해 자신의 안위를 버리고 다시 사선에 서는 사람들이
다. 정의는 대단한 것이 아니라 상식의 선에서 지켜낼 수 있는, 막연한 이상이 아니라 단
체는 물론 개인에게도 양보할 수 없는 일상의 소중한 가치라는 담론이 가능한 드라마를
만들어, 지금과 미래의 사회에도 희망을 말하고 싶다. 대단한 지도자, 권력자 한두 사람
이 이 나라를 만들어온 것이 아니라, 현장에서 발로 뛰는 대다수 국민이 이 나라를 지키
고 만들어왔다는 뜨거운 사실을 있는 그대로 전하고 싶다.

작가의도

촛불 시위를 나가 시민과의 대치선에 선, 내 앞의 어린 경찰을 보았다. 나와 함께 촛불을 들지도 못하고, 근무시간이 끝났으니 집으로, 사랑하는 이들에게로 돌아가겠다는 말도 못하는, 공허한 그들의 눈빛을 보며, 누가 저들을 시민과 대치시켰나? 끝없는 의문이 들었다. 그리고 그날 시위가 끝나고 시민들은 그들을 안았다. 내 앞에 선 경찰이 대단한 공권력이 아니라, 윗선이, 권력이 경찰 자신의 의지와 상관없이 대치하라면 대치할 수밖에 없는, 나와 똑같은 힘없는 이웃이라는 것을 시민들도 알기 때문이다.

작가는, 그날의 아픈 대립을, 함께 나누었던 무력한 공감을 드라마로 쓰고 싶었다. '드라마는 인간'이라는 대명제 속에, 그들을 탐구하고, 결국엔 환희와 감동으로 드라마를 마치고 싶다. 누구에게나 처음 살아보는 인생이라서, 서툴고, 실수하고, 당황하고, 넘어지지만, 누구에게나 소중한 인생이라서, 넘어져도 일어나는, 최선을 다하는 삶은 늘 그래왔듯, 감동과 재미를 선사하는 불멸의 드라마 소재라는 것을 믿어 의심치 않기 때문에.

대한민국 사회와 안방에서, 주류에서 비주류로 몰락하는 아버지들의 고단을 그리고 싶은 열망도 함께 가져본다.

# 홍일지구대 조직도

| 형사과 | 수사과 | 여성청소년과 | 생활안전과 |
|---|---|---|---|
| | | 경감 **안장미**<br>(여, 50세) | |

### 홍일지구대

지구대장

| 경정 | **기한솔** | 남 | 54세 | 기혼 | 암 투병 中 |
|---|---|---|---|---|---|

관리반

| 제1팀 (13명) | 제2팀 (13명) | 제3팀 (12명) | 제4팀 (12명) |
|---|---|---|---|

| 조 | | 계급 | 성명 | 성별 | 나이 | 결혼유무 | 특이사항 |
|---|---|---|---|---|---|---|---|
| 팀장 | | 경감 | **은경모** | 남 | 48세 | 미혼 | |
| 1조 | 조장 | 경위 | **오양촌** | 남 | 48세 | 기혼 (별거 중) | |
| | 조원 | 순경 | **염상수** | 남 | 29세 | 미혼 | 시보 |
| 2조 | 조장 | 경위 | **이삼보** | 남 | 60세 | 기혼 | 퇴직 임박 |
| | 조원 | 순경 | **송혜리** | 여 | 29세 | 미혼 | 시보 |
| 3조 | 조장 | 경사 | **강남일** | 남 | 35세 | 기혼 | |
| | 조원 | 순경 | **한정오** | 여 | 29세 | 미혼 | 시보 |
| 4조 | 조장 | 경장 | **최명호** | 남 | 34세 | 미혼 | |
| | 조원 | 순경 | **김한표** | 남 | 29세 | 미혼 | |
| 5조 | 조장 | 경사 | **김민석** | 남 | 35세 | 미혼 | |
| | 조원 | 순경 | **고승재** | 남 | 28세 | 미혼 | |
| 6조 | 조장 | 경사 | **반종민** | 남 | 34세 | 기혼 | |
| | 조원 | 순경 | **민원우** | 남 | 31세 | 미혼 | |

등장인물

## 🏵 **한정오** [정유미, 여, 29세, 홍일지구대 시보 순경]

> 그녀는 아버지 뒷모습을 보며 작심했다.
> 오늘의 수모를 결코 잊지 않겠다.
> 당신이, 남자들이, 세상 사람들이
> 결코 만만히 볼 수 없는 자리까지 가겠다.

그녀는 자신을 발랄하고 매사에 열심이고, 제 의견이 분명하며, 살아온 배경에 비해 너무도 긍정적이라 여기지만, 남들은 그녀를 성과주의, 차갑고 이기적이고, 결국엔 제 주장을 펴고 마는 싸가지 없고 당돌한 요즘 기집애라고 일갈한다. 그러든지 말든지. 남의 평가에 좌지우지되는 인물이 아니다.

지방에서 보험 판매원을 하는 엄마와 단둘이 살고 있다. 엄마는 시끄럽고 난하지만, 사랑할 수밖에 없는, 지켜주고 싶은, 지켜야만 하는 제 삶의 숙제 같은 사람이다. 미혼모인 엄마는 그녀 하나만을 악랄히 키웠다.

정오는 결혼할 생각이 없다. 당당하게 취업해서 능력 있는 멋진 여자로 살고 싶다. 그런데, 요즘처럼 취업난이 전쟁처럼 치열한 때 지방 국립대 화학과를 나온 그녀가 직장을 얻기란 쉽지 않다. 이력서를 지금껏 250여 통, 면접을 70여 번 봤지만 괜찮은 직장을 얻을 수 없었다. 첨엔 스펙 때문인 줄 알았는데, '여자라서'가 가장 컸다. 그녀는 현실을 제대로 인식하고 있었다.

정정당당하게 여자끼리 경쟁해 입직할 수 있는 직업, 재량에 따라선 여자도 남자보다 승승장구가 가능한, 여성과 청소년을 도와주는 민중의 지팡이, 엄마가 사람들에게 거짓

말을 안 해도 되는 당당한 직업, 경찰. 이거다 싶었다.

그런데, 중앙경찰학교 동기, 상수와 혜리의 투지도 만만찮다. 청(본청, 서울청[또는 경찰청 본청, 서울지방경찰청]을 일컫는 말)으로 가려면 얘들을 이겨야 하는구나, 목이 탄다. 게다가 자신의 성과를 도와줄 팀의 사수들은 징계받아 지구대로 온 괴팍한 꼰대 오양촌에 정년 앞둔 이삼보, 칼퇴근하는 이기적인 강남일 등 지뢰 같은 인간들뿐인데.. 대체 언제 성과를 채워, 아버지나 남자들이 무시할 수 없는 자리까지 가겠나 싶은데..

### 🏛 염상수 [이광수, 남, 29세, 홍일지구대 시보 순경]

그래, 까짓 경찰이 돼보자!
근데, 경찰은 사명감 같은 게 있어야 되지 않나?
사명감은 어떻게 만들지? 난 사명감보다 밥 먹고사는 게 더 급한데..

학창시절, 공부는 그만그만한 수준, 남다르게 잘하지도 못하지도 않았다. 대학도 남들은 알지도 못하는 지방대 컴퓨터학과를 들어갔지만, 당최 뭔 소리 하는 건지 몰랐다. 적응하지 못해 군대를 갔는데, 제대 후 가보니 폐교가 되어 있었다. 젠장할! 이후, 그는 제 딴엔 살아보려고 안 해본 일 없지만, 번번이 좌절이었다.

그리고, 두어 달 전 시작한 일이 바로 만성피로를 없애는 물을 파는 일이다. 영업직 인턴 6개월만 하면 사무직 정직원의 혜택과 우리사주도 나눠주는 회사, 중소기업이긴 해도 비전 있는 회사. 이번엔 무슨 일이 있어도, 간 쓸개를 다 빼고서라도 성공해보리라, 호기가 났다. 그런데 청소부 일을 하는 엄마는 동료 아들이 9급 공무원인 게 부럽단다.

부러워할 게 없어, 말단 9급 공무원을 부러워하다니..

그런데 이번엔 성공의 꿈을 안겨준 회사가 불법 다단계로 문을 닫고, 사기죄로 몰려 경찰서에 끌려갔다. 그는 제 앞의 뽀대나는 경찰을 봤다. 엄마가 원하는 부럽고, 잘릴 일 없는 9급 공무원. 그래, 경찰이 되자.

처음으로 공부란 걸 진지하게 해봤다. 전화도 안 받는 친구 놈, 자신의 가난을 비웃으며 떠난 여친, 모두를 떠올리며 이를 갈았다. 그렇게 죽어라 공부해 경찰 시험에 붙었다.

근데, 이건 뭐지? 경찰학교 졸업 후 기동대 근무는 그래도 멋지고 뽀대날 줄 알았는데, 그래서 현장 가는 그날 닭장 같은 버스 안에서 동료들과 식판의 식은 밥으로 배를 채우면서도, 의지가 불탔는데..

지구대로 가면 그땐 다르겠지, 매일 이 세상의 중심에 끼고 싶어서 눈치 보던 이때까지의 비루한 내 인생도, 지금 욕설과 계란을 맞으며 스멀스멀 올라오는 무기력도 사라지고, 의미롭고 뽀대나고 희망도 생기겠지.. 상수는 꿈을 꾸는데..


## 🏵 오양촌 [배성우, 남, 48세, 경감→경위(강등)]

제발, 누구라도, 내 인생이 깡그리 잘못된 것만은 아니라고 말해줘.

서울 인근 촌부의 아들로 태어나, 촌에선 최고의 권력으로 보였던 경찰이 멋있어서 시험을 봤다. 근데 덜컥 합격을 했다. 가난한 소작농의 아들이, 대대손손 남의 밭이나 갈아주며 끼니를 연명할 것 같던 그의 집안에 영광이 된 것이다. 인생에서 가장 행복했던 순간이다.

이왕 하는 경찰 생활 그는 제대로 하고 싶어 사건사고 많은 서울 중심지로 상경했다. 그리고 기동대, 파출소, 형사계, 강력계, 과학수사팀(공부라면 남 일이지, 결코 내 일이 아닌 그가 처음으로 공부를 해서 경찰 내 이수 과정을 죽어라 이수했다), 다시 강력계로 자리를 옮기며 경력을 쌓았다. 희대의 절도범, 조폭 두목, 흉악한 살인범을 잡아 훈장도 몇 번 타서, 아직도 경사, 경위인 동료들과 달리 승진시험 없이도 지금의 계급까지 올랐다. 현재, 파출소 근무할 적에 만난 아내 장미와 대학 2년생 딸, 중학교 3학년인 아들이 있다.

그는 분명 징계 사건이 있기 전까지 소신 있는 경찰, 유쾌하고 화끈한 남자 중의 남자였다. 동료들은 그와 파트너가 되면, 불같고 괴팍한 성격에 머리는 아파도, 한없이 든든해했다. 그런데 어느 날, 양촌 인생에 큰 사건이 터졌다.

엎친 데 덮친 격으로 그 일로 아내가 별거를 요구했다. 지금도 설레는데, 내가 널 얼마나 사랑하는데, 그럴 수 없다고, 지금의 내 방황을 이해해달라고 무릎까지 꿇고 매달렸지만 아내가 짐을 쌌다. 에이 드럽다 세상, 그래, 내가 나간다, 내가 나가면 될 거 아냐! 내가 나가야, 아내가 이 집에 있다. 그래야 다시 볼 수 있다. 빠르게 계산이 들었다. 그런데, 젠장 어디에도 갈 데가 없다. 이제는 지겨워져버린 경찰 조직에, 그것도 강등되어 발령받은 지구대밖엔.

### 🏵 안장미 [배종옥, 여, 50세, 경찰서 여성청소년과 수사팀장(경감)]

애들도 싫고, 짐 같은 남편도 잘라냈으니,
좋아하는 일이나 하면서, 평온하길 바랐다.
그런데, 이 쓸쓸함은 뭐지...

한때는 촉망받는 여경찰이었다. 순경으로 시작해 악착같이 뛰어다녀서, 일찍이 남편보다 빠르게 경감을 달았다. 입직 후 10년은 여청계의 일인자가 되거나 현장 출동이 많은 강력계에 평생 있고 싶어, 악착같이 고군분투했다. 그러나 최근 십 년은 요양원에 모신 친정 부모, 시부모, 철없는 남편, 애들 뒷바라지하느라 열정이 예전 같지 않다.

한때는 주변에서 까칠해도 화끈하고, 굴하고 멋진 성격이라 불렸지만, 지금은 갱년기에 몸도 마음도 망가져 그저 까칠한 여자란 평가를 받는다. 그러나 끝나봐야 아는 인생, 그녀는 자신에게 한 번 더 약진하라 스스로를 채찍질하는 상태다.

## 🌸 지구대장 기한솔 경정 (성동일, 남, 54세)

무리하지 마라, 제 몸 먼저 지켜야 국민도 지킨다.

자상한 아내, 결혼을 앞둔 외동딸과 다복한 가정을 꾸렸다. 경찰 일, 가정사 모두 성공한 케이스라고 불린다.

27살에 경찰이 되어 강력반에 20년 넘게 있다가, 홍일지구대로 왔다. 사건사고 많은 곳에 아무도 오지 않으려는 탓도 있었고, 친한 경모, 명호도 불러, 삼보 형도 있는 이곳으로 왔다. 무엇보다 이런 데 자신 같은 능력자, 경력자들이 있어야 한다는 생각이다.

양촌의 강력반 첫 사수였고, 누구보다 양촌의 능력을 잘 알고 있다. 강등당한 양촌을 홍일지구대로 데려온 것도 그의 결단이었다. 성질은 별나도 능력 있는 놈이고, 무엇보다 그가 잃어버린 사명감을 되찾게 해주고 싶었다. 경찰로 평생 산 놈이 가졌던 사명감을 잃어버린다는 것은, 경찰 전체로 봐서도 불운이라 생각한다.

자상하고, 직설적이고, 합리적이다. 지구대는 예방이 우선되어야 하는 곳, 굳이 성과를 위해 무리한 일을 벌이지 않는다. 그 일로 상부(경찰서장)와 늘 충돌하고, 지구대 내 성과주의 은경모와 부딪히지만, 상부와 싸우는 건 지구대장 내 몫이고, 경모 놈은 놈대로 쓸 만하다는 게 그의 생각이다. 그의 성과는 지구대의 성과이므로.

사명감 없는 경찰을 극도로 싫어하는 양촌은 그가 변했다 생각한다. 한때, 조폭을 잡기 위해 죽어라 뛰다 동료를 대신해 배에 칼이 박혔는데도 뛰던 한솔이, '무리하지 마라. 제 몸 먼저 지켜야 국민도 지킨다'라고 말하는 게 안일주의 같다. 그래서인지 양촌은 뻑하면, 그를 물고 늘어진다. 한솔은 양촌의 시비를 이해한다. 흔들릴 만한 일을 겪었지. 흔들리다 바로 서면 견고해지지.. 그러나 겉으론 차갑게 대한다. 따뜻하게 달래서, 좋은 경찰이 되는 건 아니니까. 우린 베테랑이고 어른이니까. 자기 번민은 자기가 해결하는 게 맞다 여긴다.

그런데, 몸이 안 좋다. 병원에 갔더니, 암세포가 주먹만 하단다. 그런데 눈앞에 일이 산적해 있다. 제 몸 먼저 살려야 국민의 안전을 지킨다고 늘 강조하던 그가 지 몸을 내팽개치고, 사선에 뛰어들고 있었다.

## ⚙️ 1팀장 은경모 경감 [장현성, 남, 48세, 미혼]

인생 뭐 별거 있어, 올라갈 데까지 가보자.
경찰은 나를 장식하는 '간판',
더 좋은 간판을 달기 위해 '최선'을 다한다.

괄괄하고, 좋게 말하면 카리스마, 나쁘게 말하면 독재적이고 성과주의다. 그에게 경찰이란 그저 '간판'에 불과하다. 경찰이라고 다 같은 게 아니다. 빨리 승진해서 총경 정도는 달아야 안심할 수 있을 것 같다. 그래서 승진시험에 열 올리고, 시간 뺏기는 진지한 연애도 안 한다(사실 좋아했던 안장미를 아직 잊지 못하는 탓도 있다). 사명감? 사회 부적응자, 없는 자들의, 높은 곳에 올라가지 못한 자들의 객기나 치기 정도로밖엔 안 보인다.

그래서, 양촌이 싫다. 홍일지구대가 파출소일 당시, 그는 이곳에서 양촌을 선배로 만났다. 그때 양촌은 사흘들이로 '사명감 없는 새끼'라며 그를 족쳤다. 게다가 함께 근무하며 좋아하던 장미도 낚아챘다. 그래서 지구내장이 양촌을 받아들일 때 누구보다 악을 쓰며, 말렸다. 하지만, 결과는 그의 뜻대로 되지 않았다.

## ✿ 2조 사수 : 이삼보 경위 [이얼, 남, 60세]

자랑스런 경찰로 퇴직하고 싶은데,
민폐 경찰로 퇴직하게 생겼다.

경찰 하나만 동아줄처럼 잡고 버텨온 인생이다. 지구대 토박이로 정년을 100일 남짓 남겨둔 상태. 말 많고 정 많지만, 늙어 몸으로 뛰는 게 많은 지구대 일은 벅찬 게 사실이다. 매일 체력의 한계를 느낀다. 수갑 채우는 것도 버겁고, 무릎 연골 나간 지 오래라 조금만 달려도 척추가 뻐근하고 골이 다 흔들리지만, 팀원들에게 누가 되지 않으려고 티 안 내려고 자신을 채찍질한다.

그런데 정년이 한 달 앞으로 다가오니 그동안 잘 살아온 게 맞는지 의심스럽다. 정년 이후의 인생을 꿈에서도 생각해본 적 없는 그는 초조해지기 시작한다. 내가 잘 살아온 게 맞는 걸까? 존경하는 가장이 아니면 자랑스러운 경찰이라도 되고 싶었는데.. 이게 무슨 꼴인가. 그는 이대로 무사히 퇴직할 수 있을까?

## ✿ 2조 부사수 : 송혜리 시보 순경 [이주영, 여, 29세]

강해지자, 징징거리지 말자.

상수, 정오와 경찰학교 동기. 정의롭고, 담백하고, 엉뚱하지만, 진지하다. 정오랑 상수네 전셋집에 세 들어 산다. 방앗간 집 네 딸 중에 첫째 딸이다. 막내 여동생이 태어나던 날, 늘 호탕하던 혜리의 아버진 깊은 한숨을 쉬었다. 집안을 지킬 남자가 있어야 하는데.. 혜리는 이해가 안 됐다. '왜? 여잔 집안을 못 지켜? 나는 지킬 수 있어!' 그 말에 아버진 웃었고, 혜리는 다짐했다. 강해지자.

학창시절 내내 아버지가 경찰이나 군인이 되라 했고, 자신도 그러고 싶어, 군복보다 제복이 멋진 경찰이 되었다. 경찰이 되고 나니 공식적으로 듬직함을 인정받은 거 같아 뿌듯하다. 언젠가 고향 관할의 지구대장으로 돌아가 가족들을 지키고 싶은 게 꿈이다.

## 🏵 3조 사수 : 강남일 경사 (이시언, 남, 35세)

동료는 남이다, 가족을 지키기 위해 경찰이 되었다.

10년 차. 민원이 오든 말든 스티커(범칙금 납부고지서)를 발부한다. 마치 자신의 모든 실적을 스티커로 대신하려는 듯. 책임지기 싫어, 승진시험 본 적 없다. 무슨 일이 있어도, 칼퇴가 원칙. 말수 없고 모든 행사와 뒤풀이는 남의 일이다. 차갑고 예민하고 가끔 냉정해 다들 조심한다.

중1 때 자동차공장 노조위원장인 아버지가 가정을 등한시하고 데모하다 과로로 돌아가신 후, 엄마는 집을 나가고 형과 할머니 손에서 외롭게 자랐다. 이런 연유로 가정을 지키지 않는 인간들이 젤 싫다. 가난한 환경 탓에 공고에 입학, 안정적인 직업 찾아 당시 인원을 많이 뽑는 경찰이 되었다. 오직 가족이 1순위며 가장이라는 책임감에 집착한다. 피자집 알바로 만난 아내랑 결혼해, 아들 둘을 낳았다. 겨우 살 만한가 싶었더니, 아내가 덜컥 셋째를 임신했다.

그런 그에게, 열정적으로 사건에 달려드는 부사수 정오는 너무나 귀찮은 존재다.

## 🏵 4조 사수 : 최명호 경장 (신동욱, 남, 34세, 미혼)

빨리 가려면 혼자 가고, 멀리 가려면 함께 가라.
팀 제일주의, 의리에 죽고 산다.

지구대훈을 가장 잘 지키는 경찰이다. 의리만이 아니라 사명감도 남다르다. 지구대장인 한술을 존경해, 그가 홍일지구대로 온다는 얘길 듣고 그도 홍일지구대로 지원해 왔다. 양촌과는 강력반에 2년간 같이 있었다. 강력반 첫 술자리에서, 양촌이 '잘한 일은 동료 일, 못한 일은 내 잘못'이라는 사수의 가치관을 가르쳐주고, 몸으로 보여준 탓에 양촌을 존경한다. 그래서, 양촌 모시길 친형님처럼 살뜰히 챙긴다. 게다가 자기 부사수도 존중하고 일도 잘하니, 정오, 혜리 모두 그와 한 조가 되길 희망하고, 모든 부사수들의 존경을 받는다.

성과와 승진보단 의리와 사명감을 내세우는 그는 조직 내 관내 모든 일에 뛰어들면서, 누구보다 멋진 경찰이 되어가는데..

## 🏅 4조 부사수 : 김한표 순경 [김건우, 남, 29세]

나는 경찰이 아니라, 서비스맨이야..

고객 제일주의. 시시콜콜 별걸 다 기억하는 눈치 빠른 예스맨이자 긍정의 아이콘. 그러나 속내는 스마일증후군에 거절 못해 전전긍긍하는 전형적인 감정노동자.

정오의 첫사랑, 다형이와 베프다. 냉정하게 다형이를 떠난 정오를 기억한다.

## 🏅 5조 사수 : 김민석 경사 [조완기, 남, 35세, 미혼]

언제나 현장에서 대화로 모든 걸 해결하는 '거리의 판사'.

"이 말도 옳고, 저 말도 옳다."가 레퍼토리인 평화주의자. 밝고 놀기 좋아하고, 성격이 무던해 사람 좋단 소리를 곧잘 듣는다. 현장에서도 언제나 원만한 해결이 최우선이다. 그와 파트너가 되면 조서를 쓰는 일이 드물다. 언제나 현장에서 대화로 모든 걸 해결하는 '거리의 판사'.

인간관계도 마찬가지. 갓 들어온 신입들과 고참들 사이에 끼인 어중간한 직급이다 보니 이래저래 피곤하지만, 눈치가 빠르고 말주변이 좋은 덕분에 누구나 편하게 생각한다.

## ✿ 5조 부사수 : 고승재 순경 [백승도, 남, 28세]

원리원칙주의자. 공무원처럼 주어진 일만 한다. 살가운 인간관계가 느끼하다.

국문과 출신. 시인이 되고 싶었다. 그래도, 밥벌이는 해야 할 것 같아, 할머니의 유서 깊은 냉면집을 물려받으려 했는데 아버지와 삼촌이 냉면 육수 비법을 두고 주먹다짐하는 꼴을 보고 질려, 당시 공무원 시험 중 가장 일찍 시험이 있었던 경찰에 입직했다.

기본적으로 사람들과 엮이는 걸 싫어한다. 동기들과의 우애? 싫다. 사수들? 역시 싫다. 지구대?! 이곳이야말로 불행 중 불행이다. 끊임없이 주취자와 민원인에 시달리는 지파(지구대/파출소) 근무를 최대한 빨리 끝내고 얼른 민원인들 얼굴 안 보는 112 상황실 근무를 하고 싶다. 그래서 현재 성과에 목숨을 걸고 있다. 덕분에 스티커 재벌 강남일과 라이벌이다.

## ✿ 6조 사수 : 반종민 경사 [이순원, 남, 34세]

조직의 의리에 죽고 산다.

파이팅 넘치고, 쾌활하고, 사건 해결도 시원시원한 베테랑 경사. 조직 내의 불의를 참지 못하는 패북 파이터, 일명 욱대장. 의리에 죽고 사는 남자 중의 남자. 경찰 된 건 태어나서 가장 잘한 일이다. 남들 힘들어하는 야간근무 시간에도 종민은 아드레날린이 솟구

치며 눈이 반짝반짝한다. 불량 청소년들과 주취자들 상대도 어렵진 않다. 경찰 하면서 사이버대학도 들어갔고(졸업은 아직) 결혼도 했다. 휴일은 아기 방 꾸미는 게 취미인 예비 아빠. 아내는 곧 출산을 앞두고 있다.

상관 갑질에 할 말은 바로 하고, 경찰인권센터 페북에도 열정적으로 글을 올린다. 그만큼 경찰 조직에 대한 기대치가 있어서다. 그리고 같이 응원해주는 동료들도 있으니까('좋아요' 횟수에 민감하다). 양촌의 강등 사건을 조직이 감싸주지 않은 걸, 경찰의 치욕이라 생각한다.

## ❀ 6조 부사수 : 민원우 순경 [김종훈, 남, 31세]

나는 동문회를 못 나가. 나보다 못했던 애들이 죄다 의사 판사 외교관인데 어떻게 명함을 내밀어? 과연 내가 경찰관인 게 떳떳할 날이 오기나 할까?

웃음 없고, 까칠하고, 법적으로 아는 것 많다. 외고를 나와, 법대 나와, 고시를 준비하다가 가정 형편이 안 좋아지면서, 뒤늦게 직업 찾아 경찰이 됐다. 성격상 칼퇴근을 지향하지만, 좋은 세상 만들려 검사가 되려던 사명감은 남아, 동료의 위험을 지나치지 못하고, 할 말 다 하고, 민원인들 안 무서워하는 사이다 같은 캐릭터.

의사, 판사, 외교관이 된 외고 동문들에게 열등감이 있지만, 법률 지식 빵빵하고 현장에서 온갖 나라 언어를 구사하는 능력 덕에, 사수와 부사수들의 두터운 신임을 얻고 있다.

## ✿ 양촌 부 [이순재, 남, 80대 초반]

결혼해서 근 20년간 기껏 1년에 한두 번 본, 자식이래도 너무도 낯선 이 애랑 대체 어떻게 살지.. 지 에미 닮아 말도 많은데..

말수 적고, 무뚝뚝하고, 소싯적에 가정폭력도 일삼았지만 지금은 힘이 없어 성실하게 살고 있다.

5년 전 덜컥 아내가 아프고, 애들은 각자 너무 바쁘고, 자신은 기운이 없어, 아내를 인근 요양원에 입원시켰다(현재는 의식불명 상태). 서울 인근에 살며 아침엔 농사, 오후엔 요양원으로 아내를 만나러 가는 게 하루 일과의 전부다. 무뚝뚝해도, 며느리 도린 다하는 장미가 딸 같다.

근데, 장미에게 쫓겨난 양촌이 짐을 싸들곤 집으로 들어왔다. 어려서도 서로가 소 닭 보듯 했는데, 다 늙어서 마누라 없이 두 부자가, 성격도 별난데, 한방살이를 하게 된 것이다. 가만있어도 힘 빠지는 나이에 양촌 때문에 그의 삶이 좀 더 고돼졌다. 화해하거나 그냥 이렇게 남처럼 등을 지고 살거나, 두 부자 사이에 인생의 마지막 숙제가 떨어졌다.

## ✿ 정오 모 [우현주, 여, 40대 후반, 보험 판매원]

이만큼 살아도 인생 참 어렵다.
그래서 오늘도 소주 한잔이다.

괄괄하고 흥도 있지만, 몇 년째 공황장애에 시달리고 있다. 이즘 그녀는 나름 열심히 산다고 살았는데, 기껏 이 모양으로 늙어버렸나 싶다. 정오가 경찰 된 게 안 기쁜 건 아니지만, 더 큰 자리, 더 높은 곳에 갈 만큼 정오가 똑똑한 애라는 게 그녀 생각이다.

지 아빠가 대기업 CEO니, 적어도 그만큼만은 성장했으면 좋겠는데, 정오는 엄마 인생에 제 인생을 제물로 바치지 않겠단다. 겉으론 정오 아버질 욕해도, 그가 그립다. 정오 년이 알면 미쳤다 하겠지만. 정오가 아버질 싫어하는 게 못내 제 잘못만 같다. 애비도 에미도 싫어하면, 그 속에서 나온 자신도 싫어지지 않을까, 속이 탄다.

정오와 노는 게, 함께 있는 게 세상에서 젤 재밌다. 그런데, 정오는 정반대인 모양이다. 이만큼 살아도 인생 참 어렵다. 그래서 오늘도 소주 한잔이다.

## 🌸 상수 모 [염혜란, 여, 50대 초반, 기업 비정규직 청소원]

남들에겐 힘없는 9급 공무원이 그녀에겐 자존감이고 당당함이 되었다.

상수와 함께 전세로 주택에 산다. 순하고, 정 많고, 성실하고, 웃음 많고, 꽃 보고, 드라마 보는 게 낙이다. 날 때부터 지금까지 늘 가난했다. 잘못된 생각인 줄 알지만 그 때문에 내가 벌어 내가 먹고살면서, 괜히 모든 일에 주눅이 든다. 그래도 애들이 있어 든든하다. 교통사고 뺑소니로 남편을 잃고, 큰아들은 남편처럼, 작은아들은 애인처럼 여기고 살았다. 큰아들이 집안 때문에 오래된 연애를 중단하고, 외국으로 일자릴 찾아 떠나버린 것도 맘은 아프지만 이해가 간다.

상수가 경찰이 됐다. 살면서 늘 무시받던 그녀 인생에 첨으로 남에게 자랑할 거리가 생긴 것이다. 상수가 제발 잘 버티길, 밥값 하는 경찰이 되길! 남들에겐 힘없는 9급 공무원이 그녀에겐 자존감이고 당당함이 되었다.

## ✿ 오송이 [고민시, 여, 24세, 양촌 장미의 딸, 대2 휴학, 독립영화 조감독 알바 중]

부모의 이혼은 차라리 속 시원한데,
이혼까지 한 아빠가 남자친구 만나는 것까지 사사건건 간섭하는 게 싫다.

엄마 장미의 말대로 몸에 밴 게 짜증이다. 동기들 절반이 휴학, 이대로 사회로 내몰리면 사는 게 막막해 휴학을 했는데, 아빠는 자신을 패배주의자라 낙인찍었다. '젊은 게 부딪쳐, 헤쳐나갈 생각은 않고, 이리 도망 저리 도망만 다니고.. 그렇게 사는 게 자신 없으면 시집이나 가, 기집애야!' 휴학계를 냈던 날, 제 뒤통수를 후려치며 아빠(아빠는 사소한 폭력(?)은 장난이라 여기며 한 짓이겠지만)가 한 말이 비수가 되었다.

## ✿ 오대관 [장호준, 남, 중3, 양촌 장미의 아들]

엄마와 아빠가 이혼을 한댄다. 난 싫은데..
아무도 내 맘은 안 궁금하겠지만.

엄마는 일하고 밥하고 아픈 할머니, 외조부, 외조모를 돌보는 게 참 안됐고, 아빠랑은 별반 추억도 없다. 근데 아빠가 집을 나가던 날, 특별히 부탁을 해온다. 아빠 없는 동안 당분간 며칠 집을 잘 지키라고, 공부도 잘 하고 있으라고.. 그런데 그 며칠이 몇 달이 되어간다. 어쩌지. 관심 없었던 아빠라도 없는 것보다 있는 게 든든하다. 게다가 헤어졌다면서도 이런저런 일들로 계속 아빠와 함께하게 된다. 이럴 거면 왜 헤어지자고 했는지, 열여섯 머리로 이해하긴 복잡한 어른들이다.

# 용어 정리

| | |
|---|---|
| **씬** | 장면(Scene)이라는 의미. 같은 장소, 같은 시간 내에서 이루어지는 일련의 행동이나 대사가 한 씬을 구성한다. |
| **틸 업** | Till Up. 카메라 위치는 고정시키고, 카메라 앵글만 상향 또는 하향시키는 것을 의미한다. |
| **(E)** | 대사와 음악을 제외한 효과음(Effect)을 뜻하며, 보통 등장인물은 보이지 않고 소리만 나는 경우에 사용한다. |
| **점프컷** | 연속성이 없는 두 장면을 붙이는 편집 방식이다. |
| **몽타주** | 따로따로 편집된 장면들을 짧게 끊어서 붙인 화면을 말한다. |
| **인서트** | 화면의 특정 동작이나 상황을 강조하기 위해 삽입한 화면. 인서트 화면이 없어도 장면을 이해하는 데에는 별다른 지장이 없으나 인서트를 삽입함으로써 상황이 명확해지는 한편 스토리가 강조된다. 인서트 화면으로는 대개 클로즈업을 사용한다. |
| **클로즈업(C.U)** | 배경이나 인물의 일부를 화면에 크게 나타내는 것을 말한다. |
| **오버랩(O.L)** | 현재의 화면이 사라지면서 뒤의 화면으로 바뀌는 기법이다. |
| **F. I.** | 페이드인(Fade-In). 어두웠던 화면이 점차 밝아지는 상태를 말한다. |
| **F. O.** | 페이드아웃(Fade-Out). 화면이 점차 어두워지면서 장면이 바뀌는 것을 말한다. |
| **플래시컷** | 화면과 화면 사이에 들어가는 순간적인 장면. 극적인 인상이나 충격 효과를 주기 위해 삽입되는 매우 짧은 화면을 지칭한다. |
| **플래시백** | 회상을 나타내는 장면. 지금 일어나고 있는 사건의 인과를 설명할 때 쓰이기도 하고, 인물의 성격을 설명하기 위해 쓰이기도 한다. |
| **풀 샷** | 원근에 구애받지 않고 목표 피사체 전체를, 사람의 경우 전신을 카메라 앵글에 담는 촬영 방법이다. |
| **(N)** | 내레이션을 지칭하는 용어로, 장면 밖에서 들려오는 목소리를 나타낸다. |

# 11부

그 날 그 시간
pm 10 : 48 : (초 단위 넘어가는, 디지털시계)

*제11화 그 날 그 시간*

*pm 10 : 48 : (초 단위 넘어가는, 디지털시계)*

## 씬 1. 가로수길, 밤.

오토바이 두 대 달려오다, 앞에서 명호의 차가 달려오자, 방향 틀어서, 다른
데로 가려는데, 앞쪽에서 멀리 양촌의 순찰차와 종민의 순찰차가 오는,
오토바이, 다시 둥그렇게, 원을 돌아, 명호 쪽으로 가려 하면,
그 뒤에 한솔의 차가 빠르게 오토바이를 원으로 돌며 가두는,
명호의 차와 경모의 차, 한솔과 함께 오토바이를 둥글게 가두는,
다른 대원들은, 차에서 나와, 원에 갇힌 오토바이를 보는, 화가 나는,
소년들 당황해 좌우를 보는,
명호와 경모의 차, 넓게 원을 그리며, 멈추고,
한솔, 차를 운전하다, 멈춰, 아프지만, 땀을 많이 흘리며, 화를 참으며, 차에서
빠르게 나와, 멈춰 선 오토바이 쪽으로 가서, 오토바이 뒤쪽에 있는, 소년2의
어깨를 툭 치는, 소년2, 돌아보면, 무덤덤히 소년2의 멱살 잡은 채, 재빠르게
소년2의 몸을 돌려, 제 팔로 안듯이 해서, 이 앙다물고, 맘 아프게, 헬멧을 벗

기는, 모든 행동에 주저함이 없이, 일사불란한, 헬멧을 벗기면, 피어싱 한 소년2의 얼굴이 보이는,

소년2    아 쌍.. (바닥에 침 뱉고, 웃으며, 아무렇지 않게) 들켰네.

한 솔    (어린 소년인 게 어이없고 답답해, 소년1에게로 가, 힘들지만 내색 않고, 가라앉은) 헬멧 벗어.

소년1    (헬멧 벗으며, 웃으며, 소년2 보며) 야, 우리 잡혔나 봐. 히히.

한솔, 애들이 이래도 되나 싶어, 맘이 무거운, 고개 젓고, 경모, 양촌, 어이없고, 참담해, 애들이 이래도 되나 싶어, 보는, 종민, 명호, 민석, 상수, 한표, 승재, 원우, 그 광경이 답답하고 어이없어 서로 보고 고개 젓는, 혜리, 맘 아프고, 속상해, 분노스레 소년들 보는,

**\* 점프컷, 회상 》**
삼보를 짓밟던 소년들의 동영상이 떠오르는,

**\* 점프컷 》**

혜 리    (소년들 보며, 분노스런, 맘 아픈, 경모에게) 나 여깄다, 열받아 쟤들 쥐 패버릴 거 같아요.

경 모    (냉정하게, 소년들만 보며) 내가 지금 니 감정까지 신경 써야 돼? 내 차 타고 꺼져.

혜 리    (눈물 나는, 속상해, 빠르게, 경모의 차로 가, 차에 타, 몰고, 지구대 쪽으로 가는)

**\* 점프컷 》**

소년2    (실실 웃으며) 근데, 우리 못 잡아갈 건데? 우리 촉법소년*이거든요. 우리 둘

---

\* 촉법소년 형벌 법령에 저촉되는 행위를 한, 10세 이상 14세 미만의 자

다 열네 살도 아니고, (강조) 열세 살. (하고, 소년1과 재밌다는 듯 낄낄대고 웃는)

**대원들**     (모두 기가 찬) ?

**양 촌**     (다가가며, 야비(?)하게 웃으며) 아이고, 이거이거.. 우리 경찰들이 엿 먹었네.. 이거이거....

**대원들**     (모두 양촌 따라, 소년들에게로 분노(과잉되지 않은, 답답함에 가까운)를 참고, 다가가는, 둥그렇게 서는)

**양 촌**     (눈썹 피어싱 한 소년2의 양 볼을 두 손으로 잡고, 흔들며, 야비하게 웃으며) 너 니가 범죄를 저질러도 나라에서 법으로 보호하는 촉법소년인 거 빤히 아는구나, 이 새끼?

**소년2**     (양촌의 손을 탁 쳐, 치우고, 웃으며) 당근 알죠? (대원들 보며, 웃으며) 우리 집에 가도 되죠? 미성년자는 열두 시부터 새벽 여섯 시까진 반드시 집으로 돌려보내야 한다! 따라서 조사하지도 잡아가지도 못한다!

**상 수**     (화도 나고, 답답한, 양촌에게(상수가 하는 말을 들으며, 애들만 꼬나보는)) 쟤들 지금 조사 못함, 오늘 만용일 잡긴 글렀고, 그럼 일 복잡해지는데, 어쩌죠?

**한 솔**     (목에 땀은 나도, 통증은 가신 듯한, 침을 칵 뱉고, 소년들 보며, 다가가, 눈높이 맞추고, 담담히) 니들은 니들이 겁나 똑똑한 거 같지? 근데, 아냐, 내가 아니 우리 경찰 아저씨들이, 니들한테 세상 무서운 거 알게 해줄게?

**양 촌**     (안 웃고, 다가가, 소년들 앞에 얼굴 디밀고) 나도.

**상수 빼고, 모두**     (소년들 보며, 무섭게, 소년들 쪽으로 걸어가며) 우리도.

**소년들**     (뭐지 싶은, 조금 두려운, 대원들을 보면, 자신들을 때릴까 싶어, 당황하는) ?


## 씬 2. 빌라 단칸방 안, 밤.

정오, 눈물 그렁해 비키니장 안의 슬기를 보고 있는(이때까지 슬기 안 보이는),

남일, 우는 고은을 안고 서서(비키니장이 안 보이는 위치), 걱정과 아이가 다쳤을까 두려운 맘으로,

남 일    한정오.. 뭐야?

정 오    (눈가 붉어, 맘 아픈 것, 애써 참고, 슬기에게) 슬기야, 너 왜.. 여깄어?

**＊ 점프컷, 비키니옷장 안 》**

더러운 옷이 아무렇게나 놓여 있고, 슬기(원피스에 흰 타이즈 입은), 옷 위에 앉아, 울어서 꼬질꼬질한 얼굴로 국에 만 밥을 숟가락으로 먹다가, 정오를 본, 숟가락을 들고, 오줌을 싸며, 정오를 눈가 그렇해 보다, 잠시 후, 두려워 '앙!' 하고, 우는, 고은도 같이 우는,

정 오    (슬기를 안아, 들고, 꼭 끌어안는, 맘 아픈, 눈가 붉지만, 담담히) 어어어, 괜찮아.. 괜찮아.. 이젠 괜찮아. 괜찮아...

할머니    (졸린, 멍하니, 기운 없이, 다시 방에 누우며, 남일, 정오 안 보고) 걔 애비가,

정오, 남일    (할머니 보면)

할머니    (이불 덮고, 누우며) 개를.. 여기저기 만졌대...

정오, 남일    (할머니 돌아보며, 걱정스런, 놀란) ?


## 씬 3. 가로수길, 밤.

대원들이 둥그렇게 소년들을 둘러싸고 있는, 상황이다,

명호, 오토바이 뒤에 매단 두 개의 가방 안(핸드폰이며 각종 물품들이 들어있는)을 들여다보는, 픽치기 한 물건임을 한눈에 알겠는, 사진 찍고, 한표에게 장물 주고, 한표, 장물을 받아서 상수 주고, 상수, 가방을 순찰차 안에 재빠르게 두고, 다시 대원들 쪽에 와서, 뒷짐 지고, 소년들 꼬나보는,

소년2    (겁나지만 안 난 척, 두리번거리며, 크게) 아저씨들이 뭐 경찰이면 다예요?! 우린 청소년이에요! 집에 보내줘요! 경찰서 청소년계 보내줘요!

소년1    (두려운, 그러나 큰 소리로, 말꼬리 자르며) 울 엄마 불러줘요! 이 시간에 우리 잡아가는 건 불법이잖아요! 경찰이 불법하면 안 되잖아요!

상수 빼고, 모두    (어이없는, 답답한) 아이고 똑똑해라! 어떻게 그렇게 똑똑해?!

한 솔    (담담히, 소년들 보며) 경험이 많은가 보네? 왜, 그동안은 지구대 경찰이 니들

엄마 불러주면, 니들 엄마가 지구대랑 여청계* 가서 무릎 꿇고, 니들은 잘못했다 쇼하면,

경 모   (애들 꼬나보며, 담담히) 판사님은 니들이 촉법소년이니까 보호처분 내리고, 그럼 니들은 부모님의 보호 아래 집에서 맘 편히 오락이나 하다가,

양 촌   사회봉사 명령받아서, 학교나 복지시설 가서 화장실 청소나 대충 하면, 다 무사통과됐나 보지?

**한표, 원우, 승재**   (핸드폰을 켜, 녹음하거나, 촬영하는)

소년들   (당연하단 듯, 크게) 그랬어요, 왜?! 우리 다 열세 살이니까!

양 촌   (야비하게 웃으며) 그건 니들이 친구끼리 단순 폭행했을 때 얘기지, 애기들아? 법을 아주아주 쪼금만 알았네?

종 민   (으름장, 진지한) 근데, 이번엔 한 명도 아니고, (핸드폰의 동영상, 삼보 맞은 것 보여주며) 떼로 사람을 쳤으니, 단순 폭행이 아닌 특수상해!

소년들   (동영상 보고, 두려운)

민 석   (화난) 그냥 친구 가방 턴 게 아니라, (혜리에게서 받은 가방(공사장에서 주운 가방) 안에서 페퍼 스프레이 보여주며) 페퍼 스프레이로 이 사람 저 사람 얼굴에 뿌리고 가방 털었으니 특수절도! (페퍼 스프레이를 가방에 넣고, 메고) 게다가, 훔친 오토바이를 타고 가방으로 위험하게 사람을 쳤으니, 특수강도까지!

종 민   이 경우 촉법소년이라 해도 보호처분은, 지금껏 니들이 받던 1, 2, 3호가 아니라, 8, 9, 10호 처분이 가능한 상황이다. 보호처분 8, 9, 10호라 함은,

소년들   (무슨 소린지 모르겠다) ..

명 호   (큰 소리, 화난) 8호, 1개월 이내의 소년원 송치!

**한표, 승재, 원우**   (큰 소리) 9호, 단기, 6개월 소년원 송치!

경 모   (으름장) 10호, 장기, 2년 이내 소년원 송치까지 가능하다! 그 말은 다시 말해.. 니들은 촉법소년이래도 이제 부모님과 떨어져 소년원을 간다, 소리.

한 솔   (소년들에게, 차분히) 그건 몰랐지? 첨 해보는 특수상해, 특수절도, 특수강도라? 알바비 십만 원 받고, 니들 인생은 종친 거야, 이제. (대원들에게, 큰 소리) 야, 애들 합법적으로 집에 보내고, 집 앞에서 감시하다, 널 여청계 넘겨서

---

\* 여청계 여성청소년계

조사받게 하고, 우리 경찰들은 이놈들은 애들이 아니라 악질 예비 범죄자니 절대 석방 마라 탄원서 써서, 이 자식들 반드시 소년원으로 송치시켜!

**소년1**  (두려워, 얼결에, 말꼬리 끊으며) 만용이 형이 시켰어요!

**소년2**  오토바이도 만용이 형이 준 거고, 우린 그냥 알바예요!

**소년1**  (말꼬리 자르며) 우리 같은 촉법소년은 뭘 해도 벌 안 받는다고,

**한 솔**  (말꼬리 자르며, 양촌에게 속상하고, 화나 말하는) 만용이 잡아! (하고, 차로 가서 타고, 문 닫고, 앉아, 속상한, 아픈 것 참고, 차 몰고 지구대로 가는)

**양 촌**  (소년들 보며, 소년들 주머니에서 핸드폰 꺼내, 주며, 담담히) 이제 만용이한 테 전화해 아무렇지 않게 담담히 말한다.

**경 모**  (화나, 담담히) 니들이 턴 가방을 줄 테니 이리로 오라고, 지금 당장.


# 씬 4. 가로수길, 밤.

만용, 소년들을 만나러 가기 위해, 오토바이를 타고 오는(이어폰 한), 그때, 지나가다, 종민의 차 안에 종민, 승재, 민석, 원우가 차 안에 불 켜놓고, 만용을 빤히 보는 것을 발견하는, 종민, 승재, 민석, 원우, 화났지만, 냉정함을 잃지 않는, 만용, 그들 보고, 두렵고, 이상한,


**만 용**  (두려운, 이상한, 이어폰으로 전화하는) 야, 니들 어딨어? (주변 보면, 앞쪽에, 명호의 차에 명호, 한표가 불 켜놓고, 한표가 핸드폰으로 자신을 찍는 게 보이는, 명호, 미동 없이 만용을 빤히 보고 있는 게 보이는, 오토바이 돌리며) 이 새끼들, 니들.. 니들 이거 함정이지? 새끼들아!

**소년2**  (E, 아무렇지 않게) 함정 아닌데? 어딨어, 형?


만용, 오던 길을 되돌아가는데, 그때, 순찰차(양촌, 경모, 상수(운전)가 탄) 정 면으로 오고, 만용, 이 앙다물고 정면충돌할 것처럼 가는, 순찰차 안의 양촌, 경모는 싸늘하고, 담담한, 상수는 화나, 순간, 차를 획 옆으로 돌리는, 경모, 차 창문으로 손 내밀어, 삼단봉으로 만용의 몸을 찍어, 오토바이에서 떨어져 안전하게, 숲 쪽으로 여러 번 구르게 하는,

만용, 몇 번 구르고, 아파하며, 순찰차 뒤쪽을 보면, 소년들, 순찰차 뒷좌석에

서 만용을 보는, 소년2, 손에서 핸드폰 내리는, 시무룩하게, 창가로 고개 트는, 양촌, 경모, 그런 만용 보며, 답답한,

**상 수**　(화나, 문 열고, 나가, 만용 내려다보며, 강하게) 푹신한 풀밭에서 쇼하지 말고, (하며, 삼단봉을 힘 있게 확 빼며, 눈은 만용 보고, 강하게, 버럭) 일어나, 임마!


## 씬 5. 지구대 식당, 밤.

정오(근무복), 들어오며, 전화하는,

**정 오**　안 팀장님, 일단, 슬기는 친모 집으로 보냈어요. (하고, 힘든, 의자에 앉아, 전화하는)

**남 일**　(들어와 물을 따라, 정오에게 한 잔 주고, 자기도 마시며, 의자에 앉는)

**정 오**　(남일이 듣게, 스피커폰으로 전화하는) 슬기는, 남편이 안 키우겠다면 이혼해서라도 자기라도 키우겠다네요.


## 씬 6. 경찰서 안, 밤.

장미, 제 자리에 컴퓨터(화면에 9부 강간사건에서 나온 14세 여자아이의 웃는 얼굴(친구들과 찍은 핸드폰 사진 정도로 보면 될 듯)과 몸의 맞은 흔적(심하게 맞은, 증거물 사진, 얼굴은 안 보이는) 사진 두 개를 띄워놓은)를 켜놓고, 전화하며, 멀리 앞좌석에서 양부(기죽어, 울고 있는)가 장 형사(화난)와 조사를 마치고, 둘이 함께 나가는 걸 보는,

**장 미**　(착잡하고, 건조한) 알았어. 현재 슬기 양부는 임의동행*해서 수사 중이야,

---

\* **임의동행** 수사기관이 피의자의 동의를 얻어 피의자를 수사관서까지 동행하는 것

학원 내엔 씨씨티브이는 없었지만, 학원 건물 뒤쪽에서 슬기를 성추행하는 장면이, 인근 건물 씨씨티브이에 찍혔어. 슬기는 뭐래?

* **교차씬** 》

정 오  (스피커폰으로 해서 남일과 같이 듣는, 참담한, 가라앉은) 양부가 학원으로 데려가, (답답한) 수시로 자길 여기저기 만졌고, 자긴 그게 싫어서.. 고은이한 테 갔다고. 아이가 똑똑해요. 그래서 더 큰 사건을 막은 것도 같고요.

장 미  폭행 흔적은?

정 오  다행히, 없어요.

장 미  (컴을 움직여 9회 성폭행사건 피해아이를 보며, 답답한) 7년 전 사건하고 같 네.

남 일  (화나, 큰 소리) 야비한 양부 새끼.. 이번에도 지난번처럼 폭행 없다고, 집행유 예로 피해 가겠네.. 법이 문제야! 이런 건이 집행유예면 말이 돼?! 만진 거 자 체가 폭행이지, 아 쌍! (하고, 나가는)

정 오  (답답한)

장 미  (컴퓨터 화면을 보는, 슬픈 맘이 드는, 착잡한) 수고했어. 들어가. (전화 끊고)

* **점프컷, 컴퓨터 화면** 》
9부 성폭행사건의 피해아이의 웃는 얼굴,

* **점프컷** 》

조 형사  (사무실로 들어와, 장미 옆의 의자에 앉아, 화면 보며) 아이 살았어요.

장 미  (화면 보다, 컴의 화면을 바꿔, 다른 피해아이의 사진(아이가 폭행당한 몸 사 진) 보며, 참담한) 얜 어디서 목을 맸대?

조 형사  (참담한) 제 방에서.. 강간사건 이후, 우울증에 시달리다.. 다행히 오빠가 일찍 발견해서 위급한 상황은 모면했어요. 지금 병원서 오는 길이에요.

장 미  (사진만 보며, 참담한) 성폭행사건은 이래서 문제야. 2차 3차 사건으로 이어 질 가능성이 높은 거..

조 형사  그러게요.

장 미 　(사진과 9부의 성폭행사건 현장 사진을 보며) 지난달 강간사건은 백운산 자락 5번 등산로, 이번에 자살 시도한 아이가 당한 강간사건은 백운산 자락 2번 등산로.. (조 형사 보며, 담담히) 그리고 일 년 전, 백운산 자락과 걸쳐져 있는 소명산 11번 등산로 강간사건까지, 이건.. 분명 연쇄야.

조 형사 　위에선 그렇게 안 봐요. 소명산 11번 등산로 강간사건은 피해자가 사건 발생 두 달 후에 신고했고, 피해자가 어린 중학생인 거랑 명찰을 가져간 거까진 유사하지만, 콘돔을 사용한 거랑 깔개가 있었는지 없었는지, 피해자가 당황해 기억도 못하고, 지역도 다르고, 별도 사건으로 봐야 한다고... 전담팀 못 꾸린대요.

장 미 　(컴을 이동해, 9부의 피해아이의 웃는 얼굴을 띄워놓고, 손을 머리에 짚고 화면만 보며, 눈가가 붉어지며, 그러나 담담히) 그 말은 이렇게 이쁜 애들이, 한 명 더 끔찍한 일을 당해야만 우리 경찰은 정신을 차리겠단 얘기네.

조 형사 　(답답한, 참담한) 국회가 지들 밥그릇 챙기느라, 경찰 충원 건은 통과가 안 되니까....

장 미 　(사진을 보며, 맘 아픈, 착잡한) ...


씬 7. 지구대 안, 밤.

상황근무석에 2팀 경찰1, 2가 있고, 보호석엔 주취자들이 자고 있고,
2팀 경찰3, 4, 컴 앞에서 싸움한 청년 둘을 조사하고 있는,
그때, 만용 부와 변호사 들어서는,

만용 부 　(들어서자마자) 우리 만용이 어딨어!

**＊ 점프컷 》**
명호, 민석, 종민, 원우, 승재, 한표, 사복 차림으로 자리에 앉거나, 서서, 들어서는 만용 부를 꼬나보고 있는,

**＊ 점프컷 》**
이층으로 가는 계단, 혜리, 사복 차림으로 앉아, 만용 부를 꼬나보는,

이층에서 양촌, 상수 사복 차림으로 혜리 지나쳐 내려오면서,

양 촌    원우 순경, 만용이 아버님, 조사실 문 열어드려라.


**＊ 점프컷 》**
그때, 문 쪽에 있던, 원우, 만용 부 꼬나보며, 조사실 문(삼보, 경모, 한솔, 만용이 자리에 앉아 있는)을 열어주는,
만용 부와 변호사, 그 안으로 화나 들어가고,
원우, 문 닫고,


양 촌    1팀 다들 퇴근해.
2팀 경찰2  (1팀에게, 걱정) 그래, 그래, 고생들 했어. 빨리 들어가, 자, 자.
2팀 경찰3  밤에 또 출근해야 될 건데.. 어서들, 들어가요..
종민, 민석, 원우, 승재, 한표    (2팀 경찰들에게) 그럼 다들 고생하세요. (서로서로에게) 수고하셨습니다! 수고했어! (하며, 나가는)
양 촌    (명호에게) 넌 안 가?
명 호    (조사실 안을 턱으로 가리키며) 사태 진정되는 거 보고 가게요.
양 촌    (조사실 보며, 답답한) 결론 나면 (명호 보며) 톡 줘. (하고 가려는데)
상 수    (이층에서 내려오는, 정오, 남일 보고) 수고하셨습니다, 강남일 경사님, 정오야, 수고했어.


**＊ 점프컷 》**
남일, 정오(속상한) 이층에서 내려오고, 양촌이 '고생들 했다' 하며, 손바닥 내밀면, 남일, 그 손에 제 손을 치며, '경위님도, 고생하셨어요!', 하고 책상으로 가고, 정오, 양촌의 손 치며, 사무적으로 '수고하셨습니다', 하고, 안 보고, 답답한 맘에 그냥 책상으로 가는, 양촌, 정오를 안쓰럽게 (실종사건의 무게감을 아는 듯한) 보고, 나가는,


**＊ 점프컷 》**

상 수    (남일과 정오에게 손 내미는)

남 일     (상수 손 치고) 너도 수고했다.

정 오     (상수 손 치며) 수고했어. (하고, 컴 앞에 앉는, 명호(정오를 따뜻하게 보는)가
          손 내밀면, 명호의 손도 치고, 컴을 켜는)

상 수     (명호 보고, 정오에게 가서, 담백하게) 발생 보고 올려야 되지? 기다릴게.

명 호     (정오 옆에 와, 앉으며) 나랑 밥 먹고 가자.

상 수     (정오에게만, 담백하게) 집에 가서 밥 먹자.

정 오     (상수에게 담백하게) 너 가. (명호 보고, 담백하게) 좀만 기다리세요. (하고,
          일하는, 실종아동 문제로 맘이 좀 복잡한)

상 수     (정오 일하는 거 보며, 어이없는, 그냥 혜리 옆에 가서, 앉는)

혜 리     (제 생각에 빠져) 난 삼보 주임님이랑 집에 갈 거야, 너 혼자 가.

상 수     (순간, 벌떡 일어나며) 에이, 진짜... (하고, 가버리는)

명 호     (가는 상수 보며 따뜻하게 작게 웃고, 정오 보며, 담담히) 근데 실종됐던 아
          이는 기관에 가는 게 낫지 않나? 엄마가 재혼하고 남편이 그 사실을 모르면
          다시 버려지는 일이 반복될 수도 있는데..

정 오     (보고서 쓰며, 맘이 불편한, 담담히) 엄마 혼자 키우면 되죠.

명 호     그게 힘든 일이니까,

정 오     (답답한, 보며, 단호한) 왜 그런 편견을 가지세요? 저도 미혼모 딸이에요.

명 호     (처음 들은) ?

정 오     (속상해, 일하며, 좀 답답한, 너무 강하지 않게) 저 피곤해서 보고서 쓰고 퇴
          근해야 될 거 같아요. 식사는 나중에 해요, 경장님.

명 호     (미안한 맘과 정오가 걱정되는 맘에, 조금 복잡하게 정오를 보는, 너무 어둡
          지 않은) ?


씬 8. 조사실 안, 밤.

          만용, 만용 부, 변호사, 앉아 있고, 맞은편에 삼보(근무복), 경모, 한솔 사복으
          로 마주 앉아 있는,

만용 부   (만용의 머리며, 뺨을 치며, 욕하는) 이 새끼, 하라는 공부는 안 하고, 죽을라
          고, 이게 아주 내 손에 죽을라고! 죽을라고!

변호사   (말리는) 회장님, 이러시면 안 됩니다, 진정하세요! 진정하세요!

만용 부  (변호사를 밀치고, 옆의 책을 들어, 만용(아버지가 두렵지만 오기도 나, 이 앙다물고, 우는)을 때리며) 아우, 아우, 이 새끼, 이 새끼!

경 모   (어이없게 만용 부를 꼬나보고)

삼 보   (막막하고, 담담히 무덤덤히 만용을 보는, 미동도 없는)

한 솔   (옆에 있는 책으로, 탁자를 두어 번 탕탕 치는)

만용 부  (그 소리에 보면) ?

한 솔   (책 던져놓고, 담담히) 여기서 이러지 마시고, 만용이 집에 데리고 가시고, 낼 서의 여청계에서 부르면,

만용 부  (말꼬리 자르며) 오토바이 픽치기 한 가난한 애들이, 우리 만용이한테 뒤집 어씌운 거야, 이 일은!

경 모   (자기 핸드폰의 녹음 내용(부사수들이 전해준 것)을 트는, '만용이 형이 시켰 어요!' 하는 내용)

만용 부, 변호사   ?

경 모   (담담히, 녹음 내용을 들려주는)

한 솔   (삼보가 맞던 장면, 동영상을 틀어 보여주고, 만용 부와 변호사 보며, 담담 히) 동영상 촬영한 애가 만용이에요. 이번 일에 가담한 가난한 촉법소년 애 들한테 모든 죄를 뒤집어씌울 생각은 애저녁에 하지 않으시는 게 좋을 듯하 죠? 이것 말고도 증거가 넘쳐나는 상황이니, (하고, 핸드폰 끄는)

경 모   (핸드폰 끄는)

변호사   (삼보 꼬나보며) 경위님, 만용이는 이제 17살입니다. 청소년의 미래를 선도하 는 경찰로서, 선처를 해주심이... 경위님이 애한테 맞으신 내용이 언론에 공개 되면, 본인 명예는 물론, 수많은 경찰의 위신도,

경 모   (담담히) 경찰의 위신은 우리 경찰이 챙길 테니, 걱정 마세요.

삼 보   (만용(슬프고, 두렵게, 오기 부리며, 삼보를 보는)을 담담히 보며, 말꼬리 자르 며, 차분히) 난 빌모레 정년입니다. 그걸로 더 이상 쪽팔릴 일도 없는... 난 이 사건 끝까지 갑니다.

만용 부  (삼보에게, 버럭대는) 좋아, 재판 붙어, 쌍! 이게 정말, 야, 너 내가 누군지 알 어?! 니들이 감히, 내가 누군지 알고,

경 모   (말꼬리 끊으며, 화난, 짐짓 차분히) 회장님이 누군진 우리가 너무 잘 알죠. 학교폭력위원회 위원이시며, 자율방범대장이시며, 수천억 원대의 자산을 소

유한 항공사 회장에, 이번 구의원,

**한 솔**    (말꼬리 자르며, 만용 부를 꼬나보며, 진지하게 보며) 출마를 앞둔 권력과 돈 깨나 있으신 분이시라는 거. 근데, 그래서, 뭐, 그게 어떻다고요?


## 씬 9. 거리, 밤.

양촌, 상수, 걸어가는, 전화벨 소리가 나는,

**양 촌**    마누라 집에 가.

**상 수**    이혼했는데, 왜 자꾸 집엘 가요?

**양 촌**    (걸으며, 꼬나보며, 담담히) 이혼해도, 사랑해서 가고, 차 가지러 간다, 왜?

**상 수**    근데, 전화 왜 안 받아요, 자꾸 울리는데?

**양 촌**    (가며) 아버지 같아 안 받는다.

**상 수**    아버진데 왜 안 받아요?

**양 촌**    (멈춰 서서, 맘에 안 들게, 꼬나보는) ?

**상 수**    (살짝 눈치 보며) 갈게요. (하고, 가다, 돌아보며, 뒷걸음치며, 답답해서 큰 소리) 나, 한정오가 너무 좋아요! 아무리 생각해도, 최명호한테 못 주겠어요! (하고, 가는)

**양 촌**    (가는 상수를 보며, 어이없는) 돌은 놈. (하다가, 주머니에 핸드폰을 꺼내 보면, 아버지라고 화면에 뜬, 그걸 보다가, 답답한, 괜히 발로 땅을 문지르며, 전화를 받는, 답답해, 퉁명스레) 왜요?


## 씬 10. 양촌 부의 집 안, 밤.

양촌 부, 내복 입고 연을 만들다 전화를 한 상황, 이부자리가 양촌의 것과 두 개가 깔려 있는, 텔레비전은 없는, 한쪽에 밥상이 차려져 있는,

**양 촌**    (E, 퉁명스레) 왜요? 전활 걸었음 말을 해요!

**양촌 부**    (전화기를 끄고, 연만 만드는)

## 씬 11. 거리, 밤.

**양 촌** (양촌 부에게 전화 다시 걸어, 퉁명스런, 화도 좀 난) 뭐하는 거예요? 전화 걸고 왜 말을 안 해?

**양촌 부** (E) 살아 있음 됐어.

**양 촌** .. 뭐요?


## 씬 12. 양촌 부의 집 안, 밤.

**양촌 부** (덤덤히) 별일 없고, 살아 있음 됐다고.. (하고, 전화기 끄고, 옆의 보자기로 밥상을 덮고, 연을 만드는)


## 씬 13. 거리, 밤

양촌, 전화기를 가만 보는데, 제 맘도 안 좋은, 끄고, 주머니에 넣고, 가는,


## 씬 14. 조사실 안, 밤.

한솔, 경모, 삼보, 만용 부, 변호사, 만용이 있는, 만용, 삼보를 원망스럽고, 두렵게 보는,

**변호사** 제가 경관님들 기분은 일겠지만, 그래도 철없는 애가 저지른,

**삼 보** (만용만 빤히(?) 보며, 담담히, 슬프지만, 참고) 자꾸, 애, 애 하시는데.. 이 앤 그냥 애가 아닙니다. 만용인, 촉법소년을 고용해 퇴근길 경찰을 청부 폭행했

고, 오토바이 장물을 취득해, 날치기를 주도한, 분명한 피혐의자*입니다.

**변호사** (한솔, 경모 보며) 동료 일이라 흥분하신 건 알겠지만, 이성적으로,

**삼 보** (만용만 담담히 보며) 난 만용일 처벌받게 할 겁니다. 나중에 내 상처가 다 낫고 나면.. 철없는 어린애가 멋모르고 저지른 일인데.. 그냥 한번 너그럽게 봐줄걸 하면서, 후회할 수도 있겠지만.. 당장은 그럴 맘 없습니다. 나는 동료들과 함께 탄원서를 써서라도, 법원에 이 앨 강력히 처벌하라 요구할 겁니다.

**만 용** (슬픈, 분노스런 감정이 오가는) ..

**만용 부** (화나, 일어나며, 삿대질하며) 좋아, 좋아! 어디 끝까지 가보자구! 재판까지 가봐! 별 거지 같은 것들이 애한테 처맞은 게 뭔 자랑이라고,

**삼 보** (만용만 보며, 담담히, 말꼬리 자르며) 만용이 아버님은,

**만용 부, 변호사, 경모** (보면)

**한 솔** (만용만 보는, 참담한)

**삼 보** (만용 보며, 맘 아파도, 담담히) 부탁하건대, 만용일 위해, 지금 말씀한 것처럼 나와 우리 경찰들과 끝까지 싸우시기 바랍니다.

**만용 부** (화나) 뭐?

**삼 보** (만용 보는)

**만 용** (슬프고, 두려운) ?

**\* 점프컷, 회상 》**

**만 용** (움직이려 하지만, 위에서 무릎으로 자신을 누르는 혜리 때문에 안 되는, 화나, 열받아, 두려움에 소리치는, 그러나 잘못했다곤 생각하지 않는) 한 번만 봐주세요, 울 아버지 알면 나 죽어, 아버지 부르지 마! 내가 다 잘못했어, 내가 다 잘못했다고. 봐달라고! (하며, 머리를 바닥에 찧는)

**삼 보** (만용 보며, E) 만용이가 담배 피던 현장에서, 아버지한테만은 말하지 말아 달라고 나한테 부탁했을 때, 만용인 절박했을 건데,

**\* 점프컷, 현실 》**

---

\* 피혐의자 범죄의 혐의를 받고 있는 사람

삼 보    난 그걸 무시했습니다.

만용 부    ?

만 용    (슬픈)

삼 보    (만용만 보며, 담담히) 조금만 잘못해도 무자비하게 폭력을 쓰는 아버지도, 자신의 절박한 부탁을 거절한 이 늙은 경찰도, 세상 모든 어른이, 만용인 싫었을 겁니다.


**\* 점프컷, 회상, 지구대 앞 》**

만용 부, 안전벨트 매다가, 갑자기 겁먹은 만용의 뺨 치고, 머리통을 치고, 화나 마구잡이로 때리는, '니가 어디서, 애들을 협박하고, 어디서!' 하며 마구 때리는, 그때 그걸 보고, 외면하던, 삼보의 모습,


**\* 점프컷 》**

만 용    (이해받는 것 같아, 두렵지만, 눈물이 나는, 삼보를 뚫어지게 보는)

삼 보    (맘 아픈, 차분히, 만용만 보며) 그래도, 나는 악랄하게 만용일 끝까지 처벌받게 하기 위해 최선을 다할 겁니다. 죄를 지으면 벌을 받아야 한다는 걸 만용이도 알아야 하니까요. 하지만, 만용이 아버님은, 부디, 만용일 위해, 놈이 조금이라도 처벌을 덜 받게, 놈의 미랠 위해 지금처럼 최선을 다해주시기 바랍니다. (맘 아프지만, 담담한) 그래서, 놈이 이 세상 그 누구도 믿을 수 없지만, 경찰도 절박한 자길 도와주지 않았지만, (진심인) 제 아버지만큼은 제 편이었다는 걸.. 알게 해주셨으면 합니다. (하고, 나가는)

만 용    (눈물 나는, 닦는)

한 솔    (착잡한, 만용 보다, 만용 부(속상하고, 착잡한) 보며) 낼 서로 만용이 데리고 출두하세요. 나가요.

만용 부    (맘 아픈, 좀 가라앉은, 진정된, 속상한, 만용에게) 나와. (하고, 나가는)

변호사    (만용을 부축해 나가는)

경 모    (가는 만용네 보고, 한솔에게) 가요, 퇴근해.

한 솔    (의자에 기대, 착잡한) 늘.. 애들은 잘못이 없어.. 어른들이 망치지.. 어른이 애를 망쳐놓고, 애는 사고를 치고, 벌을 받고, 그 앤 어른이 되고, 그래서 다시

애를 망치고..

**경 모** (착잡한) 경찰은 잡아들이고 그래도 범죄 계속 일어나고... (나가며) 퇴근해요, 얼굴도 안 좋아 보이는데..

**한 솔** (착잡한, 생각 많은)


## 씬 15. 도로 + 택시 안, 밤.

삼보와 혜리, 뒷좌석에 앉아 있는,

**삼 보** (창가만 보며, 담담히) 뭐한다고 날 집에 데려다준다고, 귀찮게..

**혜 리** (담담히) 그냥.. 잠 안 와서.. (하고, 전화를 하는)

**삼 보** (주머니에 있는 제 핸드폰이 울리는, 꺼내 보면, '내 마지막 시보*'라고 뜨는, 무심히 보고, 혜리 보며) 뭐하는 짓이야?

**혜 리** (제 핸드폰 화면을 보며, 주는)

**삼 보** (혜리의 핸드폰 화면 보는)


**✳ 점프컷, 인서트 - 혜리의 핸드폰 화면 》**

나의 첫 사수 ♡

**삼 보** (맘이 뭉클한, 착잡하게 보다 창가 보며, 차분히) 니 첫 사수가 늙은 사수라 안됐다.

**혜 리** (삼보를 보며, 작게 웃으며) 그러게. (하고는, 삼보의 손잡아 제 주머니에 넣으려는데)

**삼 보** (확 빼며) 뭐하는 짓이야?

**혜 리** (보며, 퉁명스레) 아버지 같은데 뭐? 우리가 뭐 불륜을 할 것도 아니고 손 좀 잡으면 어때요? (하고, 어깨 기대며) 진짜 아부지 같네..

**삼 보** (어이없이 보다, 창가 보며, 기사에게) 수성동으로 갑시다.

---

* **시보** 정식 임용 전까지 1년간 실무를 익히는 수습 경찰공무원

| 혜 리 | 수성동은 왜요? |
|---|---|
| 삼 보 | (창가만 보며) 내가 데려다줄라고. 자. 잔말 말고. |
| 혜 리 | (삼보를 보다가, 맘이 짠해지는, 어깨에 기대며, 눈 감고, 서글픈) 사수, 언제 퇴직이에요? |
| 삼 보 | (창가를 편안하게, 담담히) 이제 32일 남았네. |

## 씬 16. 장미의 집 안, 밤.

장미, 바닥에 앉아, 창가를 보며, 와인을 먹으며 앉아 있는, 강간사건 아이들
과 양촌 부 때문에 착잡한,
그때, 양촌, 화장실에서 씻고 나와, 대관의 방으로 들어가는,

## 씬 17. 대관의 방 안, 밤.

대관, 의자에 앉아 자는, 공부하던 그대로인,
양촌, 대관을 보다, 안아, 침대에 누이며,

| 양 촌 | 자식 공부만 하면 졸리지.. (하고, 이불을 덮어주고, 컴이 켜 있는 것 확인하고 마우스로 끄려 하다, 화면(대관, 야동을 보고 있었던) 보고, 순간 놀라) 아우, 놀래! 이 새끼가 야동을.. 콱! 아우! (하며, 자는 대관의 엉덩이를 밉게 딱 치고, 나가는) |
|---|---|

## 씬 18. 송이의 방 안, 밤.

송이, 이불 덮고 자는데, 긁힌 손이 보이는,
양촌, 그 손 보고 걱정스런,

| 장 미 | (E) 자는 애 건드리지 마. 짜증내. |
|---|---|

**양촌**    (답답한, 송이만 보며, 나가는)


## 씬 19. 장미의 거실 안, 밤.

양촌, 송이 방에서 나와서, 싱크대에서 잔을 하나 가지고 장미 옆에 가서 앉아, 와인을 따르며,

**양촌**    (담담히, 걱정) 송이 손은 왜 그래? 뭐에 긁힌 거 같네?

**장미**    (안 보고, 창가만 보며) 남자친구랑 싸우다, 잘못해서, 어디에 긁혔대.

**양촌**    (답답한) 뭐, 싸우다? 왜 싸워?

**장미**    (창가만 보며) 내가 알아.. 별일 아니라고 신경 쓰지 말래, 지 알아서 한대.

**양촌**    (답답한, 송이 방 쪽 보고, 장미 보는데 좀 걱정스런) 여보? .. 누나? 왜 그렇게 슬퍼 보여?

**장미**    (창가만 보며, 와인을 마시는, 담담히) 그러게, 내가 그러네, 좀.

**양촌**    내가 노래 불러줄까? 내 노래 들으면 잠 잘 잤잖아.

**장미**    (안 보며, 와인 마시고, 서글픈) 그래.

**양촌**    (와인 마시고, 누워, 노래를 부르는)

**장미**    (와인 마시며, 창가 보며, 노래 듣다가, 차분히) 오양촌, 니네 어머니,

**양촌**    (작게 노래 부르며, 장미를 보는)

**장미**    (서글픈, 그러나 담담히) 존엄사.. 신청하자.

**양촌**    (가슴이 쿵 하고 아프지만, 장미만 빤히 보며, 입은 그냥 작게 노래 부르는)

**장미**    (창가만 보며, 서글픈) 아버지 말씀이 맞잖아. 아무것도 해준 것도 해줄 것도 없는데... 우리 맘 편하자고, 어머니 인공호흡기 끼우고.. 몇 년을 침대에만 누워 있게.. 엄마한테 미안하잖아. 의사도 권했어. 이제 거의 자가호흡을 못하시니, 호흡기 거두자고.

**양촌**    (눈가가 붉어지는, 말이 안 나는, 천장 보며, 막막하게 노래만 부르는)

**장미**    (눈가 붉어, 막막하게) 진지하게 고민해. (하고, 와인을 따라 마시는)

**양촌**    (맘 아픈, 천장 보며, 노래만 먹먹하게 부르는)

**장미**    (와인잔 한쪽에 놓고, 양촌에게로 가, 양촌의 팔을 베고, 가슴에 손 올리고, 누워, 눈 감고, 서글픈) 아이들이 자꾸 지역 인근 산자락에서 연쇄적으로 강

간을 당하는 일이 벌어져... 근데, 범인은 흔적도 없어.. 맘이 아퍼.. 늙었나 봐, 전엔 이런 사건 만나면 반드시 범인을 잡아야지 오기가 생겼는데, 지금은 자꾸 힘이 빠져.... 나, 경찰 일 그만둘까. 돈은 니가 벌어다 주니까, 그냥 살림만 할까..

양 촌　(장미의 무력감을 이해하는, 서글픈, 담담히 장미의 어깨를 안고, 이마에 살짝 입 맞추고, 노래만 작게 부르는, 사건도 엄마도 아버지도 어찌해야 할지 모르겠다) ...

**＊ 점프컷, 아침 》**

장미, 맨바닥에 쪼그려 누워 자는, 양촌, 옷을 다 입은 채, 방에서 이불과 베개를 가져와 장미에게 덮어주고, 베개를 베게 해주고, 옆에 술잔과 술병을 들고 가, 식탁 한쪽에 놓는, 식탁엔 이미 토스트와 계란 프라이가 애들 것까지 있는, 메모를 써서 토스트 옆에 놓고, 나가는,

**＊ 점프컷, 인서트 – 메모 》**

여보, 엄마 일 진지하게 생각해볼게. 아침 먹고 나가.


# 씬 20. 양촌 부의 집 앞, 논, 낮.

양촌 부, 농사일을 하고 있는,

**＊ 점프컷 》**

멀리 양촌의 차가 서 있는, 양촌, 차 안 운전석에 기대, 일하는 양촌 부를 멍하니, 서글프게 보고 있는,


# 씬 21. 상수의 집 거실 안, 낮.

정오(국 푸는), 상수(고길 볶는), 밥(상수 모, 혜리, 상수, 정오가 함께 밥을 먹기 위한)을 준비하며, 말하는, 한쪽의 상에 밑반찬들이 놓여 있는, 혜리, 반

찬을 손으로 집어 먹는, 둘 대화에 관심 없는,

상 수    (고기를 볶으며) 물론 니네 엄마처럼 애를 혼자 잘 키우는 사람도 있지, 당연
         히!

정 오    (국만 푸며) 근데?

상 수    슬기를 친모가 키우는 것보단 최명호 경장이 말한 대로 기관에 보내는 것도
         안 나빠.

정 오    (답답한, 버럭) 뭐가 안 나빠?!

상 수    (정오 보며, 조금 큰 소리) 엄마가 애를 기관에 보낸다고, 엄마랑 애 사이가
         끝나는 건 아니야. 일주일에 한 번이라도 찾아가서 만나면 경제적으로도 심
         리적으로도 그게 더 나! 지금은 친모가 사정도 안 되면서 감정적으로 일을
         처리하는 거라고, 남편도 모른다며?

정 오    이혼한대잖아! 우리 엄마랑 니네 엄마는,

상 수    (단호한, 차분히) 그래서, 힘드셨지! 아주 많이. 어린 내가 방치될 만큼.

정 오    ?

혜 리    (상수 보는) ?

상 수    (고기 볶던 것 놓고, 정오 보며, 진지하게) 형이 아니었음 난 지금 어떻게 됐
         을지 몰라. 그때 울 엄마는 알콜릭이었거든. 고아원에 가고 싶었어, 하루 세
         끼 밥만 준다면.

정 오    (상수의 맘이 진심으로 느껴지는, 말을 못하겠는)

상수 모   (E) 정오랑 상순 뭐가 그렇게 진지해.

정오, 상수, 혜리    (돌아보면) ?

상수 모   (욕실에서 씻고 나온 듯, 수건으로 머릴 말리며, 상수, 정오 보며) 니들 사귀
         어?

상 수    (차분히, 아무렇지 않게) 사귈라고, (상수 모에게 다가가 수건으로 머릴 말려
         주며, 어른스레) 그리고 우리가 한 말 못 들었지?

상수 모   (애처럼 머리 대고) 무슨 말?

상 수    (수건 제 목에 걸고) 옷 입고 나와, 밥 먹자.

상수 모   그래. (하고, 정오에게, 웃으며) 정오야, 너 우리 상수 좀 사귀어줘. 난 니가 야,
         우리 며느리 됨 더 바랄 게 없겠다.

정 오    (답답한, 국 푸는)

| | |
|---|---|
| 상수 모 | (눈 흘기며, 서운한) 으이그, 깍쟁이. |
| 혜 리 | (편하게, 손으로 반찬 집어 먹으며) 아줌마, 나는? |
| 상수 모 | (상수 목의 수건 뺏어, 혜리를 치며, 버럭) 반찬 손으로 집어 먹지 마! 드럽게! (하고, 들어가는) |
| 혜 리 | (상수 모 보고, 낄낄 웃다가, 상수 보며, 웃음기 가신, 담담히) 잘 넘어갔다, 니 엄마가 니가 고아원 가고 싶었다 소리 들었음 엄청 상처받으셨을걸. (정오 보며) 상수랑 명호 경장님 말씀도 참고해볼 필요 있어. 이혼이 쉽냐! 슬기 엄마한테 기관 안내서 보내. |
| 정 오 | (생각 많은, 국 푸다, 나가는) |
| 혜 리 | 어디 가? |
| 정 오 | (신발 신으며, 담담히) 최명호 경장님한테 전화해 사과하고, (혜리 보며) 슬기 친모에게도 기관 안내서 보내볼라고, (상수 보며) 니 말이 맞을 수도 있을 거 같애, 이혼하면 엄마도 힘들 거고, 그럼 슬기도 힘들어지니까. 슬길 위해 해보게. (하고, 나가는) |
| 상 수 | (서운하지만, 이내, 밥을 상에 놓는데) |
| 혜 리 | 니가 도왔다? |
| 상 수 | (답답한, 국 가져다 놓고, 앉으며) 뭘? |
| 혜 리 | 니가 뭐하러 명호 경장 편을 들어? 그냥 조용히 무조건 정오 생각이 맞다 그러고, 명호 경장이랑 정오 이간질이나 시키지. |
| 상 수 | (밥 먹으며, 답답한) 아닌 건 아닌 거야. |
| 혜 리 | 그럼 넌 계속 혼자겠네, 정오랑 명호 경장은 갈수록 가까워질 거고. 봐라, 내 말이 맞지? |
| 상 수 | (착잡해도 밥만 먹는) |

## 씬 22. 몽타주.

1, 지구대 옥상, 낮.
정오와 명호, 재밌는 유튜브 동영상을 보며, 서로 커피를 마시며, 웃고 있는,
상수, 혜리, 한쪽에서 그 모습을 보고 있는,

| 혜 리 | (둘만 보며, 커피 마시며) 내 말이 맞지? 둘은 친해지고, 넌 혼자고. |
| --- | --- |
| 상 수 | (착잡하게, 돌아서는) |
| 혜 리 | (돌아서서, 가는) |

2, 도로, 달리는 순찰차 안, 밤.
상수, 정오 생각하며 운전해 가고, 양촌, 담담히 무전 하는,

| 양 촌 | 마현1동 124-7번지, 열정호프집 주인 여성과 이웃집 남성 상인 간의 폭행 시비 건, 순* 열여덟, 열여덟 접수, 종발! 순 열여덟, 열여덟 접수! 마현1동 124-7번지, 열정호프집 주인 여성과 이웃집 남성 상인 간의 폭력 시비 건, 순 열여덟, 열여덟 접수, 종발! 순 열여덟, 열여덟 접수, 종발! |
| --- | --- |

**＊ 점프컷 ≫**
상수, 유턴해 가다, 한쪽을 보면,

**＊ 점프컷 ≫**
도로에 남일, 정오가 주취자 남녀를 차에 태우는 모습이 보이고, 그 옆에서 명호와 한표는 야광봉을 들고 호루라기를 불며, 차들을 안전하게 운행할 수 있도록 다른 곳으로 인도하는,
상수의 눈엔, 명호와 정오만 보이는, 답답하고, 서운한, 머릴 긁는,

3, 남자 화장실 안, 밤.
양촌, 삼보(안대 한), 소변기에 서서 볼일을 보고 있는,

| 양 촌 | (소변만 보며, 안 보고, 담담히) 정말 그만하길 다행이에요. |
| --- | --- |
| 삼 보 | .. (소변만 보는) |
| 양 촌 | (일을 다 보고, 바지 추스르며) 이제 나하고 말도 안 섞을 거예요? |
| 삼 보 | .... |

---

＊ 순 순찰차

| | |
|---|---|
| 양 촌 | 에우.. (답답한, 가는) .. |
| 삼 보 | (소변만 보며, 안 보고) 이만하길 다행이지.. |
| 양 촌 | (보면) |
| 삼 보 | 나도 그렇게 생각해. |
| 양 촌 | 말문 텄네.. 히히.. (말해주는 게 고마운, 작게 웃고, 나가는) |

그때, 민석, 종민, 명호 오고,

삼보, 세 사람을 무시하듯 안 보고, 세면대로 가서, 손을 닦는,

| | |
|---|---|
| 종 민 | (삼보에게) 저녁 드셨어요? |
| 삼 보 | (손만 닦는) |
| 민 석 | (답답한) 눈은 어떠세요? |
| 삼 보 | (손만 씻는) ... |
| 명 호 | (불편한데) |
| 삼 보 | (손만 씻으며) 야! |
| 명호, 종민, 민석 | 네? |
| 삼 보 | (주머니에서 안약 꺼내며) 이것 좀 눈에 넣어줘. |
| 종 민 | (얼른 옷 추스르며) 내가 해줄게요. (하고, 삼보에게 가서, 안약을 넣는, 눈이 아플까 싶어, 걱정되는 얼굴이다) |
| 명호, 민석 | (얼른 가서 삼보 눈을 보며) 눈이 그래도 제법 나았네. |
| 삼 보 | 앗 따거! |
| 민 석 | (종민을 탁 치며, 안약 뺏으며) 너는 왜 주임님을 아프게, 내가 해줄게요, 내가! |
| 종민, 민석 | 내가 해, 내가! |

서로, 다투듯 서로 하겠다고 하는,

| | |
|---|---|
| 삼 보 | (그런 대원들을 보며, 고마운, 살짝 웃다가, 버럭) 낼모레 애 아빠 되는 놈이 해. |
| 종 민 | (확 뺏으며) 들었지? 낼모레 애기 아빠 될 놈, 나보고 하라잖아! (하고, 삼보의 눈에 안약을 넣는) |

**명호, 민석**   (웃으며) 야야, 잘 넣어, 잘.


4, 지구대 복도, 밤.
상수, 잠잔 얼굴로 수건을 목에 두르고 나오다(휴식 후, 세수하러 나온), 여자
방문 열고, 명호가 서서 안의 정오를 보는 게 보이는,


**상 수**   ?
**명 호**   (정오를 이쁘게 보고, 문 닫다가, 상수 보고, 편하게 웃으며) 순찰 갈 시간인
데 정오가 너무 편하게 자서 못 깨우겠네. (시계 보며) 아직 시간 좀 있으니
까 좀만 더 재우자. (하고, 1층으로 내려가는)
**상 수**   (질투가 조금 나는)
**혜 리**   (화장실에서 이 닦고 나온 듯, 칫솔 들고, 상수 보며) 내 말이 맞지? 둘은 가
까워지고, 너는 혼자 물먹고?
**상 수**   1분만 있다 들어와. (하고, 여자 휴게실에 들어가는)
**혜 리**   (벽에 기대며) 불쌍한 놈.
**승 재**   (커피를 들고, 오다, 혜리에게 주며) 마셔. (하고, 가고)
**원 우**   (오며) 승재가 니가 좋대. (하고, 가는)
**혜 리**   (이상한) 뭔 소리야? (하고, 마시다) 앗 뜨거, 뜨거!


5, 여자 휴게실 안, 밤.
상수, 들어와 벽에 기대앉아, 정오를 보는,
정오, 자다가, 소리에 상수를 보며,


**정 오**   (졸린, 누운 채) 순찰 시간 됐구나.
**상 수**   (따뜻하게 정오만 보는)
**정 오**   (일어나, 머리 만지며, 상수를 보며, 졸린) 왜 그러고 있어?
**상 수**   (담담히 보며, 정오가 그리운 듯) 내가 너한테 지금 입 맞추고 싶다고 하면,
넌 미친놈이라 그러겠지?
**정 오**   (어이없이, 작게 웃으며, 아무렇지 않게) 잘 아네.
**상 수**   (머리 디밀며, 서글프지만, 담백하게) 나 머리 좀 만져줘?
**정 오**   (어이없이 웃으며) 왜?

상 수    (머리를 디밀고) 그냥, 머리 흩트리고, 가, 임마! 정신 차리고, 일해, 꺼져! 그
래.

헤리가 둘과 상관없이 들어와, 무심히, 웃옷을 입는,

정 오    (편하게, 친구처럼, 상수 머리 흩트리고, 살짝 머리 탁 치고) 가, 임마, 정신 차
리고, 일해 꺼져!
상 수    (슬프지만, 정오한테 안 들키려, 빠르게 일어나, 나가는)
헤 리    (옷만 입으며) 너 상수한테 너무 살갑다. 미워해, 그냥. 그게 심플해.
정 오    (일어나, 거울 보고 단장하며) 난 그냥 상수가 재밌어. 귀엽고, 편하고.
헤 리    명호 경장님은?
정 오    (옷 입으며, 편하게) 좋지, 그냥.
헤 리    그럼 넌 상수랑 되겠다.
정 오    (뭔 소리야 싶게, 보면) ?
헤 리    좋은 건 재밀 못 이겨. 내 경험에 의하면. (하고, 나가는)
정 오    (어이없이 웃으며) 말 되는 소릴 해라. (하고, 편하게 옷 마저 입는)


# 씬 23. 지구대 앞, 낮.

원우, 한표, 승재, 양촌, 순찰차를 청소하고 있는,

한 표    상수 시키시죠?
양 촌    내가 더 꼼꼼해. (하고, 청소하다, 무심히, 주차장 쪽에 서 있는 일반 차량 운
전석에 여대생이 눈가가 붉어, 넋이 나가 앉아 있는 게 보이는, 이상해, 차로
가 차 창문 두드리며, 조심스런) 선생님, 무슨 일이세요? 뭐, 도와드릴까요?
여 자    (차 창문 열고, 힘없이, 슬픈 얼굴로, 옆에 있는 상자 주며) 이거 신고하려고
왔는데, 기운이 없어서..
양 촌    (여자에게 상자를 받아, 열어보고, 놀란, 그러나 참고, 순간 멍해, 여자 보는)
여 자    헤어진 남자친구가 집에 와 제 개를 죽였어요..
양 촌    (여자를 보는, 답답하고, 이게 뭐지 싶은, 어두운) ?

씬 24. 인근 야산(등산로가 아닌, 입산 금지구역이라 험한), 낮.

범인(가방을 메고(옷가지, 신발 등이 들어 있어, 무겁진 않지만, 제법 큰 가방이다), 모자 쓰고, 노랑 버프를 하고 눈만 내놓고, 등산화에 등산복 차림으로, 빠르게 비탈길을 내려와, 등산로로 접어드는, 등산로로 들어서서는, 다른 등산로에서 내려오는 등산객에게 들키지 않기 위해, 걸음을 천천히 걷는, 그리고, 일상적으로 전화를 걸며, 걸어가는데,

풀 샷으로 보면, 멀리 범인 앞에 화장실이 있고, 화장실 지붕 쪽에 범인을 찍을 수 있는 씨씨티브이가 켜진(이 씨씨티브이에 범인의 정면이 찍히는, 씨씨티브이 위치상, 화장실의 출입구는 안 찍히고, 등산로 길가 쪽만 찍히는),

E        (핸드폰 신호음)

**＊ 점프컷, 입산 금지구역 안 》**

경미(동생, 만 13세, 중1, 9부 가정폭력사건 때 집 앞에 있었던), 교복을 입은 채(강간을 당한 느낌), 신발은 벗겨져 있고, 얼굴이며 온몸을 맞은 채, 나무에 묶여 있는, 기절한, 너무 끔찍하고(디테일하게 보여주지 말 것), 핸드폰 신호음(경미의 핸드폰이다)이 들리는,

카메라, 바로 한쪽으로 돌면, 조금 멀리 떨어진 곳에,

경진(언니, 만 16세, 고2), 머리에 돌로 맞은 흔적이 있는, 다른 외상은 없는, 그러나 강간을 당한 듯, 옷매무새가 흐트러져 있고, 얼굴은 울어, 처참한 몰골이다, 핸드폰으로 전화하며, 경미(동생)를 보며, 전화기 들고, 눈가는 붉지만, 울지 않고, 경미 쪽으로 막막한 얼굴로 기어가며, 말하는,

**119 상황실**   (E) 네, 119입니다.

**경 진**     (힘없지만, 경미를 위해, 기어가는) 동생이 강간을 당했어요... 소명산에서.. 도와주세요.. (하고, 기절한 경미에게 가서, 맘 아프게 꼭 안다가 핸드폰 놓치는, 바닥에 떨어진 핸드폰은 켜져 있는, 먹먹한, 맘도 아프고, 몸도 기운이 없어, 낮은 소리로) 제발, 도와주세요... 제 동생 좀.. 제 동생 좀..

풀 샷으로 두 자매가 보이는,


씬 25. 인근 산 주차장, 낮.

구급차 두 대가 서 있는, 둘 다 들것이 들어가는 뒷문이 열려 있고, 그 앞에
남자 구급대원1이 뒷문을 열고 서 있고, 주변엔 정오가 순찰차 앞에 서서,
구급대원들이 들고 오는 들것을 보는, 양촌과 상수, 명호와 한표, 민석과 승
재의 순찰차와 타격대*의 차도 보이는,

* 점프컷 》
언니 경진(정신이 명한, 눈물자국이 지저분하게 있는), 남일과 남자 구급대
원2가 든 들것에 실려 몸에 모포를 덮은 채, 누워 있는, 남일과 남자 구급대
원2의 옆에 여자 구급대원1이 함께 가는(경진을 수습한), 남일과 남자 구급
대원2, 들것을 구급차1에 신고, 남일(속상한, 땀 흘리며)은 남고, 여자 구급대
원1은 뒤쪽에 타는, 남자 구급대원2도 뒷좌석에 타는,

* 점프컷 》
동생 경미(기절한), 상수(들것을 앞쪽이 아닌, 경미의 얼굴이 보이는 뒤쪽을
든, 경미의 처참한 얼굴을 보고, 다시 앞 보고, 슬픈 얼굴로 이동하는, 눈가
가 붉지만, 아일 안전하게 옮겨야겠단 생각에, 열심히 땀 흘리며, 운반하는)
와 남자 구급대원3이 든 들것에 실려 몸에 모포를 덮은 채, 누워 있는, 들것
옆에 여자 구급대원2(현장에서 경미를 수습한), 따라가는, 상수, 들것을 구
급차2에 신는, 여자 구급대원2 경미와 함께 뒤에 타고, 남자 구급대원3 같이
타는, 구급차1, 2는 사이렌을 켜고, 가는,

---

* 타격대(112타격대) 대간첩 작전 및 각종 사건·사고, 재해 발생, 민생치안 등 긴급한 조치를 위해 경찰기관에
설치한 부대

**\* 점프컷 》**

한쪽 순찰차 앞에서 정오, 서서, 경미 경진을 태우고 가는 구급차를 눈가 붉어, 맘 아프게 보는,

**\* 점프컷, 9부 회상 》**

1, 자매 모가 '우리 애들은 안전해요, 내가 지키니까!' 할 때, 그 모습을 보던 정오,
2, 경진 경미의 집 앞에서 경진이 경미를 챙기던 모습,

**\* 점프컷 》**

**남 일**  (구급차만 보며, 답답한) 저 자매들, 아버지가 엄마를 상습 폭행해서, 출동했던 집 애들인 거 알아?

**상 수**  (눈가 붉은, 맘 아픈, 고개 끄덕이며, 구급차만 보는, 참담한, 애써 담담한) 네. 그 집에 들어갔을 때.. 사진에서... 애들이 너무 맑게 웃고 있었어서, 기억이 나요.

**남 일**  (한숨, 정오를 보는, 정오 맘 이해하는, 답답하지만, 따뜻하게) 한정오, 조수석에 타, 내가 운전할게. 염상수도 같이 타. (하고, 운전석으로 가는)

**정 오**  (맘 추스르며 차 타고, 참담한, 그러나 냉정하려 하는, 슬픔 속에서도 정신을 차리잔 생각이 많다)

**상 수**  (담담히, 빠르게, 뒷좌석에 타는데, 자기도 모르게, 눈물이 흐르는, 이럴 때가 아니다 싶어, 담담히 쓱 눈물 닦고, 구급차만 주시하는, 어른스런)

**남 일**  (답답해도, 할 일은 하는, 운전해 가는)

**\* 점프컷, 인근 산 주변 》**

타격대(혹은 방범대, 열 명 이상), 명호, 한표, 민석, 승재, 삼보, 혜리, 장 형사, 소 형사, 모두 덧신을 신은, 맘이 어둡고, 속상하지만, 그래도 일에 몰두하는, 합심해, 사건현장에서 멀리 떨어진 곳까지 넓게넓게 폴리스 라인을 치는,

**장 형사**  (소리치는) 다들 폴리스 라인은 최대한 넓게 칩니다!
**명호, 삼보, 민석, 종민**  (동료들에게 전달하듯, 일하며, 복창하는) 범인의 확실한 족적

확보를 위해, 폴리스 라인은 최대한 넓게 칩니다!

다른 모두 (모두 듣게 반복하는) 네! 폴리스 라인 넓게 칩니다!

**\* 점프컷, 타격대와 지구대원들과 떨어진 인근 산, 사건현장 》**

양촌(신발 위에 덧신 신은), 장미(신발 위에 덧신 신은), 사건현장으로 올라가는,

장 미 (참담한, 차분히) 과수팀\*은, 마포1동에 화재현장 감식 나갔어. 여기로 오려면 시간이 좀 걸릴 거야. (하고, 사건현장 앞에 서는)

**\* 점프컷, 사건현장 》**

장미, 동생 경미가 묶여 있던 나무를 보고, 그 옆에 손이 묶였던 끈이 칼로 잘려 놓인 걸 보는,

양 촌 119 구급대원 네 명하고, 강남일 한정오 염상수가 피해아이들을 해바라기센터\*\*로 이송했어. 구급대원이 먼저 도착해, 동생이 묶여 있던 밧줄을 칼로 잘랐어. 증거 확보보단 아이 상태가 중요하니까. 언닌 범인이 돌로 쳐서, 기절했다가 깨서, 신고했대. 정확한 사건 발생 시간조차 모르는 상황이야.

장 미 (담담히, 쪼그려 앉아, 매듭 보며) 텐트 묶을 때 사용하는 클로브 히치 매듭에 옭매듭으로 마무리 한 번 더 했네. 산을 잘 아는 놈이야.

양 촌 (서서, 밧줄 보며, 예리하게) 밧줄이 새 거야. 이 새끼 범행 저지르기 전에 쇼핑했다면, 완전 계획적이네. (그러다, 바닥의 범인 족적을 보고, 핸드폰으로 족적을 찍으며, 담담히) 놈의 족적 같지. 올라오다 보니, 같은 모양의 족적이, 산 아래 사람들이 많이 다니는 등산로에서 없어졌어. 사이즈는 (손으로, 뼘을 재보고) 이백팔십 정도, 다행히 엊그제 비가 와, 족적이 선명해. 족적 추적해, 메이커를 확인하면, 판매처를 찾을 수 있고, 결제수단 확인하면 놈의 신분, 이걸 산 매장에 씨씨티브이가 있다면, 놈의 얼굴도 확보가 가능하겠네..

---

\* 과수팀 과학수사팀
\*\* 해바라기센터 성폭력 및 가정폭력 피해자의 상담 및 지원을 하는 기관

시간은 걸리겠지만.

장미    (고개 돌려, 바닥을 보면, 범인이 뒤에서 동생 경미의 입을 막고 나무 쪽으로
        질질 끌고 온 흔적이 보이는, 그 흔적을 따라 내려가는)
양촌    (따라가는)


**\* 점프컷 》**
장미, 양촌, 거친 산길을 따라 내려오다, 한쪽에 놓인 돌탑을 보고, 멈추는,


**\* 점프컷, 상상 + 현실 》**
아래, 상상 씬에선 경진, 경미 이름표를 하고, 이후, 해바라기센터에선 이름이
없는,
동생 경미(주머니에서 전화벨이 울리는), 두 손 모아 '아버지와 살지 않게 해주
세요!' 하고 소원을 빌고 손을 내리고, 전화기를 켜는데(언니라고 화면에 뜬),
갑자기, 범인(모자 쓰고, 노란 버프를 입까지 한)의 손이 경미의 입을 막고, 마
구 산으로 이동하는 게 보이는, 그 바람에 경미의 핸드폰이 바닥에 떨어진,
양촌, 그 핸드폰을 열면, 통화기록에 언니라고 쓰인,
장미, 다시 그 상상(범인이 동생 경미를 끌고 가는 걸 보고는)을 쫓아 사건현
장으로 가는, 양촌, 따라가는,


**\* 점프컷, 상상(자극적이지 않은, 정보만 명료히 전달될 수 있게, 플래시컷처럼)**
    **+ 현실 》**
범인, 동생 경미를 나무(이미 깔개가 깔린)로 데리고 와 마구 때려(느낌만,
자세히 보여주지 말 것), 기절하고 넘어지면, 주머니에서 밧줄을 꺼내, 동생
경미의 두 손을 위로 해 재빠르게 나무에 묶고(동생 경미는 누워 있는 자
세), 바지의 벨트를 푸는,


**\* 점프컷 》**
장미, 그 상상을 보며, 참담하고,


양촌    (이것이 연쇄란 걸 몰라 이상한, 답답한) 범인이 밧줄이 묶여 있는 곳에서 아
        일 성폭행했다면, 둘이 실랑이한 흔적이 있어야 되는데, 왜, 땅이 매끈하지?

| 장 미 | (나무 아래 쪽, 사건현장만 보며) 과수팀이 와봐야 좀 더 정확히 알겠지만, 연쇄 같애. 범인은, |
|---|---|
| 양 촌 | (보면) ? |
| 장 미 | 깔개를 깔고, 콘돔을 사용하고, 증거를 안 남기지. 지난달에도 여기 소명산 근처 백운산 자락에서 같은 일을 벌였는데, 깔개를 놓고 갔지만, 아무런 증거도 찾을 수 없었어. 근데 이상한 건 그때도 족적을 찾았었는데, 족적이 다르네. 그땐 사이즈가 295였어. 지금보다 확실히 컸어. |
| 양 촌 | (뭔가 싶은, 답답한, 주변을 관찰하다, 바닥에서 다른 쪽으로 난, 언니 경진의 족적을 본, 족적을 따라 고개 들어 멀리 보면) |

**\* 점프컷, 상상 》**

| 경 진 | (별생각 없이, 경미를 찾는) 경미야! 너 어딨어! 도서관 안 가?! 경미야! (하다, 경미가 범인에게 당하는 걸 보고, 놀라, 멍한, 그러다, 주변의 돌을 주위들고, 울분에 차, 범인에게 달려들며) 내 동생, 내 동생, 건드리지 마! |
|---|---|
| 범 인 | (그 소리에 바지를 올리고 경진이 달려오는 순간, 돌을 들어, 경진의 머릴 치는) |

**\* 점프컷 》**

장미, 현장에 있는 피 묻은 돌을 보며, 눈가 붉어지는(너무 많이는 아님), 참담한,

**\* 점프컷 》**

| 양 촌 | (답답한, 무릎 꿇고, 바닥을 보면, 낙엽이 눌린) 여기서, 언닐 돌로 치고, 깔갤 깔았네. (답답해도, 담담히) 119 구급대원은 언니가 동생이 강간을 당했다고 신고한 전화를 받았다고 했는데, 동생만이 아니라, 언니도 당했을 가능성이 있겠네. 젠장. |
|---|---|

그때, 경모, 명호, 다른 쪽에서 오며,

| 명 호 | 산 위쪽으로 들개 발자국이 여러 개 보여요. |
|---|---|
| 경 모 | (장미에게) 치밀한 놈 같은데 대체 밧줄은 왜 놓고 허둥지둥 갔나 했는데, 들개 소리 때문이었던 거 같네. |
| 장 미 | (답답한, 남일에게 전화를 하는) 강남일, 자매는 어떤 상태야? |
| 남 일 | (답답한, E) 의료진하고 진료실에 좀 전에 들어갔어요. 근데, |
| 장 미 | ? |

양촌, 막막한, 언니 경진을 친 돌이며, 언니 경진의 족적과 보행 패턴이 팔자로 나 있는 범인의 족적을 발견하는, 경모, 족적을 사진 찍으며,

| 경 모 | 보행 패턴이 뚜렷하게 팔자네.. |
|---|---|
| 양 촌 | 그지? (하고, 관찰하는) |

# 씬 26. 해바라기센터 복도, 낮.

상수, 복도 의자에 앉아, 범인을 잡아야겠다, 차분하고, 냉정하게 생각하지만, 눈가는 붉은, 어둡진 않은, 범인을 잡아야 한다는 생각에 오기 어려 이 앙다물고 자매들이 있는 진료실만 보고 있는, 남일, 상수의 맞은편에 앉아, 답답하지만, 담담히 전화하고 있는,

| 남 일 | 구급차 안에서, 언니가 자기들은 강간당한 적이 없다, 그냥 어떤 놈에게 맞았는데, 그걸 밝히고 싶지도 않다면서, 집에 보내달라 그랬대요. |
|---|---|

**\* 점프컷, 교차씬 》**

| 장 미 | (답답하지만, 담담히) 그래서, 현잰? |
|---|---|
| 남 일 | (담담히) 센터 여경이 다른 일로 출장 중이라, 한정오가 들어가 의료진과 설득 중이에요. 아시다시피, 진료실 쪽엔 남자 경찰은 들어갈 수가 없으니까.. 전 대기 중이고요. |
| 장 미 | 알았어. 수시로, 경과 알려줘. (하고, 전화를 끊고, 사건현장을 보는, 막막한) |

씬 27. 진료실 안, 낮.

동생 경미, 침대에서 링거 꽂고 몸을 모포로 돌돌 말고, 모로 누워, 눈 감고 있는, 커튼이 쳐진,

경 미    (기운 없는, 작게) 집에 가고 싶어.. 언니.. 집에.. 가자..

**\* 점프컷, 커튼 밖 》**
언니 경진(머리에 처치를 받은, 슬프지만, 차분한), 여의사와 정오와 마주 앉아 있는, 그 앞에 성폭행 피해자를 위한 응급키트 도구들이 놓인,

여의사    (검사 도구를 설명하는, 맘 아파, 담담히) 이건 생식기 쪽에 넣어서, 증거채취를 하는 거고, 이건 항문 쪽에,
경 진    (말꼬리 자르며, 정오를 빤히 보며, 눈가 붉지만, 차분하고 냉정히 말하는) 집에 보내주세요. 동생도 저도 집에 가고 싶어요.
정 오    (맘 아프지만, 차분히, 담담한, 냉정하지 않은) 성폭행 증거채취를 거부하면 우리가 너흴 도울 수가 없어. 너희를 성폭행한 범인을 잡을 수도 없고, 빠른 시간 안에 혈액, 소변검사는 물론 생식기,
경 진    (말꼬리 자르며, 눈가 붉어, 정오를 빤히 보며, 차분히) 우린 강간당한 적 없어요, 말했잖아요. 119 대원분들한테도 지금 여기서도.. 우린 강간당한 적 없어요. 그냥 어떤 미친놈이 우릴 때린 거예요. 그리고, 난 그 범인을 잡고 싶지도 않아요.
정 오    (맘 아프지만, 차분히, 그러나 단호한) 동생의 하체에서 피가 흘렀어. 니가 119에 동생이 강간당했다고 신고한 내용도 있고.. 끔찍한 일이지만, 이번 일로 임신을 할 가능성도 있어, 72시간 안에 사후피임약을.. 이대로 집에 돌아가면 안 돼. 우리가 너흴 도울 수 있게 해줘.
경 진    (정오를 빤히 원망스럽게 보며, 단호한) 지난번에도 우리 집에 오셨지만, 아무런 도움도 안 주셨잖아요?
정 오    ?!

**경진**　경찰들이 돌아가고 우린 아버지한테 다른 날보다 더 많이 맞았어요. 필요 없어요.

**정오**　(맘 아프지만, 단호한) 분명히 알아, 우리가 너흴 안 도운 게 아니라, 너희 어머니가 우리의 도움을 받지 않았(어),

**여의사**　(말꼬리 끊으려, 정오의 팔을 살짝 잡고, 정오를 보며, 담담히) 일단, 보호자에게 인계합시다. 아이들을 위한 응급조치는 끝냈으니까. 피해자가 거부하면, 증거채취, 할 수 없어요.

**정오**　제가 좀 더 설득해서,

**여의사**　(일어나며) 나와요. (하고, 옆의 자매와 떨어진 공간으로 가서, 정오 보며, 차분히, 그러나 단호히) 지금 한정오 순경은 범인 잡는 게 우선이야, 저 두 자매의 상태가 우선이야?

**정오**　(여의사 보며, 말을 못하는, 맘 아픈, 그러나 최선을 다하려는, 오기도 있는) ..

**여의사**　(담담하지만, 단호하게, 정오를 보며) 매뉴얼대로 해요. 우린, 피해자가 원하지 않으면, 여기서, 더는 아무것도 진행해선 안 돼. 저 애들은 몸도 다쳤지만, 맘도 다친 애들이야. 그따위로(차분하지만, 경고성으로 강하게 하는 말), 다 그치지 말라고.

**정오**　(맘 아픈, 눈가 붉어, 단호한) 애들이 진술하지 않으면 수사 진행이 어려워요. 범인을 잡더라도 유죄 판결이 힘들구요. 이 끔찍한 일이, 아무 일도 없었단 듯, 그냥 묻힌다고요.

**여의사**　난 의사고, 난 애들이 우선이야. (하고, 경진 쪽으로 가는)

**정오**　(실망하지 않는, 차분한, 자리로 와서, 경진만 보며, 맘 아파도 냉정히) 엄마와 아빠 중, 누구한테 연락할까?

**경진**　(정오 보며, 눈은 화가 났지만, 말은 차분히) 그냥 보내주세요.

**여의사**　(이상한, 정오 보면)

**정오**　(차분히) 니가, 증거채취를 불응하는 걸 내가 막을 순 없지만, 부모님의 연락처를 말하지 않으면, 난 널 보내줄 수 없어. 성폭행사건이,

**경진**　(정오 노려보며, 차분히) 그냥 폭행사건이에요.

**정오**　(차분히 보며, 맘 아파도, 정보만 말하는) 그냥 폭행이래도, 경찰이 사건을 신고받고 출동한 이상, 미성년은 반드시 법적 보호자에게 연락해서 인계를 해야 하는 게, 매뉴얼이야. 보호자 전화번호 줘.

## 씬 28. 병원 진료실 안, 낮.

양 교수와 한솔 함께 앉아, 컴으로 검사 자료를 보고 있는,

양 교수  (담담히) 이게 암 덩이야.

한 솔  (맘이 묵직하지만, 담담히) 젠장.. 설마 했는데 지랄이네. (답답해, 얼굴을 두 손으로 부비는, 화나는, 부인에게 전화가 오는, 받으며) 뭐, 대출을 받아? (사이, 속상한) 처남은 무슨 되지도 않는 사업하면서, 뻑하면 대출이야?! 내가 은행이냐! 알아서 해, 집을 담보 잡든, 나를 담보 잡든! (하고, 전화 끊고, 컴의 대장 사진을 보며, 덤덤히) 이건 암 덩이고 (손가락으로 한 부위를 가리키며) 얘는 뭐야? 빨리 말해, 나 지구대 다시 들어가야 돼.


## 씬 29. 경찰서 앞, 낮.

양촌의 순찰차 와서, 멈추는,
양촌, 운전석, 장미, 조수석에 앉아 있는,

**＊ 점프컷, 차 안 》**

장 미  (생각 많은)

양 촌  애들이 진술을 거부했다면, 사건 전담팀 만드는 것도 물 건너갔단 얘기네. 범인 얼굴도 모르니 몽타줄 만들어 공개수사 할 수도 없고.... 어쩌냐?

장 미  (생각 많은, 막막한, 슬프고, 냉소적인 느낌, 양촌 안 보고) 어쩌긴, 다음 사건이 벌어질 때까지 기다려야지. 애들이 더 다치게, 두 손 놓고.

양 촌  (답답하지만, 강하게) 사건 전담팀이 생기든 안 생기든, 난, 사건현장에서 가까운 소명산 11번 등산로 지점부터 버스 정류장이 있는 곳까지 씨씨티브이 확인할게.

장 미  영장도 없이?

양 촌  발품 팔면 돼. 대장과 상의할게. 내려. 퇴근하고 집에 가서, 당신 옷 가져다줄

게. 그 성질에 오늘 서에서 날 샐 거 아냐.

장 미  가. (하고, 내려, 가는)

양 촌  (가는 장미 보고, 차 돌려 가며) 야.. 진짜.. 이 발바리 새끼.. (하다, 맘이 어두워지는)


    * 플래시컷 ≫
    1, 범인의 족적, 보행 패턴,
    2, 범인이 아일 나무에 묶는 모습, 상상,


    * 점프컷, 현실 ≫

양 촌  (머리 흔드는, 생각 말자 싶은, 송이에게 스피커폰으로 전화하는, 안 받는) 앤 왜 전활 안 받어.

여 자  (E) 헤어진 남자친구가 집에 와서, 개를 죽였어요.


    * 플래시컷 ≫
    1, 8부, 주방에서 손목에 멍든 송이, '남자친구랑 장난하다, 다쳤어!' 하며, 짜증내던,
    2, 11부 앞 씬에서 손목이 긁힌 송이,

장 미  (E) 남자친구랑 싸우다, 잘못해서, 어디에 긁혔대.


    * 점프컷 ≫
    양촌, 다시 송이에게 전화를 하는, 걱정되는, 답답한, 너무 어둡지는 않은,


# 씬 30. 해바라기센터 앞, 밤.

    경진 모, 울며, 동생 경미를 모포로 감싸 안고, 순찰차(남일, 뒷문을 열어주는)에 타는, 경진(맘 아프고, 화난 듯), 모포를 뒤집어쓰고, 뒤따라가서 차에 타는,

**남 일**    (경진 모에게) 잠시만요. (하고, 한쪽에서 맘 아프게 서 있는 상수(남일의 순
찰차를 막막하게 보고 있는)와 정오(맘 아프게, 순찰차를 막막하고, 화가 나,
오기 어린 듯하게 보고 있는)를 보고 다가가, 정오에게) 엄마한테 애들이 강
간사건을 숨기는 것 같다, 애들이 강간 시 임신을 하거나 성병 등에 노출될
수 있다 같은 상세한 정보는 줬어?

**상 수**    (정오 보고, 남일에게) 줬대요. 근데, 엄마가 자긴 애들 말만 믿는다고, 애들
이 아니면 아닌 거라고 하고, 가네요, 지원 거부 동의서까지 쓰고, 저렇게. (하
고, 순찰차 보는)

**남 일**    (화나는) 아 쌩! 일단, 집에 보낼게. 차에 자리 없으니까, 둘은 알아서 와. (하
고, 가서, 순찰차 타고 가는)

**정 오**    (가는 차 보다, 길로 걸어가는, 참담한)

**상 수**    (답답하게, 정오 쪽으로 가는)


## 씬 31. 길거리, 밤.

정오, 상수, 생각 많게 걸어가는, 처진 느낌보다, 이 일을 어찌해야 하나, 오기
도 나고, 생각이 많은,

**상 수**    (답답한) 버스 안 탈래?

**정 오**    (앞만 보고, 가며) 걸을래.

**상 수**    (생각 많게 가다, 멈추고, 가는 정오 보며, 담담히) 난 버스 탈래. 지구대 가서
아까 그 애들을 도울 수 있는 게 뭔지, 찾아볼래. 빨리 와, 무기 반납하고, 퇴
근해야지. (시계 보고) 지금 열 시 오십 분 다 돼가.

**정 오**    (순간 멈추는)

**상 수**    (정오가 선 것을 모르고, 뒤돌아, 버스 정류장으로 빠르게 가는, 자매 생각뿐
인)

**정 오**    (가만 서 있는, 막막한 듯한, 기억이 떠오르는)

**어린 정오**  (E, 편안한) 열한 시까진 당연히 집에 가지,

**＊ 점프컷, 회상, 12년 전, 후미진 아파트 뒤편 》**

**어린 정오(17세, 고등학생)**   (도서관 갔다 집에 가는 듯한, 시계 보고(O. L), 전화하고 가
는, 웃으며) 지금 시간이 열 시 사십팔 분인데.. 곧 가. 알았어, 정다형, 넌 애
가 왜 그렇게 걱정이 많아. (웃으며) 알았어, 알았어, 집에 가서 전화할게.

어린 정오, 전화기 주머니에 넣고 가는데, 갑자기, 뒤에서 누군가 겉옷으로 어
린 정오의 얼굴을 덮어, 옷으로 목을 조르는, 그 바람에 어린 정오, 욱욱 하는
소리만 낼 뿐, 아무 소리도 못 지르는, 남자1, 어린 정오를 끌고 가는, 남자2,
망보듯 하며 말하는,

**남자2**   산으로 가, 산으로.. (하며, 주변 보고, 발버둥 치는 어린 정오를 남자1과 같
이 들고 가는)
**명 호**   (E) 현장에서 발견한 동생 핸드폰이야. 피해자가 진술을 거부해, 사건 성립이
안 돼서,


# 씬 32. 지구대 복도, 밤.

명호(근무복), 정오에게 경미의 핸드폰 주며, 말하는,

**명 호**   이 핸드폰도 증거가 안 돼. 전해줘.
**정 오**   (사복 차림, 참담한, 핸드폰 받아 열어보면, 바탕화면에 경진 경미가 안고 찍
은 웃는 얼굴이 보이는, 맘 아픈, 핸드폰을 주머니에 넣고, 가려는데, 뒤에서
명호가 어깨에 손을 올리는, 순간적으로 야멸차게, 탁 치는)
**명 호**   (미안하고, 어색한, 조금 당황한) ?
**정 오**   (제 행동이 스스로도 답답한, 명호를 가만 보기만 하는) ...
**명 호**   (어색한) 나는 그냥 인사하려고..
**정 오**   (미안하고, 답답한) 퇴근할게요. (하고, 가는)
**명 호**   (왜 저런가 싶은)

## 씬 33. 길거리, 밤.

정오, 생각 많게 빠른 걸음으로 걸어가는, 오기 어린 듯한, 핸드폰이 울리고 보면, 명호다, 그냥 안 받고, 가는, 눈가는 붉어도 담담한,

**\* 점프컷, 회상, 12년 전 》**
정오 모, 집에 들어오는데, 집에 정오의 가방이 던져져 있고, 화장실 쪽에 어린 정오의 옷가지가 구겨져 벗겨져 있는,

정오 모    (일하고 와, 피곤한) 이 기집애가 미쳤나, 야, 가방이며, 옷이며, 죄다 어질러놓고, 뭐하는 거야, 너! (화장실 문 열려 하며) 정오야! (그러다, 닫힌 문 두드리며) 정오야!

**\* 점프컷, 회상, 화장실 안 》**
어린 정오(얼굴을 두어 대 맞은), 속옷 차림으로 샤워기의 물을 맞으며, 눈가 그렁해 멍하니 앉아 있는,

**\* 점프컷, 현실 》**
정오, 눈가 붉어, 하염없이 길을 걸어가며, 전화하는,

경진 모    (E) 전화 못 바꿔줘요. 경진이 지금 경미랑 목욕 중이에요. (하고, 전화 끊는)
정오    (눈물이 흐르는, 눈물 쓱 닦고, 전화하고, 경진 모 받으면) 어머니, 사건현장에서 경미 핸드폰을 찾았어요. 제가 지금 집으로 가져다드릴게요. 가서, 전화 드릴 테니, 경진이 잠깐 내보내주세요. (하고, 전화 끊고, 걸어가는)


## 씬 34. 경진 경미의 집 안, 밤.

경진 모, 집 전화기를 보다, 내려놓고, 청소만 하는, 욕실에서 물소리 나는, 그때, 경진 부, 술 취해, 문 열고 들어와, 바닥에 누워 천장 보며,

경진 부    애들 어딨냐?

경진 모    (속상한, 청소만 하는)

경진 부    (옆에 책을 던지며) 애들 어딨냐고!

경진 모    (청소만 하는)


## 씬 35. 경진 경미의 욕실 안, 밤.

경진, 넋 나간 듯한 경미를 안쓰러워하며 씻기고 있는(욕조 안, 커튼이 쳐진),

경 진    (맘 아프지만, 참고, 의젓하게) 경미야, 너 아무 일도 없었어, 알지?

경 미    (고개 끄덕이는, 슬픈, 멍한)

경진 부    (E) 경진아, 경미야!

경 진    언닌 너만 있음 돼. 정신 차려야 돼. 이겨내야 돼.


## 씬 36. 장미의 방 안 + 거실, 밤.

양촌, 장롱에서 장미의 옷가지들과 속옷 등을 꺼내, 가방에 담아서 나가는,
대관, 텔레비전을 보며, 라면을 먹고 있는,

양 촌    니 누나한테 전화해봤어?

대 관    (텔레비전만 보며) 안 받어.

양 촌    (답답한, 나가며) 문단속 잘하고 자.

대 관    (텔레비전만 보면)

양 촌    (버럭) 야, 문단속 잘하고 자라고!

대 관    (보며, 버럭대는) 알았다고! 거실 불은 안 끄고, 텔레비전은 틀어놓고, 문은
         아래위, 수동 걸림쇠까지 싹 다 하고 잔다고! 누나, 들어올 때까지, 계속 전화
         도 해보고, 그런다고! (하고, 다시 텔레비전 보는)

양 촌    (어이없는, 나가려다, 다시 보며) 너, 야동 보는 거 내 눈에 한 번 더 띠어, 콱

쥐 패버릴라니까, 그냥! (하고, 나가는)

**대관**  (텔레비전만 보고, 웃는)


## 씬 37. 장미의 아파트 입구, 밤.

양촌, 가방 들고 나오며, 송이에게 전화하지만, 안 받는(송이의 핸드폰 무음),
다시 핸드폰을 보면, 열두 시가 가까운, 걱정되는, 다시 전화를 하는데, 안 받
는, 신호음 들으며 차로 가는데,

**송이**  (E) 제발 안 돼, 이러지 마. 나, 싫다고!
**양촌**  (전화하며, 한쪽을 보면)

**＊ 점프컷, 낯선 차 안 》**
송이 남친, 송이에게 강제로 키스를 하려 하는 상황이다,

**송이**  (남친을 밀치며, 속상하고, 슬픈) 끝났어, 그만해.
**남친**  (슬픈, 다시 송이를 안고, 거칠게 키스를 하려 하는)
**송이**  (밀치지만 안 되는, 속상한, 악을 쓰는 상황은 아니다, 말리면 말려질 것 같
아, 다독이는) 하지 마, 싫어... 안 돼, 이러지 마, 나 집에 보내줘.
**남친**  (상관없이, 차 좌석을 뒤로 해, 송이를 누이다시피 하고, 키스를 하려는)
**송이**  (강제로 키쓸 당하는, 힘든, 밀치려 해도 안 되는) 하지 마, 싫어..

**＊ 점프컷 》**
양촌, 그 광경 보고, 가방을 툭 떨어뜨리는, 놀랐지만, 차분히, 굳은 얼굴로
담담히 차로 걸어와, 남친 쪽의 문을 열고, 송이, 남친, 놀라 양촌 보는,

**양촌**  (멍한, 남친의 멱살을 잡아 넓은 데로 끌고 나오는)
**송이**  (차에서 나와, 양촌을 말리는) 아빠, 왜 그래, 아빠!
**양촌**  (아랑곳없이, 남친에게 그대로 주먹을 날리는)
**남친**  악! (입가가 터져, 넘어져, 뒷걸음치는, 두려운) 왜 그러세요...

**양 촌**　(눈이 돌아간 상황이다, 냉정한, 웃옷 벗어던지고, 다시, 남친의 멱살을 잡아, 주먹을 날리는)

**송 이**　(양촌의 팔 잡으며, 울며) 아빠, 아빠, 그러지 마, 오해야, 아빠, 이러지 마!

**양 촌**　(송이(넘어지고)를 밀치고, 아랑곳 않고, 두려워하는 남친의 멱살을 잡고, 두 어 번 더 치는데)

**송 이**　(E, 참담해, 가라앉은, 울며) 112죠, 우리 아빠 좀 말려주세요! 울 아빠가 사 람을 때려요!

**양 촌**　(때리다, 그 소리를 들은, 재빠르게 송이의 핸드폰을 뺏어, 끄고, 송이 주머니 에 넣어주고, 송이 눈을 빤히 보는, 화난 것도 맘이 아픈 것도 같은)

**송 이**　(눈물이 흐르든 말든 놔두고, 원망스레 양촌 보는)


양촌과 송이, 불안하게 서서 서로를 보는 모습이 보이는,



# 씬 38. 경미 경진의 집 근처(집과 좀 떨어져 있는), 밤.


경진, 집에서 나와, 한쪽에 서 있는 정오를 보는,
정오, 서 있다가, 경진을 보는,
경진, 정오에게 다가오는,


**경 진**　(담담히) 핸드폰 주세요. 아빠 왔어요, 빨리 들어가야 돼요.

**정 오**　(주머니에서, 핸드폰을 꺼내 주는)

**경 진**　(그걸 받아서, 뒤돌아 두어 걸음 걸어가는데)

**정 오**　(맘 아픈, 그러나 담담한) 오늘 일, 넌 결코 잊을 수 없을 거야.

**경 진**　(맘 아파도, 눈가 붉은 채, 가는)

**정 오**　내가 12년 전 그 날 그 시간,

**경 진**　(멈춰 서는, 무슨 말인가 싶은, 돌아보는)

**정 오**　(눈가 그렇해, 경진을 보며, 맘 아프지만, 차분히 말하는) 밤 열 시 사십팔 분 을.. 지금도 기억하는 거처럼. 너도 오늘을.. 절대, 잊을 수 없을 거야.


그런 정오의 맘 아픈 모습에서 엔딩.

# 12 부

## 우리는 무엇에
## 분노하는가

*제12화 우리는 무엇에 분노하는가*


# 씬 1. 장미의 아파트 앞, 밤(엔딩 무렵의 씬과 이어서).

**송 이**  (양촌의 팔 잡으며, 울며) 아빠, 아빠, 그러지 마, 오해야, 아빠, 이러지 마!

**양 촌**  (송이를 밀치고(그 바람에 송이는 넘어지는), 아랑곳 않고, 두려워하는 남친의 먹살을 잡고, 두어 번 더 치는데)

**송 이**  (E, 참담해, 가라앉은, 울며) 112죠, 우리 아빠 좀 말려주세요! 울 아빠가 사람을 때려요!

**양 촌**  (남친 때리다, 송이의 소리를 들은, 재빠르게 송이에게 가, 송이의 핸드폰을 뺏어, 끄고, 송이의 주머니에 넣어주고, 송이 눈을 빤히 보는, 화난 것도 맘이 아픈 것도 같은)

**송 이**  (눈물이 흐르든 말든 놔두고, 원망스레 양촌 보는)

**양 촌**  (남친 보며) 넌 꺼지고, (송이 보며) 넌 말해, 뭐가 오해야?

**남 친**  (화나고, 속상해, 눈가 붉어, 힘들게 일어나, 차로 가 타고 몰고 가버리는)

**송 이**  (양촌만 보는, 원망과 속상함이 섞인) 내가 먼저 사귀자고 해놓고 내가 먼저 맘 변해서 헤어지자 그랬어, 그래서 남자친구가.. 원래, 착한 애라고,

| 양 촌 | (너무 화나고, 속상하고 어이없는) 원래 착한 애? 그래서 그 원래 착한 앨 아빠가 때려서, 니가 지금 이 아빨 112에 신고하고, 잡아 처먹을 듯한 눈빛으로 보는 거냐, 새끼야? (하고, 가방 들고, 제 차로 가며) 쌍누무 새끼.. (하고, 차 타고 가버리는) |
|---|---|
| 송 이 | (눈물 닦고, 집 쪽으로 가는, 양촌에게 화가 나는, 속상한, 그때 112에서 전화 오는, 받으며, 가는) |
| 112 | (E) 좀 전에 이 번호로 112 신고 전화하셨죠? |
| 송 이 | (집 쪽으로 가며) 죄송합니다. 오해가 있었어요.. |

## 씬 2. 달리는 양촌의 차 안 + 경찰서 안, 밤.

양촌, 속상한, 맘 아픈 표정으로 운전해 와서, 경찰서 들어서서, 차를 세우고, 가방 들고 차에서 내려, 보초 서는 경찰에게 가방 주며,

| 양 촌 | 여청계 안장미 경감님한테 전해줘요. (하고, 차로 가려는데, 전화 오는) |
|---|---|
| 장 미 | (E) 뭐야? |
| 양 촌 | (차로 가며, 속상하지만, 애써 담담한 척, 툭 뱉는) 뭐가? |

## 씬 3. 장미의 사무실 안, 밤.

장미, 어두운 사무실 안에 혼자 앉아, 강간사건 현장에서 얻은 족적 자료들 (4부 때, 9부 때, 11부 때 얻은 세 개의 다른 족적을 분석한)과 보행 패턴들을 몰입해 예리하게 보며, 먹던 햄버거를 한입 씹고, 전화는 감정 없이 건조하게 하는,

| 장 미 | 송이가 울면서 전화했어, 아빠는 대체 왜 그렇게 대책이 없냐고? |
|---|---|

**＊ 점프컷, 교차씬 》**

**양 촌**    (화가 나, 차에 타고) 지 아빨 112에 신고했단 말은 안 하디? (하고, 전화 끊고, 차 몰아 가는)

**장 미**    (맘은 쿵 하지만, 내색 없이, 통화기록에서 딸을 찾아, 전화하는, 신호음 가다 끊기면, 차분히) 너, 지금 엄마한테 좀 와. (하고, 전화 끊고, 머릴 뒤로 넘기고, 숨 고르고, 컴의 자료에 몰입하는)


## 씬 4. 경미 경진의 집 근처(집과 좀 떨어져 있는), 밤.

**정 오**    (맘 아픈, 그러나 담담한) 오늘 일, 넌 결코 잊을 수 없을 거야.

**경 진**    (맘 아파도, 눈가 붉은 채, 가는)

**정 오**    내가 12년 전 그 날 그 시간,

**경 진**    (멈춰 서는, 무슨 말인가 싶은, 돌아보는)

**정 오**    (눈가 그렁해, 경진을 보며, 맘 아프지만, 차분히 말하는) 밤 열 시 사십팔 분을.. 지금도 기억하는 거처럼. 너도 오늘을.. 절대, 잊을 수 없을 거야.

**경 진**    (정오를 보는데, 눈가가 그렁해지는, 맘 아프고, 화가 나는)

**정 오**    (경진 쪽으로 걸어가, 눈가 붉어 차분히 경진 보며 말하는) 오늘 넌 정말 용기 있었어. 현장에서 바로 신고를 한 것도, 동생을 지킨 것도.. .. 나라면 그렇게 차분히 못했을 거야. 하지만 그렇다고 니가 괜찮은 건 아니야. 동생한테 엄마 노릇 하느라.. 너는 지금 니 상처는 돌보지도 못하니까.

**경 진**    (눈가 그렁해, 자신의 상처를 꺼내는 정오를 원망스레 보며) 난 상처 같은 거 안 받아요. 범인을 잡고 싶어 오신 거면, 헛수고하신 거예요.

**정 오**    (혼자 감당하려는 경진이 맘 아픈, 짐짓 차분히) 범인 잡는 건 나중 문제야. 난 니가 동생이랑 2차 피해가 없게, 센터에서 주는 사후피임약을 먹길 바라고,

**경 진**    (슬프고, 화나는)

**정 오**    모든 게 범인의 잘못이란 걸.. 말하고 싶을 뿐이야.


**＊ 점프컷 》**

상수(사복 차림), 경미 경진을 생각해, 경미 경진의 집 주변을 순찰하다, 정오의 목소릴 듣고, 멈춰 서서, 앞을 보면, 정오와 경진이 대화하는 모습이 보이

는, 무슨 일인가 싶어 보는, 두 사람의 대화가 들리지는 않는 거다.

**＊ 점프컷 》**

정 오   (막막하게, 경진 보며, 맘 아파도, 차분히) 왜 수많은 길을 놔두고 동생과 도
         서관에 가기 위해 그 산길을 택했을까, 왜 좀 더 범인에게 저항 못했을까? 왜
         나는 힘이 약한가? 왜 좀 더 강해서 첨부터 자신을.. 동생을 지키지 못했나?
         (맘 아파, 작게 말하는, 그래서 상수는 정오의 상황은 못 듣는) 내가 12년 전
         그때 범인을 미워하기보다 그 장소를 지나갔던 나를 미워했던 거처럼, 너 역
         시 사는 내내 수만 가지 자책할 거리가 떠오르겠지만,

경 진   (이를 앙다물고, 원망스레 정오를 보면)

정 오   분명히 알아야 돼, (맘 아픈, 그러나 단호히) 그 어떤 것도.. 니 잘못이 아냐.
         범인의 잘못이지.

경 진   (정오의 진심이 느껴져, 눈물이 나는, 맘 아파, 울며, 돌아서는)

정 오   (가는 경진을 맘 아프게 보는, 눈물 흐르면 닦고, 돌아서는데, 상수가 보이는,
         아랑곳 않고, 상수 지나쳐 가는)

상 수   (안쓰레 가는 경진을 보다가, 정오 쪽으로 가서 걸으며) 집에 가도 잠이 안
         올 거 같아서.. 근처 순찰했어..

정 오   (그냥 걷기만 하는)

상 수   경진인 어때? 말 안 해?

정 오   (걷는)

상 수   하긴 지금 경진이 걔가 무슨 말을 하겠냐.

정 오   (맘 아프게 걷기만 하는데, 전화 오는, 보면, 경진이다, 받는, 맘이 쿵 하는, 그
         러나 차분히) 여보세요?

경 진   (E, 맘 아픈, 참고, 차분히) 동생하고 나하고 사후피임약 주세요.

상 수   (전화하는 정오를 걱정스레 보는)


## 씬 5. 경진의 집 베란다, 밤.

경진, 울며, 전화하며, 베란다 세탁기에서, 사건당할 때 입었던 옷가지들을 꺼

내 비닐봉지에 담으며, 전화하는,

경 진   (눈물 나도 참고, 두렵지만 말하는) 아까, 그러셨죠.. 센터에서 주는 사후피임
      약이 있다고... 지금 제가 산에 갔을 때 입었던 교복 가지고 나갈게요.. (하며,
      옷가지를 챙기는데, 주머니에서 면봉을 하나씩 담은 비닐 팩 두 개가 떨어지
      는, 그걸 주워 다시, 비닐봉지에 담으며, 눈물 나지만 참고) 그러니까, 동생하
      고 나하고 사후피임약 주세요.. 제가 목욕을 해서, 입안은 안 되고, 성기랑 항
      문..

      **＊ 점프컷, 교차씬 》**

상 수   (정오의 핸드폰에 귀를 대고, 같이 전화 내용을 들으며, 정오에게, 진지하지
      만, 작게, 툭) 장 형사님께 들었는데, 범인이 연쇄범이래.. 놈은 콘돔을 사용한
      대..
정 오   (상수 귀에 대고, 작게) 그래도 먹는 게 안전해.
상 수   (작게) 맞다..

      둘의 대화 위로, 경진의 말소리 들리는,

경 진   (E) 면봉으로, 센터에서 하라는 대로 했어요..


# 씬 6. 경진의 거실, 밤.

      경진, 베란다에서 비닐봉지 들고 나오며, 전화하는,

경 진   임신하기 싫어요. 제발 도와주세요... (하다, 주방 보면)

      그때, 경진 부, 술 취해 자다, 일어나 주방에서 물 마시다, 경진 보고,

경진 부   너 어디 가, 이 밤에?

| | |
|---|---|
| **경 진** | (두려운, 전화하며) 곧 나갈게요. (하고, 전화 끄고, 나가는데) |
| **경진 부** | 이게 미쳤나, 밤에 왜 나가! (하고, 경진을 잡는) |
| **경 진** | 놔요! (하고, 팔 뿌리치고, 나가는) |
| **경진 부** | (그 바람에 넘어지고) 저년이! (하고, 일어나, 나가려 하며) 너 이리와, 너 죽었어, 이년. |

그때, 방 안에서 경진 모 나와, 울먹이며, 팔 잡으며,

| | |
|---|---|
| **경진 모** | 경진이한테, 그러지 마. |
| **경진 부** | 이게.. (하며, 경진 모를 때리고) |
| **경진 모** | (경진 부에게 맞아, 넘어지는) |
| **경 미** | (방 안에서 문 빼꼼히 열고, 경진 모를 맘 아프게 보고, 경진 부를 원망스레 보며, 울먹이며) 엄마, 때리지 마! |
| **경진 부** | (고개 돌려, 경미 보고, 화나) 내가 때리면 니가 어쩔 건데? (하고, 다가가려 하는데) |
| **경진 모** | (일어나, 경진 부의 팔 잡고, 악쓰며) 그러지 마, 경미 건드리지 마! 경미는 건드리지 마! |
| **경진 부** | 이것들이, 진짜! (하며, 돌아서서, 경진 모의 뺨이며, 머리통이며를 마구 치는) |
| **경 미** | (울먹이며) 엄마 때리지 마! (하며, 두려워 뒷걸음치는) |
| **경진 부** | (경미에게 다가가, 경미의 멱살 잡고, 머리 치며) 너, 아빨 보고 왜 뒷걸음질을 쳐?! |
| **경 미** | 악! (하고, 악을 쓰는) |
| **경진 부** | 이게, 어디서 소릴 질러! (하고, 경미의 멱살 잡고, 머리를 무자비하게 패는) |
| **경진 모** | (앉아서, 울며, 소리치는) 그러지 마, 그러지 마! (하다가, 경진 부가 경미를 때리자, 순간적으로 돌변해, 일어나, 식탁 위에 음식이 담겼던, 뚝배기를 들어, 경진 부의 머릴 치는) |
| **경 미** | (경진 모의 모습을 보고, 놀라, 입을 틀어막고) |
| **경진 부** | (넘어져, 기절하고, 뒤에서 피가 조금 나는) |
| **경진 모** | (손에 피 묻은 뚝배기 들고, 멍한) |

## 씬 7. 경미의 집 근처, 밤.

정오, 경진에게서 받은 비닐봉지를 멀리 있는 상수에게 주면,

상 수    서에 갈 택시 잡고 있을게. (하고, 비닐봉지 들고, 뛰어가는)

정 오    (가는 상수를 보고, 자기 핸드폰을 켜서, 차분히 녹음하며 말하는) 좀 전에
         니가 한 말 정리할게. 키는 너보다 한 뼘이 크고, 그렇다면 백팔십이 조금 안
         되고, 병자처럼 얼굴이 희고 아주 말랐고, 머리는 군인처럼 짧고, 눈은 작은
         편, 모잔 검은 색, 옷은 밝은 파란 등산복, 이게 니가 아는 전부야?

경 진    제가 놈하고, 싸울 때,

         **\* 점프컷, 인서트 – 회상 》**
         범인, 바닥에 눕혀진 경진을 겁탈하려 할 때, 경진, 몸싸움하다 범인의 모자
         가 벗겨지는, 범인의 귀(C.U)를 보는, 범인, 경진을 주먹으로 치는,

경 진    (E) 모잘 벗겼는데... 양쪽 귀가 이상하게 접혀 있었어요.

         **\* 점프컷, 현실 》**

정 오    (차분히, 정확히) 접혀 있어? 혹시, 만두.. 처럼?

경 진    (고개 끄덕이고) 네. 그리고 코부터 입은 노란 버프를 해서 못 봤어요.... (집
         쪽 보고, 다시 정오 보며) 이제 가야 돼요. 더는 암것도 몰라요.. 사후피임약
         구해서 저랑 동생, 꼭 주세요.. (하고, 가다, 뒤돌아보며) 참, 그놈이 동생이랑
         제 명찰을 가져갔어요. (하고, 뛰어가는)

상수, 멀리서 가는 경진을 보고 있는 정오를 부르는,

상 수    정오야, 아래 택시 잡아놨어!

정 오    (상수 쪽으로 뛰어가며) 놈이 경진이 경미 명찰을 가져갔대!

상 수    (뛰어가며) 개새끼!

씬 8. 경진의 집 마당, 밤.

경진, 대문 열고 들어와, 집으로 들어가려다 거실을 보고, 순간 굳는,
경진 부가 기절한 채, 모로 누워 있고, 입에는 청테이프가 붙어 있고, 머리 뒤
쪽에선 피가 흐르는, 경진 모, 땀을 흘리며, 경진 부의 두 손을 뒤로 해, 청테
이프로 묶고 있고, 경미, 땀을 흘리며, 경진 부의 두 발을 청테이프로 묶고,
청테이프를 이빨로 뜯다가, 경진을 본 상황, 경진, 그 광경을 보고 숨이 멎을
것 같은, 눈가 붉어, 놀라고 당황해, 경진 부, 경진 모, 경미를 보는, 그대로 굳
은,


씬 9. 양촌 부의 방 안, 밤.

양촌 부, 연을 만들고 있고,
그때, 문소리 나고, 양촌, 들어와 양촌 부 보면,

**양촌 부**  (보는)
**양 촌**  (퉁명스레, 들어와 웃옷 벗으며) 시간이 몇 신데.. 안 자고 연을 만들어요? 뭐,
연 백 개 만들어 그거 등에 다시고, 하늘로 날아가게?
**양촌 부**  (연 만들던 걸 한쪽으로 치우고, 옆에 놓아둔 이불을 까는)
**양 촌**  (양촌 부 보며, 맘이 짠해진, 담담히) 저랑 막걸리 한잔하실래요?


씬 10. 양촌 부의 거실, 밤.

양촌, 양촌 부의 그릇에 막걸리를 따라주고, 제 잔에 술을 따르려는데, 양촌
부, 막걸리통을 들어서, 양촌의 잔에 따라주는, 양촌, 어색한, 두 손으로 잔
잡고, 술을 받는, 다 받고, 마시는,

**양촌 부**  (술 마시고, 입가 닦고, 일어나려는데)

**양 촌**  할 얘기 있어요. 듣고 들어가서.

**양촌 부**  (일어나려다 말고, 양촌 보며, 덤덤히) 뭔 얘기?

**양 촌**  (술을 따라 다시 고개 돌리고, 마시는, 맘이 울컥해지는, 양촌 부 안 보고, 고개 숙이고, 힘들게 말하는) 장미가 엄마.. 호흡기 떼자고.. 그게 존엄사란 게 있는데, 병원에서 의사가 합법적으로 해준대.. (하는데, 눈가가 붉은)

**양촌 부**  (양촌이 안쓰런, 담담히) ... 니가 안 내키면 하지 말어. 여적도 뭐 이러고도 살았는데.. 안 내키면 말어.

**양 촌**  (양촌 부 안 보며, 속상한, 괜히 조금 짜증스레 툭) 엄마가 고생스럽다며...

**양촌 부**  (막막한, 양촌 머릴 한번 쓱 쓰다듬고, 담담히, 잔에 술을 따라 양촌 주고) 마셔.

**양 촌**  (잔 받아, 고개 돌리고, 마시고, 맘 아픈, 누구한테인지 모르게 화도 나는, 참고, 담담히, 양촌 부 안 보고) 나는.. 엄마를 안 보내는 게 효도 같은데.. 아버지도 똑똑한 장미도.. (하고, 양촌 부 보는데, 눈가 붉은, 맘 아픈) 그건 아니라고 생각하면 아닌 거겠지.. 내가 틀린 거겠지...

**양촌 부**  (안쓰레 양촌 얼굴을 덤덤히 보기만 하는)

**양 촌**  (맘 아파, 툭툭 뱉는, 안 보고) 며칠만 시간 줘요. 나도 맘에 준비 좀 해야지. 그리고, (툭, 그러나 진심이다, 말하기 힘든) 전번 날, 미안했어요. 테레비 깨부순 거... 내가 아버지한테 막 하니까, 송이도 대관이도 나한테 막 한다 싶어요. 죄송해. (술을 한 잔 더 마시고, 빈 잔들 들고 일어나, 싱크대에서 잔과 놓여진 설거지거릴 닦는)

**양촌 부**  (별로 맘에 안 드는, 툭) 송이 년이랑 대관이 놈이 왜 너한테 막 해?

**양 촌**  (그릇 씻으며) 나한테 보고 배웠겠지 뭐.

**양촌 부**  (애들한테 화가 난, 퉁명스레) 지랄하네. 너만큼만 하라 그래.

**양 촌**  (설거지하다, 멈추는, 맘이 짠한, 뒤 안 돌아보는) ?! (다시 설거지하는)

**양촌 부**  (퉁명스레, 안 보고, 속상한 맘 숨기며) 내가 젊어 술 처먹고 어린 너도 니 에미도 패니, 니가 그러지, 괜히 그래?! 니가 나처럼 장미 패고 애들 팼냐? 버르장머리 없는 애새끼들.. (하고, 방에 들어가는)

**양 촌**  (양촌 부 맘이 느껴져, 짠한, 옆의 잔으로 물 마시고, 다시 그릇 씻는)

**장 미**  (E, 차분하지만, 단호한) 니 얘기 제대로 다 들어도,

씬 11. 경찰서 일각, 밤.

송이, 장미 서서 얘기하는,

장 미  (맘에 안 들게, 냉정하게 송이 보며, 담담히 분명히 말하는) 난 니 아빠가 대
       체 뭘 잘못했는지 전혀 모르겠는데?

송 이  (어이없는, 눈가 붉은, 소리치는) 엄마, 편들 걸 편들어? 아빠가 깡패야? 왜 무
       슨 일이냐, 먼저 묻지도 않고, 다짜고짜 사람을 패냐고 사람을 패길! 왜 멀쩡
       한 사람을 무조건 성추행, 성폭행범으로,

장 미  (말꼬리 자르며, 화나고 속상하지만, 차갑게) 무조건이 아니라, 아빤 이유가
       있었어! 니가 닫힌 차 안에서, 분명이 싫다고 말하는데도 남자 놈이 강제로
       널 차 안에 눕히고, 키슬 했다며?! 그걸 보고 어떤 아빠가 가만있어?!

송 이  (화보다는 속상해서, 울며, 버럭) 그래도 경찰인데,

장 미  (화난, 냉정히, 버럭) 경찰이기 전에 니 아빠야, 기집애야!

송 이  (속상하고 억울해, 소리치는) 나한테 괜찮냐 무슨 일이냐 물어볼 수는 있잖
       아?! 무조건 사람을 패는 건 잘못된 거잖아!

장 미  (말꼬리 자르며, 속상하지만, 단호히) 너도 이 바닥에 살아봐.

송 이  (눈가 붉어, 화나 보면) ?

장 미  (눈가 붉어, 진지하고, 강하게 말하는) 니 아빠랑 나랑은 오늘 낮에도, 이제
       겨우 열네 살, 열일곱 살 난 자매가 둘이 한꺼번에 강간당한 사건현장엘 갔
       었어. 엊그제도 그 전주에도! 그리고, 지금 또 남들 다 잘 시간에도, 다시 끔
       찍한.. (살인사건이 났단 말은 맘 아파, 차마 말하지 못하는, 화나고 맘 아픈)
       엄마 아빠 주변에 매일 수시로 이런 일이 벌어지는데, 어떻게 내 딸년만은 안
       전할 거라고 우리가 철석같이 믿어, 미치지 않고서야! 감히 아빨 112에 신고
       해? 너 그거 진짜 잘못한 거야, 기집애야. (하고, 뒤돌아 가며) 집에 가서 전
       화해.

송 이  (속상한, 반대로, 걸어가는)

그때, 상수 정오, 오다, 장미를 보고,

**정 오**  (멈춰 서서, 가는 장미 보고, 멀리 가는 송이 보는)

**상 수**  (비닐봉지 들고, 장미 따라가며) 안 팀장님, 저 소명산 사건 증거물 챙겨 왔는데.

**장 미**  (가다, 멈춰 뒤돌아보는) ?


## 씬 12. 경찰서 다른 일각, 밤.

장미, 정오 벽에 기대 편하게(?) 얘기하는,

**장 미**  (차분히, 정오를 보는)

**정 오**  (앞 보다, 다른 곳 보며, 맘이 조금 아픈, 그러나 담담히) 그냥 좀 내 자신이 이상해서요, 나는 왜 예전에 그 일로 상처받지 않나.. (장미 보며, 담담히) 전 정말.. 멀쩡하거든요. 그 날 그 시간을 기억하긴 하지만, 대부분의 날은 아무 일도 없는 것처럼 웃고 떠들고, 남자도 여전히 잘 만나고 싶고, 재밌는 연애도 하고 싶고,

**장 미**  (따뜻하게, 편하게) 잘됐네.

**정 오**  (보면) ?

**장 미**  뭐가 문제야? 니가 정상인 게 왜 문제야?

**정 오**  책 보면 정상적인 사람들은 이런 큰일이 생기면 다 트라우마라는 게 생기는데,

**장 미**  트라우마가 꼭 생겨야 돼?

**정 오**  (뭔가 쿵 하는, 장미 보는) ?

**장 미**  (따뜻하게, 담담히) 사건당한 것도 억울한데 꼭 괴롭기까지 해야 하냐고? 난 그것도 다 편견 같은데, 심플하게 생각해. 넌 그 일을 그냥 벌어진 일로 받아들인 거야. 사건이 났고, 넌 잘못이 없고, 시간은 지났고, 현새 넌 경찰이 된 거지.

**정 오**  (순간 맘이 아픈, 진심인) 그래도.. 가끔 힘들어요.

**장 미**  (차분하고, 따뜻하게) 그것도 정상이지. 매일 힘들어도 가끔 힘들어도, 트라우마가 생겨도 안 생겨도... 다, 정상적인 반응 아닐까. 모든 사람이 다 똑같은 반응이면 그게 더 이상하잖아.

정 오    (위로가 되는, 눈가 그렁한, 눈가 닦고, 장미 보고, 씩 웃으며, 맘 아프게 고개
         끄덕이는, 조금 편해진) 그러네요... 난 문제없는 건강한 애네요. 가끔 사건을
         만날 때 나는 뭐지, 감정이 없는 앤가? 내가 겪었던 사건과 유사한 사건현장
         을 보는 게 무섭지도 않나? 내 정신상태가 뭔가 잘못된 게 아닌가, 의심했는
         데.. (맘이 짠해지는) 난 그냥 잘 견딘 거네요. 근데, 안 팀장님은 이런 사건
         수시로 만나면, 가끔 경찰 일에 회의가 들 때, 있지 않으세요? 세상이 왜 이
         런가 하면서.. 그럴 땐 어떻게 이겨내세요?
장 미    (서글프게, 가만 보는) 음.. (하며, 생각하다가, 정오 보며, 서글픈 웃음 짓고)
         솔직히 말하면, 아직.. 난 못 이겨내고 있어. 맘이 아퍼.
정 오    (장미를 이해하는 눈빛이다) ..
상 수    (다른 쪽에서 뛰어와, 장미에게 말하는) 안 팀장님, 여청계에 증거물 넘겼습
         니다. 장 형사님이 한정오가 경진이 진술 녹취한 내용 듣더니, 그 정도 정보
         면, 일단 몽타주 작업할 수 있다고 하드라구요,
장 미    수고했어. (하고, 정오 어깨 툭 치고, 정오랑 다른 방향으로 가는)
정 오    (가는 장미 보다, 돌아서서 가는)
상 수    같이 가, 정오야. (하고, 뛰어가는)


씬 13. 시체안치실 앞 복도, 밤.

         장미, 장 형사, 착잡하고, 막막하게 걸어가는, 그러나 걸음은 빠른,

장 형사   2년 전에 콘돔을 사용한 범인한테 소명산 근처에서 강간당한 적이 있는데,
         신고를 안 하고 있다가, 1년 전쯤 엄마한테 당시 일을 말했대요. 이후에, 가
         족들 이해와 보살핌 속에서 크게 문제없이 잘 지내고 있었는데, 오늘 밤 친
         구 집 다녀오다 백운산 근처에서 일이 벌어진 거죠.
장 미    그때도 놈이 깔개를 사용하고, 명찰을 가져갔나?
장 형사   네.
장 미    명찰은 피해자에게 내가 널 알고 있다, 그러니 신고하지 말라는 경고와 함께,
         언젠간 다시 찾아가겠다는 또 다른 증표였네.
장 형사   하루에 두 건, 피해자는 셋.. 난리도 아니네요, 정말. (하고, 안치실 앞에 멈

취, 문 여는)

**장 미**  (들어가는)


# 씬 14. 안치실 안, 밤.

장미(막막한), 장 형사(착잡한), 서 있고, 법의관이 시체안치대를 서랍에서 빼면, 장미, 담담히 시체를 덮은 흰 천을 들춰보는, 19세(여, 강간범에게 목이 졸린)의 시신이 보이는, 그 그림 위로,

**장 형사**  (법의관이 안치대에서 시신을 꺼낼 때부터, 말하기 시작하는) 피해자 핸드폰에서 112 문자신고 앱이 눌러져 있었어요. 일을 당하던 중 앱을 눌러 신고하다 변을 당한 거 같아요. 앱 때문에, 현장에선 빨리 발견됐어요.

**장 미**  (무표정한, 그러나 분노가 느껴지는, 시신에 흰 천 덮으며) 지금 당장, 전담팀짤 준비해. 과장님께 보고해서 낼 당장 공개수사 심의 열고,

**법의관**  (시신을 안치 서랍에 넣는)

**장 형사**  (그때, 전화 오면, 받고) 어, 조 형사. (답답한, 차분히) 어, 어, 알았어. 곧 가. (하고, 전화 끄고, 답답한) 경진, 경미 자매 엄마가 남편 살인미수로 잡혔대요. 언니 경진이가 신고했대요.

**장 미**  (답답한, 전화하며, 나가며) 대장님? 안 잤네.. 낼 생안과*에서 협조공문 보내겠지만 마현발바리 건 같이 맡자. 이 밤에 애가 죽었네.


# 씬 15. 병원, 복도, 밤.

한솔, 사복 차림으로 전화하며, 걸어가다가 멈춰 서며,

**한 솔**  (답답한, 가다, 서서) 애가 죽어? (답답한) 아... 돌겠다. 진짜.. (진지하게) 어디

---

\* 생안과 생활안전과

| | 서? |
|---|---|
| 삼 보 | (뛰어오며, 걱정) 대장도, 종민이가 비상 톡 넌 거 보고 왔냐? 뭔 일이야? |
| 한 솔 | (전화기 들고, 답답한) 나도 몰라요, 일단 오라 그래서.. |

그때, 멀리, 이층 정도에서 종민(사복) 손을 흔들며(얼굴은 작게 보여, 표정이 안 보이는),

| 종 민 | 여기예요! |
|---|---|
| 삼 보 | (걱정돼, 종민 쪽으로 뛰어가는) |
| 한 솔 | 알았다, 장미야, 그래.. 전담팀 꾸릴 때 오양촌 차출해. (하고, 전화 끊고, 삼보가 뛰어간 쪽으로 뛰어가는) |
| 민 석 | (병원 입구에서 뛰어오며, 한솔 보고, 걱정스레) 대장, 뭔 일이에요, 뭔 일?! |

## 씬 16. 신생아 병실, 유리창 앞, 밤.

유리창 너머로 신생아실에서 자는 종민의 아기를 한솔, 삼보, 민석, 종민, 보고 있는,
한솔(착잡한, 자신은 몸이 아프고, 아이가 죽고, 또 아이가 태어나는 이 상황이 뭔가 아이러니한), 삼보(즐거운, 아기가 예쁜), 민석(신기하고, 좋은), 종민, 마냥 신난,

| 종 민 | (좋은) 잼잼아, 아빠야, 아빠, 눈떠봐, 눈떠! 여기 너 보러, 아저씨들 왕창 왔다, 눈떠, 눈떠, 눈떠! |
|---|---|
| 민 석 | (아길 보며, 귀여운) 아고.. 이뻐라. (하고, 그때 경모의 전화 오면, 받으며, 아기만 보며, 웃으며) 팀장님 내가 막 톡 넜는데, 비상 아니라고, 그게 종민이가 애 났다고, 너무 신나 비상 톡으로 자랑질한 거예요, (웃으며) 사건사고 아니고. 왕자! 히히! 예, 예, 주무세요. (하고, 전화 끊고) 축하한댄다, 은 탐장님이. 오 경위님도 전화 와서 말했어, 오지 말라고. |
| 종 민 | 남일이 새긴? 그 새끼 톡도 없지? |
| 삼 보 | (종민에게) 남일 놈 싸가지 없는 거 어제오늘 일이냐? (하고, 아기 보며, 흐뭇 |

하고 좋은) 야야야, 근데, 저게저게 어떻게 사람이냐? 요정이고, 천사지. (하고, 아기를 보며, 귀여워 죽는) 아그아그그그그.. 이뻐라.

한 솔 (아길 애틋하게, 맘이 짠해도, 예쁘게 보며) 진짜, 신기하게 이쁘네.. (종민 보며) 와이픈?

종 민 (아기만 보며, 좋은) 애 낳자마자 밥 먹고 방귀 뀌고, 완전 씩씩해요. 참, 저 이번 주 쉬어요! (아기 보며) 아무리 위급한 사건 나도 부르지 마.

한 솔 (강간사건이 떠오르지만) .. (담백하게) 그래. 나, 간다. (하고, 가는)

삼 보 축하한다! 그리고 비상 톡 함부로 넣지 말고, 임마! (종민 뒤통수 치며) 사람 간 떨어지게. (하고, 한솔이 간 쪽으로 가는)

종 민 (좋은) 결혼하고 칠 년 만의 애잖아, 봐주라, 좀!

민 석 (가는 두 사람 보며) 조심해 들어가세요!

* 점프컷 》

삼 보 (웃으며, 편하게) 누군 늙어가는데, 누군 태어나고,

한 솔 (가며, 서글픈 웃음 지으며) 누군 아프고,

삼 보 (걸어가며, 한솔 보면)

한 솔 (웃지 않는, 앞만 보고, 걸어가며) 또 누군가는 죽고, (서글픈 웃음) 그래도 새 생명은 태어나고... (맘 아픈) 형님, 뭐냐, 인생 이거..

삼 보 (걸어가며, 이상한) 누가 죽고, 누가 아퍼?

한 솔 (담담히) 강간사건이 또 벌어졌는데, 이번엔 애가 죽었어요. 아픈 건, 내가 아 프네. (서글프게 웃으며) 근데 종민이 애 진짜 이쁘지? 피곤이 확 가시네, 애 보니까.. (하고, 빠르게 걸어가는)

삼 보 (멈춰 서서, 이상한) ? (그러다 한솔에게로 뛰어가며) 대장! 대장!


씬 17. 집으로 가는 길, 밤.

상수, 정오 생각 많게, 걸어가는,

상 수 (진지한, 앞만 보며) 어떻게 설득했길래, 언니가 진술을 한 거야?

정 오   (걸어가며, 담담히, 차분히) 동병.. 상련.

상 수   (걸어가며 보면)

정 오   (앞만 보고, 걸어가며, 담담히) 같은 여자니까. 넌 왜 이 일에 이렇게 열심이
       야? 다른 사건보다 왠지 더 열심인 것처럼 보인다. 이유가 뭐야?

상 수   (가며, 진지하지만, 어둡지도, 무겁지도 않은, 범인 생각에 진지한) 이유가 왜
       필요해? 어린 애들이 끔찍한 일을 당했는데, 인간이라면 당연한 거지? 난 오
       늘에서야 오양촌이 왜 경찰 일에 목매는 줄 알겠다. (진심인) 중경학교에서
       오양촌이 왜 사명감, 사명감 했는지도 조금은 알겠고. (하고, 계속 가는)

정 오   (멈춰 서서, 상수의 뒷모습을 보는데, 듬직하고 의지하고 싶을 만큼 편한 느
       낌이 드는) ...

상 수   (가다, 멈춰, 돌아보며) 안 와?

정 오   사명감이.. 어떤 건데?

상 수   (정오를 진지하게 가만 보다, 경진 경미 생각에, 맘이 짠해지는, 참고, 짐짓 가
       볍게 툭툭) 오늘 같은 일 다신 안 보고 싶은 마음. 내가 기껏 암것도 잘 모르
       는 시보지만, 범인 잡는 데 조금이라도 돕고 싶은 거, 그래서, 더는 어떤 애들
       도 안 다치게... (맘 아프지만, 짐짓 가볍게 툭) 뭔가 앞뒤가 안 맞는 거 같긴
       한데, 경찰 되길 잘했다 싶다. 오늘 문득.

정 오   (가만 상수 말을 들으며, 보는데, 맘이 푸근해지는, 상수가 참 이쁜 애란 생각
       이 드는)

상 수   (편하게) 가자. (하고, 가는)

정 오   (그때 문자가 오는, 문자 보면)

명 호   (E) 자? 안 자면, 전화 줄래?

정 오   (그냥 전화기 주머니에 넣고, 가는 상수를 가만 보다, 담담히, 상수 쪽으로
       걸어가며) 상수야, 손잡고 가자.

상 수   (주머니에 손 넣은 채, 무심히 보면)

정 오   (나가가, 친구처럼 편하게, 상수의 주머니에서 손을 잡아 빼, 잡고 가는)

상 수   (왜 이러나 싶은, 조금 이상한) 뭐야?

정 오   (앞만 보고, 가며, 담담히, 조금 서글픈 느낌도 있는) 그냥 잡고 싶어서. 그냥
       그런 날이야, 오늘은.

상 수   (차분한, 가며, 정오 보고, 잡은 손을 주머니에 넣고, 담담히, 따뜻한 느낌으
       로 툭) 알았어, 오늘은 니가 그냥 그런 날이구나 할게, 날 좋아하게 됐나, 어

|   |   |
|---|---|
| 정 오 | (그때, 전화 오고, 멈춰 서서, 전화기 보면, 아는 번호(경진)다, 받는, 걱정) 경진아, 왜? |
| 상 수 | (정오의 전화기에 귀 대는) |
| 경 진 | (E, 슬픈, 차분한) 아버지가 경밀 때리려고 했어요. 엄마는 어쩔 수가 없었어요. 도와주세요, 언니! |
| 정 오 | (이해가 안 되는) 무슨 말이야? (전화 끊기고) 경진아, 경진아, |

그때, 사이렌 소리가 나고, 상수, 정오, 도로를 보면,

**\* 점프컷, 도로 – 구급차와 순찰차가 앞뒤로 가는 》**
구급차(경진 부가 탄)가 가고,
그 뒤에 2팀의 순찰차에, 경진 모(넋 나간), 경진, 경미(넋이 나가, 창가 보고
있고)를 안고, 눈물 그렁해 가고 있는,

**\* 점프컷 》**
상수, 정오(손에 핸드폰 들고), 가는 순찰차와 구급차 보며, 멍한,


# 씬 18. 경찰서 앞 + 복도, 이틀 후 다른 날 아침.

양촌, 자기 차로 서로 들어와, 주차장에 차 세우고, 뛰어 들어가, 회의실 문을
확 여는,


# 씬 19. 회의실 안, 아침.

장 형사, 조 형사, 영사막에 자료 띄워놓고, 설명하고 있던 중인,

**\* 점프컷, 영사막 》**
캡처된 씨씨티브이에 찍힌 범인, 버프 하고, 전화를 하는 정면 모습,

**＊ 점프컷 》**

장미, 형사과1, 2와 함께 장면 보며, 설명 듣고 있는,

**조 형사**　(말하며, 문 쪽 보는) 엊그제 자매 강간사건이 있었던 현장 근처 화장실 위쪽 씨씨티브이에 찍힌 용의자 사진입니다.

**양 촌**　죄송합니다, 늦었습니다. (하고, 자리에 앉으며, 인사하는 장 형사에게) 인사는 나중에.. (조 형사 보면)

**장미 외 모두**　(조 형사 보면)

**조 형사**　피해자가 신고한 시간 전후로 씨씨티브이엔 모두 열일곱 명이 찍혔는데, 피해자가 진술한 파란 등산복에 노란 버프를 한 사람은 단 한 명. 유력한 용의자라 볼 수 있습니다.

**장 형사**　어제 아침, 법원에서 영장 발부해 각 통신사에 전달, 범행 시간대에 범행현장 인근 기지국의 발신내역을 확인 중인데.. 시간이 꽤 걸릴 겁니다.

**형사과1**　이상하네, 거긴 내가 아는 덴데, 화장실에서 버스 정류장까진 외길이잖아, 버스 정류장 부근에 씨씨티브이가 있는데, 사진이 이거밖에 없다는 건, 버스 정류장 쪽에선 용의자의 모습이 찍히지 않았다는 거잖아?

**형사과2**　(형사과1 보며) 인근 산으로 올라간 족적도 발견이 안 됐대. (자료 보며) 하늘로 솟고, 땅으로 꺼진 것도 아니고.. (양촌 보며, 손 내밀고) 우리 둘은 형사과에서 왔어요..

**양 촌**　(악수하고, 눈인사하고, 진지하고, 예리하게, 조 형사를 보는)

**조 형사**　(9부, 11부(자매 강간), 12부(씬은 없지만, 살인현장에서 찾은)에서 찾은 족적들 세 개를 영사막에 띄워놓고) 더 이상한 건, 지금까지 피해현장에서 찾은 족적의 사이즈가 저마다 다르다는 겁니다.

**장 형사**　순서대로 보면, 1번 성폭행사건 발생 시엔 사건 직후 비가 와 족적이 지워졌고, 2번 사건현장 14세 여중생 성폭행 때는, 족적 사이즈가 295, 이후, 자매 성폭행사건에선 280, 엊그제 성폭행 및 살인사건 현장에선 족적이 270으로 제각각 다릅니다. 범인이 한 명이 아니라, 여럿일 수도 있는 거죠.

**형사과1**　(답답한) 성폭행 시, 콘돔과 깔개를 사용하고, 명찰을 뜯어 간 수법은 같은데, 족적 사이즈는 제각각이다... 뭐야?

**장 미**　(장 형사 예리하게 보며, 담담히) 보행 패턴은 같아.

조 형사 (영사막에 보행 패턴을 띄우는)

장 미 아침에 과수팀에서 법보행 분석* 결과 나왔지?

조 형사 (자료 보며, 진지한) 통일되게, 오른쪽 족적의 뒤축만 땅이 깊게 패여 있었습니다.

양 촌 (영사막만 보며) 범인은 여럿일 수도 있지만, 한 명일 수도 있죠. 수사에 혼선을 주려는, 범인의 트릭. 물론, 추측이지만.

장 미 (예리하게 양촌 보면)

형사과2 법보행 분석 말고, 그런 추측을 하는 또 다른 근거는요?

양 촌 씨씨티브이에 찍힌 용의자 사진.

장 형사 (빠르게, 영사막에 사진 띄우면)

양 촌 (영사막 보고) 저놈 뒤에 가방. 두 번째 사건 14세 아이 진술기록에도(형사과2 보며) 놈이 가방을 들었다고 했습니다.

장 미 (영사막만 보며) 가방 크기로 봐서, 깔개만 넣은 게 아니라, 신발과 갈아입을 다른 옷들을 넣었을 가능성.. 충분하겠네.

형사과1 (사진을 예리하게 보며) 버스 정류장 씨씨티브이에 안 찍힌 것도..

양 촌 씨씨티브이가 달린 화장실에서 옷을 갈아입었다면? 안 찍힌 게 아니라, 옷을 갈아입어 우리가 놓친 거라는 추정이 가능하죠. 제 추정을 반할 만큼 특이사항이 없다면, 일단 범인은 한 명이라 추정하고 접근하죠. (장미에게) 엊그제 한정오 순경이 가져온 자매의 옷에선 뭐 별다른 증거 나온 거 없어요?

조 형사 (말꼬리 자르며) 용의자의 땀으로 추정되는 게 옷에 묻어 있긴 했는데, 디엔에이는 찾았지만, 범죄자 디엔에이 데이터베이스엔 없어요. 지리 프로파일링 결과만 의미 있는데, 백운산 소명산 일대에서만 움직인다는 정보와 그 근처에 도서관이 있어서, 애들이 지나가는 길목을 잘 아는, 지역민일 거라는 정보 정도입니다.

장 미 (시계 보며) 난 다른 일이 있어서 나가. 장 형사, 회의 결과 나오면, 보고해. (하고, 가는)

양 촌 (장미 나가는 것 안 보고, 영사막만 보는)

장 형사 (몽타주를 영사막에 띄우고) 오전에 나온, 몽타주입니다. 범인의 나이는 삼

---

* 법보행 분석 걸음걸이를 분석하여 동일인 여부를 가려내는 과학수사 기법

십 대 초반, 무척 마른 편에, 키는 백칠십오에서 백팔십, 귀는 만두귀처럼 접혀 있고, 법보행 분석 자료와 귀 모양을 추정하면, 그래플링 계열의 운동, 유도, 주짓수, 레슬링 선수나 선수였을 가능성이 크며,

**양 촌**   (몽타주 보며, 유심히 듣는)

**경 모**   (E, 차분한) 오양촌 경위는 백운산 소명산 일대 성폭행 및 살인사건, 일명 마현발바리사건 전담팀에 차출됐다.


## 씬 20. 지구대 안, 아침.

조례 시간이다, 한솔, 경모, 삼보, 남일(근무복 셔츠만 입은, 점퍼는 안 입은), 민석, 명호, 한표, 상수, 혜리 있는(양촌, 종민, 정오는 없는), 사수들 중 더러는 서 있거나, 앉아 있는, 부사수들은 서 있는, 모두 답답한 표정이거나, 화가 났거나, 진지한 표정들이다, 2팀들, 사복으로 '수고하세요' 하고 인사하고 나가는,


**경 모**   (가는 2팀들과 인사하고, 1팀들 보며, 말하는) 범인이 검거되는 시점까지, 오 경위는 당분간 서로 출근, 오 경위가 지구대로 돌아올 때까지, 염상수는 최명호 경장 팀에 합류, 3인 1조 체제로 움직인다.

**상 수**   ..

**명 호**   (상수만 듣게, 담백하게) 조 바꿔줄까?

**상 수**   (상관없는, 담담히, 앞 보며) 상관없어요.

**한 솔**   (둘의 대화 위로) 이제부터, 전 지구대원은 지역 사건은 물론 성폭행 및 살인사건에 집중한다. 성폭행 및 살인사건은 근무 시간은 물론, 비휴 시간에도 신경 쓰며 자원근무도 적극적으로 신청해주기 바란다.

**경 모**   강제는 아니지만,

**명 호**   그냥 강제로 하죠. 이번 일은.

**삼 보**   (답답한, 큰 소리) 맞아! 강제로 해! 이거 자율로 하면 (남일, 승재 보며) 남일이랑 승재 쟤들은 딱지 끊으러 돌아다니고, 자원근무 신청도 안 해!

**승 재**   (답답한) 아니거든요.

**삼 보**   (화난) 너 지난주 딱지 몇 장 끊었어? 많이 끊었지?

민 석   (승재에게, 꾸짖듯) 대답해.

승 재   (답답하지만, 안 보고, 진심으로) 스티커 안 끊을게요.

상수, 혜리   (승재의 허리를 아무도 모르게 툭툭 치며, 잘했다 눈빛 주는)

남 일   (속상하지만, 한솔만 보며, 강단 있는 표정인)

삼 보   (남일 승재 보며, 화난) 무슨 경찰을 호봉 받아 처먹으라고 해, 저것들은!

남 일   (남들 모르게 밤에 일도 해야 하는 제 처지가 화나는, 짜증나는, 삼보 안 보며, 답답해서, 툭툭 말하는) 근무 시간엔 사건에 집중하겠지만, 비휴 시간은 사건 집중 못합니다. 자원근무도 못합니다.

삼 보   (어이없는) 저거 봐, 저, 저저, 뺀질거리는 거, 저거,

민 석   주임님, 강 경사도 사정이 있겠죠. 강 경사 요즘 안 뺀질대요!

명호, 상수 외   (답답한)

삼 보   (남일 보며, 맘에 안 드는) 너 내 사건 났을 때, 현장 안 가고 뭐했어?

민 석   실종아동사건 갔어요! 자원근무해서!

남 일   (말꼬리 자르며, 민석에게) 아, 냅둬! (삼보에게, 속상해 말하는) 그래요, 나 뺀질대. 그래서 내가 뭐 근무 수칙을 위반하길 했어요, 뭘 어쨌어요? 경찰은 개인 시간도 없습니까? 비휴 시간을 왜 강제해요! 자원근무는 말대로 자원근무 아닙니까? 법적으로 월 네 번 이상 못하게 돼 있잖아요!

삼 보   (화난, 일어나, 남일 보며) 법적으로 월 네 번인데, 너 네 번 했냐?! 너, 나 정년 한다고 개겨?!

남 일   (답답한) 왜 말이 그리 튀어요!

삼 보   야, 임마 너는 안 늙고 평생 경찰 할 줄 알어?! 너도 늙고 너도 정년 해!

민석, 승재, 원우, 상수, 혜리   (답답한, 삼보와 남일 말리며) 참으세요.. 왜 이러세요.

경 모   (박수를 일부러 크게 세 번 치며, 큰 소리) 집중, 집중, 집중!

삼 보   (아랑곳 않고, 남일 보며, 화난) 너 어제 종민이가 넣은 비상 톡 보고도, 왜 씹고 안 와?! 진짜 위험한 일이 있음 어쩌려고, 왜 확인도 안 하고 씹어!

한 솔   (말꼬리 자르고, 옆에 있는 서류로 크게 화나, 책상을 마구 치는)

삼보 외 모두   (한솔 보는)

한 솔   (서류를 두어 번 더 치고, 모두를 둘러보며, 화나, 버럭) 지역에서 성폭행 살인범이 날뛰고 있다고 말하고 있는데, 뭐하는 짓이야, 다들, 지금!

삼보 외 모두   (답답한)

한 솔   악랄한 범인이 약한 여자애들만 골라서 성폭행하다, 것도 모자라 자매를 한

꺼번에 성폭행하고, 엊그젠 성폭행 후 살해까지.. 이게 남 일이야?! 내 딸 내 식구가 안 당했으니까, 남 일이야?! 그런 생각이면 수갑 반납하고 경찰 그만 둬, 다들! (남일 보며) 강남일, 니 말대로, 비휴 시간 자원근무 니 소관이야.

경 모     (싸늘하게) 근데, 니 고과 점수 나랑 대장님이 준다. 주차 딱지 끊지 말고, 그 시간에 순찰 한 번 더 돌아!

남 일     (답답하고 속상한)

한 솔     (삼보 보며, 속상한, 버럭) 이 경위님도 그만하세요! 경위님 퇴직 전, 예민하 신 건 우리 다 이해하는.. 어지간히 하세요, 어지간히,

삼 보     (한솔 아픈 것 아직은 모르는, 화나 밖으로 나가버리며) .. 쌍..

혜 리     (가는 삼보 눈치 보고, 한솔에게, 인사하며) 순찰 다녀오겠습니다. (하고, 삼 보 따라가는)

한 솔     (가는 삼보 속상하게 보고, 경모에게) 조례 마저 해. (하고, 조사실로 들어가 고)

경 모     (담담하고, 진지하게) 현재, 한정오는 엊그제 일어난 살인미수사건 자매들이 있는 임시보호소에 나가 있다. 강남일 경사도, 삼보 주임님과 3인 1조, 반 경 사는 휴가 중이므로 민원우는 상황데스크 근무한다.

원 우     (담백하게) 네. (하며, 남일 보면)

남 일     (기분 안 좋은, 굳은)

명호, 민석     (남일을 걱정스레 보는)

경 모     강간살인범 수배전단 나올 때까지, 일단은 지역 사건에 집중한다, 해산. (하 고, 커피를 타러 가는)

남 일     (말 떨어지기 무섭게 이층으로 가버리고) ..

민석, 명호     남일아.. (하고, 남일 따라 나가고, 부사수들 흩어지고)

상 수     (커피 타는 경모에게 와서, 답답한, 걱정) 저기, 팀장님 엊그제 살인미수사건 의 자매들, 아빠('그런 거'가 생략된).. 엄마 혼자 한 거죠? 딸들은 가담 안 했 다고..

경 모     (커피 타며, 답답한) 언니는 시간상으로 봤을 때 한정오 만난 직후 신고했으 니, 가담할 확률이 적지만, 동생은 모르지?

상 수     (걱정) 엄마랑 언니 말로는 동생은 잤다고...

경 모     (한쪽에서, 커피를 두 잔 타며) 과수팀에서 증거들 조사하니까 곧 결과 나오 겠지.. (하고, 조사실로 들어가는)

**상 수**　　(답답한, 나가는)


## 씬 21. 조사실 안, 낮.

경모, 커피 한 잔을 한솔에게 주면,

**한 솔**　　(커피잔을 한쪽으로 밀어놓는)
**경 모**　　왜 커피 안 마셔요?
**한 솔**　　(안 보고, 담담히) 오래 살라고.
**경 모**　　뭔 소리야? 왜 딸 결혼식 앞두고 삶의 의욕이 불타?
**한 솔**　　(막막하게 생각 많은) 경모야, 너 여기 지구대장 해라.
**경 모**　　(진지하게) 됐어. 나 곧 있는 승진시험 봐서, 다시 청으로 갈 거야. 사건사고 많은 이 지역도 진절머리 나고, 알잖아, 잘난 교수님으로 정년 하신 부모님, 판사랑 외교관 하는 우리 형들 나 무시하는 거, 나 여기 떠날 거야.
**한 솔**　　(혼잣말처럼) 그럼 이 지구댄 누가 지키나? 난 여길 하루라도 빨리 떠나야 조금이라도 더 살 거 같은데...
**경 모**　　(커피 마시며, 어이없단 듯) 여길 두고 형님이 어딜 떠나? 자기가 대장 한다고, 경찰의 꽃은 지구대라고 게거품 물면서, 형사과, 청에 잘 있는, 나, 명호, 애들 죄다 사지로 불러들여놓고, 뭐, 자기만 살겠다고 여길 떠나? 웃기고 있어. 내가 여기 안 온다니까, 이기적이다 욕하드니, 왜 그래, 이기적이게! 여기서 늙어 죽어! (하고, 나가버리는)
**한 솔**　　(생각 많은) ...


## 씬 22. 지구대 남자 휴게실, 낮.

남일, 라커에서 근무복 점퍼를 꺼내 입는,
명호, 민석 그 옆에서 말 거는,

**명 호**　　(걱정되지만, 담담히) 삼보 주임님이 정년 앞두고 많이 예민해, 니가 이해해

라. 내가 조 바꿔줄까?

**남 일**　(옷만 입으며, 안 보고, 굳은) 냅둬.

**민 석**　그러게 어제 종민이 비상 톡 보고 전화라도 한 번 하지, 임마. 비상 톡 보고 전화도 안 하니까, 이런 소리 듣잖아. 팀들 전부 비상 톡은 받는다! 가 규칙 중에 규칙이잖아!

**남 일**　(라커 쾅 소리 나게 닫고, 나가는)

**명 호**　남일아!

**민 석**　아, 자식.. 진짜..


그때, 남일의 라커에서 전화가 오고,


**민 석**　뭐야.. (하고, 남일의 라커 열면, 전화가 울리는, 받는) 네, 강남일 경사 핸드폰,

**남 자**　(E) 거기, 해피피자집이죠?

**민 석**　(이상한) 피자집이요?

**명 호**　잘못 걸린 전환가 보다.

**남 자**　(E) 어젯밤에 오븐기 고장 났다고 전화하셨잖아요?

**민 석**　(전화받으며, 문 쪽 보면)

**남 일**　(핸드폰 가지러 왔다가, 본 상황, 들켜도 상관없단 듯, 문 쪽에서 그 소리 듣고, 다가와, 민석에게서 전화기 뺏어 받아 말하는) 네, 오븐기 고장 났다고 전화했어요. 전화번호 끝자리만 7로 바꿔서, 다시 전화하세요, 여사장이 받을 거예요. (하고, 전화 끊고, 주머니에 넣고, 나가는)

**민석, 명호**　(남일 보고, 이상한) ?



# 씬 23. 임시보호소 방 안, 낮.


경미, 한쪽에 쓰러져 자고,
경진(생각하기 싫어, 퍼즐을 맞추는), 정오(근무복) 앉아 있는,


**정 오**　(퍼즐 맞추는 경진을 안쓰레 보며, 따뜻하게, 퍼즐 하나 주워, 맞춰주며, 착잡

하지만, 짐짓 편하게) 이거는 여기다.

**경 진**　(퍼즐 하며) 다른 경찰분이 그러는데, 범인이 콘돔을 사용했다고.. 근데도 자꾸 불안해요, 임신했을까 봐.

**정 오**　(경진 보며) 혹시 몰라 너도 동생도 사후피임약 먹었잖아, 걱정 마.

**경 진**　(보며) 너무 늦게 먹은 게 아닐까요?

**정 오**　72시간 안에만 먹으면 괜찮아. 참 아빠는 괜찮으시대. 니가 신고한 거 정말 잘한 거야. 엄마를 위해서도, 니네 자매를 위해서도.

**경 진**　(고개 돌려, 퍼즐 맞추며, 속상한) 경미는 그날 정말 자느라, 암것도 몰라요.. 아빠가 거짓말하는 거예요, 자긴 맞자마자 기절했으면서.. 경미가 엄마랑 함께 자길 해치려고 했다는 건 말이 안 되잖아요.

**정 오**　(착잡한, 퍼즐을 하나 더 찾아, 퍼즐 맞춰주며, 담백하게, 너무 처지지 않게) 또 찾았네. (하고, 그때 전화 오면 받으며) 네, 안 팀장님.


# 씬 24. 병원 일각, 낮.

**장 미**　(걸어가며, 진지하지만, 격양되거나, 가라앉지 않은, 담담한) 과수팀에서, 아버지를 묶었던 청테이프를 분석했는데, 엄마가 아빠한테 범행을 저지를 때, 경미도 가담한 게 증명됐어.

### * 점프컷, 교차씬 - 병원 복도, 임시보호소 복도 》

**정 오**　(가슴이 철렁하는, 경미를 보고, 경진을 보고, 밖으로 나가는)

**장 미**　아빠 발목을 묶었던 청테이프에 경미의 침이 묻어 있었고, 디엔에이도 나왔어. 아마도 아빠 발목을 청테이프로 묶을 때, 이빨로 청테이프를 뜯었던 거 같애.

**정 오**　(정신 차리는, 맘 아파도, 냉정히) 경미는 법의 보호를 받는, 만 13살 촉법소년이에요. 아버지의 구타가 엄마한테 지속적으로 이뤄졌었고, 가끔은 애들도 맞았어요. 안 팀장님, 제발 아이들 도와주세요.

**장 미**　(진지하게) 나 역시 너처럼 최선을 다하고 있단 것만 알아.

**정 오**　(답답한) 참, 아침에 경진이가 그러든데, 범인 입에서 이상한 과일 향이 났대요.

**장 미** (걷다 멈춰 서며, 예리하고, 담담히) 과일.. 향?


## 씬 25. 병실 안, 낮.

경진 부, 머리에 붕대 한, 어이없고 화나, 장미에게 말하는,
장미, 그 옆에 앉아, 경진 부를 별 감정 없이 보는,


**경진 부** 뭐? 내가 왜 애들을 못 봐! 에미 년은 구치소에 있어서 못 보지만, 내가 애들
애빈데, 왜 애들을 못 봐! (하며, 옆의 곽 휴지를 장미의 얼굴에 던져 맞히며)
당장 데려와, 이 쌍년아!

**장 미** (맞고도, 별 반응 없이, 차분히, 곽 휴지를 주워, 한쪽에 놓고, 경진 부 보며)
선생님은 이제 애들을 볼 수 없어요. 하루 이틀이 아니라, 어쩌면 아주 오래.

**경진 부** (화나) 뭐?

**장 미** (가방에서, 긴급임시조치 통지서를 꺼내 주는)

**경진 부** (통지서를 뺏어 보는)

**장 미** (차분히, 담담히) 법원에 임시조치 신청하고, 그 전에 제 권한으로 선생님께
긴급임시조치를 취했어요. (사무적으로) 긴급임시조치란, 이제 선생님은 당
분간 애들이 있는 집으로 돌아갈 수 없다는 얘기고, 애들 근처에도 가지 못
하며, 전화 통화조차도 할 수 없다는 얘깁니다.

**경진 부** (화나 보면) 뭐?

**장 미** 또한, 제가 신청한 임시조치가 법원에서 받아들여지면, 선생님은 이후 의료
기관이나, 구치소에도 구금 가능합니다.

**경진 부** (화나, 버럭대며, 베개를 장미에게 던지고) 내가 왜 구치솔 가! 니들이 뭔데,
날 구치소로 보내! (플라스틱 물병을 장미에게 던지고, 그 바람에 뚜껑이 날
아가, 장미에게 물이 뒤집어씌워지는, 악쓰며) 너 뭐야? 니가 경찰이면 다
야?! 에미랑 딸년이 날 죽일라 그랬는데, 내가 왜 구치소에서 징역을 살어! 징
역을 살면, 에미랑 딸년이 살아야지, 내가 왜 징역을 살어, 이년아!

**장 미** (물병 맞아도, 아무렇지 않은 듯, 수건을 꺼내 묻은 물을 차분히 닦고, 가만
경진 부를 냉정하게 보며, 툭 뱉는) 가족, 부인을 딸을 때리는 것도, 살인미수

처럼.. 심각한 범죄이니까요.

**경진 부** (멍한, 놀란) ?

**장 미** 딸도 처벌받을 겁니다. 그러나 수년 동안 엄마에게 가해진 폭력을 본 상황이 참작되면 촉법소년이기 때문에 소년보호처분 정도가 내려지겠죠. 어머닌, 잘 하면 집행유예.. 경우에 따라선 어느 정도 형도 살겠죠. 당연한 결과라 생각 합니다.

# 씬 26. 경찰서 보호소 안, 낮.

경진 모, 멍하니, 벽에 기대앉아 있는,

**장 미** (E) 어린 딸들을 안전하게 보호하지도 못하면서, 자신에게 가해지는 폭력을 묵묵히 받아들인 어머니의 무지도, 저는 용납이 안 되고, 아무리 남편이 무 서워도,

# 씬 27. 병실 안, 낮.

**장 미** 애들이 그날 강간을 당했는데도, 경찰의 만류에도 불구하고 국가가 제공하 는 안전한 보호시설로 가지 않고, 애들을 데리고 폭력을 쓰는 아버지가 있는 위험한 집으로 다시 귀가를 하고..

**경진 부** (말꼬리 자르며, 놀라고, 맘이 쿵 하는, 애들의 강간 소식에 맘이 아픈, 멍한) 뭐, 뭐?.. 우리 애들이 무, 무슨 일을 당해..?

**장 미** (분명히 말하는, 건조한, 가만 보며) 성폭행이요. 경진이 경미 둘 다. 보호자 같지 않은 보호자도 보호자니까, 말씀드리는 겁니다. (일어나며) 범인은 수사 중입니다. 그럼 전 이만. (하고, 나가는데, 전화가 오는)

**경진 부** (참담한, 무슨 일인가 싶은) ...

# 씬 28. 병원 복도, 낮.

장 미    (전화하며 가는)

양 촌    (E) 일단 수배전단 나와, 배포 중이야.

장 미    회의에서 나온 얘기들 정리됐어?


**\* 점프컷, 교차씬, 회의실 안 》**


양 촌    (자료 덮고, 장미와 전화하는) 지역 지구대는 지리 프로파일링 결과대로 백운산 소명산 인근 탐문과 수배전단 배포에 주력하고, 형사과랑 장 형사, 조 형사는 피해자가 진술한 만두귀를 단서로, 그래플링 계열의 모든 운동선수들이 등록돼 있는 운동협회들을 일일이 탐문해, 주소지가 백운산 소명산이 걸쳐져 있는 마현구, 상현구, 장동구에 있는, 선수들을 찾아 몽타주와 대조하기로 하고 출발했어. 협회에 대부분 선수들 사진이 있으니까,

장 미    우선순위로, 사건이 시작된 2, 3년 사이 몸이 불편해 선수생활을 그만둔 사람들부터 접근해.

양 촌    당연하지, 힘없는 애들만 대상으로 한 거며, 얼굴이 희고, 말랐다는 진술이 있으니까,

장 미    (말꼬리 자르며) 특히, 그 안에서 우선순위는 당뇨병 환자나 내과 질환자로 돼야 할 거 같아. 정오가 오전에 경진이한테 들었는데, 놈의 입에서,

양 촌    (예리하게, 담백하게) 왜, 아세톤 냄새나 과일 향이 났대?

장 미    과일 향.

양 촌    오케이, 탐문하고, 수배전단 뿌릴 때 병원 쪽도 염두에 두라 이를게. 난 족적 무늬가 같은 등산화를 판매한 판매처들 기록이 나와, 그쪽 탐문할 거야.

장 미    (전화 끊고, 가고)

양 촌    (전화 끊고, 주변 정리하는데, 송이 전화가 오는, 받으며, 무심히) 나, 바빠. (하고, 전화 끊고, 나가는)



# 씬 29. 송이의 방 안, 낮.

송이(공부하던 중인), 속상하고, 답답하게 전화기를 내리고, 생각하는,

## 씬 30. 지구대 안, 낮.

한솔, 상황 컴 보며, 무전 하는, 원우, 상황데스크 앞에 앉아 있는,
경모, 한쪽에서 민원인과 얘기하는 게 보이는,

**한 솔**　　성폭행 및 살인사건 용의자 수배전단 배포하는 대원들은 들어라.


## 씬 31. 몽타주, 낮.

1, 피씨방 앞 + 비상구 계단.
상수(블루투스 한), 혼자, 수배전단을 붙이고, 사진을 찍고, 계단을 뛰어 내
려가는, 계단에서, 다른 층에서 뛰어나온, 명호와 한표와 같이 계단을 내려
가며,

**상 수**　　(바쁜, 뛰어가며) 난 6층 커피숍 벽 쪽에 전단 붙이고 내려갈게요.
**명 호**　　(뛰어가며) 난, 4층에 식당가 돌게.
**상 수**　　(6층 복도 쪽으로 난 비상구로 사라지고)
**한 표**　　전 1층 출입구 안내판 맡을게요.


2, 모텔 안 데스크 + 모텔 입구.
남일, 혜리, 몽타주 붙이고, 사진으로 찍어 기록하는, 삼보, 엘리베이터에서
나오며,

**삼 보**　　엘리베이터엔 내가 붙였다, 다 붙였음 다른 데 가자. (하고, 가는)
**혜 리**　　(뛰어나가, 운전석에 타면)
**삼 보**　　(일하는 남일에게) 야, 니가 운전해!
**남 일**　　(와서, 혜리에게) 뒤에 타. (하고, 혜리 내려 뒤에 타면, 운전석에 타는)
**삼 보**　　(남일이 맘에 안 드는, 조수석에 타는)

**남 일**   (차 출발해 가고)

위의 그림 위로, 한솔의 목소리 들리는,

**한 솔**   (E) 수배전단은 유동인구가 많은, 피씨방, 상가, 숙박업소에 일일이 붙인다. 인권보호 차원에서 수배전단 부착하고, 반드시 그 기록을 유지해서, 차후에 반드시 회수할 수 있게 한다. 또한 전담팀의 지시대로 범인이 다녔을 법한, 학교, 병원, 약국까지 그 대상을 넓힌다. 단 한 곳도 놓치지 않는다. 현재, 재령피트니스 화재현장에 현성지구대, 구정지구대가 나가 있어, 수배전단은 우리 지구대 소관이다. 최대한 많은 지역에 배포한다.

3, 지구대 안.

**원 우**   (전화받으며) 네, 지구댑니다. (한솔 보며, 차분히) 네, 수배전단 보시고 전화하셨다구요? 어디서 보셨나요? (다른 자리에서도 전화가 울리는)

**경 모**   (민원인과 얘기하다, 전화받으며) 네, 지구댑니다. (사무적으로) 허위신고 내용이 중하거나 상습적으로 허위신고를 하는 사람에 대해서는 형법상 위계에 의한 공무집행방해죄로 5년 이하의 징역 또는 1천만 원 이하의 벌금, 경범죄처벌법상 60만 원 이하의 벌금, 구류 등에 처할 수도 있고, 현행범 체포도 가능한 거 인지하시고, 말씀하시는지, 확인 바랍니다.

**한 솔**   (원우 보다, 경모 말하는 거 보며) 현재, 수배전단 배포가 이뤄지면서, 제보자들의 전화가 폭주 중이다.

4, 백운산 인근, 가게 앞.
상수(무전 들으며), 명호, 한표, 주인과 얘기하고, 인사하고 나오는, 허탕이다, 한쪽에 세워둔 순찰차에 타는,

**명 호**   우리 기운 차리자. 실망 말고. (하고, 순찰차 타고)
**한 표**   (운전석에 타는)
**상 수**   (무전기 내리며) 또 신고네요. 5동 16번지예요.
**한 표**   오케이, 가보자. (하고, 가는)

위의 그림 위로,

한 솔 (E) 대부분의 제보전화는, 오인신고이지만 그래도 만에 하날 모르니, 어떤 제보도 가벼이 넘기지 않는다. 6개월 전 제보신고 놓쳐, 강도사건 용의자를 놓친 사례, 전원 반드시 기억한다. 다시 한 번 주지한다. 그 어떤 제보전화도 섣부르게 간과하지 않는다.


씬 32. 소명산 근처에 있는, 범인의 작은 등산용품점 근처(게시판에서 십 미터 정도 떨어진), 낮.

한쪽 게시판에 민석과 승재가 수배전단을 붙이고, 순찰차를 타고 가는데, 게시판 앞을 지나가던, 범인 아내가 뭔가 싶어, 게시판의 수배전단을 보는, 순간, 자신의 남편과 닮았단 생각이 드는, 아니겠지 싶은, 등산용품점으로 들어가는,


씬 33. 범인의 등산용품점 안 + 창고, 낮.

범인 아내 (답답한 얼굴로 들어와, 계산대로 가, 계산대(계산대 옆에 가족사진(서너 살 된 아들, 초등학생 딸과 두 부부와 장모가 찍은 사진이 작은 액자에 끼워져 놓여 있는) 열어 돈을 세며, 창고 쪽에 대고 말하는) 여보, 나 왔어요.. 산에 운동 간다며.. 나와요.

그러나 아무 대답도 없는, 범인 아내, 이상한, 한쪽 창고(옷가질 쌓아두고 있는 창고, 기숙하는지, 이불, 밥그릇, 반찬그릇도 있는)로 가서, 문 열고 안을 보면, 범인(등산복이 아닌 일상복), 등을 돌리고 깊숙한 구석에서 상자 안(아내는 상자는 못 봄)의 이름표들을 들어 보다, 서둘러 그걸 상자 안에 넣고, 상자를 한쪽 구석 바닥 안쪽에 찔러 넣고, 뒤돌아 아낼 보는, 조금 놀란, 그러나 짐짓 덤덤한,

**범인 아내** 뭐해요, 거기서?

**범 인** (별스럽지 않게) 암것도 안 해. (하고, 나가는)

범인 아내, 범인이 매장으로 나가는 걸 보고, 안을 둘러보는, 뭘 했던 거지 싶은 얼굴로, 별스럽지 않게 나가, 문을 닫는, 카메라, 방 안을 보여주면, 상자 넣은 바닥 구석에 아이 이름표(장한빛(이번 회에 죽은 여학생))가 떨어져 있는 게 보이는,

**\* 점프컷, 매장 안 》**
범인, 문 열고 밖으로 나가는,
범인 아내, 가게에서 고개 내밀고, 가는 범인의 뒤에 대고 말하는,

**범인 아내** 이제 그만 집에 들어와, 가게서 언제까지 살어! 엄마가 당신한테 이제 잔소리 안 한대, 어, 여보! 애들도 당신 보고 싶다 그런다고, 여보!

**범 인** (말없이, 수배전단이 붙어 있는 게시판을 못 보고 스쳐 지나가는) ..


# 씬 34. 다른 대형 등산용품 판매점 안, 낮.

양촌, 범인과 같은 메이커를 사 간 사람들이 찍힌 씨씨티브이 화면을 분석하는, 그러나 범인이 아닌 늙은 남자거나 젊은 여자가 찍힌, 답답한, 그래도 기록하는,


# 씬 35. 다른 등산용품 판매점 앞, 낮.

양촌, 들어서는, 주인이 손님을 맞고 있는,


# 씬 36. 다른 등산용품 판매점 안, 텅 빈, 밤.

양촌, 씨씨티브이 화면을 확인하는, 빵 먹으며, 맘은 답답하지만, 눈빛은 예리한, 그때, 송이의 전화 오는, 핸드폰 보다가 놓고, 씨씨티브이 화면만 보다가, 전화 계속 울리면 받으며,

**양 촌** (무뚝뚝하게) 왜?


## 씬 37. 지구대 식당, 밤.

정오, 들어와, 한쪽에서, 명호(점퍼를 벗어, 의자에 걸어두고, 상수, 한표의 컵라면에 커피포트의 뜨거운 물을 붓던 중인)를 보고, 말 거는,

**정 오** 죄송해요, 지난번에 전화하셨던 거 아는데, 전화 못 드렸어요.

**명 호** (보고, 고개 돌려, 편하게, 라면에 물 부으며, 담백하게) 괜찮아, 우리 다 정신이 없잖아. 참, 인권변호사협회에서 경미 엄마 변호해준댔다드라.

**정 오** (편하게 작게 웃으며) 장 형사님께, 들었어요.

**명 호** 라면 줄까?

**정 오** 아뇨. 입맛이 없어서..

**명 호** 오늘 너도 자원근무 신청했잖아. 순찰 돌려면 먹어. (하고, 컵라면 하날 더 까서, 물을 부으며) 2팀 순찰 가고, 우린 잠깐 쉬거나 잘 시간 돼.

**정 오** 김치 가져올게요. (냉장고에서 김치 꺼내놓고, 명호 옷을 걸어놓은 자리에 앉는데, 옷이 툭 떨어지는) 어머.. (하고, 옷을 줍는데)

**명 호** (편하게) 내가 주울게. (하며, 옷을 들다가)


**＊ 점프컷 》**
명호의 점퍼에서 현수와 찍은 사진이 담긴 펜던트(10부 명호의 차 안에서 봤던)가 바닥에 툭 떨어져, 사진이 보이는,

**정 오** (펜던트 보고, 순간, 명호(불편한) 보는)

**명 호** (불편하지만, 짐짓 덤덤히, 펜던트 집어, 주머니에 넣고, 자리에 앉아, 라면을

먹기 위해, 나무젓가락을 찢는, 정오 안 보는)

정 오    (어색한, 명호 안 보고, 테이블 위에 놓인, 나무젓가락의 종일 찢는)


그때, 상수, 한표, 세수한 채 들어와,

한 표    와, 라면이다! (하고, 라면 먹는)
상 수    (정오에게) 오늘 고생했다. (한표에게) 이거 먹고, 수배전단 배포 어디 가야
         해요?
한 표    세명로 1, 2, 3길이랑, 안산로 4, 5길.
명 호    (펜던트 때문에 불편한, 그래도 라면만 먹는)
정 오    (라면만 먹는)


## 씬 38. 달리는 순찰차 안, 밤.

남일, 운전하고,
혜리, 조수석에 앉아, 지나가는, 마른 체형의 남자를 주시하는, 발걸음 보면,
팔자다,

혜 리    삼보 주임님 저 남자 보각이 팔자예요.
삼 보    (뒷좌석에서 거리의 남자 보며) 덩치가 크고, 머리는 장발이잖아, 범인 아냐.
혜 리    (조금 실망한, 남일 보며) 제가 운전해도 되는데.. 오늘 운전 너무 많이 하셨
         네.
삼 보    (남일 맘에 안 들게 보며) 우린 오늘 밤에 자원근무 신청했지만, 쟨 안 했잖
         아. (남일의 뒤통수 보며) 맘에 안 들어.


그때, 남일의 핸드폰에 문자 오고, 보면, 아내의 문자다,

남일 아내 (E) 여보, 주문 많아, 빨리 와.
남 일    (핸드폰 끄고, 주머니에 넣는, 운전하는데, 불편한, 가는)
혜 리    우리 배고픈데, 뭐 좀 먹고 가면 안 돼요?

그때, 남일의 핸드폰 울리는,

삼 보    참어. 너만 굶냐? 다 굶는데? 밥 먹을 시간 있음 전단 하나라도 더 붙여.
혜 리    (남일에게) 전화 와요?
남 일    (전화 꺼내 아내 전환 거 확인하자마자, 끄고, 운전대 앞 보드에 놓는)

**＊ 점프컷 》**
보드 위 남일의 전화가 또 울리는,

삼 보    (남일에게) 야, 저기 우마사거리에 큰 모텔 있는 거 알지, 그쪽으로 가! 거기
         전단 하나 붙이고, 퇴근하든 말든 해.
혜 리    (보드 위 전화의 화면 보며) 애기 엄마?.. 집인가 본데.. 경사님 받아요?
남 일    (속상하고, 화난, 갑자기, 차를 급하게 유턴해 세우는)
삼 보    (그 바람에 휘청하며) 야야, 너 뭐하는 짓이야!
남 일    (아랑곳없이, 전화기 들고, 밖으로 나가, 속상해, 전화하며 소리치는) 내가 문
         자 넣었잖아! 오늘은 장사 접으라고?!
삼보, 혜리    (남일 보며) ?!
남 일    내가 어지간하면 장사 접으라 소리 하냐! 너만 애들 키울 거 걱정해?! 나도
         그래! 근데 지역에서 성폭행사건 나서 어린 애들이 다치고, 죽고 난리라고,
         지금! 애 키우는 사람이 애들이 죽어가는데, 장사하라고 지금 잔소리가 나
         오냐?! (속상해, 소리치는) 몰랐다고? 그럼 이제 알았으니까, 전화하지 마. (하
         고, 전화 끊는)
삼 보    (차 문 두드리면)
남 일    (문 열어주고, 차에 기대는)
삼 보    (나와, 남일 옆에 서서, 진지하게 보며, 답답한) 뭐야?
혜 리    (차 안에서, 걱정스레 남일 보는)
남 일    (안 보고, 답답해, 툭툭 내뱉듯) 집사람이 셋째 배고, 애들 키워야 되니까, 있
         는 돈 다 끌어모아 피자집 냈어요, 그래서 내가 일 끝나고 돕는데.. 오늘은
         또 피자 굽는 오븐기 말썽에, 며칠 전 알바까지 그만둬서... 죄송해요.
삼 보    (남일 빤히 보며, 답답한) 피자가게 명의 누구야?

| | |
|---|---|
| **남 일** | (답답한, 안 보고) 경찰이 투잡 하면 안 되니까, 와이프 명의로 했어요. |
| **삼 보** | (진지하게 툭) .. 잘했네. |
| **남 일** | (의외의 대답에 보는) ? |
| **삼 보** | (말은 퉁명스럽지만, 맘은 따뜻한) 아내 명의면, 규칙 위반도 아닌데 뭐. 그래도 동기들한테는 오해 안 사게 사정 말해. 다른 사람들한텐 굳이 말하지 말고. 괜히 경찰이 투잡이다 어쩐다, 말만 만들어, (순찰차 안의 혜리 보며) 너도 입 다물고. |
| **혜 리** | (진지한) 네. |
| **삼 보** | (운전석에 타려 하면) |
| **남 일** | (삼보 보며) 운전 제가 해요. |
| **삼 보** | 정년이라고 무시하는 거 아니면, 넌 3동 병원 건물이랑, 우마사거리 숙박업소에만 전단 붙이고, 퇴근해. |
| **남 일** | ? |
| **삼 보** | 대답 안 하냐? |
| **남 일** | (고마운, 맘 짠한, 자신에게 속도 상하는, 민망해, 퉁명스럽게, 안 보고) ... 네, 그럴게요. (하고, 차 타는) |
| **삼 보** | (운전해 가는) |

## 씬 39. 경찰서 일각, 밤.

송이, 양촌 복도 의자에 앉아 있는, 양촌, 송이가 사 온 음료수며 김밥이며, 빵이 담긴 봉지를 별 맘 없이 보고, 옆에 놓고, 송이 안 보려 외면하는,

| | |
|---|---|
| **송 이** | (속상한, 그러나 퉁명스레, 양촌 보고) 그날은 아빠가 잘못한 거야. 사과해. |
| **양 촌** | (화나는 싯 참고, 보는) |
| **송 이** | (안 보고, 할 말은 하는) 그날 난 혹시 몰라서 차 문 차 창문 다 열어놓고, |
| **양 촌** | (말꼬리 자르며, 안 지고, 송이 쏘아보듯, 보며) 니 쪽 차 문이랑 차 창문은, 운전석에서도 컨트롤되는 거 몰라, 그게 어떻게 안전하단 증거야? |
| **송 이** | (핸드폰 열어, 112 앱 보여주며) 112 앱. 그날 난 손에 핸드폰도 들고 있었어. 만약을 모르니까. 그리고 거긴 외진 데가 아니라, 씨씨티브이가 곳곳에 있는 |

우리 아파트 주차장이었어.

양 촌    (어이없게 보며, 답답하지만, 참고) 그놈하고 왜 헤어질라 그랬어? 전에 손목
에 난 상처랑 관계 있어? 손 긁힌 상처는 뭐야?

송 이    (양촌 안 보고, 다른 데 보며) 손목에 난 상처는 전에도 말했지만, 장난치다
그런 거고, 손등에 난 상천 고양이가 그런 거야. 헤어지는 이윤.. 내가 딴 애
생겼어. 어제 내가 다른 남자랑 있는 걸 그 친구가 봤고.. (속상한, 눈가 붉은)
그래서.. 그 친군 착한 애야...

양 촌    (화나고, 답답한, 버럭) 범죄 대부분이 범죄자가 악해서 벌어지는 게 아니라
욱해서, 순간적으로 벌어지는 거야!

송 이    (보면) ..

양 촌    (진지하게 보며, 정확히 무섭게 이르는) 그때 차 안에서 너는 분명 싫다고 말
로도 행동으로도, 두 번 세 번 놈한테 하지 말라 경고를 했어, 근데도 놈은
계속.. 그놈이 착하고 안 착하고는 아무 문제가 안 돼! 이미, 사리 분간 못할
만큼 욱한 게 문제라고 알아, 들어?! 그놈이, 이미 싫다, 안 된다는 니 말을
서너 번씩 무시했는데, 결국엔 순순히 널 보내줄 거라고 어떻게 장담해! 무
슨 근거로?!

송 이    (속상하지만, 인정도 되는, 눈가 닦고, 외면하는)

양 촌    니가 양다리 걸친 건 진짜 나쁜 짓이지만, 그렇다고, 그놈이 니 몸에 니 허락
없이 손대는 게 정당화될 순 없어, 이해받을 수도 없고, 그건 범죄야, 알아,
임마?!

송 이    (잘못했단 생각이 드는, 눈물 나는, 눈가 닦는) ....

양 촌    (답답한, 한숨 쉬고, 송이 보며, 진지하게) 아빠가 주먹 쓴 걸 잘했단 얘기가
아냐. 하지만, 너도 뭐가 옳고 뭐가 그른진 똑똑히 알아. (속상해, 큰 소리로,
강조) 그 누구도, 니 허락 없인, 니가 싫다고 하면, (강조) 절대, 절대로, 니 몸
에 손가락 하나도 대선 안 된다고, 알어, 이 새끼야?! (하고, 가는)

송 이    (속상한, 양촌 보고) 잘못했어. 112에 신고한 거..

양 촌    (그냥 가는)

송 이    (속상한) 내가 사 온 빵 가져가!

양 촌    (휙 다시 와, 빵봉지 들고) 그놈 다신 만나지 마. 양다리도 다신 걸치지 말고.
대답해!

송 이    알았어, 그렇게.

양 촌    (가는)

송 이    (가는 양촌 보며) 조심해.

양 촌    (가며, 맘 안 좋은) 너도.


## 씬 40. 회의실 안, 밤.

조 형사, 형사과1, 카드 내역서를 꼼꼼히 보는,
그때, 양촌, 송이가 가져온 빵봉투에서 하나 집고, 봉투를 동료들에게 주고,

양 촌    용의자의 것으로 보이는 카드 내역서 있어?

조 형사, 형사과1    (내역서 보며) 아뇨.

장 형사    (커다란 박스 들고, 들어오며, 답답한) 임 형사님이, 백운산 소명산 일대 씨씨
          티브이 현황실 가서 확인해서, 용의자로 보이는 남자 두어 명 찾아 만나봤는
          데, 알리바이도 정확하고, 아니래요. 게다가 씨씨티브이도 최근 일주일이나
          보름까지밖엔 기록이 없으니까.. 그 이전 건 찾을 수도 없고 답답하네요, (하
          고, 박스를 열며) 이 운동협회 자료들에선 뭔가 단서가 나올라나..

양 촌    (빵 먹으며, 서류를 예리하게 보는)

          **＊ 시간 경과, 아침 》**
          모두 자고, 양촌, 피곤해도 서류를 보는데, 그때, 장미, 커피 두 잔 들고 와 하
          나는 양촌 주고, 자기도 커피 하나 들고, 서류 일부를 들고 자리로 가, 앉아
          서류 보며,

장 미    좀 잤어?

양 촌    (서류만 보며) 두 시간. 누난?

장 미    (서류만 보며) 잤어, 두 시간.


## 씬 41. 몽타주, 다음 날, 낮.

1, 상가 앞 + 순찰차 안, 낮.
민석 승재, 수배전단 붙이고, 핸드폰으로 찍어 기록하는데,
그 옆을 명호, 한표, 상수(운전하는)의 순찰차가 지나가는,


2, 달리는 명호의 순찰차 안, 낮.

**명 호**  (블루투스 한 상태) 건물 도착하면 염상수는 병원, 나는 뒤쪽 사우나 빌딩
으로 간다.

**한 표**  저는, 옆 건물 피씨방 쪽에 붙이고, 합류할게요!

**상 수**  (진지한) 오케이!


순찰차 서면, 모두 내려, 수배전단 들고, 각자가 맡은 건물로 뛰어가는,


3, 병원이 있는 건물 안, 낮.
상수, 뛰어 들어와 안내판에 수배전단을 빠르고, 정확하게 붙이는데,
범인(야구모자에 흰색 추리닝), 다른 건물 출입구로 들어와 상수 못 보고, 엘
리베이터를 타고, 버튼 눌러 올라가는,


4, 회의실 안, 낮.
양촌, 조 형사, 장 형사, 서류 보다, 짜장면을 먹는데,

**양 촌**  (서류 다 보고, 범인이 없는지, 서류 덮고, 짜장면 먹다, 갑자기 생각난, 제 뺨
을 치며) 아아아아, 쌍쌍쌍쌍, 어우!

**조 형사, 장 형사**  (서류 보며, 짜장면 먹다, 놀라 보면)

**양 촌**  (일어나, 서둘러 옷 입으며) 우리가 두 번 세 번 확인해도 매장에서 메이커
신발 산 놈이 없다면, 놈이 그걸 어디서 샀겠어? 땅에서 주웠겠어? 하늘에서
그게 떨어졌겠어?

**조 형사, 장 형사**  ?

**양 촌**  놈은 매장 손님이 아닌, 매장 주인! (하고, 뛰쳐나가는)

**조 형사, 장 형사**  (뛰쳐나가는)

5, 경찰서 복도 + 주차장, 낮.
양촌, 장 형사, 조 형사, 뛰어가며,

**양 촌**　　나는 소명산 일대 매장들 탐문할 테니까, 니들은,
**장 형사, 조 형사**　　(말꼬리 자르며, 뛰어가며) 우린 백운산 일대 매장 탐문할게요.

　　　　하고, 장 형사 조 형사는 차를 타고, 출발하는데, 양촌의 차는 누군가 차를
　　　　막은 채 주차해놔 못 나가는, 양촌, 소리치는,

**양 촌**　　여기 차 댄 인간 누구야! 차 주인 나와!

6, 소명산 일대, 낮.
남일 정오(운전), 삼보 혜리(운전)의 차가 근처를 순찰하는, 서로 반대편에서
스쳐가며, 순찰 중인,

**\* 점프컷 》**

**남 일**　　(삼보와 무전 하는) 순 스물셋, 스물셋은, 소명산 일대 순찰 마치고, 백운산
　　　　일대 순찰 돌러 이동합니다. 순 스물셋은, 소명산 일대 순찰 마치고, 백운산
　　　　일대 순찰 돌러 이동합니다. 이상.
**정 오**　　(운전하며, 지나가는 주변 사람들을 진지하고 예리하게 보는)

**\* 점프컷 》**

**삼 보**　　(운전하는)
**혜 리**　　(무전 하며) 순 스물하나, 스물하나, 소명산 일대 순찰 마치고, 마현동 80번
　　　　지 편의점 절도사건 종발, 순 스물하나, 스물하나, 마현동 80번지 편의점 절
　　　　도사건 종발. (하고, 무전기 끄고, 답답하게, 무심히, 바깥 보며(범인의 가게
　　　　앞을 지나가고 있는)) 이 사건만 받고, 이제 다른 사건 받지 마요. 나도, 연쇄
　　　　성폭행범 잡는 데 일조하고 싶은데,
**삼 보**　　(바깥(범인 매장 쪽)을 별생각 없이 보고, 사람들 보며, 범인을 진지하게 찾

는, 혜리 안 보고, 말하는) 늙은 내가 작은 사건 맡아줘야 젊은 애들이 큰 사
건에 집중하지.. 다음번 사수는 젊은 애 만나...

혜 리    (미안한) 그 뜻은 아니고요..


삼보 혜리의 순찰차, 범인 매장 앞을 지나쳐 가는,


**\* 점프컷, 범인 매장 안 》**
범인 아내, 매장 안을 걸레질하고는, 창고로 들어가는,

**\* 점프컷, 창고 안 》**
범인 아내, 바닥을 걸레질하다가, 명찰(장한빛(12부, 2년 전 사건 피해자))을
발견하는, 이상한, 그러다, 구석의 상자를 보고, 꺼내 열어보면, 여러 명의 명
찰(김경진(자매, 11부), 김경미(자매, 11부), 이지민(4부), 문진영(9부, 자살시
도), 인선미(대화 속에 나오는 과거 1년 전 사건), 배수정(아직 밝혀지지 않은
사건, 신고되지 않은), 다 보여줄 필욘 없음)을 보고, 얼굴이 어두워지는, 이
상하다 싶은, 한쪽의 등산가방을 보면, 여러 개의 버프와, 신발이 잔뜩 보이
는, 무섭고, 이상한, 나가는,


# 씬 42. 매장 근처, 수배전단 붙어 있는 게시판 앞 + 매장 뒷마당, 낮.

범인 아내, 뛰어나와 안내판의 수배전단을 뜯어 매장으로 들어가서, 빨랫줄
이 있는 뒷마당으로 가는(카메라, 아내의 동선을 따라가는), 그리고 빨랫줄
을 보면, 씨씨티브이에 찍힌, 파란 등산복, 노란 버프, 깔개가 세탁되어 걸려
있는 게 보이는, 수배전단(몽타주와 씨씨티브이에 찍힌 사진)의 씨씨티브이
화면의 옷과 같은 걸 보고, 풀썩 주저앉는,


# 씬 43. 병원이 있는 고층건물 입구(중간층에 병원이 있는), 낮.

상수, 병원이 있는 층의 입구에 수배전단을 붙이고, 사진 찍어 기록하고, 화

장실 쪽으로 가는, 그때, 범인, 병원에서 나와 복도를 가다, 뭔가 이상해, 다시 돌아가, 입구 쪽의 수배전단을 보고, 쿵 하는, 그러나 별 반응하지 않고, 화장실로 가는,

## 씬 44. 화장실 안, 낮.

범인, 들어와 소변을 보는, 그때, 상수, 좌변기가 있는 화장실 안에서 나와, 범인(경찰을 보다, 굳지만, 이미 일을 보는 중이라 어쩔 수가 없는)을 지나쳐, 세면대에서 손을 씻다가, 뭔가 이상해, 범인을 보면, 만두귀가 보이는, 이건 뭐지 싶은, 차분히, 손을 씻으며, 세면대 위 거울로 범인의 키며, 마른 모습을 보는, 긴장하는, 범인, 짐짓 차분히 상수 지나쳐 나가는, 상수, 잠시 후, 조심히 밖으로 나가는,

## 씬 45. 병원 복도, 낮.

상수, 화장실 문에서 앞의 복도를 걸어가는 범인의 뒷모습을 보고, 핸드폰의 수배전단의 몽타주를 확인(인서트)하고, 다시 범인의 보각을 보기 위해, 다리 보면, 보각이 팔자인, 범인, 엘리베이터 버튼을 누르고(화장실과 엘리베이터가 멀리 떨어진 곳임), 상수, 이를 앙다물고, 쫓아가는데, 범인, 서둘러, 엘리베이터 버튼을 누르는, 엘리베이터 열리면 안으로 들어가고, 상수, 엘리베이터 쪽으로 와 가까스로 엘리베이터 문을 잡고, '잠시만' 하는데, 범인, 그대로 상수의 가슴에 발길질하고, 상수, 그래도 문을 열려 하면, 범인, 상수의 목을 잡아 비틀고, 주먹으로 얼굴을 두어 번 가격하고 엘리베이터 안에 태우는, 상수, 맞이 코피가 난 채, 나오려 하면, 범인, 발로 상수의 배를 차고는, 비상구로 도망가는, 상수, 배를 부여잡고 아파하는 순간, 엘리베이터 닫혀 이동하는, 상수, 마구, 버튼을 누르며, 무전 하는,

**상수**　　성폭행 및 살인사건 용의자 발견! 인근 대원은 들어라, 흰색 운동복 차림의 성폭행 및 살인사건 용의자 발견, 자유빌딩 박내과 병원 앞에서, 도주! 인근

대원은 들어라, 흰색의 운동복 차림의 성폭행 및 살인사건 용의자 발견, (이때, 엘리베이터 서고, 비상구 계단으로 뛰며, 무전 하는) 자유빌딩 박내과 병원 앞에서, 도주! 지원하라, 지원하라! (하는데, 멀리 계단 밑에서 범인이 바깥으로 나가는 게 보이는, 죽자 사자 하며, 뛰며, 악쓰는, 놓칠까 싶어, 울고 싶은) 흰색의 운동복 차림의 성폭행 및 살인사건 용의자 발견, 자유빌딩 건물에서 나가 도로로 진입! 용의자를 발견했다! (하고, 대로로 나가는)

## 씬 46. 건물 앞, 낮.

범인, 죽자 사자 도로를 가로질러 뛰고, 상수, 죽어라 쫓으며,

**상수**    (악쓰며, 무전 하며, 쫓아가는) 흰색 운동복 차림의 성폭행 및 살인사건 용의자 발견, 자유빌딩 건물 나가 정마사거리 방향 도로로 진입! 용의자를 발견했다!

상수의 울 것 같은 얼굴로 죽자 사자 뛰어가는 모습에서 엔딩.

# 13부

## 바람이 지나가는
## 길목

# 씬 1. 프롤로그, 공원, 낮.

한솔, 추리닝 차림으로 땀을 흘리며 숨을 헉헉대며 아침 조깅을 하고 있는,
뛰는 한솔과 회상이 교차되는,

**\* 점프컷, 교차씬 》**
1, 회상, 11부, 진료실 안, 낮.
양 교수, 컴퓨터를 보며, '이게 암이야', 하고, 한솔에게 검사 화면 보여주던,

2, 현실, 공원, 낮.
한솔, 공원을 뛰는, 답답하고, 속상한,

3, 회상(없는 씬이니 촬영 요), 웨딩드레스 샵, 낮.
커튼이 열리면, 한솔 딸, 웨딩드레스를 입고 서 있는, 한솔과 한솔 부인 그 모
습을 보는, 한솔 부인, 그 모습을 보고 감격스런, 딸을 안으며, '너무 이쁘다'
하는, 한솔, 애써 웃는데, 제 병 때문에 맘이 아픈, 딸을 가만 보다, 담담히
'이쁘네, 아빠 출근한다' 하고, 샵을 나가는, 울고 싶은,

4, 현실, 공원, 낮.

한솔, 공원을 뛰는, 어쩔 줄을 모르겠는, 몸은 뛰어도 울고 싶은, 애써 참는, 막막한,

5, 회상(없는 씬이니 촬영 요), 한솔의 집 주방, 낮.
한솔, 밥 먹다, 부인에게 속상해 화를 내는,

한 솔   (입에 밥을 물고 흥분하는) 야, 10년 전에도 3년 전에도 사업을 실패한 놈이, 이번엔 반드시 성공하리란 법이 어딨냐? 딸년 결혼식 한다고 적금통장 다 털었는데, 이제 이 집까지 또 니 동생 사업자금 담보를 넣고, 이제 너랑 내 노후는 어쩔 거야?! 길바닥에 둘 다 나앉을 거야, 어쩔 거야?!

부 인   (속상한) 당신 앞으로 칠팔 년은 더 경찰 일 할 거잖아! 벌면 되지!

한 솔   (성질나, 수저 던지며, 일어나, 웃옷 들고, 현관으로 나가다, 돌아서서, 속상해, 거의 울 것처럼 버럭대는) 내가 앞으로 경찰 일을 칠팔 년을 더 할지, 낼모레 그만둘지, 내가 낼 당장 아파 죽을지, 니가 어떻게 알어?! 니가 신이야, 이 여편네야?! (하고, 나가는)

부 인   (맘에 안 드는, 눈 흘기며) 으이그, 당신이 왜 아프냐?!

6, 현실, 공원, 낮.
사이렌 소리가 나고,
한솔, 달리다, 멈춰, 달려가는 도로 위의 경찰차를 보며(느린 그림), 땀을 흘리며 힘이 들어, 두 손으로 무릎을 잡고, 숨 고르는, 다른 경찰차 사이렌을 울리며 다시 가고, 무릎 잡고 숨 고르는 한솔의 모습 풀 샷으로 보이며, F. I.

**자 막**
*제13화 바람이 지나가는 길목*


**씬 2. 범인의 매장 뒷마당(앞 씬에서 뒤에 아이들 상황이 더해진) + 매장 창고 안, 낮.**

범인 아내, 주저앉은 채, 빨랫줄을 보고 있는, 손엔 수배전단이 들린, 점프컷

하면, 한쪽에서, 범인의 딸과 아들이, 하드를 먹으며, 땅에 그림을 그리다, 엄마를 보곤,

**딸**　　(이상한) 엄마..

범인 아내, 슬프고 멍한, 이마엔 땀이 난, 힘들게 일어나, 빨랫줄의 빨래를 걷어서, 매장 안의 창고로 들어가, 큰 가방에 범인(남편)의 옷가지를 넣고, 핸드폰을 들어, 112를 누르고, 잠시 후,

**범인 아내**　저, 백운산 소명산 일대 강간사건의 (옆에 상자 안의 명찰을 보며) 피해자들 이름을 알고 싶은데요..


## 씬 3. 도로, 낮.

양촌(조 형사, 형사과1, 장미와 그룹 콜 하는), 거칠게 운전해 앞차를 추월해가는, 그룹 콜 하는 상황이 점프컷으로 보여지는,

**형사과1**　(E) 오 경위님 촉이 맞았습니다,
**양 촌**　(거칠게, 차를 운전해, 다시 차를 추월하며, 운전에만 집중하는) 왜 뭐가 나왔어요?
**형사과1**　(E) 지금 유도협회에서 피해자의 진술과 일치하는 강간살인사건 용의자 신원을 확인했습니다.


## 씬 4. 협회 건물 지하 주차장 + 양촌의 차 안 + 경찰서 복도, 교차씬, 낮.

형사과1, 2 빠른 걸음으로 차로 가는, 형사과1은 양촌과 그룹 콜 하는,

**형사과1**　이름은 조설태, 나이 삼십오 세. 전직 국가대표 선수였다가, 최근 몇 개월 전까지 개인 유도장을 운영했는데, 개인 유도장을 폐업한 시기와 유사사건으로

보이는 첫 번째 사건 시점이 1년 2개월 전쯤으로 맞아떨어집니다.

**장 미**　(경찰서 복도를 걸어가며, 그룹 콜 하는) 놈이 유도장을 폐업한 이윤, 당뇨 합병증 때문이었는데, 경진이가 입 냄새가 났다고 진술한 부분도 들어맞아.

**양 촌**　(운전만 하며, 긴장되지만, 예리하게 듣는) ...

**형사과1**　(차로 가며) 협회 사진과 몽타주도 대조했는데, 유사점이 많습니다.

**장 미**　(경찰서 복도를 나와 주차장으로 가며) 그리고, 좀 전에 남편이 범인일지도 모르겠다며, 112에 신고 전화가 들어왔는데, 이름이 조설태.. 오 형사가 말하는 인물과 동일 인물이야. 남편의 소지품 중, 학생들 명찰이 있었는데... 성폭행을 당한 아이들과 살해당한 아이의 명찰이야.

**양 촌**　(운전해 가며) 그럼 내 촉이 맞았다는 얘긴, 주소지가 등산용품 매장이란 거야?

**장 미**　어, 소명산길 112번지, 해피등산용품 매장이 놈의 주소지야. (하고, 차 타고, 스피커폰 하며) 나, 지금 그리로 출동해. 다들, 거기서 만나. (운전해 가는)

**양 촌**　운전 조심해! (하고, 급하게, 앞차를 추월해 가는)


## 씬 5. 병원 복도, 낮.

상수, 화장실 문에서 앞의 복도를 걸어가는 범인의 뒷모습을 보고, 핸드폰의 수배전단의 몽타주를 확인(인서트)하고, 다시 범인의 보각을 보기 위해, 다릴 보면, 보각이 팔자인, 범인, 엘리베이터 버튼을 누르고(화장실과 엘리베이터가 멀리 떨어진 곳임), 상수, 이를 앙다물고, 쫓아가는데, 범인, 서둘러, 엘리베이터 버튼을 누르는, 엘리베이터 열리면 안으로 들어가고, 상수, 엘리베이터 쪽으로 와 가까스로 엘리베이터 문을 잡고, '잠시만' 하는데, 범인, 그대로 상수의 가슴에 발길질하고, 상수, 그래도 문을 열려 하면, 범인, 상수의 목을 잡아 비틀고, 주먹으로 얼굴을 두어 번 가격하고 엘리베이터 안에 태우는, 상수, 맞아 코피가 난 채, 나오려 하면, 범인, 발로 상수의 배를 차고는, 비상구로 도망가는, 상수, 배를 부여잡고 아파하는 순간, 엘리베이터 닫혀 이동하는, 상수, 마구, 버튼을 누르며, 무전 하는,

**상 수**　성폭행 및 살인사건 용의자 발견! 인근 대원은 들어라, 흰색 운동복 차림의

성폭행 및 살인사건 용의자 발견, 자유빌딩 박내과 병원 앞에서, 도주! 인근 대원은 들어라, 흰색 운동복 차림의 성폭행 및 살인사건 용의자 발견, (축약)

## 씬 6. 건물 앞 + 도로 + 거리, 낮(12부, 엔딩씬과 다른 상황 추가됐으니, 촬영 요).

상수, 죽어라 울 것 같은 얼굴로 뛰는데, 앞에 범인, 죽자 사자 도로를 가로질러 달려가는,

**상 수**  (악쓰듯, 무전 하며, 쫓아가는) 흰색의 운동복 차림의 성폭행 및 살인사건 용의자 발견, 자유빌딩 건물 나가 정마사거리 도로로 진입! 용의자를 발견했다!

그때, 명호, 뒷건물에서 무전기 들고 상황을 들으며 나와, 뛰어가는 상수를 보고, 순찰차를 운전해, 사이렌을 켜고, 도로를 가로질러 상수를 따라가는, 그사이, 범인, 뛰다가, 한쪽에 세워놓은, 오토바이를 타고, 달아나버리고, 배달하던 오토바이 운전자가 가게에서 뛰어나와, '야!' 하며 범인을 쫓는, 상수, 포기 않고, 무전 하며, 따라가는,

**상 수**  용의자가 오토바이 절도 후 도주, 빨간색 오토바이, 번호판은, (하고, 앞을 보지만, 오토바이 번호판이 흔들려 안 보이고, 오토바이는 대로로 우회전해, 시야에서 사라지는, 속상한) 번호판이 안 보인다! 흰색 운동복 차림의 성폭행 및 살인사건 용의자가, 도로에서 빨간 오토바이를 타고, 도주 중이다!

그때, 달리는 상수의 앞으로 명호의 순찰차가 오는,
상수, 타면, 그때, 도로를 가로질러 온 한표도 타고, 명호, 운전해 가는,

**명 호**  (범인이 간 곳으로, 운전하며, 긴장했지만, 정확하게) 한표야, 이쪽 방향은 백운산이랑 소명산이 이어진 등산로가 있어, 상황실에,
**한 표**  (말꼬리 자르며) 인지했습니다. (무전 하는, 긴장되지만, 정확히, 앞을 관찰하

며) 순 스물넷, 스물넷, 성폭행 및 살인사건 용의자, 추격 중. 현재, 용의자는 백운산과 소명산이 이어진 등산로 쪽으로 이동. 순 스물넷, 스물넷, 백운산으로 이동한다. 순 스물넷, 스물넷은, 백운산으로 이동. 백운산과 소명산 일대 인근 순찰차, 지원 바람, 지원 바람!

**상 수**   (코피를 쓱 닦고, 앞을 계속 보다가, 앞에 흰색 운동복(범인 것과 조금 다른) 입고 빨간 오토바이를 타고 지나가는 걸 보고, 긴장하는, 그러다 순간 더 앞쪽을 보면, 똑같은 옷차림의 오토바이가 우회전하는 게 보이는) 우회전하는 앞쪽 오토바이예요.

**명 호**   (긴장해) 근거는?

**상 수**   (앞만 보며, 긴장해, 진지한) 운동복도 좀 다르고, 운동화가 다른 거 같은데.. 정확힌 모르겠어요.

**명 호**   (범인이 아닌 오토바이(직진하는) 지나쳐, 범인의 오토바이를 쫓아가며, 한표에게) 만약의 경우도 대비해.

**한 표**   (차는 범인을 쫓지만, 자신은 앞에 범인 아닌 오토바이를 보며, 바로 무전 하는) 순 스물넷, 스물넷, 현재 성폭행 및 살인사건 용의자 추격 중, 다른 용의자로 의심되는 오토바이 발견, 오정대로에서 직진하는, 빨간색 오토바이 서울 마현 오 7891, 인근 순찰차는 검문하라! 순 스물넷은 사로 1길로, 또 다른 용의자를 추격 중이다!


**\* 점프컷, 거리 》**

정오의 순찰차 서 있고, 정오, 그 옆에 서서, 한 손에 무전기 들고 한표의 무전 상황을 다 들으며, 답답한, 얼른 가고 싶지만, 남일이 차가 두 대 충돌해 두 운전자가 서로의 어깨를 치며 시비를 붙고 있는 걸 중재하는 중이라 어쩔 수가 없는,


**운전자1**   (상대 어깨 치며) 니가 깜빡일 안 켜고 먼저 들어왔잖아, 새끼야!

**운전자2**   (상대 어깨 치며) 미친 새끼, 내가 왜 깜빡일 안 켜! 니가 못 봤지?

**남 일**   (두 사람 사이에 서서) 에헤헤, 이러지들 마세요.. 차도 별로 안 다쳤는데, 보험 처리하시면 되지,

**운전자2**   입 닥쳐, 짭새 주제에! (하고, 막무가내로, 상대의 차 보며) 어, 너 블랙박스 있네, 이거 돌려, (운전자1 보며) 어서 이거 돌려! (하며, 운전자1의 머릴 치고)

**남 일**  (운전자2를 중재하며, 답답한) 선생님, 사람을 왜 쳐요, 일단 제가, 경찰이 왔
으니까, 지구대로 가서서,

**운전자1**  (말꼬리 자르며) 너 오늘 죽었어, 이리 와, (하며, 주먹으로 운전자2의 얼굴을
가격하려는데)

남일, 두 사람을 말리려, '선생님!' 하며 그 사이에 끼어들다, 운전자1의 주먹
에 맞고, '악!' 하며 아파하는, 그때, 정오, 가는 명호의 순찰차 보다, 남일의
'악!' 소리에 남일 보면, 남일, '아' 하며 입가 터져 아파하는 모습이 보이는, 정
오, 놀라, 남일 쪽으로 달려가 남일 보며, '경사님, 괜찮아요?! 어떡해!' 하고,
운전자들에게, 속상해, 울 것처럼 소리치는,

**정 오**  다들 뭐하는 짓이에요, 경찰한테! (하고, 남일의 얼굴을 들어 보며, 속상해,
울고 싶은) 경사님, 경사님 괜찮으세요?


# 씬 7. 도로 + 삼보 혜리의 순찰차 안, 낮.

삼보 혜리의 순찰차, 와서 서는, 그리고 서둘러 차에서 내려 뛰어가는,

**＊ 점프컷, 앞 상황 》**
상수가 본 빨간 오토바이를 탄 범인이 아닌 남자가 민석과 다른 지구대 대원
들에게 둘러싸인 상태에서, 오토바이를 타고 가는, 다른 지구대 대원들, 순
찰차 타고 가고, 민석, 승재, 답답한,

**＊ 점프컷 》**
삼보, 혜리, 민석에게 다가서며,

**삼 보**  뭔 일이냐? 범인 아냐?
**민 석**  (답답한) 아니에요. 신원조회했는데... 그냥 일반 시민.

그때, 무전 떨어지는, 승재, 켜면,

112     (E) 코드 제로, 코드 제로, 성폭행 및 살인사건 용의자의 핸드폰 위치추적 결과, 위치가 확인됐다. 백운산과 소명산 진입로 홍일2동 13번지 방면,

삼보, 혜리, 민석, 승재, 그 말 듣고, 모두 놀라, 서둘러, 자신들의 순찰차로 가서, 타고, 출발하는, 그 그림 위로,

112     (E) 백운산과 소명산 진입로 홍일2동 방면. 인근 순찰차는 출동하라! 인근 순찰차와 인근 대원들은 출동하라!


# 씬 8. 달리는 명호의 순찰차 안 + 산동네, 낮.

명호, 골목을 꺾어들어, 멀리 오토바이를 쫓는, 오토바이, 다른 골목으로 꺾어 들어가고,

112     (E) 코드 제로, 코드 제로, 성폭행 및 살인사건 용의자의 핸드폰 위치추적 결과, 위치가 확인됐다. 백운산과 소명산 진입로 홍일2동 13번지 방면, 백운산과 소명산 진입로 홍일2동 방면. 인근 순찰차는 출동하라! 인근 순찰차와 인근 대원들은 출동하라!
한 표   맞네, 맞네, 저 새끼, 저거, 저저, 범인 맞네, 위치도 맞고!

명호, 긴장하며, 오토바이를 쫓아 골목(오토바이는 지나갈 만한 길)으로 차를 확 트는데, 트럭이 있어, 쾅 부딪혀, 차가 멈추고,
상수, 차가 멈춤과 동시에 나와, 범인을 쫓아 산동네길(외길)로 뛰어가는,

명 호   상수야! (하다가, 뒷좌석의 한표 문 열어주고) 여기 처리하고, 지원 요청해! (하고, 상수 따라 뛰어가는)
한 표   (차에서, 나와 무전 하며, 울 것 같은 큰 소리로) 순 스물넷, 스물넷, 성폭행 및 살인사건 용의자 조설태 추격 중. 백운산 진입로와 소명산 진입로 갈라지는 홍일2동 16번지 지점에서, 용의자가 산으로 가고 있다, 인근 순찰차는 지

원하라!

## 씬 9. 범인의 등산용품 매장 앞, 낮.

양촌의 차, 빠르게 와서, 멈춰 서고, 양촌, 전화하며 내리는, 한표의 무전 내용을 다 들은 상황이라, 불안하지만, 침착하려 하는,

**양 촌**  그래서, 최명호 너는 지금 이 상황에서 어떻게 해야 할 거 같애?

**\* 점프컷, 산동네 입구 》**

**명 호**  (산으로 뛰어가며, 블루투스로 전화하는) 일단, 백운산 쪽 소명산 쪽에 모든 인원을 집결시켜야 할 거 같습니다. 등산로는 갈래길이 없이, 두세 개지만, 놈이 등산로가 아니라 입산 금지구역으로 갈 가능성도 배제 못하니까, 인원은 많을수록 좋습니다. (하다가, 범인과 상수가 안 보여, 멈춰 서는, 산으로 이어지는 길에, 오토바이가 버려져 있고, 핸드폰도 버려진) 용의자가 절도한 오토바이와 핸드폰을 버렸습니다.

등산로에서 내려오던 여자 두 명 중 한 명이 말하는,

**여 자**  경찰이 저쪽으로 갔어요! (하고, 길을 알려주는)
**명 호**  (이 앙다물고, 핸드폰 주워, 산으로 뛰어가며) 용의자 핸드폰은 제가 들었습니다, 이걸로 위치추적하시고요, 저는 염상수 지원합니다.

**\* 점프컷, 교차씬 》**

**양 촌**  다른 대원들이 지원할 때까지,
**명 호**  (뛰어가며) 못 기다릴 수 있습니다.
**양 촌**  (초조하지만, 단호한) 기다려. 놈은 운동선수다, 무기가 없으리란 보장도 없고, 범인은 검거하지 않는다.

**명 호**   (죽어라 뛰어가는)

**양 촌**   지금쯤 대원들이 도주로를 차단하며, 산 아래로 집결하고 있을 거야. 상수랑 너는, 범인을 산 아래로 몰기만 한다, 분명히 말한다, 지원 없이 검거하지 않는다. 지원받아, 완벽히 범인을 제압할 수 있을 때,

**명 호**   (멀리 산을 내려가는 상수를 보고, 범인이 밑에 있단 생각에, 좀 더 아랫길로 돌아가는) 지원 기다리다 놓치면요!

**양 촌**   (걱정돼, 버럭) 그냥 놓쳐! 분명히 말해, 니들끼리 잡지 마. 이미 범인 주소지도 파악됐고, 대대적으로 지원도 가고 있고,

**명 호**   (뛰며) 우리가 놓쳐서, 그사이 범죄가 또 일어나면요?! 저 전화 끊어요! (하고, 블루투스 끄고, 마구 달리는)

**양 촌**   (답답한, 전화기 내리고, 주머니에서 무전기 꺼내, 맘이 급해 화가 나도, 애써 차분히 무전 하는) 인근 대원과 순찰차 들어라. 나는 연쇄 성폭행사건 전담반, 오양촌 경위다. 홍일지구대 소속 최명호와 염상수 경관이 용의자를 쫓고 있다.


양촌이 무전 하는 사이, 장미의 차 오고, 장미, 내려, 양촌 쪽으로 오는, 양촌, 장미를 보며, 무전만 하는데,


**장 미**   (무전 하는 양촌의 맘을 알고, 차분하게) 장 형사, 조 형사 외 전담반 형사들이 모두 백운산 소명산 일대로 나갔어. 지휘 걔들이 할 거야. 자긴, 빠져.

**양 촌**   (답답하게 장미 보며, 눈 피하지 않고, 무전 하는) 인근 순찰차는 상황실에서 전달하는 지피에스 위치추적에 귀 기울이면서, 백운산 일대, 소명산 일대 모든 도주로를 차단하고, 최명호와 염상수 경관을 지원하기 바란다. 홍일지구대 소속 최명호와 염상수 경관이 용의자를 쫓고 있다.

**장 미**   (무전 하는 양촌의 무전기 뺏어, 담담히) 전담반 안 팀장이다. 반복한다. 인근 순찰차는 백운산 일내와 소명산 일대 모든 도주로를 차단하고 최명호와 염상수 경관을 지원한다. 이상! (하고, 무전 끄고, 양촌 보며) 현장에 가고 싶겠지만, 여기도 우리가 할 일이 있어. (하고, 매장으로 들어가는)

**양 촌**   (가는 장미를 답답한 마음에 빤히 보다가(현장에 가고 싶은 맘이다), 맘 다 잡으려 이를 앙다물고, 매장으로 들어가는)

# 씬 10. 지구대 안, 낮.

경모, 한솔, 심각하게, 상황근무석 앞에 앉아, 무전 듣고 있는,

**민 석**   (E) 홍일지구대, 순 스물둘, 스물둘, 백운산 등산로 9번 입구 종착.
**혜 리**   (E) 순 스물하나, 스물하나, 소명산 등산로 7번 입구 종착.
**다른 경찰1**   (E) 순 서른넷, 서른넷, 소명산 등산로 8번 입구 종착.
**다른 경찰2**   (E) 순 서른하나, 서른하나, 백운산 등산로 4번 입구 종착.
**다른 경찰3**   (E) 순 마흔하나, 마흔하나, 백운산 등산로 2번 입구 종착.
**다른 경찰4**   (E) 순 마흔셋, 마흔셋, 백운산 등산로 11번에 종착.

그때, 종민, 원우 들어오면,

**한 솔**   뭐한다고 이제 오냐! (하고, 일어나 출동하려고 나가는)
**종 민**   (나가는 한솔 보며) 술 취한 동생이 누날 팬다고 신고가 들어왔는데, 어쩌라고?
**원 우**   (종민을 잡아, 이층으로 가라고 몰며) 참으세요. 참아. 명호 경장님이랑 상수 걱정돼 저러시는 건데. (경모 보며) 우리도 안 놀았어요. (하고, 물 마시러 가고)
**종 민**   (이층으로 가다, 내려와, 화가 나는) 염병, 우리 같은 사건사고 많은 덴 인원을 더 충원해주든가, 쌍! 국민 세금으로 다 뭐해! (하고, 이층으로 가는)
**경 모**   (상황 컴만 보다, 누군가 들어오면, 일어나며, 답답하지만, 참고) 할머니, 무슨 일이세요?


# 씬 11. 도로, 낮.

한솔(근무복), 뛰어가는, 힘들지만, 있는 힘껏 뛰는,

# 씬 12. 입산 금지구역 같은 거친 산, 낮.

상수, 땀을 흘리며, 범인을 쫓아가는, 범인, 산을 내려가다, 순간 멈추는, 앞에
명호(땀이 나고, 긴장했지만, 차분한)가 서 있는, 범인, 땀이 많이 난, 뒤를 보
면, 상수(땀이 나고, 긴장했지만, 차분한)가 심호흡을 하고,

**상 수**   (긴장감 있지만, 차분히) 투항하지? (하고, 범인의 눈만 보며, 나름 오기 있게
         터벅터벅 다가서는)
**명 호**   (범인만 보며, 다가서는) 말 들어, 투항해.

범인, 명호와 상수가 거리를 좁히면서, 담담히 다가오자, 잠시 거릴 재다가,
다른 길로 도주하고, 상수, 그대로 범인을 쫓는데, 범인, 순간적으로 멈춰 서,
달려오는 상수를 업어치기 하고, 그 바람에 상수, 나가떨어지는, 그때, 명호,
삼단봉으로 범인의 다릴 치고, 범인의 얼굴이며(상처 나 피가 나는) 등짝과
어깰 여러 번 가격하는, 범인, 아파도 참고, 바로 삼단봉을 뺏어, 명호의 이마
며 등이며 여러 번 가격하고, 명호, 이마에 피를 흘리면서도, 삼단봉을 뺏어,
삼단봉으로 범인의 목을 조르는, 그때, 상수, 넘어졌어도(그 때문에 코에서
피가 나는, 얼굴도 여기저기 긁힌), 빠르게, 테이저건*을 범인에게 쏘지만, 범
인의 팔에 두 개 침이 아닌, 하나만 맞는, 범인, 명호의 팔을 잡아 비틀고, 주
먹을 날려, 산 아래로 밀어버리고, 도주하면, 상수, 뛰어가, 범인을 몸으로 덮
쳐, 뒹굴다(범인의 얼굴에 상처가 나는) 뒤에서 범인의 어깨에 테이저건을
충격기처럼 써서, 가슴(심장 아닌 쪽)이며, 팔, 몸 곳곳에 서너 차례 반복(그
때마다 범인의 몸이 튀는)해 지져서, 기절시키는, 슬프고, 두렵고, 분노에 찬,
상수의 얼굴과 교차되는 회상,

**\* 점프컷, 플래시컷, 교차씬 – 현재의 상수와 회상 》**
1, 11부, 경미를 들것에 싣고 가던 상수, 구급차에 실리던 경진,
2, 9부, 가폭사건으로 간 경미 집에서, 주변 정리하던 경진 모,

---

**\* 테이저건** 전극침 발사장치가 있는 전자충격기

3, 12부, 정오에게 증거품을 주고, 가던 경진의 모습 느린 화면,
4, 12부에서, 경진의 살인미수 전화를 받던 정오의 슬픈 얼굴,

**\* 점프컷 ≫**
상수, 범인의 어깨 안쪽을 테이저건으로 지지는, 그때, 상수의 어깨를 잡는
손, 명호다,

| | |
|---|---|
| **명 호** | (헉헉 숨을 고르지만, 차분히) 그만. |
| **상 수** | (땀범벅이 된, 그제야 슬픔과 충격에서 벗어나, 테이저건을 놓는, 기절한 범인을 멍하니 보는) |
| **명 호** | (피가 나는데도, 범인에게, 수갑을 채우고, 제 주머니에서 수건 꺼내 범인의 입에 자살 방지를 위해, 재갈을 채우며(이때 범인 움직이는), 혼잣말) 놈이 자해 시도할지 모르니까.. (하고, 범인의 주머니 속에서 삐져나온 처방전을 보는, 조설태 이름이 쓰인 걸 보고) 조설태 맞네. (상수 보며, 힘들어, 헉헉대면서도, 가볍게 작게 웃으며) 이 새끼가 니 멋진 미란다 고지를 들어야 되는데 기절해버렸네? |
| **상 수** | (주머니에서, 손수건을 꺼내 피가 나는 명호의 머리에 대고, 범인 보며, 눈가 붉은 채, 화난) 넌 미란다 고지고 뭐고, 무조건 종신형 받아야 돼, 이 미친 또라이 새끼야! |
| **명 호** | (산 아래 쪽 보고, 차분히, 이마가 아픈지, 살짝 찡그리며) 발소리가 여럿이다, 지원 왔나 보다. |
| **상 수** | (산 아래에 소리치는) 여기! 범인, 아니.. 수배자 검거! 조설태를 잡았어요! 수배자 검거, 코드 제로 상황 종료! |

**\* 점프컷, 산 아래 대원들 ≫**

| | |
|---|---|
| **상 수** | (E) 수배자 조설태 검거! 수배자 조설태 검거! 코드 제로 상황 종료! |

다른 지구대 대원들, 화답하듯, 좋은, '악! 악! 우리 올라갑니다! 안전하죠?!'
하고 소리치는, 민석, 승재, '잘했다, 안 다쳤냐!' 하고 소리치며, 가고,
남일, 무전 하며, '홍일지구대 소속 최명호, 염상수 경관, 수배자 조설태 검거!

백운산 7번 등산로 근처, 입산 금지구역에서 수배자 조설태 검거!'
정오, 뒤에서 오다, 상수의 말을 듣고는, 그대로 긴장이 풀려 주저앉는,

**남 일** (앞으로 가며, 정오에게) 고생했다, 너도. 쉬고 있어.
**정 오** (눈물이 나지만, 눈물 닦고, 다시 힘내, 일어나 올라가는) ..
**남 일** (다시 무전 하며) 반복한다. 홍일지구대 소속 최명호, 염상수 경관, 수배자 조
설태 검거! 백운산 7번 등산로 근처, 입산 금지구역에서 수배자 조설태 검거!


## 씬 13. 범인의 등산용품 매장 앞, 낮.

과수팀, 증거물 박스, 가지고 나와, 차에 싣는,
양촌, 한쪽에서, 무전 들으며 매장 안을 보면, 한쪽 구석에서 장미(아내가 안
쓰러워도 담담히)가 수첩을 들고, 범인 아내(울며, 멍한)를 조사 중인 모습이
보이는, 시선 돌리면, 범인 아내와 조금 멀리 떨어진 한쪽에 범인의 아이들이
기죽은 듯 범인 아내를 보며 서 있는, 양촌, 맘 아픈, 착잡해지는,

112    (E) 백운산 7번 등산로 입산 금지구역에서, 성폭행 및 살인사건 수배자 조설
태 검거, 성폭행 및 살인사건 수배자 조설태 검거, 수색 상황 종료. 성폭행 및
살인사건 수배자 조설태 검거, 성폭행 및 살인사건 수배자 조설태 검거, 수
색 상황 종료. 백운산, 소명산 일대 수색 중인, 대원들은 철수하고, 각자의 위
치로 복귀하라. 백운산, 소명산 일대 수색 중인, 대원들은 철수하고, 각자의
위치로 복귀하라.
E      (사이렌 소리가 요란한)


## 씬 14. 산이 인접한 공터, 낮.

서 있는 구급차1 앞에, 장 형사, 조 형사, 서 있고, 민석, 승재, 구급대원 두 명,
기절한 범인(수갑 차고, 재갈 물린, 얼굴이 여기저기 다친)을 들것에 싣고, 구
급차에 태우는(구급대원 한 명은 운전, 한 명은 뒤에 타는), 장 형사, 조 형사

범인 차에 타는 거 보며, 한쪽의 명호 상수 보며, 말하는,

**장 형사**   최 경장님, 염상수 순경 수고했어!

＊ 점프컷 ≫
구급차2, 서 있고, 구급차2의 대원1, 2, 한쪽에서, 서서, 명호와 상수의 얼굴
에 응급처치를 하고 있는,

**명 호**   (기분 좋게) 수고하셨어요!
**조 형사**   나중에 만나 술 한잔합시다!
**상 수**   네!
**장 형사, 조 형사**   (구급차 뒤에 타고)
**민 석**   (명호에게) 우린 구급차 호위하고, 들어갈게! (승재에게) 가자. (하고, 차에 타
          는)
**승 재**   (웃으며) 상수야, 지구대서 보자! (하고, 순찰차 운전해 가는)
**상 수**   (웃으며) 네!

＊ 점프컷 ≫
민석의 순찰차 가고, 구급차1, 따라가는,

＊ 점프컷 ≫

**구급대원**   (명호를 치료하며) 꿰맬 필욘 없는데, 그래도 병원은 가보시는 게 좋을 거 같
            은데..
**명 호**   (치료받으며, 편하게) 괜찮아요, 그냥 쉴래요. (하고, 상수에게 주먹 내밀고,
          상수에게) 고생했다.
**상 수**   (치료받으며, 주먹을 치고, 웃으며) 수고하셨습니다. (하고, 한쪽 보며) 대장
          님..
**한표, 명호**   (오는 한솔 보며, 인사하는) 오셨어요.

＊ 점프컷 ≫

그때, 한솔 헉헉대고 두 사람 앞에 서서, 구급대원에게, 걱정하는,

**한 솔**    이놈들 어때요? (상수의 얼굴을 손으로 잡아 얼굴 전체를 살피며) 괜찮냐?


## 씬 15. 지구대 안, 밤.

두어 명의 주취자가 보호석 쪽에서 자고 있는,
2팀들 서너 명, 피자와 닭 먹다, 누군가 들어오는 거 같아 문 쪽 보며,

**2팀 경찰1, 2**    (민원인인 줄 알고, 먹던 거 뒤로 숨기며, 습관적으로) 어서 오십시오, 무슨 일로,
**양 촌**    (이층으로 가며, 굳은(명호, 상수가 다쳤단 말을 들은)) 다들 어딨냐?
**2팀 경찰3**    (피자 먹으며) 이층 식당이요! 다들 퇴근도 안 하고, 아주 신났어, 다들!
**양 촌**    (말 들으며, 가는)
**상 수**    (E, 먹으며, 신나 떠드는) 아니 기껏 연쇄 강간범 잡았는데, 피자가 웬 말?


## 씬 16. 지구대 식당 안, 밤.

종민, 삼보, 민석, 남일, 경모, 상수, 명호, 한솔, 승재, 원우, 한표, 혜리, 서 있거나 앉아서, 음료와 피자를 먹으며, 웃고 떠드는, 상수와 명호는, 근무복, 다른 사람들은 사복 차림인,

**상 수**    진짜 이거는 아니다? (하며, 피자를 먹으면)
**한 솔**    (장난치듯, 피자 뺏으며) 피자면 됐지, 뭘 더 바래, 자식아,
**한솔, 경모**    (순간적으로, 짠 듯이 똑같이 말하는) 뭐 그럼 우리가 지구대 대들보를 뽑아서, 소갈비를 사주랴, 소 등심을 사주랴, 자식아! (서로 쳐다보며, 서로 잘했단 뜻으로, 주먹을 내밀어, 서로 치며, 웃고, 상수 보며) 귀연 새끼, 장한 새끼!

모두, 깔깔대고 웃고,

**종 민**　(아구아구 먹으며) 그런데, 니들 잘한 건 잘한 거지만, 진짜, 위험한 짓 한 거야! 그냥 총을 쏘고 말지, 맨몸으로... 얌마, 그러다 놈이 삼단봉으로 니들 눈알이라도 쳤어봐.

**민 석**　(눈 애꾸 되는 시늉하며) 그럼 바로 실명이야. 지난주 마포지구대 손 경장처럼.

**승재, 한표**　그래도, 총은 안 쏘는 게 맞죠.

**원 우**　경찰이 총 쏘면 범인이 죽는 게 아니라, 경찰이 징계로 죽어요! 놈은 맨손인데, 니들은 왜 총 쐈냐! 우리 경찰이 총 쏴서 무사한 적 있었어요? 시민들은 언제나 경찰이 무기 아닌, 몸으로 땜빵하길 바란다구요.

**종 민**　그런 말 하는 인간들, 자식들을 전부 경찰을 만들어야 돼!

**민석, 한솔, 경모**　야, 무슨 그런 악담을 하냐!

**남일, 삼보**　(입에 가득 물고, 음식물 튀기며) 그냥 대충 다 잘했다 그래라! 뭔 말들이 그렇게 많아, 니들은!

**경모, 한솔, 한표, 승재**　(깔깔대고 웃고)

**혜 리**　(한쪽에 서서 상수만 보며 부러운, 다들 웃는데 웃지도 않는)

**상 수**　(기고만장한 느낌으로) 내 말이 그 말이에요! 괜히 범인 잡은 거 샘나니까! 다쳐도 내가 다치지 뭐 자기들이 다쳤나!

**명호 포함 모두**　야야야야, 그거는 아니지!

**한 솔**　아주아주 이게게 기고만장했네, 기고만장했어!

**양 촌**　(화난 듯, 으름장, 버럭) 염상수, 너 뭐라 그래?

**모 두**　(보면)

**한 솔**　(먹으며, 양촌 보고, 상수 보며) 내가 너 혼날 줄 알았어, 자식아.

**경 모**　(먹으며, 아무렇지 않게) 오양촌, 염상수 혼내. (상수 보며) 임마, 그만하길 다행이야, 클 날 뻔했어! 그놈은 완전 유도 유단잔데, 니 몸이 니 몸이냐? 서울만 쳤을 때 사무직 빼고 현장직 경찰 한 명이 국민 천여 명의 안전을 책임져야 되는데,

**한 솔**　비번, 휴무, 교대 인원까지 감안하면, 경찰 한 명당 시민 사천여 명이야.

**양 촌**　(한솔 경모가 말하는 사이 심란하게, 콜라병을 열어, 입구 막고, 혼자 조용히, 병을 흔들며, 화난 듯 버럭) 근데 그렇게 물불 안 가리고, 범인을 잡고 지

랄을 하고, (하고, 상수에게 명호에게 뿌리며, 신난) 잘했다, 축하한다, 염상수, 잘했다, 최명호! (하며, 한솔과 경모에게도 뿌리는)

혜리(부러운, 샘나는)와 삼보(기특하지만, 샘나는)는 뒷전에서 빠져 있고, 상수 외 다들, '악! 하지 말어, 하지 말어! 옷 젖어요! 새 옷이야' 등등 소리치지만, 재밌는,
한솔, 지지 않고, 콜라병 들어, 흔들어, 양촌을 쏘고, 다들, 저마다 음료병 들어, 서로를 쏘며, 신나는, 더러는 뛰어다니며 '그만해, 이거 다 어지르면 누가 치울 거야!' 하는, 상수, 양촌의 목을 등 뒤에서 잡고, 양촌의 머리에 콜라를 들이부으며, 신나서, '악!' 하는, 다른 사람들은, 상수와 양촌에게 동시에 콜라병을 흔들어, 쏘는,

**\* 점프컷, 복도 + 회의실 안》**

혜 리   (놀이에 가담하지 않고, 복도로 나가며) 아, 부러워 진짜 부러..
삼 보   (놀이에 가담하지 않고, 혜리 뒤따라가며) 너두 다음 달부턴 큰 사건 맡을 거야.
혜 리   내가 무슨 수로요?
삼 보   나 나가면 힘 좋고 빠릿빠릿한 젊은 사수 만날 거 아냐. (하고, 회의실로 들어가면)
혜 리   (미안한, 회의실 문 연 채) 난 그런 뜻으로 말한 거 아닌데...
삼 보   (한쪽에 앉아, 한쪽에 둔 가방에서, 굴삭기 자격증 필기시험 책 꺼내놓고, 돋보기를 꺼내는) ..
혜 리   뭐해요? 퇴근 안 하고?
삼 보   (책만 보며) 퇴직하면 굴삭기라도 몰라고.. 공부할 거야, 가.
혜 리   (속상한) 따기 하시, 굴삭기 힘든데.. 집에 가서 해요, 뭐하러 혼자 회의실에서.. (하고, 가는)
삼 보   (책을 보는)


# 씬 17. 보호소 복도, 밤.

정오(사복), 엉엉 울고 있는 경진을 안은 채, 경진의 귀에 대고, 눈가 그렁해 맘 아파도 차분하고 따뜻하게 말해주고 있는, 풀 샷으로 시작하는,

**정 오**　너 정말 용기 있고, 잘했어, 니가 말한 범인에 대한 진술이, 결정적이었어. 놈의 입에서 이상한 냄새 났다고 한 말. 그 말을 단서로, 놈이 병이 있다는 걸 알았고, 병원에서 놈을 처음 발견했거든. 범인은 니가 잡은 거야. (더 꼭 안아주며) 엄마는, 불구속이야. 낼 아침이면 여기 보호소로 오실 거야.

**경 진**　(안도감에 더 크게 울며, 주저앉고) ..

**정 오**　(주저앉은 경진 앞에 쪼그려 앉아, 따뜻하고 차분하게 말하는) 아빠는 엄마는 용서가 안 되지만, 니들한텐 미안하다고.. 당분간은 니들이 용서할 때까지, 니들한테 안 나타나실 거라고.... 이제 힘든 거 다 끝났어. 다 끝났어.... 경진아..

카메라, 한쪽으로 가면, 장미가 그 모습을 따뜻하고, 서글픈 모습으로 보다가, 되돌아가는,


## 씬 18. 남자 휴게실, 어두운, 작은 불만 하나 켜 있는, 밤.

2팀 경찰 두어 명, 자고 있고, 한쪽에서 상수, 명호 둘이 옷을 갈아입으며 말하고 있는,

**상 수**　(기세등등한, 남자답게) 지금 나가면 집에 가실 거예요? 그러지 말고, 술 마시자?

**명 호**　(옷 갈아입으며, 담담한) 그럴까?

**양 촌**　(세수하고 들어와, 옷을 벗고, 여분의 옷으로 대충 갈아입으며, 담담히) 명호 넌, 표정이 왜 그래?

**명 호**　(옷만 갈아입으며, 담담히) 기분이 좀 그러네요. 범인을 잡았다고 해서, 일어난 사건 자체가, 사건을 당한 피해자가 없어지는 건 아니니까.

**양 촌**　(옷을 입으며, 상수 보고) 니 선배 보고 너도 철 좀 들어라, 자식아, 그냥, 범

|  |  |
|---|---|
| | 인 잡고 신나서, 기고만장하고, |
| 상 수 | (옷 입다가, 맘에 안 드는, 답답한) 범인 잡으면 신나는 거지, 뭐가 이렇게 복잡해? 그리고 오늘 같은 날 기고만장하면 좀 어때? (명호 보며) 술 우리 집에서 마시는 거 어때요? 우리 지구대 규율, 모든 대원은 시민의 안전을 위해 술은 1차만 한다. 근데 난 오늘 1차 갖고 안 돼, 3차는 해야겠어. 우리 집 가자. 가서, 정오랑 혜리도 같이.. (양촌 보며) 콜? |
| 양 촌 | 난 안 돼. (명호 보며) 둘이 마시고 가. |
| 명 호 | (정오 생각에 조금 서글픈 웃음 짓고) 아니요, 저도 그냥 집에 가서 혼자 한잔할래요. 낼 봐요. (하고, 나가려는데) |
| 상 수 | (가는 명호 팔 잡고, 서운한) 왜 술 마시재놓고, 그냥 가요? 내가 정오 얘기하는 게 싫어요? |
| 명 호 | (편하지만, 단호한) 어. |
| 상수, 양촌 | ? |
| 명 호 | 난 한정오는 단둘이만 보고 싶어. 그 누구랑도 아닌 단둘이. (양촌에게) 먼저 갈게요. (하고, 가는) |
| 양 촌 | (웃으며) 크크.. 너 아무래도 최명호한테 한 방 먹은 거 같다? (하고, 옷 입는) |
| 상 수 | (맘에 안 드는) 한정오가 뭐 벌써 지 껀가? (하고, 양촌 보고) 술 마시자. |
| 양 촌 | (라커 문 닫으며) 나, 낼, 어머니 보내야 돼. |
| 상 수 | (눈치 못 채고, 무심히, 툭) 어머닐 어디로 보내? 요양원 바꿔요? |
| 양 촌 | (순간 어이없어 웃음이 나는, 옷을 입으며, 혼잣말로 서글픈 구시렁) 그러네, 진짜.. 니 말이 맞네, 요양원을 바꾸는 거네. 가볍네, 그렇게 생각하니까. (하고, 상수의 상처의 밴드를 뜯어보고, 다시 붙이고) 담엔 범인 잡을 때 조심해, 그러다 디져, 임마. 대체 누굴 닮아 겁대가리 없이! (하고, 가면) |
| 상 수 | (짜증) 내가 닮긴 누굴 닮았겠냐, 당신 닮았겠지! |
| 양 촌 | (어이없이 꼬나보며) 당신? 아주 맞먹어라. 어? 맞먹어? (하고, 상수 칠 듯이, 여기저기에 주먹을 올리는) |
| 상 수 | (순간 안 맞으려고, 여기저기 방어하는) |
| 양 촌 | (그 모습이 웃긴) 크크크.. 꼴값 떨어라. (하고, 가는) |
| 상 수 | (가는 양촌 보며) 으이.. 아, 술 땡겨! (하고, 라커 문 쾅 닫는데) |
| 자는 경찰들 | (일어나며, 짜증) 잠 좀 자자, 우리! |
| 상 수 | (놀라며, 미안한, 인사하며) 아.. 네. 죄송합니다. (하고, 나가는) |

씬 19. 정오의 집 전경 + 정오의 집 안, 밤.

혜리, 한쪽에서 술 취해 자고, 상수, 정오, 둘이 마주 앉아 소주를 마시는, 벌써 세 병째다,
둘이 잔 부딪치고, 술 마시고,

**상 수**  (좀 취한, 정오 보며, 처지지 않게) 뭐 해외.. 경찰 주재관?

**정 오**  지금 생각은 그래. 국내 말고, 외국에 나가고 싶어. 넌? 강력반?

**상 수**  몰라. 나중에 생각할 거야. 지금은 그냥 난 조설태 개자식 잡은 걸 즐기고 싶어. (하고, 술 마시고, 정오 보며) 너도 내가 지금 기고만장한 거 같냐?

**정 오**  (귀엽게 보며) 어.

**상 수**  (얼굴 부비고, 정오 보며, 인정하는) 오늘 하루 범인 잡은 내가 기고만장하면 좀 뭐 어때?

**정 오**  (귀엽게 보고, 작게 웃으며) 누가 뭐래? (하고, 술을 마시는)

**상 수**  (정오 보며, 강단 있게) 오늘 오양촌, 최명호가 그러드라. 범인을 잡아도, 세상이 바뀌는 건 없다고. 피해자는 여전히 피해를 입은 채 평생 살아가야 하니까. (사이) 그 말도 맞지. 근데, 그것보다 더 중요한 게 있어.

**정 오**  (술 마시고, 보며, 따뜻하게 보며) 더 중요한 거.. 그게 뭔데?

**상 수**  (술 마시고, 술 취했지만, 분명히 말하는) 내가 범인을 잡은 거. 그래서, (차분히, 맘이 짠한, 힘주어 말하는) 그 범인으로 인해, 또 다른 피해자들, 5차 6차, 7차 될지 모르는 피해자들을 (주먹으로 가슴 치며) 우리가, 내가, 니가, 만들지 않았다는 거. 살렸다는 거. 그래서, 나는, 너랑 나랑, 우리는 오늘 이 순간을, 맘껏 기뻐해야 돼. 그래서 힘내서 또 다른 나쁜 놈 잡아야 돼. (하고, 술잔 내밀며) 내 말이 틀리냐?

**정 오**  (상수가 대견하고, 기특한, 술잔 부딪혀주며, 조금 벅찬, 따뜻하게) 니 말이 맞아.

**상 수**  (맘이 묵직한, 다시 한 번 더 잔 부딪치고, 술 먹고, 시원하게) 내가 범인을 잡았다! (벌렁 누우며, 울분에 찬 듯, 시원히) 내가 짐승만도 못한, 미친 엿 같은 쌍누무 새낄 내 손으로 잡았다!

정 오   (눕고, 상수 따뜻하게 보며, 작게 웃으며) 경진이가, 경진이 경미 엄마가, 경찰이 고맙대.

상 수   (그 말에 보며, 눈가 그렁해, 감격했지만, 차분히, 들었지만, 또 듣고 싶은) 뭐라.. 고?

정 오   (상수의 맘 알겠는, 차분히) 경진이가, 경진이 경미 엄마가, 경찰이 고맙대.

상 수   (정오에게 누운 채, 다가서며, 정오의 입에 귀 대고) 뭐라고?

정 오   (상수 귀에 대고 따뜻하게) 고맙다고..

상 수   (갑자기 핸드폰에 대고, 녹음하며) 뭐라고?

정 오   나도 고마워, 니가 잡아줘서.

상 수   (녹음 끄고) 이건 나의 사명감 목록에 저장. (하고, 사진을 보여주는) 이거 봐라.


**＊ 점프컷, 핸드폰 사진 ≫**
피씨방 남아가 밝게, 손가락으로 웃으며, 엄마와 하트 모양을 한 사진.


상 수   전에 내가 피씨방 사건 때 구한 아이. 보호소에서, 가끔 엄말 만나며 잘 지내지. 그리고, 이건,


**＊ 점프컷, 핸드폰 사진 ≫**
서형이가 경찰공무원 책을 들고, 웃으며, 찍은 사진.


상 수   나한테 칼을 휘둘렀던 서형이가, 나 같은 경찰 될 꿈을 가졌다고 보낸 사진. 그리고 (좀 전에 녹음한 거 들려주며) 이것까지. 나의 사명감 창고에 저장. (하고, 천장 보며, 벅차 크게 노랠 부르는)

정 오   (상수 보고, 따뜻하게 보고, 웃는, 편한 맘으로 노래 부르는)


둘이 노래를 부르며, 마주 보는, 편한,
그때, 혜리, 술 취해, 벌떡 일어나 비몽사몽 같이 노랠 부르고,
상수, 정오 웃긴,


상 수   (정오 보며) 사랑해.

| 정 오 | ? |
|---|---|
| 상 수 | (차분히) .. 술주정이야. (하고, 노랠 부르는) |
| 정 오 | 진짜 어이없어... 너 뭐야? (웃고, 노랠 부르는) |

한쪽에 정오의 핸드폰이 진동으로 울리는, 명호의 전화가 오는, 정오는 모르
는,


## 씬 20. 양촌 부의 방 안, 밤.

양촌 부, 앉아 있고, 양촌, 옆에 세숫대야 놓고, 양촌 부의 앞에 앉아서, 양촌
부의 수염을 깎아주고 있는,

| 양 촌 | (미간을 찡그리고, 양촌 부의 수염에만 집중하며) 턱 들어요, 턱 들어. |
|---|---|
| 양촌 부 | (턱 들며) 그냥 내가 해. |
| 양 촌 | (수염 깎아주며) 잘 못하시잖어, 매번 턱 밑은 놓치고.. |
| 양촌 부 | (수염을 맡기고) 눈이 잘 안 보여. 그래서, 그래. |
| 양 촌 | (수염을 깎아주며) 눈이 안 보이면, 꼼꼼히, 턱이며 뺨이며, 손으로 만져보면<br>서 해야지, 그러니까. (하고는 수염을 깎으며, 맘이 울적해도 짐짓 아닌 척)<br>아부지.. |
| 양촌 부 | 어. |
| 양 촌 | (울적해도, 짐짓 담담히) 우리, 엄마 집을 그냥 요양원에서 저기 하늘나라<br>로... 옮기는 거다.. 뭐 그리 생각합시다. |
| 양촌 부 | ... |
| 양 촌 | (정성스레 수염을 깎아주는) .. |
| 양촌 부 | (손으로 제 턱이며, 뺨 만지며) 이제 된 거 같네. |
| 양 촌 | (수건으로 양촌 부의 턱을 닦아주고, 옆에 놓인 양촌 부의 양복을 다림질하<br>는) 옷이 넘 낡았네. 하나 살걸. |
| 양촌 부 | (멀뚱히 양촌이 옷 다리는 모습 보며) 니 엄마가 사준 거야.. 새 옷은 낯설지. |
| 양 촌 | (먹먹한) 그런가, 새 옷은 낯선가.. (하고, 다림질만 하는) |
| 양촌 부 | (일어나, 농에서 정복을 꺼내, 옆에 놓고 앉으며) 넌 이거 입어. 니 엄마 좋아 |

하게.

**양 촌**　(정복 보며) 그래요... (하고, 서글프게, 다림질하는) ....

**양촌 부**　(서글픈) 너는 경찰 된 거로 니 엄마한테 효도 다 한 거야. 그리 생각해..

**양 촌**　(다림질만 하는)


## 씬 21. 한솔의 집 안 + 한솔 딸의 방 안, 밤.

한솔, 자다 만 모습으로 냉장고 문을 연 채, 그 안의 소주병을 가만 들여다보
고 있는,

그때, 한솔 부인, 잠옷 차림으로 화장실에서 나오며, 방으로 가면서,

**부 인**　냉장고만 쳐다보고 있지 말고, 술 마시고 싶음 마셔. 지구대가 연쇄범도 잡았
는데...

**한 솔**　(술만 보며) 자.

**부 인**　마시든 어쩌든 당신도 얼른 자. 낼 애 결혼식에 얼굴 안 붓게. (하고, 방 안으
로 들어가는)

**한 솔**　(한참 소주를 보다, 냉장고 문을 닫고, 딸 방으로 가서, 문 열고, 자는 딸을
물끄러미 보는) .. (그러다, 거실 탁자에 놓인 핸드폰에서 문자 알림음이 들리
면, 그리로 가서, 소파에 앉아, 문자 확인하고, 전화하는, 담담한, 조금 긴장하
는) 어, 김 과장 문자 봤다, 정말, 충청도 보문경찰서 경무과장* 자리가 났어?
(어색하게 웃으며) 잘됐네.. 거기.. 편한 데로 소문난 거. 옛날에 내 선임이 거
기 간 적이 있어. 근데.. 정말 그 자리 빈대? (웃음기 가신, 사이) 아니, 홍일지
구대에 문제가 생겨서, 그런 건 아니고... 그냥 내가 좀 사정이 생겨서.. 알아,
나도, 김 과장이 해줄 수 있는 건 여기까진 거, 보직 청탁 안 되는 거. 그럼 그
럼.. 알지.. 그건 나도..

---

\* **경무과장** 경찰서의 인사, 경리, 기획을 담당하는 행정부서의 장

# 씬 22. 결혼식장 전경 + 결혼식장 입구, 낮.

경모(사복 입은), 전화번호 누르는데, 그때, 삼보와 민 선배(14부에 나오는, 다리 살짝 저는, 초라한) 오는,

**삼 보**   (정복, 경모 보고) 다들 왔냐?

**경 모**   아직이요.. (하고, 전화 내리고, 민 선배 보고, 잘 모르지만, 어색하게 인사하면)

**삼 보**   강남지구대서 근무할 때 한솔 대장이랑 내 선배님..

**민 선배**   (어색한) 나, 먼저 자리에 가 있을게. (하고, 가는)

**경 모**   (민 선배 가는 모습 보며) 다릴 저시네? (하고, 장미에게 전화하고, 발신음 기다리는)

**삼 보**   민수만 선배라고 교통경찰 하다 주취자가 모는 차에.. 왜 전에 우리 지구대로 한번 놀러 왔었는데 못 봤나? 우리 지역에서 아파트 경비 일 한다는...

**경 모**   몰라.. 근데, 연금 받는데, 저 몸으로 웬 경비?

**삼 보**   칠 년 전에 일가족 죽인 뺑소니 운전자 조사하다, 놈이 하도 뻔뻔하게 나오니까, 못 참고 한 대 팼는데, 재수 없이 놈이 잘못 넘어져 척추손상이 됐어. 그래서 독직폭행*으로 걸려, 파면당하고, 여적 손해배상금 은행서 빌린 거 갚잖아.

**경 모**   (안됐단 생각이 드는) 이런.. (장미가 통화가 안 되는지, 다시 전화하며) 형님도 며칠 안 남으셨는데, 조심해요.

**삼 보**   그래야지.. (하고, 가고)

**경 모**   (삼보를 보다, 장미에게 전화하고, 신호음 떨어지면) 설마 여기 와? (사이) 오지 말지. 둘 다 안 와도 다 이해하는데..


# 씬 23. 장미의 방 안, 낮.

---

\* **독직폭행** 인신구속에 관한 직무를 행하는 특별공무원의 폭행 또는 가혹행위

장미, 사복 차림으로 거울 보며, 립스틱을 바르는,

양촌, 정복 차림으로 침대에 앉아 있는,

장 미 (립스틱 바르며, 스피커폰으로 전화하는) 가야지, 대장 자식 하난데.

**\* 점프컷, 교차씬 》**

경 모 (답답한) 양촌이.. 괜찮아?

장 미 (양촌 보면)

양 촌 (앉은 채, 전화기 보며) 담부턴 그딴 거 물으려면 나한테 직접 물어, 자식아! 나와, 물 마시고 있을게. (하고, 나가는)

장 미 (편하게, 립스틱을 백에 넣고, 옷매무새를 다듬으며) 오양촌 원래 말투 이상한 거 알지?

경 모 (장미에게 미안하고, 속도 상하는) 나 오늘 선봐서, 오후에 요양원 못 가. (짜증나는) 알잖아, 울 어머니 질긴 거. 의사 하다 적성에 안 맞아, 관둔 이혼녀래. 애는 없고.

장 미 (작게 웃으며) 만나봐, 의외로 좋을 수도 있잖아.

경 모 걱정 마, 만날 거야, 선배도 나 싫단 마당에, 내가 뭐 평생 혼자 살 맘이 있는 것도 아니고.. 근데, 그게 왜 오늘이냐고, 내 말은! (한숨) 여기 오면 보겠지만, 양촌이한테 미리 내 사정 좀 잘 말해줘.. (하고, 전화 끊고, 화장실에서 옷 추스르며 나오는 한솔에게) 아이고, 옷 마저 입고 가, 하객들 봐요.

한 솔 (이마에 땀난, 옷을 추스르며) 양촌인 장례는 안 한다며?

경 모 아버님이 하지 말랬대. 섬에 사는 누나도 지난주에 엄마 보고 갔다고... 아퍼 못 온다고.. 조용히 치룬대요.

한 솔 (힘들고, 아프지만 웃으며, 옷을 잘 추스르며) 하긴.. 산송장처럼 계신 지가 오래됐으니, 장례도 새삼스럽다.

경 모 근데, 웬 땀? (손수건으로 한솔 이마의 땀을 닦아주며, 웃긴) 혼주가 첨이라 긴장했어? 천하의 기한솔이?

한 솔 (아프지만 어색하게 웃는) 좀..

경 모 (모자를 바로 해주며, 무심히) 멋있다. 갑시다. (하고, 가는데)

한 솔 (경모의 뒤에서 경모를 미안한 마음으로 보는, 경모의 옆으로 가, 걸으며) 경모야, 내가 우리 지구대로 너 부른 거, 미안하다.

**경 모**　(별 뜻 없이 받는) 알면 됐어. (하며, 가는)

**한 솔**　(답답하게, 경모 보고, 가는)


# 씬 24. 장미의 거실, 낮.

양촌, 장미의 구두를 솔질하고, 장미, 그 옆에 서서, 양촌 보며, 안쓰런,

**장 미**　오늘 결혼식장 가서 웃을 수 있겠어?

**양 촌**　(구두 솔질하며) 웃어야지. 남의 혼사에 찬물 끼얹을 순 없잖아. (구두를 바닥에 내려놓고, 일어나며) 나와. (하고, 나가는)

**장 미**　(가는 양촌 보다, 신발 신고 나가는)

**양 촌**　(E) 아이고.. 이쁘다, 아이고, 이뻐, 이게이게 누구야, 누구?


# 씬 25. 신부대기실 안, 낮.

한솔 딸, 앉아 있고, 한솔과 사수들(한솔, 삼보, 양촌은 정복, 다른 사람 사복), 부사수들(사복), 들어서는, 장미도 들어서는,

**양촌 외 모두**　(박수 치며) 우와, 어마어마하네..

**명 호**　(양촌 뒤로 와서, 작게) 괜찮으세요?

**양 촌**　(담담히) 그럼. (하고, 신부 보며, 애써 더 밝게) 야, 이게 선녀야, 뭐야?

**모 두**　너무 이뻐요!

**한 솔**　(신난) 그럼 누구 작품인데, 안 이쁘냐? 내가 혼신의 힘을 기울여 만든 건데.

**한솔 딸**　(웨딩드레스 입고, 대원들에게) 감사합니다, 감사합니다.

**한 솔**　야야야, 일단 앉아, 앉아, 우리 딸 팬들이 너무 많아서, 나중에 사진 찍을 시간도 없어, 다들 빙 둘러 둘러, 사진 찍어, 사진 찍어.

**경 모**　사진 찍어, 사진 찍어! 다들, 사수는 신부 옆, 부사수들은 신부 발아래 꿇어!

서로, 자리 찾느라, 수선스런,
그때, 정오, 명호와 나란히 서서, 명호를 보고,

| | |
|---|---|
| **정 오** | (어색하게 웃으며) 수배자 잡은 거, 축하드려요. |
| **명 호** | (따뜻하게) 언제 단둘이 술 한잔 마시자. |
| **정 오** | 네. |
| **상 수** | (정오 손잡고, 주저앉으며) 앉아. |
| **정 오** | 야. (하며, 얼결에 앉고) |
| **상 수** | 부사수들 앉으래잖아. |
| **한 표** | (그런 정오 보고, 맘에 안 들고) |
| **명 호** | (별 상관없이, 앞 보며, 웃는) |

\* 점프컷 》

| | |
|---|---|
| **한 솔** | (딸 옆에 앉아, 손잡는데, 맘이 울컥하는, 그러나 티 내지 않고, 딸 귀에 대고) 딸, 반드시 잘 살아. 행복하게. |
| **한솔 딸** | (한솔 귀에 대고) 그 말 일주일 새, 백 번도 더 했다. |
| **한 솔** | (애써 웃으며) 그랬나? |
| **사진사** | 자자, 모두 안쪽으로 모이세요.. 자, 사진 찍습니다. 다 같이, |
| **한 솔** | (큰 소리로) 자자자, 우리 구호 외친다. 전원, 하나 둘 셋! |
| **전 원** | 아자, 홍일! (하며, 주먹 쥐는) |

다들 환한 얼굴로, 여러 장 사진 찍히는, 한솔, 입은 웃어도 눈가는 붉은,

# 씬 26. 요양원 일각, 낮.

양촌 부, 의자에 앉아 있고, 양촌(정복 차림), 다릴 쫙 벌리고, 서서, 양촌 부의 넥타이 매주려는데, 잘 안 되는, 그래도 최선을 다해 해보려는, 먹먹한 얼굴이다.

| 양촌 부 | (가만 양촌 하는 양 보다가) 못하면 그냥 냅둬. |
|---|---|
| 양 촌 | (넥타이만 매려 하며) 평생, 첨 넥타이가 매고 싶다며.. 매요.. 내가 어떻게든 해볼게.. (하고, 매려는데, 잘 안 되는, 방향을 바꿔 해보는) |

그때, 장미, 오며,

| 장 미 | 내가 할게. (하고는, 양촌 부 옆에 앉아, 넥타일 매는, 서글프지만, 짐짓 티 안 내고) 울 아버지가 멋있게 해서 엄마 보내고 싶구나.. 목욕도 하시고, 면도도 하시고, |
|---|---|
| 양촌 부 | .. |
| 장 미 | 엄마 마지막 가시는 길 좋겠다, 신랑이 멋있어서.. |

그때, 상수 오며, 양촌에게,

| 상 수 | (양촌이 짠한, 그러나 참고, 듬직하게) 대원들 왔어요. |
|---|---|
| 양 촌 | (이상하게, 상수 보는) ? |
| 상 수 | 은 팀장님이 부사수 중엔, 나한테만 말해줬어요... 나는 알아야 한다고. 나는 알아야죠. 그렇잖아요. 나는 파트넌데, 알아야지. |
| 양 촌 | (장미에게) 먼저 들어갈게. (하고, 들어가는) |
| 상 수 | (따라가고) |
| 장 미 | (양촌 부 넥타이 다 매주고) 다 됐네. 멋지다. |
| 양촌 부 | (넥타이 만지고, 장미 보며, 안쓰런) 니가.. 고생 많았다. |
| 장 미 | (눈가 붉어져, 따뜻하게 웃으며, 아버지 옷의 먼지를 털어주는, 담담한 느낌이다) .. 별로. |


## 씬 27. 요양원 안, 낮.

양촌 부, 양촌, 장미, 의사1, 2, 명호, 종민, 남일, 민석, 삼보는 착잡하게, 상수는 눈가 붉지만, 참으려 애쓰는, 송이, 울고, 대관, 울고, 양촌 모 호흡기를 한 채, 누워 있는,

의사1     (시계 보며, 양촌 부에게) .. 자, 그럼 준비되셨으면, 마지막 인사하시죠.

양촌 부, 양촌, 장미     (먹먹해, 눈가 붉은) ..

송이, 대관     (울고)

삼 보     (착잡한) 아버님.. 인사하시죠.

양촌 부     (착잡하고, 슬픈) 나 같은 놈이 무슨 할 말이 있어.. (하고 양촌 모를 가만 보는, 슬픈, 맘 아픈, 애써 참고) .. 미안했네. (하고, 양촌 모를 가만 보고, 이마 한번 쓸어주고, 손잡아주고, 맘 아픈) 곧 보자. (하고, 차마 말 못 잇고, 눈가 붉어) 니들 인사해. (하고, 나가는)

장 미     (양촌 부 나가면, 눈가 붉지만, 애써 담담히, 따뜻하게, 양촌에게) 당신도 해.

양 촌     (눈물이 나는, 닦고, 힘들게 맘 다잡고, 말하는 게 어렵지만, 담담히 말하려 하는) .. 어머니.. 어머니…. 나 같은 놈 키우시느라 그동안 고생 많으셨습니다. 좋은 데 가세요. (하는데, 눈물이 나지만, 이를 앙다물고, 참으려는, 애써 강한 척하는)

장 미     (송이 대관에게, 따뜻하게) 너희도. 할머니, 좋은 데 가세요, 해.

송이, 대관     (울면서, 작게) 할머니 좋은 데 가세요.

장 미     (양촌 모 손잡고, 귀에 대고, 맘 아파도, 참고, 따뜻하게, 담백하게) 어머니, 많이 고마웠어요. (눈물 나도, 담담히 닦고, 차분히) 이젠 부디 편안하세요.

대원들     (먹먹한) ..

의사2     (시계 보고) 그럼 이제 금미자 씨의 연명치료를 중지합니다. (하고, 호흡기를 끊고, 경동맥 잡고, 죽음을 확인하는)

의사1     (경동맥을 잡고, 확인됐다고 의사2에게 눈으로 사인을 주는)

의사2     금미자 씨가, 사망하셨습니다. 사망 시간은, *월, **일 오후 2시 33분입니다. (하고, 면포를 씌우고)

양 촌     (이 앙다물고, 애써 담담한 척, 울음 참는)

장 미     (담담하려 하는)

삼 보     (맘 아픈, 참고) 다들.. 경례. (하고, 거수경례하는)

양 촌     (울고, 거수경례를 하고)

의사1, 2     (묵념하는)

대원들     (맘 아픈, 거수경례를 하는)

송이, 대관     (울고, 묵념하는)

잠시 후,

**양 촌**    (손 내리고, 애써 눈물 참고, 의사에게 악수 청하며) 수고하셨습니다. (동료들에게, 울면서도 담담히 인사를 하는) 와줘서 고맙다.

**의사1, 2**    (나가고)

**장 미**    (눈물이 나도 인사하는, 동료들과 악수하며) 고마워. 와줘서..

**동료들**    그런 인사 하지 마요. 수고했어요. (등등 인사하며, 서로 맘을 나누는)


그때, 한솔, 들어서고,

**양 촌**    (눈물 나지만, 아무렇지 않은 듯, 한솔에게) 아, 뭐하러 와, 오늘 같은 날,

**한 솔**    (면포를 씌운 양촌 모를 보고, 경례하고, 잠시 후, 손 내리는, 맘 아픈, 양촌의 손을 잡다. 그냥 콱 안고, 가만있는) .. (맘 아픈, 울음을 참는, 제 모습 같기도 한, 결국은 눈물이 터지는, 애써 참는)

**양 촌**    (이를 앙다물고, 한솔 안고, 다독이며) 에헤, 우리 대장님도 늙었네.. 울지 마요.. 딸 결혼식 한 좋은 날.. 울지 마.


# 씬 28. 거리, 낮.

양촌 부, 막막하게 걸어가는, 그러다, 멈춰 서서, 멍하니 눈가 붉어져 가만있는, 그 모습 풀 샷으로 보이는,


# 씬 29. 달리는 양촌의 차 안, 낮.

상수, 운전해 가고, 양촌, 유골함을 들고 앉아 있는, 장미, 대관, 송이, 눈가 붉어 앉아 있는,

## 씬 30. 고급 레스토랑 안, 낮.

경모, 여자와 선보고 있는, 경모 모와 여자 모가 서로 얘기를 나누는, 돈 많은 귀부인들 같은, 자애로워 보이진 않고, 속돼 보이는,

**여 자**　(차 마시며, 경모가 좋은지, 경모를 보는)
**경 모**　(차 마시는데, 어색하고 싫은)

둘의 모습 위로, 엄마들 수다가 들리는,

**경모 모**　그냥 몸만 오면 돼요, 우리 애가 사십 평대 아파트도 이미 사 놓은 게 있고, 담 달에 승진시험 보면 또 승진도 되고... 그러니까 몸만 오면 돼.
**여자 모**　(좋은지, 뻐기듯) 근데 정말 이번에 승진시험 보면, 경찰청으로 들어가는 거예요, 지구대 말고.
**경모 모**　그렇다니까요. 애 형이 외교관에 판사예요, 애도 능력 없어 지구대 간 게 아니고, 경찰 조직의 큰 힘이 될라고 간 거고, 야망 있는 애예요, 우리 애.
**경 모**　(그러다 더는 못 참고, 여자 모에게) 뭔가 오해가 있으신 거 같은데, 청의 일이든 지구대의 일이든 다 경찰 일입니다. 전 경찰 일이 그냥 좋을 뿐입니다. 화장실 다녀올게요. (하고, 나가버리는)
**경모 모**　(경모 맘에 안 들게 보다가, 여자에게) 근데 나이가 사십이라며 어떻게 그렇게 고와.


## 씬 31. 고급 레스토랑 밖, 낮.

경모, 빠르게, 레스토랑을 나외, 그 앞에 주차되어 있는, 자기 차를 타고, 문자 넣은,

**＊ 점프컷, 인서트 – 문자 내용 》**
엄마, 나 일이 있어, 먼저 가.

**＊ 점프컷 》**

경모, 문자 보내고, 운전해 가는,


# 씬 32. 양촌 부의 논, 낮.

양촌 부, 양복 차림으로 한쪽에 앉아 있고,
양촌, 상수, 땅을 파는, 장미, 송이, 대관 주변에 서서 그 모습을 맘 아픈 것
참고 보는,
양촌, 상수, 땀을 흘리며, 땅만 열심히 파고,


**＊ 점프컷 》**

상수, 유골함을 열면, 양촌, 장미, 송이, 대관, 뼛가루를 집어, 파 놓은 땅에 넣
는, 양촌 부, 그 모습을 보다, 집으로 가는,


**＊ 점프컷 》**

경모의 차 도착해 서고, 그 모습을 멀리서 보는, 눈가 붉어, 담담히, 차에서
나와, 양촌에게로 가는,


**＊ 점프컷 》**

장미, 송이, 대관, 서 있고,
양촌, 상수, 경모, 삽으로 땅을 덮는,
이후, 유골을 뿌린 자리에, 나무 심어지고, 모두 둘레에 서서, 잠시 묵념을 하
는, 양촌, 울음을 참다, 못 참고, 주저앉아 엉엉 우는, 모두, 모른 척 묵념만 하
는, 그 모습 풀 샷으로 보여지는,


**＊ 점프컷, 양촌 부의 집 근처, 밤 》**

양촌, 경모와 걸어가는, 양촌 부 집 쪽에서 경모의 차 쪽으로 가며,

**경 모**   아까 니가 막 우는데, 나 좀 부럽드라.
**양 촌**   ?

**경 모**   (차로 가, 문 열고, 타며, 착잡한, 씁쓸히 웃으며) 난 이즘 걱정이 우리 엄마
아부지 돌아가셨는데, 내가 안 슬프면 어쩌지, 눈물 한 방울 안 나면 어쩌지?
그게 걱정이거든.

**양 촌**   (안쓰레 보며, 그냥 툭) 부모님, 형님들 아직도 니가 경찰 된 거 싫어해?

**경 모**   경찰 된 게 싫은 게 아니라, 지구대가 싫은 거지. 뽀대가 안 나잖아.

**양 촌**   승진시험 본다며, 청에 가. 현장에서 일하는 거 내 체질이지, 니 체질 아니잖
아.

**경 모**   문젠, 짜증나게, 내가 슬슬 현장이 체질에 맞아간다는 거지.. 그래도 난 청에
간다. (하고, 씁쓸히 가는)

**양 촌**   (착잡하게, 돌아서서 가는)


## 씬 33. 양촌 부의 집 거실, 밤.

장미, 술상 차리고 있고, 양촌, 들어서며,

**양 촌**   염상수랑 애들은 갔나?

**장 미**   어. 콜 불러서.. 송이도 알바 가야 하고.. 염상수도 가야지...

**양 촌**   (냉장고에게 물 꺼내 마시며) 웬 술상?

**장 미**   한잔하자.

**양 촌**   (장미 보다, 양촌 부 방으로 가, 문 열면)


## 씬 34. 양촌 부의 방 안, 밤.

양촌 부, 눈 감고 있는,
양촌, 양촌 부를 가만 보다가, 문 닫는, 양촌 부, 눈 뜨는, 막막하고 슬픈,

**장 미**   (담담히, E) 애들이 너무 성화다, 우리 합치라고.. 할아버지도 걱정되고, 자기
도 걱정된다고..

# 씬 35. 양촌 부의 거실, 밤.

장미, 양촌, 술 먹는,

**양 촌** (벽에 등을 기대고, 담담히, 안 보고) 아버진 이 집이 좋대. 그리고, 우리 합치라는 건 그냥 애들 하는 소리야, 맘에 담지 마.

**장 미** (다른 벽 쪽에 기대앉아, 술 마시고, 양촌 보며, 담담히) 솔직히 나는 따로 또 같이하는.. 지금이 좋아. 근데, 자기랑 애들이 원하면,

**양 촌** (안 보고, 막막한) 아니, 따로 살아.

**장 미** (보며, 서글픈) ..

**양 촌** (보며, 담담히, 서글프게) 난 벌 좀 더 받아야 돼. (고개 돌려, 천장 보고) 오늘 내가 엄마 땜에 울다가도 그런 생각이 들더라. 너는, 엄마 아버지 한꺼번에 다 보냈는데, 그때 나는 뭐했나.. 니가 과로로 스물여섯 어린 나이에 아이를 유산했을 때도,

**장 미** 그때 넌 현장에 있었잖아.

**양 촌** (담담히, 서글픈) 갈 수 있었어. 근데, 널 볼 자신이 없었어. 니가 울면, 난 어떻게 할지 모르겠거든, 지금도 그때도. 그래도 갔어야 하는데.. 늘 그렇듯 도망친 거야. 사건 속으로, 현장 속으로. 집 나와 어쩌다 애들 보면서 문득문득 그런 생각이 들더라. 이놈들이 언제 이렇게 컸지... 그러다, 생각해보면 (눈가 붉어, 미안하고, 맘 아픈) 답이 나와... 니가 다 키웠지.

**장 미** (눈가 붉어, 담담히 보면)

**양 촌** (미안하게 보며) 난 니 옆에 있을 자격이 없어. 주영이 건으로 동료들한테 폭력 쓸 때, 송이 남자친구 일 처리할 때, 정확히 내가 보이드라. 아, 난 여전히 감정적이고 폭력적이고.. 위험한 놈이구나... 이런 나를 니가 보기 힘들었겠구나... 불안했겠구나.. 의지할 수 없었겠구나...

**장 미** (따뜻하고, 담담히 보며) 오양촌,

**양 촌** (눈가 붉어, 안쓰레, 미안해, 보면)

**장 미** (눈물이 나면 그냥 놔두고, 차분히, 진심으로) 부탁하는데, 어디 멀리 가지 마. 그래도 내 인생에 니가 있다는 건, 큰 힘이고 빽이야. 만약 내 인생에 자기마저 없다면.. 난 너무 슬플 거 같다, 진심으로. (하고, 손 내밀면)

**양 촌**    (그 손을 꽉 잡고, 고개 끄덕이는, 맘이 아프고, 짠해, 말하기가 어렵지만, 진심을 다해 말하는) .. 나는.. 언제나 누나, 니 근처에 있어.. 여기 파주.. 아니면 현장.. 언제나 니가 부르면 달려갈 수 있는 거리에.. 그건 알지, 내 인생에 여잔 너밖에 없는 거. 진짜야, 이젠 엄마도 없으니.. (하고, 눈물이 나는, 고개 숙이고, 눈물을 흘리는)

**장 미**    (양촌에게 다가가, 양촌의 머릴 안고, 담담히) 사랑해.

**양 촌**    (고개 끄덕이고) 나도..

    잠시, 그렇게 가만있는,


# 씬 36. 편의점 안, 낮.

    종민 원우, 편의점 안에서 도난신고를 받았는지, 뭔가 적다가, 원우, 무전 오면 듣는,

**한 솔**    (E) 코드 제로, 코드 제로, 에스앤에스에 성폭행 예고 글이 게재됐다.

**원 우**    (긴장하는)


# 씬 37. 지구대 안, 낮.

    경모, 자리에 앉아, 답답하게, 상황근무석 쪽의 한솔을 보고 있고, 민석 승재, 상황근무석에서 답답하게 모니터 보며, 있고, 한솔, 긴박해도 차분히 상황 컴 보며, 무전 하는,

**한 솔**    (아픈지, 땀이 나는) 게재 내용은 하교 시에 마현고등학교 앞에서 여학생을 납치 성폭행하겠다는 내용이다.

    그때, 삼보, 혜리 이층에서 뛰어나오며, '지원 갑니다!' 하고, 나가는,

한 솔    (두 사람 나가는 걸 보며) 인근 순찰차는,

경 모    (한솔이 걱정돼, 무전 뺏으며) 쉬세요. 체했다드니, 안 좋아 보여. (하고, 무전
        하는) 인근 순찰차는 모두 마현고교로 집결하라. 코드 제로, 코드 제로, 에스
        앤에스에 성폭행 예고 글이 게재됐다. 게재 내용은 하교 시에 마현고등학교
        앞에서 여학생을 납치 성폭행하겠다는 내용이다.

한 솔    (경모의 무전 내용 들으며, 조사실로 가는데, 순간 앞이 뿌연, 가만 멈춰, 호
        흡을 하고 서 있는)

경 모    (한솔 상태 모르고, 무전 하는) 인근 순찰차는 모두 마현고교로 집결하라.
        코드 제로, 코드제로,


# 씬 38. 도로 + 순찰차 안, 낮.

        다른 지역의 각각의 순찰차, 점프컷으로 보여주는,

종 민    순 스물, 스물, 마현고교 성폭행 예고 사건 접수, 마현고교로 종중.

        **＊ 점프컷 》**

명 호    순 스물넷, 스물넷, 마현고교 성폭행 예고 사건 접수, 마현고교로 종발.

        **＊ 점프컷 》**

정 오    (긴장한) 순 스물셋, 스물셋, 마현고교 성폭행 예고 사건 접수, 마현고교로
        종중.

남 일    (운전하며) 아, 나 다른 덴 몰라도 학교 가기 진짜 싫은데,

정 오    (보면)？

남 일    오래된 일이지만, 예전에 여고 화장실 휴지통에 여학생이 앨 낳자마자 버린
        사건이 있었어... 내가 그게 트라우마가 됐잖아, 학교라면 진저리가 나.

정 오    (긴장하고, 어두운, 남일 보다, 앞 보고)

# 씬 39. 조설태의 등산용품 매장 건너편 길 + 순찰차 안, 낮.

상수, 운전하고, 양촌 조수석에 탄 순찰차 와서 거칠게 급정거하는,

**상 수**   진짜 할 일 없네, 진짜 할 일 없어, 뉴스에 날 일이네, 뉴스에 날 일이야.

**양 촌**   (상수 보며) 고만해라.

**상 수**   우리가 할 일이 얼마나 많은데, 지금 마현고교 성폭행사건 났다잖아요!

**양 촌**   성폭행사건이 난 게 아니라, 성폭행 예고,

**상 수**   (말꼬리 자르며) 그거나 그거나죠! 우리 경찰은 뭐 뺄도 없어요! 우리가 왜 성
폭행에 살인까지 한 범인 조설태 식구들을 보호해줘야 하는데요, 왜?! 동네
사람들이 괴롭힌다구요? 그게 싫음, 이사 가라 그래요! 서에서, 웨어러블*까
지 줬다며요? 그럼 됐지, 왜 우리가 그 인간 집까지 순찰을 돌아주냐고?! 국
민 세금 아깝게! 순찰차에 기름 넣고!

**양 촌**   (맘에 안 드는, 답답한) 아, 자식 말 많네! (하고, 건너편 매장을 보다, 인상이
구겨지는(쓰레기 더미에 있는 조설태의 아이들을 본)) 이런..

**상 수**   (뭔가 싶어, 쓰레기 더미 아닌, 매장 쪽 보는)


**＊ 점프컷, 매장 》**

매장 유리창에 '살인자는 동네를 떠나라, 죽어라! 니 딸도 똑같이 만들어주
겠다!' 등등의 온갖 욕설이 래커로 쓰여 있고, 계란이며 연탄재, 쓰레기들이
매장 앞에 쌓여 있는,

**상 수**   (매장 쪽 쓰레기 더미와 래커칠만 보고, 양촌에게) 내가 동네 사람이래도 저
래요! 기껏 쓰레기 투척에 래커칠, 그게 뭐 어때서요! 어린 애가 죽고, 애들
이 대여섯 명씩 강간당했는데! 사는 게 답답해서, 애들을 강간했다고 말하
는,

**양 촌**   (상수 꼬나보며, 강하게) 그 성폭행, 살인, 저 애들이 그랬냐?

---

＊ **웨어러블 (웨어러블 긴급호출기)** 원터치 112 긴급신고 및 신변보호 대상자의 현재 위치 전송이 가능한 장비

상 수     (애들이란 소리에, 다시 매장 쪽 보다, 쓰레기 더미 보면)

**\* 점프컷, 쓰레기 더미 》**

매장 한쪽 쓰레기 더미(유도복이며, 온갖 집기들, 식기들이 쌓여 있는)를 조설태의 딸과 아들이 뭔갈 찾기 위해 뒤지는, 옷이며 얼굴이 더럽고, 얼굴에 긁힌 상처도 나 있는,

**\* 점프컷 》**

상 수     (아이들을 봤지만, 그래도 분이 안 삭은 채, 아이들 보는, 답답하고 화나고 복잡한)

양 촌     (아이들만 보며, 착잡한) 동네 떠날라고 가게 내놓고, 집도 내놨대. 근데 장모가 범인의 피를 받은 애들을 못 보겠다고 집에 오지 말랬대. 애들 엄마는 식음 전폐하고 매장 안에서 안 나오고.. 애들만 안됐어. 얼굴에 상처가 있는 거 보니까, 동네 애들한테 맞았나 보네. (상수 보며) 쟤들한테 가서 말해봐, 니가 아까 나한테 한 소리. (하고, 나가면)

상 수     (냉정하게, 양촌 보며) 좋아요, 매뉴얼대로 해, 인근 순찰 한번 돌고, 마현고교 가요! 그럼 됐죠! (하고, 순찰차 몰고 가는데, 속상한)

양촌, 가는 상수 보다, 아이들한테 가며, 담담히,

양 촌     애들아, 그거 더러워, 만지면 못써. 하지 마.

**\* 점프컷 》**

아이들, 쓰레기 더미만 뒤지는, 양촌, 아이들 옆에 서서 담담히,

양 촌     (무뚝뚝한) 뭐 찾아?

여 아     아빠가 사준 인형을 엄마가 버렸어요. (하고, 쓰레기를 뒤지는)

남 아     난, 로보트. (하고, 뒤지는)

양 촌     (답답한) ... 인형이랑 로봇?.... (하고, 쓰레기 더미 앞에 앉는데, 누군가, 야구공을 던져, 양촌 머리에 맞는, 보면)

아이1, 2   (막 뛰어가며) 쟤네 아버지 살인자래요! 나쁜 놈이래요! (하고, 뛰어가다, 앞
        이 가로막혀, 멈춰 서서 위를 보면)

상 수   (서서, 아이1, 2 내려다보고, 무섭게) 니들 한 번만 더 그럼, 아저씨가 잡아간
        다.

아이1, 2   (두려운, 도망가는)

양 촌   (아이1, 2 보고, 무서워, 울먹이는 범인의 아이들에게) 어떤 인형이야? 여자
        인형?

상 수   (양촌 쪽으로 와서, 한쪽의 로봇을 들어, 남아에게 주며, 퉁명스레) 너 이거
        찾아?

남 아   (로봇 들고, 좋아, 집으로 들어가고)

상 수   (여아에게) 인형 찾아줄게. (하고, 쓰레기 더미를 뒤지는)

양 촌   (상수 보고, 담담히, 자기도 찾는) 인형이 어땠나...


## 씬 40. 마현고교 회의실 안 + 회의실 앞 복도, 낮.

교장과 교사 몇몇, 학부모회의 간부 학부모들이 서너 명이 모여, '이게 뭔 일
이야, 이게 뭔 일이야' 하는, 장미, 학생주임과 나가며,

학생주임   하필 오늘 학부모회의가 있는 날 이런 일이 생겼는지... 이제 어떻게 하면 되
        죠, 팀장님?

장 미   애들은 다 교실에 있는 거 확인하셨나요?

학생주임   현재 각 담임들이 확인 중에 있습니다.

장 미   그럼 이젠 기다릴 차례예요. 수업 없으신 교사분들은 교무실로 집결시키시
        고, 학교 밖으로 아무도 못 나가게 하세요.

학생주임   네, 그렇게 하겠습니다. (하고, 가는)

장 미   (전화 오는, 긴장했지만, 차분히 전화받는) 어, 장 형사? 아이피 추적하기 위
        한 영장 나왔어? (화난, 냉정한) 김 검사 옆에 있음 바꿔! (하고, 화나 가라앉
        은) 왜 영장 안 줘요? 무슨 사안을 더 챙겨? 대체 어떤 사안을 더 챙겨? 애가
        죽거나 성폭행당한 확실한 증거? 그게 필요해?! 내가 이래서 검찰만 영장 청
        구권 있는 게 용납이 안 돼! 김 검사님, 검사 초년생이지, 그래서 뭘 모르지?

그럼 이것저것 다 아는, 내 말 들어, (버럭) 당장 영장 청구해! (하고, 전화 끄고, 가며, 무전 하는, 답답하지만, 담담히) 에스앤에스 마현고교 성폭행 예고 건, 지원 나온 대원들은 듣는다. 현재 범인의 아이피 추적 신청한 상태다. 대원들은 안전하게, 상황이 종료될 때까지, 앞으로 하교 시간 전까지, 한 시간 가량, 학생들을 모두 안전하게 보호자에게 연락해 보내기 전까지,

## 씬 41. 학교 안 + 근처, 몽타주, 낮.

종민 원우, 삼보 혜리, 둘씩 조를 이뤄 일사불란하게 장미가 말하는 장소를 수색하는,

장 미 　(E) 학교의 도서관, 체육관, 음악실, 과학실, 쓰레기 소각장 등 외부인이 침입할 수 있는 모든 경로들을 집중 수색한다. 또한,

**\* 점프컷 》**
명호 한표, 정문 주변과 인근 골목을 걸어서, 순찰하며 거동이 수상한 자나 수상한 차량에 다가가, 인사하고, 상황 설명하고, 신분증을 보자고 하는, 그때, 양촌 상수의 순찰차 와서, 차에서 내리면,

명 호 　오 경위님, 후문 순찰 부탁드립니다.
양촌, 상수 　(후문으로 뛰어가는)
장 미 　(E) 학교 출입구를 차단하고, 주변에 거동이 수상한 자나, 수상한 차량을 일제히 검문한다. 다시 한 번 반복한다. 대원들은 학교의 도서관, 체육관, 음악실, 과학실, 쓰레기 소각장 등 외부인이 침입할 수 있는 모든 경로들을 집중 수색한다. 또한, 학교 출입구를 차단하고, 주변에 거동이 수상한 자나,

## 씬 42. 교무실 앞, 낮.

장미, 무전 하며 빠른 걸음으로 가는데, 그때, 뒤에서, 교사 뛰어오며,

| 장 미 | 수상한 차량을 일제히 검문한다. |
|---|---|
| 교 사 | 형사님, 어떡해요, 어떡해! 우리 반에 애가 없어졌어요! |
| 장 미 | (돌아보는) ? |
| 교 사 | 과학실에선 애가 분명히 있었는데, 교실로 와보니, 애가 없어요. 3학년 3반 학생 박은비예요. 곱슬머리에 피부가 흰 편이에요. |
| 장 미 | (긴장하지만, 차분히 무전 하는) 전 대원은 듣는다, 3학년 3반 박은비 학생이 과학실 수업 후 행방이 묘연하다. |

## 씬 43. 학교 복도 + 교실 안, 낮.

교실 안 학생들, 교사와 함께 '뭐야 뭐야' 하며, 웅성이고, 교사, '조용! 조용! 다들 입 다물고, 조용!' 하고, 남일, 정오 무전 들으며, 어딘가로 뛰어가는 게 보이는,

| 장 미 | (E) 전 대원은 듣는다, 3학년 3반 박은비 학생이 과학실 수업 후 행방이 묘연하다. 전 대원은 각자의 위치에서, 박은비 양을 찾는다. 키는 165에, 곱슬머리에 피부가 흰 편이다. |
|---|---|

## 씬 44. 여자 화장실 앞, 낮.

정오, 여자 화장실로 뛰어가고, 남일, 뛰어가는, 그때, 남일 전화 오고, 보면, 집이다,

| 정 오 | (뛰어가는) |
|---|---|
| 남 일 | 한정오, 여자 화장실은 내가 못 들어가니까, 여기서, 지원할게, 뭔가 발견하면 바로 소리 질러! (하고, 전화받는) 무슨 일이야? 나 급해, 짧게 말해. |

## 씬 45. 여자 화장실 안, 낮.

정오, 화장실 문을 열고, 들어와, 조금 긴장한 채, 칸마다 문을 열어보며 확인하는, 아무도 없는, 그러다 한 칸을 열려는데, 안 열리는, 사용 중지한 화장실인가 싶은, 그러다, 이상해, 바닥에 엎드려 안을 보면, 여학생이 주저앉아 있고, 바닥에 피가 서너 방울 떨어져 있는, 정오, 눈가 붉어, 놀라, 일어나, 화장실 문고릴 잡고, 문 두드리며,

정 오     (다급하고, 안타까운, 문을 두드리며) 안에 사람 있어요?! 대답해봐요! 사람 있어요? (밖에 대고) 강남일 경사님! 강남일 경사님! (안에 있는 사람에게, 두렵고, 맘 아파 소리치는) 문 좀 열어봐요, 제발!

하는, 정오의 모습에서 엔딩.

# 14부

## 늙은 경찰
## vs
## 젊은 경찰

씬 1. 프롤로그.

1, 굴삭기 실기 연습장 + 굴삭기 안, 낮.
삼보(사복), 운전하는데, 계속 삐삐 소리 나며, 잘못됐다고, 안내 멘트가 나오는, 강사, 점수 체크하며, 답답한,
삼보, 땀을 삐질삐질 흘리며, 다시 잘해보려 하지만, 계속 '이탈, 이탈' 하는 안내 멘트가 나오거나 삐삐 소리가 나는,
그러다, '실격!, 실격!'이라는 안내 멘트가 나오는,
강사, 호루라기를 삐 하고 부는,

2, 지구대 화장실 안, 밤.
삼보, 세수를 하고, 거울 보며 가만있다, 자신에게 작게 응원하듯 말하는,

**삼 보**     괜찮아.... 굴삭기 못 몰아도... 연금 받는데, 뭐. (하고, 거울의 자신을 보는데)
**삼보 딸**    (E, 미안한) 아빠, 나 조금만 더 공부하고 한국 가면 안 돼? 박사학위 따고 싶은데.. 나 지금 한국 들어가면 아무것도 못하는데..
**삼 보**     (막막한, 슬픈, 세수하는)
**혜 리**     뭐해요, 여자 화장실에서?
**삼 보**     (돌아보면)

| 혜 리 | (대걸레질하며, 보는) |
|---|---|
| 삼 보 | 여기 남자 화장실 아냐?! (하고, 둘러보면, 남자 변기가 없는, 난감한) 미안하다.. (하고, 나가고) |
| 혜 리 | (청소하는데, 생각 많은) |

**＊ 점프컷, 회상 – 13부 산, 낮 》**
상수가 조설태에게 테이저건을 쏘고, 격투를 하는 장면, 점프컷으로 보여지고,

**＊ 점프컷, 현실 – 지구대 화장실, 밤 》**
혜리, 변기에 손 넣어서, 닦으며, 샘나고, 속상한,

**＊ 점프컷, 회상 – 지구대 식당, 다른 날(없는 씬이니 촬영 요), 낮 》**
혜리, 설거지를 하는데, 갑자기 '아자아자, 자자자!' 하는 상수의 횟팅 넘치는 소리가 들려, 놀라 한쪽 보면,

**＊ 점프컷 》**
정오, 상수, 한쪽에 서서 캔커피 마시던 중에, 상수가 핸드폰을 보고 소리 지른 것, 상수, 갑자기 좋아서, 춤을 추며, 랩을 하는,

| 정 오 | 왜 이래, 얘가.. (그때, 상수의 핸드폰 뺏어 보며) 서에서 표창받는구나, 나도 받아본 건데 뭐? (하고, 상수에게 핸드폰 주는) |
|---|---|
| 상 수 | (계속 잘난 척하듯, 정오를 보며, 노래 부르고) |
| 정 오 | 그만해! 어차피 시보 중의 시보는 나야! |
| 혜 리 | (설거지하다, 팽개치며, 정오 보며) 왜 시보 중의 시보가 너냐?! 날 수도 있지! 나는 뭐 노냐? (하고, 가는, 카메라, 혜리를 따라가는) |
| 정 오 | 야, 혜리야, 너도 상받을 수 있어! 힘내! |
| 상 수 | (정오를 보며, 계속 노래만 부르고) |
| 정 오 | (웃으며) 그만해! (하며, 상수 치고) |

**＊ 점프컷, 현실 – 지구대 화장실 안, 밤 》**

혜리, 다른 화장실에서 변기 뚫는 압축기로, 변기를 뚫는데, 속상한, 오물이 얼굴에 튀지만, 압축기로 변기만 뚫는,

3, 선술집 안, 밤.
삼보, 선배1, 2, 술을 마시는, 즐거운 분위기다,

선배1　(웃으며, 삼보 가리키며) 굴삭기도 무서워 못 모는 게, 여적 경찰 일은 어떻게 했어?

삼 보　(웃으며, 기분 좋게) 아, 경찰 일하고 굴삭기 운전하고 같아요?

선배2　(술 취한) 뭐가 다르냐? 자식아, 둘 다 배짱 갖고 하는 건데.

선배1　(옆의 친구 가리키며) 얘도 나도 50대 초반부터 부동산중개사, 요리사 자격증, 개인택시 면허까지 퇴직 준비했다. 그러니 퇴직하고도 일하고 살잖아! 퇴직 목전에 두고 뭔 짓이야? 게으르게.

삼 보　(답답한) 형님도, 내가 게으른 게 아니고,

한 솔　(퇴근해, 와서, 자리에 앉으며) 경찰 일에 집중한 거지, 우리 삼보 형님은.. 오로지 경찰 일! 우리 삼보 형님 기죽이지 마요!

선배1　야, 결혼식 하고 힘들 건데, 그날 봤음 됐지, 뭐하러 우리들한테 인사한다고 이런 자릴 만들어!

한 솔　(술 따라주며) 에이 그건 아니죠! 선배님들이 그날 어려운 걸음 하셨는데.. 참, 민 선배님은 왜 안 오셨어요?

삼 보　(한솔이 말하는 사이, 전화하다, 연결됐는지, 말하는) 선배님 왜 안 와?

한 솔　(콜라를 잔에 따라 마시다, 삼보 보면)

4, 아파트 경비실 안, 밤.

민 선배　(라면 먹으며) 그게 내가 오늘 야간 근무라.. 미안하다, 니들끼리 마셔. (하는데, 창문에서 술 취한 늙은 남자가 문을 두드리는, 전화에 대고) 잠시만.. (하고는, 창문 열고, 중년 남자에게) 회장님 어쩐 일로?

중년 남자　(술 취한) 저기, 대리운전 기사가 세워논 내 차, 주차장에 넣어! (하고, 차 키 던지고 가는)

민 선배　(창문 너머 앞을 보면, 외제차가 서 있는, 난감한)

**한 솔**  (전화기 너머에서 소리 나는, E) 형님, 보고 싶습니다!


5, 선술집 안, 밤.
한솔, 삼보와 선배들, '야, 보고 싶다, 민 경위!' 하고 소리치는,

**한 솔**  (신나게, 구호 외치는) 민 경위, 민 경위! 어서 와라, 민 경위!


6, 경비실 안 + 경비실 밖 + 지하 주차장 안, 밤.

**민 선배**  (전화하는) 미안하다, 한솔아.. 나중에 보자. (하고, 전화 끊고, 나가, 중년 남
자 잡으며, 차 키 주며, 난감한) 회장님, 제가.. 외제차를 운전하기가 좀.. 전에
도, 회장님 차 몰다 긁어서.. 돈 문 적이 있잖아요.. (하고, 중년 남자의 손에
키를 쥐여주며, 인사하며) 죄송합니다.
**중년 남자**  아 쌍.. (하고, 키 던지며) 내가 술 먹었는데, 차를 어떻게 몰아! (하고, 가는)


그때, 뒤에서 다른 차가 빵빵대며,

**운전자**  아저씨, 여기 차 좀 치워요!
**민 선배**  (답답한) 아, 아, 네, 네. (하고, 키 주워, 외제차에 타, 안전벨트도 안 하고, 서
둘러, 차를 몰고, 지하 주차장으로 가는)
**운전자**  (지상 주차장 쪽으로 직진해 가는)
**민 선배**  (차를 몰아, 지하 3층으로 가는데, 그때, 지하 2층에서, 차가 튀어나와, 외제
차를 쾅 박는(주차장 센서 경광등이 고장 나, 소리와 불빛이 안 들린), 안전
벨트를 안 해, 머릴 운전대에 부딪혀, 다친)


위의 민 선배의 움직임 위로 삼보와 한솔의 말소리 들리는,

**선배1**  (E) 근데, 민 경위 안돼도 너무 안됐지 않냐?
**삼 보**  (E) 그러게요, 일가족을 치고 뺑소니 하고도 지는 잘못 없다고 뻔뻔하게 말
하는 놈 한 대 팬 게 독직폭행으로 이어져, 파면까지 당하고,
**한 솔**  (E) 민 선배님 그때 독직폭행으로 다친 뺑소니범 형사 민사 합의금도 아직

못 갔다면서요?

**삼보** (E) 파면당해, 연금도 반 토막이잖아. 여적 합의금 대출받은 은행 빚 갚는데.


7, 선술집 안, 밤.

**한솔** (속상한, 혀 차며, 선배1 보며) 쯔쯧... 부인하고 애들은 연락은 하나?
**선배1** 그때 언론에서 폭력 경찰로 몰아서, 부인도 애들도 상철 많이 받았어. 그래서 이혼하고 따로 살잖아.
**한솔** 에우, 속상해. 자자.. 우리 그 얘긴 그만하고... (콜라를 잔에 따르고) 건배합시다, 건배!
**선배1** (술잔 들고, 한솔에게) 야, 넌 왜 콜라야!
**한솔** (콜라잔 들고, 웃으며) 미안합니다, 제가 요즘 부쩍 오래 살고 싶어서... 양해 바랍니다. (콜라잔 들고) 자자자자, 경찰 홧팅!


삼보 한솔 외, 모두 '경찰 홧팅!' 하고, 원샷 하며, 즐거운,


**자막**
*제14화 늙은 경찰 vs 젊은 경찰*


## 씬 2. 마현고교 여자 화장실 안, 낮(13부 엔딩씬, 중간부터).

정오, 바닥에 엎드려 안을 보면, 여학생이 주저앉아 있고, 바닥에 피가 서너 방울 떨어져 있는, 정오, 눈가 붉어, 놀라, 일어나, 화장실 문고릴 잡고, 문 두드리며,

**정오** (다급하고, 안타까운) 안에 사람 있어요?! 대답해봐요! 사람 있어요? (밖에 대고) 강남일 경사님! 강남일 경사님!


## 씬 3. 여자 화장실 앞 + 화장실 안, 낮.

남일, 화장실에서 이십 미터 정도 떨어져 전화하다가, 화장실 문 두드리는 소리와 정오의 목소리가 들려, 화장실 쪽 보는, 긴장하고, 다급한,

정 오    (E) 문 좀 열어봐요!, 제발!

남 일    (불안하고, 다급한, 화장실 쪽으로 뛰어가며) 알았어, 애 데고 병원 가봐, 알았다고, 일 끝나면 곧 간다고! 나 현장 나왔다고! (하고, 전화 끊고, 화장실로 뛰어가는)

정 오    (안에 있는 사람에게, E) 문 좀 열어봐요, 제발!

남 일    (뛰어 들어오며, 입구 쪽에서, 긴장해, 나직하게) 무슨 일이야?!

정 오    (순간 문이 벌컥 열리고, 그 안에 학생(은비)을 보며, 멍한) .. (빠르게) 잠시만요.

은 비    (속상해, 다시 문을 닫는, 화면에 얼굴 안 보여주는)

남 일    (긴장한, 걱정, 차분한) 한정오.. 왜 그래.. 무슨 일이야?

정 오    (긴장해, 애써 침착하려 하며, 남일 보고) 잠시만 밖에.. (하고, 턱짓으로 나가라고 하는)

남 일    (이상한, 화장실 쪽 보고, 긴장한) .. 알았어. 나, 바로 앞에 있을게. 필요하면 바로 불러. (하고, 사라지는, 화장실 문 옆에 서 있는, 초조한, 긴장한)


\* 점프컷 》


정 오    (긴장한, 조심스레, 문 안 열고, 은비에게, 침착하게) 너.. 왜 바닥에 앉아 있는 거니?

은 비    (E, 힘없는) 갑자기.. 생리가 시작되고 어지러워서.. 근데.. 생리대가 없어요.

정 오    (옆을 보면, 생리대 자판기가 보이는)

은 비    (E, 조심스런) 돈이.. 없어요. 좀.. 사주시면 안 돼요..

정 오    (말 떨어지기 무섭게, 주머니에서 돈을 꺼내 자판기에서 생리대를 사서, 주머니의 휴지와 함께, 화장실 밑으로 넣어주고, 서서) 너 정말 괜찮은 거지?

은 비    (E) 그냥.. 생리예요.

남 일    (밖에서) 한 순경, 별일 없는 거지?

정 오    네.

은비   (잠시 후, 문 열고, 나오는, 슬픈, 얼핏 봐도, 가정이 어려운 듯한)

정오   (더러운 신발이 눈에 들어오는)

은비   (손 씻으며) 고맙습니다.

정오   (은비라는 명찰 확인하고, 다 떨어진 신발과 얻어 입은 듯한 헐렁한 교복을 보고, 엉덩이에 핏자국을 보고, 다가가) 잠깐만.. 생리혈이 묻었어.. (하고는, 은비의 치마를 돌려서 핏자국을 앞으로 해, 제 주머니의 손수건을 꺼내, 물에 적셔, 피 묻은 치맛자락을 닦아주며) 양호실에 비상시 쓸 생리대 비치돼 있지 않니?

은비   (기운 없는, 차분히) 매달 가기가 좀 그래서... 양호 선생님이 눈치도 주시고....

정오   (가만 치마만 닦아주다, 주머니에서 돈을 꺼내, 은비 주머니에 넣어주는)

은비   (담담히, 정오 보는)

정오   (보고, 아무렇지 않게) 이제 빨리 교실로 돌아가, 지금 학교 비상인 거 알지?

은비   (기운 없이, 인사하고, 나가는)

남일   (문 앞에서, 은비를 무슨 일인가 싶어, 보고)

정오   (밖으로 나와, 은비가 가는 걸 보며, 남일 보고) 별일 아니에요.. 무전 해주세요, 저 학생이 아까 안 팀장님이 무전으로 찾던 박은비 학생이에요.


그때, 무전 오고, 들으면,


112   (E) 마현고교 성폭행 예고 사건, 코드 제로 상황 종료. 아이피 주소 추적을 통해, 마현고교 근처 피씨방에서 용의자 검거. 상황 종료. 상황 종료. 지원 나온 대원들은, 모두 각자의 위치로 돌아갑니다.



# 씬 4. 마현고교 교문 앞, 낮.


상수, 원우, 무전 들으며, 여전히 답답한 얼굴로, 교문을 여는, 조 형사의 차, 나가는,


112   (E) 마현고교 성폭행 예고 사건, 상황 종료. 온라인 아이피 추적으로, 마현고교 주변 피씨방에서 용의자 검거. 상황 종료. 지원 나온 대원들은, 모두 각자

의 위치로 돌아갑니다.

**상 수**  (나가는 조 형사의 차 보고, 교문 닫으며) 이제 상황 끝난 거죠?

**원 우**  그지.

**양 촌**  (E) 현장에 있는 홍일지구대 대원, 홍일지구대 대원들은 학교장님께서 감사 인사를 전하겠다고 하시니, 모두 3층 강당으로 집합하길 바랍니다. 홍일지구대 대원들은 학교장님께서 감사 인사를 전하겠다고 하시니, 모두 3층 강당으로 집합하길 바랍니다.

**원 우**  (강당 쪽으로 가며) 바빠 죽겠는데, 인사는 무슨,

**상 수**  (가며) 근데 범인 그 새끼 진짜 웃기네.. 왜 게시판에 성폭행을 하겠단 글을 올려, 그것도 재미 삼아? 완전 또라이 새끼...

**원 우**  협박죄와 업무방해죄로 처벌받게 될 거야. 최근에 비슷한 경우에 징역 8개월까지 떨어진 사례가 있어.

**상 수**  (박수 치며) 잘됐다. 법이 무서운지 알아야 돼.


# 씬 5. 학교 강당, 낮.

장미, 양촌, 삼보, 남일, 명호, 종민, 한표, 원우, 혜리(답답한), 상수, 정오, 상단으로 올라와 줄을 서는,
교장과 몇몇 교사, 학부모 서너 명, 박수를 치는, 대원들 모두 어색하고 이런 일이 상투적인 것 같아 불편하게 인사하는, 그 모습 위로, 교장과 학부모들 대사 들리는,

**교 장**  아이고, 정말 다행입니다. 별일 없이 이렇게 오늘 일이 끝난 건, 다 여기 계신 경찰분들의 도움입니다.

**학부모1**  정말 너무 고마워요, 만약 범인이 안 잡혔으면, 정말 생각만 해도, 너무 끔찍하고,


**＊ 점프컷 》**
한표, 명호에게 작게 귓속말,

| 한 표 | 아, 짜증나. 일도 많은데, 우리 그냥 가면 안 돼요? |
|---|---|
| 명 호 | (한표 귀에 대고, 작게, 깔끔하게) 지역 주민의 요청에 부응하는 것도, 경찰 일이야. 조용히 해. |

그 위로, 학부모들 대화가 오가는,

| 학부모2 | 누가 아니래, 우리 마현고교 같은 명문 고교에, |
|---|---|
| 학부모3 | 근데, 성폭행을 예방하려면, 우리 학부모들이 학교에 어떤 지원을 해야 할까요? |
| 장 미 | (답답한, 참고, 따뜻하게) 교육청에서 권고하는, 또 저희 서에서 교육하는 성폭행 예방교육을 빼먹지 않고 꾸준히 하는 게 아무래도 도움이 되죠.. |
| 양 촌 | (답답한) 제가 알기론 어떤 학교에선 입시 때문에 학생들을 상대로 한 성교육을 잘 안 한다고 들었습니다. 성폭행 예방을 위해선 성교육은 반드시, |
| 학부모1 | (말꼬리 자르며) 성폭행 예방과 성교육은 무관하지 않나... 그냥 부모들이 돈을 모아, 학교 안팎으로 씨씨티브이를 여러 개 다는 게 더 실효성이 있을 거 같은데? |
| 혜 리 | (삼보에게, 구시렁) 우리 말 듣지도 않을 거면서, 왜 물어? |
| 정 오 | (말꼬리 자르며, 불쑥, 차분히 말하지만, 학부모들의 태도에 기분이 나쁜, 속이 상한) 제 생각엔, 학교에서, 성폭행 예방교육이나, 성교육만큼 중요한 성범죄 예방법은 없는 거 같은데요. |
| 대원들, 모두 | (보는, 의아한) |
| 정 오 | (학부모들에게 감정이 상해, 제 말만 하는 듯한) 성범죄는 외부에서만이 아니라, 교내에서도 언제든 벌어질 수도 있습니다. |
| 학부모들 | (놀란, 듣기 싫은) 뭐, 교내? |
| 상수 외 대원들 | (정오를 걱정스럽게 보거나, 말이 길어지는 게 싫은 듯한) |
| 정 오 | (속상하지만, 말할 건 해야겠단 생각이 드는, 정확히 강조하는데, 다분히 감정적인 상태다) 10대 중고등학교 청소년 중, 남학생들은 대략 십 프로, 여학생은 오 프로 가까이 성경험을 하고.. 그중에서 임신과 그로 인한 낙태를 경험하는 비율도 상당히 높습니다. |
| 학부모들 | (화난, 말꼬리 자르며) 뭐? 성폭행 예방에 대해 말하는데, 웬 낙태 이야기가 나와, 끔찍하게.. (하며, 불편한) |

| 장 미 | (정오를 안 보고, 앞만 보는데, 걱정스런, 그러나, 가만있는) |
|---|---|
| 정 오 | (화난 걸, 애써 누르며) 성폭력은 여학생들에게, 밤에 다니지 마라, 짧은 치마 입지 마라, 화장하지 말라고 해서, 예방되는 것이 아닙니다. 지난주에 잡힌, 마현발바리 같은 흉악범만 조심한다고 해서 막아지는 것도 아닙니다. 연인, 부부, 부모 자식, 교내 학우들 사이에도 있을 수 있습니다. |
| 학부모들 | 아니, 지금 뭔 얘길 하는 거야.. 우리 애들을 범죄자로 보는 거야, 뭐야? |
| 정 오 | (무시하고, 말하는) 그런데도 학교는 제대로 된, 학생들 눈높이에 맞는, 성교육을 하지 않고, |
| 학부모1 | (조금 화났지만, 참으며) 저기요, 거기 여순경, 지금 우리 학부모가 묻고 싶은 건, 좀 더 실효성 있는 성범죄 예방이야. 경찰이 학교에 상주를 한달지... 뭐 그런 구체적인 거. 성교육은 무슨.. 그런 건 인터넷으로 봐도, 되는 건데. |
| 상 수 | (학부모들 말하는 사이에, 정오에게, 작게) 정오야, 그만해. |
| 대원들 | (답답한) |
| 정 오 | (화를 참으며, 제 할 말만 하는) 인터넷 자료는 체계적이지도 않고, 잘못된 것도 많습니다. 학교는, 요즘 학생들의 눈높이에 맞게, 피임법, 콘돔 사용법, 남녀 친구 사이의 성 에티켓, 다양한 시각을 갖게 하는 낙태 찬반론 토론수업 등, 적극적인 성교육을 해야 합니다. (주변 시선 아랑곳없이, 앞만 보며, 화나 말하는) 그리고, 학부모님들이 학생들을 위해 뭔가 하시고 싶다면, 학교와 교실 주변에 씨씨티브이를 설치하는 것보단, 저소득 소외계층 학생들을 위해 무상 생리대 자판기나, |
| 학부모들 | 요즘 생리대 못 살 만큼 가난한 애들이 어딨어! |
| 정 오 | (속상한) 뉴스에도 나온 적이 있고, 관심 갖고 보면, 주변에도 많습니다! 우리나라에서 선진국의 여러 나라들처럼, 학교나 학원에서 학생들에게 무상으로 콘돔을 주는 실질적인 성교육을 진행하진 못하겠지만, |
| 학부모들 | 어머머.. 무상 코코, 콘돔? |
| 대원들 | (난감한, 정오가 왜 저러지 싶은, 걱정스런) |
| 학부모2 | 아니, 학교에서 애들한테 무상으로 콘돔을 주라니, 성행위를 조장하라는 거야, 뭐야?! |
| 상 수 | (정오를 두둔하는, 답답해서, 말하는) 그게, 학교에서 콘돔을 주란 말이 아니라, 외국에서는 그렇게까지, 적극적으로, |
| 양 촌 | (답답한, 상수를 가만있으란 뜻으로, 툭 치는) |

정 오 (아무렇지 않게, 제 말만 하는) 콘돔이 성행위를 조장하진 않죠. 불법 낙태 등 수많은 범죄와 성 위생문제를 예방하지. 저는 씨씨티브이보단 그게 더 현실적으로 학생들을 위하는 일이란 생각이 듭니다. (하고, 인사하고, 나가는)

장 미 저도 일이 있어서.. (하고, 나가고)

학부모1 (일어나, 가는 정오에게) 쟤, 뭐야?

학부모2 진짜 말이 너무 심하네.. 우리 애들을 뭘로 보고 낙태니, 콘돔이니 그런 막말을 해! 학교에서 공부하면 됐지, 왜 신성한 학교에 콘돔을 둬!

양 촌 (무전받는)

112 (E) 코드 제로, 코드 제로, 홍안3동, 167번지 강도사건 발생, 강도사건 발생. 현재, 강도가 주인과 대치 중이다, 주인이, 112에 신고. 인근 순찰차는 출동하라. 코드 제로, 코드 제로, 홍안3동, 167번지 강도사건 발생, 강도사건 발생. 현재, 강도가 주인과 대치 중이다, 인근 순찰차는 출동하라.

양 촌 (무전 들으며, 답답하지만, 담담히, 대원들에게) 사건입니다, 나갑시다! (하고, 서둘러 나가는)

대원들 (답답한, 나가는)

교 장 (답답하게 경찰들 보고, 학부모들에게) 자자자, 저 학부모님들, 어린 여순경이 한 말 갖고, 흥분들 마시고, 일단 진정하시고요..


# 씬 6. 지구대 전경, 밤.

한 솔 (E, 편하게, 웃으며) 대장암이래요.. 근데, 그게,


# 씬 7. 조사실 안, 밤.

한솔(사복 차림), 강 선배(사복 차림, 답답한) 서로 차를 마시고 있는,

한 솔 씨티나 엠알아이로 봐서는 2, 3기까지 얘기하는데.. 모양이 좋은 것도 있어서.. 1길 수도 있다고... 일단 개복해봐야 정확하대요...

강 선배 (답답하지만, 편하게, 작게 웃으며) 병가는 신청했어?

| 한 솔 | (편하게 웃으며) 오늘 처리됐어요.. 낼부턴 수술 준비해야 돼서. 아직 팀들한 |
|---|---|
| | 테도 말 못한 상황이에요. 워낙 우리 지구대가 일이 많아서.. 참, 형님은 완치 |
| | 판정받은 거죠? 이제 한 칠 년 됐지? 청에 계시다, 명우지구대로 복귀하신 건 |
| | 내가 알고, |
| 강 선배 | 그게.. 내가 지난주 암이 재발됐다고.. |
| 한 솔 | (안타까운) 이런.. |
| 강 선배 | 심각한 건 아니고, 약물치료 받음 된대.. 근데 아무래도 우리 명우지구대도 |
| | 일이 많아서.. 그래서, 보문지구 경무과장으로 전보 신청을 했는데.. 기 대장 |
| | 도 거기에 전보 신청을 냈다는 말을 들어서.. 나한테 그 자리 양보 좀 해달라 |
| | 고 부탁하러 왔는데.. (어색하게 웃으며) 안 되겠네. 기 대장 사정도 뭐 들어 |
| | 보니 만만찮네. 나 갈게. (하고, 나가는데) |
| 한 솔 | 형님! (하고, 일어나 따라 나가는) |

## 씬 8. 지구대 안, 밤.

상황근무석 앞에 종민 원우 앉아, 업무 보고 있는,

| 한 솔 | 형님! |
|---|---|
| 강 선배 | (어색하게 웃으며) 담에 연락하자! 담에! (하고, 나가는데, 답답한) |
| 한 솔 | (가는 강 선배 보고, 제 자리에서 가방 챙기며, 상황근무석에 있는, 종민에 |
| | 게) 한정오 어딨냐? |
| 종 민 | 은 팀장님하고 이층 식당에 있습니다. |

그때, 명호와 한표 들어오는,

| 명호, 한표 | 다녀왔습니다. |
|---|---|
| 한 솔 | (가방 챙기며) 염상수, 정오 집안 형편 괜찮아? |

**\* 점프컷 》**
주취자, 바닥에 오바이트를 잔뜩 해놓고, 보호석에서 자고 있고, 상수, 그 구

토물을 치우다 말하는,

**상 수**　(이상한) 네?

**한 솔**　걔 경찰 일 그만둬도 먹고살 수 있냐고?

**상 수**　?

**한 솔**　물어보고, 나중에 나한테 보고해. (하고, 가방 들고, 나가며) 퇴근한다.

**명호, 한표**　(가는 한솔이 이상한, 상수에게) 무슨 일이야?

**경 모**　(E) 말해봐, 뭘 잘해서, 사괄 못하냐고! 임마!

**명호, 상수, 종민, 원우, 한표**　(모두 이층 보는)


# 씬 9. 지구대 식당 안, 밤.

양촌, 컵라면을 휘휘 저어 먹고 있는,

경모, 정오, 서서 얘기하는,

**정 오**　(오기 어린, 속상하지만, 정확히) 사과할 만큼 잘못한 게 없습니다.

**경 모**　(화나고, 답답해, 소리치는) 학교 가서 콘돔 얘길 왜 해, 니가?! 거기 학부모
　　　　　가 너 서에 민원 넣는대!

**정 오**　...

**경 모**　(주변 상황 아랑곳없이 정오를 다잡는) 내가 나 위해 가서 사과하래? 너 위
　　　　　해 하라지? 니가 시보 주제에 자식아, 민원 먹으면 경찰 될 거 같애?!

**정 오**　(속상해도, 당당히) 그동안 시보 생활하면서, 제가 해온 성과가 있는데, 민원
　　　　　하나 때문에, 왜 제가 경찰이 못 돼요?

**경 모**　이 나라는 민원인이 갑이고, 경찰은 밥이야! 경찰한테 민원은 전과야! 말 안
　　　　　되지? 근데 그게 부당해도 현실이야! 학부모 하나가 아니라, 열두 명이 너한
　　　　　테, 민원을 넣는대! 애들한테 콘돔을 주라느니, 낙태 찬반 토론수업을 시키라
　　　　　느니, 어디서 그런 말도 안 되는 소릴 신성한 학교 내에서 입에 담느냐고! 니
　　　　　가 학생인권을 모독했대! 니가 학교에서 학생들 간에 성폭력 얘길 하면서, 자
　　　　　기 자녀들을 예비 성범죄자로 보고 있대, 니가! 내가 교장한테 굽신거려, 간
　　　　　신히 민원 넣기 전에, 너 사과할 시간 벌어준 거야! 그러니까, 사과해, 가서!

**정 오**  (속상해도, 할 말은 하는) 전 학생인권 모독한 적 없어요! 학부모님들이, 저
희한테 분명히, 성폭행 예방에 대해 물으셨고, 저는 제 소신껏 가장 실효성
있는 이야길 한 거뿐이에요. 민원 넣으라 그러세요. 감찰받죠, 뭐! (하고, 나
가는)

**경 모**  야, 한정오! 한정오! (하다, 양촌 보며, 화난) 야, 넌 지금 라면이 입에 들어가
냐?

**양 촌**  (라면 먹다, 젓가락 놓고, 경모 보며) 민원 먹음 지구대 성과에 많이 문제 되
냐?

**경 모**  (화나 보다, 나가는, 그러다, 잠시 후 다시 돌아와 보며) 한정오 쟤, 지난번 테
이저건으로 감찰 간 거에 이번 거까지 얽힘, 저거저거.. 정직원 못 될 수도 있
어! 알아? 힘들게 공부해서 시보 됐는데.. 쟤 인생 여기서 종친다고! 알어?!
(하고, 나가는)

**양 촌**  (답답한)


# 씬 10. 지구대 옥상, 밤.

옥상 문을 열고, 정오, 속상하고 눈가 붉지만, 당당한 얼굴로 들어서서, 한쪽
난간에 서서 하늘을 보는, 화난 숨을 고르는, 잠시 후, 상수, 와서 옆에 서는,

**상 수**  (답답한, 정오의 맘은 알겠지만, 어렵지만, 툭툭 말하는) 학교 가서 사과해.
팀원들도 대장님도 같은 의견이야.

**정 오**  (하늘만 보며, 속상하지만, 오기 부리는) ..

**상 수**  난 니 생각, 그렇게 잘못됐다곤 생각 안 해. 그런데, 민원 먹음, 너 시끄러워
져. 근무도 못하고 맨날 감찰 불려 다녀야 되고.. 그럼 고과에 문제 생기는 건
당연하고.. 우리 아직 경찰 아니고, 시보잖아. 사과해. 다른 거 말고, 콘돔 발
언이랑, 낙태 발언만이라도. 우리나라 학부모들, 꼰대들 특성 너도 알잖아. 지
들이 무조건 옳은 거.

**정 오**  (눈가 붉어, 단호한) 이번엔 내가 옳아.

**상 수**  (답답하고, 속상한) 정오야, 좀 애지간히 해라! 야! 우리가 경찰이지, 뭐 선생
이냐?! 학교에서 애들을 성교육을 하든 말든, 학부모가 지 애들을 어떻게 기

르든 말든, 그게 월급 백오십 받는 우리 시보랑 뭔 상관이야?! 왜 이렇게 나대, 너는?! 그 아줌마들이 자기 자식은 니가 신경 안 써줘도, 별일 없대잖아!

**정 오**     (눈물이 그렁해, 고개 돌려, 보며, 오기 어리게, 차분히) 나도 당한 일을 왜 자기 애들은 안 당해? 그걸 어떻게 확신해?

**상 수**     (멍한, 뭔 소리지 싶은) ?

**정 오**     (눈가 붉어져, 흔들리지 않고, 속상하지만, 차분히) 나는 고등학교 2학년 때 학교 인근 뒷산에서 성폭행을 당했어. 성폭행을 당했을 때 어떻게 해야 하는지를 몰라서, 사후피임약이 있다는 것도 몰라서, 그거 때문에 불법 낙태를 했고.

**상 수**     (눈가 붉어져, 멍한, 정오를 빤히 보는, 뭐가 뭔지 모르겠는)

**정 오**     (맘 아프지만, 아무렇지 않은 듯) 날 성폭행한 애들은, 우리 학교 남학생들이 었어.


**\* 점프컷 》**

명호, 옥상에 들어서다, 정오 애길 들은, 멍한, 맘 아픈, 움직일 수도 없는,


**\* 점프컷 》**

**정 오**     (상수만 보며, 단호하고 차분히) 내가 당한 일이면 그 누구라도 당할 수 있는 일이야. 난 사과 안 해. 이번엔 내가 옳아. (하고, 문 쪽으로 가다, 명호를 보고, 잠시 멈췄다, 그냥 가는데, 문 쪽에서 얘기 다 들은 양촌(담담한)이 서 있는, 그냥 스쳐 나가버리는)

**상 수**     (정오 보다, 뒤의 명호 보고, 양촌을 보는)

**양 촌**     (잠시, 생각하다, 나가는, 담담한)

**상 수**     (명호 보는, 맘은 아파도, 담담한)

**명 호**     (나가는)

**상 수**     (난간에 기대, 잠시 생각하는, 이게 다 뭐지 싶은, 맘도 아픈)


# 씬 11. 도로, 밤.

사람들이 여럿 '어머머 어떡해!', '죽었나 봐!' 하며, 우왕좌왕 모여 있는, 차가 서너 대 충돌해 서 있고, 차들 때문에 사고현장에서 조금 멀리, 급하게 삼보와 혜리의 순찰차 와서, 서는, 화면에는 현재 안 보이지만, 사고 난 상황인(오토바이와 차가 부딪혀, 사고가 난, 오토바이를 탄 운전자는 한쪽에 접힌 채, 머리가 터져(피가 낭자한 것으로 처리, 간접적으로) 죽은, 차의 운전자는 오토바이를 친 바람에 범퍼가 부서져 있고, 차 안에 갇힌, 에어백은 터졌지만, 옆 유리창에 부딪혀, 머리에 피를 흘리고 있는),

**삼 보**  (E) 순 스물하나, 스물하나, 오토바이와 차량 충돌 사고현장 도착.


## 씬 12. 삼보 혜리의 순찰차 안, 밤.

삼보(답답한), 혜리(긴장한), 빠르게 내리는,

**삼 보**  (무전 하며, 내리는, 답답한) 순 스물하나 스물하나, 사고현장 도착… (혜리에게, 강하게) 라바콘 꺼내서, 주변 통제해! 차들 오다, 사고 난다!

**혜 리**  (아직 정확히 사고현장 상황을 몰라, 열심히 해야 한단 생각밖엔 없는, 긴장해, 빠르게, 순찰차 뒤 트렁크에서 라바콘 여러 개 꺼내, 주변 통제하듯, 라바콘을 설치하며) 비키세요, 비키세요! 경찰입니다! 경찰입니다, 사고 지점에서 모두 비키세요!

**삼 보**  (긴장했지만, 경험이 많아, 침착한, 사고현장으로 가며, 무전 하는) 근데, 왜 우리만 있나? 교통경찰들 어딨어? (하며, 가는)

**종 민**  (상황근무 중인, E) 마포 지역에 오중 추돌사고 난 거 정리 중이에요! 곧 갈 거예요! 119는 출발했어요!

**삼 보**  알았어! (무전을 케이스에 꽂고, 누워 있는 오토바이 운전자에게로 가는)

**사람1**  (삼보의 모습 위로) 오토바이 탄 사람은 아무래도 죽은 거 같아요! 이떡해!

**혜 리**  (라바콘 놓다가, 사람이 죽었단 말에, 뛰어와, 사람들 밀치고, 삼보가 확인하는 오토바이 운전자를 보고, 순간 멍한)

**\* 점프컷 》**

**삼 보**  (땀이 난, 맘 아프지만, 차분히, 누워 있는 오토바이 운전자의 경동맥에 손을 대보며, 사망 여부를 확인하는) ..

그 모습 위로,

**사람1**  어머머, 어떡해, 머리가 깨졌나 봐..
**사람2**  어머머, 안 움직여.. 죽었어, 죽었어...

하는 소리 들리는,

**삼 보**  (오토바이 운전자가 사망이 확인된, 참담한, 그러나 경험이 많아, 놀라지 않고, 빠르게, 웃옷을 벗어, 사람들이 보지 못하게 죽은 오토바이 운전자의 머리 쪽을 덮어놓고, 무전 하는) 승합차 오토바이 충돌 사고현장, 오토바이 운전자, 사망. (하고, 무전기 케이스에 꽂고, 사고 차로 가서, 문 열고, 운전자에게 말하는) 경찰입니다, 정신 있으세요?
**운전자**  (옆 창에 부딪혀, 머리에 피를 흘리고, 비몽사몽인)
**삼 보**  (경동맥 만져보고, 안전벨트를 풀고, 에어백에 눌려 숨이 막히는 듯한 걸 보고, 주머니에서 만능칼 꺼내, 에어백을 여러 번 찔러, 터뜨리고) 조금만 기다리세요, 곧 119 옵니다. 내가 선생님을 빼내고 싶어도, 자칫 잘못하면 다른 데가 다칠 수 있으니까.. 좀 참으세요.. (하고, 혜리에게) 송 순경, 라바콘 마저 설치해, 자칫, 다른 차 오다가 또 사고 난다!
**혜 리**  (서서, 죽은 오토바이 기사 보고 있는, 눈가 붉어, 멍한, 넋이 나간)
**삼 보**  송 순경, 너 뭐해! 송 순경, 송 순경!
**혜 리**  (멍하니, 뒤돌아서서, 가다가, 그냥 풀썩 주저앉아, 바닥에 머리 박고, 기절해버리는)

그런 혜리의 모습 위로, 구급차 사이렌 소리 울리고,

**삼 보**  혜리야!

씬 13. 지구대 안, 밤.

종민 원우, 상황근무석에 있고,
경모, 자리에서 전화받다가, 이상한,

경 모　(작게) 뭔 말이야? 기 대장이 전보 신청을 내다니? (화나고, 뭔가 싶은, 조사
　　　실로 들어가며) 자세하게 니가 들은 얘기 첨부터 찬찬히 다시 해봐.

그때, 민석(몹시, 피곤한) 승재, 주취자1, 2(둘 다 수갑 찬), 들어오는, 주취자
들은 서로 싸워, 얼굴이며, 이마며 깨져, 피를 흘리며, 들어오는,

원 우　(자리에 앉아, 구시렁) 아, 또 뭐야? 곧 퇴근인데..

그때, 2팀 경찰1, 2 오며, '수고하십니다' 하는,

**2팀 경찰1**　오늘도 사건사고 많았나 보네, 빨리 옷 입고 나올게요! (하고, 이층으로 가는)
**민 석**　(주취자2를 보호석에 앉히며) 일단 앉으세요.
**승 재**　(주취자1을 보호석에 앉히며) 앉으세요..
**주취자1**　(일어나, 주취자2를 수갑 찬 손으로, 때리며) 이 개새끼! 콱 죽여버려, 너 이
　　　　개새끼!
**승 재**　(주취자1의 팔 잡아, 앞을 가로막으며) 그러지 말아요, 그러지 마! 왜 이래요,
　　　　진짜!
**주취자1**　(거칠게) 저 새끼가 내 친군데, 내 마누라랑 붙어먹었다고? 근데, 내가 어떻
　　　　게 참아!
**민 석**　(주취자1에게) 어디서, 소란이에요! 여기가 뭐, 자기 집 안방인 줄 아시나..
　　　　(주취자2에게) 조사받을 수 있겠어요? 아니면, 오늘 여기서 주무시고, 낼 받
　　　　으실래요?
**주취자2**　(술 취했지만) 조사받을게요.
**승 재**　이리 오세요, 그럼. (하고, 자리로 가고, 옆에 의자 내주면)
**주취자2**　(와서, 앉는데)

주취자1    (보호석의 안전벽에 머리 받으며) 아, 씨발, 아, 씨발!

민 석    가만 계세요, 좀! (하고, 물을 마시러 가는)


＊ 점프컷 ≫


종 민    (구시렁) 돌겠네, 진짜.. 퇴근 시간도 지났는데..


＊ 점프컷 ≫


승 재    (자리에 앉아, 주취자2에게) 어떻게 하다 싸우시게 됐어요?

주취자2    그냥 다짜고짜 술 마시다, 저 새끼가 쳤어요!

주취자1    (그 소리에) 개새끼! (하며, 벌떡 일어나, 주취자2 쪽으로 가, 주취자2가 앉은 의자를 발로 차, 넘어지게 하는)

민 석    (물 먹다, 컵 버리고, 주취자1에게 달려가, 주취자1의 어깨를 잡고, 돌려세워 자신을 보게 하며, 버럭) 왜 그러세요, 진짜! 그러지 마세요! 하지 마! (하며, 주취자1의 팔 끌고, 보호석에 앉히며) 이리 와, 앉으세요! 자꾸 그러심 내가 발에도 수갑 채울 거예요?!


＊ 점프컷 ≫

승재, 자리에서 일어나, 넘어진 주취자2를 자리에 앉히려 하고, 민석, 승재를 도와 주취자2를 자리에 앉히려 하는데,

주취자1, 다시 달려와, 주취자2가 앉으려는 의자를, 발로 차고, 그 바람에 다시 주취자2가 넘어지는, 민석, 순간적으로 '에헤!' 하며 주취자1의 어깨를 밀고, 주취자1, 그 바람에 넘어지고, 주취자2에 집중한 승재와 민석, 그 상황 모르고, 주취자2에게, '일어나세요' 하는데,


종 민    (자리에서, 뛰어나가, 주취자1에게 달려가는) 괜찮으세요?


＊ 점프컷 ≫

주취자1, 넘어져, '아' 하며 아픈 척, 발광하며, 머릴 바닥에 마구 부딪치는,

**종 민**  (놀라, 주취자1의 머릴 안는데, 주취자1의 머리에 피가 흐르는) 이, 이런, 이런, 119, 119 불러!

**민 석**  (아파하는 주취자2 일으켜 세우며, 뭔가 싶어, 놀라 종민 쪽 보는) ?

**경 모**  (조사실에서 문 열고, 전화기 든 채, 민석 쪽 보며) 뭐야?


## 씬 14. 여자 휴게실 안, 밤.

혜리, 가방을 꺼내 옷을 담으려는데, 삼보, 문 앞에 서서 말 거는,

**삼 보**  (사복 입은 채, 담담히) 너 괜찮아?

**혜 리**  (라커로 가, 가방에 옷가지들 챙기며, 시무룩) 괜찮은데..

**삼 보**  (문 연 채, 보며) 나 들어가도 돼?

**혜 리**  (옷가지만 챙기며) 나 집에 갈 건데.. 할 말 없는데..

**삼 보**  (들어와, 서며, 옷 챙기는 혜리 보며, 담담히) 너 근무복을 왜 챙겨?

**혜 리**  (안 보고) 집에 가서 빨라구요.

**삼 보**  집? 어느 집?

**혜 리**  대전 집이요.

**삼 보**  낼 근문데, 왜 대전 집엘 가?

**혜 리**  (안 보고, 가방 들쳐 메고) 나, 낼 휴가 신청했어요.

**삼 보**  (팔 잡아, 돌려세우며, 걱정스런, 안쓰런, 따뜻하게) 너.. 사람 죽은 거 오늘 첨 봤지? 많이 놀랬냐?

**혜 리**  (가만 보다, 눈가 붉어지는, 말하기 싫은) ... 저, 옷 갈아입어야 하는데..

**삼 보**  (혜리 머릴 흩트리며) 그래.. 집에 가서 좀 쉬다 와. (나가다, 돌아보며) 근데 꼭 지구대 다시 와, 어? (하고, 나가는)

**혜 리**  (눈물 나는, 옷 갈아입는)


## 씬 15. 정류장, 밤.

명호, 담담히 생각 많게 핸드폰에 정오의 이름을 띄워놓고, 전화를 걸까 말

까 하다가 거는, 신호음 가고 정오 받는,

**정 오**     (E, 차분한) 한정오예요.


## 씬 16. 정오의 집 안, 밤.

정오, 샤워한 얼굴로 냉장고에서, 캔맥주를 꺼내 따고, 벽이나 싱크대 쪽에 서서, 전화를 하는, 차분해서, 냉정해 보이기까지 하는,

**정 오**     말씀하세요, 선배님. (하고, 술을 한 모금 마시는)


## 씬 17. 정류장 + 정오의 집 안, 교차씬, 밤.

**명 호**     (담담히) 나, 지구대 근천데.. 내가 지금 너희 집 앞에 가면 너 볼 수 있나?
**정 오**     지금은.. 혼자 있고 싶어요.
**명 호**     (어렵게 말하는) 정오야...
**정 오**     네..
**명 호**     (짐짓 담담하게) 정오야, 너.. 괜찮은 거지?
**정 오**     (그 말이 서운한 듯한, 차가워지는, 눈가가 붉어지는) ....
**명 호**     (맘 아픈, 차분히) 대답해봐, 너.. 괜찮은 거지?
**정 오**     (가만있다가, 차분히) 죄송해요. 괜찮다고 말해드리고 싶은데, 안 괜찮아서... 전화 끊어요.. (하고, 전화 끊고, 눈가 붉어진 채, 술을 마시는데, 마음이 차가 워지는 듯한)

그때, 현관에서 노크소리가 가는,

**정 오**     상수야, 가. 그냥. (하고, 술만 마시는)

## 씬 18. 정류장, 밤.

명호, 전화기를 보다가, 그냥 걸어가는, 착잡한,


## 씬 19. 정오의 집 현관문 안쪽, 밤.

정오, 맥주를 마시다 계속 노크소리가 나, 화나, 문 열고,

**정 오**    (속상한) 뭐야, 너?

**상 수**    (아무렇지 않은 듯, 들어와, 싱크대에서 봉지 꺼내, 냉장고 문 열어, 그 안에 있는, 맥주와 소주를 다 담는)

**정 오**    뭐하는 짓이야?!

**상 수**    (정오 안 보고, 술병만 챙기는) 낼 근무야, 근무 전날은 술 안 돼. 술 다 압수야.

**정 오**    (속상하고, 어이없어, 눈가 그렁해, 상수를 보다, 맥주캔 들고, 방으로 들어가, 문 쾅 닫는)

**상 수**    (술을 다 챙기고, 현관문 열고 밖에 두고, 정오의 방문 노크 두 번 하고, 문 열고 들어가는)


## 씬 20. 정오의 방 안(불 안 켠, 달빛만 있는), 밤.

정오, 침대에 앉아, 눈가 그렁해, 맥주를 마시다, 들어오는, 상수 보고, 원망스런,
상수 들어와, 맞은편에 책상다리하고 앉는, 고개 숙인,

**정 오**    .. (맘 아픈, 화도 나는, 차갑게) 나가.

**상 수**    (안 보고, 눈가 붉어, 맘 아파도 담담히, 바닥에 고갤 떨군 채 있는) ..

**정 오**    (속상한, 눈가 그렁해) 나가라고 했지!

**상 수**    .... (안 보고, 고개 떨군 채, 맘 아픈)

| 정 오 | 좋아, 안 나간다 그거지? 그럼 내가 나가지. (하고, 맥주 마시고, 벽에 던지고, 나가는) |
|---|---|
| 상 수 | (가만 그대로, 눈물이 뚝 흐르는, 눈물 닦고, 나가는) |

## 씬 21. 정오의 거실, 밤.

상수, 정오 방에서 나와, 혜리 방 앞에 앉는, 맘 아파도, 담담한,

## 씬 22. 혜리의 방 안, 밤.

정오, 혜리의 침대에 앉아, 오기 부리고, 이를 앙다물고, 안 울려고 하고, 숨을 고르는, 눈물이 나도 그대로 놔두고, 무너지고 싶지 않아, 숨만 고르는,

## 씬 23. 허름한 방앗간, 어슴푸레한 새벽.

혜리, 문을 여는, 그리고, 방앗간으로 들어가, 불을 켜는,

**＊ 점프컷, 시간 경과 – 방앗간 안 》**
혜리, 큰 대야의 떡쌀을 씻는, 땀이 맺힌,
혜리 부(손에 의수를 한), 들어서며,

| 혜리 부 | 내가 해, 힘들어. 여적 일하고 와서, 왜 또 일을 한다고, |
|---|---|
| 혜 리 | (쌀만 열심히 씻으며) 내가 해, 아빠 들어가서, 자! |
| 혜리 부 | 같이 해, 그럼. |
| 혜 리 | (혜리 부를 밖으로 내몰며) 들어가! 내가 해! 내가 다 한다고! 제발 가서 좀 자! (하고, 혜리 부를 내몰고, 방앗간으로 들어와, 다시, 쌀을 열심히 씻는) |
| 혜리 부 | (웃으며) 그럼 그것만 씻어놓고 자. 나머진 아빠가 새벽에 다 할 거니까. 알았지? (하고, 가는) |

**혜 리**　　(열심히, 쌀만 씻는, 그때 전화 오는, 핸드폰 보면, 삼보다, 안 받고, 일만 열심히 하는, 쌀물 버리는)


## 씬 24. 정오의 집 전경, 아침.


## 씬 25. 정오의 거실, 아침.

　　　　상수, 혜리 방 앞에서 쪼그리고 자는,
　　　　정오, 혜리 방에서 나와, 상수를 내려다보는,

**정 오**　　(가만 상수를 보는, 담담히, 가만 보다, 차분히) 상수야..
**상 수**　　(자는)
**정 오**　　(가만 더 보다가, 제 방에서 이불을 가져와 덮어주는)
**상 수**　　(자는)

　　　　**＊ 점프컷, 시간 경과 》**
　　　　정오, 씻은 쌀을 전기밥솥에 넣고, 밥을 하는,

　　　　**＊ 점프컷 》**
　　　　정오, 소시지와 호박이며 당근을 볶으려고 써는,
　　　　그때, 상수, 일어나,

**상 수**　　(아무렇지 않게, 정오 보며) 내 밥도 하나?
**정 오**　　(채소만 썰며, 안 보고, 아무렇지 않게) 먹으려면 먹어.
**상 수**　　(일어나, 이불을 접어, 정오 방에 두고 나오는데)

　　　　그때, 상수 모, 출근복 차림 문 열고, 반찬 들고 들어오며,

**상 수 모**　　미친놈, 여기서 살림 차렸냐! 뻑하면 여자 집에서 처자고..


194 라이브

| 상 수 | (어이없는) 우리 아무 짓도 안 했어. |
|---|---|
| 상수 모 | (반찬통 놓고, 상수를 치며, 혼내듯) 미친 새끼, 이쁜 정오랑 자면서, 왜 아무 짓도 안 해! 너 뭐 문제 있니? 어디 부실해?! |
| 상 수 | (답답한, 황당해) 고만해. |
| 정 오 | (어색하게 웃으며, 채소만 써는) |
| 상수 모 | (정오에게) 너는 배실배실 남자 홀리게 웃지를 말든가, 얘랑 연애를 하든가, 둘 중 하나 양단간에 판을 내, 아주! |
| 상 수 | (상수 모를 안고, 밖으로 밀며) 아, 쓸데없는 말 말고, 일 가, 일이나 가! |
| 상수 모 | (상수에게 밀리면서도, 할 얘긴 하는) 야, 정오야, 그거 장아찌야, 밥에 물 말 아 먹음 맛있어, 야, 그거 먹고, 너 우리 상수랑 그냥 여기서 신방 차려 살어 라, 야! |
| 상 수 | 아, 가, 좀! (하고, 밖으로 내밀고, 문 닫는) |
| 상수 모 | (문을 다시 벌컥 열고, 볼 대며) 뽀뽀! |
| 상 수 | (대충 볼에 뽀뽀하고) 됐지, 가! (답답한) 내가 마마보인 줄 알고, 쟤가 싫어 해! 좀! 그만! |
| 상수 모 | (정오 쪽 보고, 눈 흘기며, 정오 들으라고 큰 소리) 으이그.. 까탈스런 기집애! 둘 다, 오늘도 조심하고. (구호 외치듯) 안전, 안전, 안전! |
| 상 수 | 정말 질기다, 진짜. (하고, 상수 모 밀고, 문 닫고, 정오에게 가며) 울 엄마 좀 심하지? |

그때, 창문 열고, 상수 모, 얼굴 디밀며,

| 상수 모 | (떼쓰듯) 정오야, 너 우리 상수랑 살어라! 그냥! |
|---|---|
| 상 수 | (가서 창문을 쾅 닫아버리고, 돌아서는데) |
| 상수 모 | (문 열고, 보며) 에라이 미친놈! (하고, 빠르게 문 닫고 가는) |
| 상 수 | (어이없게 보고, 일상적으로 상 펴고, 냉장고 열어, 계란 꺼내며) 후라이 먹을 래? |
| 정 오 | (아무렇지 않게) 그래. (하고, 싱크대 밑에서 프라이팬 꺼내 주면) |
| 상 수 | (가스불 켜고, 프라이팬에 기름을 두르는) |
| 정 오 | (냉장고에서 반찬 꺼내는) |
| 상 수 | (프라이팬에 계란 깨 넣고, 소금 뿌리는) |

**＊ 점프컷, 시간 경과 》**

밥상 치워진, 상수와 정오, 차를 마시는,

상 수　(차 마시고, 찻잔 놓으며, 담담히) 그래서, 그놈들은.. 어떻게 됐어?

정 오　(담담히 보는)

상 수　(가만 보는, 담담히)

정 오　(차 마시고, 담담히, 다른 데 보며) .. 몰라.

상 수　(담담히, 보면)

정 오　(상수 안 보고, 생각 많게, 서글픈) 사건이 난 날은.. 내가 너무 당황해서 신고
　　　를 못했고. 이후엔.. 그냥 생각하기도 싫었어. 무서웠고...

상 수　(화가 나지만, 짐짓 내색 않고, 툭) 그놈들은.. 학교 애들이었다며?

정 오　추측.. 걔들이 그랬거든. 날 산에 두고 가면서, 애, 2학년 6반 한정오 같지...

상 수　(맘 아파도, 애써 담담히 보는)

정 오　그 일 있고 학교가 무서워 결석하다.. 다른 학교로 전학 갔어..

상 수　(차 마시며, 담담히) 정다형이랑은 그래서 헤어졌군.

정 오　(가만 보는) ?

상 수　(차를 마시며) 한표 선배가 너랑 같은 학교였대, 니가 만나던 정다형 친구였
　　　다드라고.

정 오　(그랬구나 싶은, 차를 마시며, 서글픈) 다형인.. 너무 착해서.. 내가 진짜 좋아
　　　했는데.. (생각하는, 슬픈, 그때, 전화 오는, 보면 양촌이다, 잠시 보다, 받는)
　　　한정옵니다.

상 수　(담담히, 보는)


# 씬 26. 양촌 부의 집 안, 낮.

양촌, 중고 텔레비전을 연결하며, 스피커폰으로 전화받고 있는,
양촌 부, 이불에 파묻혀 자고(?) 있는,

양 촌　(별 맘 없이, 담백하게) 너 마현고교 민원 건 어쩔 거야? 사과할 거야, 말 거

야?

* 점프컷, 교차씬 ≫

정 오　사과할 맘 없어요.

양 촌　(전화 꺼버리고, 텔레비전 연결을 다 했는지, 티브이를 켜며, 자는 양촌 부에게) 이거 한번 봐봐요.

양촌 부　(눈 못 뜨는)

양 촌　(텔레비전을 보며) 중고 산 건데.. 잘 나오네. 그래도 새 거 살걸 그랬나. (하고, 보면)

양촌 부　(눈 감고 있는)

양 촌　(텔레비전 끄고, 양촌 부 보며, 걱정스럽지만, 퉁명스레, 툭) 아퍼요? (하고, 옆의 보자기 씌워진 상을 보고 보자기 걷고 죽 보며) 죽 또 안 드셨네? 텔레비전 사 올 동안 드시랬더니..

양촌 부　(눈 감은 채) ..

양 촌　(머릴 만지는, 걱정) 열이.. 있네. (일으켜 앉히며) 일어나봐요. 일어나봐요, 병원 좀 가게!

양촌 부　(힘들게 일어나 앉는) ...

양 촌　(장롱에서 옷 꺼내며) 입어요, 병원 가게. (하고, 옷을 입히려는데, 가만있는 양촌 부가 답답해) 뭐해, 손 껴요!

양촌 부　(귀찮고, 답답한, 옷을 집어, 옆에 던지는, 기운 없는) ...

양 촌　(화나고, 속상해 보며) 왜 그래요? 뭐 이제 어머니 가신 데, 따라가시게? 그러시게?

양촌 부　(가만있는) ..

양 촌　(속상해, 화난 투로) 뭐 아버지가 열부야? 아버지가 언제부터 엄말 그렇게 위했어? 간 사람은 간 거고, 산 사람은 살아야지? 나한테 해준 것도 없으면서, 뭐 이번엔 줄초상이냐?

양촌 부　(먹먹하게, 보면)

양 촌　(눈가 붉어) 맞잖아요? 어려선 주먹질만 해대며 암것도 해준 것도 없으면서..

양촌 부　(답답한, 양촌 비키라는 뜻으로 탁 치고, 힘들게 앉은걸음으로 상 쪽으로 가, 상 보자기 열어 옆에 놓고, 죽 먹는)

| 양촌 | 진작.. 그러지. (하고, 상 앞에 앉아, 양촌 부에게 김치 주는) |
|---|---|
| **양촌 부** | (먹는) |
| **양촌** | 스무 번 이상 씹으셔. 체함 클 나. 난 일 가야 하는데, 혼자서. |
| **양촌 부** | (먹다, 양촌 안쓰레 보면) |
| **양촌** | 뭘 봐요, 씹지? |
| **양촌 부** | (안 보고, 씹는) |
| **양촌** | (안쓰런, 속상한) 동치미도 좀 드시고. |
| **양촌 부** | (동치미 떠먹는) |
| **양촌** | (안쓰럽지만, 퉁명스레) .. 말 잘 들으니 얼마나 이뻐. (양촌 부 죽 뜨면, 다시 김치 들어, 수저에 놔주는, 아픈 게 답답하고, 퉁명스레) 이혼하고.. 애들 다 크고.. 난 이제 아버지밖에 없어. |
| **양촌 부** | (죽 먹고, 다시 뜨는) |
| **양촌** | 동치미 드시고.. |

## 씬 27. 정오의 집 거실 안, 낮.

| 상수 | (가만 보다) 정오야, |
|---|---|
| **정오** | 난 학부모들한테 사과 안 해. |
| **상수** | 우리.. 뛸래? 나가자. (하고, 나가는) |
| **정오** | (차를 마시는) |
| **상수** | (문 열고 다시 말하는, 일상적으로) 정오야, 뛰자, 우리. 어? |

## 씬 28. 공원, 낮.

상수, 정오 각자의 페이스로 뛰는, 서로 멀리 떨어져 있는, 땀이 나도, 헉헉 숨이 차도, 뛰는,
상수, 정오의 일로 맘은 아파도 뛰는 데만 집중하는,
정오, 뛰는데, 지난 생각들 때문에, 서글퍼지다 슬퍼지는,

**※ 점프컷, 회상과 현실 교차씬 》**

1, 회상, 정오, 산으로 끌려가던,

2, 회상, 집 안에서 정오 모, 고등학생 정오가 벗어논 옷을 치우며, 구시렁대고, 고등학생 정오가 욕조에 앉아 있던,

3, 현실, 공원, 정오, 뛰며, 차분한 듯하지만, 눈가가 붉어지는,

4, 회상, 불법 낙태시술소에서 젊은 장미가 고등학생 정오를 보던, 고등학생 정오가 슬픈 눈으로 젊은 장미를 보던,

5, 현실, 공원, 상수, 땀 흘리며, 뛰기만 하는,

6, 현실, 공원, 정오, 뛰다가, 눈물이 복받치는, 그래도 뛰다, 더는 못 뛰고, 허리를 숙이고, 두 손으로 다릴 잡고, 이를 앙다무는, 눈물이 나는, 참는,

상수, 땀 흘리며, 뛰어오다, 애써 차분히, 정오 옆에 와, 허리를 숙이고, 두 손으로 무릎을 잡고, 차분히, 걱정스럽지만, 따뜻하게,


| | |
|---|---|
| **상 수** | 정오야.. |
| **정 오** | (이를 앙다물고, 눈물 참는) |
| **상 수** | (차분히, 눈가 붉어져, 어른스럽게) 정오야.. |
| **정 오** | (울음 참고, 상수 보며, 슬프고, 서운한 듯) 어제오늘 넌.. 내 얘기 다 듣고도.. 왜 나한테 아무 말도 안 하고, 위로도 안 해줘? |
| **상 수** | (눈물이 그렁해지는, 가만 보는) .. |
| **정 오** | 내 얘기 다 듣고 나서, 넌 기분이 어떠냐고? |
| **상 수** | (맘 아픈, 울음 참고, 어렵게 말 꺼내는, 정오 보며) .. 슬퍼.. 너무.. 슬퍼서.. 아무런 말도 안 나와.. 니가 너무 대견하다고, 힘들었겠다고, 잘 버텼다고 위로해주고 싶은데.. 너무 슬퍼서.. 아무 말도 할 수가 없어.. (허리 숙인 채, 눈물 흘리는) |
| **정 오** | (눈물 흘리며, 상수 보며, 다른 데로 시선 돌리고, 눈물 참고, 다시 상수 보며 애써 담담하게) 상수야, 난 지금 시원해. |
| **상 수** | (보면) ? |
| **정 오** | 그 일을 나 혼자만 알고 있기엔 너무 답답하고 억울했나 봐. 누구한테라도 말하고, 위로받고 싶었나 봐.. 너한테 이렇게 말할 수 있어서... 나, 너무 시원해, 상수야.. (그 채로 엉엉 울며) 시원해, 너무 시원해.. |
| **상 수** | (정오를 보며, 눈물이 나는, 눈물 닦고, 한 손으로 정오의 어깨를 잡아주고, |

맘 아프지만, 가만 어른스레 봐주는) ..

그런 둘의 모습 풀 샷으로 보이는,

## 씬 29. 지구대 피트니스장 안, 낮.

정오와 명호, 각기 기구에 떨어져 앉아 차를 마시고 있는, 사복 차림이다,

정 오  (차 마시고, 어색한, 조심스레, 어렵지만, 그러나 짐짓 편하게, 애써 웃으며) 죄
　　　송해요, 시작도 하지 않았으면서, 끝내자고 해서.
명 호  (따뜻하게, 보는) ..
정 오  (어색하지만, 짐짓 편하게, 애써 웃으며) 저는 제가 그런 일을 겪어도.. 다 지
　　　난 일이니까.. 괜찮다고, 이젠 누굴 만나 사랑해도 된다고.. 난 정말 몸도 마음
　　　도 안 아프다고,
명 호  (말꼬리 자르며) 한정오,
정 오  (맘이 따뜻해져, 보는, 눈가 조금 붉은)
명 호  (따뜻하게, 편하게) 우리가 헤어지는 이윤 그 어떤 이유도 아니고 그냥.. 너한
　　　텐 내가 아니었던 거야.
정 오  ...
명 호  그 이유 말고 우리가 안 되는 다른 이윤, 어떤 것도 없어.
정 오  (미안하기도 하고 고맙기도 한, 보면) ..
명 호  (정오 안 보고, 차 마시고, 잔 보며, 담담히) 그리고, 사랑을 할 준비가 안 된
　　　건 니가 아니라, 나야. (정오 보며) 너한테 입을 맞춘 날부터 나 자신한테 하
　　　루에도 열두 번씩 물었어. 최명호, 너 정말 현수를 잊었냐? 그렇다면, 왜 현수
　　　의 펜던트를 버리지 못하냐?
정 오  (안쓰레 보면)
명 호  (어색하게 작게, 서글프게, 웃으며, 정오 안 보고) 근데, 내가 그 어떤 질문에
　　　도 시원하게 대답을 못하드라고. 그래서 알았지. 난 아직.. 그 사람을 못 잊었
　　　구나.
정 오  (명호를 따뜻하게 보며) .. 3년 만나서, 같이 경찰 시험 보고, 또 같이 근무하

고, 그랬던 사람을 어떻게 2년 만에 잊어요. 욕심이에요.

**명 호** (안 보고, 눈가 붉어져, 정오 보며, 담백하게) 그러네.. 내가 너무 서둘렀네..

**정 오** (따뜻하게, 작게 웃으며) .. 네.

**명 호** (보고, 남자 후배에게 하듯, 따뜻하게) 정오야, 담엔 나보다 훨씬 좋은 사람 만나. 알았지? (하고, 주먹 내미는)

**정 오** (제 주먹을 명호의 주먹에 대고 치며, 작게 웃으며) 네.


그때, 한표, 운동복 차림으로 들어오다, 둘을 보고, 정오가 맘에 안 드는, 운동기구 들고, 운동하며,


**한 표** 아, 정말.. 사내에선 연애 같은 거 좀 자제하자.. 둘만 있는 거 아니잖아.

**명 호** (한표 보며, 편하게) 누가 연앨 해. 우리 헤어졌는데,

**한 표** (운동하며, 보면) ?

**명 호** (정오 귀에 대고, 낮고, 담백하게) 이렇게 빠르게 치고 가는 게 너나 나나 편해. (하고, 따뜻하게, 등 툭 쳐주고, 나가는)

**한 표** (뭔 소린가 싶은, 이상한, 나가는 명호 보고, 정오 어색하게 보고, 그냥 운동이나 하는)

**정 오** (차 마시고, 한표 보며) 다형이 뭐해요, 지금?

**한 표** ?

**정 오** 학교 때 친구들 통해서, 영국에서 변호사 공부한다는 소식은 들었는데.. 지금도 공부 중인가?

**한 표** (불편한, 외면하며) 지난달에 로펌 들어갔어, 최근에 연애도 시작했고.

**정 오** (따뜻하게, 편하게) 잘됐네요. 걘 누굴 만나도 행복할 거예요, 멋지고 좋은 애라. (하고, 나가는)

**한 표** (이 사태가 이상한) ... 뭐래, 쟤?


그때, 상수, 들어와, 운동기구 잡는데,


**한 표** 야, 명호 선배랑 정오 헤어졌대? 설마, 한정오, 너 만나?

**상 수** (뭔 소린가 싶은, 작게 고개 젓는)

씬 30. 아파트 앞, 낮.

　　　　민 선배(머리에 작게 반창고를 한), 손에 선물용 음료 박스를 들고, 초인종을
　　　　누르는(외제차와 부딪혀 사고 난 차량 소유주의 집), 그때, 옆집 사람 오며,
　　　　민 선배를 보고,

**옆집 사람**　(걱정스런) 그 집에 아무도 없어요. 아저씨가 운전하던 차랑 부딪혀서, 남편
　　　　이 병원에 있으니까, 부인도 병 수발 가서,
**민 선배**　아.. 예... (하고, 선물 박스를 집 앞에 놓으며) 남편분이 많이 다치셨나요? 연
　　　　락이 안 돼서..
**옆집 사람**　(걱정) 경추 뼈에 금이 갔대요... 치료비며 차 수리비며.. 아저씨, 힘드시겠네..
　　　　(하고, 가는)
**민 선배**　(참담한, 눈가 붉은, 가는)


씬 31. 아파트 현관 앞, 경비실 안, 낮.

　　　　민 선배, 자리에 앉아, 눈가 붉어, 멍한,
　　　　동료1, 그 옆에 앉아, 청구서를 보며 걱정스레 말하는,

**동료1**　이게 뭐야, 아무리 외제차라고 해도 무슨 차 수리비가 사, 사천칠백이 나와.
**민 선배**　(멍한) ...
**동료1**　(민 선배 걱정스레 보며) 민씨 아저씨, 설마. 308동 1403호 놈이, 이 돈을 다
　　　　아저씨보고 내래요? 상대 차 수리비랑 차주 병원비도 내라드니, 이것도? 이
　　　　게 무슨 일이야, 이게 다?
**민 선배**　(눈가가 붉어지는, 뭐가 뭔지 모르겠는)
**동료1**　고장 난 주차장 경광등도 고쳐달라니까, 안 고쳐주고.. 이 사고를 만들고.. 아
　　　　이고.. 클 났네.. 이거.... 변호사 한번 알아봐요, 먼저 들어갈게요. (하고, 나가
　　　　는)
**민 선배**　..

그때, 동료2, 와서 문 열고, 밖에서, 착잡하게 민 선배를 보며,

**동료2**　아파트 자치회에서 오늘 아저씰 해고하라고... 제가 그것만은 안 된다고 무릎 까지 꿇으며 만류해봤지만... 죄송합니다. 이번 달까지 정리하래요. 오늘은 퇴 근하세요. (하고, 가는)

**민 선배**　(멍하게, 눈가 붉어, 동료2를 보는, 그러다, 청구서를 보는)


## 씬 32. 아파트 지하 주차장 안(차가 그닥 많진 않은), 밤.

민 선배(퇴근 차림), 지하 주차장으로 와, 아주 허름한 제 차로 가서, 문 열고, 그 안에 타는, 주머니에서 청구서를 꺼내 보는, 그러다, 시선 들어, 멀리 보면, 사고 낸 외제차가 보이는, 차를 원망스럽지만, 멍하니 보는, 눈가가 붉어지는, 그러다 시선 들어, 앞창 쪽을 보면, 사진(젊을 때 경찰복 입고 환한 얼굴로 가족들과 찍은 사진)이 보이는, 사진을 돌려 보면, 다른 사진(한솔 삼보를 포함한 앞의 선배들과 젊을 때 경찰복을 입고, 브이를 그리며, 찍은 사진)이 보이는, 그 사진을 그립고도, 막막하게 보는)

**옆집 사람**　(E) 그 집 아저씨가 그때 사고로 경추 뼈에 금이 갔대요... 어떡해요, 아저씨.. 치료비며 차 수리비며 ..

**동료2**　(E) 아파트 자치회에서 오늘 아저씰 해고하라고 했다네요... 제가 그것만은 안 된다고 무릎까지 꿇으며 만류해봤지만... 죄송합니다.

민 선배, 핸드폰 열고, 딸에게 전화하지만, 안 받는, 예닐곱 번 울리다, 다시 아들에게 전화하면 안 받는, 신호음을 들으며, 민 선배, 다시, 시선을 돌려, 외 제차를 보다가, 전화 끄고, 차 안에서 나와, 지하창고 쪽으로 가서, 창고 문 열어보고, 그 안의 호스와 큰 플라스틱 통을 보고는 그걸 들고 제 차로 가서, 주유구를 열고, 호스를 주유기에 넣고, 입으로 호스 입구를 빨아 기름이 올 라오게 해, 기름을 받아, 외제차로 가서, 참담한 얼굴로, 기름을 붓는,

앵 커  (E) 그럼 여기서 마현경찰서에 나가 있는, 심문석 기자 만나보겠습니다.


## 씬 33. 지구대 식당, 밤.

한솔(물잔 들고 있는), 삼보, 경모(커피 마시고 있는), 양촌, 명호, 종민, 남일, 원우, 상수, 한표, 심각하게 텔레비전을 보고 있는, 모두 심각하고, 진지한, 카메라, 한솔과 양촌의 감정 따라가는,

**\* 점프컷, 티브이 화면(장미의 경찰서 앞)과 지구대 식당에 있는 대원들, 교차씬 》**
장미의 차 와서 서고, 장미, 내려, 서로 들어가려 하면, 기자들 몰려, 장미를 취재하려고 난리가 난, 장미, 그들을 뚫고 지나가는,

기자1  경감님, 일 년 전에도 백운산 자락과 걸쳐져 있는 소명산 11번 등산로에서 마현발바리 사건으로 의심되는 사건이 있었다는데 맞나요?

기자2  경찰에서 그때 사건을 사건 접수하고도 수사 진행을 안 했다는 말이 있는데, 왜 그러셨나요?

장 미  (말없이 가는)

삼 보  (화난) 1년 전이면 안 경감이 여깄을 땐데, 왜 그게 안 경감 책임이야? 저거저 거 미친놈 아냐!

기자2  서장님은 좀 전 브리핑에서, 책임자를 강하게 문책하겠다 하셨는데, 경감님 은 의견이 어떠신지요?

장 미  (그냥 가는)

기자들  국민들은 경찰이 사건을 빠르게 처리 안 해, 결국 성폭행사건을 살인사건으 로 키웠다고 공분하는데, 경감님은 이에 대해 어떻게 생각하시는지요?

종 민  (화난) 아, 짜증나! 서장 이 새끼 미친 새끼 아니에요?! 대체 누가 누굴 문책 해!

남 일  (답답한) 안 경감님이, 그렇게 전담팀 꾸리자고 말해도, 여청 과장이랑 서장 놈이 전담팀 꾸리지 말랬다며? 지역이 다르다고, 유사사건으로 볼 수 없다 고! 그거 지역 경찰들 중에 알 사람은 다 아는데!

경 모  (답답한, 화나는) 사고 난 애가 두 달이 지나 신고해서 증거도 없는데, 어떻

게 수사를 해? 암것도 모르는 것들이 주둥아리만, 돌아버려, 쌍! (화나, 빈 종이 잔을 텔레비전에 던지며) 아우, 쌍!

**한 솔**　(텔레비전만 진지하게 보며, 버럭) 티브이 좀 보자, 쫌!

**경 모**　(비아냥) 저런 걸 뭐하러 봐? 어차피 여기 떠날 사람이? (하고, 가는)

**한 솔**　(뭔 말인가 싶어, 경모를 보다, 텔레비전 다시 보는)

다른 사람들은 경모의 말 못 듣고 티브이만 보며,

**원 우**　(속상한) 진짜, 경찰 더러워 못해먹겠네요! (하고, 나가는)

**한 표**　(속상한, 나가며) 우리가 범인 잡은 얘긴 안 하고!

**상 수**　(속상한, 분한, 티브이만 노려보는)

**한솔, 명호**　(심각하고, 화난, 차가운)

**양 촌**　(차가운, 텔레비전을 끄고, 나가는)

위의 대원들의 대화가 이어질 때, 티브이 화면에서는 아래의 기자의 브리핑 내용 나가는,

**심 기자**　온 국민의 공분을 사고 있는 마현발바리 사건이, 경찰의 초동수사 대처 미흡으로 사건을 더욱 키웠다는 주장이 나오면서, 지난달 남부경찰의 직권남용 사건에 이어, 직무유기 문제가 다시 도마 위에 올랐습니다. 조설태에 의해 살해당한 피해자 부모는 오늘 경찰을 직무유기로 고소장을 낸 상태입니다. 경찰 수뇌부는 현재 수사 지휘권과 영장 청구권이 쟁점인 수사권 조정안을 두고, 검찰과 첨예하게 대치된 가운데, 혹여라도 이번 일로 경찰 조직이 타격을 받을까, 책임자를 빠르게 문책하겠다는, 강한 의지를 내보이고 있습니다. 그러나 경찰 수뇌부의 그와 같은 조치에도 불구하고 이번 사태에 대한 국민들의 공분은 시간이 갈수록 더 커지고 있습니다.

한솔, 가는 양촌을 보는데,

**상 수**　(이 뉴스에 화난, 제 생각에 빠진)

**명호, 종민, 남일**　(가는 양촌 보다, 한솔에게) 대장님, 대체 어떻게 해야 돼요?

그때, 정오, 복도 청솔 했는지, 고무장갑 끼고, 마대 걸레를 들고 들어오면,

**한 솔**  (아랑곳없이, 정오에게) 넌 마현고교 건 어쩔 거야? 사과할 거야, 말 거야?

**정 오**  (주변 대걸레질하며, 안 보고) 마음이 아직은 안 납니다.

**한 솔**  (답답하게 몇 초 꼬나보고, 나가는)

**삼 보**  (한솔 상관없이, 정오에게 말하는) 넌 젊어, 힘이 남아돌아 그러냐? 왜 그러냐, 대체? 야, 우리 꼰대들은 뭐 뱃심이 없어 참는 줄 아냐? 그냥 대충 좀 조용히 살어! 일도 많은데..

**남 일**  (데리고 나가며) 나가요, 나가! 쟤도 생각이 있으니까, 한 말일 거예요.

**다른 대원들**  (답답한, 나가는)

**상 수**  (가는 삼보 보다, 정오(청소만 하는) 보고, 걱정스런, 나가는)


# 씬 34. 지구대 남자 휴게실 안, 밤.

양촌, 전화하며, 들어와, 한쪽에 서서, 냉정하고, 차분하게, 잠시 생각하다, 전화하는, 신호 떨어지면,

**양 촌**  나야. 당신 지금 기분 어떤가 싶어서?


# 씬 35. 경찰서 복도, 밤.

장미, 걸어가며, 전화하는,

**장 미**  (차분하고, 싸늘한, 담백하게) 지금 내 기분, 심플해. 아주 엿 같지. (하고, 가는)


# 씬 36. 지구대 남자 휴게실 안, 밤.

양촌, 답답한, 전화기 보다, 주머니에 넣으며,
상수, 들어와 말 거는,

**상 수**　안 팀장님은,
**양 촌**　(무시하고, 핸드폰 하며) 한정오, 피트니스실로 와. (하고, 끊고 나가는)
**상 수**　(정오 걱정하는 맘으로 보며, 조심스레) 경위님, 지금 정오가,
**양 촌**　(그냥 나가는)
**상 수**　(나가는)


## 씬 37. 지구대 피트니스장 안, 밤.

정오, 뒷짐 지고 서 있고,
양촌, 한쪽 의자에 앉아서, 정오 올려다보며,

**양 촌**　(꼬나보며, 냉정히) 사과하는 게 맘이 안 나? 넌 늘 맘 나는 일만 해?
**정 오**　(뒷짐 진 채, 속상하지만, 차분히, 할 말 하는) 전, 어제 그 학교 학생들을 위해 반드시 해야 될 얘길 했다고 생각합니다. 콘돔, 낙태 문젠, 성폭행 예방과 관련이 있고, 성폭행 예방은 경찰 업무의 핵심 업무라는 게 제 소신입니다.
**양 촌**　(정오를 가만 진지하게 보다, 꼬나보며) 니 소신이 뭐가 중요해? 민원인이 중요하지?
**정 오**　(야속하게 보면)
**양 촌**　(강하게) 넌 어제 그 자리에 있는 학부모들이, 편협한 생각을 가진, 정신 빠진 꼰대들이라고 생각하겠지만, 내 눈에 그들은! 자기 아이들이 낮부터 오후 늦게까지 성폭행 협박에 노출돼, 있는 대로 흥분한 그냥 평범한 나 같은, 학부모들이었어!
**정 오**　(조금 찔리지만, 그대로 가만 양촌을 보는, 진지하게 듣는) ..
**양 촌**　학교에 무상 생리대 자판기를 배치해라, 외국처럼 학생들에게 무상 콘돔을 줘라! 낙태 찬반론 토론수업을 해라! 같은 문제, (크게 강조) 어제 그 자리보다, 교육청 사이트에 대고, 학교 성폭행 문제에 특별한 관심이 있는 지역 경

찰로서, 니가 간절히 간청을 하는 게, 훨씬 더 효과적이었을 거란 게, 내 생각
이다!

정오  (순간 할 말이 없는, 인정이 가는, 그래도 이해받지 못해, 속상해 보는) ...

양촌  (정오 진지하게 보며) 오늘 안 팀장은, 이유 없이 공개적으로 언론의 질타
를 받고, 억울한 징계를 먹게 생겼다. 근데, 내가 아는 그 여잔, 오늘은 억울
해, 분통 터져할지도 모르지만, 아마, 내일은.. 자기가 있어야 할 사건 속으로
현장 속으로 다시 뛰어 들어갈 거다. 모든 게 합당해서? 너만큼 소신이 없어
서? (강조) 아니, 그 여자에겐.. 너처럼 자신의 소신을 내세우는 것보다,

정오  (장미 생각에 맘이 아픈, 진지하게 보는)

양촌  자기가 인식한 문제를 시간을 가지고 최선을 다해, 개선하는 게, 언제나 그래
왔듯, 이번에도 더 중요하다고 여길 테니까.

정오  (놓쳤구나 싶다, 맘이 쿵 하는, 그러나 당당히 보는) ...

양촌  ... 이제 어쩔 거야? 니가 문제라고 생각하는 학교 성교육 프로그램을 교육청
에 건의해서 개선하는 데 니 시간을 쓸 거야? 아님 학부모들과 감정 싸움하
는 데 니 시간을 쓸 거야? 말해봐? 어쩔 건지?

정오  (보는)

양촌  (정오의 눈 피하지 않는) ...

정오  (맘 아파도, 인정이 되는) .. 사과.. 하겠습니다.

양촌  (보고, 나가는데)

정오  (어색하지만, 진심으로) 안 팀장님.. 괜찮으시겠죠? 설마 중징계가 내려지는
건 아니겠죠?

양촌  (가다, 멈춰 서서, 돌아보며) .. 나도 몰라.

정오  ..

양촌  (보며, 담담히) 그리고, 난 니가 지금처럼 뾰족뾰족한 게 좋아.

정오  ?

양촌  젊은 경찰의 특권이지. 그게 맞아. (진심으로) 기죽지 말고, 늘 지금처럼 행동
해. 그래야, 이 세상이 조금이라도 좋게 변하지. (하고, 나가는)

정오  (가만 양촌의 맘을 느끼고, 벽에 기대, 학교로 전화하는) 교무실이죠. 전 홍
일지구대.. 한정오 순경입니다. 죄송하지만, 교장선생님.. 전화번호 좀 알 수
있을까요?

씬 38. 지구대 조사실 안, 밤.

경모, 답답하고 화나, 한솔을 꼬나보며, 앉아 있고, 한솔, 담담하지만, 진지하게 경모를 보며, 앉아 있는,

**경 모**　(비아냥조, 어이없이 웃으며) 뭐 내가 없는 말 했어? 어차피 떠날 사람 맞잖아? 보문경찰서 경무과장 자리에 전보 신청했다며?

**한 솔**　(화나, 보면)?

**경 모**　(비아냥) 명우지구대 오 팀장이 전화했드라고, 지구대 선배가 암 재발해.. 아무래도 편한 자리로 가야 할 거 같아서, 지구대 모든 직원들이 다 나서서 돕고 있는데, 형님이, 그 자리 가로채고 싶어 한다고... 성질이 어마무시 났드라고.

**한 솔**　(화 참는)

**경 모**　근데 사람이 그러는 거 아니다, 뭐 여기 홍일지구대 일 많고 힘들어, 다른 지역 가 직장 말년 편히 지내고 싶은 맘은 내가 모르지 않는데... 나도 모르고 지구대 대원들 모르게.. 혼자만 살겠다고, 전보 신청, 그건 좀 예의가 아니지 않나?

**한 솔**　(속상해 화나는) 내가 왜 그렇게밖에 일을 처리하지 못했는지, 니가 내 사정을 아냐? 새끼야!

**경 모**　(화나, 버럭) 몰라! 내가 귀신이냐, 무당이냐? 형님이 말을 안 하는데 내가 어떻게 아냐, 쌍! 나는 승진시험 보는 것도 업무에 방해될까, 눈치 보이는데.. 멋지셔, 눈치도 안 보고, 전보 신청서 딱 내고!

**한 솔**　(눈가 붉어, 속상해, 경모에게 옆에 휴지 곽을 던지며) 고만해, 새끼야!

**경 모**　(화나 꼬나보며)?!

**한 솔**　(눈가 붉어, 속상해, 말하는) 야, 새끼야, 내가, 내가, 새끼야, 엊그제 병원에서,

그때, 민석, 문 벌컥 열고, 들어와 앉아, 우는,

**민 석**　나 어떡해요.

**경모, 한솔**　(뭔가 싶어, 보면)?

**민 석**　(눈물 나는) 엊그제 주취자 난동 때.. 주취자가 자해 했는데.. 그 인간이, 그게 내 탓이라고.. 날 독직폭행으로 걸었대요.. (눈물 나는) 대장님, 나 어떡해요... 경찰복 벗게 되면?

　　　그때, 삼보, 문 벌컥 열고 얼굴만 디밀고, 속상하고 난감하게, 한솔에게 말하는,

**삼 보**　대장, 이 일을 어떡하냐? 좀 전에 아파트 경비원이, 방화하려고 한단 신고가 들어와, 우리 지구대가 나갔는데, 설마 싶어서 내가 알아보니, 그 경비원이 민 선배란다.

**한 솔**　이런.. (속상해, 말 끝나자마자, 뛰쳐나가는)

**삼 보**　(같이 나가며) 내 순찰차 타고 가자!

**경 모**　(답답하게, 한솔 보고, 우는 민석 보는)


# 씬 39. 아파트 일각, 밤.

　　　주민들, 여러 명 '어떡해, 어떡해, 이게 무슨 일이야' 하며, 자신들의 집에서 나와 대피하는,

　　　**＊ 점프컷 》**
　　　남일, 정오, 원우, 한표가 지하 주차장 입구에 바리케이드를 치며, 주민들에게 '대피하세요! 여기 계시면 안 됩니다! 대피하세요!' 하는,
　　　한쪽에 소방차와 순찰차 서 있는, 사이렌 울리며 구급차가 단지 내로 들어와 서는,


# 씬 40. 지하 주차장 안, 밤.

　　　민 선배, 외제차 문 열고, 안에 휘발유를 뿌리고, 남은 휘발유를 자신의 몸에도 뿌리고, 외제차 안에 타고, 문을 잠그는, 담담한,

씬 41. 지하 주차장으로 가는 메인 입구(차 나오는), 밤.

　　소방대원들, 물 호스를 들고, 뛰어 내려가는,


씬 42. 지하 주차장으로 내려가는 계단, 밤.

　　명호, 소화기 들고, 뛰어 내려가는,


씬 43. 다른 지하 주차장으로 내려가는 계단, 밤.

　　양촌과 상수, 소화기를 들고, 지하 주차장으로 들어가는 다른 출입구 계단
　　을 뛰어 내려가는 모습이 보이는,


씬 44. 도로, 밤.

　　삼보와 한솔이 탄 순찰차 가는, 삼보, 운전하고, 한솔, 조수석에 앉아, 맘 아
　　프고 긴장해 가는, 경광등과 사이렌을 켜고 가는, 한솔, 핸드폰으로 민 선배
　　에게 전화하다, 안 되자, 속이 타서 '악!' 하고 소리치는,


씬 45. 경찰서 회의실 안, 밤.

　　서장(답답한)과 과장들 모두 앉아 회의하던 중인, 장미, 앉아 있는,

**장 미**　(차분히) 왜 아무런 말씀들이 없으세요? 누구든 저한테 지금의 사태를 설명
　　　　은 해주셔야 할 거 같은데?

| 과장1 | (답답한, 미안한) 미안하다, 안 팀장. |
|---|---|
| 장 미 | (과장1 보는, 차분하고 담담하지만, 냉철한) |
| 과장1 | 근데, 조직을 위해선 서장님도 그렇게 할 수밖에 없었어. |
| 과장2 | 우린 원칙대로 했지만, |
| 과장1 | 유사사건이 3건 이상 돼야 연쇄사건이 성립된다는 매뉴얼이나, 전담팀을 꾸리는 타이밍이 피해자의 신분 노출이나 언론들의 수사 압박 때문에 매우 민감하다는 점은 언론도 국민들도 관심이 없어. |
| 과장2 | 범인 잡은 것도 지금은 관심 밖이고, 죽은 애 엄마가 서장님과 나, 그리고 널 직무유기로, 고소했어. 물론 이 건은 검찰이 기소*할 수도 없어. 그래도 일단 일이 터졌으니 수습은 해야잖아. 안 팀장 잘못 없는 거 우리 다 알아. |
| 서 장 | (답답하지만 담담한) 검찰과 현재 첨예하게 대치 중인 상황에서, 지금 우리 경찰이 하는 모든 말은 그 어떤 말도 변명이야. |
| 과장1 | 안 팀장, 억울하겠지만, 일 키우지 말고, 조직 생각해서, |
| 장 미 | (차갑고, 담담하게, 과장1 보며) 나도 조직 생각하는 조직의 일원이에요. |
| 모 두 | (보며, 참담한) |
| 과장1 | 맞아, 우리 다 조직의 일원이지. 그러니까, 조직의 일원으로서, |
| 장 미 | (화가 나, 눈가 붉지만, 차갑고, 정확하게, 과장1 보며, 버럭) 내 말은, (냉정하게, 다른 사람들 보며, 냉정하지만, 강하게 소리치는) 너도 나도 우리 다 조직의 일원인데 왜 조직을 위해 징계는.. 나만 먹냐는 거야, 나 대신 (과장1을 보며, 차갑게, 눈가 붉어) 과장님이 징계를 먹으면 되는 이유, 어디 속 시원하게 한번 대봐? 왜, 본인이 힘이 세서 징계 같은 건, 못 먹겠어? 그래서, 힘없는 나야?! |

하는, 장미의 얼굴에서 엔딩.

---

* **기소** 검사가 특정한 형사사건에 대하여 법원의 심판을 구하는 행위

# 15부

사선에서
1

**자 막**
*제15화 사선에서 1*


## 씬 1. 혜리 부의 방앗간, 밤.

혜리 부와 혜리, 땀 흘리며, 쌀을 기계에 넣고, 쌀이 잘 빻아질 수 있도록 나무로 기계 안을 휘젓는, 처음부터 혜리의 핸드폰에서 톡 소리가 계속 나는,

**혜리 부**  (일하며) 혜리야, 전화받아, 문자든 뭐든 왔나 보다.
**혜 리**  (땀 흘리며 열심히 일하다) 네. (하고, 옆의 핸드폰 톡 보면, 상수와 정오가 보낸 동영상이 두 개 떠 있는)

**＊ 점프컷, 상수가 지구대에서 찍은 동영상 》**

**상 수**  뭐야, 너 안 와? (하고, 핸드폰 옆으로 돌리면, 부사수들 차례로 말하는)
**승 재**  (친구에게 하듯, 웃으며) 송 순경, 내가 매력 있어 하는 거 알지?
**원 우**  (친구에게 하듯) 송 순경, (손으로 하트 만들어 보이며) 빨리 와.
**한 표**  (험악하게, 버럭) 보고 싶어!

상 수　(퉁명스레) 빨리 와. 다들 기다려. (하고, 전화 끊는)

**\* 점프컷, 정오의 동영상 》**
정오, 집 안에서 차분히 슬픈 모습으로 말하는,

정 오　룸메... 이 집, 니가 없으니까 별로야. 빨리 와. (하고, 끊는)

**\* 점프컷 》**
혜리, 문자를 보면,

삼 보　(E) 혜리야, 너 출근 안 해? 보고 싶다, 어서 와.
혜 리　(서글픈, 전화기 끄고, 다시 일하며) 아빠, 방앗간 기계에 손 다치고도.. 왜 다른 일 안 하고, 계속 여기서 일해? 안 무서?
혜리 부　(땀 흘리며, 일하며) 무섭지.
혜 리　(보면)
혜리 부　(일하며) 근데.. 무섭다고 도망가면 도망 다니다.. 인생 끝나... 무서우니까 일하는 거 만만히 안 보고 조심하게 되고.. 무서운 게 나쁜 건 아냐.
혜 리　(기죽는, 부러운) 대단하다.. (하며, 일하는)


## 씬 2. 경찰서 회의실 안(14부 엔딩씬 이어서), 밤.

장 미　(과장1 보며, 눈가 붉지만, 차분하고 강하게) 내가 전담팀 꾸리자고 했죠? 연쇄범이라고 말했죠? 더 다치는 애들 생기기 전에, 나서자고 분명히 말했죠?
과장1　(버럭) 난 매뉴얼대로 한 거뿐이야?!
장 미　(과장1 보며, 말꼬리 자르며, 차갑고, 상하게) 난 상관의 명령대로 한 거뿐이고, 그죠?
과장1　(난감한)
장 미　(분노를 애써 참으며) 그러니까, 내가 징계 먹는 이윤 단 한 가지. 서장님 과장님이 본인들의 직무유기를 피해 가는 방법으로, 희생양이 된 거.
과장들　(답답한)

| | |
|---|---|
| 장 미 | 첨부터 과장님, (서장 보며) 서장님이 같잖은 조직 핑계 대지 않고, 우린 징계 못 먹겠다, 힘없는 니가 대신 징계 먹고 끝내라, 미안하다, 솔직히 말했다면, 아니 그보다, 경찰 매뉴얼이 국민의 눈높이에 안 맞다, 다시 강력한 매뉴얼을 만들어보자, 그렇게 제안이라도 하면서, 날 설득했다면.. 내 성질에 (과장1 보며, 버럭) 쌍, 진짜 경찰 생활 드러워 못해먹겠네! 시원하게 욕 한 번 하고, 이번 문제 끝났다, 이렇게 구구절절 말 안 하고. (하고, 일어나 나가려는데) |
| 과장들 | 야야, |
| 과장2 | 야, 안 팀장, 너 무슨 말을 그렇게 하냐, 임마! |
| 장 미 | (문 열다 돌아서며, 버럭) 입 닥쳐요들! 여자 후배 등 뒤에 숨어서, 자기들 자리 보존이나 하는 주제에. (하고, 서장 보며, 애써 화를 참으며) 그래서 내 징계 수위 어떻게 돼요? 감봉? 몇 개월? |
| 서 장 | (미안하지만, 말하는) 감봉 정도는, 공분하는 국민 눈높이에 안 맞아. |
| 장 미 | (눈가 붉은, 가슴이 쿵 하는, 막막한) 감봉이 아니면.. (담백하게) 설마 정직? |
| 서장, 과장들 | (외면하는) |
| 장 미 | (어이없고, 화나고, 억울한, 슬픈) 아... 이 서에서.. 나 보기 불편하니 꺼져라. |
| 서 장 | ... |
| 과장들 | (장미를 외면하는) |
| 장 미 | (맘 아픈, 어이없는, 원망) 지랄들 한다, 진짜.. (눈가 붉어, 참담한, 과장 보고, 서장 보다 나가며, 문 있는 대로 힘껏 쾅 닫는) |
| 서장, 과장들 | .... (참담한) |

## 씬 3. 경찰서 화장실 안, 밤.

장미, 눈가 그렁해, 들어와, 세수를 하고, 거울을 보는, 슬픈,

| | |
|---|---|
| 장 미 | (이를 앙다물고, 분노를 참는데, 슬픈 맘이다) .. 미친 개, 쌍누무 새끼들.. |

## 씬 4. 지하 주차장 안, 밤.

민 선배, 외제차 문 열고, 안에 휘발유를 뿌리고, 남은 휘발유를 자신의 몸에
도 뿌리고, 외제차 안에 타고, 문을 잠그는, 담담한, 그리고 계속 울리는 자신
의 핸드폰을 보면, 한솔이다, 끄고, 가만있는,

**소방대장** (소방차용 휴대용 마이크에 대고 말하는, E) 주민들에게 알려드립니다. 현재
이곳엔 경찰과 소방대원들이 와 있습니다. 지금의 사태를 모두 경찰과 소방
대원들에게 맡기시고, 주민분들은 모두 안전한 곳으로 대피해주시기 바랍니
다.


## 씬 5. 도로, 밤.

삼보(운전)와 한솔(조수석)이 탄 순찰차 가는, 한솔, 다시 초조하게 민 선배
에게 전화를 거는, 삼보의 켜놓은 무전기로 소방대장의 안내방송이 들리는,

**소방대장** (마이크로 말하는, E) 다시 한 번, 주민들에게 알려드립니다. 현재 이곳엔 경
찰과 소방대원들이 와 있습니다. 지금의 사태를 모두 경찰과 소방대원들에게
맡기시고, 주민분들은 모두 안전한 곳으로 대피해주시기 바랍니다.


## 씬 6. 아파트 주차장 입구, 밤.

남일, 정오, 원우, 한표, 소방대원 두어 명 지하 주차장 입구에 바리케이드를
치고, 서 있는, 긴장한, 주변 살피는,
한쪽에 소방차와 순찰차 서 있는, 구급차, 단지 내로 들어와 서는,


## 씬 7. 경비실 안, 밤.

소방대장, 공지하고, 종민, 씨씨티브이(민 선배가 나오는 화면)를 보다, 다른
씨씨티브이 화면을 보면, 명호, 소화기를 들고, 지하 주차장 출입구 쪽으로

가는 계단을 일사불란하게 뛰어 내려가는 모습이 보이고, 다른 한쪽 씨씨티브이 보면, 양촌과 상수, 소화기를 들고, 지하 주차장으로 들어가는 다른 출입구 계단을 뛰어 내려가는 모습이 보이는, 다시 다른 화면을 보면, 소방대원들이 소방차에 연결된 대형 호스를 들고, 조심스럽게 내려가는 모습이 보이는,

**소방대장** (화면 보며, 마이크에 대고 말하는) 주민 여러분들은, 사태가 차분히 진정될 때까지, 안전한 곳에서 안내방송에 귀를 기울여주시고, 외부 출입을 자제해 주시기 바랍니다.

**종 민** (블루투스로 그룹 콜 하는(무전으로 하면 외부에도 들리므로, 사건현장 나간 팀 모두 조용히 블루투스로 그룹 콜을 한단 설정), 눈은 씨씨티브이 화면에 고정하고, 차분히) 최명호 경장 남문 쪽 출입구 도착. 오양촌 경위님, 염상수 순경 경비원이 있는 차 뒤쪽 북문 도착. 일부 소방대원들, 지하 주차장 메인 출입구 도착. 나머지 소방대원분들은 지시가 있을 때까지 들어가지 마시고, (하고, 씨씨티브이의 민 선배를 보는데, 민 선배, 담배를 입에 무는 모습이 보이는) 일단 대기합니다. 경비원이, 담배를 물었습니다. 라이터가 있을 겁니다. 전원 일단 대기. 일단 대기.

**＊ 점프컷, 민 선배가 있는 차 안 ≫**
민 선배, 입에 담배 물고, 한 손엔 라이터 들고, 출입구 쪽을 보는, 명호가 경계하며 서 있는(민 선배에겐 안 보이지만, 느낌만 받는), 다른 한쪽을 보면, 양촌과 상수가 경계하는(민 선배에게는 안 보이지만, 느낌을 받는) 그 느낌을 담담히 느끼고, 핸드폰 벨이 자꾸 울리자, 전화를 보다 받는, 한솔이다,

**한 솔** (맘 아프고, 조심스런, E) 미, 미, 민 선배님?

**＊ 점프컷, 달리는 삼보의 순찰차, 교차씬 ≫**

**민 선배** (착잡한, 담담한)... 한솔아, 선배라고 미안하다.. 여기 온, 지구대 애들 니네 지구대 같은데.. 근데, 한솔아, 내가 지금 라이터를 들었어. 그러니까 니네 애들 다들 가라 그래, 다친다.

| 한 솔 | (스피커폰으로 삼보와 무전 듣는 대원들을 듣게 하는, 맘 아픈, 애써 당황하지 않고, 말하려 하지만, 잘 안 되는) 선배님.. 선배님.. 저 한솔이가, 지금 선배님한테 갑니다. |
|---|---|
| 삼 보 | (운전하며, 속상한, 소리치는) 형님, 저 삼봅니다! |
| 민 선배 | (담담한, 미동 없이, 서글픈) 애들 움직이지 말라 그래. 당장. |
| 한 솔 | (무전 하는, 다급해, 속 타는) 모두 멈춰! 지하 주차장 내에 있는, 지구대원들, 소방대원들 싹 다 멈춰! |

**\* 점프컷 》**

명호, 양촌, 상수, 무전에서 들리는 소리 듣고, 모두 멈추는,

| 상 수 | (긴장했지만, 애써, 차분히, 양촌 귀에 대고, 작게) 무조건 달려들어 차 뒤로 가, 경위님이 문 열고, 제가 테이저건 쏘면, |
|---|---|
| 양 촌 | (긴장했지만, 냉정히) 그러다 테이저건 불똥 튀면, 우리까지 다쳐.. (그러다, 앞쪽을 보면, 한쪽 구석의 차 안에 애기 엄마와 애기가 두려움에 떨며 있는 모습이 보이는, 무전 하는, 차분한) 대장, 여기 주차장에 있는 차 안에 애기와 애기 엄마가 있어요. 씨씨티브이 사각지대에요. |

**\* 점프컷, 교차씬 》**

| 한 솔 | (무전 듣고, 전화하며, 당황하지만, 애써 차분히) 선배님, 거기 주차장에 아무 죄 없는 애기랑 애기 엄마가 있대요. 선배님.. 일단 죄 없는 애랑 애 엄만 거기서 안전하게 내보내고, |
|---|---|
| 민 선배 | (한솔의 말 들으며, 한쪽 보면, 차 안에 애기 엄마와 애기가 보이는, 한솔의 말이 끝나기 전에) 후배들보고, 데리고 나가라 그래. |
| 한 솔 | (무전 하는, 재빠르게, 버럭) 거기, 누구든, 애기 엄마랑 애기 데리고 나가! |
| 명 호 | (양촌 쪽 보면) |
| 양 촌 | (작게 말하는, 명호에게, 손짓으로 차 위치 알려주며) 오른쪽 끝! |
| 명 호 | (소화기를 놓고, 뛰어가, 차 문 열고, 애기를 안고, 애기 엄마에게) 나오세요. (하고, 출입구로 아이(민 선배에게 밝게 손을 흔드는) 안고 뛰어나가는) |
| 민 선배 | (나가는 아기를 가만 보는(그 모습 느린 그림, 아이 사라지면, 정상 속도의 그 |

림), 아이 나가면 대사하는) .. 삼보야, 중장비 자격증 시험 본다고 했지? 그
거.. 꼭 붙어.

**\* 점프컷 》**
양촌과 상수, 바닥에 엎드려, 소화기는 위로 들고, 포복으로 차로 접근하는,

**\* 점프컷 》**

| | |
|---|---|
| **한 솔** | (눈물 나는, 스피커폰으로 전화하는, 속상한, 애써 참으며) 선배님, 이 기한솔<br>이가.. 암이요! 대장암! |
| **삼 보** | (뭔 소린가 싶어, 슬프게 한솔을 보는) ?! |

**\* 점프컷 》**
1, 양촌, 상수 포복해 가다, 한솔의 암이란 소리에 멈추는,
2, 지하 주차장 앞, 바리케이드 앞에서 주변 경계하며 서 있던 대원들, 한솔
의 암이란 말을 듣고, 놀라 서로 얼굴 쳐다보고,
3, 상황근무석의 승재와 경모도 무전을 듣고 뭔가 싶은, 이상한, 멍한,
그 얼굴 위로 아래 한솔 대사 들리는,

**\* 점프컷 》**

| | |
|---|---|
| **한 솔** | (눈물이 나는, 맘 다잡고, 힘 있게, 달래는) 선배님, 내가 그간의 사정.. 다 아<br>는데.. 어제 그제 선배님한테 벌어진 일도 내가 좀 전에 보고받아 들었는데..<br>선배님, 인생이란 게 원래 엿 같은 거 아니요.. 죽어라 경찰 일하다 암 걸린<br>나나.. 열심히 살아도.. (맘 아픈) 늘 되는 일 없고, 억울한 일 당하는 선배님<br>이나... 우리 도낀개낀이라 생각합시다... 선배님 그러니까, 우리 이러지 말고,<br>만나서 그냥 술이나 퍼마시고 속 시원히 엉엉 울고 다 털어버립시다! 선배님<br>이거는 아냐.. 불 지르지 마, 어? 불은 지르지 마요! |
| **삼 보** | (울며, 속상해, 운전하는) |
| **민 선배** | (서글픈, 담담한) 한솔아, 난 경찰 된 게 살면서 젤 후회된다. 내가 경찰이 안<br>됐다면 나쁜 놈들 볼 일도 없었을 거고, 그럼 독직폭행할 일도 없고, 이렇게 |

인생 종칠 일도 없고..

**한 솔** (맘 아픈, 눈가 그렁해) 형님, 왜 그래, 인생 아직 안 끝났어!

**민 선배** 한솔아.. 몸 잘 살펴라.

**한 솔** (울며, 소리치는) 인사하지 마! 전화 끊지 마, 전화 끊지 마! 선배님? 선배님!

**민 선배** (담배에 불 붙이고, 바닥에 담뱃불을 버리는, 불이 나는)


**\* 점프컷 》**

양촌, '뛰어!' 하고 소화기 뿌리며 차 쪽으로 달려들고, 거의 동시에 명호, 상수, 소화기를 뿌리며, 차로 달려들고,

소방대원, 물 뿌리며, 차로 달려드는,


**\* 점프컷 》**


**한 솔** (울며, 소리치는) 선배님! 선배님! 선배님!


**\* 점프컷, 느린 그림 》**

차 밖은 소화기를 사용해, 불이 진압됐지만, 차 안은 문을 걸어 잠근 상황이라 불이 진압이 안 된, 소방대원, 물을 뿌리고, 그 물을 맞으며, 양촌, 명호, 소화기로 차 옆 창문을 부수는, 상수, 차 보닛에 올라가 소화기로 차 앞창을 부수고, 깨진 유리창 안으로 소화기를 뿌리는, 민 선배보다 대원들 모습이 중심으로 보여지는,


# 씬 8. 지구대 복도 + 식당 안, 밤.

경모, 답답하고 지친 얼굴로, 복도를 지나 식당으로 들어가, 물을 따라 자리에 앉아, 물을 마시는, 막막한, 그 모습과 아래 그림 교차되는,


**\* 점프컷, 몽타주 – 회상 》**

1, 13부, 결혼식장,

| 한 솔 | (경모의 뒤에서 경모를 미안한 마음으로 보는, 경모의 옆으로 가, 걸으며) 경모야, 내가 우리 지구대로 너 부른 거, 미안하다. |
| 경 모 | (보면(13부, 상황도 다른, 대사를 뺀)) |
| 한 솔 | (답답하게, 경모 보고, 가는) |

2, 14부 조사실 안(편집),

| 한 솔 | (속상해 화나는) 내가 왜 그렇게밖에 일을 처리하지 못했는지, 니가 내 사정을 아냐? 새끼야! |
| 경 모 | (화나, 버럭) 몰라! 내가 귀신이냐, 무당이냐? (편집) 나는 승진시험 보는 것도 업무에 방해될까, 눈치 보이는데.. 멋있으셔, 눈치도 안 보고, 전보 신청서 딱 내고! |
| 한 솔 | (눈가 붉어, 경모에게 옆의 휴지 곽을 던지며) 고만해, 새끼야! |

3, 점프컷, 현실》
경모, 참담하게 물 마시는,

**＊ 점프컷, 회상 》**

| 한 솔 | 선배님, 이 기한솔이가.. 암이요! 대장암! |

**＊ 점프컷 》**

| 경 모 | (막막한, 이게 다 뭔가 싶은, 민석에게 전화하는, 속상한) 민석아, 어디냐? (답답) 민원인.. 아니.. 그 자해한 개자식 집엔, 어떻게, 찾아가봤냐? |

# 씬 9. 민석의 집 앞, 밤.

민석, 사복 차림으로 억울해 눈가 붉어, 맘 아프고, 속상해, 경모의 전화를 받고 있는, 민원인 집에 가져갔다가 안 받아서 들고 온 과일바구니 들고 있

는,

**민 석**  (과일바구니 보며) 안 만나줘서, 못 만났어요. 부인이, 남편이 오늘 다시 아프다고 병원에 갔다고.. 병원이 어딘지도 안 가르쳐주고.. (그때 느낌 이상해 앞 보면)

승재, 원우, 종민 서 있는, 다들 민석이 안쓰런,

**종 민**  (안쓰레 보며, 담담히) 근처 사고 처리하고 잠깐 들렀어.

**민 석**  (눈물 나는, 맘 아픈, 종민 손잡고, 애써 참으며, 경모에게) 저 어떡해요, 팀장님?


## 씬 10. 병원 앞, 밤.

명호, 한표 참담한 얼굴로 빠르게 병원에서 나와 순찰차로 가며, 무전 하는,

**명 호**  코드 원, 코드 원, 한울병원 인근, 성미치킨 주취자 난동사건, 순 스물넷 스물넷 접수, 종발. 한울병원 인근, 성미치킨 주취자 난동사건, 순 스물넷 스물넷 접수, 종발.

명호, 한표, 순찰차 타고, 나가는,


## 씬 11. 병원 복도, 밤.

한솔, 진지하게 앉아, 핸드폰으로 씨씨티브이 영상을 보고 있는,

**\* 점프컷, 핸드폰 - 씨씨티브이 화면 》**
민석의 행동을 중심으로, 주취자1을 밀치는 장면,

* 점프컷 》

한솔, 답답하게 씨씨티브이 영상 중 밀치는 장면만 반복해 보고는, 다른 영상을 트는,

* 점프컷, 핸드폰 – 다른 씨씨티브이 화면 》

주취자1이 누워 머릴 바닥에 찧으며 자해하는 장면,

* 점프컷 》

한솔, 반복해, 답답한 얼굴로 두어 번, 영상을 다시 보는데,

양촌, 와서, 한솔 옆에 앉으며, 영상 보며, 말하는,

양 촌    분명, 일부러 자해한 건데 그걸 자해라고 증명할 방법이 없어요.

한 솔    (보며) 바닥에 괜히 지 머릴 박는, 이 행동에 대해 이놈은 뭐라고 지껄여?

양 촌    (착잡한) 민석이랑 좀 전에 통화했는데.. 놈 말은, 니가 밀어서, 머리가 부딪힌 것까진 기억이 나는데, 이후엔 고통스러워 암것도 기억이 안 난다. 난 그냥 고통에 몸부림쳤을 뿐이다. 몸이 저 알아서 튕겼다고 그런대요.

한 솔    (화나는, 낮게) 미친 또라이 지랄하고 자빠졌네? 몸이 공이냐, 저 알아서 튕기게?! (답답한) 그래서 진단서 끊어준 의사 소견은 뭐야?

양 촌    일단 전치 3주의 가벼운 외상인데, 환자가 오른팔의 마비증상을 호소하고, 두통을 호소하는 상황이니, 추후 경과가 주목되는 상황이라고.. 한마디로 환자가 아프다니, 의사도 어쩔 수 없다, 그런 내용인 거죠.

한 솔    엠알아이 촬영은?

양 촌    (답답한, 깔끔하게) 당연히, 이상 없죠. 구란데.

한 솔    (답답한) 아, 악질도 악질도 드런 악질을 만났네.. 그래서 원하는 합의금은 얼마?

양 촌    민사 형사 합쳐서, 오천.

한 솔    (황당한) 머리 서너 방 꿰매고, 뭐 오천?

양 촌    (답답한) 경찰 로또 터진 거죠, 뭐. 경찰이 독직폭행 걸리면, 옷 벗게 되는 걸 빤하게 아는 놈이에요.

한 솔    (머리 박박 긁고, 답답한) 민 선배님 가족은?

양 촌    동생은 왔고, 애들은 오는 중이고.. 참 세찬이가 연락 왔는데,

| 한 솔 | 경찰 일 관두고 변호사 된 임세찬? 걔가 이번 일 맡아준대? |
|---|---|
| 양 촌 | 고맙게도 그러네요. |
| 한 솔 | 다행이네.. 의사 만나봤어? |
| 양 촌 | 생명엔 지장 없는데, 얼굴 상처는 좀 깊다고.. 수술실 앞은 상수가 지키고 있어요. 수술 새벽이나 끝난다는데.. 지구대 들어가세요. 몸도 안 좋은데, 날밤 새지 말고... |

그때, 삼보, 와서 한솔 옆에 앉으며,

| 삼 보 | 전직 경찰모임 회장하고 통화했는데, 모임에서 수술비 모금은 해보겠다 그러네.. |
|---|---|
| 한 솔 | (참담한) 말이래도 고맙네요.. (하고, 일어나 가는) |
| 삼 보 | 어디 가? |
| 한 솔 | (가며) 지구대요. |
| 삼 보 | 대장, 그러지 말고, 우린 어디 가서 얘기 좀, |
| 한 솔 | (그냥 가는) |
| 삼 보 | (의자에서 일어나, 답답한) 대장! |
| 양 촌 | (답답하지만, 담백하게) 모시고 들어가세요. |
| 삼 보 | 염병, 암 걸렸는데.. 무슨 일을 한다고.. 아우.... (하고, 한솔 쪽으로 가는) |
| 양 촌 | (가는 한솔 보다, 다른 방향으로 가는) |

# 씬 12. 도로, 밤.

남일 정오의 순찰차, 달리는,

| 112 | (E) 코드 원, 코드 원, 홍안1동, 별사우나에서 70대 할머니가 쓰러져 있다는 신고, 인근 순찰차는 출동하라, 코드 원, 코드 원, 홍안1동, 별사우나에서 70대 할머니가 쓰러져 있다는 신고, 인근 순찰차는 출동하라. |
|---|---|
| 남 일 | (사이렌 켜고) 순 스물셋, 스물셋, 별사우나에서 쓰러진 70대 할머니 신고, 접수, 종발. 순 스물셋, 스물셋, 별사우나 신고, 접수, 접수, 종발. |

**정 오**    (힘든, 깊게 한숨 쉬고, 유턴해 가는데)

**＊ 점프컷, 도로 ≫**
장산하(후반부 사건 범인, 조폭처럼 거친 느낌), 추리닝 차림으로 가는, 정오 남일의 순찰차를 꼬나보고, 침 뱉고, 목공소로 들어가는,


## 씬 13. 목공소, 밤.

장산하, 들어와, 나무를 몇 개 고르는, 그리곤 그중 나무막대기 하날 잡고 휘둘러보는,

**주 인**    용도 따라 나무 종류가 다른데, 나무는 어디에 쓰시려고 그래요?
**장산하**    (나무를 들어, 총처럼 잡고, 주인을 겨누며) 총 좀 만들라고요.
**주 인**    (뭔 소린가 싶은) ?


## 씬 14. 지구대 전경, 밤에서 새벽 되는.

사이렌 소리 들리는 가운데, 명호 한표의 순찰차가 들어와, 이미 들어와 있는 남일 정오의 순찰차 옆에 세우는,

**＊ 점프컷, 시간 경과, 아침 ≫**
양촌 상수의 순찰차가 들어와 이미 들어와 있는 남일 정오의 순찰차, 명호 한표의 순찰차 옆에 세우는, 양촌 상수, 차에서 나와, 지구대로 들어가는,


## 씬 15. 지구대 안, 아침.

2팀장, 자기 팀을 앉혀놓고, 조례를 하는,
양촌, 상수, 2팀장에게 목례하고, 조례하는 소리 들으며, 이층으로 가는, 2팀

대원들, 모두 양촌 상수 걱정스레 보는,

2팀장 　(가는 양촌 상수 안쓰레 보고, 담담히, 사무적으로) 신서동 89-61번지, 마고 수퍼에서 지난번 잡은 좀도둑이 앙심을 품고, 오물투척을 했다는 의심이 든다는 주인 제보, 지난번 사건 맡았던 홍 경사 조가, 탐문 나갑니다.

홍 경사 조 　네.

2팀장 　명진동 사로1길, 샤인 옷가게에서 수원 자매 살인사건 용의자가,

그때, 112 상황실에서 무전 오는, 모두 회의하다 상황근무석 쪽 보는,

112 　(E) 코드 제로, 코드 제로, 방영사거리에서 홍일지구대 방면으로, 길 가던 학생을 치고 뺑소니 한 차가 도주 중, 코드 제로, 코드 제로, 방영사거리에서 홍일지구대 쪽으로, 길 가던 학생을 치고 뺑소니 한 차가 도주 중,

2팀원들 　(한숨) 아...

2팀장 　야야야, 지금 한숨 쉴 시간이 어딨어, 출동해!

2팀원들 　예! (하고, 뛰쳐나가는)

홍 경사 　(무전 하며, 나가는) 코드 제로, 도주하는 뺑소니 차량 순 스물넷, 스물넷, 접수!


# 씬 16. 지구대 화장실 안, 아침.

양촌, 상수 들어와, 소변기에 서서, 지퍼 내리는,

다른 2팀원 　(E) 코드 제로, 도주하는 뺑소니 차량 사건, 순 스물셋 스물셋, 순 스물넷 지원 종발!

양 촌 　(무전 소리 들으며) 무슨 사건이 이렇게 많이 나냐.. 대장이 아프게도 생겼지.

상 수 　(답답한, 별생각 없이) 대장님이 아프면, 대장 대행은 누가 해요? 팀장님? 경위님은 안 되죠? 아, 팀장님이 대장 대행되는 거 싫은데.. 말투도 뭔가 재수 없고.. 시보 점수도 엄청 빡빡하게 줄 거 같은데..

양 촌 　(어이없게 보며, 버럭) 넌 지금 이 상황에 그딴 거밖에 걱정이 안 되냐? 인정

머리 없는 놈아?!

상 수    (미안하지만, 할 말은 하는) 내 입장에선.. 그것도 걱정이 되죠, 현실적으로,

그때, 한솔(사복 차림), 화장실에서 나오며,

한 솔    (상수에게 툭 말하는) 너, 진짜 현실적이다.

상 수    (놀라 보면)

양 촌    ?

한 솔    (바지를 추스르고, 세면대에서 손을 닦으며, 답답하지만, 차분히) 염상수, 호랑이굴에 들어가도 정신만 차리면 산다고, 뭔 일이 나든, 그렇게 싸가지 없이 니 살길만 찾음, 경찰 생활 편할 거다. 오양촌, 아주 애를 잘 갈쳤다, 너? (하고, 나가는)

상 수    (옷 서둘러 추스르고, 문 열고, 가는 한솔에게, 미안하고, 울고 싶은 심정으로 말하는) 대장님, 죄송합니다, 저는 그런 뜻이 아니라.. 죄송합니다, 정말 죄송합니다!

그때, 상수의 어깨 누군가 톡 치고, 상수, 돌아보면, 경모(사복 차림)다, 상수, '익!' 하고 소스라치게 놀라는,

경 모    (아무렇지 않게, 상수를 빤히 보는)

상 수    (놀라, 굳어, 가만 보는)

양 촌    (그런 상수 보고, 세면대에서 손 닦으며, 담담히) 은 팀장, 애가 많이 모자라다 그렇게 생각해. (하고, 나가는)

경 모    (상수 보며) 지퍼 올려.

상 수    (침 삼키고, 바지 보다, 지퍼 올리고, 어쩔 줄을 모르겠는)

경 모    내 앞에서 비켜.

상 수    (아차 싶은, 옆으로 피하는)

경 모    (나가는)

상 수    (울상 짓고, 손 닦는)

## 씬 17. 지구대 여자 휴게실 안, 낮.

남일, 명호, 한표, 정오 사복 차림으로 앉아 있는, 상수, 사복 입고 들어와, 명호 옆에 앉으며,

**상 수**　왜 다들 여자 휴게실에..

**명 호**　한정오 순경 옆에 자리 있잖아, 거기 가 앉아.

**상 수**　(얼른 일어나, 정오 옆에 앉는)

**남 일**　(상황 설명해주는) 대장, 팀장, 경위님들만 회의실에서 회의. 우린 여기서 대기. 남자 휴게실, 식당은 2팀이 쓰니까. (명호, 정오를 담담히 번갈아 보며) 근데 둘은 왜 눈빛도.. 아.. 얘기 들었다, (상수 보며) 끝났다 그랬지, 얘들.

**상 수**　(끄덕이며) 네.


## 씬 18. 지구대 회의실 안, 낮.

모두 사복 차림,
한솔(답답한), 경모, 삼보, 양촌 앉아 있는,

**삼 보**　(답답하고, 화난, 큰 소리) 돌겠네.. 야, 민석이 오천에 오십짜리 반 전셋집에 살아! 게다가, 암 치료하는 어머니까지 계신데.. 그런 애가 어떻게 오천을 마련해?!

**한 솔**　(답답하지만 차분하게, 경모에게) 약혼잔 이 사실 아니?

**경 모**　(답답한, 멍하니, 아무도 안 보고) 모른데. 약혼자가 이 건 알면, 파혼할지 모른다고, 울더라고.

**삼 보**　법정 가서 밝히자. (핸드폰에서 주취자1이 자해하는 장면 켜며) 이서 봐봐. 누가 봐도, 이건 자해야!

**한 솔**　(답답한, 큰 소리) 여기 그거 모르는 사람이 어딨어요? 근데, 놈이 자해했다는 걸 어떻게 밝혀요? 의사도 환자가 아프다고 하면, 어쩔 수 없는 거라는데... (강조, 답답한) 그리고, 민석이가 민원인의 몸에 손을 댄 건 피할 수 없는 사실이에요!

삼 보    (답답해, 큰 소리) 괜히 손댄 게 아니라, 놈이 다른 민원인을 치니까,

한 솔    (말꼬리 자르며, 답답한) 그런 사정을 감찰 애들이 봐줍니까?! 감찰 애들은 오로지, 그냥 매뉴얼! 왜 민원인을 밀쳤냐?! 그 사실 하나만 갖고 민석일 족칠 거라구요! 그게 걔들 일이니까!

삼 보    (경모와 양촌 보며, 답답한) 그래서, 니들 생각은 뭔데?

양촌, 경모    (담담히, 냉정히) 무릎 꿇으러 갑시다.

삼 보    (속상한, 눈가 붉은) 뭐, 경찰이 무릎을 꿇어?

한 솔    이 건은 억울해도, 합의 봐야 한다는 게 내 결론이에요.

양 촌    이 건이 기소되면 골 아파져요. 합의 봐, 검사가 기소유예 정도에서 끝낼 수 있게 해야 돼요.

경 모    기소돼 재판 가면, 집행유예만 떨어져도, 민석인 경찰 옷 벗어야 돼요.

양 촌    이번 일이 업무 중 일어난 일이래도 형사 민사 재판이 진행되는 동안, 변호사 구하고 무죄를 입증해야 되는 건 오롯이 민석이 개인이 혼자 감당해야 되는데..

삼 보    (말꼬리 끊으며, 속상한) 야, 그래도... 선고유예도 있잖아?!

한 솔    (아무도 안 보고, 담담한) 선고유예까지 가는 동안, 사흘들이 감찰이다 법정이다 불려 다니고... 그러다, 민석이 지레 죽어요. 최근에도 이런 일로 감찰 불려 다니고 재판하다, 모욕감에 자살한 경찰이 있어요. 힘들어, 재판. 내 결정대로 합시다.

삼 보    (답답하고, 속상한) 아오.. 속상해, 진짜..

한 솔    일단 지구대에서 민원인보다 나이 많은 나랑,

경 모    (속상한, 화난) 형님은 좀 빠져! 뭘 낄 자리 안 낄 자리 다 낄라고..

한 솔    (보면)

양 촌    (차분히, 사무적으로) 맞아요. 대장은 우리 자존심이야, 빠져. 일단, 주임님, 나, 은 팀장이 민원인한테 가서 무릎 꿇고 애원해, 최대한 돈 천이래도 합의금 낮춰보는 걸로 하고, 합의금 나오면 우리도 십시일반 돈 좀 걷죠, 뭐. 민석이 동기모임도 움직이라고 해보고..

삼 보    (답답한) 그러자, 경찰한테 경찰밖에 더 있냐.

경 모    됐어, 그럼 이 건은 끝. 이제 (한솔 보며, 서운해, 눈가 붉은) 대장 얘기 좀 하자. 뭐하는 짓이야, 우리한테?

삼 보    (답답한) 경모야,

경 모    (서운하고, 속상해, 조금 큰 소리로) 우리가 대장 아픈 걸.. 어떻게 남들 다
        듣는 무전으로 듣냐? 이게 말이 되냐?

한 솔    (삼보, 양촌 보며, 담담히, 남의 일처럼 말하는) 현재 내 상태는 나도 의사도
        예측불허. 의사는 종양이 여러 갠데, 양성 악성이 뒤섞여 있다고... 1기가 될
        지 3기가 될지 현재로선 모른다고 배 열어보자고 했고.. (삼보 보며) 난 그러
        자고 했어요. (양촌에게) 수술은 모레 오전, 입원은 오늘 오후. 내가 미리 말
        못한 건, (울컥하는, 눈가 붉은, 참고, 담담히) 다른 어떤 이유도 없고.. 다만,
        내 모든 일 떠맡아야 하는, 은경모(경모 맘 아프게 보며, 진심으로) .. 너한테..
        미안해서.

경 모    (그 맘이 느껴져, 눈가 붉은, 후 하고 한숨 쉬고, 맘 아파, 울 것 같은, 못 참
        고, 나가는)

삼 보    (눈가 붉어, 속상한)

양 촌    (경모의 맘도 한솔의 맘도 느껴지는, 맘 아픈, 참는) ..

한 솔    (물 마시고, 맘 아픈 것 참는, 삼보 보며) 형님, 오늘은 혜리한테 한번 가보셔
        야죠? 그러려면 집에 가 좀 주무세요. 인나요.

삼 보    (눈가 붉어, 보면)

한 솔    알아, 형님 맘. 수술 잘되게, 기도나 해줘.

삼 보    (속상한, 눈물 참고) 병원으로 갈게. (하고, 나가는)

한 솔    (가는 삼보 보고, 양촌 보며) 양촌이 너, 경모한테,

양 촌    안 개길게요. 대장 받들듯 잘 받들어 모실게. 수술이나 잘해.

한 솔    가. 오늘 같은 날 장미 혼자 두지 말고.

양 촌    (가만 보다가, 맘 아프지만, 애써 담담하게) .... 요즘 암은 병도 아닌 거 알죠?
        이겨내기다.

한 솔    그럼.

양 촌    (한솔의 한 손을 제 한 손으로 꽉 잡고, 응원하듯, 가만 보다, 나가는)

한 솔    (가는 양촌 보며, 가만 멍하니 있는)


씬 19. 여자 휴게실 앞 + 휴게실 안, 낮.


       경모, 속상해서, 여자 휴게실 문 열고,

정오 상수 외 모두 경모를 뭔 일인가 싶게, 긴장해, 보는,

경 모    (속상함을 티 내지 않으려 약간 화난 듯 말하는, 사무적으로) 대장은 대장
         암인데, 1기일지 3기까지 갈지는 모르는 상황이란다. 수술해봐야 자세한 상
         황 안대. 대장한테 인사한답시고 피곤하게 말고, 다들 그냥 가. (하고, 문 닫
         고 나가려는데)

명호, 남일    팀장님!

경 모    (화나 보며, 큰 소리로) 입 닫아! 그 누구도 나한테 그 어떤 말도, 아무 말도,
         아무 말도 하지 마. (하고, 문 쾅 닫는)

남 일    (경모 맘 알겠는, 답답한, 명호 보며) 대장.. 만나볼까?

명 호    (답답하지만, 담백하게) 아니. 팀장님 말 듣자. 가자. (하고, 나가는)

남 일    그래, 그러자. (하고, 일어나 가는)

정오, 한표    (어색하게 일어나는) ?

상 수    (일어나며, 걱정스레) 요즘은 암 잘 고치는데... (정오 보며) 그지?

정 오    (가며) 그럼..


# 씬 20. 지구대 피트니스장, 낮.

경모, 문 열고 들어와 자리에 앉아, 후후 한숨 쉬고, 맘 다스리는, 전화하는,
신호음 가고, 한솔 받는,


# 씬 21. 지구대 회의실 안, 낮.

한 솔    (따뜻하게) 어디냐?


   **＊ 점프컷, 교차씬 》**

경 모    (속상한, 맘 짠한 것 참고, 담백하게) 뭐가.. 젤 걱정돼?

한 솔    (담담히, 서글프게) 몸 약한 여편네.. 이제 갓 결혼한 딸내미.. 내가 다시 여기

현장으로 돌아올 수 있을까, 뭐 그런 거?

**경 모**  (강조하는, 맘 아파도, 짐짓 냉정하게) 지금 이 순간부터, 이기적으로 살어.

**한 솔**  (그 맘이 느껴지는) ...

**경 모**  무조건 대장만 생각해. 평생 열심히 일한 대가가 고작 암인데.. 쌍, 무슨 오지 랖 넓게 남 걱정이야. 내가 살아남아야, 부인도 애들도 있는 거지, 대장 없는 데 마누라 딸 대원들이 어떻게 있냐?! 그 누구도 신경 쓰지 말고, 지금 이 순간부턴 오직, 대장 건강, 병 낫는 거, 그거 하나만 생각해.

**한 솔**  (맘 아픈, 따뜻해지기도 하는)

**경 모**  수술 끝나면 단순한 1기래도, 다시 여기 홍일지구대 돌아올 생각 꿈도 꾸지 말아요. 보문경찰서 경무과장 자리, 절대 강 선배 주지 말고, 형님이 가. 대답 해요.

**한 솔**  .. (서글프게 웃으며) .. 알았다.

**경 모**  약속했어, 이제 기한솔은,

**한 솔**  (구호처럼) 이기적으로 산다! 오직 나만 생각한다! 끝까지 살아남는다! 절대 안 죽고 이겨낸다! 여편네도 딸년도 동료들 의리도 필요 없다, 내가 먼저 살 고 본다!

**경 모**  (눈가 붉지만, 애써 담담히) 수술 잘 받어.

**한 솔**  고맙다.

**경 모**  지랄하고 있어. 우리가 남이냐! (하고, 전화 끊고, 후후 한숨 쉬며, 맘 아픈 것 스스로 다독이는)

**한 솔**  (전화기 보고, 눈가 붉어, 잠시 있는데, 전화 오는, 부인이다, 맘은 슬퍼도, 애 써 밝게) 아이고, 우리 색시네... (맘 짠한) 딸내미가 얘기했구나... 에헤, 울지 말어.. 수술하면 돼.. 내가 당신 이러니까 말 못하고 여적 숨긴 거야...

그때, 2팀장 와서 안쓰럽게 한솔 보는, 한솔, 2팀장의 손잡아주고, 괜찮다고 고개 끄덕여주고, 눈 마주쳐주며, 전화하는,

**한 솔**  (달래는) 여보, 그만해라, 초상났냐? 에헤 울지 말라니까...


# 씬 22. 장미의 집 전경, 낮.

칼질 소리가 나는,


## 씬 23. 장미의 집 거실 안, 낮.

양촌, 일상복 차림으로 주방에서 김치와 두부를 써는,
그때, 대관, 교복 차림으로 나와, 양촌 옆에 와서, 두부 하나 손으로 집어 먹
고,

**대 관**　아빠 아주 왔어?
**양 촌**　아니.
**대 관**　짜증나. 그냥 집에 오지. (하고, 나가는)
**양 촌**　(좋은) 자식, 아빠 없음 잔소리도 안 하고 좋지 뭐.. 너 괜히 그러지?


그때, 송이, 방에서 나와, 양촌 옆에 와서, 화난 듯, 물을 마시는,

**송 이**　짜증나, 진짜.
**양 촌**　(일하며, 보며) 넌 또 뭐가?
**송 이**　(보며) 앞으로 나보고 열심히 살란 소리 하지 마.
**양 촌**　뭐?
**송 이**　맞잖아! 엄마 아빠처럼 열심히 살면 뭐하냐?! 결과가 고작 이건데! 솔직히 말
　　　　해서, 엄마 아빠 같은 정직한 경찰이 어딨나! 근데, 그런 사람들한테 조직이
　　　　라는 게 상은 못 줄망정 중징계나 주고! 미쳤어, 진짜! (하고, 속상해, 물 마시
　　　　는)
**양 촌**　(이상한) 중징계?
**송 이**　얘기 못 들었어?
**양 촌**　?
**송 이**　엄마한테 들어, 그럼. (하고, 나가는)
**양 촌**　(일하며, 뭔 소린가 싶은, 장미가 걱정되는)

그때, 장미, 편안한 일상복 차림으로 방 안에서 전화기 들고 나와, 거실 한쪽에서 양촌 부와 편히 전화하는,
양촌, 그 모습 보고, 일만 하는,

장 미    (서글프게 웃으며, 애써 편하게) 왜 전화하셨냐고요? 어? 왜 말을 안 해, 전화 걸어놓고..


## 씬 24. 양촌 부의 집 안, 낮.

양촌 부, 지나간 장미의 뉴스를 보며 전화하고 있는, 무덤덤한,

장 미    (E) 나 나오는 뉴스 보는구나.. 짜증나게, 그런 거 한 번 내보내면 됐지 ... 계속 재방송하고.. 보지 마..
양촌 부   (뭔가 말하고 싶은데, 할 말을 못 찾는)

**＊ 점프컷, 교차씬 》**

장 미    (편하고, 따뜻하게) 아버지, 변명이 아니라 나 잘못한 거 없어.
양촌 부   알어, 그건.. 니가 뭘 잘못할 사람이냐.. 늘 뭐든 잘하지..
장 미    나 괜찮아요.
양촌 부   (안된) ..
장 미    기 안 죽어.
양촌 부   ..
장 미    속은 좀 상하지만.. 시간 가면 괜찮을 거야.
양촌 부   ..
장 미    나 위로해줄라고 전화했는데.. 입이 안 떨어지지.. 그런 거 잘 안 해봐서?
양촌 부   .. 그러네..
장 미    (따뜻하게 웃으며) 전화해주신 걸로 됐어요. 고마워. 위로돼. 아들내미 와 있어, 바꿔줄게. (하고, 양촌에게 가서, 손으로 음식 만지고 있는 양촌을 대신해서 양촌의 귀에 전화 대주는)

| 양 촌 | 아버지, 나 못 들어가요. 한숨 자고, 저녁이나, |
|---|---|
| 양촌 부 | 뭐한다고 늙은이밖엔 암것도 없는 이 집구석을 꼬박꼬박 기어들어와.. 거서 살지. (하고, 전화기 끄고, 텔레비전 보다, 끄고, 답답한) 개새끼들... |

## 씬 25. 장미의 거실 안, 낮.

양촌, 밥을 차리는데,
장미, 냉장고에서 소주를 꺼내들고, 흔들고, 큰 컵에 두 잔 따라 식탁에 앉아,
양촌과 제 앞에 놓고, 마시는,

| 양 촌 | (이상하게 보며) 웬 술? 난 비휴지만, 출근 안 해? |
|---|---|
| 장 미 | (양촌 보며) 쉬래. 정직. |
| 양 촌 | (가슴이 쿵 하는, 화도 나는) 감봉 아니고.. 정직? |
| 장 미 | 꼴 보기 싫단 거지. 꺼지래. |
| 양 촌 | (화나, 가만 보다가, 앉아, 술을 단번에 마시고, 장미 보는) |
| 장 미 | (담담히, 그러나 서글픈) 지금까지 쌓아온 내 모든 고과는.. 이제 제로. 이제 난 퇴직할 때까지 별별 짓을 다 해도, 다신 훈장도 못 받는 경찰이 된 거지. 퇴직할 때까지 중징계를 받은, 불명예 경찰 낙인이 쾅 찍힌 거야. 부부가 쌍으로 중징계받은 경찰이라니.. 웃기지 않니? 모르는 사람들이 보면 부부가 쌍으로 나랄 팔아먹은 매국노들인 줄 알겠어. |
| 양 촌 | (맘 아픈, 담담히 보며) ... |
| 장 미 | 다른 서로 가서.. 이런 일 다신 안 당하리란 보장도 없고, 적응하기도 힘들고.. 경찰 때려칠까? 사명감도 없이 먹고살려고 경찰 됐는데... 못 때려칠 것도 없단 생각이 드네. 우리 경찰 때려칠래? |
| 양 촌 | (화나서, 툭툭 말하는) 너랑 나랑이면, 뭘 해도 먹곤 살걸. 난 일용직 나가도 너랑 애들 안 굶길 자신 있어. |
| 장 미 | (서글프게 웃고, 고마운) 든든하네. (가만 보는) 갑자기 졸리다. 밤새 분해서, 잠 한숨도 못 잤거든. |
| 양 촌 | 자. |
| 장 미 | 이불을 새 거로 갈아야 할 거 같은데.. 이 주째 사건이 많아서, 이불도 못 갈 |

앉어.

**양 촌**    갈아줄게. (하고, 방으로 가는)

**장 미**    (술을 마시는)


## 씬 26. 장미의 방 안, 낮.

양촌, 침대 위의 이불과 매트를 바닥에 내려놓고, 장롱에서 새 이불과 매트를 꺼내 침대에 깔고 덮어놓는, 베개도 바꿔주는,
장미, 방에 들어와, 벽에 기대 양촌 보며,

**장 미**    (담담히) 자기도 자야지. 밤새 일하고..

**양 촌**    난 밖에 이 이불 깔게. (하고, 바닥의 이불을 챙기는데)

**장 미**    여기서 자. (하고, 침대에 올라가는)

**양 촌**    (장미 보다가, 바닥에 깔라는 말이구나 싶어, 바닥에 이불을 까는데)

**장 미**    (모로 누워, 눈 감고) 내 옆에서 자라고 바보야.

**양 촌**    (장미 잠시 보다가, 어색한) ... 이불 세탁기에 넣고 올게. (하고, 나가는)


## 씬 27. 정오의 거실 안, 낮.

정오와 상수, 누워서, 텔레비전을 보다 잔 듯, 텔레비전이 켜 있는,
상수, 침 흘리며 자고, 정오, 새근새근 자다가, 몸을 뒤척이다, 눈을 뜨고 시계 보면, 오후 3시가 다 돼가는,

**상 수**    (비몽사몽) 몇.. 시?

**정 오**    (졸린, 비몽사몽) 세 시쯤.. 낮에 잤다 밤에 잤다, 매주 미국 왕복 시차를 견뎌야 하는 게.. 정말 적응이 안 돼.. 자면서도 머리 아퍼.. (다시, 자세 고치고 자는)

**상 수**    (졸린) 배고파.

**정 오**    (졸린, 힘없는) 니네 집에 가.. 밥 먹어. (하고, 자는)

| 상 수 | (코 골며 자다, 몸을 정오 쪽으로 돌리고 자는) |
|---|---|
| 정 오 | (몸을 이리저리 뒤척이다, 무심히 상수의 팔을 베고, 자게 되는, 편한지, 잘 자는) |

그때, 창문 열리고, 정오 모, 반갑게, 작게,

| 정오 모 | 정오야? 엄마 왔다? (하다, 둘이 자는 걸 보고, 황당한, 그러다 누군가 옆으로 오는 기척에 고개 돌리면) |
|---|---|
| 상수 모 | (안을 들여다보고, 정오 모에게 의미심장하게, 작게) 둘이 삑하면 자요. 그것도 자주. |
| 정오 모 | (황당하게 보는) |
| 상수 모 | 우리 집에서 차나 한잔하고 가세요. 쟤들 피곤한데 자게 놔두고. (하고, 문 닫으며) 반찬은 뭐한다고 해 오세요, 내가 정을 얼마나 챙기는데.. |

정오, 자다, 상수를 안게 되고, 상수, 무의식 중에 정오를 안고, 자는,

## 씬 28. 방앗간 앞 + 안, 낮.

삼보의 차 오고, 삼보, 차에서 선물꾸러미 들고 내려, 방앗간 문 열고 웃으며,

| 삼 보 | 혜리야? |
|---|---|

혜리와 혜리 부, 쌀을 씻고, 청소를 하는 등 바쁘게 일하다, 삼보 보는,

| 혜리 부 | (삼보 보는) ? |
|---|---|
| 혜 리 | 어떻게 왔어요? |

**\* 점프컷, 시간 경과 》**
삼보, 혜리(속상한 듯, 퉁명스런), 차를 마시며 앉아 있는,
삼보, 한쪽에 혜리가 싸 논 가방을 보는,

| 혜 리 | 빨리 차 마셔요, 가게. |
|---|---|
| 삼 보 | (가방 보다, 혜리 보며) 다시 생각해. |
| 혜 리 | (이상한, 삼보를 보는) ? |
| 삼 보 | (담담히, 진심으로) 니가 만약 내 딸이라면 난.. 경찰 관두라고 한다. 나 너 경찰 일 더 하라고 설득하러 온 거 아냐. |
| 혜 리 | (자길 생각하는 맘이 고마워, 울컥하지만, 그만두란 게 서운도 한, 눈가 붉어, 보면) |
| 삼 보 | 진짜 힘들면 경찰 일 관둬. 그거 패배 아니야. 뭐한다고 뻑하면 시체 보고, 흉악한 범인 보고, 그런 일을 하며 살아. 넌 젊고, 세상에 경찰 말고도 할 일이 얼마나 많은데.. 무서운데, 오기로 경찰 일 할 거 아냐. 안 해도 돼, 진짜. 며칠 더 생각해. 어? 나, 갈게. (하고, 가려는데) |
| 혜 리 | (일어나, 눈가 붉어, 서운해, 화난 듯) 진짜 디게 웃긴다. |
| 삼 보 | (돌아보면) ? |
| 혜 리 | (속상해, 눈가 그렁해, 서운해, 소리치는) 내가 주임님 딸이에요?! 동료지! |
| 삼 보 | (보면) .. |
| 혜 리 | 내가 주임님 그래서 싫어요! 날 동료 취급 안 하는 거! 동료가 힘들면, 참아라, 이겨내라, 난 널 믿는다, 그렇게 말해줘야지! 관두라는 게 말이 돼요?! 난요, 힘들어도 이겨낼 거예요! 그래서, 주임님처럼 사람이 죽어도 당황하지 않고, 살아 있는 사람은 침착하게 살릴 거고, 오양촌 경위님 최명호 경장님보다 더 멋진 경찰 될 거예요! 두고 봐요, 내가 멋진 경찰이 되나 안 되나?! (하고, 한쪽의 가방 들고 나가는) |
| 삼 보 | (어이없이, 가는 혜리 보며, 웃으며, 작게 구시렁) 허허.. 자식... 오기는 있어가지고.. 에고.. 참.. (하고, 나가는) |

## 씬 29. 방앗간 앞, 삼보의 차 안, 낮.

혜리, 조수석에 타 있는,

| 삼 보 | (운전석에 타고, 안전벨트 하며) 근데 아버지 손은 왜 다친 거야? |
|---|---|

| 혜 리 | (안전벨트 하며) 비밀이에요... (하고, 삼보의 퇴직이 서운해) 근데, 퇴직이 정확히 언제예요? |
|---|---|
| 삼 보 | (운전대 잡고) 담 주 금요일. |
| 혜 리 | (삼보 보고, 서운한, 속상한) |
| 삼 보 | (보며) 나 나가면 넌 당분간 남일이가 맡아줄 거야. 인력 충원하기가 힘든가 봐. 좋지? 젊은 애들하고 일하게 돼서... |
| 혜 리 | (퉁명스레, 맘에 없는 말) 당근 좋죠. (하고, 창가 보는데, 서운한, 기죽은) |
| 삼 보 | (서운하게 웃고, 차 몰아 가는) |

# 씬 30. 화상 환자 병실, 밤.

침대마다 모두 커튼이 쳐진, 한솔, 들어와 첫 번째 침대의 커튼을 여는, 다른 환자가 누워 있는, 미안한, 인사하고, 침대에 쓰인 팻말을 확인해, 민 선배(민 수만)를 찾아, 커튼을 열고, 민 선배 보고, 울컥하는, 민 선배, 온몸에 붕대를 한, 눈만 보이는,

| 민 선배 | (한솔 보고, 슬픈) 한솔아.. |
|---|---|
| 한 솔 | (자리에 앉아, 민 선배의 몸에 손을 댈 수 없어, 침대맡을 두 손으로 잡고, 눈가 붉어, 참담한, 고개 숙이고) 선배님.. 아들이 간호한다더니.. 어디 갔나 보네요. |
| 민 선배 | (말이 잘 안 나오는, 입도 다친) .. 미안.. 하다.. |
| 한 솔 | (눈가 붉은, 참고, 안쓰런, 따뜻하게) 말하기 힘드실 건데.. 말하지 마세요.. 그냥 난.. 선배님 안부만 알아보려고.... 됐어요.. 살았으니까.. 됐어.. |
| 민 선배 | 너.. 수술은.. |
| 한 솔 | (맘 아픈, 에써 담담히) 낼 오후.. |
| 민 선배 | (붕대 감은 손을 힘들게 들어, 한솔의 손에 대는) |
| 한 솔 | (민 선배의 손을 보고, 맘 아픈, 고개 숙이고, 크게 소리도 못 내고, 우는) |
| 민 선배 | (울며 보는) |

# 씬 31. 도로, 낮.

경광등과 사이렌을 켠, 경찰차 두 대가 가는, 그 그림 위로,

**경찰1**  (E) 간마사거리, 횡단보도 건너던 오십 대 남자와 오토바이 충돌 사고, 순 열 둘, 열둘 접수. 간마사거리, 횡단보도 건너던 오십 대 남자와 오토바이 충돌 사고, 순 열둘, 열둘 접수.

**경찰2**  (E) 식당에서, 무전취식한 30대 남자가 있다는 신고, 순 열다섯, 열다섯 접 수, 종발. 순 열다섯, 열다섯 접수, 종발.

**\* 점프컷, 도로 》**

교통경찰, 호루라기를 불고, 야광봉 흔들며, 수신호를 하는, 멋지지만, 진지하 고 피곤한 업무를 하는 모습이 보이는,

# 씬 32. 한솔의 1인실 병실, 낮.

한솔, 환자복을 입고, 창가에서 그 모습을 물끄러미 내려다보고 있는, 생각이 많은,

# 씬 33. 장미의 집 거실, 낮.

장미, 속옷 차림으로 소파에서 창가를 보는,
양촌, 러닝에 팬티 차림으로 주방에서 물을 가지고 와, 장미를 주고, 자긴 장 미 앞에 앉아, 장미를 올려다보는,

**장미**  (물 마시고, 담담히) 용납이 안 돼. 왜 난 경찰들이 다른 공무원들보다 자살 률이 높은지, 평균 수명이 63세밖에 안 되는지, 내가 경찰이면서도 지금껏 이해가 안 갔는데.. 이렇게 무기력하게 조직에 당하고 보니까, 아.. 그럴 수도 있겠다, 싶어. 경찰의 적은, 골치 아픈 민원인이 아니라, 우릴 이용해먹고 버리

는 국가다.. 그 말이 이해가 가.

**양 촌** (담담하고, 진지하게, 그러나 무겁진 않은) 안 경감님은, 단 한 번도 불명예스런 경찰이었던 적 없었어.

**장 미** (서글픈 웃음 짓고, 물끄러미 보며) 자긴.. 경찰 된 거 후회한 적 없어?

**양 촌** 없어. 이 세상에 사람 살리는 일 하는 직업이 경찰, 소방관 말고 몇이나 더 있겠냐?

**장 미** 대단하다, 니 단순함이.

**양 촌** 나는, 너는, 우리는, 최고의 경찰이야. 수많은 사람을 살렸고, 늘 당당할 짓만 했고, 우린 최고의 경찰 부부야. 이 나라에, 이 세상에 꼭 필요한. (담백하고, 빠르게) 그리고 그 서장 새끼, 과장 새낀, 개자식, 소새끼, 말새끼, 쌍새끼, 새새끼, 좀벌레 같은 새끼, 짐승 같은 새끼에, 불명예스런 쌍그지에, 국민의 혈세나 축내는, 쥐새끼들이지..

**장 미** (웃긴, 웃으며) 무슨 욕을, 랩 하듯 하니?..

**양 촌** 더 해줄게. (하고, 장미의 얼굴을 두 손으로 잡고, 귀에 대고) 그 새끼들은, 미꾸라지 같은 새끼, 씹어 먹어도 분이 안 풀리는.. 악당 같은 새끼..

**장 미** 그만해, 간지러..

**양 촌** (안 웃고, 귀에 대고, 계속 말하는) 감히 우리 마누라를 감히 우리 안 경감님을.. 전배를 시키고, 개새끼, 돌은 새끼.. 그지 발싸개 같은 새끼.. 드런 코딱지 같은 새끼,

**장 미** (피하며, 웃으며) 간지러.. 하지 마.

**양 촌** (웃다가, 농담하는) 근데, 내가 안 경감님 하면서 안으니까, 우리 사내 불륜 같지 않니? 낮에 진하게 막 자고?

**장 미** (깔깔대고 웃는)

**양 촌** (낄낄대고 웃다, 옆의 장미 핸드폰에 문자가 온 듯 알림음 소리가 나, 핸드폰 들어 장미 주며) 뭐 왔다.

**장 미** (웃다가, 문자를 보는데, 눈가가 붉어지는)

**정 오** (E, 차분하고, 진지한) 저한테 최고의 경찰은 오양촌 경위님이 아니라, 언제나 안장미 팀장님이세요. 기운 내세요. 존경하고, 사랑합니다.

**장 미** (울컥해, 갑자기 흐느끼는) 너무 억울해, 너무 억울해.. (옆의 쿠션 던지며) 미친 새끼들.. 어떻게 나한테 이래! 어떻게! (하고, 두 손으로 얼굴 가리고, 엉엉 우는)

**양 촌**　　(눈가 붉어, 맘 아프게 그런 장미를 가만 보는)


## 씬 34. 정오의 집 안, 밤.

　　　정오 모, 집에 가려고 하고, 정오, 정오 모의 팔을 잡아 돌려세우며,

**정 오**　　(서운한, 어이없는) 사과해, 딸내미한테 무슨 그런 말을 해? 내가 무슨 몸을 함부로 해?

**정오 모**　　(어이없는) 내가 그런 말 안 하게 생겼어? 왜 남녀가 한방에서 자? 그것도 상수 팔을 베고?!

**정 오**　　그건.. 잠결에 얼결에,

**정오 모**　　첨부터 같이 누워 자는 게 잘못이지, 기집애야! 걔네 엄마는 내 앞에서도 당당히 니가 며느리 했음 좋겠다 그리고, 상수는 니가 좋다면서 실실대고, 너는 개랑 막 자고... 어쨌든 그래도, 난 너 결혼 못 시켜! 넌 평생 나랑 살어!

**정 오**　　(어이없는) 미저리야?! 내가 왜 평생 엄마랑 살어! 난 결혼하고 애도 서넛은 낳고 싶은데,

**정오 모**　　(버럭) 아, 듣기 싫어, 너 전에 경찰도 해외 나갈 수 있댔지? 해외 근무가 뭔가로? 차라리 그거 신청해! 가버려! (하고, 나가는)

**정 오**　　(어이없는) 엄마! (하고, 창밖 내다보며) 엄마! 자고 가! 밤길에 가지 말고!

**정오 모**　　(그냥 가는, E) 카펜 어떡하고, 자니! 집에나 자주 내려와!

**정 오**　　진짜, 못살아, 못살아. 조심해 가! 차 타면 전화하고! (하고, 문 닫고, 주변을 치우는데)

**상 수**　　(조용히 창문 열고, 들여다보고, 눈치 보며) 정오야, 엄마 가신 거 같네.. 맞아?

**정 오**　　(주변 치우다, 보며) 넌 왜 날 좋다 그래서 이 사단을 만들어?!

**상 수**　　(창문 닫고, 현관으로 들어오는)

**정 오**　　(현관으로 들어오는 상수 보며) 울 엄마가 너랑 잤다고, 생각하잖아! 내가 진짜, 너랑 사귀고, 입이나 맞추고 그런 소릴 들음 억울하지나 않지!

**상 수**　　(눈치 보다, 정오의 말이 끝나는 순간, 입을 가볍게 맞추고, 떼는)

**정 오**　　(멍한, 가만 보는) ..

상 수  (가만 보는)

정 오  미친놈! (하고, 상수 패며) 이게 미쳤어!

상 수  (어색하게 웃으며, 아파하며, 피하며) 아니, 난 아까 니가 입이나 맞췄으면 억
울하진 않을 것 같다 그래서, 억울해하지 말라고,

정 오  (도망 다니는 상수 패며) 너 돌았지? 돌은 거 맞지? 어디서 함부로!

상 수  (도망 다니다, 때리는 정오의 두 손 잡는)

정 오  (힘에 부치는) 너 이거 안 놔?!

상 수  (눈 마주치고, 편하게) 근데, 정오야, 내가 전에 여자들한테 엄청 까여서, 니
가 막 나 장난으로라도 싫다 싫다 그럼, 진짜 니가 싫어하는 줄 알고 내가 약
간 주눅들 거 같애. 내가 진짜 싫어? 난 너 진짜 좋은데, 넌 나 싫어? 입 맞춘
것도 막 징그러?

정 오  (보는, 뭔가 진지해지는, 미안해지기도 하는) ..

상 수  애들은 뭐 밀당이 재밌다는데.. 난 밀당도 잘 몰라서.. 내가 너 좋다고 하는
게 정말 싫어?

정 오  ..

상 수  말해봐, 너 좋아하지 마? 그럼 그렇게 해줄,

정 오  (가만 보다, 상수의 입에 입을 맞추는)

상 수  (조금 놀라, 입 떼고, 정오(어색하게 상수 보고) 보다, 입 맞추고)


잠시 후, 문 열리고, 혜리, 들어서려다, 둘을 보고 멍한,
둘은 그런 줄 모르고, 입을 맞추고,
혜리, 어이없는, 문 앞에 앉아, 둘을 멍하니 황당하게 보는,


## 씬 35. 산동네에 있는 마당 있는 장산하의 집 방 안, 밤.

덩치가 큰 40대 남자(장산하) 소주를 먹으며, 땀을 흘리며, 티브이와 연결된
오락기로 오락을 하며, 마구 총을 쏘는, 눈빛에 광기가 가득한, 그러다, 지면,

장산하  아, 썅.. (하고, 오락기를 던지고, 옆의 사제 총(자료, 첨부) 만들던 걸 다시 만
드는, 능수능란한, 이후 다 만들었는지, 총 들고 나가는)

## 씬 36. 장산하의 집 마당, 밤.

장산하, 사제 총을 들고 와, 허공에 탕! 쏘고, '으악!' 하고 소리치는, 그리고, 다시 한 번 쏘려는데, 안 되는, 주저앉아, 총을 다시 만지는,

**경 모**   (E) 우리 병실 들어가면, 긴 얘기하지 말고,


## 씬 37. 주취자1이 입원한 병원 로비, 아침.

경모, 삼보, 양촌, 민석(속상한) 양복 차림으로 손에 이것저것 선물꾸러미를 잔뜩 들고 가며 말하는,

**경 모**   (답답한, 자신에게 말하듯) 그냥 들어서자마자, 무조건, 무조건 빌자고, 그냥 들어가자마자, 무릎 딱 꿇고 나 죽었소 하고, 그냥 손이 발이 되게 싹싹싹싹 한 번만 봐달라고, 그래서 단돈 천만 원이라도 깎고.. (멈춰 서며, 화나는, 버럭) 아, 진짜.. 이 개자식 땜에 출근 전 새벽부터 이게 뭔 짓이야.
**양 촌**   (답답한) 야, 거기서 개자식이 왜 나와, 너 그럴 거면 들어가지 마.
**삼 보**   어떻게 안 들어가, 대장이 없는데, 팀장이라도 들어가야 놈이 기가 살지! (경모에게) 참어.
**민 석**   죄송합니다, 저 때문에.
**양 촌**   (답답한) 너 때문이 아니라, 악질 진상 때문에 그런 거야.

그때, 승재 오며,

**승 재**   (민석이 안쓰런) 저도 왔어요.
**민 석**   (미안한) 오지 말지.
**경 모**   (승재 보며) 야, 넌 가. 다른 애들도 다 온다는데, 사수들 무릎 꿇는 거 보이기 쪽팔려 오지 말랬는데, 니가 왜 와?

| 양촌, 삼보 | 야, 그래도 앤 지 사수 일인데, 와야지.. |
|---|---|
| 양 촌 | 잘 왔어. |
| 승 재 | (눈가 붉은) |
| 경 모 | 에이, 그래, 그것도 그러네. 자, 이제 가자, 가자, 가. (모두 걸어가며) 다시 한 번 말하지만, 무조건 잘못했다고 비는 거야, 우리가 잘못해서가 아니라, 민석일 위해서, 그러니까, 다들 성질 죽이고, |
| 양 촌 | (답답한) 넌 미쳤니, 같은 말을 몇 번을 해! |
| 삼 보 | (양촌에게) 우린 살면서 마누라한테 여러 번 무릎 꿇어봤지만, 얘가 살면서 어디 무릎 꿇어봤겠냐? 무릎 꿇는 거 첨이라 그래, 당황해서. |

## 씬 38. 1인실 병실 안, 아침.

주취자1(머리에 붕대 한), 소리치는, 민석, 승재는 무릎을 꿇고 있고,
모두, 고개 숙이고, 묵묵하고 참담하게 당하는,

| 주취자1 | 새끼들이, 니들이 여길 왜 와! 이 새끼들, 폭력 경찰 새끼들! (민석 보며) 야, 또 쳐봐, 너? 또 나 쳐봐, 이 개새끼야! (하고, 민석의 머리 치고) |
|---|---|
| 모 두 | (참담한) |
| 주취자1 | 너 월급 많이 받지? 야, 너 그 돈 다 내가 낸 세금에서 나가는 거 알아?! 나 새끼야, 세금 많이 내! |
| 경 모 | (욱하는) |
| 양 촌 | (아무도 모르게, 뒤에서 경모 옷을 당기고) 선생님 죄송합니다, 정말 뭐라 할 말이 없습니다. |
| 삼 보 | (고개 숙이며) 죄송합니다, 죄송합니다, 사람 하나 살린다 치시고, 한 번만 봐 주십시오. 선생님. |
| 주취자1 | 새끼들아, 니들이 경찰이야?! 말해봐, 국민 치는, 니들이 경찰이야? 나, 오른 팔 못 쓰면 어쩔 거야, 니들! (왼손으로, 옆에 있는 물건 던지며) 말해봐, 이 개새끼들아! 말해봐, 이 짭새들아! |

삼보, 무릎 꿇고, '죄송합니다, 선생님'

양촌, 무릎 꿇고, '죄송합니다, 한 번만 한 번만 선처 부탁드립니다' 하며, 주먹
쥐고 서 있는 경모의 다릴 아무도 모르게 확 쳐, 주저앉히는,
경모, 무릎 꿇고, '죄송합니다' 하는,

**주취자1**　이것들이 국민을 팰 땐 언제고, 왜 무릎을 꿇냐? 어?! 경찰복 벗게 되는 게
무섭냐? 어?! 어?! (하며, 순간 오른손으로 머리를 쓰다듬고, 한숨 쉬는데)

그 모습을 다른 사람은 못 보고, 승재가 순간적으로 보게 되는, 뭔지 싶은,
이상한,


# 씬 39. 수술실 앞, 낮.

한솔, 이동침대에 누워 수술실로 이동(남자 간호사들이 옮기는)하고 있고,
부인과 딸, 배웅하는,

**부 인**　(슬픈) 여보, 수술 잘해.
**한 솔**　(서글프게, 따뜻하게 보며) 알았어.. 잘하고 나올게.
**한솔 딸**　(슬픈) 아빠 홧팅.
**한 솔**　어.. (하고, 수술실 문 열리고, 들어가는)


# 씬 40. 남자 휴게실 안, 낮.

경모, 옷을 갈아입으며, 스피커폰으로 전화하고 있고, 그 옆에 양촌과 삼보,
종민, 명호, 근무복으로 갈아입으며 전화 내용 듣는,

**부 인**　(E) 아직 한두 시간은 더 걸릴 거 같아요.
**경 모**　저희가 오늘 근무 날이라, 아무도 못 갔는데,
**부 인**　(E) 남편이 일부러 대원들 못 오게 근무 날 수술 잡았다고 하더라구요.
**삼 보**　(옷 갈아입으며, 힘 있게) 제수씨, 기 대장 무사할 겁니다! 기운 내요!

| 종민, 명호, 양촌 | (힘 있게, 스피커폰에 대고) 형수님, 기운 내세요! |
|---|---|
| 부인 | (E) 네. |
| 경모 | 형님 수술실에서 나오면 바로 전화 주세요! 경과 궁금하니까. 그럼 들어가세요. (하고, 전화 끊고, 종민에게, 답답한) 난 삼백. |
| 종민 | (엄지손가락 들어 보이며) 역시! (하고, 경모 안고) 감사합니다. |
| 경모 | (종민 툭 치고, 옷만 갈아입으며) 징그럽게.. |
| 양촌 | (옷 갈아입으며, 종민에게) 난 이백. |
| 삼보 | 나도 이백. |
| 경모, 양촌 | (걱정돼, 버럭) 형님이 무슨 이백이야! 백만 내! |
| 양촌 | 아니, 오십만 내도 돼. |
| 명호 | 그래요, 주임님은 오십만 내세요, 낼모레 퇴직하실 건데.. |
| 삼보 | (답답한) 자식들이, 내가 낼모레 퇴직인데, 민석이한테 마지막으로 그 돈도 못 주냐! 나 무시해?! (하고, 나가는) |
| 경모 | 형님 맘은 알지만, 너무 크잖아! |
| 양촌 | (삼보 맘 알겠는, 나가는 삼보에게 박수 치며) 멋지십니다, 형님! |
| 경모 | (어이없는, 앉아 양말 갈아신으며) 에이, 쌍, 기껏 돈 천 깎을라고 중년 남자 너댓 명이 새벽부터 가서, 무릎을 꿇고, 머리 숙이고... 개자식.. 진짜.. 에으... (하고, 나가는) |
| 명호 | (종민에게) 그래서, 돈은 얼마나 걷힌 거야? |
| 종민 | (양촌에게) 사천만 원 모으기가 쉽진 않을 거 같아요. 최근에, 대구 지역에서 젊은 신입경찰이, 갑자기 집에 가다 돌연사한 일이 있는데, (명호 보며) 순직 처리가 안 돼서, 거기도 모금운동하고 있거든. (하고, 나가는) |
| 양촌 | (옷 갈아입으며, 답답한) 우리 경찰을 부려먹을 땐, 민중의 지팡이니 거리의 판사니, 온갖 말로 꼬시고, 막상 우리가 죽고 다치면, 헌신짝처럼 버리고.. (하고, 라커 문 쾅 닫으며, 나가는) |
| 명호 | (라커 문 닫고, 나가는, 답답한) |

## 씬 41. 지구대 화장실 안, 낮.

남일, 한표, 볼일 보고, 원우, 손 닦으며, 종민과 얘기하고 있는, 모두 근무복

차림인,

**남 일**  동기모임에 천만 원만 어떻게 해달라고 부탁했는데, 육백이십 걷혔어.. 어쩌
나? 목표액 못 채워서...

**한 표**  2, 3, 4팀은 현재 에스앤에스로 모금운동하고 있는데,

**원 우**  상수 정오 혜리가 지금 식당에서, 집계할 거예요. 근데, 모금 기간이 너무 짧
아요. 민원인이 말한, 낼 저녁까지, 사천은 힘들 거 같은데..

**종 민**  (기운 내자는, 박수 치며) 하는 데까지 해보자! 기운 내고! (하고, 나가고)

**남 일**  나도 멋지게 딱 백 정도 내야 되는데, 미안하다, 오십밖에 못 내서..


그때, 민석, 화장실에서 나오며,

**민 석**  미안하다, 다들 나 때문에,

**남일, 한표, 원우**  (답답한) 뭐가 미안해! 고만해!


# 씬 42. 지구대 식당, 낮.

종민, 수첩에 돈 액수를 쓰는, 눈빛이 예리한,
상수, 정오, 혜리, 의자에 앉거나 서서 말하는,

**상 수**  (답답한) 2, 3, 4팀에서 총 팔백십 걷혔습니다. 개중엔 백 프로 민석 선배님
잘못이라고 생각하는 사람들도 있어서..

**종 민**  (화나지만, 참고) 개인 의견이니 존중하자.

**정 오**  대장님 말씀대로 각 팀에서도 부사수들 돈은 안 받는다고 공지했는데.. 지구
대 부사수 모임에서, 모금하겠습니다.

종민, 감격한 표정으로 손바닥 내밀고, 정오 상수 마주쳐주는,

**혜 리**  (종민의 수첩을 빼앗아 보며) 아직도 돈이 많이 모자라네요,

**종 민**  아직 시간 있으니까, 모금 계좌 닫지 말고! 기운 내자! (하고, 가는데, 걱정스

런)

**헤 리**　(정오 보며) 근데, 승재 선밴 왜 오늘 휴가 신청이야?


## 씬 43. 주취자1이 입원한 병원 앞, 낮.

주취자1(오른손은 안 움직이는, 진짜 마비된 듯한), 입원복 차림으로 친구들과 웃으며 얘기하며, 병원에서 나와 길을 가는,

**주취자1**　(신난) 그랬다니까, 나이 많은 경찰 새끼들이 주르르 와서, 그냥 내 앞에 무릎을 딱 꿇고, 굽실굽실..

**친구들**　낄낄낄 볼 만했겠네.. 그 광경.

**친구1**　(주취자1에게) 야, 근데 너 팔 진짜 안 움직여?

**주취자1**　(웃으며) 그렇다니까, 못 움직여..

그때, 한쪽에 잠복하듯 숨어 있던 승재, 그들을 조심스레 따라가는, 주취자1의 팔만 보는,


## 씬 44. 카센터, 낮.

직원, 차 밑에 들어가 수리하느라, 잘 안 보이는, 장산하(추리닝 차림)는 직원을 못 본, 시청자는 직원이 보이는,
장산하, 카센터 안에서 사장과 말싸움을 하다가 나온 듯, 씩씩거리며 나와, 오래된 자기 차로 가다, 다시 돌아서서, 카센터 사무실로 가서, 사장에게, 화나, 소리치는,

**장산하**　뭐, 내 차가 똥차야?! 내가 이십 년 몬 차를 니가 감히, 뭔데 폐차를 시키라 마라야, 새끼야?!

**사 장**　(화난) 그럼 다른 데 가서 고쳐봐요! 그게 고쳐지나!

**장산하**　(화나, 자기 차로 가는)

사 장    (어이없는) 에우.. 진상.. (하고, 휴대폰 보는)

장산하    (제 차로 가다, 카센터 바닥에 떨어져 있는, 아주 큰 몽키스패너를 들어, 손
에 침을 튀기고, 공구 다시 잡아, 차를 부수려 하는데)

사 장    (뛰어나와) 뭐하는 짓이야! (하며, 장산하의 팔을 잡는데)

장산하    (공구를 휘둘러, 사장의 머릴 치는)

사 장    (아파하며, 쓰러져 뒹굴고)

직 원    (차 밑에 있다가, 놀라는)

장산하    (사장을 치다 러닝에 피가 튀어 묻은, 손에 공구를 들고, 직원의 모습을 보
고, 눈이 번뜩이는)

직 원    (두려워, 뛰쳐나와, 도망가며, 핸드폰으로 112에 전화하는) 사람이 다쳤어요!
어떤 미친놈이 몽키스패너로 우리 사장을 쳤어요!

장산하    (가는 직원을 보다가, 차분히, 트렁크에서, 사제 총을 꺼내, 도망가는 직원(장
산하를 등져, 사제 총 못 본)을 조준해 발사하지만, 안 나가는, 몽키스패너를
제 차 안에 넣고, 화나, 차 몰고 가버리는)

직 원    (뛰며, 전화하며, 돌아보는) 도와주세요! 도와주세요! (장산하의 가는 차를
보는)

경 모    (E, 차분한) 긴급 속보, 긴급 속보, 순찰 중인 홍일지구대 전 대원은 들어라,


# 씬 45. 몽타주.

1, 도로, 양촌 상수 순찰차 안, 낮.
양촌, 상수, 스피커폰을 긴장해, 듣고 있는,

경 모    (E) 긴급 속보, 긴급 속보, 순찰 중인 홍일지구대 전 대원은 들어라, 기한솔
대장 네 시간 만에 수술 종료, 대장암 3기 아닌, 1기 판정,

상수, 양촌    (감격한, 이를 앙다물고, 소리치는) 악!

그때, '아자!' 소리에 옆 보면,

**＊ 점프컷, 도로의 남일 정오 순찰차 안 》**

남일 정오, 감격해, '아자, 아자!' 하고, 소리치는, 양촌 상수 차 안에서 서로 보여, 눈가 붉어, 주먹을 들어 보이고, 감격해, '아자!' 하고, 운전해 가는,

2, 동네, 낮.
사건 출동했다 오던 삼보, 혜리, 길거리에서 서로 마주 보며, 블루투스로 내용 듣고, 서로 감격해, 안고, 몸을 흔드는,

경 모    (E) 반복한다, 긴급 속보, 긴급 속보, 순찰 중인 홍일지구대 전 대원은 들어라, 기한솔 대장 네 시간 만에 수술 종료, 대장암 3기 아닌 1기 판정, 그 어디에도 전이 없는, 깔끔한 1기,

# 씬 46. 지구대 안, 낮.

명호, 한표 상황근무석에서 '아자!' 하며 소리치고, 경모, 제 자리에서 차분하게 감격스런 얼굴로 스피커폰을 하는,

경 모    항암도 필요 없는 깔끔한 1기. 이 경사는 모든 대원들의 간절한 기도 덕분이다!

그때, 종민 원우, 사건 출동 나갔다 들어오며,

종민, 원우   (좋아서) 아자!
경 모    (일어나, 조사실로 들어가며, 감격한 맘 누르고, 차분히) 어때, 맘에 드냐? 내 보고가?

# 씬 47. 한솔의 병원, 낮.

한솔, 침대에 누워 있고, 부인, 다릴 주무르며, 눈가 붉지만, 편안한,
딸, 핸드폰을 한솔 귀에 대주고 있는,

| | |
|---|---|
| **한 솔** | (힘든) 강 선배한테.. 전화해.. 보문경찰서 가시라고, 나 전보 신청 취소, |
| **부 인** | (전화기 뺏으며 소리치는) 왜, 그 좋은 자릴 남 줘, 당신이 가야지! |
| **한 솔** | (바로, 코 골고 자고) |
| **딸, 부인** | (그런 한솔 보며) 못 말려 진짜... |
| 112 | (E) 코드 제로 코드 제로, 정명동 48번지 명일카센터에서 거칠게 생긴 빨간 추리닝에 흰 런닝 차림의 남자가 몽키스패너로 카센터 사장의 머릴 가격하고, |

## 씬 48. 도로 + 달리는 장산하의 차 안 + 편의점 안 + 편의점 밖, 낮.

장산하, 땀 흘리며, 흥분했지만, 차분히 차를 모는, 옆 좌석에 사제 총과 몽키스패너가 보이는, 도로에 차를 세우고, 한쪽의 편의점으로 들어가, 냉장고에서 소주를 꺼내 따서 마시며 나가는, 남자 직원, 나가는 장산하를 잡으며, '뭐 하는 짓이에요!' 하면,
장산하, '너, 나 무시해?' 하고, 직원의 머릴 잡아, 벽에 부딪히게 하고, 나가는, 그때, 안에 있던 손님, 놀라 '악!' 하고 소리치고, 장산하, 차를 몰고 가버리는,

| | |
|---|---|
| 112 | (E) 자신의 차로 보이는, 구형 소티를 몰고, 명우지구대 쪽으로 이동 중이라는 신고, 인근 순찰차는 출동하라. |

## 씬 49. 주택가, 낮.

강 선배와 부사수(아주 앳된, 20대 초반 정도), 뛰어가는 그림 위로(순찰을 돌다, 무전을 들은 상황),

| | |
|---|---|
| 112 | (E) 코드 제로 코드 제로, 명일카센터에서 거칠게 생긴 빨간 추리닝에 흰 런닝 차림의 남자가 몽키스패너로 카센터 사장의 머릴 가격하고, 자신 차로 보이는, 구형 흰색 소티를 몰고, 명우지구대 쪽으로 이동 중이라는 신고, 인근 |

순찰차는 출동하라.

강 선배, 뛰어가는데, 전화가 오는, 받으며, 가는,

**경 모**   (E) 강 선배님?

**강 선배**   (힘든, 잠시 멈추고) 누구신지?..


# 씬 50. 지구대 조사실 안, 낮.

**경 모**   (편안하게) 저한테 감사하실 필욘 없습니다. 대장님 지신 걸요. 그럼 보문경
찰서 경무과로 잘 가시고, 항암 잘 이겨내시길 저도 바라겠습니다, 네네! (하
고, 전화 끊고) 기한솔 진짜.. 그냥 지가 좋은 자리 가지.. 뭐하러 남을 주고..
(하고, 명호의 무전 소리 들으며(아래 명호 무전 소리 선행), 나가며) 야, 또 뭐
야?

   **\* 점프컷 》**

**명 호**   (상황근무석에서 긴장한, 상황 컴 보며, 무전 하는, 약간 흥분한) 코드 제로,
코드 제로, 정명동 48번지 명일카센터 폭행사건의 피혐의자로 보이는 40대
남자, 홍안대로 3길에 위치한 스톱편의점에서 직원을 폭행하고, 마현고교 쪽
으로 이동! 인근 순찰차는 출동하라!


# 씬 51. 도로 + 양촌 상수의 순찰차 안, 낮.

**양 촌**   (진지한) 명일카센터 사장과 홍안대로 스톱편의점 직원 폭행 후 도주 중인
사건, 순 열여덟, 열여덟 접수, 종발! 마현고교 쪽으로 이동!


# 씬 52. 도로 + 삼보 혜리의 순찰차 안, 낮.

**삼 보**  (진지한) 순 스물하나, 스물하나, 순 열여덟 지원, 종발! 마현고교 쪽으로 이
동!


## 씬 53. 도로 + 남일 정오의 순찰차 안, 낮.

**남 일**  (진지한) 순 스물셋, 스물셋, 순 열여덟 지원, 종발! 순 스물셋, 스물셋, 순 열
여덟 지원, 종발! 마현고교 정문 쪽으로 이동!
**정 오**  (긴장해, 차 유턴해 가는)


## 씬 54. 도로 + 달리는 강 선배의 순찰차 안, 낮.

부사수, 운전석, 강 선배, 조수석에 타고 가는,

**부사수**  (운전하며) 정말 잘됐네요, 팀장님. 이제 가실 수 있겠네요, 보문경찰서 자리.
**강 선배**  (좋은 맘 감추고) 그러게.. 너 기동대 있다 이제 여기 지구대 생활 한 달쨌는데..
지구대 일 힘들어, 조심해. (하다, 순간 긴장해, 장산하의 차 보고, 놀랐지만,
정확히) 야야야, 전방에 저 차 소티다, 범행 차야, 막아!
**부사수**  (순간 놀라, 이 앙다물고, 차로 장산하의 차를 쾅 박는)
**강 선배**  (진지하고, 단호하게, 무전 하며, 차에서 나와 장산하의 차로 가며) 명우지구
대 대로 앞 순 서른하나, 서른하나, 마현고교 정문 이백 미터 앞에서 명일카
센터 폭행사건 피혐의자의 차로 보이는, 구형 흰색 소티 발견. 인근 순찰차
지원 바람. 인근 순찰차 지원 바람. (하며, 장산하의 차 운전석으로 다가가는
데)

순간 '땅!' 하는 총소리와 함께, 강 선배, 머리에 총 맞고, 쓰러지는,
지나가는 사람들, 놀라 보며, '악!' 하고 소리치는,
장산하, 이미 차에서 나와서, 총을 다시 장전해, 부사수(장산하의 차 쪽으로
오다, 너무 놀라, 멍한, 넋이 나간 듯, 굳은 얼굴로 순찰차 뒤로 도망가, 벌벌

떠는)를 노리다, 멀리 달려오는, 양촌과 상수의 순찰차를 보고, 총을 장전해 쏘는,

**＊ 점프컷 ≫**

양 촌  (장산하가 총을 겨누고 있는 모습을 보고 놀라, 순간) 상수야, 숙여!  (하고, 상수의 머리를 손으로 잡아 숙이게 하고, 자신도 숙이는)

그런 양촌의 모습에서 엔딩.

# 16 부

사선에서
2

**자 막**

*제16화 사선에서 2*


# 씬 1. 학교 분식점 앞 + 안, 낮.

대관, 두 명의 친구들과 게임 이야기로 수다를 떨며, 분식점으로 들어가, 자리에 앉으며, 주인에게 말하는, 카메라, 장미의 시선으로 촬영,

대 관     (기분 좋게) 라볶이 이 인분에, 김말이 세 개,

친구1     튀김만두 3개, 계란 3개,

친구2     어묵 3꼬치에, 김밥 삼 인분이요!

대 관     (친구2에게) 야, 너 돼지야? 너무 많어!

친구1     니가 젤 많이 먹거든.

대 관     (화난 듯) 미친 새끼, 나 살 빠졌거든.

친구1     (화난 듯) 머리는 우리 중에 젤 크거든.

대 관     (화난 듯, 장난치는) 내 머리 작거든. (하고, 벨트를 풀며) 너 머리 재! 니 머리 랑 내 머리 재봐.

친구1     나 작거든.

| 대관 | (어이없단 듯 웃으며) 크거든. (친구2에게) 니가 재! |
|---|---|
| 친구2 | (벨트 받으며) 둘 다 대가리 대. |
| 대관 | (진지하게) 야, 너 정정당당히, 재! |

자기들끼리 웃으며, '야야, 머리 대, 머리' 하며 벨트로 머리를 재고,

**＊ 점프컷, 분식점 밖 》**

장미(대관을 쫓아온 것), 그 모습을 어이없고, 귀엽게 보다가, 조용히 주인을
손짓해 부르고, 돈을 이만 원 주며,

| 장미 | 저기 머리 크고 귀여운 애 엄만데, 엄마가 지나가다 보고 주고 갔다고.. 재들이 시킨 거 다 먹고 나서요. (하고, 대관 보는데, 귀엽고, 언제 컸지 싶어, 맘이 짠해지는, 가는데, 전화 오고, 핸드폰 보면, 화면에 장 형사라고 뜨는, 전화받는) |
|---|---|

| 장미 | (담담하게) 뭐하긴, 정직 먹은 형사가, 할 일 있냐? (하다가, 멈춰, 여자 옷가게 안을 들여다보며, 담담히) 그동안 내팽개쳤던 애들도 챙기고, 집안일도 하고.. (하고, 가게 안으로 들어가, 옷을 보다가, 사이, 굳는, 낮게) 뭐? |
|---|---|

# 씬 2. 경찰서 비상구 + 계단 일각, 낮.

장 형사, 조 형사, 비상구 문 열고 들어와 계단에 앉아 답답한 얼굴로 화나고
흥분된 맘으로 장미와 스피커폰을 하고 있는,

| 장형사 | 검사가 마치 이주영이 놈 변호사처럼 이주영이 하는 말을 고대로 받아 써서, 기소를 하고, 수기 장부 같은 결정적 증거도 증거 채택을 안 하니까, |
|---|---|
| 조형사 | (말꼬리 자르며) 법원도 별수 없죠. 불법 성매매 건은 검사 선에서 무혐의로 종결, 도박 건만 기소한 거니까. |
| 장형사 | 염병 우리 경찰이 나쁜 놈 잡아들이면 뭐해, 검사, 판사가 다 풀어주는데.. (전화 끊긴 거 알아채고) 팀장님, 팀장님! |

씬 3. 옷가게 안 + 도로, 낮.

장미, 핸드폰의 뉴스 화면을 보는,

**＊ 점프컷, 뉴스 내용 》**

주영이 경찰서에서 나오는 사진이 있고, 헤드라인, 〈비위 의혹 경찰관, 벌금형에 그쳐〉 아래, 뉴스 내용 있는,

도박과 불법 성매매 등의 혐의로 입건되었던 현직 경찰관에게 벌금 700만 원이 선고됐습니다. 검·경의 수사가 모두 석연치 않았다는 비판이 제기되고 있습니다.

서울중부지법은 오늘, 도박 혐의로 기소된 서울 장동경찰서 이주영 경위에게 벌금 700만 원을 선고했습니다. 이 경위는 지난 3월, 도박과 불법 성매매를 한 혐의로 입건되었으나, 경찰과 검찰은 이 경위의 단순 도박 혐의만 인정했고, 법원도 이를 받아들여 단순 도박 혐의에 대해 벌금형을 선고했습니다. 경찰공무원법상, 자격정지 이상의 형을 선고받아야 파면되기 때문에, 이 경위는 경찰직을 계속 유지할 수 있게 됐습니다.

**＊ 점프컷 》**

장 미 (분노스런, 낮게) 이런, 미친 개새끼들!

**＊ 점프컷 》**

직원과 손님 한 명, 그 소리에 장미를 이상하게 보는,
장미, 화나, 핸드폰 넣고, 나가, 화나 걸어가다, 장 형사에게서 전화 오면, 받으면서 가는,

장 미 (참담한, 애써 참으며) 나 정직인 거 몰라? 앞으론 이런 일, 새로 오는 니네 팀장이랑 소통해. (하고, 끄고, 멈춰 서 생각하다, 다시 옷가게 안으로 가서, 보던 옷을 들고, 직원에게 답답하고 막막한) 이 옷 얼마예요?

## 씬 4. 편의점 안 + 편의점 밖(15부 씬 편집), 낮.

장산하, 직원의 머릴 잡아, 벽에 부딪히게 하고, 나가는, 그때, 안에 있던 손님,
놀라 '악!' 하고 소리치고, 장산하, 차를 몰고 가버리는,

**양 촌**  (진지한, E) 명일카센터 사장과 홍안대로 스톱편의점 직원 폭행 후 도주 중
인 사건 순 열여덟 열여덟 접수 종발! 마현고교 쪽으로 이동!


## 씬 5. 도로 + 양촌 상수의 순찰차 안, 낮.

**양 촌**  반복한다, 순 열여덟 열여덟 접수 종발! 마현고교 쪽으로 이동!


## 씬 6. 도로 + 삼보 혜리의 순찰차 안, 낮.

**삼 보**  (진지한) 순 스물하나 스물하나 사건 접수, 순 열여덟 지원, 종발! 마현고교
쪽으로 이동!


## 씬 7. 도로 + 남일 정오의 순찰차 안, 낮.

남일 정오의 순찰차, 유턴하는 모습이 보이는(15부, 무전으로 접수한 상황
이후),


## 씬 8. 도로 + 달리는 장산하의 차 안, 낮(강 선배 총격사건, 장산하의 시
점으로, 편집)

장산하, 땀이 난, 흥분한 채(그러나 짐짓 차분한), 차를 운전해 가다가, 속도를 줄이지 못해, 앞에 가는 강 선배의 순찰차와 부딪히는, 장산하, 틀렸단 생각이 드는, 막막하지만 흥분해, 옆의 사제 총을 보는,

＊ 점프컷, 차 밖 + 도로 ≫
강 선배, 무전(명우지구대 대로 앞 순 서른하나, 서른하나, 마현고교 정문 이백 미터 앞에서 명일카센터 폭행사건, 피혐의자의 차로 보이는, 구형 흰색 소티 발견. 인근 순찰차 지원 바람, 인근 순찰차 지원 바람) 하며, 장산하의 차로 가는데,

＊ 점프컷, 장산하의 차 안 ≫
장산하, 사제 총을 들고 나가, 그대로 총을 무전 하는 강 선배의 이마에 발사하는,

＊ 점프컷 ≫
강 선배, 머리에 총 맞고, 쓰러지는, 눈 뜨고 즉사한,

＊ 점프컷, 도로 ≫
지나가는 사람들, 놀라 보며, '악!' 하고 소리치고, '어떡해!' 하며 도망가는,

＊ 점프컷, 남일 정오의 순찰차 안 ≫
정오, 운전하다 놀라, 핸들을 사람 없는 인도로 확 트는,

＊ 점프컷 ≫
장산하, 총을 다시 장전해, 차에서 나오던 넋 나간 부사수(장산하의 차 쪽으로 오다, 너무 놀라, 멍한, 넋이 나간 듯, 굳은, 놀라, 차 뒤로 도망가, 벌벌 떠는)를 노리다, 멀리 달려오는, 양촌과 상수의 순찰차를 보고, 총을 장전해 쏘는,

＊ 점프컷 ≫

| 양 촌 | 상수야, 머리 숙여! (하고, 상수의 머리를 손으로 숙이게 하고, 자신도 숙이는) |
|---|---|
| 상 수 | (놀란, 와중에도, 브레이크를 밟는) |

장산하의 총알이 양촌 상수의 순찰차(총알을 피하느라 빙그르르 도는)
앞 유리창을 뚫는,

**＊ 점프컷, 도로 + 삼보 혜리의 순찰차 안 》**
사건 지점에 삼보 혜리의 순찰차 급하게 서고,

| 삼 보 | (앞 보고, 혜리에게, 다급하게 소리치는) 혜리야, 넌 나오지 말고, 지원 요청해! (하고, 차에서 나오며 총 꺼내들어, 도로에 누운 채, 장산하를 조준하는, 긴장해, 땀이 난, 크고 단호하게) 총 버려! 총 버려! |
|---|---|
| 혜 리 | (차 안에서, 고개 숙이고, 울 것처럼, 소리치는) 마현고교 정문 방향 도로, 경찰이 총에 맞았다, 경찰이 총에 맞았다! 인근 경찰과 순찰차는 지원하라! |

**＊ 점프컷, 양촌 상수의 순찰차 안 》**
혜리의 지원 요청하는 대사 위로,

| 혜 리 | (E) 반복한다! 마현고교 정문 방향 도로, 경찰이 총에 맞았다, 경찰이 총에 맞았다! 인근 경찰과 순찰차는 지원하라! |
|---|---|

양촌(땀났지만, 냉정한, 차분한), 총 꺼내들고 재빠르게, 차 문 열고, 굴러 나가며, 상수(땀나고, 긴장하지만, 신중한)에게 '상수야, 조심해!' 하며 도로에 누운 채, 장산하를 조준하며, '총 버려!' 하는, 상수, 울고 싶지만, 흥분을 잠재우고, 테이저건을 들고, 차 문 열고, 장산하를 조준하며, '총 버려!' 하고 소리치는 것과 동시에 테이저건을 쏘는데, 빗맞는,

**＊ 점프컷 》**
장산하, 다시, 재빠르게 총을 장전하자마자, 상수를 쏘는데, 불발되는,

* 점프컷 》
그와 거의 동시에, 양촌, 놀라, 일어나 공포탄 쏘고, 연이어 실탄을 장산하의
팔에 쏘는,
장산하, 총을 맞고도, 다시 장전하는,

* 점프컷 》
삼보, 총의 고무패킹(안전걸이)을 두 번 시도해, 어렵게 빼내고, 일어나, 그대
로 공포탄 쏘고, 장산하의 허벅지를 쏘는, 장산하, 휘청하면서, 사제 총을 삼
보 쪽에 쏘면, 삼보, 빠르게 엎드리는,

* 점프컷 》
양촌, 그대로, 총을 장산하 어깨에 맞추고,
아래 상수의 테이저건은 양촌의 총 쏘는 상황과 거의 동시에 맞물리는 상황,

* 점프컷 》
상수, 긴장한 채, 테이저건 카트리지를 갈고, 재빠르게, 테이저건을 쏘는, 불발
되는,

* 점프컷 》
정오(눈가 붉은, 정신 차리려 하는), 남일(흥분했지만, 단호한), 혜리(당황한,
눈가 그렁한), 각자의 차에 몸을 숨기고, 남일, '테이저건 발사!' 하며, 혼자 앞
으로 뛰어가, 테이저건으로 장산하를 쏘는, 혜리, 정오 그 자리에서 동시에
쏘는, (화면에 안 보여줘도(촬영 시간이 걸릴 것 같아서, 불발 상황은 안 보여
줘도 됨), 남일의 테이저건은 거리가 좁혀져 명중하고, 정오 혜리의 테이저건
은 거리가 멀어 모두 불발된)

* 점프컷 》
양촌, 총으로 다시 장산하의 다리 맞히고,
장산하, 그제야 죽은 강 선배의 옆으로 쓰러지는,
부사수, 차 뒤에 숨어, 넋이 나간, 멍한,
멀리서 지원 나온 순찰차의 사이렌 소리 크게 들리는,

＊ 점프컷 》
상수, 정오, 혜리, 숨을 고르고,

남 일 　(테이저건을 겨누고, 신호하는, 큰 소리로) 오양촌 경위님! 경위님!
양 촌 　(큰 소리로) 다들 엄호! (하며, 총 들고, 장산하에게 다가가는)

남일, 큰 소리로 '모두 엄호! 모두 엄호!' 하고, 카트리지 재장전하는,
상수, 정오, 혜리, 재장전해, 제자리에서 다시 장산하에게 테이저건을 겨누는,
모두 당황하고, 무서워도 정신을 차리려 하는,

＊ 점프컷 》
양촌, 어느새, 장산하 쪽으로 와, 경동맥을 잡고, 살아 있는 것 확인하고, 이
상황이 화나, 이를 앙다물고, 범인의 팔을 거칠게 확 꺾어, 수갑 채우며,

양 촌 　남일아! 수갑 던져!
남 일 　(눈가 붉어, 한 손으론 테이저건 들고, 한 손으로 수갑 던지는)
양 촌 　(수갑 받아, 장산하의 발에 채우며, 슬프고, 참담한, 삼보를 보면)

＊ 점프컷 》
삼보(눈가 그렁하고, 경찰이 죽은 게 화난, 그래도 할 일은 하는), 어느새, 강
선배의 경동맥을 확인하는, 죽은 게 확실한, 슬픈, 강 선배의 눈을 감겨주고
있는, 양촌 보고, 눈물 흘리며, 화나고 복잡한 맘으로, 고개 젓고,

＊ 점프컷 》

양 촌 　(울고 싶지만, 참고, 장산하를 보며, 너무 큰 소리가 아닌 목소리로 이 앙다물
고) 너를 불법총기소지 및 살인죄로 현행범 체포한다. (하고, 주머니에서 수
건 꺼내 입에 재갈 물리고) 너는 변호인을 선임할 수 있다. (하고, 강 선배 쪽
을 보는)

**\* 점프컷 》**

삼보, 이 앙다물고, 옷 벗어, 강 선배의 얼굴에 덮어주고, 눈물 닦으며, 화나고 참담한 심정으로 주변을 통제하기 위해, 차로 걸어가는(느린 그림),

**\* 점프컷 》**

양촌, 화나는, 애써 슬픔을 참으며 무전을 하는, 양촌의 무전 내용에 아래의 그림들이 가는,

양 촌 (맘 아프고, 화나고, 슬프고, 복잡한, 침착하려 해도 다분히 감정적인) 명일 카센터, 편의점 폭행사건 및 경찰 총기피격사건 상황 종료! 상황 종료! (눈가 그렁해, 이 앙다물고, 참으려 해도, 화나고, 분한) 불법 사제 총을 소지한, 피 혐의자 검거! 피혐의자, 경찰이 쏜 총기에 맞아 부상! (맘 아픈, 이를 앙다물 고, 애써 참으며) 그리고, 그리고, 현장에서 피혐의자가 소지한 불법 사제 총 에 의해 (맘 아픈, 눈가 그렁해) 경찰이.. 사망했다.. 119 지원 바람! 반복한다. 현장에서, 피혐의자가 소지한 불법 사제 총에 의해, 경찰이 사망했다, 119 지 원 바람.

**\* 점프컷, 느린 그림 》**

정오, 혜리, 당황스럽고 충격적이고, 맘 아픈, 눈물 닦으며, 이를 앙다물고, 애 써 침착하려 하며, 폴리스 라인을 치고, 호루라기를 불며, 사람들과 차량을 통제하는, 일은 해도, 자꾸 눈물이 나는, 형사(사복 경찰), 카메라로 주변 상 황을 찍는,

**\* 점프컷, 느린 그림 》**

상수, 울며, 맘 아프게, 이를 앙다물고, 넋나간 부사수를 부축해 가는, 남일, 맘 아프게, 이를 앙다물고, 울며, 구급대원과 들것에 강 선배를 실어, 구급차에 태우는,

**\* 점프컷, 사건현장 일각 》**

양촌(넋이 나간, 막막한), 삼보(막막한), 형사에게 질문받는,

| 형 사 | (답답한) 총기 사용한 경우, 매뉴얼 위반이나 규정 위반이 있으면 감찰 쪽에서 조사받으셔야 하는 건 아시죠? 별일은 없을 거 같은데, 대로에서 한 분도 아니고, 두 분이나 총을 쏘신 게, |
|---|---|
| 양 촌 | (꼬나보며, 화난, 말꼬리 자르며) 범인이 사제 총이래도 총을 쏘는데 우리가 총 안 쏘면, |
| 삼 보 | (화나, 형사 보며, 버럭) 우린 뭐 몸으로 막냐? 니가 막아라, 몸으로! 말 되는 소릴 해, 썅! (하고, 가고) |
| 형 사 | (삼보 보며, 답답한, 양촌에게) 죄송합니다. 저는 그냥, 염려가 돼서.. |
| 양 촌 | (눈가 붉어, 화 참고, 꼬나보며, 툭툭 내뱉는) 니 입장은 알어, 그래도 입 닫아. 너만큼 우리도 알 거 다 아는, 현장 짬밥, 20년 40년 베테랑들이야. 오늘 같은 상황에 같잖은 걱정한답시고, 매뉴얼 들이대지 마. 우리 다 지금 제정신 아니니까. (하고, 가는) |

**＊ 점프컷, 사건현장(범인과 강 선배가 죽은 자리에 피가 흥건한, 사람 형태로 흰색 선이 그려진), 밤 ≫**

홍일지구대 경찰2팀들, 폴리스 라인 앞에 서서, 고개 숙이고, 슬프게 서 있는, 더러는 우는, 눈물을 닦는,

**＊ 점프컷 ≫**

과수팀, 현장을 사진 찍고 있는,

| 한 솔 | (E, 막막한) 그래, 그래, 알았다. 다들 수고했네. |
|---|---|

# 씬 9. 한솔의 병실 안, 밤.

한솔, 누워 전화를 하고 있는, 슬픈, 부인, 안쓰레 한솔 보는,

| 한 솔 | (막막한, 맘 아픈, 슬픈, 경모와 통화 중인) 다들 놀랐을 건데.. 경모 니가 잘 다독여주고... 어, 그래, 끊자. (하고, 전화기 내리는) |
|---|---|
| 부 인 | (슬픈, 한솔 보며) 여보.. 어떡해? |

| 한 솔 | (담담히, 천장만 보며, 넋이 나간 듯) 여보, 나 졸리네. 집에 갔다 와. |
|---|---|
| 부 인 | (슬픈) 그래요.. 좀 자. (하고, 나가는) |
| 한 솔 | (부인 나가는 것 보고, 천장 보는) |
| 강 선배 | (E) 그게.. 내가 지난주 암이 재발됐다고... 나한테 그 자리 양보 좀 해달라고 부탁하러 왔는데.. |

**\* 점프컷, 14부, 회상 》**

지구대 조사실 안에서 어색하게, 웃던 강 선배의 느린 그림,

| 강 선배 | (E) 안 되겠네, 기 대장 사정도 만만치 않네. |
|---|---|

**\* 점프컷, 현실 》**

한솔, 천장 보고, 이 앙다물고, 맘 아픈, 더는 못 참고, 누워, 흐느끼며, 우는,


# 씬 10. 지구대 식당 안, 밤.

경모(근무복), 맘 아프고, 막막하고, 화난 듯한(경찰이 허망하게 죽은 게, 화
가 나고, 슬픈), 이를 앙다물고, 앉아 있는,
2팀장, 와서, 물을 마시며, 경모에게,

| 2팀장 | 은 팀장, 범인은 살았대. 피해망상에 알콜릭이 심한 놈인데, 세상이 자길 무시해.. 본때를 보여주고 싶었다고, |
|---|---|
| 경 모 | (말꼬리 자르며, 막막한) 듣고 싶지 않아요. |
| 2팀장 | (이해하는) 우리 애들 벌써 다 나와 현장 갔어. 일찍 퇴근해.. |
| 경 모 | (말 끝나기 전에, 화난 듯, 그냥 걸어 나가는) |
| 2팀장 | (답답한, 가는 경모 보는) |


# 씬 11. 남자 휴게실 안, 밤.

모두, 화가 나고, 참담한 상황인, 경찰 동료의 죽음을 눈앞에서 보고도, 그걸 막아내지 못했단 자괴감과 참담함에 스스로에게 화가 나는, 이 사건이 당황스럽고, 충격적인,

상수(충격에서 못 벗어난, 정신을 차리려 하지만, 안 되는, 자꾸 슬픈), 삼보(무거운, 화난), 양촌(무거운, 화난), 명호(자괴감에 화난), 민석(참담한), 종민(속상하고, 화나는), 남일(눈가 붉은 채, 충격을 참으려 이를 앙다물어도, 자제가 안 되는 게 역력한), 근무복을 사복으로 갈아입는, 한표(화나고, 슬픈)와 원우(화나는, 슬픈), 옷 다 입고 한쪽에 앉아 있는, 모두 무겁고, 화가 나고, 분하고, 적막한 분위기다. 그때, 경모, 문 열고,

경 모    (화난 듯, 애써 사무적으로) 오늘 사수들은, 집에 가도 잠도 안 올 건데.. 길 건너 맥주집에서, 술이나 한잔하죠. 부사수들은 한표가 집합시켜서 사비 쓰지 말고 팀비로,

삼 보    (라커 문을 쾅 닫으며, 화난 듯, 버럭) 난 안 가!

경 모    (꼬나보듯 보면) ?!

삼 보    (스스로에게 화난 것을 참으며, 툭툭 명령조) 부사수들, 오늘 내가 집합시킨다. 한표가 책임지고, 부사수들 모두, 지구대 앞으로 집합시켜!

상수 외 부사수    (이게 뭔가 싶은, 삼보 보면)

삼 보    (한표 보며, 시비조) 왜 내가 낼모레 퇴직이라, 말발이 안 서냐?


한표, 원우, 일어나는, 뒷짐 지고 정중하게 서서, 미안해도, 할 말은 당당히 하는,


한 표    (굳은, 미안하지만, 진지한, 정확히 말하는) 주임님 정말 죄송하지만, 원우 순경이랑 전, 아주 급한 선약이 있습니다,

원 우    (진심이지만, 비굴하지 않게) 주임님, 말씀 어기고 싶지 않은데.. 정말 죄송, (합니다)

삼 보    (말꼬리 자르며, 툭 깔끔하게 말하는) 그럼 둘은 가.

한표, 원우    (인사하고, 나가는)

삼 보    (상수에게, 담담히 툭) 넌? 너도 선약 있냐?

상 수    (당황스럽고, 참담하고, 슬픈 맘이 있어도, 정중하게) 아.. 아닙니다. 바로, 한

정오, 송혜리 순경, 불러 나가겠습니다. (하고, 나가는)

**삼 보**  (나가는데)

**경 모**  (삼보 팔 잡으며, 삼보 맘 알기에, 화 참고) 형님 그러지 말고, 오늘 같은 날 다 같이 술 한잔,

**삼 보**  (팔 뿌리치며, 화났지만, 애써 차분히) 입 닫어!

**명호, 민석, 종민**  (답답한, 삼보의 맘도 알겠지만, 달래는) 주임님.

**삼 보**  (명호 민석 종민에게, 버럭) 니들 다.. 조용히 해!

**양 촌**  (옷만 갈아입는, 현장에서 피 묻은 경찰복을 가방에 넣는, 자괴감에 화가 난 걸 참는 게 보이는)

**남 일**  (자꾸 눈물이 나려는, 이를 더 앙다물고, 옷만 갈아입고, 가방에 빨랫거리만 챙기는)

**삼 보**  (화를 삭이려 한숨 쉬고, 숨 고르고, 눈가 붉어지지만, 애써 차분히, 툭툭 내뱉듯) 니들만 생각 있는 거 아녀! 동료 경찰이 총이 불법인 우리나라에서 어이없게 대낮에 머리에 사제 총을 맞고 죽었어. 그것도 혼자가 아니라, 우리 경찰들이 수두룩한데.. 두 눈 벌겋게 뜨고.. (울음이 나려는 거 참으며, 경모 보며, 애써 툭툭 말하는) 불과 2년 전에 양형지역 총기사건으로 어이없게 경찰이 죽고 나서, 무거워 입지도 못하는 구형 방탄복을 간신히 신형으로 바꿨는데, 그 신형 방탄복 순찰차 트렁크에 넣어놓고, 입어보지도 못하고.. (눈물 나는 것, 애써 이 앙다물고, 참으며) 암 걸린 사람이 치료받아가며 현장에 나왔는데.. 낼모레 편한 자리 전보 앞두고,

**종 민**  (눈물 나는, 삼보를 안고, 슬픈) 주임님, 형님...

**삼 보**  (눈물 나도, 애써 참으며) 내가, 나만 슬픈 거 아닌 줄 알어, 니들도 힘들지.. (울컥하는 맘, 참고) 근데, 지금은 내가.. 내가 맘이 너무 아프다. 미안하다. (하고, 종민 밀치고, 나가는)

**남 일**  (옷을 가방에 넣다가, 쾅 하고, 라커 문 닫고, 주저앉아, 엉엉 울다, 맘 아픈, 진정하려 해도 안 되는)

**모 두**  (참담한) ..

**남 일**  강 선배님이 죽었는데도.. 나는 우리 애들 얼굴이.. 마누라 얼굴이... (차마 말을 못 잇는, 참담한, 엉엉 우는)

**명 호**  (옆에 앉아, 맘 아픈, 남일의 어깨를 잡는, 눈물 나면 닦는)

**민석, 종민**  (눈가 붉어, 남일을 안는)

**경 모**  (속상한, 막막한, 남일을 보는, 참담한)

**양 촌**  (눈물 흐르지만, 아무렇지 않은 듯, 눈물 닦고, 옷가방을 들고, 방을 나가며)
나와들, 술 먹자. (하고, 나가는)


# 씬 12. 지구대 화장실 칸 + 앞, 밤.

혜리, 변기에 앉아, 놀라고, 당황한 맘에 펑펑 우는, 밖에서, 차분한, 노크소리 들리는,

**＊ 점프컷 》**
정오, 화장실 칸 맞은편 벽에 기대, 눈물을 흘리며, 혜리가 있는 화장실 칸을 넋 나간 듯 보고 있는,
상수, 눈물을 닦으며, 애써 담담히, '혜리야... 혜리야.' 노크를 하고 있는,

**정 오**  (눈물 흘리며, 담담히) 상수야, 좀 놔두자.
**상 수**  (정오 옆으로 가, 정오를 안쓰레 보며, 따듯하게) .. 안아줄까?
**정 오**  (안기는)
**상 수**  (정오를 안아주는, 애써 눈물을 참는, 참담한)
**정 오**  (애써 참으려 해도, 안 되는, 울며) 너무.. 무서웠어.. 우리 다 죽는 줄 알았어..
**상 수**  (눈물 나는, 안고, 애써 참으며) 그래.. 우리 다.. 너무 무서웠어.

그렇게 잠시 안고 있는,


# 씬 13. 실외 야구장 안 + 밖, 밤.

주취자1(환자복 입은), 친구들이랑 야구를 두 손으로 하며, '홈런이다, 홈런!!'
하며 신이 나, 춤을 추고, '다시 장전!' 하고, 공을 치고, '아, 쌍!' 하는,

**＊ 점프컷, 길 건너편 》**

그 모든 광경을 원우와 승재가 화나 눈가가 붉은 채, 이를 앙다물고, 동영상을 꼼꼼히 촬영하고 있고, 한표, 차갑게, 분노해, 꼬나보는,

**승 재**  (촬영하며, 화난, 애써 담담히) 낮부터 지금까지 노래방 가서 술 처먹고 노래 부르고, 오락실 가고 아주 신났드라구요. 내가 싹 다 촬영했어.

**한 표**  (주취자1 꼬나보며, 승재 원우에게 툭툭 내뱉듯 말하는) 촬영 그만 끝내고, 원우는, 니 영상 승재한테 넘기고, 승재는, 영상, 김민석 경사님께 전해.

**승 재**  (찍으며, 한표 보면) ?

**한 표**  그리고 원우는 나랑, 저놈들 낯짝 제대로 한번 보고 가자. (하고, 길 건너로 걸어가는)

**원 우**  (핸드폰 영상 승재에게 보내고, 놈들만 보며) 내가 찍은 영상 니 핸드폰에 보냈어. 넌 가.

**승 재**  선배,

**원 우**  (화를 참고, 냉정한, 그러나 단호하게, 놈들에게 걸어가며) 우리 믿고, 가.

**승 재**  (가는 둘을 걱정스레 보다가, 믿고, 다른 길로 가는)


**\* 점프컷, 실외 야구장 밖(철망 쳐진 바깥) 》**
한표, 차갑게, 다가와 야구장 철창 밖에 멈춰 서며, 주취자1이 홈런을 치고, 좋아하자, 무표정하게 박수를 치는,


**\* 점프컷 》**
주취자1과 친구 둘, 웃다가, 박수소리에 한표와 원우를 보는,

**친구들**  뭐야, 니들?

**한 표**  (비아냥조) 똥폼으로도, 공을 너무 잘 치셔서..

**주취자1**  (이상한) 뭐야, 이 새끼들..

**원 우**  (화 참으며, 비아냥조) 오른팔 마비에 두통이 심해, 어지럼증을 호소하신다고 들었는데, 아주 멀쩡하시네요. 일이 분도 아니고 삼십 분 내내.. 뻥뻥 공을 치고.. (하고, 핸드폰을 들어 보이고, 흔드는) 아주 정상이든데? (하고 주머니에 핸드폰을 넣는)

**친구들**  ? (뭔가 싶은, 당황해, 원우 보다, 주취자1 보는)

주취자1    (한표 보고, 원우 보며, 생각이 난) 너.. 너.. 경찰이지? 이 개새끼들이.. 너.. 그
          핸드폰 내놔. (하며 야구방망이 들고, 나오는)

친구들    (야구방망이 들고 나오며, 비아냥조, 웃으며) 야, 친구야, 너 경찰 독직폭행 합
          의금은 물 건너간 거 같다, 어쩌냐?

주취자1    (방망이 들고, 흔들며, 낮게 으름장) 핸드폰 내놔! 니들 안 죽고 싶음 좋게 말
          할 때 핸드폰 내놔라!

한표, 원우   (뒷짐 지고, 정자세로 기 안 죽고, 꼬나보는)

친구1     내놔, 새끼야! (하고, 원우의 뺨을 치고) 내놔! (하고, 다시 뺨 치는)

친구2     (한표의 멱살 잡아 끌고, 다른 데로 가려 하며) 너 이리 와. 죽었어.

한 표     (친구2의 손을 비틀어, 그대로 업어치기 하고, 냉정하게, 버럭) 모두 머리 위!

          그 소리에, 주취자1과 친구들 머리 위 보면, 방범용 씨씨티브이가 찍히는,

한 표     (주취자1에게, 냉정하고, 담담) 경찰 씨씨티브이 상황실에 다 중계됐네요. 어
          쩌지? (하며, 씨씨티브이를 정면으로 보는)

원 우     (뺨 맞아, 입가 터진, 친구1에게, 뺨 내밀고, 차가운, 비아냥) 더 칠래요? 우린
          맞아도 안 칠 건데? 당신들은 이제 뒈졌어, 선생님들아. (주취자1에게, 다가
          가, 얼굴 디밀며, 냉정하고, 차갑게) 경찰이 시민을 패면, 옷 벗지? 근데, 알아
          둬요, 나쁜 시민이 경찰 패도.. (차가운, 강조) 빵 갑니다.

주취자1    (당황한, 씨씨티브이와 원우를 번갈아보는) ?

친구들    (화난) 이 새끼들이 진짜..

한 표     (핸드폰의 비상 톡을 보여주며, 차가운, 비아냥조) 내가 이거 누름 바로 지역
          경찰들 다 떠. 경찰 우습게 보지 마요. 내가 맞짱 떠도 당신들 이겨. (큰 소리,
          애써 참으며) 근데, 내가 경찰이라 참어요, 지금?! 알아요, 선생님들?!

원 우     (친구1 보며) 내가 선생님 너, 곧 상해로 널 겁니다, 조만간 서에서 봅시다.
          (하고, 가는)

한 표     (가는)

          그들이 가는 모습 위로,
          뒤에서 친구들, 주취자1에게, 버럭대는, '그러니까, 새끼야, 왜 경찰을 건드려?'
          주취자1, '니들이 새끼야, 야구장에 오자 그랬잖아! 이제 어쩔 거야!' 하며, 자

기들끼리 싸우는,

**한 표**    (화나고, 분한, 눈가 붉은, 빠르게 걸으며, 소리치는) 악! (경찰의 죽음이 겹쳐, 울고 싶은, 화 참으며) 성질 같음, 한 대 쥐 패고 싶다, 진짜!

**원 우**    (눈가 붉어, 화나고, 분한, 빠르게 걸으며) 내가 경찰만 아님 벌써 쥐 팼어, 저 새끼들.

**한표, 원우**    (걸어가며, 분한) 악!


# 씬 14. 사격장 안, 밤.

다른 경찰이며 민간인들이 사격연습을 하고,
상수, 정오, 혜리, 삼보의 맘이 느껴져, 맘이 짠한, 삼보, 사격하는 사람들을
보고, 부사수들 보며,

**삼 보**    (담담히) 니들도 알겠지만, 내가 이번 주 금요일이 퇴직이잖아. 근데 내가 지구대에서 젤 어른인데, 여적 니들한테 해준 게 없어서... 오늘 사격비, 두당 십만 원씩 내가 낼게. 맘껏 사격해.

**상수, 정오, 혜리**    (그 맘을 알겠는, 눈가 붉은) .. 고맙습니다.

**삼 보**    (셋을 안쓰레 보며, 담담히, 툭툭 말하는) 니들 몸은 니들이 지켜야 돼. 우리나라도 오늘 같은 총기사건.. 이제 언제든 날 수 있어. 불법 사제 총에 공기총, 해외서 불법 반입되는 총도 있고.. 흉악범도 갈수록 늘고.. 아무리 업무가 많아 피곤해도, 나라에서 돈 안 주니 내 돈 써가며 연습하는 게 아까워도, 사격연습은 일주일에 한 번은 주기적으로 꼭 해야 돼. 그래야, 오늘 같은 일..

**혜 리**    (말꼬리 끊고, 슬픈) 오늘 같은 일은,

**정 오**    (경찰을 그만두고 싶은, 참담하고, 슬픈, 애써 담담히) 아무리 사격을 잘한다고 해도 피할 수 없잖아요. 머리에 총 맞았는데..

**상 수**    (참담하지만, 진심으로) 그래도, 오 경위님과 주임님이 놈에게 쏜 총이 팔다리에 명중해, 그 정도로 끝났다고 생각합니다.

**삼 보**    우리 경찰이 괜히 사선에 섰단 말을 듣는 게 아니야. 그래도, 어쩌겠어. 경찰인데.. 사건사고 남 가야지. 내가 무식해, 니들한테 뭐 멋진 말은 못하겠다. 그

냥 절대 다치지 말고, 나처럼 다들 무사히 정년 해. 알았지?!

**혜리, 상수, 정오**  (맘 짠한, 차분히) 네.

**삼 보**  (사격장 보고, 부사수들 보며) 자리 났나 보다, 가서들 총 쏴.

**상수, 정오**  네. (인사하고, 가는)

**혜 리**  (안 가는)

**삼 보**  (혜리 보며, 담담히) 넌 왜 안 가?

**혜 리**  (진심으로 차분히, 눈가 붉어, 정중히) 오늘 멋지셨어요. 파트너가 있다, 난 혼자가 아니다, 그게 넘 든든했어요. (하고, 인사하고, 가는)

**삼 보**  (가는 혜리 짠하게 보고, 맘이 서글픈)


**\* 점프컷, 사격장 앞 》**
상수(신중하게), 혜리(신중하게), 정오(자꾸 맘이 힘든), 총을 쏘는,
삼보, 멀리서, 그 모습을 담담히 보는,


**삼 보**  (혜리에게) 혜리야, 자꾸 팔 흔들린다. 너 푸쉬 업 좀 해! 팔에 힘이 없어 그래!

**혜 리**  네! (하고 총 쏘는)

**삼 보**  상수, 어깨 힘 빼, 힘!

**상 수**  네! (총 쏘는, 신중하고, 진중한)

**삼 보**  정오야, 자세 좋다!

**정 오**  (계속 지구대 일을 해야 하나 불편하고, 힘든 맘이다, 슬프지만, 정확히 사격은 하는)


**\* 점프컷 》**
삼보, 시보들 총 쏘는 걸 가만 서글프게 보다, 가는,


**\* 점프컷 》**
상수, 정오, 혜리, 총을 쏘는,


씬 15. 작은 빌라 단지 앞, 밤.

민석, 그간 속이 탄 게, 힘든, 눈물 그렁해 핸드폰으로 동영상을 보고 있는,
승재, 뒷짐 지고 서서, 그런 민석 보며, 맘 아픈, 담담히,

**승 재**   공갈미수랑 무고죄로 잡아넣어요. 절대 이 새끼가 와서, 무릎 꿇고 합의 보
         자고 해도, 합의해주지 말고. 이 정도 상황이면, 그놈 두부상해도 자해판정
         충분히 날 거예요. 그러니까,
**민 석**   (핸드폰 보다, 승재 안는, 애써 눈물 참는) 고맙다. 진짜 고마워.
**승 재**   (가만 꼭 안고, 눈 감는)


# 씬 16. 술집 안, 밤.

경모, 양촌, 명호, 종민, 앉아 있는, 티브이로 뉴스를 보는,

**\* 점프컷, 화면 – 헤드라인: 범인이 쏜 사제 총기에, 베테랑 경찰관 순직 》**

**앵 커**   서울 도심에서, 범인이 쏜 사제 총기에 맞아 경찰관이 사망하는 충격적인 사
         건이 발생했습니다. 오늘 오후 3시경, 서울시 마현구 마현고교 인근 도로에
         서, 폭행 난동 신고를 받고 현장에 출동했던 마현경찰서 명우지구대 소속 강
         태훈 경감에게, 폭행사건 범인 장모 씨가 사제 총기를 발사한 겁니다. 머리에
         총상을 입고 쓰러진 강태훈 경감은, 현장에서 그만 숨을 거두고 말았습니다.
         순직한 고 강태훈 경감은, 지병인 위암이 재발한 와중에서도 성실히 근무해
         왔으며, 위험한 현장에는 늘 제일 먼저 출동했던 것으로 알려져 더욱 안타까
         움을 사고 있습니다. 경찰은 고 강태훈 경감에게 1계급 특진을 추서하기로
         했습니다.

**\* 점프컷 》**
종민, 다른 채널로 돌리면,

**\* 점프컷, 뉴스 화면 – 헤드라인: 솜방망이 처벌에, 항소조차 않는 검찰 – 검·경**

의 '봐주기' 논란 》

**앵 커**  순직한 고 강태훈 경감의 안타까운 소식 전해드렸는데요, 이렇게 사명감 넘치는 경찰만 있는 것은 아닙니다. 도박과 성매매 등 불법을 저지르고도, 제대로 처벌조차 받지 않은 현직 경찰이 있어 논란이 되고 있습니다. 서울 장동경찰서 이주영 경위는 지난 3월, 도박과 불법 성매매를 한 혐의로 입건됐지만, 경찰과 검찰은 이 경위의 도박 혐의만 인정했습니다. 그리고 오늘, 서울 중부지법은 이 경위에게 단순 도박 혐의로 벌금 700만 원을 선고했습니다. 경찰과 검찰이, 표면적으로는 수사권 조정을 두고 대립하는 양상을 보이고 있지만, 실상은 봐주기식 수사를 하는 것 아닌가 하는 의혹의 목소리가 높습니다.

**＊ 점프컷 》**

**양 촌**  (티브이 속 주영의 얼굴을 참담하게 꼬나보는)

**종 민**  (티브이 보며, 화난, 참담한) 오늘은 하루 종일 순직하신 강 선배님 얘기만 나가도 모자랄 판에, 저런 개만도 못한 경찰 새끼 뉴스가, (참담한 표정으로 술 마시는 양촌에게) 저 새끼 저거 검찰 쪽에 선이 무지 많나 봐요? 10년형을 받아도, 모자랄 판에 벌금형이 웬 말? 집행유예만 받아도 경찰직 파면이니까, 벌금형으로 퉁친 거예요. 완전 야비하게! 주영이 새끼 저거 모르긴 몰라도,

**명 호**  (티브이의 주영을 꼬나보며, 참담해, 기운 없이 툭) 곧 꽃보직 찾아가겠지.. 개자식..

**종 민**  지난주엔 여기저기 단체서 돈 받아 처먹은 사명감도 양심도 없는 지방청장 놈이 소청심사＊로 구제받아.. 열심히 일하는 일선 경찰들 명옐 실추시키더니, 오늘은 주영이 저놈이..

**경 모**  (티브이 끄고, 담담한) 입 닫고, 잔 들어. (잔 들고, 선창하는, 참담해, 낮게) 안전.

---

＊ 소청심사 징계나 면직 등의 처분에 대해 취소나 변경을 요청하는 절차

모두, 잔 들고, 가라앉은, '안전!' 하고 마시는,
그리고 말없이, 다시 서로의 잔에 술을 따르고, '안전!' 하고, 다시 술 마시고,

양 촌 　(참담한, 참고, 툭 내뱉듯) 낼 보자. 나 더 마심 일낼 거 같다. (하고, 나가는)
종 민 　낼 뵙겠습니다, 형님.
명 호 　(가는 양촌 보다, 경모에게, 담담히) 양촌 형님 차 가져왔는데,
경 모 　걱정 마. 사람 불렀어. 각자 잔에 술 채우고, 우리도 딱 두 잔씩만 더 마시고,
　　　　가자.
명호, 종민 　네. (하고, 각자 잔에 술 따르는)
모 두 　(잔 들고, 무거운) 안전! (하고, 마시는)


## 씬 17. 술집 뒤편 주차장, 밤.

장미, 양촌의 차에 기대, 전화하며 걸어오는 양촌을 보며, 눈가 붉은, 안쓰런,

장 미 　(따뜻하게) 어디다 .. 전화해?
양 촌 　(걸어오다, 멈춰, 전화 내리며, 장미 보는, 담담히 있다가, 걸어가, 장미의 옆에
　　　　기대, 장미 안 보고) 대리운전.
장 미 　(양촌 보는, 안쓰런, 맘 아픈) 뉴스 봤어. 고생했다, 내 신랑.
양 촌 　(맘 아파, 눈가 붉어, 담담히 말하는) 자기야.. 나, 아무 말도 하고 싶지 않은
　　　　데..
장 미 　(그 맘 알겠는, 따뜻하게) ... 그래. 차 타, 집에 바래다줄게. (하고, 차 타는)
양 촌 　(장미를 보는데)

**\* 점프컷, 회상 》**
강 선배, 총 맞고 죽던,

**\* 점프컷 》**

| 장 미 | (차 안에서) 안 타? |
|---|---|
| 양 촌 | (애써, 맘 아픈 걸, 참고, 조수석에 타, 안전벨트를 하는) |
| 장 미 | (안전벨트 하고, 서글프게 운전해 가는) |

## 씬 18. 한솔의 병실 안 + 병실 밖, 교차씬, 밤.

한솔, 창가에 서서 창밖을 멀뚱히 보는, 슬픈, 삼보 온 줄 모르는,

**\* 점프컷 》**

삼보, 출입문의 창으로 그런 한솔을 가만 보다, 울 것 같아, 차마 들어가지
못하고, 가만있다가, 병원을 나가는데, 그때, 전화 오는, 보면, 한솔이다,

| 삼 보 | (슬픈 맘 감추고, 짐짓 별일 없는 듯) 어, 대장.. (하며, 한쪽 벽에 기대는) |
|---|---|
| 한 솔 | (창가 보며, 서글픈, 짐짓 담담히) 넬모레 경찰 관두면서.. 대장은 무슨, 이제 한솔이라고 하세요. |
| 삼 보 | (한솔의 맘이 고마운, 짠한, 그러나 짐짓 안 그런 척) 그러까.. 이제 한솔아, 할까? |
| 한 솔 | (맘 아프지만, 따뜻하게) 형님.. 오늘 범인 잡은 거, 아주 잘하셨어요. 아무 데도 안 다치신 건 더더더더 잘하셨고.. 고마워요.. 안 다치셔서.. |
| 삼 보 | (눈물 나지만, 애써 안 그런 척 담담히) 애들이 놀랬지 뭐.. 근데, 대장, 너.. 내 퇴임식엔 오냐? |
| 한 솔 | (서글픈) 그럼.. 술은 못 마셔도.. 근무는 못 해도, 그 자린 가지.. |
| 삼 보 | (서글픈) 고맙네... |
| 한 솔 | 고맙긴.. 무슨. 주임님 아니 형님.. 그럼 그날 봬요.. 저 전화 끊을게요. (하고, 전화 끊고, 창가 보는, 막막한) |
| 삼 보 | (전화기를 가만 보다, 한솔 병실 쪽 슬프게 보다, 돌아서서 가는) |

## 씬 19. 양촌 부의 방 안, 밤.

장미, 걸레질을 하는,

양촌 부, 그 옆에서 연을 만들며, 장미와 얘기하는,

**장 미**   (담담히) 경찰이 어떻게 범인이 총을 쏘는데, 도망을 가요. 잡아야지.

**양촌 부**   (연만 만들며, 안 보고, 툭툭 내뱉는) 그러다, 죽으면?

**장 미**   (걸레질만 하며, 담담히) .. 안 죽었잖아.

**양촌 부**   오늘은 안 죽고 안 다쳤어도 다음엔 모르잖아.

**장 미**   (착잡하게, 걸레질만 하는)

**양촌 부**   (착잡한) 경찰도 사람인데, 총 맞음 죽지. 양촌이도 너도 별수 있냐. 죽으면 끝이야.. 순직연금이.. 명예가, 남들이 잘했다, 그러는 칭찬이, 다 무슨 소용이야.

**장 미**   (양촌 부의 맘 알겠는, 짠한, 걸레질하며) 연이 유독 크네. 내 꺼야?

**양촌 부**   .. (맘 아프지만, 담담히) 오늘 죽은 경찰 꺼야.. 이거라도 날려주게. (하고, 연을 만드는)

**장 미**   (가만 양촌 부를 보는, 짠한, 애써 참고, 나가는)


## 씬 20. 양촌 부의 화장실 안, 밤.

**양 촌**   (거울을 보며, 세수한 얼굴로 가만있는)

**장 미**   (문 열고, 들어와, 한쪽 벽에 기대, 따뜻하게, 양촌 보다) ... 무슨.. 생각해?

**양 촌**   (거울만 보며, 막막한) 강 선배님 총 맞았을 때.. 충격받고 넋 나간 부사수가 너무 안쓰럽단 생각.. 걔나 지금 내 꼴이나 뭐가 다른가 하는 생각...

**장 미**   (안쓰레 보다, 따뜻하게) .. 뭐가 젤 힘들어?

**양 촌**   (거울만 보며, 눈가 붉어, 막막하게) 사람이 죽는 거. 내가.. 안 죽은 게 다행이다, 우리 지구대 애들이 죽은 게 아니라, 너무 다행이다.. (장미 보며, 막막한) 그런 이기적인 생각이 자꾸 드는 거.

**장 미**   (안쓰레 가만 보다, 안아주는, 눈 감는)

**양 촌**   (꽉 안고, 가만있는)

## 씬 21. 정오의 방 안 + 거실, 밤.

정오, 강 선배 사건으로 멍한, 침대에 앉아, 컴으로 국립국제교육원 국비유학
신청서를 보며, 정오 모와 전화를 하는,

**＊ 점프컷, 교차씬 》**

정오 모    (걱정스레, E) 내가 오늘 낮엔 니네 지역에서 난 총기사건에, 밤에는 무슨 묻
       지마니 뭐니 하는 뉴스 때문에 잠이 안 와.. 정오야, 너 정말 경찰 해도 되는
       거야?

정 오    (컴만 보며, 답답하고, 속상한, 애써 담담히) 다들 하는데 내가 왜 못해.

정오 모    니가 전에 말한 그 해외 근무는 언제나 가능한 거야?

정 오    아직 자격이 안 돼. (컴 끄고, 거실(상수가 자고 있는)로 나가, 물 마시며, 상
       수 보며, 맘이 무거운, 상수랑 헤어지는 게 걸리는) 그래서 일단 좋은 케이스
       가 있어서, 국비유학 신청할까, 싶어. 나중에 승진이나 해외 파견 훈련생 신청
       할 때 도움 되게.


## 씬 22. 정오 모의 카페 안 + 정오의 거실 + 혜리의 방 안, 교차씬, 밤.

정오 모    (뉴스 보며, 걱정) 아이고 생각 잘했다. 그럼 당장이라도 지구대 그만둘 수 있
       겠네. 나중에도 지구대 안 가도 되고.. 난 너 지구대 일하는 거 너무 무섭고,
       심장이 막 떨리고, 다 나아가는 공황장애가 다시 올 거 같애.

정 오    (물 따라 마시며) 알았어, 알았으니까, 전화 끊어.

혜 리    (제 방문 열고 얼굴 내밀며, 졸린) 정오야, 같이 자자. 나 자꾸 깨.

정 오    엄마, 나 전화 끊어. 어, 잘 자. (전화 끊고) 누워 있어, 곧 들어갈게. (하고, 상
       수의 이불을 덮어주는데, 맘이 안 좋은, 헤어져야 하나 생각이 드는, 애써 맘
       다잡고, 상수의 이불을 덮어주는데)

상 수    (자다, 정오 보며, 졸린) 니가 좋아.

정 오    (착잡한, 미안한) .. 나도... (하고, 상수의 머리를 쓸어서 넘겨주고, 이불 마저
       덮어주고, 혜리 방으로 들어가, 침대에 누워 있는 혜리 옆에 눕는)

| 혜 리 | (눈 감은 채, 졸린) 정오야, 너 정말 국비유학생으로 해외 갔다, 해외 근무 신청할 거야? |
|---|---|
| 정 오 | .. |
| 혜 리 | 너 해외 감 상수는? 걘 계속 지구대 근무할 거 같던데? 헤어질 거야? |
| 정 오 | (바깥의 상수를 보며, 상수냐, 유학이냐, 착잡한) .. 잠이나, 자. (하고, 혜리를 토닥여주는, 생각 많은) |

## 씬 23. 공원, 아침.

상수, 정오, 혜리, 한표, 원우, 승재, 땀을 흘리며, 달리기를 하는,
정오, 생각 많은,

**\* 점프컷, 정오의 회상, 플래시컷 》**
1, 강 선배가 총 맞던,
2, 정오가 차를 인도로 틀던,
3, 상수가 울며, 강 선배의 시신을 옮기던,
4, 3부에서, 혀 잘린 여자가 발목 잡을 때, 놀라던 정오,
5, 4부에서, 죽은 여자 시신을 보던 참담한 정오,
6, 5부에서, 테이저건 쏘던 정오,
7, 11부에서, 상수가 든 들것에 있던, 경진 경미의 처참한 모습을 보던 정오,

**\* 점프컷, 현실 》**
정오, 경찰 일이 무서운, 그래도 참고, 뛰는, 상수를 스쳐 지나가는,

**\* 점프컷 》**

| 상 수 | (뛰다, 힘든, 제 옆을 지나가는 정오를 보며, 화도 나고(혜리에게 해외 근무 얘기 들은 상황), 답답한) |
|---|---|
| 원 우 | 사건현장에 노인이고 청소년이고 마구 해치고, 밀가루 뿌리는 묻지마 연쇄가 장남에서 장동으로 번지드라. 우리 지역도 무사한 건 아냐. |

상 수    (정오 보다, 원우 보며, 답답한) ...

원 우    그래서 난 오늘부터 장구 안 들고 총 들라고... 이번 강 선배님 사건 보니까, 테이저건은 사정거리도 넘 짧고, 기절도 이삼 초밖에 못 시켜서 제압도 쉽지 않고. 이번에 강 경사님 빼곤, 너들 시보들 테이저건은 모두 명중 못 시켰다며?

그사이, 승재, 한표 와서,

승 재    (숨 고르며, 원우에게) 그냥 테이저건 들어, 선배. 강남일 경사님도 원랜 총 들어야 하는데, 허리가 아프긴 하지만 테이저건 드는 이유가 다 있어.

한 표    (땀 닦으며, 원우 보며) 우리나라에선 경찰한테 총은 범인을 쏘는 도구가 아니라, 범인한테 던져서, 맞추는 짱돌로 사용하라는 말 못 들었어?

상 수    (땀 닦으며, 뭔 소린가 싶은, 진지하게 들으면)

한 표    (답답한) 엊그제 범인은 정지해 있어서, 오 경위님 이 주임님이, 매뉴얼대로 팔다릴 맞출 수 있었지만, 대부분 범인은 움직이는데.. 그러다 범인이래도 사람이 죽으면.. (고개 저으며) 생각만 해도 싫다.. 게다가, 그런 일 나면 바로 감찰 조사에 민형사 소송까지 이어질 텐데..

승 재    맞아. 작년에 경찰이 총 쏴서, 강도가 전신마비가 됐다고, 그 경찰이 과잉진압으로 파면됐는데..

상 수    (이해가 안 되는, 진지한) 파면이요? 총을 쏘고 싶어 쏜 것도 아니고.. 쏴야 되니까 쏜 걸 텐데..

한 표    (상수 물병 뺏어, 마시고, 씁쓸하게) 국가도 국민도 모두 경찰이 맨몸으로 범인을 잡길 바래.

승 재    몇 년 전 청마지역에서 도끼 들고 난동 부리는 놈들한테 경찰이 순직한 사건이 있었어. 총 쏘면 대부분 징계받고 무사하지 못하니까 총 안 쏘고 맨몸으로 어떻게든 막아보려다 ...

한 표    이번 강 선배 사건은, 범인도 총 들고, 경찰도 죽고.. 우리가 총 쏴도 검찰 언론 다 할 말 없지만, 대부분 범인은,

상 수    (답답한) 식칼이나 과도 들죠. 가끔 도끼, 곡괭이도 들고, 근데 어떻게 우리가 맨몸으로..

승 재    (답답한, 자조적인) 그런 일 하라고 연금 주고, 월급 준다잖아.

| 상 수 | ? |
|---|---|
| 승 재 | 몇몇 사람들이 하는 말이야. |
| 한 표 | 우리가 범인을 놓치면, 사람들은 우리 경찰이 무능하다 욕하고 말겠지만, 우리가 다치거나 죽음.. 가족들은 어떡하고? 에으, 진짜.. (하고, 가는) |
| 상 수 | (가는 한표 보다, 원우 보고, 진지하게) 내가 범인을 놓치면, 그 범인이 다른 시민을 또 위협할 텐데... 그건 아니다? (물 마시는) |
| 원 우 | (상수 어깨 툭 치고) 난 니 사명감이 맘에 들어. (하고, 뛰어 앞으로 가는) |
| 상 수 | (원우 보고, 물 마저 마시고, 멀리 뛰는 정오를 보는) |
| 혜 리 | (뛰어와서, 헉헉 숨 고르며) 너 왜 정오한테 안 물어봐? 진짜, 너 두고 휴직하고 유학 갈 건지 말 건지? 벌써 내가 그 사실 말해준 지 이틀이나 지났는데? |
| 상 수 | (멀리, 뛰는 정오를 보며, 진지한) 먼저 말해주길 기다렸는데.. 안 하네.. 지금 물어봐야겠다. (하고, 정오에게 뛰어가며) 정오야, 아침 먹고, 출근하자. |
| 혜 리 | (상수 보고, 상수와 다른 쪽으로 뛰어가는) |

**＊ 점프컷 》**
상수, 정오의 옆에 와 뛰는,

| 상 수 | (화가 난, 그러나 담담한 척, 툭) 너 진짜 휴직하고, 국비유학 신청할 거야? |
|---|---|
| 정 오 | (뛰며, 맘 답답하지만, 담백하게) 어. |
| 상 수 | (뛰다, 멈추고, 정오 보며) .. 너 가면.. 그럼 난? |
| 정 오 | (뛰어가다, 돌아보고, 미안한, 그냥 뛰는) |
| 상 수 | (서운하게 가만 보다, 뒤돌아, 뛰어가는) |


# 씬 24. 지구대 피트니스장 안, 아침.

양촌, 명호, 남일, 종민, 열심히 땀을 흘리며, 운동하는,
양촌, 맘이 무거운,


# 씬 25. 지구대, 무기고 앞, 아침.

경모, 감시하고, 대원들, 무기를 가지고 나와, 줄서서, 보여주는,

**남 일**　카트리지 상태, 이상 무. 배터리 상태 이상 무,

**경 모**　(남일 답답한) 총 들지?

**남 일**　(고개 젓는) 허리 안 좋아요.

**경 모**　허리 펑겐.. 도망가는 놈은 안 잡겠다는 거 아냐.. 참 내. 감마.

**남 일**　(가는)

**정 오**　(테이저건 보여주며) 카트리지 상태, 이상 무. 배터리 상태 이상 무. (하고, 가는)

**상 수**　(총알을 보여주며) 공포탄 하나, 실탄 셋, 이상 무.

**경 모**　(담백하게) 가. (그때, 이층으로 올라가는 민석 보는)

**삼 보**　(경모 옆에 와서) 야, 나 오늘 그냥, 순찰 돌게 해주라. 오늘이 마지막 지구대 근문데.. 상황근무석은 그렇잖아,

**경 모**　(진지하고, 담백하고, 단호하게) 대장과 팀원 전원의 간곡한 부탁이에요. 주임님은 오늘 외근 안 됩니다. 가세요. (하고, 앞의 원우 보면)

**원 우**　(총 보여주며) 공포탄 하나, 실탄 셋, 이상 무.

**삼 보**　(경모를 답답하게 보다, 돌아서는)


# 씬 26. 지구대 식당 안, 낮.

상황근무하는 종민 원우 제외한 1팀 대원들, 밥을 먹고 있는, 그때, 남일, 식판에 밥을 가져와 정오 옆에 앉는,
정오, 밥을 먹다가, 생선을 집으려 하면, 한표가 집는, 남일, 그 생선을 집어, 정오 주는,

**한표, 승재, 혜리**　(웃으며) 오우..

**남 일**　뭐가 오우야, 내 부사순 내가 챙겨야지. (정오 보며) 많이 먹어.

**정 오**　(남일 보고, 고맙지만, 상수 때문에 마냥 밝지 않은) 네. (생선 먹는)

**상 수**　(정오 안 보고, 무덤덤한)

| 삼 보 | (웃고, 혜리에게) 커피 타줄까? |
|---|---|
| 혜 리 | 네. |
| 삼 보 | (일어나 커피 타러 가는) |
| 한표, 승재 | (놀라운 듯, 웃으며) 오우.. 제 것도 부탁합니다. |
| 삼 보 | (커피 타며) 됐어, 자식들아.. |
| 명 호 | (편하게) 주임님, 우리 사수들 꺼는요? |
| 삼 보 | 니들은 타주지. |
| 사수들 | (웃고) |
| 경모(굳은), 양촌(굳은)을 제외한 모두 | (흐뭇하게, 웃고, 밥 먹는) |
| 경 모 | 제 건 됐어요. (하고, 밥 먹는) |
| 상 수 | (밥 먹는 정오 보고, 밥만 먹는 양촌 보며, 답답한) 근데, 제가 뭐 잘못했어요? 왜 아무 말도 안 해요? |
| 양 촌 | (밥만 먹는) |
| 상 수 | (답답한, 밥 먹고) |

# 씬 27. 지구대 화장실 안, 낮.

민석, 들어와 볼일 보려 하는데, 경모, 들어와 볼일 보며,

| 경 모 | (답답한) 지구대 일도 많은데, 놈이 너 고소 취하한다는데, 넌 그걸 꼭 고소 해야겠냐? 똥이 무서워 피해, 더러워 피하지? |
|---|---|
| 민 석 | (볼일 보며, 진지한) 늘 우리 경찰이 업무 생각해서 이런 문젤 적당히 넘어가니까, 개중에 놈들이 우리 경찰을 얕잡아보고, |
| 경 모 | (꼬나보며, 긴장감 있게) 니가 그 민원인을 밀친 건 맞잖아? |

명호 와서, 볼일 보며,

| 명 호 | 민석이가 어제 에스앤에스로 부사수들에게 전부, 민원인 몸에 손댄 건 이유 불문 본인 잘못이다, |
|---|---|
| 종 민 | (입구에서 들어와 말하며) 절대 잘못된 건 따라 배우지 마라, 하지만, 그렇다 |

고 해서, 있지도 않은 사실로 경찰을 아니, 경찰 아닌 그 누구라도 공갈 협박하는 놈은 용납할 수 없다고,

**민 석**　(말꼬리 자르며, 담담하지만, 진지한) 민원인 밀친 게, 문제가 되면, 징계 먹겠습니다. 하지만, 이 문젠 그냥 못 넘어갑니다.

**경 모**　나라면 고소 안 해.

**민석, 명호, 종민**　(보면)?

**경 모**　(진지하게, 안 보고) 근데, 내가 늘 다 맞는 건 아니야. (보며) 너 때문에 걸은 돈은 민 선배님, 강 선배님한테 다 돌리기로 했다. 수고. (하고, 민석 툭 치고 가는)

**명호, 종민**　(민석에게) 끝까지 가. (하고, 나가고)

**민 석**　그럴 거야. (하고, 나가는)


잠시 후, 양촌, 상수, 들어와 소변기에 서는,


**상 수**　(눈치 보며, 조금 서운한) 총기사건 이후로 저한테 왜 아무 말도 안 해요?

**양 촌**　(소변만 보며) 할 말이 없어. (하고, 무심히 고개 돌리다, 상수의 총기를 보면, 총기를 고정하는 단추가 풀린(양촌만 보고, 시청자는 안 본) 걸 확인하고, 무섭게 상수 보고, 소변보는)

**상 수**　(그런 양촌을 못 보고, 소변만 보며, 서운해 말하는) 우리 그날 모두 충격 먹고.. 정오도 혜리도.. 나도 너무 놀라고.. 경위님은 베테랑이라 많이 놀라진 않으셨겠지만,

**양 촌**　(담담히) 난 사람 아니냐, 나도 놀래.

**상 수**　?

**양 촌**　(볼일 다 보고, 상수 보며) 정자세.

**상 수**　(영문 몰라도 눈치 보며, 정자세 하면)

**양 촌**　(상수의 웃옷을 들춰, 허리춤을 보면, 벨트가 헐렁하게 채워진)

**상 수**　(웃옷을 들고, 눈치 보이는) 벨트가 자꾸.. 답답해서..

**양 촌**　(담담히, 꼬나보며) 죽는 게 나, 허리 답답한 게 나?

**상 수**　(인정이 되는, 진지한) 허리 답답한 거요.

**양 촌**　(꼬나보며) 내가 죽냐 마냐 하는 소리, 겁주는 거야, 진짜야?

**상 수**　(숙연해지는) 진짭니다.

**양 촌**   (총기 지갑 열린 것 보며) 그런데, 총기 이따위로 간수하면, 돼, 안 돼?

**상 수**   (아차 싶어, 서둘러, 총기 지갑 채우고, 진지한) 절대 안 됩니다.

**양 촌**   (손으로 상수 뺨 톡 치고, 진지하고 험악하게) 정신 차려, 너. (하고, 상수의 벨트를 풀어, 잘 채워주는)

**상 수**   (그 맘 느껴져, 진지하게) 명심하고, 명심.. 하겠습니다.

**양 촌**   (다 채워주고, 세면대로 가, 손 닦으며, 담담히, 진심 담긴, 차분하고 서글픈) ... 엊그제 니가 안 다쳐서.. 다행이었다.

**상 수**   (양촌의 맘을 알겠는, 맘 짠한 것, 감추고, 눈가 살짝 붉어 보며, 옆에서 손 닦으며, 애써 담담히) .. 경위님이 안 다치셔서.. 저도 정말 다행이라고 생각했어요.. 만약 그런 일을 경위님이 당하면.. 전 못살 거 같아요.

**양 촌**   (맘이 짠하게 상수 보다가, 상수 머리 툭툭 치며) 순찰 준비해. (하고, 가는)


# 씬 28. 지구대 안, 낮.

경모, 자리에 앉아, 서류만 보고 있고,
혜리, 상황 컴에 집중하고 있고, 삼보, 자리에 앉아 핸드폰 보다,

**삼 보**   (경모 보며, 답답한) 강 팀장 사건 조사가 다 끝났나 보네. 낼 발인이라네. 발인은 봐야지?

**경 모**   (답답한) 어차피 낼은, 주임님 퇴직 때문에 다들 지구대 나올 건데, 잘됐네요.

그때, 문 열리고, 2부에 나왔던 노숙자 아줌마, 캐리어 끌고 들어와 보호석에 제 집처럼 눕는,

**삼 보**   (노숙자 보며, 서글픈 웃음) ... 흐흐.. 오셨어요! (서글퍼지는, 혼잣말) 저, 숙자 아줌마도 오늘로 마지막이네.

**경 모**   속 시원하다, 생각해요. 사건사고 지겹지도 않아.

**삼 보**   맞다.. 지겹지, 지겨워. (서글픈, 그러다, 문 쪽 보며) 저거 뭐야?

혜 리     (문 쪽 보고, 좋은) 우와 고양이다! (하고, 일어나면)

경 모     (버럭) 송혜리, 누가 상황데스크 앞에서 움직이래!

삼 보     (고양이에게 가, 고양이를 안고) 아이고 아이고.. 귀여워라 완전 새끼네, 너 집이 어디야? (경모 보며) 길고양인가?

혜 리     (웃으며, 좋은) 완전 이뻐요! (하고, 고양이 보다가, 순간, 컴 보며, 놀라, 크고, 정확하게, 무전 하는) 코드 제로, 코드 제로, 소명산 아래, 78-1번지, 막다른 골목에서, 폐지 줍는 할아버지가 피를 많이 흘리며 쓰러져 있는 걸,

경 모     (무전기 뺏어서, 상황 컴 보며, 소리치는) 지나가는 이십 대 여자가 보고 신고, 현재 생사 불명. 코드 제로, 코드 제로! 현재, 피를 흘리고 쓰러져 있는 할아버지, 생사 불명.

삼 보     (사건이 안타까워, 고양이 안고, 답답한) 아.. 또 뭔 일이야.


## 씬 29. 차가 갈 수 없는 좁은 계단 골목, 낮.

상수(맨 앞에서 격차 벌리고 뛰는), 양촌, 정오, 남일, 마구, 뛰어가는, 그때, 주민, '저쪽이에요! 계단 끝에서 왼쪽이요!' 하며, 한쪽을 가리키고, 네 사람, 주민이 가리킨 막다른 골목으로 마구 뛰어가는,

### * 점프컷, 계단, 윗길 》
상수가 먼저 뛰어와, 왼쪽 골목으로 가면, 폐지 리어카가 보이고, 한쪽에 할아버지가 온몸을 칼에 찔려, 기절해 있는, 주변에 밀가루가 수북이 흩어져 있는, 상수, 먼저 도착해, 참담하고 놀란 가슴 애써 달래는,

상 수     (큰 소리) 여기예요! 여기! (하고, 달려가, 할아버지 경동맥 잡아보고, 숨을 관찰하고, 큰 소리) 살았어요! 피해자 할아버지가 살았어요!

E     (구급차 사이렌 소리가 들리는)

## 씬 30. 사건현장 근처 좁은 길, 낮.

골목에 차가 불법으로 주차된, 구급차가 못 가는,
양촌, 구급대원들, 답답하고, 화난, 함께 소리치는, '불법 주차된 6781, 9805,
차 좀 빼주세요! 여기 소방대로야! 차 빼! 사람이 다쳤어요! 차 빼요! 차 주
인 없어! 차 좀 빼요!'


## 씬 31. 사건현장의 좁은 계단 길, 낮.

상수(걱정되고, 다급한), 구급대원과 할아버지를 들것에 싣고, 뛰는,
남일(긴장하고, 다급한), 정오(슬프고, 다급한), 호루라기 불며, 앞서 뛰어가
며, '비켜요! 비키세요!' 하며, 지나가는 사람들에게 소리치는,
다른 지구대원1, 2, 사건현장으로 뛰어가면,

남 일　(가는 경찰들에게) 사건현장 폴리스 라인은 우리가 일단 쳤어요! 서에서 올
　　　때까지 경계만 해! (하고, 시민들 향해, 뛰며) 비켜요, 비켜!


## 씬 32. 준종합병원 복도, 낮.

미혼모　(여대생, 애기를 안고, 퇴원하는, 걸어가며, 전화하는, 울먹이며, 슬픈) 나야,
　　　길아, 왜 몇 날 며칠 전화를 안 받아. 애기 낳지 말랬는데.. 내가 애기 낳아서
　　　그래.. 이제.. 애기 어떡해야 돼? 나, 무서워.. 전화 줘, 어?

미혼모, 전화하는 사이, 병원 출입구에서 상수, 정오, 뛰어 들어오며, '응급입
니다, 응급입니다, 비키세요!' 하면, 사람들, 길을 터주는,
그 뒤에 구급대원들 두 명이 할아버지를 이동침대에 싣고, 수술실 쪽으로 들
어가는, 미혼모, 전화하며, 그 모습을 보다가, 길을 터주는, 그리고 수술실 쪽
으로 달려가는 상수와 정오를 보는, 슬픈, 그때, 전화 오고, 전화기 보면, 엄
마다, 엄마한테 애기 낳은 사실을 말 못해, 거짓말하는, 두려운,

**미혼모**   여보세요? 어, 엄마.. 나, 잘 지내지, 그럼 학교도 잘 다니고... 왜 갑자기 서울 엘 와?


## 씬 33. 병원 밖, 낮.

형사(강 선배 총기사건 때 왔던), 답답한 얼굴로 나와, 한쪽 끝에 순찰차 세 위놓고, 기대서 있는, 양촌(화나, 싸늘한), 남일(무거운), 정오(슬프고, 속상한), 상수(화나고, 속상한)에게로 가는, 네 사람, 할아버지의 생사가 걱정되고, 불법 주차 때문에 화가 있는 대로 난, 긴장하고, 예민해 보이는, 형사, 네 사람에게로 와서,


**형 사**   (답답한) 오 경위님도 다른 분들도 고생하셨는데, 할아버지가 돌아가셨네요.
**모 두**   (막막한, 눈가 붉어지는)
**형 사**   3분만 빨리 왔어도 살릴 수 있었다는데.. 불법으로 주차된 차들만 없었어도.. 여긴 저희한테 맡기시고, 다들 들어가세요. (하고, 인사하고 가는)
**모 두**   (화나고 참담하고 슬픈)
**양 촌**   (가는 형사를 미동 없이 꼬나보듯 보는, 불법 주차된 차들이 떠오르며, 맘이 뜨겁고, 분노스런, 냉정히) 염상수..
**상 수**   (눈가 붉어, 화난) 네.
**정 오**   (참담하고, 눈가 붉어, 화나는) 경위님, 우리 지금 지구대 들어가지 말고,
**상수, 정오**   (동시에) 사건현장에 불법 주차된 차들 싹 다 잡으러 가요.
**양 촌**   (화난, 보며) 나도 방금 그 얘기할라 그랬어. (하고, 화나, 차 타고)
**상 수**   (화나, 차 타고, 출발하는)
**남 일**   (전화하며, 차 타며, 화난) 범양렉카차죠! 홍일지구대 강남일 경삽니다! 홍안 1동 66번지 입구, 74번지 입구, 48번지 입구 쪽으로 렉카차.. 거기가 구청 관할이든 경찰 관할이든.. 상관없어요, 내가 책임져! 싹 다, 싹 다, 불법 주차된 차 다 끌고 가요, 어서!

순찰차 두 대 사이렌 울리며 가는,

씬 34. 사건현장 동네와 인접한, 도로, 낮.

레커차 두어 대가 차를 끌고 가는 게 보이는, 주민들, 구청 직원과 실랑이하는, '아니, 내 차를 왜 끌고 가요?! 집 앞에 잠깐 둔 건데?', 구청 직원, '여긴 집 앞이 아니라 소방도로예요! 그리고 잠깐 두긴, 낮에 사건 나서부터 계속 있었는데, 그땐 왜 안 나오고, 차를 끌고 가니까, 이제 나와서 그래요! 이 불법 주차된 차들 때문에 오늘 사람이 죽었어요!' 하며, 싸우는,

＊ 점프컷, 길 건너편 》
양촌 상수, 남일 정오, 각자의 순찰차 안에서 그 모습을 분노스럽고, 맘 아프게 보고 있다가, 차 출발해 가는, 카메라, 가는 순찰차를 보여주다, 건너편 편의점을 보여주면,

＊ 점프컷, 도로, 편의점 안 》
모방범(몸이 슬림하지만, 단단해 보이는, 20대 남자, 모범생 같은), 청바지에 편한 티 차림, 덤덤한 얼굴로, 편의점 안에 설치된 텔레비전에서 묻지마 사건에 대한 뉴스가 나가는 걸 보는, 인상착의와 범행 수법에 관한 내용이 나가는,

＊ 점프컷, 뉴스 내용 - 헤드라인: 계속되는 밀가루 묻지마 사건, 범인의 정체는 오리무중? 》

앵 커  청소년과 노인들에게 흉기를 휘두르고, 사건현장에 밀가루를 뿌리고 달아나는 '묻지마' 흉기사건이 서울 시내에서 연쇄적으로 발생해, 시민들의 공포가 극에 달하고 있습니다. 사흘 만에 세 건, 피해자 세 명 중 한 명은 목숨을 잃었고, 나머지 두 명도 중태입니다. 임소희 기자가 집중 보도합니다.

기 자  묻지마 사건이 처음 발생한 것은 이틀 전 밤 11시, 서울 장남구 구립도서관 화장실에서였습니다. 신원불명의 남성이 중학생 김모 군을 흉기로 마구 찌른 뒤, 쓰러진 김 군과 주변에 밀가루를 뿌린 뒤 달아난 겁니다. 화장실 입구

CCTV에 찍힌 범인은, 상당히 큰 체격에 검은 모자와 선글라스, 고개를 숙여 얼굴을 가리고, 트레이닝복과 흰 운동화를 착용한 모습이었습니다. 이어서 어젯밤 9시경, 두 번째 사건이 발생합니다. 장동구 장동시장 인근에서 장사를 마치고 귀가하던 일흔두 살 황모 할머니가, 흉기에 마구 찔려 쓰러진채 발견된 겁니다. 역시 현장에는 밀가루가 뿌려져 있었습니다. 그리고 오늘 낮 4시경, 마현구 홍안1동 소명산 인근 골목에서, 세 번째 사건이 벌어졌습니다. 폐지를 줍던 일흔다섯 살 박모 할아버지가 흉기에 찔려 쓰러진 채 발견되었고, 병원으로 옮겨져 응급수술을 받았으나, 결국 숨지고 말았습니다. 현장에는 역시 밀가루가 뿌려져 있었습니다.

경찰은, 현장에서 지문과 족적이 전혀 발견되지 않았다는 점, 그리고 밀가루를 뿌려 완벽하게 흔적을 제거한 점을 들어, 세 사건이 모두 완전범죄를 노린 동일범 소행일 가능성이 높다고 밝혔습니다. 또한, 범인이 장갑을 끼고 밑창을 도려낸 운동화를 신었을 것으로 추정되며, 첫 번째 피해자인 김모 군에게는 칼을, 두 번째와 세 번째 피해자인 황모, 박모 노인에게는 드라이버를 갈아 만든 흉기를 사용한 것으로 파악된다고 밝혔습니다.

범죄심리학자들은, 특정한 이유 없이, 자신과 이해관계가 없는 피해자들, 특히 신체적으로 약한 청소년과 노인들만 골라 잔인하게 해친 범행 패턴으로 보아, 범인이 자신의 쾌락을 위해 살인을 저지르는 반사회적 인물로 분석된다고 밝혔습니다.


＊ 점프컷 ≫

모방범, 그걸 가만 보다가, 판매대로 가서, 장갑을 가만 보다, 하나 고르고, 부침가루 밀가루 같은 걸 이것저것 사고, 음료를 하나 사서, 계산대로 가는, 그 모습 위로, 뉴스 흐르는,


## 씬 35. 모방범의 오피스텔 안, 낮.

운동기구가 있는, 모방범(러닝 차림, 몸이 다부진), 가방에 사 온 물건을 담고, 옷장 열어, 검은 모자를 꺼내 쓰고, 안경 서랍을 열어, 검은 선글라스가 아닌 다른 색깔의 안경(눈이 보이는)을 쓰고, 다시 옷장의 의사 가운 주머니

에서 메스를 꺼내들고, 제 운동화를 가져다 메스로 운동화(범인과 다른 색깔의 운동화)의 밑창을 도려내는,


## 씬 36. 동네 골목, 밤.

의류함이 놓여 있는(아래 박스는 숨겨져 안 보이는), 행인, 의류함을 지나쳐 가는, 잠시 후, 다른 행인, 의류함을 지나쳐 가는,

**\* 점프컷 》**
미혼모, 행인이 그 앞을 지나가면, 몸을 숨기고 있다가, 울고 있었던 듯, 눈물을 닦고, 의류함 근처로 가보는, 한쪽의 큰 종이 박스에 애기(얇은 천 기저귀 같은 걸로 싼)가 들어 있는, 그걸 내려다보다가, 박스 안의 애기를 안고, 박스를 들고 가는,

**\* 점프컷 》**
명호 한표의 순찰차, 일대를 돌며 무전 하며, 미혼모를 지나쳐 가는,

명 호    (무전 하는) 순 스물넷, 홍안3동 친구들 간의 쌍방 폭행, 쌍방 합의하에 사태 진정, 훈방하고,

한 표    (편한) 난 이렇게 현장에서 훈방할 때가 젤 좋아요. 우리가 진짜 거리의 판사 같고.

명 호    (한표 보며, 작게 웃어주고, 계속 무전 하는) 일대 순찰 마치고, 지구대로 이동 중. 지구대로 이동 중.

**\* 점프컷, 골목 한 켠 》**

미혼모    (가는, 명호 한표의 순찰차를 울먹이며 슬프게 보고, 애기 보고, 걸어가며) 애기야, 춥지, 어떡해.. 난 널 어떡해야 되는지... 아무것도 모르는데.. 어떡해..

## 씬 37. 지구대 여자 휴게실 안 + 복도, 밤.

정오, 답답하고, 서글프게 들어와 라커 문 열고, 단추 풀려는데, 노크소리 나는, 정오, 다시 단추 채우고, 문 열고, 상수 보는,

정 오   (미안하기도 하지만, 담담한) 무슨.. 일?

상 수   (휴게실 안으로 들어와, 진지하게, 보며, 조금은 어이없는) 무슨 일?

정 오   (미안하지만, 내색 않으려는, 차분히 보는)

상 수   너 진짜 휴직하고 국비유학 신청할 거야?

정 오   (벽에 기대, 미안해도, 할 말은 하는, 차분한) 국비유학생 선발되면 휴직할 거야.

상 수   (서운한, 맘 아픈) 그래서, 신청했어?

정 오   오늘 신청할라고... 집에 가서.

상 수   너 나 안 좋아해?

정 오   (미안한, 차분히) .. 좋아하지만,

상 수   좋아하지만?

정 오   (미안하지만, 할 말은 하는) .. 해외 근무가 경찰 되기 전부터 내 꿈인데.. 그걸.. 접을 만큼은 아냐.

상 수   (서운해, 눈가 붉은) ...

정 오   (착잡해, 머리 쓸어 올리고, 미안해도 할 말은 하는, 눈가 붉은, 진심으로) ... 미안해, 상수야.

상 수   (보는)

정 오   난 너처럼 사명감 같은 거 없어. 먹고살려고 경찰 됐어.. 유학 다녀와도, 난 계속 경찰 일을 하겠지만, 지구대로는 돌아오진 않을 거야.

상 수   ...

정 오   (맘 아픈, 눈가 붉어) 엊그젠 경찰이 죽고, 오늘은 또 다른 사람이 죽고, 어딘가에선 애들이, 누군가가 또 다치고.. 끝없이 일어나는 사건사고를.. 이렇게 계속 볼 자신이 없어.. 지구댄 나 같은 사명감 없는 경찰한텐 안 어울려.

상 수   (정오의 맘도 알겠지만, 헤어지는 것도 싫은, 눈가 붉어, 속상한, 가만 미동 없이 보는)

정 오   ...

| 112 | (다급한, E) 코드 제로 코드 제로, 홍일지구대 인근에 영아가 유기됐다는 지 |
|---|---|
|     | 나가는 시민 제보, 홍일지구대 인근에 영아가 유기됐다는 지나가는 시민 제 |
|     | 보, 인근 경찰과 순찰차는 출동하라, (반복하는) |
| 상 수 | (스피커를 보다가, 가려는데) |
| 정 오 | (팔 잡고) 상수야, |
| 상 수 | (조용히 팔 뿌리치고, 시계 보고, 슬프지만, 차분히) 퇴근 십 분 전이야, 근무 |
|     | 해야지, 넌 퇴근해, 난 애기 찾을래. (하고, 가는) |
| 정 오 | (가는 상수 맘 아프게 보고, 그냥 사건을 무시하고, 옷을 갈아입으려고 단추 |
|     | 풀며 반복되는 상황실 무전 듣다가, 아기가 걱정되는, 울 것 같은, 다시 서둘 |
|     | 러 옷 입고, 나가는) |

# 씬 38. 지구대 앞, 밤.

남일(사복을 갈아입으려다 나오는 중이라 밑엔 사복 바지, 위엔 근무복 셔츠
의 단추 채우며, 나오는), 양촌(근무복), 상수(근무복), 종민 원우(사복), 명호,
한표, 뛰어나와 각자 흩어져 지구대 뒤쪽으로 뛰어가는, 정오, 뛰어나오는,

| 양 촌 | (오른쪽으로 가며) 강남일은 우리 따라 오른쪽! |
|---|---|
| 남 일 | (뛰며) 나머진 반대! |
| 명호, 종민, 한표, 원우 | (왼쪽으로, 뛰어가며) 네! 반대편 갑니다! |
| 정 오 | (나와, 양촌 상수를 쫓아 죽어라 가는, 슬픈) |

**\* 점프컷, 지구대 앞 》**
삼보, 경모, 답답하게 나와, 가는 대원들 쪽 보며 소리치는,

| 경 모 | 조심해! (답답한, 구시렁) 아.. 참, 애가 유기된 위치가 정확히 어딘지 알려나 |
|---|---|
|     | 주지... 지구대 인근은 뭐야. 이 동네가 얼마나 넓은데.. 퇴근 앞두고, 이게 뭐 |
|     | 야.. 2팀도 들어오자마자, 사건 나 다 나가고.. (하고, 들어가는) |
| 삼 보 | (걱정) 4월 날씨도 애기한텐 추운데.. 빨리 찾아야 할 건데.. |

하고, 답답하게 돌아서려 하는데, 순간, 이상한, 삼보, 다시 돌아서서, 멀리 길
건너편을 보면, 미혼모, 슬프게 서 있는 게 보이는,

삼 보    (이상한, 다가가며) 저기요!
미혼모   (슬픈, 삼보의 말소리에 당황해, 도망가는)
삼 보    (이상한) 저기, 저기.. 저기요! (하고, 뛰어가는)


그때, 경모, 나와, 뛰는 삼보 보고,

경 모    주임님 뭐야?! (하고, 삼보 따라가는) 형님!
삼 보    (미혼모를 쫓아가며, 경모의 말소리 못 듣고) 내가 뭐 좀 물어볼라 그래요,
         저기요! (하고, 대로를 건너려는데, 차가 오고)
경 모    (그걸 보고 놀라, 삼보를 인도로 끌어당기며) 뭐해요?! 차 오는데!
삼 보    아무래도, 애 엄마 같애. 나랑 눈이 마주치더니 도망갔어. (하고, 주변 보면)

         **\* 점프컷 》**
         미혼모가 없는, 길이 갈래길이다,

경 모    (답답한, 그래도 정신 차리고, 정확히) 형님이 오른쪽, 나는 왼쪽 길로 갑시
         다! 엄말 찾아야 애 찾기가 쉬워. 조심해요! (하고, 뛰는)
삼 보    (가는 경모 보며) 20대에 회색 후드티 입었어! (하고, 뛰고)
경 모    (뛰며) 알았어요! 조심하세요!



# 씬 39. 지구대 뒤편, 밤.

         정오(눈가 붉어, 슬픈), 남일, 땀나, 애가 타, 주변을 두리번거리며, 플래시로
         상가 앞 골목을 보고, 차 밑까지 플래시로 비추는,

         **\* 점프컷, 다른 일각 》**
         양촌, 상수, 애가 타, 땀난, 플래시로 주변을 이리저리 비추는,

그때, 명호, 한표, 힘들게 헉헉대고, 뛰어오며,

한 표   (상수에게, 속 타는) 상수야, 없어?
상 수   (진지하게 찾기만 하며, 쓰레기 더미 쪽도 샅샅이 보는) 없어요.
양 촌   (쓰레기 더미에서 긴장하고, 열심히 아이 찾는 것에만 집중하는)
명 호   다시 한 번 찾아볼게요! (하고, 한표와 다른 곳으로 가는)


   **\* 점프컷 》**
   정오, 골목 여기저기 찾아도 없자, 난감한, 울 것 같은 얼굴로 머릴 쓸어 올리
   는,

정 오   어떡해.. (하고, 돌아서다가, 한쪽을 보면, 차 위에 박스가 있는, 혹시 몰라, 그
        걸 내려다보는데, 아기(얼굴이 파란, 화면에 안 보여줘도 될 듯)가 있는, 멀리
        남일 쪽 보며, 큰 소리로) 찾았어요, 아기가 청색증 같아요! (하고, 아기를 안
        고, 숨을 쉬나 귀를 대보며, 울부짖는) 도와주세요! 숨이 불규칙해요! 아기
        숨소리가 이상해!



# 씬 40. 도로, 밤.

   상수, 땀 흘리며, 아기를 옷에 싸안고 죽어라 뛰고,
   남일, 박스를 들고 뛰고,
   양촌, 종민, 명호, 원우, 뛰며, 사람들에게, '비키세요, 비키세요!' 하며 길을 터
   주는,

정 오   (뛰며, 울 것 같은, 119와 무전 하는) 네네, 홍일지구대로 오시면 돼요! 아기
        응급처치는 저희가 지금 지구대로 들어가서 바로 할게요! 네네, 영아용 씨피
        알 할 줄 알아요! 경찰학교에서 교육받았어요! 네네, 어서 오세요!
명 호   (뛰며, 민석과 전화하는) 애기가 얼었어! 휴게실 보일러 켜고!
한 표   (뛰며, 승재와 전화하는) 승재야, 열선풍기 찾아! 열선풍기! 창고에서 있는 대
        로 다 찾아!

## 씬 41. 지구대 식당, 밤.

승재, 민석, 사복 차림으로 뛰어와, 주방으로 가, 온갖 곳을 뒤지는, 당황해 그 릇들을 떨어뜨리는,

**민 석**  어딨냐, 어딨냐, 열선풍기가 어딨어!
**승 재**  (열선풍기 찾으며) 미치겠네, 내가 여기서 봤는데.
**민 석**  야야, 넌 애기 줄 보리차 준비해.
**승 재**  아차! (하며, 주전자에 정수기의 뜨거운 물 받는)
**민 석**  아, 대체 열선풍기가 어딨어..


## 씬 42. 지구대 복도 + 여자 휴게실 안, 밤.

혜리, 뛰어와 문 열고 들어와, 라커 문 열고, 이불을 마구 꺼내 펴는,


## 씬 43. 지구대 안, 밤.

양촌, 종민, 원우, 남일 모두 땀난 채, 먼저 뛰어 들어와, 2팀들, 주취자와 엉겨 서성이는데, 소리치는,

**종민, 원우**  (뒷사람 오게 문 열어주고, 낮게 소리치는) 비켜, 비켜! 애 안 놀라게 모두 조용!
**2팀 경찰들**  (일사불란하게 조용히 비키거나, 보호석에 있는 주취자들을 방해 안 되게 가로막는)
**양 촌**  (땀 흘리며, 이층으로 뛰어가고)

**\* 점프컷 》**

상수, 정오, 명호, 한표, 땀 흘리며, 지구대 안으로 뛰어 들어오고, 모두 이층으로 가는,

# 씬 44. 도로, 밤.

경모, 헉헉대며 뛰다 주변을 돌아보며, 미혼모를 찾지만, 없는, 답답한, 다시, 길 건너 멀리 어떤 여자를 보고, 미혼모인가 싶어, 자세히 다시 보면, 회색 후드티가 아닌, 흰색이다, 아니다, 싶어 돌아서는,

### * 점프컷 》
여자(경모가 확인하던, 미혼모 아닌), 길 가는데, 갑자기 골목에서 묻지마 모 방범이 나와, 입을 틀어막고, 골목으로 끌고 가는, 사라지며, '악!' 하고 비명 지르는,

### * 점프컷 》
가던 경모, 비명소리 듣고, 소리 난 쪽 보며, 놀라, 호루라기 불며, 죽자 사자 뛰어가는, 느린 그림으로 보이는,

정 오    (N) 나는 사명감 없는 경찰이다. 단지, 먹고살려고 경찰이 됐고, 그게 별로 부끄럽지도 않았다. 그런데 지금 나는 왜 이렇게 죽자 사자 뛰고 있나?

# 씬 45. 다른 도로, 일각, 밤.

삼보, 멀리, 뛰어가는 미혼모를 보고, 죽자 사자 뛰는, 슬픈, 땀 흘리며, 뛰는, '애기 엄마, 서봐요, 애기 엄마! 몇 가지 물어만 볼게, 잡아가려는 거 아냐!' 하며 가는, 느린 그림으로 보이는,

정 오    (N) 아무도 알아주지 않는 일인데, 내일이면 또 다른 사건에 묻힐 일이 뻔한데, 현장의 우리들의 노고를 알아주는 건,

씬 46. 지구대 여자 휴게실 안, 밤.

열선풍기가 켜 있는, 양촌, 남일, 상수, 정오는 아기 옆에 앉아 있고, 민석, 명
호, 종민, 원우, 한표, 혜리는 서서 아이를 보며, 긴장하고, 모두 걱정하며 슬
픈, 열선풍기의 열과 긴장감으로 모두 땀범벅인,

**＊ 점프컷 》**
정오, 눈물 그렁해도 아기를 살리기 위해, 심폐소생 하는 데 집중하는(자료
준비), 정오, 심폐소생 하면, 남일(안타까운, 작게), '그만, 흉부압박과 인공호
흡 30:2로 5번 하고 교대! 119 구급대 올 때까지 돌아가면서 계속해야 돼!'
하고, 명호, 민석 '(안타까운) 청색증이 심하네요..', 정오, 비키면, 양촌, 바로
심폐소생 하는, 상수, '다음 순선 저요!' 하고, 양촌이 비키면, 상수, 땀나고,
눈물도 나지만, 집중하고, 심폐소생 하는,

양 촌    (상수가 아기 심장압박을 하는 걸 보고, 아이에게 집중하며) 힘 조절 잘해!
         애기 몸은 유리 같애. 조심해.

정 오    (눈물 나면, 재빠르게 닦고, 눈을 아이에게 집중하는, 상수 다음으로 자기 차
         례가 돼, 심폐소생 하는, N) 거대한 조직이 아닌 초라한 우리들뿐인데... 그래
         도, 나는 아이가 살았으면 했다. 지금이라도 당장 다른 먹고살 일이 있다면
         그만두고 싶은.. 현장이지만.. 별다른 사명감도 없지만, 우리가, 내가 이 아이
         를 만난 이상, 제발.. 이 아이가 살았으면...

멀리, 구급차의 사이렌 소리 들리고, 심폐소생술 하는 정오의 모습에서 엔딩.

# 17부

예측불허
아직 끝나지 않은
그래서 끝까지 가볼 수밖에 없는
라이브 1

**자 막**

*제17화*

*예측불허*

*아직 끝나지 않은*

*그래서 끝까지 가볼 수밖에 없는*

*라이브 1*


씬 1. 도로 + 골목, 밤(16부 엔딩 무렵 상황).

여자, 걸어가는데, 갑자기 모방범(긴장해, 땀나는)이 뒤에서, 한 손으론 여자의 입을 틀어막고, 한 손으론 허리를 잡아, 골목으로 끌고 가는, 여자, 놀라, 몸을 뒤틀며, 신음하다, 간신히, 몸을 빼, 있는 대로 '악, 악!' 소릴 치는, 이내, 모방범, 다시 여자 입을 틀어막고 골목으로 끌고 가는,

**\* 점프컷 》**

경모, 멀리서 가다, 비명소릴 듣고, 놀라, 소리 난 쪽 보고, 긴장해, 호루라기 불며 비명소리가 난 쪽으로 달려가는, 차도를 건너 뛰어가는,

경모, 땀범벅이 되어, 골목으로 달려와 주변을 이리저리 보지만, 아무도 없는 정적만 감도는, 경모, 조심스레 한쪽 골목으로 다가가다, 뭔가 기척을 느끼고, 긴장해, 뒤를 돌아, 플래시를 비추고, 느낌이 이상해, 골목으로 걸어가는,


# 씬 2. 다른 도로, 일각, 밤.

삼보, 죽자 사자 뛰는, '애기 엄마! 애기 엄마! 서봐봐요! 좀!' 하며 뛰다가, 숨이 턱에 받쳐, 멈춰, 허리를 숙이고, 두 다리 위에 손을 올려놓고, 헉헉 숨을 토하는, 땀범벅에 울고 싶은 맘이다,

* 점프컷 ≫

도로를 보여주면, 미혼모는 이미 사라지고 없는,


# 씬 3. 지구대 여자 휴게실 안, 밤(엔딩씬 상황, 편집).

양촌, 심폐소생술을 하고, 상수, '담은 저요!' 하고, 양촌과 자리 바꿔 심폐소생술 하고, 정오, 다시 자기 차례가 돼, 거의 울다시피, 심폐소생술 하는데, 아기가 숨이 돌아와, 우는,
모두, 순간 안도감에 머리 쓸어 올리고, 주저앉거나, 벽에 기대는,

혜 리    (감격해, 눈가 붉어) 악!

상 수    (순간 손으로 혜리 입을 틀어막으며, 눈은 애기만 보며, 기운은 빠졌지만, 땀 흘리며, 진지하게) 애기.. 애기 놀래..

정 오    (아기를 안고, 달래는, 감격해, 눈물이 나는, 아기에게 말하는) 어, 어, 살았어, 살았어.. 살았다고.. 울어? (하다, 상수 보며) 너무 이뻐.

상 수    (정오 보고, 아기 보며, 눈가 붉어, 감정 참고) 이뻐.

양 촌    (벽에 기대, 헉헉 안도의 숨을 고르는) ..

그때, 승재, 우유병에 보리차 가지고 들어오는,

남 일   (답답한) 야, 넌 어디 갔다 이제 와?!
승 재   (힘든, 땀난) .. 우유병 사 오느라...
삼 보   (땀이 난, 헉헉대고 들어오며, 승재의 우유병을 뺏어, 뺨에 대보고, 앉아, 정오
        에게, 팔 벌리고) 나 한번 안아보자. (하고, 아기를 안고, 우유병을 물리는, 아
        기 빠는)
명 호   어디 갔다 오셨는데, 땀이 그렇게 나셨어요?
삼 보   (아기만 보며, 안쓰럽고 이쁜) 애기 엄마 쫓아갔는데.. 놓쳤어. 그래도 사십 년
        한 경찰 생활, 마지막 근무 날 애 하난 살렸네.. 자식 이쁘네.. (하고, 쓸쓸히
        웃는)
양 촌   (삼보를 짠하게 보고, 아기 보는)
모 두   (작게 웃고, 감격한, 숨 고르며, 눈가 붉은, 아기를 이쁘게, 혹은 착잡하게 보
        는) 야.. 이쁘다..

정오, 상수, 아기를 감격해 빤히 보고 있는, 상수, 정오를 담담히 보다, 아기
보는, 그 그림으로,

종 민   (답답한) 2012년 입양특례법 개정 이후로, 출생신고 의무니 친부 동의로 입
        양이 어려우니까,
민 석   영아 유기가 급속히 증가하는 거 같아요.
명 호   (화나는, 답답한) 미혼모한테 법이 너무 무거워. 법이 다시 바뀌든지 해야지...
양 촌   (아기만 보는) ...
E      (멀리, 구급차 사이렌 소리 들리는)


## 씬 4. 동네 집 앞. 밤.

경모와 앞 씬의 여자, 집 앞으로 오는,

경 모   (여자에게 호루라기 주며) 이거.

**여 자**   (받으며, 힘든, 인사하며) 정말 고맙습니다. 경찰관님 호루라기 소리에 놀라 놈이 도망가지 않았으면.. 제가 크게 다쳤을 거예요.

**경 모**   선생님이 크게 소리친 게 잘하신 거예요, 일단 이런 일이 있을 땐 무조건 크게 소리치는 게 좋거든요. 오늘은 쉬시고, 낼 서에서 연락 오면 진술해주시고요, 들어가세요.

\* **점프컷** 》
여자가 멘 가방에 실날 같은 게(모방범의 장갑이 뜯긴 것) 붙어 있는, 경모도 여자도 모르는,

\* **점프컷** 》

**여 자**   감사합니다, 감사합니다. (하고, 들어가는)

**경 모**   (여자가 들어가, 문 잠그는 소리 듣고, 주변을 살피면, 외등의 전구가 나간, 전화하며) 다산이죠? 여기 홍일2동 64번지 근천데, 외등의 전구가 나갔네요. 교체 바랍니다. 네, 수고하세요. (하고, 전화 다시 하며, 주변을 살피듯 가며) 마현서 112 상황실이죠? 저 홍일지구대 은 팀장인데, 장남 장동지구에서 일어난 묻지마 연쇄 건.. 혹시 몰라 그러는데, 우리 지역도 경계해야 될 거 같아서... 전 지역 순찰 강화 건의 좀 드릴려구요.. 그게 실은... 좀 전에 내가.. 일이 있어서, 지역에 나왔다가.. (하며, 가는데, 경모의 가는 뒷모습 보여주는)

\* **점프컷** 》
경모가 가는 길 위쪽 골목 한쪽에서, 모방범, 벽에 기대 땀 흘리며, 가만히, 경모의 전화 내용을 들으며 차분히 숨 고르고 있는, 그리고, 잠시 후 나와, 여자가 들어간 집을 빤히 꼬나보는,


씬 5. 도로, 밤.

양촌 상수(운전)의 순찰차와 정오(운전) 헤리(뒷좌석) 삼보(조수석)의 순찰차가 구급차(아기가 있는, 사이렌 안 켠)를 앞뒤로 호송해 가는, 경광등만 켜

고, 차가 급하지 않게, 차분히 가는,

양 촌　　(앞의 차에 마이크로 말하는, 서글프지만, 담담한) 시민 여러분, 위급한 상태의 아기를 병원에 호송 중입니다, 안전하게 갈 수 있도록 길 좀 비켜주세요.. 부탁드립니다, 길 좀 비켜주세요!

＊ 점프컷 ≫
도로의 차, 비키면,

＊ 점프컷 ≫

양 촌　　(인사하며, 마이크로 말하는) 감사합니다, 협조해주셔서 감사합니다.
상 수　　(맘 짠하게 앞 보고, 가며, 편한, 차분히) 맨날 이렇게 사람 살리는.. 기분 좋은 일만 했으면 좋겠어요.
양 촌　　(어이없게 웃으며) 그러게.. 착하게 살아, 그러면 혹시 모르지, 맬 이런 일이 생길지도..
상 수　　오양촌 씬, 착하게 안 살아도 이런 일 하잖아요?
양 촌　　(칠 듯이) 콱 그냥! 이제 아주 맞먹어라.
상 수　　(웃으며, 운전만 하며) 진즉에 맞먹었는데?
양 촌　　(어이없게 보며) 새끼가 실력은 안 늘고 말발만 늘어가지고.. 에이고 어쨌거나, 난 오늘을 기념해, 간만에, 음악 좀 들어야겠다. (하며 음악을 듣는, 서글프고, 맘이 짠하지만, 따뜻한 느낌도 드는, 별 보며) 달님, 별님이, 아기 안전하게 가라고, 반짝반짝하네.

＊ 점프컷 ≫

정 오　　(룸미러 보며, 따뜻한 느낌으로) 주임님은 힘드신데 그냥 퇴근하시지.. .. 혜리랑 저만 가도 되는데..
삼 보　　(따뜻하게, 서글픈 웃음 짓고) 이제 뭐, 맨날 쉴 건데... 내가 기분이 좋아서 그래.. 애기 좀 더 볼라고..
혜 리　　(작게, 웃고) 오늘 우리 사수, 큰 퇴직 선물 받으셨다, 그죠?

**삼 보**　(웃고) 맞다, 퇴직 선물이네.. 그것도 금덩이보다 귀한 사람 목숨.. (허허, 웃는)

**정 오**　(삼보 편안하게 보고, 차분히 앞 보며 E) 거짓말 같은 일상의 연속이다. 100시간 전엔, 사명감 있는 경찰이 부당한 정직을 먹는 말도 안 되는 상황이 벌어지는 걸 목격하고,


## 씬 6. 몽타주.

1, 회상, 경찰서 회의실에서 '지랄한다, 진짜' 하고 나와, 복도를 걷는 눈가 붉은 장미의 느린 그림,

**정 오**　(E) 세상에 정의는, 조직은 신의도 없는 걸까, 절망했는데,

2, 회상, 강 선배 죽던 장면,

**정 오**　(E) 불과 80시간 전쯤엔 30년 근속한 경찰이, 현장에서 총에 맞아 순직을 하고,

3, 회상, 들것에 할아버지 이송하던 상수와 사람들을 비키라고 소리치던, 정오,

**정 오**　(E) 다시, 10시간 전엔 뻔히 살릴 수 있는 사람이 허무하게 세상을 떠나고,

**\* 점프컷 》**
양촌, 화나, 골목에 주차된 차에 화나, '차 빼!' 하던,

4, 회상, 지구대 여자 휴게실 안.
아기를 심폐소생 하던, 정오와 대원들,

**정 오**　(E) 지금은 또 기적처럼... 세상 무엇과도 바꿀 수 없는 한 생명이, 살았다.

5, 양촌 부의 집 근처, 낮.

양촌 부, 먹먹하게 극락왕생이라고 쓴, 연을 날리고 있는, 그러다 끈을 칼로 끊어, 연이 아주 멀리 날 수 있게 하는, 그걸 멍하니, 바라보다, 다릴 절며, 길을 걸어가는,

6, 지구대 앞, 낮.

한솔 외, 모두 정복 차림으로 일렬로 서 있고, 그들 앞엔 순찰차가 서 있는, 강 선배의 영구차가 와서 서면, 모두 거수경례를 하는, 눈가 붉은, 영구차에서, 아들이 영정사진을 들고 나와, 인사하는, 강 선배 부인도 나와 인사하는, 강 선배 아들, 영정 든 채, 대원들 앞에 놓인, 순찰차를 한 바퀴 돌고, 영구차로 들어가는, 강 선배 부인 차에 타면, 이내 영구차 출발해 시야에서 사라질 때까지 한솔 외 모두 거수경례를 하고 서 있는,

7, 경찰서, 조금 큰 회의실, 낮.

홍일(정복)과 다른 지구대 대원들, 근무복이나 정장하고 자리에 서 있는, 맨 앞줄에 마현경찰서장, 과장1이 앉아 있는,

무대에 정복한 삼보와 퇴임자들이 서 있는, 양촌, 한솔, 경모, 서장과 과장1을 보며 맘에 안 드는,

퇴임자    (연단에서, 소감을 말하고 있는, 진중한) 우리 후배 여러분들도, 힘들어도 오늘 이 자리의 선배들처럼 국민의 안전과 재산을 지키기 위해, 현장에서 언제나 최선을 다해주시길 다시 한 번 간곡하게 부탁드립니다. (하고, 경례하며) 충성, 마현!

모두, 박수 치고, 앉아 있던 동료들 '아자, 마현!' 하는, 퇴임자, 자리에서 물러나면, 삼보, 연단에 서는, 홍일지구대, 모두, 서서, 뒷짐 지고 정자세 하는,

삼 보    (울고 싶은, 참고)
홍일지구대    (눈가 붉어) 울지 마! 울지 마...
삼 보    (애써, 안 울려 하며) .. 나는.. 말을 잘 못합니다.

홍일지구대    (짠한, 눈가 붉어) 괜찮아.. 괜찮아.. 괜찮아...

삼 보    오늘, 이 자리에 있는 후배들에게 딱 한 마디만 하고 내려가겠습니다... 경찰
의 안전은 곧 국민의 안전입니다. 그러니까 모두, (경례하고, 큰 소리로) 안전!
안전! 안전!

홍일지구대    (눈가 붉어, 거수경례하며, 큰 소리) 수고하셨습니다! 수고하셨습니다! 수
고하셨습니다! (하고, 박수 치는)

정 오    (E) 그러나, 나는 오늘 이 준엄한 순간에도 누군가 나에게 경찰에 대한 사명
감이 있느냐 묻는다면.. 자신 있게, 그렇다, 나는 사명감이 충만한 경찰이다,
대답할 자신이 없다. 나는... 지구대를 떠나기로 했다. (박수 치다, 상수를 미
안하게 보는)

상 수    (삼보 보며, 먹먹해, 박수만 치는)

정 오    (상수 보다, 다시 앞 보고, 박수 치며, 앉는)


# 씬 7. 지구대 앞, 낮.

다른 팀, 순찰 나와, 순찰차 타고 가는,


# 씬 8. 지구대 남자 휴게실 안, 낮.

상수, 옷을 갈아입고 있고, 종민, 원우, 명호, 정복을 사복으로 갈아입는, 그
때, 한표(사복) 문 열고, 소리치는,

한 표    다들 기다리시는데.. 빨리빨리 나와요! 길 건너 노래방입니다.

상수 빼고, 종민, 원우    알았어, 알았어, 나간다, 나가.. (하며, 나가고)

명 호    (옷 갈아입는 상수에게) 너 요즘 정오랑 얘기 안 해?

상 수    (옷만 입으며, 담담히) 아뇨.

명 호    (편하게, 담담히) 다행이다, 아까 주임님 퇴임식 가서 보니까, 둘이, 말 안 하
는 거 같아서 걱정했는데, 나와. (하고, 나가는)

상 수    (옷 갈아입고, 나가는)

씬 9. 복도, 낮.

상수, 남자 휴게실에서 나오다가, 여자 휴게실에서 문소리 나 보면,
정오, 여자 휴게실에서 나와 신발 신다 상수를 보는, 조금 어색한,

**상 수**   (담담하게, 보다, 가는데)
**정 오**   (미안한) 상수야.
**상 수**   (서서, 돌아보며, 담담히) 왜?
**정 오**   (상수 앞으로 가, 벽에 기대, 잠시 생각하고 다시 상수 보며) .. 미안해.
**상 수**   (담담히 정오 보며, 비아냥 아닌, 담담히, 벽에 기대) 뭐가.. 미안해?
**정 오**   유학..
**상 수**   (따뜻하고, 서글프게 웃으며) 그게 왜 미안해? 니가 꿈 찾아가는데? .. 우리
         사이가 뭐라고? 우리 그냥 .. 별일 없었잖아. 마구 진지한 사이도 아니고.
**정 오**   (미안하지만, 담백하게) 그래도.. 미안해..
**상 수**   (착잡한, 담백하게) 국비유학은 신청했어?
**정 오**   (미안하지만, 담백하게) .. 어.
**상 수**   (서운해도, 애써 담담히) 그럼 휴직 신청도 곧 하겠네?
**정 오**   입학허가서 받으면 그때 할라고..
**상 수**   (서운해도, 애써 담담히, 고개 끄덕이고, 어색하게 웃는데)

그때, 2팀장, 오며,

**2팀장**   (식당 쪽으로 가며) 비번 날까지, 출근들 하고 고생이다. 니네 팀 오늘 다들
         작정한 거 같던데 술 적당히 먹어.
**상 수**   (담백하게) 넵. 수고하세요!
**정 오**   (상수만 보는)
**상 수**   (팀장 사라진 것 보고, 정오에게, 편하게) 가자, 우리가 젤 늦었다. (하고, 가
         는)
**정 오**   (미안하게 보다, 따라가는)

## 씬 10. 노래방 전경, 낮.

**삼 보**  (E) 야야야, 오늘은 내가 첨부터 끝까지 쏠 거니까,


## 씬 11. 노래방 안, 낮.

1팀 전원 자리한, 모두 사복인, 한솔(물병 들고), 다른 대원들 모두 잔에 맥주를 따르는, 삼보, 환하게 기분 좋게 웃으며,

**삼 보**  우리 밤새 노는 거다, 밤새! 약속 있다, 마누라랑 애들이 오라 그런다, 뭐 그런 핑계,

**경 모**  (말 이어서) 대면서, 다른 데로 튀는 놈, 오늘은 가만 안 둔다. 오늘은 그냥 다, 낮부터 밤까지, 삼보 형님과 죽으로 장지지지 술 푼다! 다들 새벽에 해장 술 먹고 헤어지는 거야? 알았지?

**모 두**  (우렁차게, 크게) 넵!

**한 솔**  (물병 든 채) 자자자, 그럼 다들 건배!

**모 두**  (잔 부딪치며, 큰 소리) 건배! (하고, 술 마시고)


**\* 점프컷 》**

부사수들 모두, 떼창으로 춤까지 추며, 노랠 부르고 신이 난,

정오, 신나게 노래 부르는, 상수를 보다, 상수에게 미안함이 맘에 걸려도, 분위기 생각해 최선을 다해 노래 부르는,

사수들, 깔깔대며, 웃는,

삼보, 술을 많이 마시며, 신난,

한솔, 웃다가, 삼보가 술을 벌컥벌컥 마시는 걸 보고, 술잔 뺏어 옆에 놓고,

**한 솔**  형님, 무슨 술을 그렇게 퍼마셔.. 천천히 마시셔, 아니다.. (옆에 물병을 주며) 나처럼 물 마셔요, 물!

| | |
|---|---|
| 삼 보 | (기분 좋은, 술잔을 다시 챙겨, 마시며) 야, 오늘은 내 날이야. 나 지긋지긋한 경찰 일 그만두는 아주아주 신나는 날이라고.. 말리지 마. |
| 양 촌 | (맘 짠해서, 부러, 신나게) 맞다, 자자, 담은 삼보 주임님! 아니, 삼보 형님! 노래 불러! |
| 모 두 | (신나, 소리치는) 삼보 형님, 삼보 형님! |
| 삼 보 | 오냐! (웃으며, 뛰쳐나가, 마이크 잡고, 노래 부르고) |
| 양 촌 | (삼보 짠하게 보고, 웃으며) 형님이 마지막에 저렇게 웃으셔서 정말 다행이다. |
| 경 모 | 그러게. 난 형님이 울면 어쩌나, 걱정했는데.. |
| 한 솔 | (웃으며) 아이고, 노래 잘하네, 우리 형님! (하고, 무대로 가서, 삼보와 같이 듀엣으로 춤추며 노랠 부르는) |
| 사수들 | 야, 뭐야, 가수야! 너무 잘한다! (하며, 모두 무대로 나가) |

모두, 같이 춤추고, 노랠 부르는,


**＊ 점프컷 ≫**
삼보와 한솔, 양촌과 경모도 어깨동무하고, 노랠 부르는,
부사수들 서로 어깨동무하고 노래 부르는, 상수, 정오도 어깨동무했지만, 정오는 상수(노래만 집중하는, 그러다 손에 든 술 먹는)가 걱정스럽고, 자꾸 어색한, 그래도 노래 부르는,


# 씬 12. 노래방 복도 + 빈 노래방 안, 낮.

양촌, 화장실 갔다 오다, 정오가 노래방에서 나오는 걸 보고,

| | |
|---|---|
| 양 촌 | 설마 가려고? |
| 정 오 | (어색한 웃음) 아뇨.. 그냥 잠깐, 머리가 아파서.. |
| 양 촌 | 바람 쐬고 와. (하고, 가려는데) |
| 정 오 | 경위님, 저 드릴 말씀이 있어요. |
| 양 촌 | (보면) ? |
| 정 오 | (조금 떨어진, 빈 노래방 안으로 들어가는) |

양 촌    (뭔가 싶은, 정오를 따라서 들어가는)


## 씬 13. 빈 노래방 안, 낮.

정 오    (자리에 앉아 있는)

양 촌    (들어와, 정오를 보고, 맞은편에 앉아) 뭔 일이야?

정 오    (미안해도, 할 말 하는) .. 저.. 유학 신청했는데.. 허가서 받으면.. 휴직계 내려
고 해요.

양 촌    (가만 빤히 보는) ?!

정 오    (가만 보며, 진심으로 얘기하는) 경위님은 제 시보 평가를 담당하는 사수시
니까, 말씀드려야 할 거 같아서.. (미안해도, 담백하게) 지구대가 버거워요. 사
명감 투철한 경위님한텐 사명감 없는 저 같은 후배가.. 어이없어 보일 수도 있
겠지만,

양 촌    (빤히 보는) ...

정 오    전 여기서 계속 근무할 자신이 없어요. 다른 지구대로 갈 자신도 없고. 유학
갔다, 안전한 일 하는 다른 부서로,

양 촌    (빤히 보며, 깔끔하게) 오케이.

정 오    (미안해 보면)

양 촌    (빤히 보다, 깔끔하고 담백하게) .. 그렇게 해. 그렇게 하면 되지, 뭐가 문제야.
(하고, 나가는)

정 오    (미안한) ..


## 씬 14. 노래방 복도, 낮.

양촌, 답답한, 복도 지나쳐, 대원들이 노는 노래방으로 들어가려다, 문 쪽 거
울로, 상수가 웃으며, 술 마시는 것 보고, 짠한, 그러다 문 열고 삼보에게 가
며, 짐짓 밝게, 삼보의 어깨에 팔 두르고, 부러 더 신나게 노래를 부르는,

씬 15. 거리, 어슴푸레한 새벽.

정오, 상수, 남일, 원우, 승재가 두 대의 택시를 잡아, 술 취한 종민, 민석, 한표, 경모를 '좀 제대로 걸어봐요' 하며, 챙기며, 나눠 태우고, 남일, 원우, 승재도 나눠 타는, 이후, 상수, 정오만 남고, 택시 가고, 정오, 가는 택시 보다 걸어가는, 상수, 가는 택시 보다, 정오, 뒤에서 담담히 걸어가는,

**＊ 점프컷, 노래방 입구 》**
삼보(만취한), 웃으며, 노랠 고래고래 부르는, 양옆에 양촌, 명호가 부축하고, 혜리, 한솔(전혀 안 취한), 길가에서 '택시! 택시!' 하며 택시를 잡으려 하는, 그러다 택시를 잡고, 명호에게 소리치는,

한 솔     야, 야, 택시 잡았어, 택시!

양촌, 명호, 삼보를 끌고, 택시로 오는,

삼 보     (기분 좋게 술 취한, 떼쓰는) 야야, 나 집에 안 가! 의리 없는 자식들, 니들 오늘 나랑 밤새기로 했잖아!

양촌, 명호     (억지로, 삼보를 뒷좌석에 앉히며) 지금 새벽이거든요! 우리 다 날 샜다고요?!

한 솔     (차에 타는 삼보 보며, 달래는) 형님, 이러지 말아, 지구대 오는 진상 손님들처럼.. 왜 이래.. 조용히 가, 대장으로서 하는 마지막 명령이야! 정신 차리고, 바로!

삼 보     (술 취한, 웃으며) 흐흐흐.. 그래, 대장 명령인데 들어야지, 예썰! (하고, 경례하고, 술 취해 노래 부르는)

혜리, 삼보와 뒷좌석에 타며, '기사님 죄송합니다, 죄송합니다' 하는,
양촌, 앞좌석에 타는,

명 호     제가 가도 되는데...

양 촌     (안전벨트 하며) 내가 가.

한 솔    (기사에게) 기사님 출발하세요.

혜 리    근무 날 뵙겠습니다.

한 솔    그래, 고생하고..


택시 출발하고,


명 호    (한솔(삼보의 차를 물끄러미 보는)에게) 대장님도 가시죠.

한 솔    (차만 보다) 너 먼저 가, 난 술 안 했어. (명호 보며) 좀 걷다 갈게. 조심해 가
라. 삼보 형님이 웃어서 내가 한결 맘이 좋다.. 가. (하고, 걸어가는데, 쓸쓸한,
한숨 쉬는) 에고..

명 호    (가는 한솔 편히 보다, 택시를 부르는) 택시, 택시!


# 씬 16. 달리는 택시 안, 아침.


양촌, 앞좌석에 앉아 가고,
삼보, 창가를 보며, 조용한, 노래 부르는, 멍한,


혜 리    (밝게) 오늘 우리 사수 진짜 멋졌어요. 울지도 않고.. 신나게 놀고...

삼 보    (술 취한, 창가만 서글프게, 웃으며) 내가 왜 우냐.. 그냥 하는 말이 아니라, 난
정말정말 경찰 일 그만두는 게 신나. (혜리 보고, 양촌 보며) 안됐다, 너도 양
촌도 계속 경찰이라?

양 촌    (앞만 보며, 짠한) 뜨거운 위로 고맙습니다.

혜 리    (보다, 눈가 살짝 붉어지며 애써 웃으며, 밝게) 사수, 우리 자주 연락해요.

삼 보    (담담히, 창가만 보며) 안 해. 아주 경찰이라면 지긋지긋해. 너도 나한테 연락
하지 마. 나 오늘부로 지구대 쪽으론 오줌도 안 눌 거야. 진짜로..

혜 리    (담담히) 전에 우리 아빠가 왜 손 다쳤냐 물었잖아요.

삼 보    (보면)

혜 리    (보며, 맘 아프지만, 애써 웃으며, 담담히) 내가 다치게 했어요.

삼 보    (보는) ..

혜 리    아빠가 방앗간 기계 청소하는데 내가 모르고 전원을 올려서... 가족 말고 남

한테 첨으로 말해요. (삼보의 손잡는) 주임님, 아니 경위님은 내 첫 사수, 첫
파트너니까.

**삼 보**    (담담히 짠해 혜리 보다가, 창가 보며, 눈가 그렁해지는, 덤덤한)


## 씬 17. 삼보의 아파트 앞, 아침.

택시, 서 있고,
혜리, 택시 앞에 서 있는, 삼보 보며,

**혜 리**    (경례하며) 그럼 송혜리, 여기서 그만 퇴근하겠습니다!

삼보, 경례로 받아주고, 따뜻하게 '가!' 하고,
그 옆에서 양촌, 혜리에게 '조심해 가라' 하고,
혜리, 삼보에게, 밝게 '전화 자주 드릴게요!' 하고, 택시 타고, 가는,
삼보, 가는 택시를 가만 보다,

**삼 보**    (가는 혜리 서글프게 보고, 심란하게) 양촌아, 너도 가.
**양 촌**    형님 집 들어가시는 거 보고..
**삼 보**    (돌아서서 가다, 집 앞 계단 쪽으로 가서 앉아, 고개 숙이는)
**양 촌**    (가만 삼보를 보는)
**삼 보**    (안 보고, 흐느끼는)
**양 촌**    (그런 삼보를 가만 물끄러미 보다, 옆에 앉는, 짠하고, 막막한, 다른 데 보는)


## 씬 18. 양촌 부의 동네 일각, 낮.

양촌, 쓸쓸한 맘이 드는, 혼자 걸어가는, 그러다 앞을 보면,
양촌 부, 멀리서 양촌을 기다리고 있었던, 양촌 부, 양촌 보고, 덤덤히 돌아
서서 집으로 가는, 양촌, 양촌 부를 보다, 따라 걸어가는, 그러다, 양촌 부의
옆에서 손을 잡는, 양촌 부, 양촌 보면,

**양 촌**  (맘이 짠해지는) 손이 거치네.. (하고, 손을 잡고 주머니에 넣고 걷는)

**양촌 부**  (걸어가는, 다릴 절며) 이제 집에 가.. 장미가 받아줄 거 같던데.. 니가 나 땜에 여깄는 거 알아...

**양 촌**  (짠해도, 담담히) ... 나 그렇게 효자 아냐..

**양촌 부**  .. 난 촌이 좋아..

**양 촌**  (어색하고, 먹먹한) 내가 아버지 손 첨 잡아보는 거 알아요?

**양촌 부**  난 너 어려선 많이 잡아봤어.

**양 촌**  (어이없고, 웃고) 뺑치시네, 늘 술만 드셨으면서.. 언제 내 손을 잡아.

**양촌 부**  (덤덤히) 니가 기억 못하면 없는 일이냐, 미친놈....

**양 촌**  (맘이 짠해지는, 보고, 걷는) ... 국 있어요? 콩나물국 먹고 싶은데?

**양촌 부**  벌써 끓여놨어.

**양 촌**  (웃으며) 야, 근 사십 몇 년 만에 첨 맘이 맞네.. 황당하게.. 히히..


# 씬 19. 상수의 집 전경, 밤.

핸드폰이 울리는,


# 씬 20. 상수의 거실, 밤.

상수, 화장실에서 씻고 나와, 한쪽에 둔 핸드폰 보면, 정오다, 받으며,

**상 수**  정오야, 나야.

**정 오**  (E) 잤어?

**상 수**  어.. (창가 보며) 이런.. 벌써 밤이네... 술 먹어서, 곯아떨어졌나 보다.

**정 오**  (E) 볼래?

**상 수**  (담담히) 그래.. 맥주 할래? 가져갈게. (하고, 냉장고에서 맥주 두 개 꺼내, 나가는)

# 씬 21. 정오의 거실, 밤.

정오, 소파에 다리 올리고 쪼그리고 앉아 있고, 상수, 바닥에 마주 앉아 있는, 술을 마시는,

**상 수**　(담담히 맥주를 마시고)

**정 오**　(술 마시고, 차분히) 미안해.

**상 수**　(담담히, 정오를 예쁘게 보고 웃으며) 뭐가.. 자꾸 미안해?

**정 오**　(담담히, 진심으로) 내가 이런 결정 내리기 전에 너한테 적어도 상의는 했었어야 했는데... 헤리한테 듣게 하는 건 아니다, 싶어. 니 말대로 우리가 아주 진지한 사이는 아니더라도, 내가 널.. 정말 좋아하는 하니까. (눈가 조금 붉어, 담담하지만, 진심으로) 나만 살겠다고.. 도망가는 기분도 들고. 너만이 아니라, 지구대 다른 팀원들한테도 다 미안해.

**상 수**　(따뜻하게, 진심으로, 담담히) 여기 있는 사람들은, 다들 나름 여기가 좋아서 있는 거야. 나처럼 책상에 앉아 있는 것보단 현장이 재밌고, 적성에도 맞고, 그래서. 사명감 때문에 싫은데 억지로가 아니라, 맘 아픈 일도 많지만, 엊그제처럼 우리 손으로 직접 사람을 살리는 일도 있으니까... 그러니까 니가 미안해하는 건 안 맞아. 근데.. 너한테 화는 난다.

**정 오**　(미안하게 보면)

**상 수**　(눈가 붉어, 속상하지만, 담담히) 왜 나한테.. 기다리라고 말하지 않아? 난 그게 너한테 너무 서운하고, 화나.

**정 오**　(눈가 붉어, 맘이 풀리는, 그런 이유였구나 싶은, 상수를 이쁘게 담담히 보는)

**상 수**　(눈가 붉어, 진심으로) 나, 너.. 기다려도 돼? 가끔 어떤 여자들은 남자들 군대 가면 기다리잖아.. 난 기다릴 수 있는데..

**정 오**　(눈가 그렁해, 고마운, 상수를 가만 이쁘게 보는)

**상 수**　정오야, 내가 만약 너 유학 갔는데.. 못 기다리고.. 다른 여잘 만나거나.. 변심하면.. 너 어떨 거 같애?

**정 오**　(가만 따뜻하게 보다, 진심으로) 어쩔 수 없겠지만, 많이.. 서운할 거 같애.

**상 수**　(가만 보다, 따뜻하게 웃음 띤) .... 정말?

| 정 오 | (따뜻하게, 상수 보며, 작게 웃으며, 진심으로) .. 정말. |
|---|---|
| 상 수 | (생각하다, 보며) 그럼.. 나한테 기다려달라고 말해(봐), |
| 정 오 | (의자에 앉은 채, 상수에게 입을 맞추는) |
| 상 수 | (입을 맞추고) |
| 정 오 | (입을 맞추고, 떼고, 상수의 머리 만지고) 기다려줘. |
| 상 수 | (눈가 붉어, 보고, 고개 끄덕이는, 따뜻하게 웃는) |
| 정 오 | (상수 안는, 눈가 붉어, 진심) 나도 니가 좋아. 지구대 근무가 힘든 거지, 니가 싫은 건 아냐. |
| 상 수 | 기다려줄게. |
| 정 오 | (고마운, 휴지로 코 풀고, 보며, 씩 웃으며) 좋다.. 솔직히.. 니가 안 기다려준달 까 봐, 쫄았었는데.. |
| 상 수 | (머리카락 넘겨주며) 난 니가 기다리지 말라 그럴까 봐, 쫄았다, 바보야. (하고, 맥주 마시고, 웃는) |
| 정 오 | (상수 보고 웃는) |
| 상 수 | (맥주를 다 마신 듯, 캔을 흔들고) .. 우리 딱 한 병만 더 마시자. 술 있어? |
| 정 오 | 없어. |
| 상 수 | 사 올게. (하고, 나가는) |
| 정 오 | (술 마저 마시고) 같이 가. |

### 씬 22. 도로 + 편의점 앞, 밤.

상수, 정오의 어깨에 손 올리고 걸어가는, 정오, 상수의 허리 잡고 걸어가는, 둘 다 편하고 기분 좋은, 서로 걸음 폭이 안 맞는, 정오, 맞추려고 애쓰는,

| 정 오 | (웃으며) 넌 다리가 기니까, 걷는 게 안 힘들지? |
|---|---|
| 상 수 | 넌 짧아서, 힘들어? |
| 정 오 | 아니, 너랑 걸으니까, 힘들어. |
| 상 수 | 맞추면 되지. 다시, 왼발 앞으로! |
| 정 오 | 왼발 앞으로! |

둘이 보폭과 발걸음을 맞추려는데, 안 되는, 웃는,

**상 수** 정신이 빠져가지고, 왼발인데 왜 오른발을 내밀어!

**정 오** 니가 맞춤 되잖아!

**상 수** 자, 다시.. 왼발 앞으로! 하나 둘, 하나 둘! (하며, 가는)

그때, 두 사람, 모방범과 스치는, 정오 상수, 가게로 들어가고,
카메라, 모방범(아래위 검은 추리닝에 검은 모자, 선글라스(눈은 보이는) 낀,
색깔 있는 신발)을 쫓아가는, 그러다, 카메라, 앞으로 가면, 모방범이 아니라,
진범(검은 추리닝에, 흰색 마스크에 흰 신발)이 다른 지역을 걸으며, 작은 남
자애나, 청소하는 늙은 할아버지, 혹은 혼자 있는 여자들을 고르듯 쳐다보
며, 범죄 대상을 찾는, 다시, 모방범 쪽 보면, 혼자 술 먹은 남자를 보고, 잠시
주변 살피고 다가가는데, 남자의 여친이 물을 사가지고 와 남자에게 주며, 말
거는 걸 보고, 실망한 듯, 갈 길을 가는,

그 그림 위로, 사이렌 소리가 들리는,


# 씬 23. 아파트 단지 내 + 삼보의 집 거실 안, 교차씬, 일주일 후쯤, 낮.

경찰차, 사이렌을 울리며 가는 게 보이고,

**＊ 점프컷 》**
삼보, 자기 집 베란다에서 추리닝 차림으로 경찰차가 가는 걸 내다보고 있
는,

**삼보 부인** (E) 옆 동에 밤에 도둑이 들었대요. 밤새 경찰들이 오고 난리네. 냉장고에 반
찬 해 넣어놨으니까, 식사 때 들어요.


# 씬 24. 삼보의 집 거실 안, 낮.

삼보, 거실 창을 닫고, 소파에 앉아, 텔레비전을 켜는,

삼보 부인(외출복 차림), 주방에서 반찬통을 냉장고에 넣으며,

**삼보 부인** 나, 정도네 갈 거니까.. (하고, 한쪽에 놔둔 가방 들며, 눈치 보며) 근데.. 퇴직
하고 몇 날 며칠 집 밖도 안 나가고, 텔레비전만 보고, 일자린.. 안 알아봐요?

**삼 보** (텔레비전만 보며, 담담히) 안 알아볼 거야.

**삼보 부인** (답답하지만, 이해도 되는) .. 에으... 그래.. 쉬어.

**삼 보** (멍하니, 텔레비전만 보는, 핸드폰 오는) ..

**삼보 부인** 뭐 당신은 일하는 기계냐. 평생 일만 하게. 쉬어요. (하고, 나가는)

**삼 보** (핸드폰 들어 보면, 혜리다, 안 받고, 그대로 놓고, 텔레비전 보는, 뉴스 나오면
('오늘의 사건, 사고 소식입니다' 하고, 앵커가 멘트 하면), 바로 돌려, 홈쇼핑
이나 보는)

# 씬 25. 지구대 옥상, 낮.

**혜 리** (사복 차림, 16부의 고양이(한쪽에 고양이 집과 먹이를 둔, 지구대가 키우는
설정)를 안고, 전화하는, 안 받으면, 끊고) .. 오늘도 내 전활 씹네... (하고, 고
양이 보며, 웃으며) 담에 또 하면 되지 뭐, 그치? 주임님?

**원 우** (오며) 너 고양이 볼라고 오늘도 일찍 나왔냐?

**혜 리** 선배도?

**원 우** (고양이 안으며) 안녕, 나비야?

**혜 리** 나비 아니고, 주임님. (하고, 가는)

**원 우** (고양이 보며, 웃으며) 야, 너 언제 주임님 됐냐? 난 아직도 순경인데?

**경 모** (E) 가. 다음.

# 씬 26. 지구대 안, 밤.

경모, 무기고 앞에서 무기 검열을 하기 위해, 서 있는,

승재, '공포탄 하나, 실탄 셋! 이상 무' 하며, 총기 검열받고, 가고, 그 뒤에 혜리와 상수와 양촌 외 모두 서 있는,

**혜 리**　테이저건 배터리 이상 무, 카트리지 이상 무!

그때, 조사실에서, 한솔, 화나 굳은 채 나와, 물 한 잔 떠서,

**한 솔**　오양촌 경위, 총기 받고, 조사실로 와. (하고, 조사실로 들어가는)
**양 촌**　(한솔 보고) 네. (하고, 줄선)
**상 수**　(양촌 귀에 대고, 작게) 정오 문젤 거예요. 좀 전에 정오가 대장님 면담 신청해서.. (하고, 자기 차례가 돼서, 총기 검열받는)
**양 촌**　(담담한)


# 씬 27. 조사실 안, 밤.

한솔, 물 마시며, 정오를 속상하고 답답하게 보고 서 있고, 정오, 미안한 표정으로 맞은편 자리에 앉아 있는,

**한 솔**　(물 마시고, 답답하게 정오 보며) 얌마, 시보가 무슨 휴직 신청을 해, 여기 지구대 일이 빡세서 힘든 건 내가 십분 이해하는데, (순간, 걱정) 정오야, 아퍼?
**정 오**　(미안한) 아뇨.
**한 솔**　그럼 어머니 아퍼?
**정 오**　아뇨.
**한 솔**　(답답한) 야, 아프지도 않으면서... 경찰 된 지 일 년도 안 돼서.. 휴직하는 법이 어딨어?
**정 오**　(미안해도, 할 말 하는) 규정 위반은 아니잖아요.
**한 솔**　(답답한) 얘 말하는 거 보소, 규정 위반은 아니지만, 상도가 있지, 야. 그냥 니 편리대로, 하고 싶음 하고, 말고 싶음 마는 게 경찰 일이냐?
**양 촌**　(그때, 들어와, 말꼬리 자르며, 담담한) 그냥 하라고 하세요.
**한 솔**　(양촌 보며) 야, 뭘 하라고 해! 지금 우리 지역에 인력 없어 난리야? 삼보 주

임님 자리도 빈 거, 니 눈으로 보잖아. 하나, 명우, 마포지구대서도.. 이번 강
선배 사건으로 지구대당 대여섯 명씩 젊은 애들이, 다른 지역 편한 데로 전
보 신청 냈대.... 사건사고 많은 이 일대 무섭다고! 우리 2, 3, 4팀도 다 술렁이
고.. (정오에게) 정오야, 너처럼 능력 있는 애가, 이런 데 있어야 돼!

| | |
|---|---|
| 한 표 | (들어서며) 저, 대장님 드릴 말씀이, |
| 한 솔 | (한표 보며, 답답한) 무슨 드릴 말씀? |
| 한 표 | (정오를 보는, 직감이 되는, 자신이 전보 신청한다는 말은 할 수가 없겠다 싶은) 아닙니다, 다음에. (하고, 나가는) |

**\* 점프컷, 지구대 안 》**
한표, 나오는,

| | |
|---|---|
| 승 재 | (근무복 차림으로 입구 쪽에서 들어오며) 말했어? 지방으로 전보 신청 내는 거? |

**\* 점프컷 》**
경모, 자리에서 서류 챙기다, 전보 신청이란 말에 한표를 보는,

| | |
|---|---|
| 한 표 | (경모의 시선 못 느끼는) 말 못했어. |

그때, 명호, 이층에서 오며,

| | |
|---|---|
| 명 호 | 순찰 가자. (하고, 나가는) |
| 한 표 | 네! (하고, 나가는) |
| 승 재 | 에이, 진짜.. 나랑 같이 여기 더 있지. |
| 경 모 | (가는 한표 보다, 승재 보며) 재 전보 신청 낸대? |
| 승 재 | (아차 싶어 보고, 거짓말하는) 잘 모르겠는데요. (하고, 민석이 있는 상황근무석으로 가, 앉는) |
| 경 모 | (답답한, 서류를 보는) |

# 씬 28. 조사실 안, 밤.

정 오   ...

한 솔   (답답한, 자리에 앉으며, 답답하게 정오를 보며) 한정오, 나도 여기 우리 지구
대 힘든 거 알어, 하지만, 니가 나중에 좋은 자리, 높은 자릴 가도, 현장을 잘
알아야 진짜 좋은 경찰이 될 수가 있어. 지구대 없이 경찰 없어.

양 촌   (정오만 보며, 진지하고, 담담히) 대장님, 남의 인생에 너무 끼어들지 마세요.

한 솔   뭐?

양 촌   (정오만 보며, 서서, 진지하고, 담백하게) 우리 지구대가 특히 힘든 거 맞고..
그래서, 자발적인 근무가 아니면 안 하는 게 맞아요. 퇴근하세요. 당직 외엔
낮 근무만 하시기로 했잖아.

한 솔   (답답해도 맞다 싶은, 한숨 쉬고, 정오 보며, 답답해 나가려다, 다시 돌아와
보며, 속상한) 얌마, 너같이 능력 있는 놈이, 지역 일 싫다고 다 도망가면, 지
역은 어떻게 되냐? (하고, 나가는)

정 오   (맘 아파도, 할 말 하는, 양촌에게) .. 죄송해요. 저는 대장님 경위님처럼 나보
다 지역의 시민을 먼저 생각하는.. 사명감 같은 거.. 없어요.

양 촌   (자리에 앉아, 정오 빤히 보며, 담담하지만, 진지) 그런 대단한 사명감 같은
거 없어도 돼.

정 오   (보는, 미안한) ?

양 촌   (담담히) 자신보다 다른 사람을 더 위해라? 그런 걸 감히 누가 누구에게 강
요할 수 있어?

정 오   (보면)

양 촌   (담담히, 담백하게) 솔직히 나도 경찰의 사명감이 뭔지 잘 몰라. 그래서 내가
찾은 건, 단순해. 밥값은 하자, 경찰로서의 사명감이 뭔진 몰라도, 인간이 인
간으로서 가져야 하는 양심은 갖자. 그런 건 나 아니라 너도 있잖아.

정 오   (보면)

양 촌   죽어가는 사람이 있는데, 니가 살릴 수 있다면 살릴 거잖아? 나쁜 놈 보면
분노하고, 잡을 수 있음 잡을 거잖아? 비리 안 저지르고, 법 지키고, 뒷돈 안
받고, 도움 줄 수 있음 주고... 니가 어디 가든 그렇게 할 거잖아. 니가 지금까
지 여기서 그래왔듯.. 어디서든? 아냐?

정 오   (보며, 눈가 붉은, 고마운) .. 그럴.. 거예요.

| 양 촌 | (담백하게) 그럼 됐지, 뭐가 문제야. (진지한) 단, 되도록 공부 열심히 해서, 아주아주 높은 자리까지 가. 그래서, 세상을 좀 바꿔. 난 무식해 못하지만, (진심으로, 작게 웃으며) 넌 할 수 있을 거 같다. (일어나며, 담담히) 참, 상수는 뭐래냐? |
|---|---|
| 정 오 | 기다려준대요.. |
| 양 촌 | (어이없단 듯, 웃고) 흐흐.. 귀여운 놈. 믿지 마, 남자가 하는 말.. |
| 정 오 | (고맙게, 웃으며) 그냥 남자 아니고 상수잖아요. |
| 양 촌 | (웃는, 그때 상황실 무전소리 나고) 순찰 가자. (하고, 나가는) |
| 상황실 | (E) 코드 원 코드 원, 마현사거리에서 주취자가 도롤 실주한다는 신고, 인근 순찰차는 출동하라. 인근 순찰차는 출동하라. 코드 원 코드 원, 마현사거리에서 주취자가 도롤 질주한다는 신고, 인근 순찰차는 출동하라. 인근 순찰차는 출동하라. |
| 정 오 | (잠시 생각 정리하고, 열심히 일할 수 있을 때까진 하자 싶어, 일어나 가는) |

## 씬 29. 몽타주.

1, 도로, 밤.
주취자, 도로 중앙에서 가슴 치며 지나가는 차량을 향해, 달려들듯 하며 '덤벼, 덤벼! 새끼들아!' 하며 소리치고,
명호 한표의 순찰차와, 남일 정오 혜리 순찰차 와서 멈추고, 모두 내리고, 남일 정오 혜리, 호루라기 불며, 차량들 통제하고, 명호 한표, 주취자에게 다가가, 양쪽에서 팔을 잡고, '진정하세요, 진정하세요!' 하며 끌고 가는,

2, 지구대 화장실 안, 밤.
주취자가 소변을 보는, 승재, 뒤에서 기다리는,
주취자, 팬티만 올리고, 나가려는데, 승재, 바로 잡아서 바지를 올려주며,

| 승 재 | 잠시만요.. (하고, 바지를 다 올려주면) |
|---|---|

주취자, 욱 하고, 승재의 옷에 구토하는, 승재, 속상하지만, 남자를 데리고 나

가는,

**승 재**  조심하세요, 조심하세요...


3, 지구대 안, 밤.
보호석에서 술 취한 남자와 여자가 입이며 광대며 터져 싸우는, '니가 먼저
잘못했다... 그래', '니가 먼저 잘못했다 그래!' 하며, 싸우고, 다른 주취자들 자
면서, '야, 물 가져와! 물! 여기 경찰들은 왜 서비스 정신이 없어! 국민 세금으
로 밥 먹으면서! 물!' 하며 소리치고 있는,


**＊ 점프컷, 데스크 앞 》**
종민 원우, 중년 여자를 조사하고 있는,


**원 우**  (답답한) 아주머니.. 아니, 선생님이 그 식당에서, 다른 사람 옷 뒤져, 핸드폰
가져갔잖아요..

**중년 여자**  (큰 소리) 나는 그냥 바닥에 핸드폰이 있어서 줏은 거야! 이 짭새 놈들아!

**종 민**  (답답한) 선생님 말 되는 소릴 해요! 씨씨티브이에 선생님이 핸드폰 쓱 하는
거, 버젓이 찍혔는데!


**＊ 점프컷 》**
상수(땀난), 여자 주취자를 업고 들어오고, 정오(땀난), 제 옷으로, 여자의 치
마를 덮고 들어오는,


**＊ 점프컷, 경모의 자리 》**


**경 모**  와.. 진짜, 불목, 불금.. 이틀 내리.. 무섭다, 무서워.... (하고, 입구 보면)


**＊ 점프컷, 지구대 입구 》**
명호, 한표, 조폭 같은 남자 둘을 수갑 채워 끌고 들어오는,


**명 호**  (자리로 가며, 힘든) 여기, 자리에 앉아요!

| 한 표 | 어디서 무전취식을 하고, 식당을 깨부숴요.. |

* **점프컷 》**
정오, 술 취한 여자의 소지품을 뒤지고, 상수, 책상에서 서류 챙기는,
그때, 양촌 들어와, 정오 보고, 상수 보고,

| 양 촌 | 상수야, 걸레 가지고 나와! 차 닦자. (하고, 나가는) |
| 상 수 | 넵! (하고, 바닥의 걸레 두 개를 들고 나가는) |
| 종민, 원우 | (중년 여자 데리고 나가며, 경모에게) 여기 선생님, 서에 인계하고 오겠습니다. |

고등학생 남자 둘, 들어와, '화장실 좀 쓸 수 있나요?'

| 경 모 | 네! (상황데스크(민석이 상황판 보는)의 승재에게) 고승재 순경, 이 학생들, 화장실 좀 안내해. |
| 승 재 | 이리 와요! (하고, 앞장서는) |
| 경 모 | (일이 많다 싶은, 한숨 쉬고) |

# 씬 30. 지구대 밖, 밤.

양촌 상수, 순찰차의 겉과 속에 묻은 구토물을 치우고 있는,
남일 정오 혜리도 자신들 순찰차의 구토물을 치우고 있는,

| 상황실 | (E) 코드 투, 코드 투, 신고자가 사리대로 도로 앞을 지나가는데 괴한이 어깰 끄는 걸 지나가는 남자가 구했다는 신고, 인근 순찰차는 출동 바람. 코드 투, 코드 투, 신고자가 사리대로 도로 앞을 지나가는데 괴한이 어깰 끄는 걸 지나가는 남자가 구했다는 신고, 인근 순찰차는 출동 바람. 인근 순찰차는 출동 바람. |
| 양 촌 | (예리하게 듣다, 담담히, 무전받는) 홍일지구대 순 열여덟 열여덟 접수, 순 열여덟 열여덟 접수 종발. |

**남 일**    (피곤한, 무전기 들면)

**양 촌**    (남일에게) 코드 제로나 원 아니고, 투야. 우리만 가도 돼. 다른 사건 맡아.
(상수에게) 가자.

**상 수**    넵.

**양촌, 상수**    (차 타고, 가는)


\* **점프컷** 》

정오, 가는 양촌 상수의 순찰차 보고, 차 안만 열심히 닦는,


# 씬 31. 공원도로 일각, 밤.

상수, 힘들어하는 20대 여자와 얘기하고 있고,


\* **점프컷** 》

양촌, 핸드폰에 녹음하며, 20대 남자와 진지하게 얘기하고 있는,


**양 촌**    (진지한, 담백하게) 아래위.., 검은 추리닝에 검은 모자를 썼다구요? (묻지마
연쇄를 생각하며, 예리하고, 진지한) 혹시.. 마스크나.. 선글라스였요?

**남 자**    뒷모습만 봐서, 잘 모르겠어요. 내가, 여자분 끌고 가는 거 보고, 거기 뭐하
는 짓이야! 하고, 소리치니까 도망가서.

**양 촌**    선생님이 아니었음 여자분 큰일 날 뻔했네요.. 저희도 고맙고.. 성함이랑 전화
번호가 어떻게 되시죠?


\* **점프컷** 》

상수, 여자와 얘기하는,


**여 자**    (공원 담 쪽 가리키며) 저기, 저쪽으로 갔어요.

**상 수**    (담 쪽 길 보며, 핸드폰으로 녹음하다, 끄고) 네, 알겠습니다. 일단, 순찰차 타
세요, 저희가 댁까지 모셔다,

**여 자**    오빠가 오기로 했어요. (하다, 차가 서는 걸 보고) 왔네요, 갈게요. (하고, 양

촌에게 조사받고 있는 남자에게) 고맙습니다. (하고, 인사하고, 오빠 차 타고, 가는)

**남 자**   (여자와 인사하고, 양촌에게) 그럼 수고하세요.

**양 촌**   네, 오늘 정말 수고하셨습니다.

**남 자**   (가고)

**상 수**   (양촌에게 오며) 여자분이 놈이 저기 도서관 있는 공원 쪽으로 갔다네요.

**양 촌**   (순찰차로 가며) 순찰하자. (하고, 순찰차를 타는)

**상 수**   (차 타고, 가는)


## 씬 32. 도로 + 공원 입구, 밤.

양촌 상수의 순찰차, 공원 입구에 와서 서는, 차에서, 양촌 상수, 나와, 공원을 들어가려는데,

**상황실**   (E) 코드 제로, 코드 제로, 인석시장 출입구 쪽에서 상인 간의 폭행사건 발생, 폭행사건 발생, 인근 순찰차는 지원하라. 코드 제로, 코드 제로, 인석시장 출입구 쪽에서 상인 간의 폭행사건 발생, 폭행사건 발생, 인근 순찰차는 지원하라.

**상 수**   (무전 듣고) 코드 제론데요?

**양 촌**   그럼 거기 가야지. (하고, 돌아서는데)

**종 민**   (E) 순 스물 스물, 인석시장 사건 접수, 종발! 순 스물 스물, 인석시장 사건 접수, 종발!

**상 수**   다른 팀이 가네요.


## 씬 33. 도로, 밤.

남일 정오 혜리가 탄 순찰차, 점프컷으로 보여주는,

**종 민**   (무전 하는, E) 반복한다. 순 스물 스물, 인석시장 폭행사건 접수, 접수!

**정 오**   (무전 하는) 순 스물셋 스물셋, 접수. 순 스물셋 순 스물 지원, 순 스물셋, 스물 지원. (하고, 유턴해 가는)

# 씬 34. 공원 앞 + 공원 안, 밤.

양촌, 상수 공원으로 들어서는,

**양 촌**   (플래시 켜며, 담담히) 나는 오른쪽으로 해서, 한 바퀴 돌 테니까, 넌, 왼쪽으로 해서, 돌아. 무슨 일 있음 바로 연락하고.
**상 수**   (편하게) 네. (하고, 가는)
**양 촌**   (담담한) 뭐든 발견하면 혼자 덤비지 말고! 나 불러!
**상 수**   (너무 경직되지 않은, 담백하게) 네!

# 씬 35. 공원 안, 밤.

양촌, 주변을 순찰하는, 플래시로 가끔 풀숲도 보는,

**양 촌**   (상수에게 전화하며) 상수야, 동문은 이상 없는데, 그쪽은 어떠냐?

### * 점프컷 》

**상 수**   (플래시로 비추며, 전화하며 가며) 북문 쪽도 이상 없어서, 저는 서문 쪽으로 가는 중입니다! (하고, 주변 보면, 데이트하는 남녀가 웃으며 서로 얘기하며 상수를 지나가고, 그들을 보고, 가는)

### * 점프컷 》

**양 촌**   그럼 나는 여기 동문 근처 좀 더 보고, 남문 쪽으로 갈게, 거기서 보자. (하고, 전화 끊고, 가다, 뭔가 이상해, 조금 떨어진 벤치 보면, 술 취한 노숙자가

자는, 그쪽으로 가서, 확인해보고, 별일 없구나 싶어 가는데, 앞쪽 멀리 길바닥에 핸드폰이 떨어져 있는 걸 보고, 그리로 가서, 주머니에서 장갑 꺼내 끼고, 주워, 켜보지만, 잠금장치 때문에 안 켜지는, (주머니에서 비닐 꺼내, 핸드폰 담는, 뭔가 싶은, 그때 전화 오는) 어, 상수야? (전화받으며, 멀리 주변 살피면, 남자 화장실 쪽의 외등이 꺼진 게 보이는, 뭔가 싶어, 진지하고 예리하게 그쪽을 보고 가는)

**\* 점프컷 》**
상수가 바닥의 피를 플래시로 비춰보는, 예리한, 진지하게 전화하는,

상 수    경위님, 여기, 서문 출입구 10미터 전방 길바닥에 피가 보여요... 아직 안 굳었어요.

**\* 점프컷, 교차씬 》**
양촌, 화장실로 가다가, 상수의 말에 멈춰 서는, 눈은 멀리 화장실에 가 있는,

양 촌    (진지하지만, 차분히) 길바닥에 피?
상 수    (길바닥의 피를 쫓아가며, 진지한) 지금 바닥의 핏자국을 쫓아가고 있어요.
양 촌    (진지하지만, 차분히) 상수야, 가지 마, 멈춰. (돌아서서, 상수 쪽으로 가며) 일단 내가 갈게, 서문 출입구 10미터 전방 쪽이라 그랬지?
상 수    (땀이 나, 긴장해, 조심스레 따라가다, 이상해, 앞을 플래시로 비추면)

**\* 점프컷 》**
상수의 플래시를 받은 노숙자가 다친 개(다리에 피가 흐르는)를 안고 가다, 플래시에 눈이 부셔, 상수를 보고 가는,

상 수    (가는 노숙자 보고, 플래시 내리며, 안도하는, 전화하며) 경위님, 오지 마세요... 노숙자 개가 다친 거 같아요. 확인했어요.
양 촌    (가다, 안도하고, 한숨 쉬고, 전화하며) 다행이다.. (하고, 다시, 뒤돌아, 멀리 있는 화장실 쪽 보고, 플래시를 비추고, 갈까 말까 망설이다, 느낌이 이상해, 가는) 너 서문 마저 돌고, 우린 순찰차 앞에서 만나자. 난 동문 쪽 화장실만

돌면 돼..

상 수　네.. (하고, 전화 끊고, 순찰하며, 가는)

양 촌　(화장실로 가며, 예리하게, 주변을 플래시로 비추고, 바닥을 보는데, 모방범이 사람을 끌고 들어간 흔적이 보이는(뒤에서 사람을 끌고 간 족적이 보이는), 긴장하지만, 차분히, 전화하며, 차분한) 상수야, 그쪽 다 돌았냐?

상 수　(서문 출입구 쪽을 이리저리 플래시로 비추며) 네..

양 촌　(담담히, 그러나 예리한) 여기 동문 남자 화장실인데, 별일이 있는 건 아니고.. 감이.. 안 좋네.. 이리 좀 와. (하고, 전화 끊고, 화장실로 가는)

상 수　(뛰어가면서도, 주변을 플래시로 확인하고)


# 씬 36. 공간이 넓은 화장실 안, 밤(등이 없어, 어두운).

양촌, 플래시 들고 조심히 들어서서, 플래시로 일단 화장실 문을 살피고, 다시, 화장실 칸 문 아래로 사람 발이 보이나 플래시로 확인하지만, 발이 안 보이는, 양촌, 별일 없다 싶은, 차분히, 이번엔 플래시로 벽을 훑는데, 비상벨(경찰과 연결된)이 보이는, 양촌, 조금 안도하고, 이번엔 비상벨 옆 벽을 훑는데, 벽에 피가 보이는, 양촌, 순간 긴장하지만, 예리하게 보며, 차분히, 무전 하는,

양 촌　마현공원 동문 남자 화장실에서 핏자국 발견, (하고, 비상벨 주변 벽에 피 묻은 걸 보고, 핏자국을 따라 바닥으로 가면, 한쪽에 어린 중학생 남자애가 배에 칼이 찔려, 고통스레 소리도 못 지르고 턱을 덜덜거리며, 숨만 깔딱거리고 쓰러져 있는, 온몸에 밀가루가 뿌려져 있는, 바다 주변에 걸레 양동이에서 쏟아진 물이며, 피해자와 범인의 몸싸움이 있었는지, 유리창의 파편이 즐비한, 긴장해도, 차분히, 얼른 플래시를 입에 물고, 달려가서, 남학생의 목을 짚어보는, 땀나는, 긴장되지만, 차분히, 무전 하는) 다시 말한다, 다시 말한다, 마현공원 동문 남자 화장실에 복부가 칼에 수차례 찔린 남자 중고등학생으로 보이는 피해자 발견. 마현공원 동문 남자 화장실에서 복부가 칼에 수차례 찔린 중고등학생으로 보이는 남자 피해자 발견.

＊ 점프컷 》

상수, 무전을 들으며, 호루라기를 불며, 죽어라 뛰는,

**＊ 점프컷 ≫**

양 촌    (주머니의 장갑을 남학생의 입에 끼워주고, 남학생에게 작게) 안심해, 경찰이
야, 혀 다쳐.. (무전 하며, 플래시로, 주변 보며, 짐짓 차분히) 범인이 범행 후
피해자 주변에 밀가루를 뿌리고 도망간 걸로 보아 최근 장남 장동지역에서
벌어진,


# 씬 37. 시장 근처 + 정오 남일의 순찰차 안, 밤.

종민 원우, 폭행한 두 남자(서로, '너 새끼, 죽었어!' 하며 소리치는)를 순찰차
에 태우는 걸, 남일, 혜리 돕는,
정오, 제 순찰차 앞에서, 긴장해, 무전 듣는,

양 촌    (E) 묻지마 연쇄사건으로 추정. 119 출동 바람. 인근 순찰차 지원 바람.
정 오    (당황하고, 두려운) 마현공원 사건, 순 스물셋 스물셋 접수, 순 스물셋 스물셋
접수. (남일 혜리에게 다급해도, 진지하고, 차분히) 29구역 마현공원에서 순
열여덟 지원 요청이에요! (하며, 차에 타는)
남일, 혜리    (종민 원우의 순찰차 보내고, 차에 타는)
남 일    (긴장하고, 다급한) 뭔 일이야?
정 오    (운전에만 집중하며, 긴장한) 동문 남자 화장실에 칼에 찔린 피해자가 있대
요.
혜 리    (걱정) 범인은?
정 오    (다급하고, 진지한) 범인 얘긴 없어. (긴장해, 야무지게, 차를 유턴해 가는, 사
이렌과 경광등 켜고 달리는)
상황실    (E) 마현공원 동문 남자 화장실 사건, 119 출동. 마현공원 동문 남자 화장실
사건, 119 출동. 인근 순찰차는 지원하라, 인근 순찰차는 지원하라!

씬 38. 공원 내, 밤.

　　　상수, 죽어라, 뛰는,


씬 39. 공원 화장실 안, 밤.

**양 촌**　　(플래시로, 다시 화장실 문 아래로 해서 사람이 있나 싶어, 바닥을 살피면, 아무것도 없는)
**상황실**　　(E) 119 출동, 119 출동.
**다른 경찰**　(E) 순 열하나 열하나, 순 스물셋 지원, 종발. 순 열하나 열하나 순 스물셋 지원, 종발!


씬 40. 지구대 앞, 밤.

　　　명호(운전), 한표 뛰어나와 순찰차 타고, 경광등 사이렌 켜고 가는,

**한 표**　　(무전 하는) 순 스물넷 스물넷 지원 종발!


씬 41. 공원 화장실 안, 밤.

**양 촌**　　(땀나는, 주변 보며, 기척 없는 걸 확인하고, 남학생에게) 조금만 기다려. 곧 119가 올 거(야, 하는데) 욱!

　　　모방범, 화장실 다른 칸(변기 위에 앉아 있어, 양촌이 못 본 것)에 숨어 있다, 나와, 양촌의 등허리를 칼(의료용 메스)로 찌르고, 비틀고(신장, 비장이 다 친), 이내, 칼 빼, 어깨를 칼로 찌르는,
　　　양촌, 어깨에 칼이 꽂혀 있는, 그 와중에도, 정신 차려(거의 쇼크가 와, 비몽사몽인 와중), 손을 뒤로 해, 모방범의 다릴 잡고, 쓰러뜨리고, 모방범, 넘어지

면서, 양촌과 몸싸움을 하는(이 와중에 양촌의 바디캠이 몸에서 떨어져 렌즈가 바닥으로 놓여지게 뒤집히는), 모방범, 양촌 어깨에서 칼을 빼, 칼로, 바닥에 있는, 양촌의 왼손등을 찌르는, 양촌, 고통스런 가운데, 몸을 뒤틀다, 얼굴 여기저기에 유리가 박히는, 모방범, 양촌의 오른쪽 무릎 뒤쪽의 인대를 칼로 찌르고, 양촌, 고통스레 앞으로 몸을 뒤틀면, 뒤쪽에서 양촌의 목을 조르고, 칼을 드는,

그 모습 위로,

**상 수**　(눈가 붉어, 땀이 비 오듯이 흐르는, 천장으로 공포탄 쏘고, 모방범에게 총을 조준한 채, 긴장했지만, 강하게, 버럭) 움직이지 마, 칼 버려!

**모방범**　(상수 보자마자, 당황했지만, 차분한) 살려줘. (하며, 칼 버리고) 칼 버렸어. (하고, 칼 버린 손(장갑 낀, 양촌과 몸부림칠 때 다쳐 손가락 쪽에 피가 살짝 난)을 양촌의 총에 대며(총 지갑이 잠겨 있어, 들지는 못하는), 일어나는데 (상수는 모방범이 총을 만지려는 상황은 보진 못하고, 움직이는 것만 봄))

상수, '땅! 땅!' 하고, 두 발의 실탄을 쏘는, 한 발은 모방범의 팔을 스치고, 한 발은 모방범의 폐 주변에 맞는,

모방범, 그 자리에서, 총 맞고 쓰러지며, 잡고 있던 양촌을 놓치는,

그 바람에 양촌, 입에서 피를 쏟으며, 앞으로 쓰러지는, 119와 경찰차의 사이렌 소리 들리는,

상수, 눈물 그렁해, 땀 흘리며, 멍한,

그때, 정오, 뛰어 들어와, 그 광경 보고, 눈가 붉어, 멍한, 그러다 정신 차리려 하며, 상수 보고, 얼른 양촌에게 뛰어가, 양촌의 입 쪽에 귀를 대고, 생사 확인하고,

남일, 혜리도 뛰어 들어와, 놀라 순간 멍한, 혜리, 남학생에게 가서, 경동맥을 짚고, 남일, 당황해도, 차분히, 모방범에게 가서, 경동맥을 짚는,

**＊ 점프컷 》**

상수, 눈가 붉어, 서 있다, 정신이 퍼뜩 드는, 그 와중에도, 총을 지갑에 넣고, 달려와, 양촌의 코에 귀를 대보고, 정신없는 피가 범벅이 된 양촌을 업고, 나가는, 정오, 무전 하는,

**정오**    (상수의 그 모습 보며, 눈물 나는, 냉정하려 하며, 소리치는) 29구역, 마현공원 동문 남자 화장실, 경찰이 칼에 찔렸다, 경찰과 피해자 남학생 둘 다 의식 불명, 위급 상태... 119 지원 바람, 119 지원 바람! 인근 순찰차 지원 바람!

**＊ 점프컷, 화장실 밖, 어슴푸레한 새벽, 느린 그림 ≫**

구급차 한 대(양촌과 상수, 정오가 탄), 출발하고,
명호 남일의 순찰차와 다른 경찰들 순찰차 두 대, 구급차가 두 대가 서 있는, 남일, 명호, 구급대원들과 피해자 남학생을 들것에 싣고 나와, 구급차에 넣고, 구급차 가면, 각자 자신들의 순찰차로 가서 타는, 혜리, 한표가 눈가 붉어 운전하는, 순찰차 가는,
다른 지역 경찰들, 모방범을 들것에 싣고, 다른 구급차로 가는,


# 씬 42. 남자 화장실 안, 아침.

과수팀과 형사가 와서, 사건현장의 사진을 찍는, 천장에 공포탄 쏜 자국, 메스와 바닥에 엎어진 양촌의 바디캠을 찍는,


# 씬 43. 병원 주차장, 아침(느린 그림).

장미, 자가용을 세우고, 응급실 쪽으로 뛰어가는, 눈가 붉은,

**＊ 점프컷, 응급실 앞, 구급차 ≫**

구급차 문 열리고,
정오, 상수, 눈가 붉지만, 정신 바짝 차리고, 제일 먼저 뛰어나와, 응급실 문 여는,
이후, 구급차 안에서 구급대원 두 명, 양촌을 들것에 싣고 나와, 응급실 복도로 급히 가고, 상수, 정오, 양촌의 들것을 쫓아가는, 그때, 남일과 명호의 순찰차 와 서고, 그때, 그 앞을 장미가 정신없이 지나쳐, 응급실로 들어가려 하

는, 명호, 남일, 순찰차에서 뛰어나와, 장미를 잡고, 맘 아프게 '경감님, 들어
가지 마세요!' 하는, 장미, 말소린 차분하지만, 흥분한 게 역력한 목소리로
'놔, 놔봐 나 좀.. 놔봐봐!' 하는, 명호, 장미를 맘 아프게 안고, 남일, 혜리, 한
표, 그 모습 보는데, 맘 아픈,
그때, 경모의 차 오고, 경모, 차에서 내리며 그 모습 보고, 맘 아픈,

**경 모**　　(맘 아픈) 명호야, 남일아, 경감님 차로 모셔.. (하고, 응급실로 가는데, 눈물
　　　　　나는, 참는)


# 씬 44. 응급실 복도 앞, 낮.

상수, 정오, 멍한 채, 흐르는 눈물을 닦으며, 양촌의 들것이 응급실로 들어가
는 걸, 맘 아프고, 막막하게 보는, 응급실 문 닫히면, 상수, 멍하니, 한쪽 의자
에 앉는, 정오, 그런 상수 보고, 천천히 가서, 머릴 안아주고, 어른스레, 눈 감
고, 가만 맘 아프게 서 있는, 무섭고, 울고 싶어도, 안 울려 하는,


# 씬 45. 응급실 안, 낮.

양촌, 이동침대에 누워 있는, 심정지가 왔는지, 의사, 전기충격 하면, 양촌의
몸이 튀는, 양촌의 튀는 몸과 회상 교차되는,

**\* 점프컷, 회상 》**
1, 상수가 총 쏘던,
2, 6부에서 자살 시도 학생 살리고, 차 안에서, 노래 부르던, 신난 상수,
3, 6부, 연이 끊겨 멀리 날아가버리는, 그걸 보던 양촌과 양촌 부,
4, 장미 정직 후 거실에서 장미와 장난치던,
5, 송이, 대관, 한솔, 경모, 상수, 정오의 모습들이 플래시컷으로 파편들처럼
빠르게 지나가는,

* **점프컷, 현실 》**
몇 차례 시도 후 양촌의 숨이 돌아오면,

**의 사**      수술실로 이동해!

**간호사**      (양촌을 수술실로 이동하는)

**양 촌**      (실눈 뜨고, 멍한, 의식이 확인되진 않는)


## 씬 46. 양촌 부의 논, 낮.

양촌 부, 밭일하다, 한쪽 보면, 송이와 대관이가 택시에 내려, 울면서, 눈물 닦
으며 오는, 느린 그림, 택시, 서 있는,
양촌 부, 뭔가 싶은,


## 씬 47. 지구대 안, 낮.

2팀장, 서류 보고, 2팀들 서너 명, 자리에서 업무하다, 문소리 나면, 고개 돌
려 보는데,
상수(불투명 비닐 백(양촌의 총 벨트를 가져왔단 설정)을 들고 있는), 정오,
혜리, 눈가 붉어, 들어오고, 이후, 명호, 한표, 승재, 원우, 참담하게 들어오는,
모두 총기를 반납하려 줄서는, 명호, 무기고 앞에, 책상 두고, 총기 반납 업무
를 하기 위해 서는,

**2팀장**      (옆에 선, 명호에게, 조심스레) .. 오 경위님은?

**명 호**      (참담한, 차분히) 일단 총기랑 장구 반납하고, 말씀드릴게요.

**한 표**      (테이저건을 반납하는) 테이저건 배터리 이상 무, 카트리지 이상 무. (하고, 놓
고, 가는)

**명 호**      (상수 보면)

**상 수**      (먹먹한, 애써 담담한, 비닐봉투 내밀고, 자신의 총기도 꺼내 내미는)

**명 호**      (비닐 안을 보면, 그 안에 양촌의 총기 벨트가 있는)

| 상 수 | (맘이 힘들지만, 차분히) 구급차 안에서 수거한 오양촌 경위님의 총깁니다. 그리고 이건 제 총기입니다. 제 총은 마현공원 사건, 피혐의자에게, 공포탄을 일 발 발사하고, 실탄 세 발 중, |
|---|---|
| 명 호 | (말꼬리 자르며, 안쓰럽지만, 담담히) 자세한 경위는.. 무기사용보고서에 쓰면 돼. 경위님이 다치시긴 했지만, 범인 잡은 건 잘한 거야. 수고했어. 근데 사건이 커서, 일단 감찰에선 나온다니까, 알고 있고. 일단 옷 갈아입고, 무기사용보고선 조용히 휴게실에서 써. |
| 상 수 | (인사하고, 일지에 사인하고, 이층으로 가고) |
| 대원들 | (양촌 때문에 속상하지만, 애써 담담하게, 상수에게) 일단 쉬어, 기운 내, 상수야. |
| 명 호 | (대원들이 인사하는 사이, 사무실 책상에서, 증거물 봉투 꺼내고, 장갑 끼고, 다시 와서, 상수의 총기와 양촌의 총기(겉보기엔 피가 안 보이는)를 꺼내, 따로따로 넣고, 한쪽에 두고, 정오 보는) |
| 정 오 | (테이저건 내려놓으며, 눈가 붉어도, 담담한) 테이저건 배터리 이상 무, 카트리지 이상 무. (하고, 일지에 사인하고, 가는) |

## 씬 48. 남자 휴게실 안, 낮.

상수(사복으로 갈아입은), 컴퓨터 앞에 앉아 있는, 화면에 무기사용보고서를 띄워놓고, 양촌 생각하며, 멍한,
정오(사복), 뒤에 앉아 있는,

| 정 오 | (양촌이 걱정돼도, 상수의 행동을 지지하고 싶은, 눈가 붉은, 맘 아픈, 참으며) 상수야.. 너 오늘 잘한 거야.. 나라면 당황해서, 오양촌 경위님 못 살렸을 거야. 니가 자랑스러.. |
|---|---|
| 상 수 | (말꼬리 자르며, 안 보고, 양촌 때문에 막막한) 나.. 보고서 쓸게. |
| 정 오 | 그래. |
| 상 수 | (먹먹한, 보고서를 쓰는) |
| 정 오 | (상수만 보고 있는) |

씬 49. 병원 일각, 낮.

한솔, 진지하고, 참담한 얼굴로 걸어오면,
한쪽에서 서 있던, 남일, 종민, 민석이 뛰어와, 한솔을 쫓아가는, 한솔 비상구
쪽으로 가는,


씬 50. 비상구 계단, 낮.

한솔, 들어와 한쪽에 서면, 모두 들어와 주변에 서는,

한 솔  (진지하고, 예리하고, 분명하게) 1분 내로 설명해.
남 일  (선 채, 참담한) 어젠 금요일이라, 사건이 다른 날의 열 배 이상 증가한 상태
       였는데,
한 솔  (차분하고, 진지한) 사건 내용만.
남 일  오 경위님이 동문 남자 화장실 쪽에서, 묻지마 연쇄로 보이는, 남학생 피해자
       가 발견됐다고, 무전 한 게 오전 5시 23분경이었습니다.
종 민  (눈가 붉어, 진지하게) 서문 쪽에 있던 염상수가 전력 질주로 1분 안에, 도착
       했지만, 그땐 이미 놈이 메스로 오양촌 경위의 어깨, 손등을 찌르고 무릎 뒤
       쪽 인대를 끊고,
한 솔  (눈가 붉지만, 진지하게 듣는)
민 석  (눈가 붉어) 비장과 신장 쪽을 겨냥해, 허리를 찌른 뒤였습니다. 피혐의자 몸
       에서 신분증이 나왔는데.. 신원확인 결과 의대생이었어요, 비장과 신장이 있
       는 위치를 정확히 알았던 것 같습니다.
종 민  (한솔 보고, 참담한, 진지한) 비장 신장이 있는 허릴 찔리면 쇼크가 올 수도
       있단 걸 예상한 거죠. 놈은 현재, 상수가 쏜 총에 부상당해, 인석병원으로 이
       송돼 수술 중인데 의식이 없고, 동양병원으로 이송된 피해 남학생은 의식을
       회복한 상태에서 수술 들어갔습니다,
한 솔  (눈가 붉어, 차분한) 양촌인?
남 일  (눈가 붉지만, 진지하고, 분명히 말하는, 흥분하지 않은) 의식이 돌아오지 않

은 상태에서, 부상 부위 수술 중입니다. 수술실 들어간 지, 두 시간 넘었습니다. 마현서 강력1팀에서 이 사건을 맡았습니다.

**한 솔** (말꼬리 자르며) 니들은 총기나 장구, 반납해야 하니까, 들어가봐. 급한 일 있음 톡 할게. (하고, 나가는)

남일, 민석, 종민, 벽에 기대, 답답한, 한숨 쉬는,


# 씬 51. 병원 수술실 앞, 낮.

장미, 눈가 붉은, 벽에 기대, 멍한, 생각 많게 서 있는,
한솔 와서, 장미 앞에 서는,

**장 미** (한솔 보고, 눈가 붉은, 다시 수술실 보는, 막막한) .. 난.. 괜찮아.. 아깐, 흥분했었는데.. 괜찮아.
**한 솔** (눈가 붉어, 장미 안아주고, 토닥여주는)
**장 미** (잠시 안겨 있는, 울지 않으려 해도, 눈물이 나는, 주머니에서 손수건 꺼내, 닦고, 짐짓 담담하게) 가. 수술 시간 길대. 다들 여기 있는다고, 수술이 잘되는 것도 아닌데.. 몸에도 안 좋아요. 가. (하고, 수술실 앞을 보는)
**한 솔** (장미 안쓰레 보는)
**경 모** (멀리서 참담한) 대장!
**한 솔** (멀리 서 있는 경모 보고, 가는)
**경 모** (오는 한솔 보며, 다른 데로 걸어가는, 전화 오면 받는) 네, 은경몹니다.


# 씬 52. 병원 일각, 낮.

경모, 한솔 서 있는,

**경 모** (답답한, 전화하며) 예에, 알았습니다. 고맙습니다. 네네. (하고, 전화 끊고, 답답한, 보며) 서의 생안과 양 과장님 전화, 고생했다고.. (하다, 뉴스가 나오는

걸 보고, 양촌 뉴슨가 싶어 보는)

한 솔　(보는)


＊ 점프컷, 화면 》

앵 커　지난주엔 불법 성매매에 연루된 경찰이, 증거 불충분으로 벌금형을 받고 나온 뉴스가 온 국민의 공분을 사게 하더니, 오늘은 새로운 경찰 관련 뉴스가 국민들을 공분시키고 있습니다. 삼 개월 전 만취 상태의 제안지방경찰청 간부가 말리는 종업원에게 총기를 사용해, 중상을 입게 해, 파면당한 사건이 아직도 국민들의 기억 속에 선연한데, 그 사건 해당 경찰 간부가, 소청심사에서 구제돼 서울청으로 발령 난 어이없는 사태가 벌어졌습니다. (옆의 패널에게) 오 교수님 요즘 경찰 내에서 왜 이렇게 국민 눈높이에 안 맞는 일들이 자꾸 벌어지는 걸까요?


＊ 점프컷 》

한 솔　(답답해, 경모를 돌려세우며) 저런 건 보지 마. 경찰 욕보이는 개놈들 진짜.. 의산 만나봤니?
경 모　(가며, 착잡한) 수술 중간에 나와 브리핑해주고 들어가더라고.
한 솔　(멈춰 서며) 뭐래?
경 모　(맘 아픈, 멈춰 서며, 눈가 붉어 보며, 말 못하는)
한 솔　(걱정, 낮게) 왜 그래?
경 모　그게.. 일단, 비장과 신장 쪽 수술은 잘됐다고.......
한 솔　(눈가가 붉어지는, 가슴이 쿵 한, 차분한) 그런데..
경 모　의식은 돌아와야 돌아오는 거라고.. 수술 끝나고 보자고.. 그리고... 범인 칼에 양촌이가 오른쪽 무릎 후방 인대가 잘렸는데.. 수술은 해보겠지만... (벽에 기대, 눈물 그렁한, 막막히 다른 곳 보는)
한 솔　(눈가가 그렇해지는, 참고, 애써 담담히) 설마.. 현장.. 못 뛸 수도 있대?
경 모　(눈물 나는, 그냥 다른 데로 가는)
한 솔　(먹먹하게 서 있는)

씬 53. 상수의 집 전경, 밤.

상수 모, 화장실 문 두드리는,

**상수 모**    (E) 상수야, 근무복 빨지 마!


씬 54. 상수의 집 화장실 안, 밤.

상수, 담담한, 피 묻은 근무복을 빠는데, 상수 모, 화장실 문 두드리며,

**상수 모**    (E, 속상한) 상수야, 문 안 열어, 어?!


씬 55. 상수의 집 안 + 화장실 안, 밤.

상수 모, 화장실 문을 잡고(출근복 차림), 문 열려 하며,

**상수 모**    (속상한, 눈가 붉어) 야, 상수야.. 어서 문 열어! (하다, 서랍으로 가며) 니가
               안 열어주면 내가 문 못 열 줄 아냐? (하고, 뒤져, 열쇠 찾아, 화장실 문 열고,
               상수가 빨고 있던 근무복을 들고, 나가, 거실 휴지통에 버려버리는)
**상 수**     (거실로 나와, 슬프지만, 담담히) 엄마..
**상수 모**    (속상해, 소리치는) 니가 칼을 맞았든, 안 맞았든, 당장 관둬, 경찰 일! 니가
               총질 안 해도 우리 안 굶어 죽어. 사람이 뭘 하면 입에 풀칠 못해!
**상 수**     (보며, 담담히, 맘 아프지만, 달래려는) 엄마.. 이런 일이 늘 있는 건 아니잖아.
               그리고.. 범인도 잡고,
**상수 모**    (눈가 붉어, 버럭) 범인 잡음 뭐해! 범인 잡음! 너보다 능력 있고, 힘 있는 니
               네 경위님이 다쳤으면 너도 언제든 순서가 되겠지! 니가 범인 잡는다고 세상
               에 다신 나쁜 일이 안 생기는 것도 아니고! 오늘부로 경찰 일 관둬. 내가 너
               근무만 나감 아주 간이 졸여 못살겠어. 오늘부터 나가지 말고, 집구석에 있

어! (하고, 가방 들고 나가다, 다시 돌아오며) 에미가 분명히 말해! 경찰 일 그
만둬! (하고, 문 닫고, 나가는)

상 수    (잠시 문 쪽 보고, 휴지통을 가만 보다, 휴지통으로 가서, 근무복 꺼내, 화장
         실로 가서, 빠는)


## 씬 56. 상수의 방 안, 밤.

상수, 이불을 까는데, 문소리 나고, 잠기는 소리 나는, 정오가 베개를 들고
와, 상수 보는,

상 수    (정오 보고, 짐짓 담담히) 일찍 잘려고..
정 오    (따뜻하게, 어른스레, 든든히) .. 나는.. 같이 잘려고. (하고, 불 끄고, 베개를
         들고, 상수가 깔아놓은 이부자리에 눕는) 누워.
상 수    (보다가, 옆에 눕는)
정 오    (옆으로 누워, 상수 보며) 오 경위님 수술 잘 끝났대.
상 수    (담담하려 하는) 단체방에 오른 문자 봤어... 사수.. 의식은?
정 오    (맘 아프지만, 따뜻하게, 두 손으로 눈 감겨주고, 어른스레) 눈 감아.
상 수    (눈 감는)
정 오    (안아주고, 상수를 안쓰레 담담히 보는)


## 씬 57. 중환자실 안, 밤.

양촌, 호흡기를 한 채, 누워 있는,
양촌 부, 기운 없이 커튼 치고 들어와, 양촌을 보고, 의자에 앉아, 양촌의 다
친 손을 보는, 눈물이 나는, 잡고, 양촌의 머릴 만져주고, 고개 숙이고, 흐느
끼는,

장 미    (E, 차분한) 너무 걱정하지 마,

씬 58. 병원 옥상 휴게실, 밤.

한솔, 경모, 장미 서 있는,

장 미     가, 중환자실은 면회도 안 되는데... 하루 진종일 병원에서 고생이다.
한 솔     (답답한, 차분히) 의식 돌아오면.. 바로 연락 줘. (하고, 가는)
경 모     (가는 한솔 보고, 장미 보는)
장 미     (따뜻하게) 가.
경 모     (어깨 툭 치고, 맘 아프지만, 참고) 선배도 몸조심해. (하고, 가는)
장 미     (가는 경모 보다, 막막하게, 난간에 기대, 바람을 맞는데, 눈가 붉은)


씬 59. 경찰서 전경, 다른 날, 낮.


씬 60. 감찰실 밖, 낮.

상수(근무복 차림), 감찰1, 2(호의적인) 함께 나오는,

감찰1     (편하게, 상수에게) 오늘 감찰은 의례적인 거예요. 현재 상황으로 보면, 놈이
          피의잔 건 확실한 상황이니까, 너무 걱정 안 해도 될 겁니다.
상 수     (맘은 무겁지만, 애써 담담한) 네.. 감사합니다.
감찰1, 2  (상수 보고, 돌아가는데)

          감찰3, 답답하게 걸어오는,

감찰3     (감찰1에게) 야, 일 났다. (가는 상수 보며) 저기 염상수가 총 쏜 애가 진범이
          아니래. 서장님이 오래, 가자. (하고, 상수 나간 쪽과 반대편으로 가는)
감찰1, 2  (뭔가 싶은, 따라가는)

## * 점프컷 》

상 수    (출입구 쪽으로 가는데, 한쪽에 켜 있는 텔레비전의 뉴스 내용이 들리는)

앵 커    긴급 속보입니다. 오늘 새벽, 최근 서울 장남 장동 마현지역에서 벌어진, 일명
         밀가루 묻지마 연쇄살인사건의 유력한 용의자가, 용감한 시민들에 의해 붙
         잡혔습니다.

상 수    (무슨 소린가 싶어, 텔레비전 쪽으로 가서, 뉴스를 보는, 가슴이 쿵 하지만,
         멍한)


# 씬 61. 서장실 안, 낮.

서장과 과장1, 2, 뉴스 보고 있는, 잠시 후, 감찰1, 2, 3, 들어와, 인사하고, 자
리에 앉으며, 텔레비전 보는, 답답한,

## * 점프컷, 화면 》

앵 커    지금 보시는 자료화면은, 저희 티앤뉴스가 단독으로 입수한, 동대문 서연대
         학교 뒷문 인근에 설치된 CCTV 영상입니다. 새벽 5시 42분경, 운동하러 나
         서던 할머니를 습격해 골목으로 끌고 가는 범인을 청소부가 목격, 소리를 질
         러 도움을 요청하자, 지나가던 행인들이 합세하여 검거하는 모습입니다.

## * 영상 내용 - 학교 앞 CCTV 영상 》

50대 청소부, 진범(검은 추리닝, 검은 모자, 흰색 마스크, 흰색 운동화를 신
은)이 새벽운동 나온 할머니의 입을 막고 골목으로 끌고 가는 걸 보고 소리
를 지르는, 지나가는 30대, 40대 남자 행인 둘이 일제히 달려와 제압하는 모
습이 보이는, 그 과정에서 흉기와 밀가루가 바닥에 떨어지는, 밀가루는 이리
저리 밟혀 터지고, 지나가는 여자 행인은 112 신고를 하는,

## * 점프컷 》

과장1, 화면 나가는 중간에 전화 오면, 탁자에 놓인 서장의 전화를 들어 보는, '청장님'이라 쓰인, 티브이 보는 서장 눈치 보고, 핸드폰 내려놓는, 동시에, 사무실 전화와 핸드폰이 동시에 울리는, 서장, 속상한,

## 씬 62. 병원 일각, 낮.

장미, 참담하고 심각하게, 로비의 텔레비전을 통해 상수와 같은 내용의 뉴스를 보는,

**＊ 점프컷, 화면 ≫**

앵 커 충격적인 사실은, 경찰 내부에서는 이미 밀가루 묻지마 연쇄살인범을 검거했다고 오인, 방심하고 있었다는 것입니다. 마현경찰서 내부 관계자의 말에 따르면, 이틀 전 발생한 마현공원 사건의 범행에 사용된 장갑은 가죽이 아닌 무명실 재질의 목장갑이었고, 진범과는 달리 의료용 메스를 흉기로 사용한 점 등을 미루어, 단순 모방범일 가능성이 크다는 게 밝혀졌지만, 상부가 이를 간과했다는 겁니다.

그 모습 위로, 송이, 뛰어오는,

송 이 엄마, 아빠 의식 돌아왔대.
장 미 (무거운 마음으로 뉴스 보다, 송이와 중환자실로 뛰어가는)

## 씬 63. 경찰서 안, 낮.

상수, 멍하니, 뉴스를 보는,

앵 커 경찰이 진범으로 오인한 강모 군은 전도유망한 명문대 의대생으로, 1, 2, 3차 묻지마 연쇄살인사건 당일 행적에 관한 명백한 알리바이도 속속들이 드

러나고 있습니다. 이어 오늘 오후 2시경, SNS에 〈사건 당일 바디캠〉이라는 영상이 뿌려지면서, 영상을 확인한 강모 군의 가족들은 강모 군에게 총을 쏜 염모 순경을 업무상 과실치상 혐의로 검찰에 고소장을 제출했습니다. 문제가 되고 있는 바디캠 영상입니다.

**\* 영상 내용 - 렌즈가 바닥을 비추어 음성만 담긴 바디캠 영상 》**

상수, 공포탄 쏜 후, '움직이지 마, 칼 버려!' 2초 후에, 모방범의 차분한 '살려 줘. 칼 버렸어' 하는 음성이 들리는, 2초 후에, 총성이 '땅! 땅!' 나고, 모방범이 쿵, 양촌이 쿵, 쓰러지는 소리 들리고, 이내 119와 경찰 사이렌 소리가 점점 가까워지는 소리가 들리는,

**\* 점프컷 》**

상수, 티브이를 보며, 이게 무슨 일인가 싶어, 눈가 붉어, 멍한, 정신을 차려야 한다는 생각이 드는, 그러나 뭐가 뭔지 모르겠는, 상수, 걸어 나가는 데서 엔딩.

# 18부

예측불허
아직 끝나지 않은
그래서 끝까지 가볼 수밖에 없는
라이브 2

*제18화*
*예측불허*
*아직 끝나지 않은*
*그래서 끝까지 가볼 수밖에 없는*
*라이브 2*


씬 1. 프롤로그.


1, 거리, 밤.
상수, 땀을 흘리며, 추리닝 차림으로 도로를 달리는(전력질주 아닌, 운동하는 느낌, 17부 엔딩씬으로부터, 일주일 정도 지난 설정, 이날은 휴가 받았다는 설정), 양촌과 모든 상황을 잊으려는 듯, 생각하는, 눈가 붉어도, 차분히 뛰는, 사이렌 소리 들리는,


2, 도로, 밤.
종민(운전) 원우, 민석(운전) 승재의 순찰차가, 앞뒤로 경광등과 사이렌 켜고 가는,

**상황실**  (E) 코드 제로, 코드 제로, 남문대교 위에서 주취자가 난간 위에 서 있다는 신고,

3, 한강 교각 위, 밤.
주취자, 난간 위에 서 있는,

**상황실**  (E) 지나가는 주변 차들의 신고 폭주, 인근 순찰차는 지원하라, 코드 세로, 코드 제로, 남문대교 위에 주취자가 난간 위에 서 있다는 신고, 지나가는 주변 차들의 신고 폭주, 인근 순찰차는 지원하라, (E) 코드 제로, 코드 제로, 남문대교 위에 주취자가 난간 위에 서 있다는 신고, 지나가는 주변 차들의 신고 폭주, 인근 순찰차는 지원하라,

\* 점프컷 》
종민(운전) 원우, 민석(운전) 승재, 순찰차 앞뒤로 가며, 무전 하는,

**원 우**  남문대교 위에 주취자가 난간 위에 서 있다는 신고, 순 스물 스물 접수, 종발. 순 스물 스물 접수, 종발. 남문대교 위에 주취자가 난간 위에 서 있다는 신고, 순 스물 스물 접수, 종발. 순 스물 스물 접수, 종발.

\* 점프컷 》

**승 재**  순 스물둘, 순 스물 지원 접수, 종발.

종민 민석, 순찰차, 유턴히는,

4, 거리, 밤.
상수, 땀을 흘리며, 뛰어가는,

**112**  (E) 코드 원, 코드 원, 홍일세무서 앞 지나가는 행인의 제보. 골목길 초입의

가로수에 차량 한 대가 충돌했다는 신고, 인근 순찰차 지원 바람, 코드 원, 코드 원, 홍일세무서 앞 지나가는 행인의 제보. 골목길 초입의 가로수에 차량 한 대가 충돌했다는 신고, 인근 순찰차 지원 바람,

5, 한적한 골목길 앞 사고현장, 밤.
차가 가로수를 들이받은 채 서 있고, 사이렌 소리와 함께 남일 명호의 순찰차가 오고, 순찰차 안의 대원들 모두 나와, 주변 보면,
만취 여성(삼십 대), 차에서 나와, 순찰차가 서 있는 곳과 다른 방향으로 걸어가는,

**한 표**  (뛰어가, 만취 여성인 줄 모르고, 팔 잡고) 선생님, 괜찮으세요? (하면)
**만취 여성**  (팔 뿌리치며) 이거 놔! (하고, 넘어지는)
**헤 리**  (뛰어가, 여자를 일으키려 하며) 괜찮으세요? (하는)


  **＊ 점프컷 ≫**
  남일, 정오, 명호, 사고 난 차를 확인하는,

**정 오**  (답답하고, 진지한) 술 냄새가 진동을 하네요.. (하다, 차 안에 엎어진, 마시다 만 캔을 보고, 남일 보고, 사진 찍는)
**남 일**  (답답한, 무전 하며) 홍일세무서 앞, 골목길 초입의 가로수를 차량 한 대가 들이박고 정차되어 있다. 교통 순마＊, 렉카차, (비틀거리는, 여자 보고, 다리에 작게 상처 난 것 보고) 119 지원 바람. 교통 순마, 렉카차, 119 지원 바람.


  **＊ 점프컷 ≫**
  명호, 만취한 여자에게로 가서, 음주감지기 꺼내며,

**명 호**  선생님, 음주 확인하겠습니다. (하고, 음주감지기를 갖다 대는데)
**만취 여성**  (소리 지르는) 나 아퍼요, 119 불러줘요! 나 아퍼!

---

＊ 순마 순찰차

| 한 표 | (답답해도, 친절하게) 119는 오는 중입니다, 음주감지 먼저 해주셔야 합니다. |
|---|---|
| 명 호 | 선생님 음주측정 거부하시면 현행범으로 체포됩니다. (측정기 대며) 후 부세요! |
| 만취 여성 | (음주측정기 뺏어, 버리며) 미친 새끼! 나 술 안 먹었어! (하고, 몸을 못 가누고 넘어지는) |
| 혜 리 | (답답한) |
| 한 표 | (여자, 붙잡으며) 괜찮으세요? |
| 만취 여성 | (한표 손 뿌리치다, 주저앉으며) 어딜 만져? (하고, 주저앉은 채, 가방으로 한표를 치며, 소리치는) 여기, 경찰이 여자 몸에 손대요! 경찰이 여자 몸에 손대요! |
| 한 표 | (만취 여성의 몸에 함부로 손댈 수 없어 애먹는) |
| 명 호 | (바닥의 음주측정기 들면) |
| 혜 리 | (일으켜 세우며) 선생님 일어나세요. |
| 정 오 | (뛰어와, 명호의 음주측정기 뺏고, 여자 팔 잡고, 벽에 기대게 하며) 선생님 일어나세요. 그리고, (음주측정기를 여자 입에 대며) 선생님, 음주측정하겠습니다. |
| 만취 여성 | (그 말에 정오를 강하게 밀치는, 그 바람에 음주측정기가 땅에 떨어지고) |
| 정 오 | (음주측정기 주우며) |
| 명 호 | (단호하게) 음주측정 3회 거부하셨습니다. 음주측정 이번에도 거부하시면, 현행범으로 체포 가능하고, 계속 이러시면 공무집행방해도 추가됩니다. |
| 정 오 | (다시 음주측정기를 들이대며) 후 부세요. |
| 만취 여성 | (정오의 뺨을 때리는) |
| 정 오 | (바로 만취 여성에게 야무지게 뒷수갑 채우는) 선생님, 교통사고처리 특례법 위반 및 음주측정거부 및 공무집행방해 혐의로 현행범 체포하겠습니다. 선생님은 변호인을 선임할 수 있고, 체포구속적부심*을 청구할 수 있으며, 변명을 할 기회가 있습니다. |
| 만취 여성 | (제압당하는 와중에, 크게 소리치는) 도와주세요, 경찰이 과잉진압해요! 남자 경찰이 내 몸에 막 손대요! 도와주세요! |

---

\* **체포구속적부심** 부당한 체포나 구속을 당한 피의자를 법원이 재심사하는 절차

만취 여성, 소리 지르자, 지나가던 시민들이 주목하는,

정오에게 제압당한 만취 여성, 다리에 힘이 풀려 쓰러지며 울고불고 사정하는, '나 잘못 안 했다니까, 왜 잡아가요. 왜..'

사고현장 주위에 모여드는 시민들, 만취 여성인지 모르고 여자가 괜찮은지 여자의 상태를 걱정하며 '왜 저래' 수군거리는, 더러는 '술 취했네' 하는,

정오, 만취 여성을 일으키는데 술 때문에 무거워 명호 한표가 같이 거드는,

이때 찰칵 소리가 들려 정오와 명호, 한표 돌아보면,

골목길 주변에 모인 시민들 중, 남자1, 핸드폰으로 사진을 찍고 있는,

혜리, 속상한, 남자1에게, '그걸 왜 찍어요!' 하는,

남일, 답답하지만, 혜리, 끌고 순찰차로 가는,

정오, 명호, 한표는 자신들을 찍고 있는 모습에 억울하면서도 할 일 하는, 정오, 제 순찰차 뒷좌석(혜리 타고 있는)에 여자 태우려는, 만취 여성, 안 타고, 버티며, '도와주세요, 도와주세요!' 하고,

그 모습 위로,


남자1    여자 하나를 경찰 대여섯 명이.. 너무하네.

남자2    (경찰에 호의적인, 사람들을 나무라는) 너무하긴요, 차 다친 거 보니까, 음주 운전인데..

만취 여성  (버티며) 도와주세요!

정 오    (차에 여자를 태우려 하며, 여자 머릴 잡아, 숙이게 하는데) 버티지 마세요, 다쳐요, 다쳐!

여자1    뭐야, 왜 여자 머릴 잡어!

한 표    (순찰차를 타려다, 화나, 시민들에게, 답답한) 머리 안 잡음, 저 여자분이 차 문에 다칠 수도 있거든요! 이게 다 안전수칙이거든요!

남 일    (화나도, 참고, 한표를 차에 태우며) 말하지 마! 말하지 마!

남자1    왜, 그 여자한테도 총 쏘지, 뉴스에 나온, 의대생 쏴서 죽인 그 경찰 새끼처럼?!

정 오    (만취 여성을 순찰차 안에 간신히 태우고, 그 말에 울컥하는, 서운하고, 억울하고, 화가 동시에 올라와, 남자1 보며, 눈가 붉어) 뭐랬어요, 지금? 말조심하세요!

| 남자2 | (경찰에 호의적인) 경찰관님 그냥 가세요.. 참으세요.. |
|---|---|
| 명 호 | (정오를 끌고 가 차에 태우며, 맘 아픈) 정오야, 가, 가! (하고, 정오를 차에 태우는) |
| 여자2 | (경찰에 호의적인, 남자1에게) 경찰한테 왜 그래요? |
| 남자1 | 내가 없는 말 해요, 경찰이 살려달라는 사람 막 총 쐈잖아, 뉴스 안 봐? (하고, 핸드폰 연속카메라로 대원들 모습을 마구 찍는) |
| 명 호 | (정오 차에 타면, 걱정스레 보고, 문 닫고, 남일에게) 출발해. |
| 남 일 | (운전대 잡고, 답답하고, 속상하지만, 차분히) 참아, 참아! (속상해, 출발하는) |

**＊ 점프컷, 사건현장 》**
순찰차 안의 한표, 답답하게 있고,
명호, 순찰차 밖에서 가는 정오의 순찰차 보며, 무전 하는, 참담한,

| 명 호 | (참담한, 차분한) 홍일세무서 앞으로 오는 119는, 환자가 홍일지구대로 갔으니 홍일지구대로, 렉카차는 현장으로 옵니다. 반복합니다. 홍일세무서 앞으로 오는 119는, 홍일지구대로, 렉카차는 현장으로 옵니다. (무전 끄고, 차에 기대, 답답한) |
|---|---|

사람들, 그런 명호를 보며, 누구는 싫단 듯 '짭새' 하며 바닥에 침 뱉고, 맘에 안 들게 보고 가거나, 누구는 지지하듯 '경찰 아저씨, 참으세요' 하며, 가는, 삼보, 멀리 그런 명호를 지켜보고(뉴스 봐서, 상황을 모두 아는, 그러나 도울 수 없는 게 맘 아픈), 맘 아프게 그냥 가는,

6, 순찰차 안, 밤.
정오, 창가 보며, 맘 아프게 가는,
만취 여성, '야, 내 차 어딨어? 내 차 어딨어?' 하며, 소리치는,
그때, 정오 모 문자 오는,

| 정오 모 | (E) 정오야, 국비유학 신청한 거 됐다고 연락 왔어? 휴직계 처리됐어? 하루라도 빨리 휴직하고 집에 와. |
|---|---|

**정 오**    (답답한, 핸드폰 넣고, 생각하는, 화도 나고, 오기도 나는)


7, 양촌의 병원 앞 + 병원 안, 밤.
상수, 뛰어와, 몸을 숙이고, 숨을 후후 고르고, 멈춰, 양촌의 병실 쪽을 올려다보는, 맘이 짠한, 다잡고, 차분히, 뛰어 병원 안으로 들어가, 비상구 쪽으로 가서, 계단을 뛰어오르는, 눈가 붉지만, 차분한,


**＊ 점프컷, 병실로 가는 눈가 붉어 차분한 상수와 아래 회상, 교차씬 》**
1, 16부, 양촌, 화장실에서 상수의 벨트를 채워주던,
2, 7부, 양촌, 목욕탕에서 자길 보고 환하게 웃던,
3, 6부에서 자살 시도한 아일 살리던, 양촌 상수,
4, 17부, 화장실에서, 고통스러워하던 학생의 모습,
5, 17부, 칼 맞고 뒹굴던 양촌의 모습,


**＊ 점프컷 》**
상수, 계단을 오르는 모습에서, 뉴스 앵커의 목소리가 들리는,


**앵 커**    (E) 지난주 토요일 새벽, 마현공원에서 경찰이 묻지마 연쇄범으로 오인, 살려달라고 투항하는 모방범에게 실탄을 두 발이나 발사했던 사건을 기억하실 겁니다. 그때, 실탄을 맞고 의식불명 상태에 빠져 있던 강모 군이 조금 전 저녁 7시 25분경, 병원에서 끝내 숨졌습니다.


## 씬 2. 양촌의 병실 안, 밤.

양촌 목, 머리, 왼손이며, 다리(움직일 수 없는, 보조기를 찬), 허리에 붕대를 감고, 입엔 음식물 넘어가는 주입기를 한 채, 얼굴 여기저기 파편으로 다치고, 멍든, 눈가 붉어, 차분하고 냉정하게 침대에 누워, 뉴스를 보는, 눈은 미동이 없지만, 생각은, 예리하게 사건 상황을 판단하는 느낌이다,


**＊ 플래시컷, 사건현장 》**

양촌, 모방범이 '살려줘' 하며, 상수가 안 보이게(상수는 양촌의 몸에 시야가 가려져, 못 본, 설정), 손(검지에 피가 나, 장갑에 피가 살짝 묻은(핏자국이 총기 손잡이 안쪽에 살짝 묻었단 설정))을 양촌의 총기에 댄,

**\* 점프컷 》**

양촌, 그 기억을 떠올리며, 담담한,

**\* 점프컷 》**

상수, 병실 앞 유리창 너머로 양촌을 보며, 담담하지만, 눈가 붉은 채 서 있는, 양촌은 이 상황 모르고, 뉴스만 보는, 두 사람의 모습 위로, 뉴스 내용 나오는,

**\* 점프컷, 뉴스 화면 – 헤드라인: 경찰 총에 맞은 의대생, 결국 사망 》**

앵 커    경찰의 과잉 총기 사용이 빚은 참사는 어제오늘 일이 아닙니다. 올 초 제안지방경찰청 간부는 만취 상태에서 총기를 발사, 무고한 시민을 다치게 하고도 서울청으로 발령이 나고, 작년 10월엔 음주측정을 거부하고 도주한 차량에 경찰 현장 초기대응 매뉴얼에도 없는, 총기를 발사, 차가 전복되는 과정에서 지나가는 행인 세 명이 다치는 어처구니없는, 사건도 있었습니다. (이때, 긴급속보 자막 뜨고) 속봅니다. 잠시 후, 마현경찰서 조희명 서장이, 대국민 사과 성명을 발표할 예정이라고 합니다. 현장 연결합니다.

장 미    (E) 오늘도 왔네..


## 씬 3. 양촌의 병실 밖, 밤.

상수, 양촌을 눈가 붉어, 담담히 보고 있는(주입기, 손, 다리를 차례로 보는), 장미, 와서, 벽에 기대 양촌 보는 상수 보며, 따뜻하고, 차분히,

장 미    언제부터 와 있었어?

상 수    (양촌을 짠하게 보다, 벽에 기대는, 애써 담담한)

**장 미**　여전히 아무도 안 보고 싶어 해. 음식물 섭취 때문에 주입기를 끼고 있으니까, 말도 못하고.. 저런 모습, 보여주기 싫은가 봐. 성질이 별나. 이해해주라, 너 안 만나주는 거.

**상 수**　(담담히, 차분히, 고개 끄덕이는)

**장 미**　할 말이 없을 거야. 너 때문에 살았는데, 니가 그것 때문에 형사입건*되는 고촐 겪는 게.. 근데, 별일 없을 거야. 모방범이든 초범이든, 범인은 범인이고, 누가 봐도 총기 사용은 불가항력이었어.

**상 수**　(맘 아픈, 고개 끄덕이는, 담담히) 네... 경위님.. 다리는,

**장 미**　(어색하게 짠하게 웃으며) .. 지켜.. 봐야지...

**상 수**　(맘 아픈, 인사하고, 가다, 돌아보며) 내일부턴 매일 못 올 거 같아요. 대기발령 나, 이제 지구대 말고 서의 경무과**로 출근해야 돼서... 징계위원회 준비도 해야 하고...

**장 미**　(이상한, 촉이 오는, 애써 담담히) 징계위원회가 왜 벌써.. 열려? 징계위원회가 열리면 너랑 함께 들어가 증언을 도와줄 수 있는, 사람은 니 사수 오 경위 뿐인데.. (문 쪽 보고) 지금 걷지도 못하고, 말도 못하는 상황인 거 모두 아는데..

**상 수**　(애써 담담하려 하며, 차분히) 저도.. 잘 모르겠어요. 가볼게요, 경감님. (하고, 인사하고 가는)

**장 미**　(가는 상수 보고, 화나는 걸, 간신히 참고, 짐짓 차분히, 한솔에게 전화하는) ... 상수.. 징계위원회는 무슨 말이야? 불기소가 될지도 모르고.. 유죄판결을 받은 것도 아닌데, 서둘러 절차에도 맞지 않는 징계위원회가 왜 열려?


## 씬 4. 지구대 회의실 안, 밤.

한솔, 경모, 텔레비전으로 뉴스를 보고 있는,

---

\* **형사입건** 피의자의 범죄 사실을 인정하여 형법의 적용을 받는 사건으로 접수하는 것

\*\* **경무과** 경찰서의 인사, 경리, 기획을 담당하는 행정부서

**＊ 점프컷, 뉴스 화면 ≫**

서 장 (인사하고) 저희 경찰을 향한 국민 여러분의 우려와 비판을 겸허히 받아들이며, 경찰 식구 감싸기니, 은폐 축소 수사니, 하는 어떤 의혹도 제기될 수 없도록 이번 총기사건 해당 경찰을 엄정하고도 철저히 수사할 것을, (국민 여러분께 약속드립니다)

**＊ 점프컷 ≫**

경모, 한솔, 둘 다, 사복 차림으로, 차갑고, 냉정하게 뉴스를 보는, 한솔, 전화에 대고 말하는,

한 솔 (차분하고, 냉정한) 바디캠 때문에 여론이 시끄러우니까. (하고, 핸드폰 스피커폰으로 하는)

경 모 바디캠을 언론에 유출한 경로를 못 찾았다는데.. 아무래도 검찰이 유출한 거 같애. 경찰 검찰 조직싸움에 상수가 꼈어.

한 솔 (뉴스 끄고, 차분하고, 화나는 것 참고, 진지한) 최근에 이 일 저 일 경찰이 국민의 신의를 잃어버린 사건이 많잖아, 어젠 5년 전 경찰이 살인범이라고 잡아넣은 사람이 무고한 시민이라고 밝혀져, 온 나라가 난리고.... 그런 일, 조직은 전부 이 건으로 털고 가잔 심산 같애.

그때, 모두 사복으로, 명호, 종민, 민석, 남일, 들어와, 자리에 앉고, 한표, 원우, 승재 들어오는, 모두 답답하기도 하고, 화나는 걸 참는 얼굴이다, 뒤이어, 정오(기운 빠진 게 아니라, 오기도 생기고, 다부진), 혜리 들어와, 답답하게, 서 있는,

경 모 내일 감찰에서, 지구대 1팀 전원 상대로 염상수 세평조사* 나온대. 일사천리로 일이 진행되고 있어.

종 민 (답답한) 징계위원회가 열리는 건, 그냥 쇼예요.

---

＊ **세평조사** 주변 직원들에게 피징계자의 평판을 조사하는 감찰 과정

| 정 오 | (눈가 붉어, 화도 나고, 이를 앙다무는) |
| 종 민 | (답답한) 들리는 소문에 의하면, 염상수 징계위원회에 중립적이어야 할 민간 위원들을, |
| 명 호 | (답답한) 조직이 자기들 결정에 유리한 인물들로 포진시키려고 한단 말이 돌아요. 내부적으론 파면 결정 낸 거죠. |
| 정 오 | (눈가 붉어, 분한 맘 참는) |
| 경 모 | 징계위원회 위원들만 중립적이어도 당연히 정당방원데.... |
| 한 솔 | (진지하게 듣기만 하는) |

#### * 점프컷, 교차씬 ≫

| 장 미 | (참담한, 잠시 생각하다, 차분히) 염상수가 파면되면, 경찰 조직의 그 어떤 선배들도 책임을 회피할 수 없어. |
| 경모, 한솔 | (참담한, 맘 아픈) ... |
| 남 일 | (답답한, 맘 아픈) 우리가 모두 매뉴얼 매뉴얼 하지만, 그 상황에서, 무기 버려, 하고 몇 초 쉬고, 무기 버려 하고 몇 초 쉬고, 또다시 무기 버려! 하고 몇 초 쉬고, 어떻게 총을 쏴요?! 사람 죽는 전쟁통인데! 피해자 학생은 배에 칼이 찔려, 뒹굴고, 오 경위님은 여기저기 칼에 다 찔려 피를 토하고 있는데! 오 경위님 애긴, 뉴스에, 수술이 잘됐다, 생명에 지장 없다, 그 말만 나오고.. 쏙 들어가고! 마치 살아 있는 게 죄처럼! 이게 말이 돼요?! |
| 정 오 | (맘 아픈, 오기 나는, 이를 앙다무는) |
| 민 석 | (눈가 붉어, 속상한) 지금 언론은 모방범도 살인미수사건의 피의자인 건 관심도 없어요. 그냥, 범인이 잘생겼고, 모범생인 것만 강조하면서, 무고한 시민인 양 떠들어요. 초범도 범죄잖데, 마치 초범은 죄가 없는 양 떠든다구요. |
| 모 두 | (참담한) |
| 정 오 | (화가 나, 이를 앙다무는, 눈가 붉은) |
| 명 호 | (진지한) 여깄는 경찰 누구라도, 만약 그 자리에 있었다면 매뉴얼이고 뭐고, 누구든 당연히 상수처럼, |
| 정 오 | (눈가 붉어, 맘 아프지만, 단호하고, 차분히) 총을 쐈을 거예요. 저는 그랬을 거예요. 선량한 시민과 내 동료를 구하는 일이었다면, 주저하지 않고.. 총 쐈을 거예요. |

**남일, 종민, 민석**　(참담한, 화도 나고) 저도요.

**승재, 원우, 한표, 헤리**　(참담한) 저희도 당연히 총 쐈을 겁니다.

**장 미**　(참담한, 눈가 붉어, 낮게) .. 나는.. 아니야.


진지하고 냉정하게 생각에 잠긴 한솔, 경모, 빼고, 정오 외 모두 스피커폰을
보는,


**정 오**　(스피커폰 보며, 맘 아픈, 서운함보단, 진지하게 묻는) ... 만약 그 상황에서 상
수가 총을 쏘지 않았다면,

**장 미**　(맘 아파도, 진지하고, 낮고, 분명하게) 우리 모둔 지금. 피해학생과 오양촌의
장례식장에 모여 있겠지. 하지만, 그 누구라도 그 상황에선, 총을 쐈을 거란
한정오 니 말엔 동의할 수가 없어.

**경모, 한솔, 명호**　(참담한, 동의하는, 맘 아픈, 차분한)

**정오 외 모두**　(무슨 소린가 싶어, 스피커폰 주시하는) ...

**장 미**　(참담한, 차분히) 그래.. 어리고 순수한 너희 젊은 시보들이나 부사수는 그럴
수 있을지도 모르지. 오직 피해자와 동료만 생각해서.

**정 오**　(맘 아픈, 생각하게 되는, 진지하게 듣는)

**모 두**　(눈가 붉은, 생각하게 되는)

**경모, 한솔**　(차분하고, 참담한)

**장 미**　(참담하지만, 눈가 붉어, 정확히 잘 들을 수 있게, 또박또박 말하는) 근데.. 달
면 삼키고 쓰면 뱉는 조직의 생리를 누구보다 잘 아는, 약아빠질 대로 약아
빠진 우리 늙은 선배들도 과연 정말 그랬을까? 언론에서 떠드는 말대로 범인
도 생명인데..

**경 모**　(참담한, 진지한) 괜히 우리 손에 피 묻힐 필욘 없으니까.. 피해잔 엄연히.. 나
와 상관없는 남이고... 징계니 뭐니 시끄러운 거 싫으니까, 온갖 매뉴얼을 떠
올렸겠지. 그래서, 움직이는 범인을 향해 최대한 팔과 다릴 정확히 쏘기 위
해, 조준하는 데 시간을 흘려보내고..

**한 솔**　(참담한, 자조적으로) 주춤주춤 매뉴얼대로.. 언제 올지 모르는 동료들을 기
다렸겠지. (참담한) 그렇게 시간을 보내는 동안, 피해자가 동료가 죽든 말든,

**장 미**　나 자신은 안전하니까, 비겁하게 대처했겠지.

**정 오**　(상수의 무게가 느껴져, 미안해, 눈물이 흐르는, 닦는, 이 앙다물고 서 있는)

종 민  (눈물 나는, 자조적인, 차분한) .. 경감님 말씀이 맞습니다... 그랬겠네요.. (하
     는데, 속상한)

모 두  (눈가 붉은, 참담한)

장 미  (맘 아픈) 염상순 누구나 할 수 있는 일을 한 게 아냐. 어쩌면 경찰 모두가 하
     고 싶지 않은 일을 한 거지. 오직 피해자와 동률 위해. 그래서, 부탁해, 기 대
     장님. 그 무모하고 순수한 어린 시보를 위해, 뭐든 우리가 할 수 있는 일을 찾
     아봐줘요. (하고, 전화 끊고, 가는데, 맘 아픈)


  * 점프컷 》


경 모  (맘 아픈, 참고, 담백하게) 다들 일단 앉아.

한 솔  (차분하고, 냉정한, 생각 많은, 단호한) 앉지 말고, 퇴근해.

남 일  (답답한) 낼 감찰에서 상수에 대해 세평조사가 나온다는데, 그래도 우리가
     뭐라도 작전을 짜야 되지 않을까요?

명 호  상수에 대해, 서로 다른 대답들을 할 수도 있으니까, 간략하게라도 상수에게
     유리할 수 있게, 입도 맞추고,

한 솔  (차분하고, 진지하게) 입 맞출 게 뭐 있어? (하고, 대원들 보며, 맘 아픈, 화났
     지만, 차분히) 개가 비리를 저질러서 우리가 뭐 쉬쉬하며 감춰줄 일이 있어?
     아님 개가 뭐 건설업자들 뒷돈을 받고, 아래위 청탁을 받아 처먹어서, 눈을
     감아줄 거야?! (속상해, 눈가 붉어, 화나는 거 참으며) 기껏 백사오십 받는
     시본데.. 시키면 시키는 대로 주취자 토나 닦는 앤데.. 사건 나면 적당히 땡땡
     이치는 법도 몰라, 지가 다치는 줄도 모르고, 무조건 현장으로 달려드는 순
     진하기 이를 데 없는 놈을... 입 맞춰서 봐주고 감싸고 할 게 뭐 있어..

정오 외 부사수들  (눈가 붉은) ..

한 솔  (자조적이고, 속상한, 차분하고, 진지) 본 대로 말하고, 있는 대로 말해. 힘
     없는 애들은 밟고, 위엔 무조건 기고.. 내가 아주 이누무 조직이 챙피해서, 니
     들 어린 후배들 앞에서 낯짝을 들 수가 없어, 내가.. (속상한) 나가!

경 모  (참담한) .. 대장님 말씀이 맞다. 퇴근해.

다 들  (참담한, 한솔에게 인사하고 나가는)

정 오  (나가는)

한 솔  (맘 아픈, 한숨 쉬는데)

그때, 2팀원1, 노크하고 들어오며,

**2팀원1**　(답답한, 차분한) 대장님.. 잠시만.

**경모, 한솔**　(보는) ?


# 씬 5. 지구대 안, 밤.

2팀장, 2팀에게 총기 지급하던 중에 속상하고, 화가 나, 2팀원2를 보고 있고,
1팀 대원들 답답한 얼굴로 '수고하세요!' 하고 나가고,

**2팀장**　(나가는 1팀원들 보며, 답답한, 잘 가란 뜻으로) 그래, 그래.. (하고, 앞의 2팀
원2 보며, 답답한) 야, 경찰이 야간 근무에 총을 안 든다는 게 그게 말이 되
냐?

**2팀원2**　(답답히, 화난) 테이저건 들겠습니다.

**2팀장**　그건 근거리용인데, 도망가는 범인은 어쩌고?! 야, 너도 나도 다 전부 테이저
건만 들어서.. 이제 테이저건도 더는 없어.

**2팀원2**　그럼 가스총 가져갈게요.

**2팀장**　(속상한, 달래는) 오늘 바람 불잖아! 가스총 쏘면 가루 다 날아가.. 도리어 니
가 가스 맞는다고!

그때, 한솔, 경모, 2팀원1, 2층에서 내려오는,

**한 솔**　(담담히) 가스총 들어.

**2팀장**　(답답한) 대장님..

**2팀원2**　(무기고에서 가스총 들고 나와, 2팀장에게 보여주고, 일지에 사인하고, 가는)

2팀원들, 각자의 자리로 가서, 일하는,

**2팀장**　(답답한, 속상한) 오늘 총 든 애가 스무 명 중 다섯 명밖에 안 돼요. 다들 상

수 건 보고, 열받아, 사람 살리면 뭐하냐고, 총 안 든대요.. 실탄이 아니래도 공포탄으로도 진압에 얼마나 도움이 되는데.. 총 든 것만으로도 위협용으로 효과가 있고!

경 모 　우리 지구대만 그런 게 아니에요, 다른 지구대들도 다 난리야.

한 솔 　(핸드폰 오고, 화면 보면, 하나 오 대장이라고 쓰인, 전화 끊고, 2팀장 보며) 하나지구대도 상황이 같나 보네..

2팀장 　어떻게 대책을 세워야지, 이러다 무기 들고 설치는 강력범 다 놓쳐요. 우리가 죽거나.. 시민이 죽거나, 그런다고요.. (하고, 가는)

한 솔 　(오는 전화 끊고, 서장에게 전화하는)


＊ 점프컷 》


경 모 　(한솔 전화할 때, 오는 전화받는) 어.. 박 팀장님.. 거기도 그러냐? 우리도 그 래... (하고, 한솔 보는)

한 솔 　(전화하는, 차분히) 서장님.. 저 홍일 기한솔입니다. 좀 뵙고 싶은데, 언제 시 간 되세요?



# 씬 6. 거리, 밤.


상수, 서 있는, 그때, 정오 혜리 걸어오다, 보고,


정오, 혜리 　(짐짓 밝게) 상수야!

상 수 　(정오 보고, 작게 웃으면)

혜 리 　(짐짓 밝게, 달려와, 상수에게 뛰어가, 안고) 나 기다렸냐?

상 수 　(따뜻하게 웃으며) 아니, 정오.

혜 리 　실망이다, 자식아. (하고, 획 돌아서서, 가다, 다시 돌아서서 밝게, 크게) 염상 수 홧팅! (하고, 가는데, 상수 걱정에 슬픈)

정 오 　(상수 보며, 따뜻하게) 오늘 종일 뭐했어?

상 수 　(담담히) 어제처럼 뛰고 걷고. 걷고 뛰고.

정 오 　안 힘들어?

상 수    (차분한) 아니, 더 걷고 싶어. 너 안 피곤하면 같이 걸을래? 잠이 안 와.

정 오    (맘 짠한, 상수의 맘이 느껴지는) 그래. (하고, 손잡고 걷는, 담담하게) 상수
야, 나 오늘 국비유학 신청서 통과했다.

상 수    (걸으며, 진심으로, 조금 밝게) 잘됐다.

정 오    (가며) 고마워.

상 수    (편하게, 웃음 띤) 가서 공부만 열심히 해. 딴짓 말고.

정 오    (조금 밝게) 어.

상 수    (담담히, 따뜻하게) 좋아?

정 오    좋아.

상 수    표정 보니까 많이 좋구나? (웃고) 언제 가?

정 오    2년 6개월 후.

상 수    (멈춰 서서, 보는) ?!

정 오    (멈춰 서서, 보며, 따뜻하고, 눈가 붉어지지만, 담담히) 징계위원회에서 어떤
결과가 떨어지는지 보고, 형사재판 가게 되면, 또 그 결과가 어떻게 되는지
내 두 눈으로 똑바로 지켜보고, 그래서 끝내 니가 이기는 거 본 후에.. 사건
많은 이 지구대에서 내가 있을 수 있는 최장 기간, 지금으로부터 2년 반 다
채우고.. 내가 아주 강해진 그다음에.. 그때 가려고.

상 수    (고맙고, 미안한, 가만 보다, 정오 안고, 눈물이 그렁해지는, 참는, 약해지지
않으려는)

정 오    (눈물 나는, 참고, 안고, 짐짓 담담히, 어른스레) 상수야, 넌 범인을 쏜 거야.
대장님, 선배님들 말 꼭 기억해. 사건현장에 있던 사람들은.. 그냥 사람이 아
닌, 피해자와 피의자로 구분하는 게 맞다, 넌 범인을 쐈고, 피해자와 동료 살
렸다. (몸 떼고, 상수의 볼을 두 손으로 잡고, 살짝 입 맞추고, 맘 아픈, 애써
담담히) 알지?

상 수    (눈물 나는, 고개 끄덕이고, 정오 눈물 닦아주는)

정 오    (상수 눈물 닦아주고, 따뜻하고, 담담히) 너.. 혼자 아냐. 내가 있어, 외로워
마, 외로워하면, 혼난다.

상 수    (의젓하게, 고개 끄덕이고, 정오의 볼에 입 맞추고, 손잡고, 걷는)

정 오    (걸으며, 기운 내란 듯, 상수의 손을 흔드는)

## 씬 7. 양촌의 병원, 동터오는 새벽.

양촌, 주입기에 휠체어를 탄 채, 창가를 빤히 보고 있는, 커튼이 조금 열린, 슬픈 게 아니라, 냉정하고, 예리한, 깊게 생각하는, 그때, 양촌 부, 와서, 커튼을 다 열어주는, 양촌, 보면, 양촌 부, 먹먹하게 창가만 보는, 양촌, 양촌 부 맘 아프게 보다, 맘 다잡고, 다시 창가를 보는, 그때, 문 열리고, 장미, 송이, 대관 도 오는, 장미, 양촌 옆에 서면, 양촌 부, 대관이 손잡고, 해 보고, 송이는 양촌을 등 뒤에서 따뜻하게 꼭 안는, 그렇게 가족 모두 해를 보는,


## 씬 8. 상수의 집 안, 거실, 아침.

상수, 화장실에서, 나오면, 상수 모, 근무복을 다리는,

**상 수**    (그런 엄마 보다, 담담히) 엄마, 근무복 내가 다릴게.

**상수 모**    (속상하지만, 참고, 다림질만 하며) 밥 먹어. 이건 엄마가 다려.

**상 수**    (식탁에 앉아, 밥을 먹으며, 엄마가 고마운, 담담히) .. 언젠 경찰 관두라고 난 리드니, 그걸 왜 다려줘?

**상수 모**    (다림질만 하며, 맘 아파도, 다잡으려 하며) 니가 사람 살린 게 생각났어. 어 제 같이 일하는 아줌마가, 내 속을 뒤집드라, 니가 사람 쏴 죽였다고, 내가 그 년 머릴 뜯을라는데, 옆에 아줌마가 말리면서 그러드라고! 상수가 언제 사람 죽였냐, 범인 죽였지! 학생도 경찰도 상수가 살린 거라고! 내가 그 말이 맘에 탁 왔어. 상수야, 징계위원횐지 뭔진 널 안 버릴 거야. 재판 가면.. 이김 돼. 니 가 여기서 경찰 관두면, 사람들은 니가 잘못했다고 생각할 거야, 내가 다른 건 몰라도 그 꼴은 못 봐. 밥 많이 먹어. 기운 나게. 엄마 청소하는 거 아무도 안 알아줘도, 세상에 필요한 일이야. 경찰 일도 남들이 안 알아줘도.. 세상에 필요한 일이야. 힘내! (하고, 눈가 닦으며, 다림질만 하는)

**상 수**    (밥 먹으며, 눈물 나도, 참고, 애써, 담담하게, 밥 먹는)


## 씬 9. 몽타주.

1, 경무과, 낮.
상수, 근무복 차림으로 한쪽 책상에 앉아 있는,
그때, 경무과 직원, 와서 여러 장의 종이와 펜을 주고 가며,

경무과　(답답한) 사건 당일 상황.. 다시 쓰는 거야. 되도록 자세히.
상　수　.. 네. 근데 그거 다 쓰면, 그담엔, 뭐해요?
경무과　(답답한) 또 써. 또 다 쓰면, 또 쓰고... (하고, 어깨 쳐주며) 미안하다. 다들 현
　　　　장직은 널 도와주고 싶어 하는데.. 힘이 없다...
상　수　(고마운) 고맙습니다. (하고, 사건 당시 상황에 대해 눈에 본 것들을 떠올리
　　　　는, 무서워도, 잘 기억하려 하는)

　　　　\* 점프컷, 플래시컷 》
　　　　공원 화장실로 뛰어가던 상수, 총을 발사하기까지의 상황이 보여지는,
　　　　양촌, 고통스러워하던, 피해자 남학생, 고통스러워하던,

　　　　\* 점프컷, 현실 》
　　　　상수, 두렵고, 눈물 나지만, 참고, 애써 차분히 소속과 이름부터 쓰는,

　　　　\* 점프컷 》
　　　　한솔, 근무복 차림으로 상수를 멀리서 막막하게 보다, 가는,

2, 경찰서장실 앞, 복도, 낮.
한솔, 근무복을 입고, 의자에 앉아 있는,
서장, 그 외 과장들 우르르 서장실에서 나오며, 한솔 보고, 답답하게 그냥 가
고,

과장1　(한솔 보며) 야, 우리 오늘 니네 지구대 땜에 지금 경찰청이니 서울청이니 왔
　　　　다 갔다 해야 돼, 서장님도 나도 너 만날 시간 없다고...
한　솔　(앞만 보고, 담담히) 다녀오세요, 기다릴게요. (하고, 앞 보고, 정자세로 앉아
　　　　있는)

| 과장1 | (답답하게 한솔 보다, 가며, 구시렁) 아.. 진상.. 진짜... |
|---|---|
| 한 솔 | .. |

3, 지구대 안, 낮.
종민 원우, 상황근무석에 앉아 있고, 정오 외 다른 대원들, 복사하거나, 서류를 뒤지는, 명호, 박스에 대원들이 주는, 복사물이나 서류들을 담아서, 조사실 안으로 들어가는, 모두, 자리에 앉거나, 서서, 조사실 안을 들여다보는, 정오, 오기 어리게 조사실 쪽을 보는,

**\* 점프컷, 지구대 조사실 안 》**
감찰1, 2 자리에 앉아, 녹음기며 서류를 꺼내는,
경모, 앉아 있는, 명호, 박스를 가지고 들어와, 감찰 앞에 놓고, 나가는,

| 경 모 | 근무일지, 112 순찰차 근무일지, 홍일지구대 기본 현황, 무기 출입고 대장, 시보 평가 자룝니다. |
|---|---|
| 감찰1, 2 | (서류를 하나씩 들고 보는) |
| 감찰1 | (서류만 보며, 차갑고, 담담한) 총기, 테이저건 2인 1조가 규정인데, 왜 염상수 순경, 오양촌 경위 둘 다 총기를 들었죠? 그날 출동 시엔, 사건이 강력범인지 인지도 안 됐던 상황인데. |
| 경 모 | (담담한, 꼬나보듯) 지역에 강력 사건사고가 많습니다. 팀장 재량으로 그랬습니다. |
| 감찰1 | (답답한) 그래도 시보한테 총을, |
| 경 모 | (담담히 보며, 분명히 말하는) 군대 가면 일병 이병이라고 총 안 줍니까? 경찰학교 나온 순간 경찰입니다. 규정에 위배되지 않습니다. 그걸 걸고넘어지실 생각이면, 규정을 바꾸세요. |
| 감찰1 | (꼬나보는) |
| 경 모 | (지지 않고, 빤히 보는) |

**\* 점프컷, 지구대 조사실 안 》**
감찰1, 2와 남일, 마주 앉은,

| 감찰1 | (그냥 사무적으로) 염상수 순경이, 시민들에게 적대적인 태도를 보인 적은 없었나요? 민원인을 폭행했다거나, 예전에도 과잉진압을 했다거나? |
| --- | --- |
| 남 일 | (화나 가만 빤히 보고, 참고) .. 제가 아는 한.. 그런 적 없습니다. |

**＊ 점프컷, 지구대 안 》**

승재, 감찰 다 받고 나오는, 화나 문 쾅 닫고, 나와, 물 마시고,

민석, 승재 보며, '순찰 가자, 나와' 하고, 가며,

| 민 석 | (승재에게) 너한텐 뭐 묻디? |
| --- | --- |
| 승 재 | (화나는, 구시렁) 상수 성격이 난폭하지 않냐고, 열 번씩 묻고 또 묻고.. 짜증 나, 진짜. |

정오와 경모 포함 모두 조사실 쪽 보며, 있는,

감찰1, 조사실 안에서 나와, '김한표 순경 들어와요' 하고,

한표, 들어가는,

정오, 답답하고, 화나는,

**＊ 점프컷, 지구대 조사실 안 》**

| 정 오 | (꼬나보는) |
| --- | --- |
| 감찰1 | 이상해서 그래.. 다들 염상수가 흠 없는 경찰이라는데.. 여기 서류 안 그래, (시보 평가 서류철을 흔들며) 오양촌 씨 자필 평가란엔 이렇게 써 있다고, 조례시간에 번번이 늦는다, 주의 요망! 이 말이 거짓말이야? |
| 정 오 | (담담히) 염상수는, 조례시간에 번번이 늦었습니다. |
| 감찰1, 2 | (뭔가 싶어, 꼬나보면) ?! |
| 정 오 | 늘 지구대 출근 삼십 분 전엔 미리 와, 화장실 청소를 했거든요. 출근시간 기록 보시면, 제 말이 사실인 거 아실 겁니다. |
| 감찰1 | (답답한) 그럼 오양촌 경위하고 사이가 나빴나? 한정오 순경은 월 평가가, 올 상에 중 하난데, 염상수 순경은, 상 하나에 대부분 중, 하도 있어! |
| 정 오 | 오양촌 경위님 스타일이십니다. |
| 감찰1, 2 | ? |

| 정 오 | 격려보단 채찍이 후배를 더 강인한 경찰로 키운다고 믿는 분이셨습니다. 염 상수 순경은 그런 평가에 불만 없었구요. (가만 보는데, 화나는) |
|---|---|
| 감찰1 | (답답한) 염상수 순경 집안 사정 보니까, 편모에 집이 아주 어려운 거 같은 데.. 혹시 가정사에 문제가 있어서, 그 스트레슬 경찰 일 하며 현장에서 푸는 거, (아니에요) |
| 정 오 | (차갑게 말꼬리 자르며) 감찰하세요. 사찰 마시고. |
| 감찰1 | (서류 넘기며) 지난번 연쇄강간살해범 조설태 검거 현장에 염 순경과 함께 있었죠? (하고, 사진 하나 꺼내 보여주는) |

**＊ 점프컷, 사진 》**
조설태의 어깨가 테이저건으로 지져진 상처가 있는,

| 감찰1 | (담담하지만, 비아냥조) 당시 염상수 순경이 조설태에게, 테이저건을 이용해, 수차례, |
|---|---|

**＊ 점프컷, 플래시컷 》**
상수가 조설태를 검거할 때, 테이저건으로 조설태의 어깨를 지지던,

**＊ 점프컷, 현실 》**

| 감찰1 | 입힌 상첩니다. 범인도 인권이 있는데, 이래도 됩니까! |
|---|---|
| 명 호 | (담백하게) 범인의 인권을 챙기시는 것처럼 피해자의 인권, 우리 현장직 경찰 의 인권도 좀 챙기시죠? |
| 감찰1, 2 | (어이없어, 꼬나보는)... |
| 명 호 | (담담히, 보며) 테이저건은 발사 시, 상대를 2, 3초 정도만 순간 기절시키는 장굽니다. 당시는 위급한 상황이었고, 사용 부위도 안전했습니다. (하고, 핸드 폰 커서, 책상에 내려놓고, 당시 현장에서, 자신과 상수가 입은 상처를 찍은 사진 보여주며) 당시, 염 순경과 제가 다친 부위의 사진입니다. 조설태는, 아 이들을 연쇄적으로 성폭행한 강력범에, 유도 유단자에, |
| 감찰1, 2 | (듣기 싫은) 됐고, 나가보세요. |
| 명 호 | (말꼬리 자르는 게 맘에 안 들어 빠히 쳐다보는, 화나는) |

## 씬 10. 달리는 도로, 낮.

정오 남일의 순찰차, 사이렌 울리며 달려가는,

112     (E) 코드 제로 코드 제로, 홍안1동 사로길 13, 가정집에서, 가정폭력사건 발
        생, 술 취한 아들이, 아버지를 폭행하는 걸 인근 주민이 싸움을 말리다, 머리
        부상을 당하고, 아들이 주민을 칼로 위협, 인질로 잡은 위급상황을 지나던
        주민이 보고 신고, 인근 순찰차는 지원하라, 인근 순찰차는, 지원하라.

남 일    (화가 나, 참담한 표정으로, 무전기를 안 드는)

정 오    (운전하며, 남일의 맘은 알겠지만, 달래듯) 경사님.

112     (E) 코드 제로 코드 제로, 홍안1동 사로길 13, 가정집에서, 가정폭력사건 발
        생, 술 취한 아들이, 아버지를 폭행하는 걸 인근 주민이 싸움을 말리다, 머리
        부상을 당하고, 아들이 주민을 칼로 위협, 인질로 잡은 위급상황을 지나가던
        주민이 보고 신고, 인근 순찰차는 지원하라, 인근 순찰차는, 지원하라.

정 오    (남일의 맘 알겠지만, 안타까운) 경사님, 사건 접수하세요.

남 일    (참고, 창가 보며, 속상한, 해야 된단 생각도 들지만, 상수 건으로 맘 상한) ..
        하고 싶지 않아.. 우리가 열심히 일한다고 누가 뭐 알아주는 것도 아니고..

        **＊ 점프컷 ≫**
        옆 도로에서 명호 한표 순찰차가 사이렌 켜고 가는, 남일, 백미러로 가는 명
        호 한표의 순찰차를 맘 아프게 보는,

한 표    (답답한, E) 홍안1동 사건 순 스물넷 접수. 홍안1동 사건 순 스물넷 스물넷 접
        수. 인근 순찰차는 지원하라, 인근 순찰차는 지원하라.

정 오    (속상한, 유턴하며, 명호 한표의 순찰차를 쫓아가며)

남 일    (울고 싶은, 한숨 쉬고, 화가 나지만 맘 다잡고, 무전 하는) 홍안1동 사건, 순
        스물셋, 순 스물넷 지원 종발. 순 스물셋, 순 스물넷 지원 종발.

정 오    (눈가 붉은, 운전해 가며, 맘 아프지만, 진심으로) .. 잘하셨어요,

**남 일**      (속상한, 바깥 보는) 미안하다, 상수 일로 내가 화가 나서..


## 씬 11. 양촌의 병원, 낮.

양촌, 휠체어에 앉아, 주입기를 한 채, 장미를 가만 보는, 장미, 맞은편 자리에 앉아, 눈가 붉어 양촌을 보는,

**장 미**      주입기, 의사가 아직은 떼면 안 된대. 목 안이 다 헐어서 아무것도 먹을 수가 없잖아. 말하기도 불편하고.

**양 촌**      (눈가 붉어, 장미만 빤히 보는, 안 울려 하는, 애써 냉정한)

**장 미**      자기가 간다고, 상황이 달라질 건 없어... 알지?

**양 촌**      (맘 아프지만, 약해지지 않으려 하는, 빤히 보기만 하는)

**장 미**      (맘 아픈) 상수가 혼자 그 자릴.. 감당하게 하는 게.. 싫어?

**양 촌**      (눈물이 그렁해 가만 보는) ..

**장 미**      (담담히, 안쓰레 보다) 넌 여자한테 좋은 남잔 아냐. 알지?

**양 촌**      (고개 끄덕이는)

**장 미**      (담담히, 양촌의 눈물을 닦아주고) .. 그러자.. 가자.


## 씬 12. 경무과 안, 낮부터 어스름한 오후.

상수, 이미 여러 장의 진술서를 쓰는 모습 보이고, 상수, 여전히 쓰고 있는, 그때, 경무과 직원 와서,

**경무과**      여섯 시니까, 퇴근하고, 낼 징계위원회 오전 10시까지 출석하면 돼요.

**상 수**      (차분히) 이거 쓰던 건 마저 다 쓰고,

**경무과**      (안쓰런) 그냥 가도 돼.. (하고, 자리에 앉는)

**상 수**      (일어나, 경무과 직원에게 인사하고, 가는)

## 씬 13. 경찰서 마당, 어스름한 오후.

상수, 입구를 빠져나와, 경모의 차 스쳐 지나가고, 경모, 근무복 차림으로, 차에서 내려, 서로 들어가는,


## 씬 14. 경찰서장실 밖, 밤.

한솔, 경모, 정자세로 앉아 있는,
서장과 과장1이 오다, 그 모습을 보고, 답답해하며, 서장, 들어가는,

**과장1**  은경모까지.. 야.. 진짜.. 질기다.. 질겨...

**한솔, 경모**  (정자세로 앉아 있는)

**과장1**  들어와! (하고, 들어가는)

**한 솔**  (일어나, 옷매무새 다듬으며, 앞만 보며, 차분히) 경모야.. 너 그간 경찰 일 하며 배불리 살았지?

**경 모**  (옷의 먼지 털고, 담담한) 잘 먹고살았지.

**한 솔**  미련 없지?

**경 모**  (문 열고, 한솔에게) 이 꼴 당하고 무슨 미련.. 없어.

**한 솔**  (열린 문으로, 들어가는)

**경 모**  (들어가는)


## 씬 15. 서장실 안, 밤.

서장, 과장1, 앉아 있고, 맞은편에 한솔, 경모 진지하게 앉아 있는,

**한 솔**  (담담하고, 차분히) 이 건은 검찰도 기소 못하는.. 명백한 정당방위예요. 그러니, 절차대로 징계위원회, 형사재판 이후로,

**서 장**  (답답하고 화나는) 당장 국민들 공분은 어쩌고?! 니가 서장이야?!

**경 모**  (진지하고, 차분히, 서장 보며) 오양촌 경위, 손등, 어깨, 다리 인대, 범인에 의

해 비장과 신장이 찔려 절체절명 상태에 놓였던 거, 기자회견 열어, 당시 위급했던 상황 국민들에게 제대로 알리면,

**과장1** (말꼬리 자르며, 답답한, 버럭) 야, 국민들이 그딴 거 궁금해나 하는 줄 알어?!

**서 장** (옆의 신문 들어, 한솔의 머릴 치고, 신문을 던지며, 버럭) 그거 봐봐라, 그거!

**한 솔** (참담하지만, 가만있는)

**서 장** (화나, 답답한) 언론이 우리 경찰을 염상수같이 사고 치는 경찰들을 비호하는, 정신 빠진 개란다! 현장직은 염상수 살리라고 니들이랑 한통속이 돼서 난리, 위에선 빨리 염상수 쳐내고, 언론이랑 국민 진정시키라고 난리, 지금 니들 지구대 때문에 15만 경찰 조직이 위기에 처했어, 자식아, 알아?!

**한 솔** (진지한, 담담한) 15만 경찰 조직이 위기에 처한 게 왜 염상수 때문이에요?

**서 장** 뭐, 임마?

**한 솔** (서장, 과장1 보며, 낮게, 담담히) 비리 경찰 이주영, 술 처먹고 민간인 총 쏘고도 서울청 발령 난 지방경찰청 간부, 성과 때문에 증거도 없는데, 검찰과 손잡고 무고한 시민 이리저리 엮어, 살인범으로 잡아 처넣은 현 서울청에 있는 청장님 고교 후배 오 총경 감싸는 경찰 수뇌부 때문이지? 걔들 다 파면시켜요. 그럼 언론도 국민도 금방 좋아할걸요.

**서 장** (어이없게 피식 웃다, 웃음 가시고, 화난, 답답하게 보며) 너, 미쳤냐?

**과장1** 너 지금 제정신이냐, 기한솔?

**한 솔** (차분히, 그러나 진지하고, 담담히) 내가 제정신이 아니면, 누가 제정신이에요? 경찰의 정당방위가 경찰 조직을 말아먹는다고 말씀하시는, 선배님들이 제정신이에요?

**서 장** (물잔의 물, 한솔에게 뿌리고, 빰 치며, 화나, 으름장, 너무 큰 소리만 치는 게 아닌, 위협적으로) 이 새끼가, 진짜! 듣자 듣자 하니까, 못하는 말이 없어!

**과장1** (버럭) 야, 은경모, 기한솔 덱고 나가! 어서! (한솔에게) 너 모가지 걸 거 아님 당장 나가, 새끼야!

**경 모** (담담히, 핸드폰을 열어, 4부에 나온 녹음 내용 트는)

**서 장** (E) 그럼 나보고 어쩌라고? 청장님까지 전화해 난린데? (4부에 없음, 녹음 필요!) 너도 알잖아, 청장이, 김 의원하고 아삼륙인 거? 정 지검장하고 청장이 이번에 임기 끝나면 바로 김 의원이 있는 당으로 국회의원 공천받는데.. 기 대장, 김 의원이 음주운전하고 빰 친 이번 일, 똥 밟았다 생각하고, 넘어가자,

어? 어?

한 솔  (녹음 내용 듣는, 중간에 바로, 핸드폰 켜며, 담담히, 차분히) 이것도 보시죠. (하고, 동영상, 4부, 국회의원이 뺨 치는, 장면을 보여주는)

서 장  (핸드폰 뺏어, 바닥에 던져, 박살내고, 꼬나보며, 화난, 가라앉은) 너.. 죽을래?

과장1  (경모 핸드폰을 들어, 제 물잔의 물에 담그고, 꼬나보며, 가라앉은) 니들 이런 양아치 짓 어디서 배웠냐?

한 솔  (이 상황이 참담한, 눈가 붉어, 서장만 보며, 아주 담담히, 전혀 흥분하지 않는, 빤히 보기만 하며) 앞에 계신.. 선배님들한테요..

경 모  (핸드폰 담담히 보고, 과장1, 서장 보며, 담담히, 참담한) 지금 들으신 녹음 내용과 동영상, 우리 지구대 애들 전부 가지고 있습니다. 참고하세요.

서장, 과장1  (둘을 빤히 보며, 답답하고, 진지한, 화내서 될 일이 아니다 싶은, 뭐 이런 것들이 있나 싶다, 의자에 기대, 큰 숨 쉬며, 꼬나보는) 아..

경 모  (차분히) 우리가 나랄 팔아먹자는 것도 아니고, 선배가 돼서 정당하게 공무 집행한 후배 밥줄은 끊지 말자는 건데, 형사재판 끝날 때까지, 파면은 유보 하자, 재판 이후 정당하게 징계위원회에서 염상수에게 소명할 기회는 제대로 주자는 건데..

한 솔  그 말이 안 통해, 저희가.. 선배님들께, 정말 불경스런.. 경우 없는 짓을 하고 있네요, 지금. (좀 강하게, 꼬나보며) 근데.. 지금은 제가 갑입니다. 세상, 그 어떤 계급보다 위에 있는, 진짜 무서운 경찰 두 종류가 있는 거 아시죠?

서장, 과장1  (화나, 긴장되게, 꼬나보면)

한 솔  (차분한) 사명감 있는 경찰과... 지금 저희처럼 언제라도 경찰복 벗고, 이 조직 을 떠날 준비가 돼 있는, 경찰... 이제 염상수 순경 문제, 답 주시죠?


# 씬 16. 경찰서 복도, 밤.

한솔, 경모, 긴 복도를 차분하게 걸어가는, 그렇게 걸어가다, 얘기하는,

한 솔  ... 너랑 나, 시골 가서 농사지면 잘 질까?

경 모  (담담히) 형님이랑 나랑은 뭘 해도 못할걸, 불같은 성질 땜에..

한 솔  (서글프게 웃으며) 아.. 자식.. 팩트 남발이네.....

| 경 모 | (가다가, 전화 오면, 멈춰 서서, 받는, 걱정) 양촌이니? .. |
|---|---|
| 한 솔 | ? |
| 경 모 | (한솔 보고, 전화하는, 조심스레) 니 총? 그건 증거물 아니잖아? 당연히 지구대서 보관하고 있지? |

## 씬 17. 지구대 무기고 안, 밤.

명호, 비닐로 밀봉해둔, 양촌의 총기를 서랍에서 꺼내, 봉투에 담는,

**＊ 점프컷 ≫**

명호, 박스에 총기 봉투를 담아, 테이프로 밀봉하는데, 종민, 들어와 말하는,

| 종 민 | 과수팀 김 팀장이 바로 보내래. 상부 지시 없어도 오 경위님 일이면 날밤을 새워서라도 분석해준다고, (답답한) 근데 아무리 그래도 이삼 일은 걸릴 건데.. 낼 징계위원회는 어쩌냐.. |
|---|---|
| 명 호 | (밀봉하며) 차 시동 걸어. |
| 종 민 | 그래. (하고, 나가고) |
| 경 모 | (전화하며, 들어와, 한쪽에 앉는) 어, 성 팀장.. 그게.. 내가.. 지지난주 목요일로 기억하는데, |
| 명 호 | (경모에게) 과수팀 다녀올게요. (하고, 박스 들고, 나가는) |
| 경 모 | (눈인사하고, 전화에 집중하는) 홍안2동 64번지에서 있었던 사건 기록, 내가 한번 볼 수 있을까? 어, 그게 내가 그때 괴한한테 피습당할 뻔한 삼십 대 여성을 만났었는데.. 그때, 그 여성이 말하던 괴한의 인상착의가 이번 마현공원 사건 범인과 비슷했던 게 생각나서.. 그래서 그래.. |

## 씬 18. 양촌의 병원 전경, 아침.

## 씬 19. 양촌의 병실 안, 아침.

양촌, 휠체어 타고, 주입기 뗀 채, 근무복을 입고 있는, 장미, 와이셔츠 단출 채워주는,

장 미    (작게 웃으며) 자긴 진짜 환자복보단 근무복이다.
양 촌    (담담한, 손짓하며, 가까이 오라고 하고) ...
장 미    (웃으며, 볼 대면)
양 촌    (살짝 장미 입에 입 맞추는)
장 미    이번에 같이 살면.. 우리 정말 잘 살까?
양 촌    (고개 끄덕이는) ..
장 미    (작게 웃는) 믿어보지 뭐.


그때, 노크소리 나는,


장미, 양촌    (보면)
정 오    (근무복 차림으로 들어와, 인사하는, 양촌 보고, 눈가 붉은, 참고) 상수 왔어요.
장 미    (정오 보고, 양촌에게) 나가 있을게. (하고, 나가는)
정 오    (양촌에게 고개 숙여, 인사하고 나가려는데)
양 촌    (정오 안쓰레 보며, 목 아픈, 낮게) 휴문데.. 웬 근무복?
정 오    (양촌 쪽으로 돌아서서, 눈 못 맞추고, 양촌의 손과 다리를 보고, 맘 아픈, 고개 숙이고) ... 대원들 전부, 징계위원회 같이 가기로 해서... 모두 근무복 입자고....
양 촌    (안쓰레 보다) .. 다들.. 의리 있네...
정 오    (울음 참고, 애써 담담히) ... 가보겠습니다. (하고, 나가는)


잠시 후, 상수, 눈가 붉은 채, 근무복 차림으로 들어와, 울지 않으려 하며, 양촌의 앞에 서는,


양 촌    (목이 아픈, 낮게, 차분한, 눈가 붉은) .. 목 아퍼. 앉아.
상 수    (양촌 맞은편 자리에 앉아, 눈물이 뚝 흐르는, 눈물 닦는, 차마 고개를 못 드

는)

**양촌**　(맘 아프게, 가만 보다가, 안쓰런, 애써 편하고, 담담히) 사건 나고.. 아주아주
　　　간만인데.. 인사 안 해?

**상수**　(안 보고, 맘 아픈 것 참고, 가만있다가, 보며, 애써 담담히) ... 안녕.. 오양촌
　　　씨?

**양촌**　(울컥하는 참고, 애써 웃으며) .. 개또라이.. 오양촌 씨라고 한 번 하랬다고 ..
　　　끝까지.. 오양촌 씨네.. 이게..

**상수**　(눈물 닦고, 어색하게 웃는, 이내 맘 아픈)

**양촌**　(울지 않으려, 이 앙다물고, 애써 맘 아픈 것 참고) .. 왜 총을 쏴서, 니가 이런
　　　일을 당해... 내가 분명히 말한다.. 담엔 그런 상황이 오면.. 도망가, 임마...

**상수**　(눈물 나는, 싫다고, 고개 젓는)

**양촌**　(맘 아픈, 애써 참고, 짐짓 담담히) ... 꼴통 새끼.. 가, 이제.

**상수**　(눈물 닦고, 휠체어를 끌고 나가는)


## 씬 20. 경찰서 징계위원회실 엘리베이터 앞 + 긴 복도, 낮.

엘리베이터 소리 나고 문 열리면, 정오, 먼저 나와, 버튼을 눌러, 문이 안 닫히
게 하고, 상수, 양촌의 휠체어를 끌고, 엘리베이터에서 내려 복도를 가는, 정
오, 뛰어가, 복도 의자에 앉아 있는 대원들 옆으로 가, 열중쉬어 하고, 줄서
는, 경모, 명호, 남일, 종민, 민석, 원우, 혜리, 승재, 한표, 삼보(사복) 복도 긴
의자에 앉아 있다, 일어나, 양촌 보고, 맘 아프게, 고개 숙여 인사하는, 양촌,
가다, 맘 아픈 것 참고, 삼보 손잡고, 삼보, 눈물 참는, 눈인사하고, 양촌 어깨
만져주는, 경모, 양촌 손잡는,
명호, 문 열어주면, 상수와 양촌, 안으로 들어가는,
대원들, 모두, 자리에 정자세로 서 있는,


## 씬 21. 징계위원회가 열리는 회의실 안, 낮.

징계위원장(경정), 위원1(과장1(경정)), 민간위원(임세찬 변호사, 이동진 교수,

전직 경찰 박열), 앉아 있고, 감찰1, 2 과장1 뒤에 앉아 있는,
    상수, 피징계자석에 앉아 있고, 그 뒤에 양촌, 참고인석에 앉아 있는,
    그 그림 위로,

**징계위원장**    (사무적으로) 아시다시피, 오늘 징계위원회는 단심제이고, 심의를 마치면,
    위원장을 포함한 여청과의 장세직 과장님과, 민간위원 임세찬 변호사님(담
    담하지만, 매서운), 대한대학 경찰행정학과 이동진 교수님, 전직 경찰인 박열
    선배님의 투표로 결정됩니다.

    양촌의 얼굴에서, 경모의 대사 들리는, 그 대사에 맞게, 양촌, 위원들을 관찰
    하는,

**경 모**    (E) 위원 중 장세직은 장미 선배.. 짜른 놈. 독사 같은 놈인데.. 그것만 봐도,
    조직이 상수를 얼마나 자르고 싶어 하는지, 알 수 있어. 위원장도 우리 편 아
    냐. 서장 오른팔. 다행인 건, (화면) 민간위원에 임세찬이 있는 거. 경찰대 나
    와 강력반 있다, 경찰 비리를 무마하는 수뇌부가 싫다고, 퇴직해 인권변호사
    가 된 인물. 걔는 확실히 우리 편. 민간위원 나머지 두 명은.. 중립적인 인물
    들이야. 대장과 내가, 징계위원회를 미루는 건 못했지만, 민간위원 쪽을, 중립
    성 강한 인물로 배치하는 건 서장하고 합의 본 거지. 미안하다, 니들한테 해
    줄 게 이거밖에 없어서.

**위원장**    투표는 무기명이며, 위원 다섯 명 중, 가장 많이 나온 의견을 선택합니다.

    **＊ 점프컷 ≫**
    영사막에, 바디캠 화면이 나오고, 상수와 모방범의 목소리 들리는,

**과장1**    (상수 꼬나보며, 차분히) 염 순경, 피협의자의 투항 의질 듣고도 왜 총을 쐈
    어요?
**변호사**    (예리하게 듣는)
**전직 경찰, 교수**    (답답한)
**양 촌**    (세찬만 예리하게 보는)

상 수 (두려워도, 담담히) 피험의자가 칼을 버릴 때, 움직였습니다. 오양촌 경위님의 총이 피험의자 근거리에 있었고,

과장1 (말꼬리 자르며, 차분히) 피험의자가 총기 탈취를 하려고 했는지, 손을 들고 투항하려고 했는지, 염 순경이 어떻게 알았죠? (큰 소리, 강압적인, 강조) 경찰관 직무집행법 제1조, 국민의 자유와 권리를 보호, 하기 위해, 경찰관의 직권은 그 직무 수행에 필요한 (강조) 최소한도에서 행사되어야 하며 남용되어서는 아니 된다. (버럭) 잊었어요?!

**＊ 점프컷, 시간 경과 》**
영사막에 경찰 총기 사진이 있는,

**＊ 점프컷, 시간 경과 》**
영사막에는 여전히 총기 사진이 있고, 양촌, 상수, 위원들의 얼굴 위로, 과장1의 대사가 흐르는,

과장1 (피곤하고, 비아냥조, 차분히) 염 순경, 저 경찰 총의 방아쇠울 안전장치인 고무패킹을 빼는 데, 시간, 얼마나 걸립니까?

상 수 1, 2초 정도… 걸립니다.

과장1 가끔은 그렇게 빨리 안 빠질 때도 있죠?

상 수 네.

과장1 군대 다녀오고, 경찰학교 나오고, 현장 경험 있는 염 순경도 분명히, 1, 2초 걸리며, 가끔은 쉽게 빼기 불편한 저 고무패킹이 있는 경찰 총을, 그럼, 군 미필자인 피험의자가 탈취했다 해도 사용하긴 쉽지 않겠네요?

상 수 (막막한, 당황하는)

과장1 추측건대, 총기 사용을 해보지 않은 일반인이 고무패킹을 빼는 덴, 최소 4, 5초 이상, 거기에 이미 안전을 위해 경찰 총에만 장전된 공포탄을 뺄 수도 없으니, 공포탄을 쏘고, 실탄이 발사되기까지 계산하면, 최소, 경찰 아닌 일반인인 피험의자가 실탄을 쏘는 데 걸리는 시간은.. 6초 이상! 될 겁니다! 그죠?

상 수 (막막한) …

**변호사, 양촌** (예리하게 듣기만 하는, 미동 없는)

| 과장1 | 근데, 염 순경이 총을 쏘고, 지원 나온 대원들이 현장에 들이닥친 시간은.. 6초보다 빠른 불과 3초! 이 말은 다시 말해, 염 순경이 지역 경찰 현장 매뉴얼1, 2번항, (강조) 현장 경찰은, 피혐의자에게, 3회 이상의 투기명령 또는 투항명령을 해야 하며, 명령 시, (강조) 반드시 시간적 간격을 두어야 한다만 지켰어도, 피혐의자를 포함, 피해자, 동료까지 모두 살릴 수 있었다는, 합리적 추측이, 가능한데, 왜 매뉴얼을 안 지켜, 이 사단을 만듭니까! |
|---|---|
| 전직 경찰 | (답답한, 말꼬리 자르며) 매뉴얼3은 어디 갔나요? 현장이 위급한 상황, 상대방의 공격이 있는 경우에는 투항명령, 시간차 명령은 생략 가능하다, |
| 과장1 | (말꼬리 끊으며, 큰 소리) 하지만 피혐의자는 염상수 순경을 확실히 공격하지 않았습니다. |
| 양 촌 | (과장1을 예리하게 보는) |
| 과장1 | 염 순경, 당시, 염 순경은 어떤 상황에서도 냉정을 잃지 않아야 하는 경찰의 본분을 버리고, 사리 분간 못할 만큼 흥분한 상태에서, 과잉되게, 총길 사용했죠? |
| 상 수 | (눈물 나려 하지만, 참고, 양촌 보면) |
| 양 촌 | (낮게, 조용히, 담담하고, 예리하게) 사실대로 말해. |
| 상 수 | (앞 보고, 진지하게 말하는) .. 네. 저는... 그때, 무섭고, 두렵고, 당황했습니다. |
| 과장1 | (의기양양한) |
| 상 수 | 당시 상황은.. 사수 오양촌 경위님이 다치고, 피해자가 피를 흘리고.. 있는 상황이었고, 저는 그냥 두 사람을 살려야 한다는 생각밖엔 .. |
| 변호사 | (담담히) 염 순경, 사리 분간 확실히 됐네요. 무고한 인명은 살려야 한다... 는 생각하셨잖아요? |
| 과장1 | (변호사, 꼬나보는) |
| 상 수 | (맘 아픈, 눈가 닦는) ... |
| 과장1 | (서류 보며, 화난) 다음, 염상수 순경은, |
| 변호사 | (차분히) 장 위원님, 저도 말 좀 하죠. |
| 과장1 | (보면) |
| 변호사 | 장 위원님, 말씀에 지금 여러 오류가 있는데.. 한번 천천히 자세히 짚고 넘어가죠. 오류1, 피혐의자는 군 미필자라, 총기 사용이 어렵다. |
| 과장1 | 그게 왜 오룹니까? 피혐의자는 분명 군 미필자, |
| 변호사 | (차분히, 꼬나보며, 말꼬리 자르며) 사건현장에서 처음 본 피혐의자가 .. 군필 |

자인지, 군 미필자인지 어떻게 압니까? 과연.. 누가.. 그걸 한눈에 정확히 판단할 수 있죠? 알 수 있다면, 정확한 근거 대세요?

**과장1** (아차 싶은, 그러나 아닌 척 물만 마시는) ...

**변호사** (차분히, 과장1보며) .. 오류2, 장 위원님은 아까 피혐의자가 분명한 투항 의지가 있었다고 단정하시는 거 같은데,

**과장1** 사건현장에서 피혐의자는 정확하게, 살려달라! 투항 의질 말했습니다. 그 증거가 명백히, 오양촌 경위의 바디캠에 녹음됐고,

**변호사** (말꼬리 자르며) 말만 그랬을 수 있죠? (하고, 물잔 들어, 물 마시고, 내려놓고, 옆의 제 핸드폰의 녹음 기능을(이전부터 틀어논 상황) *끄고*, 앞으로 돌려 들려주는)

**E** (변호사 녹음 내용) 말만 그랬을 수 있죠..

**변호사** 제가 말하면서, 분명히 물을 마셨는데... 그 물 마신 상황은 알 수 없는.. 지금 이 상황처럼, 바디캠의 렌즈는 당시 바닥에 엎어져, 영상이 없었습니다. 따라서, 바디캠은 증거로 사용되기 불충분합니다. (하고, 물 마시고, 담담히) 오류3,

**과장1, 위원장** (답답하고, 화나는)

**변호사** (큰 소리로) 아까 위원님은, 당시 상황에서 염 순경이 두렵고 당황하고 흥분하면, 안 되는 것처럼 말씀하셨는데,

**과장1** 당연히 안 되죠, 경찰은 어떤 상황 속에서도, 침착하게,

**변호사** (말꼬리 자르며) 정당방위에 관한 법률, 형법 제21조 3항! (과장1과 위원장, 꼬나보며, 강하게, 또박또박) 야간, 기타 불안스러운 상태하에서, (강조) 공포, 경악, 흥분 또는 당황으로 인한 때에는.. 벌하지 아니한다! 이 말은 다시 말해, 사건 당시 상황이, 야간이며 불안스러운 상태.. 충분히 공포 경악 흥분 당황할 만큼 위급상태라면, 그 상태하에선 어떤 행위도 (크게) 정당방위로 인정받을 수 있다는! 뜻입니다... 염 순경이 당시 처한 상황은, 피해자와 동료가 피혐의자에 의해 여러 차례 칼에 찔려, 누가 봐도 충분히 공포스럽고, 경악스럽고, 당황스러운 상황인데, 왜 경찰, 그 절체절명의 상황을 이해받지 못하고,

양촌(먹먹한, 앞만 보는), 상수(공감받는단 마음에, 울컥하는, 눈물 닦는)의 모습 보이는,

## 씬 22. 징계위원회의실 밖, 낮.

대원들 모두, 안에서 들리는 소리를 가만 듣고 있는, 맘 아픈 것, 참는,

**변호사**  (E, 큰 소리로, 강조) 동료와 무고한 시민이 생사를 다투는, 현장에서도 침착하게 현장 매뉴얼을 또박또박 완벽히, 다 기억해내고, 지켜내야 합니까?!

## 씬 23. 지구대 조사실 안, 낮.

장미, 한솔, 둘 다 핸드폰을 책상 앞에 두고, 막막하게 결과를 기다리고 있는,

**변호사**  (E) 여깄는 사람들 중, 과연 그 상황에서 그럴 수 있는 사람이 누가 있습니까!

## 씬 24. 징계위원회의실 안, 낮.

**변호사**  우리 중 누구도 그럴 수 없으면서, 왜, 현장직에 있는 경찰에겐.. 그런 불합리한 상황에서도 냉정해라, 침착해라, 강요하고, 요구합니까?! 대체 그게 가당키나 한 일입니까!
**과장1**  (말꼬리 끊으며, 일어나, 서류 들고, 책상 세 차례 치며, 화나, 큰 소리로, 버럭대는) 그게 대한민국 경찰입니다! 그래야만 대한민국 경찰입니다, 아세요?!
**위원장**  (답답한, 의사봉 치고) 잠시 휴식하겠습니다.

**\* 점프컷, 시간 경과 》**
모두 착석한,

**위원장**  (마음이 초반과 달리, 양촌과 상수에게 공감이 되는 듯한 표정, 답답한) 마지

막으로 염상수 순경과 오양촌 경위, 말씀하세요.

**상 수**   (눈가 붉어 두려워도, 담담하려 하며, 진심으로) 매일.. 수십 번씩 사건 당일
의 일을 머릿속에서 다시 떠올려봅니다. 어떤 날은 그날처럼 총을 쏘기도 하
고, 어떤 날은 제가 총을 놓고.. 도망가기도 하고.. 또 어떤 날은 사건현장에
있었던, 오양촌 경위님이. 피해자 남학생이 죽기도 합니다. 또 어떤 날은 범
인 대신.. 제가 죽기도 합니다. (눈가 닦고, 애써 침착하려 하는)

**양 촌**   (맘 아픈, 참는)

**상 수**   전 현장 경험 적은 아직은 미숙한 경찰입니다. 사건 당일, 무엇이 합리적인
행동이었는지, 지금도 잘 모르겠습니다.. 하지만, 오늘 이 자리에서, 어떤 결과
가 나와도... (눈물 닦고, 차분히) 분명한 한 가지.. 저는, 피해자와 제가 존경
하는 동료를 살렸습니다.

**양 촌**   (울지 않으려 이를 앙다무는, 눈빛은 차가운)

**상 수**   그 사실은.. 누구도 바꿀 수 없습니다. 전.. 그걸로 됐습니다.

**위원장**   (참담한) 오양촌 경위 발언하세요.


✳ **점프컷 》**


**양 촌**   (눈가 붉어, 차분한, 자조적인) 저는 오늘.. 경찰로서 목숨처럼 여겼던 사명감
을 잃었습니다. 저는 지금껏 후배들에게 어떤 순간에도 국민의 생명과 안전
을 책임져라, 경찰의 사명감을 가져라, 어떤 순간도 경찰 본인의 안위보단, 시
민을 국민을 보호해라, 그게 경찰의 본분이고, 사명감이다... 수없이, 강조하
고 말해왔습니다. (맘 고르고, 잘 안 되지만, 애써 차분히) 지금 이 순간.. 그
말을 했던 모든 순간을 후회합니다.

**상 수**   (맘 아픈)

**변호사, 교수, 전직 경찰**   (맘 아픈)

**과장1**   (꼬나보는)

**양 촌**   (맘 아픈, 애써 담담히 말하려 하지만, 잘 안 되는) 피해자건 동료건 살리지
말고, 도망가라, 니 가족 생각해서 결코 나대지 마라, 니 인생은 국가 조직 동
료, 그 누구도 책임져주지 않는다, 우리는 민중의 지팡이가 아니라, 현장의
욕받이다! 현장은 사선이니, 모두 편한 일자리로 도망가라.. 그렇게 가르치지
못한 걸 후회하고, 후회합니다. (잠시 호흡하고, 위원장을 보며, 이를 앙다물

고, 맘 아픈, 눈물 나는) ... 누가 나를 이렇게 만들었습니까? 누가 감히.. 현장
에서 25년 넘게 사명감 하나로 악착같이 버텨온 나를... 이렇게 하찮고, 비겁
하고, 비참하게, 만들었습니까.. (눈물 나는, 격앙되는) 누가.. 누가, 감히 내 사
명감을.. 가져갔습니까.. 대체, 누가 가져갔습니까, 내 사명감! (하고, 울지 않
으려 이를 앙다물지만, 눈물이 흐르는, 오기 어린)

**상 수**    (눈물 닦는) ..

**과장1, 위원장 빼고 모두**    (참담한) ...


# 씬 25. 몽타주.

1, 징계위원회 복도, 낮.
양촌, 휠체어에 앉아 있고, 상수, 대원들 정자세로, 서 있거나, 앉아 있는, 정
오, 눈가 그렁해, 상수의 손을 아무도 안 보게, 허리 뒤로 잡고 있는, 그때, 위
원들, 화장실 갔다가, 회의실로 들어가는,


2, 징계위원회의실 안, 낮.
징계위원들, 앉아 있고, 감찰1, 투표지를 나눠주는,
과장1, 종이에 파면에 동그라미를 치거나, 쓰고, 가운데 상자에 넣고, 자리에
앉는,
위원들, 각자, 투표지 넣고, 앉는,

**＊ 점프컷, 시간 경과 》**
감찰1, 투표지 가져와, 위원장에게 주는, 위원장, 투표지를 열어 보고,

**위원장**    (참담한) 징계위원회 결과 말씀드립니다! 염상수 순경, 불문＊으로 의결한다!
(하고, 의사봉 세 번 치는)

---

＊ **불문** 징계를 내리지 않음

3, 재활병동, 낮.

양촌, 땀 흘리며, 다리 운동을 하는, 장미, 그 옆에서, 함께 땀 흘리며, 운동하는, 그러다, 멈추고, 운동하는 양촌의 얼굴을 닦아주고, 다시 운동하는, 운동에만 몰입하는,

한쪽의 텔레비전 화면에 뉴스(아래 내용) 나오지만, 장미, 양촌은 안 보는,

**＊점프컷, 뉴스 화면 》**

모방범 변호인단이 검찰에서 나와, 차 타고 가는 그림 위로,

앵 커    오늘 경찰의 총을 맞고 사망한 마현공원 모방범 강모 군의 변호인이 검찰에 제출한 홍일지구대 소속 염모 순경의 업무상과실치사 고소 건이, 불기소 처리됐습니다. 검찰은, 당시 피해학생의 증언과 오모 경위의 증언, 오모 경위의 총기에서 나온 강모 군의 혈흔으로 강모 군이 경찰 총기 탈취를 시도한 사실을 받아들여, 당시 염모 순경의 정당방위가 인정됐다며, 불기소 사유를 공식 발표했습니다. 또한, 초범으로 알려진 강모 군이 지난달 홍안2동에서 30대 여성을 피습하려 했단, 사실이 밝혀지고, 당시 사건현장에서 범인의 공격으로 손등 인대와 다리 인대가 끊긴 오모 경위의 피해 사실이 상세히 뉴스에 보도되면서... 다시금 일선 현장직 경찰들의 노고가 세간의 주목을 받고 있습니다. 현장에서, 마현경찰서 조희명 서장의 기자회견을 들으시겠습니다.

4, 국도변, 낮.

상수, 정오, 배낭 메고 쉬고 있는, 국토 걷기를 하다 쉬는 느낌,

상수, 핸드폰으로 기자회견(아래 내용) 보고, 정오, 그 옆에서, 텀블러에 커피를 타서, 마시다, 상수의 핸드폰을 뺏는,

**＊점프컷, 핸드폰 기자회견 내용 》**

서 장    (인사하며, 의기양양하게) 감사합니다. 오늘날 이와 같이 뜨거운 국민들의 경찰에 대한 지지와 격려는, 경찰 수뇌부의 공로가 아닌, 오직 사선에서 최선을 다하는 일선 현장직 경찰들의 피와 땀이 섞인 노고임을,

정 오    (핸드폰 끄고, 텀블러 상수에게 주며) 이 새끼 그만 보고, 이쁜 나 보고, 커피

나 마셔!

**상 수**   (따뜻하게 웃으며) 욕 한번 찰지다. (하고, 텀블러 받아 커피 마시는)

**정 오**   (웃으며, 상수 보며) 그래서 이쁘지?

**상 수**   (웃고, 볼에 입 맞추고) 어. (하고, 걷는)

**정 오**   (걸으며, 율동하며, 신나게, 아기 염소 동요 부르는) 파란 하늘 파란 하늘 꿈이 드리운 푸른 언덕에.. 아기 염소 여럿이,

**상 수**   (함께 밝게 동요 부르는)


그렇게 가다가, 정오, 상수 하는 짓 보고, 웃으며, 두 손으로 상수의 얼굴 잡고, '아, 너무 귀여워!' 하고, 뽀뽀하고, 웃고, '다른 노래 불러줘' 하고, 상수, '너 내가 너무 좋나 봐? 그러다 나 좋아 미치겠다?' 하며, 멋진 랩 부르며, 장난치는, 정오, 웃는,


**\* 점프컷, 다른 날, 다른 국도변, 낮 》**
상수, 정오, 혜리, 명호, 한표 배낭 메고, 걸으며, 음악 듣고 신나는 노래 부르며 장난치는, 그렇게 웃다가, 명호, 앞 보고,


**명 호**   종민아! 여기!


**\* 점프컷, 같은 날, 다른 국도변, 낮 》**
상수, 정오, 명호, 혜리, 승재, 한표, 원우, 민석, 종민, 남일, 노래 부르며, 걷는, 경모, 삼보 웃으며 그런 대원들 보며 말하는,


**경 모**   유치원 운전기사 노릇은 할 만해요?

**삼 보**   (웃으며) 돈은 적어도 애들이 이쁘니까, 내가 인기가 좋아.

**경 모**   뭐라고 불러, 할아버지?

**삼 보**   그냥 할아버지가 아니고 경찰 할아버지,

**경 모**   크크크...


**\* 점프컷, 같은 날, 다른 국도변, 낮 》**
한솔을 제외한 전 대원들, 걷는,

그때, 한솔(경감 계급장, 강등된 것), 근무복으로 자전거 타고 뒤에서 오며,

한 솔    야야, 니들 파출소 가 있어! (하고, 대원들 앞질러 가는)

경 모    우리보고 놀러 오라며?! 왔는데, 어디 가?

한 솔    (멈춰 서서 보며) 야, 야 니들 오니까, 재수 없이 강력사건 터졌어. 나 금방 범
         인 잡아 올게. 가 있어.

모 두    웬 시골에 강력사건?

정 오    (걱정) 누가 죽었어요?

상 수    아님, 강도?

한 솔    재 너머에 할마씨가 일 년 농사지은 고추를 누가 싹 다 가져갔대, 근데 내가
         그 범인을 알어! 농사 잘 짓는 그 할마씨 질투하는 아랫마을 친구 할머니.
         절도만 8범이야. 내가 금방 잡아 올게! (하고, 가는)

모 두    (웃으며) 야, 팔자 편타! 팔자 편해!

경 모    나, 홍일지구대 짱박아 놓고, 대장만 편하니까, 좋냐!

한 솔    (자전거 타고 가며, 뒤돌아보며) 내가 그렇게 부러움, 너도 징계 먹어! 이 옆
         마을에 자리 났대! 경모야, 여기 공기 무지 좋아! 얼른 징계 먹고 와! (하고,
         가는)

경 모    (웃으며) 말 되는 소릴 해라!

모 두    (한솔에게) 빨리 와요! 대장님! 배고파! (웃으며, 가는)


# 씬 26. 도로, 다른 날, 낮.

남일 정오(운전) 순찰차, 도로를 달리는,

112    (E) 코드 제로, 코드 제로, 소명산 자락에서 마원고교 교복을 입은 학생들
        다수가, 집단으로 패싸움을 한다는, 인근 등산객의 신고, 인근 순찰차는 출
        동하라, 인근 순찰차는 출동하라. 코드 제로, 코드 제로, 소명산 자락에서 마
        원고교 교복을 입은 학생들 다수가, 집단으로 패싸움을 한다는, 인근 등산객
        의 신고, 인근 순찰차는 출동하라, 인근 순찰차는 출동하라.

**\* 점프컷, 순찰차 안 》**

남 일     소명산 학생 집단 패싸움사건, 순 스물셋 스물셋 접수, 순 스물셋 스물셋 접수!

정 오     (빠르게 유턴하다, 차 박고, 아차 하는)

**\* 점프컷 》**

정오, 남일, 차에서 나오는,

남 일     (차로 가며) 아이고, 선생님 괜찮으세요? 죄송합니다, 죄송합니다.

정 오     (무전 하며, 차들을 보내며, 답답하지만, 차분히) 순 스물셋 스물셋 소명산 학생 패싸움 지원 중 차량과 충돌, 소명산 학생 패싸움 지원 바람! 순 스물셋 스물셋 소명산 학생 패싸움 지원 중 차량과 충돌, 소명산 학생 패싸움 지원 바람! 인근 순찰하는 순찰차들 소명산 학생 패싸움 지원 바람!

**\* 점프컷 》**

명호 한표의 순찰차, 민석 승재의 순찰차 옆 지나가며,

명 호     순 스물넷 스물넷 접수 종발, 순 스물넷 스물넷 접수 종발, 인근 순찰차는 지원 바람, 인근 순찰차는 지원 바람!

**\* 점프컷, 다른 도로 》**

종민 원우의 순찰차 달리는,

종 민     순 스물, 스물넷 지원 종발, 순 스물, 순 스물넷 지원 종발.


# 씬 27. 지구대 안, 상황근무석, 낮.

혜리와 젊은 혜리의 사수, 상황 컴 보며 앉아 있는,

**혜 리**  코드 투 코드 투, 소명1길 대로변 남경 중국음식점에서, 무전취식으로 주인
과 손님이 실랑이, 인근 순찰차는 지원 바람, 인근 순찰차는 지원 바람.

**혜리 사수**  (무전 하는) 코드 원 코드 원, 대명길 167, 주차 시비가 폭행사태로 일파만파,
현재 주민들에 의해 진정된 상태이지만, 여전히 폭행 가담자는 흥분 상태, 인
근 순찰차는 지원 바람, 지원 바람.


경모, 대장 자리에서, 서류 보는데, 남자1, 2 서로 먹살 잡고 '법대로 따져, 누
가 잘못했는지!' 하며 들어오는, 그때, 자리에 있던, 민석 승재 남자1, 2 보는,


**경 모**  (일어나, 남자 둘에게 가며) 무슨 일이세요?

**남자1**  이 새끼가, 그냥 지나가는데, 내 뺨을 치잖아요!

**남자2**  니가 새끼야, 내가 가는데, 침 뱉었잖아! (하며, 서로 치는)

**민석, 승재**  (와서 말리며) 에헤이, 지구대 와서 뭔 짓이에요, 이게!


남자1, 2, 계속 서로 먼저 쳤다고 먹살 잡고, 민석 승재, 남자 둘을 각자 맡아,
허리 잡고, 떼어놓으려 하며, '이러지 마세요!' 하는,


**경 모**  (남자1, 2에게 와) 가만있어요, 가만있어! (하고, 한 사람을 보호석에 앉히며,
다른 남자에게, 인상 쓰며, 강하게) 에헤, 가만있으라니까! 공집* 넣어요! 가
만있어!


## 씬 28. 사거리 도로, 낮(자막 1년 후).

교통경찰1과 양촌(교통경찰 된), 호루라기를 불며, 신호등이 고장 나 멋진 수
신호로 차를 보내는, 그러다, 장미의 차 보고(사건 나가는, 장동경찰서 여청
계로 갔단 설정), 호루라기를 길게 불며 거수경례하는,

---

* **공집** 공무집행방해죄

**＊ 점프컷 ≫**

장미, 차 안에서 차 창문 열고, 웃으며, 거수경례하고, 창문 닫고, 가는,

**＊ 점프컷 ≫**

양촌, 장미에게 거수경례하고, 다시 수신호하며, 차들 보내는,

그때, 경적소리 나고,

양촌, 수신호를 하다, 돌아보고, 교통경찰1에게, '잠시만' 하고, 경적 울린 순찰차로 가는,

**＊ 점프컷 ≫**

상수와 다른 사수(양촌 닮은), 순찰차 안에 있는,

| | |
|---|---|
| **양 촌** | (와서, 상수 보고, 사수 보면) |
| **사 수** | (경례하며) 사건 끝나고 가다, 제가 오 경위님 뵙고 싶어, 잠시 정차하라 일렀습니다. 반갑습니다. (하고, 상수에게) 담배 하나 사 올게. (하고, 가는) |
| **상 수** | (가는 사수 보고, 양촌 보며, 웃으며) 경위님, 재활 끝나시고 몸도 맘도 편하실라고 교통으로 갔는데, 들리는 소문에 의하면.. 아주.. 죽어나신다고? |
| **양 촌** | (힘든, 답답한) 아.. 그러게.. 괜히 머리 써서, 교통 왔다 싶다. 아니, 뭔 누무 동네가.. 뻑하면, 뺑소니가 나... 다른 지역엔 한 달에 한 건도 안 되는데... 이 지역만 사흘들이 그렇게 뺑소니에 음주운전에..... 게다가.. 미세먼지에 차 매연에.... 죽겠다 아주. (상수 보며) 나, 늙었나? |
| **상 수** | 대원들이 하는 말론, 그냥 오양촌 씬 팔자가 드럽다고.. |
| **양 촌** | (팰 듯이) 콱 그냥! 새끼가.. |
| **상 수** | (움찔하며, 웃는) |
| **양 촌** | 니 사순.. 어떤 놈이야? |
| **상 수** | 아주 뺀질거리는 편안한 사숩니다. 하지만, 제가 아주 거세게 족치고 있습니다. 온갖 사건사고 다 접수해서. |
| **양 촌** | (웃긴) 크크.. 사수를 키우냐? 부사수 주제에? 꼴통 새끼. |
| **상 수** | 언제 지구대 돌아오십니까? |
| **양 촌** | 안 가, 이제부턴 무조건 편한 자리 있을 거야. (상수에게 묻는) 기 대장처럼 지방엘 갈까? |

| 상 수 | 거기도, 고추 도둑, 감자 도둑이 아주 극성이라고... |
|---|---|
| 양 촌 | (되는 일 없다 싶은) 아... 돌겠네, 진짜.. |
| 상 수 | 그럼 교통 6개월 채우시고, 지구대 오시는 걸로 전 알고 있겠습니다. |
| 양 촌 | 같이, 강력반 갈래? 어차피 하는 경찰 일 화끈하게! |
| 상 수 | 사수와 함께라면, 어떤 곳도 접수! |
| 양 촌 | 나대지 말고, 잘 지내다, 조만간 그럼 거기서 보자. 가. (하고, 자리로 가, 호루라기 불며, 수신호하는) |

그때, 상수의 사수 오자마자, 상황실 무전 떨어지는,

| 상황실 | (E) 코드 제로 코드 제로, 인석시장 상가에서, 상인 간 시비, 인근 순찰차는, |
|---|---|
| 사 수 | (으름장) 접수받지 마. |
| 상 수 | (바로 무전받으며) 순 열여덟 열여덟 인석시장 사건 접수, 종발, 순 열여덟 열여덟 인석시장 사건 접수 종발! (하고, 가며) 죄송합니다, 제가 손이 빨라서, 담부턴, 느리게 행동하겠습니다. 충성! (하고, 운전해 가며, 혼자 히 웃고, 경적소리에 앞 보면) |

## * 점프컷 ≫
남일(운전), 정오의 순찰차 맞은편, 달리는,

| 남 일 | (상수 보고, 경례하고, 웃는) |
|---|---|
| 상 수 | (경례하고, 정오 보고 웃는) |
| 정 오 | (상수 보고, 윙크하고, 진지하게, 무전 하는) 인석시장 사건, 순 스물셋, 순 열여덟 지원, 종발, 순 스물셋, 순 열여덟 지원 종발. (하며, 차를 양촌 쪽으로 돌리며 유턴하는, 자기 보고, 웃는 양촌에게 경례하고, 상수 순찰차 따라가는) |

양촌, 정오에게 경례하고, 수신호로 보내는,
양촌, 상수, 정오의 얼굴 보이고,
실제 경찰들 일하는 사진 자료화면 흐르며, 엔딩.

# 메이킹 PART 2

# 지금 여기 이 순간의 삶을 관찰하라

by 노희경

장르물이라는 형식도 그렇지만 <라이브>라는 제목부터 기존의 노희경 표 드라마와는 결이 다르다는 느낌이 강하다. 제목에 담은 함의가 있다면?

우리네 삶은, 우리에게 경험보다 연륜보다 현재에 집중하라, 경험이 편견을 만들 수 있다, 각성하라, 끝없이 요구한다. 라이브는, 타성에 젖지 마라, 촉각을 세워, 지금 여기 이 순간의 삶을 관찰하라는 의미다.

장르 드라마다. 경찰이 등장하는 기존의 드라마처럼 '사건' 위주는 아니라고 하지만 특정 집단에 대한 이야기를 해야 했다. 엄청난 사전 조사가 필요했을 것 같다. 어떤 과정을 거쳤는지 궁금하다.

나는 물론 첨으로 보조작가들을 방송 1년 전부터 네 명이나 작업에 투입, 함께 일선의 시보 경찰부터 퇴직 전 경찰까지 만나 취재하고, 전현직 경찰들이 쓴 책, 경찰 교과서, 현장 매뉴얼, 각종 수사지, 경찰 사이트 등등의 것들을 읽고, 통계를 찾고, 수십 년 된 기사부터 현재까지, 국내는 물론 외국의 사건사고를 뒤지고, 씬씬마다 확인이 필요한 매뉴얼이나 법 절차, 형 집행 과정에 대한 사항을 온갖 관련 부서 경찰들과 변호사에게 시작부터 끝까지 자문을 요청해 받았다. 한 사람의 경찰이 아닌 여러 경찰들의 의견과 시선, 친 경찰만의 입장이 아닌, 반 경찰의 입장, 법조계, 일반 시민들의 의견까지 수렴하려 노력했다.

제작발표회에서 촛불집회 때 마주한 경찰의 눈빛에서 이 드라마가 시작되었다고 했다. 오랜 세월 그들에 대한 오해와 편견이 있었다고도 했다. 취재하면서 만난 경찰들에게 어떤 인상을 받았고, 결정적으로 무엇 때문에 그 오랜 시간 '짭새'라고 했던 그들의 삶을 그려내게 되었는지 궁금하다.

이 드라마를 어떤 사람들은 비아냥조로 경찰 홍보 드라마라고 한다. 이런 평을 일부는 인정하고 일부는 거부한다. 이 드라마

는 모든 경찰이 아닌, 경찰 수뇌부가 아닌, 사선에 선 사명감 있는 현장직 경찰에 대한 홍보 드라마다. 자료조사를 하면서 안 부분인데, 우리나라만이 아니라 해외에서도 경찰은 그닥 국민들에게 친근하지 않다. 왜 이런 결과가 도래했을까? 분명 우리네 삶에 국민 시민들의 삶에 치명적인 치안을 담당하는 그들은 찬양받아 마땅한데, 부정적 편견의 뿌리는 너무도 깊었다. 이유는 쉽게 찾을 수 있었다. 불순한 정치권력의 작전이 내 나라나 남의 나라나 제대로 통한 것이다. 국민의 시민의 치안을 담당하는 그들을 자신들의 이익에 맞게 마구잡이로 이용한 때문이다.

국민과 경찰이 사이가 나쁘면 나쁠수록 서로가 서로에게 적대적일수록, 이득을 보는 집단은 오직 하나 불순한 정치권력들이다. 명령권자와 지시받고 행동하는 자들이 헷갈리는 국민들에게, 현장 경찰은 희생양으로 더없이 좋다. 현장에서 일어난 사고는, 현장 경찰 6, 7, 8, 9급 하급 공무원들에게 덤터기 씌우고 물으면 되는 것이다. 시민의 근거리에서 치안을 담당해야 할 경찰들을, 합법적인 집회를 해산하는 데에 동원시키고, 물대포를 쏘게 하고, 기업과 학교에 난입시키고. 작가는 촛불집회가 평화집회로 남을 수 있었던 이유는, 첫 번째 국민 시민들의 절제된 분노겠지만, 또 하난 합법적 집회를 강제 해산하라 명령하는 부당한 명령권자가 없었기 때문이라, 여긴다. 그날 광화문과 북촌 그 자리엔, 이런 구호가 오래도록 맴돌았다.

경찰도 어쩔 수 없이 나온 겁니다!
경찰차에 올라가지 마세요!
경찰차 부수지 마세요! 폭력 쓰지 마세요!

그날 그 현장에서 국민 시민들의 구호가 커져갈 때, 경찰차에 꽃 스티커를 붙일 때, 고개 숙이던 숱한 경찰들에게 말해주고 싶었다. 당신들과 우리는 적이 아니라고. 그리고 명령권자인 불순한 정치세력과 경찰 수뇌부에게도 말해주고 싶었다. 현장직 하급 공무원 등 뒤에 숨어, 그들의 목줄을 손에 쥐고 흔드는 당신들의 존재를 우리 국민과 시민들은 분명히 알고 있다고.

**취재하면서 인상적이었던 것이 있다면?**

홍익지구대 대장님과 팀장님, 대원분들이다. 너무들 친근하고 솔직했다. 그중 성함은 기억나지 않지만, 젊은 남자 순경분이 특히 기억난다. 자신이 가장 힘들었던 사건은 성폭력을 당한 여자분을 모텔 뒤편에서 목격했을 때라고, 피해자를 안쓰러워하던 그 순경의 어두워지던 낯빛이 오래 묵직하게 가슴에 남았다.

**뉴스에서 채 1분도 되지 않는 단신으로 다뤄지는 사건사고를 매일같이 접해야 하는 일선 지구대 경찰의 모습을 아주 디테일하게 그렸다. 연기, 연출도 한몫을 한 것 같다. 집필할 때, 제작 현장에서, 그리고 브라운관으로 보는 것에 어떤 차이가 있는지?**

이번 드라마는 대본이 3이면, 연출과 배우, 스태프들이 7을 한 느낌이다. 첨으로 일하면서 모든 동료들에게 한없이 배려받는 느낌이었다. 감사한 마음, 잊지 않겠다.

**작가 노희경에게 연출 김규태는?**

든든한 동지. 참 좋은 사람. 앞으로도 함께 갈 여러 길들이 있을 거라 믿는다.

**김규태 감독은 대본을 읽고 '인생학교'를 떠올렸다고 했다. 큰 배역, 작은 배**

역 할 거 없이 저마다의 사연이 있었다. 노희경 표 드라마에서 두드러지는 부분이다. 등장인물이 결코 적지 않은데 저마다의 사연을 만드는 것이 쉬운 일도 아닐 터, 그럼에도 불구하고 상대적으로 비중이 적은 역할까지 인생의 얼개를 보여주는 데에는 이유가 있으리라 보는데…

이 세상은 영웅 한 명이 이뤄낸 것이 아니라, 다수의 민중이 이뤄낸 것이다. 드라마 현장과 또 다른 삶의 현장도 마찬가지다. 그게 사실이고, 진리다. 그러니, 등장하는 모든 인물들에게 애정을 갖는 건 너무도 당연하다.

**이번 작품에서 특히 기억에 남는 장면, 곱씹게 되는 대사, 애정 가는 인물이 있다면?**
장면은, 상수가 정오의 비밀을 공유하고 집에 찾아가 술병을 치우고, 방문 앞에 앉아 지켜주고, 함께 울어줄 때. 정오가 상수에게 시원하다고 말할 때. 정오가 경진에게 '네 잘못이 아니야'라고 말해줄 때. 상수가 범인을 잡으며 울 때. 존엄사 장면. 연출력이 돋보이는, 양촌과 대원들이 주취자가 모는 차를 추격하는 장면, 양촌이 주영에게 분노하던 장면 등이다.

　주인공 정오 상수 양촌 장미는 당연히 애정이 너무 가고, 기한 솔 대장과 은경모 팀장이 너무너무 든든했다. 삼보와 남일도 애틋했다.

이 작품으로 하고 싶었던 이야기, 전하고 싶었던 메시지는 무엇이었나? 잘 전달되었다고 보는가?

정의, 동료애, 사명감, 어른다운 어른, 젊은이다운 젊음, 공감, 유대, 연대, 이해 같은 것들을 얘기하고 싶었다. 최선을 다했지만 역량이 부족해, 다 담아내지 못했다. 공부거리로 삼고 공부하겠다.

18부작이다. 시놉시스에 '시즌제 미니시리즈'라고 되어 있다. 시즌제를 염두에 둔 것인가? 구체적인 계획이 있나? 시즌제가 가능하다면 어떤 이야기들을 더 이어가고 싶은가?

시즌으로 할 수 있을 거라 생각했는데, 작업이 너무 힘들어, 일단은 선뜻 맘이 안 난다. 지금은 쉴 시간이 필요하다.

따로 구상 중이거나 준비하고 있는 작품이 있는가? 요즘 관심이 가는 주제나 소재가 있다면?

지금은 자고 싶고, 걷고 싶단 생각뿐이다. 이런저런 얘깃거리가 떠오르긴 하지만, 지금은 쉬기 위해 모두 다 밀쳐두는 중이다.

작품을 마무리한 소회는?

이번처럼 연출 스태프 배우들에게 배려받으며 일한 적이 없었다. 작은 지문 하나도 작가의 의도를 살려주기 위해, 부각시키기 위해, 묻고 또 묻고, 확인하고 또 확인하고, 찍고 또 찍는 힘겨운 작업 과정을 마다하지 않은 동료들에게 무한한 감동이 인다. 배려해야 할 위치에서, 배려받는 마음이 마냥 가볍진 않았지만, 기꺼이 주신 마음들이니 고맙게 받았다. 감사하고 감사하다. 가슴이 묵직하고 뻐근할 만큼. 여러분들의 부끄럽지 않은 동료로 남기 위해, 앞으로도 절대 표절하지 않고, 되도록 자기복제도 하지 않고, 새로운 것을 찾아, 따뜻한 이야깃거리, 여러분을 닮은 주인공을 찾아 나서는 일을 멈추지 않겠다.

# 있는 그대로의, 치열한 삶의 기록

by 김규태

여러 차례 '아름다운 영상미'가 돋보였던 전작들과는 다르다고 했다. 사실감, 현장감을 강조했다. 정통의, 클래식한 영상문법이란 구체적으로 무엇을 의미하는가? 아울러 이번 작품의 연출적 포인트는? 실제 어떻게 구현을 했는지, 전작들과는 어떻게 다른지 궁금하다.

결론부터 말하자면 기교 없이, 정직하게, 표현하고자 하는 목적성을 분명하고 강하게 전달하는 것을 목표로 했다. '기교가 들어가 있지 않은 기교'라고 설명할 수 있는데 (웃음), 이게 몇 배로 더 어렵더라. 제목처럼 '라이브'한 느낌을 주기 위해 영상과 사운드의 모든 부분에서 최대한 인위적인 요소를 배제하려 했다. 특히 시청자에게 감정이입을 강요하는 장치나 연출 등을 최대한 자제하고, 작품 속 인물들이 가진 본연의 힘을 정확히 표현하는 데 중점을 두었다.

다큐멘터리적인 느낌을 최대한으로 표현하려 했다. 영화를 포함한 모든 영상물은 역사적으로 다큐멘터리 즉, 기록물에서 시작되었고 현대로 넘어오면서 여러 가지 창의적인 영상문법들이 고안·적용되며 발전해왔다. 우리 작품에서는 그러한 영상물의 본질로 돌아가 초창기적인 정통적 영상문법(클래시컬한)을 최대한 활용하고자 했다.

최근 드라마들은 흔히 '아웃 포커싱'이라 부르는, 깊은 심도를 이용해서 뒷배경을 뭉개 인물을 돋보이게 하거나 인위적으로 설계된 밝은 조명을 사용해 예쁜 광고 같은 느낌을 만들어내는 데 주력하고 있다. 〈라이브〉는 정반대의 방향으로 연출했다. 예를 들어 전작인 〈그 겨울, 바람이 분다〉의 경우 평면적 구성의 미장센을 추구했는데, 〈라이브〉에서는 인물과 인물의 관계성 등이 잘 표현될 수 있도록 주로 표준적인 렌즈를 활용하여 매 숏마다 의도적인 오버 숏을 구사해 모든 요소들을 입체적으로 구현하는 데에 주안점을 두었다. 카메라 앵글도 배우의 아이레벨에 맞추어

배경이나 인물의 왜곡을 최대한 피하면서 있는 그대로의 느낌으로 담으려 했다. 미장센도 샷 보정을 미학적으로 보이려 구사하지 않고 극단적인 앵글이나 카메라 포지션 등도 피했다. 또한 고정적인 느낌의 픽스 샷이 많지 않고, 인물의 동선을 자연스럽게 따라가는 핸드헬드(hendheld) 성향의 촬영을 위해 모비(MōVI)라는 장비를 적극 활용했다.

다만 〈라이브〉는 드라마이기 때문에 시청자에게 최대한 편안하게 다가가야 한다는, 다소 모순된 상황을 극복하기 위해 많은 신경을 썼다. 드라마적인 연출이 있고, 다큐적 또는 사실적 연출이 있을 수 있는데 그 중간에서 최적의 접점을 찾으려 했다.

따라서 시청자의 '몰입도'에 대한 감도 조절 같은 부분에 많은 신경을 썼다. 이는 입체적인 미장센을 설계한 주된 이유이기도 하다. 섬세한 장면 설계를 통해 적절한 거리감을 부여함으로써, 시청자에게 '때로는 가까이, 때로는 조금 떨어진 곳에서 인물들을 바라보고 관찰하고 있다'는 느낌을 제공하고자 했다. 이러한 설계 덕분에 화면 내에 정보량도 많아서, 시청자들에게 좀 더 능동적인 시청 자세가 요구되는 작품이기도 했다.

　배우들의 연기에 있어서도, 작가님이 요구한 건 딱 한 가지였다. **"대본에 있는 그대로만 연기할 것!"**

　근데, 이게 세상에서 제일 어려운 거다. (웃음) 있는 그대로가 가능하려면 배우의 연기가 그대로 화면상에 표현되어야 한다. 일반적인 드라마에서는 연출과 촬영, 조명 등의 테크닉을 활용해 배우의 연기를 보완해주는데, 〈라이브〉에서는 이러한 인위적 요소를 배제한 있는 그대로의 베이식한 연기를 전하고 싶었다. 즉, 연기의 민낯을 드러내는 연출이 필요했는데, 이게 배우들 입장에서는 무척 곤혹스러웠을 것이다. 하지만 모든 배우가 연출의 의도를 100% 이해하고 최고의 퍼포먼스를 발휘해주었다. 이런

점에서 나는 〈라이브〉가 배우에 대한 의존도가 큰 작품이었다고 생각한다.

이런 콘셉트가 가능했던 것은 대본에 대한 자신감, 배우들의 능력에 대한 확신이 있었기 때문이다. 기교를 부리지 않아도 충분히 시청자들을 몰입시킬 수 있다고 믿었다. 이렇게 솔직하게 다가갔던 것이 작품의 사실적 표현에 부합하는 결과를 가져왔다고 믿는다.

강력사건(묻지마 살인, 연쇄 성폭행, 총기사고 등)의 묘사가 많았고, 한국사회에서 이슈가 되었던 실제 사건들이 오버랩되는 에피소드들도 있었다. 작가의 문법과 연출의 문법은 다를 것 같은데, 그런 이슈 사건들을 영상화하는 과정 속에서 감독이 전하고자 하는 메시지는 무엇이었나?

등장하는 사건들은 작가님이 장기간 취재하신 결과물이기 때문에 하나하나 의미가 있었지만, 연출의 입장에서는 사건 자체의 의미보다는 그 사건 속에서 드러나는 인물의 반응에 집중하려 했다. 〈라이브〉가 일반적인 장르물과 다른 지점은, 사건 자체가 아니라 그 사건을 통해 발현되는 등장인물의 내적 갈등과 이를 통한 상호 이해, 성장을 다루고 있다는 점이다. 즉, 기억에 남는 건 사건 자체의 자극도가 아니라 그 사건 속에서 울고 웃고 달리고 넘어지는 인물들 자체라고 봤다. 그런 인물들을 시청자가 가까이에서 보고 느낄 수 있도록 표현하고자 했다.

이번 작품에서 가장 기억에 남는 장면 또는 애착이 가는 장면이 있다면?

촬영 당시에는 양촌 어머니의 존엄사와 관련한 장면들에 감정이입이 됐는데 편집실에서 후반 작업을 하다 보니 그 전 씬 즉, 양촌과 장미가 양촌 아버지의 넥타이를 매주는 장면이 좋았다. 음악 작업을 하면서 그 장면을 반복해서 보는데 절제된 감정들이 더욱 슬프게 다가왔다. 그런 부분이 노 작가님의 강점이라고 생각했다. 직접 터뜨리는 감정보다, 그 직전 감정이 절제되고 눌려져 있는 순간. 노 작가님 작품의 감동 포인트는 두 번 세 번 반복해서 볼 때 이전에 보지 못했던 새로운 것들이 계속 발견된다는 점이 아닐까.

지구대 식구들만 열 명이 넘는다. 분량과 깊이의 차이는 있지만 개개인의 사연을 두루 담아냈다. 모든 등장인물에 개연성을 더하는 것이 노희경 작가의 장기 아니던가! 그러나 그것을 정해진 시간 안에 영상으로 담아내는 작업에는 제약이 많았을 것 같은데….

작가님의 대본은 항상 완벽하다. 대본에서 표현되는 부분이 상당히 많고 디테일하기 때문에 촬영 시에 작은 부분도 놓치지 않으려 노력한다. 초반 촬영분을 가편집해보니 확실히 분량이 넘치더라. (웃음) 작품에 대한 작가님의 비전이 워낙 뚜렷했고, 각 인물들의 이야기가 맞물려 있었기 때문에 더하거나 빼거나 할 부분이 없었다. 하지만 이번에 새로운 제작 시스템을 도입했기 때문에 포스트 프로덕션(후반 작업)에 조금 더 시간을 투자할 수 있었고, 정해진 시간 안에 작가님의 의도를 최대한 표현하기 위해 많은 공을 들였다.

보통의 드라마에는 한 씬 안에 하나의 감정, 하나의 플롯이 있는데 〈라이브〉는 한 씬 안에 여러 인물의 감정 또는 여러 복합적인 정보가 담겨 있어서, 표현이 쉽지 않았다. 인물들의 감정이 유지되는 기간이 다소 길었던 작가님의 기존 작품과 달리 〈라이브〉에서는 한 장면 이후에는 다른 감정과 다른 정보가 빠르게 들어오는 느낌이 있다. 적절한 속도감이 유지되기를 원했던 듯하고, 따라서 연출이나 배우들은 정해진 씬 안에서 군더더기 없는 디렉션과 액팅을 통해 확실한 정보, 정확한 감정을 표현해내야

하는 부담이 있었다. '다음 기회는 없어!'라는 느낌이랄까? (웃음) 작가님 입장에서는 심플하고 정확하게 표현하기 위해 뼈를 깎는 고통이 있었을 것이다. 기존 관습에서 벗어나 새로운 스타일을 추구한다는 것이 말이 쉽지 실제로는 정말 어렵다. 또 배우 입장에서도 대본에 쓰여 있는 대로만, 더도 덜도 말고 디테일을 살려서 표현하면 되는데 이 또한 쉽지만은 않았을 것이다. 아는 것과 실행하는 것의 차이는 분명하기 때문이다. 그러한 디테일이 시청자에게 정확하게 전달될 수 있도록 노력했다.

대본을 영상화하는 과정에서 아이템들이나 상황이 바뀌기 마련이다. 현장 상황에 따라 또는 더 좋은 아이템이 있어서 등 여러 이유가 있을 텐데 <라이브>에서는 어떤 씬이 다르게 구현되었고, 어떤 사연들이 있었나.

프리 프로덕션(준비 단계) 때부터 대본의 의도에 충실한 연출 계획을 세웠기 때문에 특별한 변경사항은 없었다. 다만 촬영 여건상 지구대 MT 장면의 시간대를 바꾼 적이 있다. 정오와 명호의 비눗방울 씬을 밤에서 낮으로 바꿔야 했는데, 이러한 경우는 불가피한 촬영 여건 때문이므로 사전에 작가님에게 양해를 구하고 충분히 협의해서 유연하게 대응할 수 있었다.

'김규태 × 노희경 = 웰메이드'라는 공식이 있다. 노희경 작가와는 어떤 부분에서 합이 잘 맞는지, 관통하는 코드가 있나?

작가님의 대본은 이성적 논리적 바탕이 탄탄하기 때문에 시청자가 몰입해가는 과정과 단계가 합리적으로 설계되어 있다. 개인적인 생각에, 내 임무는 그런 작가님의 대본에 영상적 의외성을 덧입히는 것이 아닐까 생각한다. 여기서 의외성은 뭔가 화려하거나 튀는 것만을 의미하진 않는다. 텍스트로 이루어진 대본을 배우가 연기하고, 카메라와 조명이 더해질 때 무언가 설명할 수 없는 마법 같은 순간이 태어난다고 믿는다. 이게 내 역할이자 임무라고 생각한다.

연출 김규태에게 작가 노희경은?

7회의 소제목으로 대신하고 싶다.

> **파트너**
> **혼자서는 절대 갈 수 없는 길을**
> **함께 가주는 사람**

배우들의 연기가 일품이었다. 기존과 다른 반전의 매력을 보여준 배우들도 상당수다. 촬영 현장에서 몰입도가 대단했다고 들었는데, 촬영하는 동안 인상적이었던 순간들이 분명 있었을 것 같다.

장미가 양촌에게 이혼하자고 말하는 씬. 배성우와 배종옥, 두 배우의 연기적 매치, 하모니가 정말 좋았다. 프로덕션 초창기였기 때문에 여러 가지 불안요소가 많았는데, 복잡한 감정 씬을 잘 소화해주어 이 작품은 성공하겠다는 확신이 들었다.

정유미는 한정오라는 캐릭터를 120% 표현해주었다고 생각한다. 정오의 과거 사건들은 여배우로서 표현하기 결코 쉽지 않았을 텐데 작품의 주제의식과 맞닿아 있었기에 반드시 필요한 부분이었다. 11회의 엔딩 장면에서 정오가 경진을 찾아가 하는 대사 **"넌 결코 오늘을 잊을 수 없을 거야."**의 감정. 또 경진을 찾아가는 과정에서 감정의 흐름을 너무 훌륭하게 표현해주었다. 언제나 진짜 연기를 하기 위해 최선을 다하는, 진정성이 느껴져서 연출자로서 정말 좋았다.

그리고 광수. 1회에서의 물장수 시추에이션, 엄마와의 대화, 친구와의 갈등 씬 등 첫 촬영에 완벽하게 염상수가 되어 현장에 와 있더라. 이 작품을 통해 많은 사람들이 '배우 이광수'의 가능성에 새롭게 주목하게 되었으리라 확신한다.

**연출 측면에서 아쉬움이 남는 부분, 풀지 못한 숙제 같은 것이 있는지?**
언제나 100% 만족은 없다고 생각한다. 여건상 퀄리티와 디테일을 충족시키지 못한 부분이 분명 존재하고, 부분적으로 아쉬움은 있지만 전체적으로 새로운 시도를 통해 시청자의 호응을 이끌어낸 것에 만족한다.

**이 작품을 통해 전하고 싶었던 메시지는 무엇이었나? 잘 전달되었다고 보는가?**
전해주고 싶었던 메시지라기보다 오히려 이 드라마를 통해 나에게 다가온 메시지에 대해 이야기하고 싶다. '사명감' '치열한 삶의

기록' 이런 단어들이 새롭게 와닿았고, 곰곰이 생각해보는 계기
가 되었다.

17회 양촌 대사 중, **"밥값은 하자. 경찰로서의 사명감이 뭔진 몰라
도, 인간이 인간으로서 가져야 하는 양심은 갖자."**

18회 상수 모 대사 중, **"엄마 청소하는 거 아무도 안 알아줘도, 세
상에 필요한 일이야. 경찰 일도 남들이 안 알아줘도... 세상에 필요한
일이야. 힘내!"**

이런 대사에 작가님이 의도한 주제가 녹아 있지 않을까? 사람
들이(경찰 포함) 정말 열심히 살아가는구나 생각했고 나도 더욱더
열심히 살아야겠다는 생각을 했다. 최소한 밥값은 하고 살아야
지. (웃음)

작품을 마무리하는 소회는?

그저 감사하다. 나 역시 연출자로서 새로운 도전이었다. 연출 스타일 등에 있어 변화를 시도했던 작품이었고, 스스로 즐겁게 작업에 임했기 때문에 만족도가 있었다. 전체적인 팀워크, 협업의 중요성을 다시 한 번 느끼게 되었다. 〈라이브〉는 배우, 스태프 이하 모두가 한마음으로 뭉쳐, 열정과 애정을 가지고 작품에 임했기에 좋은 결과가 나온 것 같다. 우리 모두 〈라이브〉가 '진정성'을 공유했다고 믿는다. 홍일지구대 대원들의 동료애처럼, 드라마 현장에서도 배우 스태프 간에 동료애가 동일하게 — 현실과 드라마의 경계를 넘나들며 — 발휘되었다.

위에 설명했던 것처럼, 있는 그대로를 표현하고 현실화하는 것은 대단히 어려운 일이라고 생각한다. 이 모든 어려움을 이겨내고 잘해주어 정말 고맙다.

그리고 노희경 작가님께도, 이런 작품을 연출하게 되어 영광이었다는 말씀을 드린다. 드라마의 진정한 가치, 진정성에 대해서 언제나 일깨워주는 선생님 같은 존재이다.

정말 소중한 시간이었다. 연출자로서 새롭게, 좀 더 거창하게 말해, 다시 태어난 느낌이다. 이 자리를 빌려 모두에게 감사의 말씀을 전하고 싶다.

# 〈라이브〉가 시도한 새로운 연출법,
# 크리에이티브 디렉팅

**연출**

by 김규태 감독

〈라이브〉는 프리 프로덕션부터 포스트 프로덕션에 이르기까지 연출의
전 과정을 세 명의 연출자가 한 팀을 이루어 진두지휘했다. 이는 우리나라
드라마 제작 환경에서 좀처럼 보기 드문 연출 시스템이다. 〈라이브〉의 연
출자이자 크리에이티브 디렉터였던 김규태 감독에게 이처럼 새로운 시도
를 하게 된 이유와 현장의 이야기를 들어본다.

다른 작품에 비해 프리 프로덕션 기간이 길었다고 들었다. 프리 프로덕션이란? 다른 작품에 비해 프리 프로덕션이 길었던 이유는?

드라마 제작 과정은 크게 작품의 기획, 프리 프로덕션, 프로덕션, 포스트 프로덕션으로 구분된다. 보통 작품의 기획 단계는 작가와 함께 '하고 싶은 이야기'에 대해 구체적으로 논의하는 것으로부터 출발한다. 프리 프로덕션은 실제 촬영에 들어가기 위한 모든 준비 과정을 통칭한다. 이후 첫 촬영을 시작으로 프로덕션 기간이 이어진다. 프로덕션은 본 촬영 단계라 보면 된다. 그리고 촬영된 영상을 바탕으로 편집, 음악, 효과 등 후반 작업에 해당하는 포스트 프로덕션을 거쳐 시청자 여러분들을 만나게 된다.

작가님과 기획 단계에서부터 많은 이야기를 나눴다. '노희경 식의 장르물'을 어떻게 표현해야 할지 고민이 많았다. 작가님의 특징이자 강점인 인간에 대한 따뜻한 시선이 녹아 있는 '감성적 장르물'이 돼야지 않을까 하는 결론이 나왔다. 연출의 콘셉트, 방향성 등을 찾기 위해 많은 시간이 필요했고, 그에 따른 전반적인 제작 시스템의 일신이 있었다.

프리 프로덕션 기간에는 구체적으로 어떤 작업이 이루어지는가?

각 파트별 업무가 다르지만 감독의 입장에서 보자면, 한 작품을 어떠한 모습으로 그려나갈 것인가에 대한 구체적인 청사진을 만들어가는 과정에 집중하게 된다. 각본의 주제의식을 정확히 표현하기 위한 연출의 지향점에 있어 명확한 '콘셉트'를 잡아내는 것.

좀 더 구체적으로는, 감독이 만들어가고자 하는 작품의 컬러를 '캐스팅, 촬영, 조명, 미술, 소품, 의상, 분장, 편집, 음악, 음향' 등 모든 영역의 주요 키(key)-스태프들과 공유해 좀 더 현실화해가는 과정이다. '로케이션 헌팅, 세트 디자인, 의상 디자인 및 소품 선택' 등 직접적인 미술의 영역, '카메라 기종, 주로 쓰는 촬영 앵글 및 쇼트, 조명 톤, 장비' 등 다소 기술적인 영역, '연기 스타일, 편집 스타일, 음악 콘셉트, 그리고 각종 후반 작업(CG, 색보정, 음향효과)' 등 작품의 톤&매너와 관련된 영역 등을 구체화하는 거다.

특히, 프리 프로덕션 과정에서 박장혁 촬영감독의 도움이 컸다. 목표로 했던 촬영 콘셉트를 실제 구현하는 것이 쉽지 않았는데, 전반적인 촬영의 스타일을 설계하는 데 있어 연출자의 의도를 100% 이해하고 다양한 아이디어를 제시해주었다. 영화와 드라마를 넘나들며 다양하고 풍부한 촬영 경험을 가지고 있어 연출자가 잡은 콘셉트를 함께 고민해주었다.

**세 명의 연출자가 한 팀을 이룬다는 것은 무엇을 의미하는가?**
드라마 제작 과정이 점차 선진화되면서 각 파트별 업무가 더욱 세분화되고 고도화되고 있다. 업무량 자체도 늘어나고 있다. 따라서 감독이 모든 분야에 1:1로 대응하기가 쉽지 않다. 감독은 프리 프로덕션 - 프로덕션 - 포스트 프로덕션 - 방송의 모든 단계에 관여해서 컨트롤을 해야 하는데, 시간에 쫓기게 되면 철저한 준비를 하지 못한 상태에서 영상을 찍어내기 급급한 경우가 발생한다. 결국 연출자의 업무도 전문화, 분업화되어야 더 높은 수준에 대응할 수 있다고 생각했다.

주변의 능력 있는 동료, 후배 감독들을 발굴해서 팀을 구성했다. 프로듀서와 함께 다양한 독립 작품들을 많이 찾아보고, 추천도 받아 두 명의 감독을 더 영입했다. 〈라이브〉의 경우 명현우, 김양희 감독이 처음부터 함께했다. 둘 다 젊지만 다양한 경력을 가지고 있어서 변수가 많은 드라마 현장에서도 잘해주리라 생각했고, 나와는 또 다른 감각, 젊은 에너지를 불어넣어 주리라는 믿음이 있었다.

감독님은 연출자이자 크리에이티브 디렉터였다고 들었다. 구체적으로 어떤 역할인가? 기존의 연출과는 무엇이 다른가?

〈라이브〉에서 내 역할은 단순히 현장에서 그림을 만드는 작업에 국한되지 않고, 제작의 전 과정에 적극적으로 관여해 작품에 대한 명확한 비전을 투영하는 데 있었다. 제작 과정 전반을 관리해서 최종 결과물의 퀄리티를 일관되게 유지하는 것이 중요한 목표였다.

· 사실 외국에서는 보편화된 시스템인데 국내에서는 아직까지 여러 현실적 이유로 시도해보지 못했던 부분이 있다. 영화를 예로 들면, 2시간 분량의 작품을 위해 완벽한 사전 준비를 하고, 100% 완성한 후 극장에 걸게 된다. 드라마의 경우는 편성이라는 문제가 있기 때문에 기존에 알려진 여러 문제점들을 안고 갈 수밖에 없다. 다만 몇 년 전부터 사전 제작, 반 사전 제작 등 새로운 시도들을 하고 있고, 일부 회의적인 시선도 있지만 이러한 방향으로 가는 것이 올바르다 믿는다.

〈라이브〉의 경우는 노희경 작가님께서 사전에 대본을 많이 써두셨기 때문에 여러 새로운 시도가 가능했다. 촬영 업무를 공동 연출자들과 분업화하면서 나는 좀 더 다양한 프로덕션 과정에 관여해서 컨트롤할 수 있었다는 점이 기존 드라마 시스템과의 차이라고 볼 수 있다.

**실제 세 명의 연출자가 어떤 방식으로 작업을 하였는가? 장단점은? 향후 드라마 작업에서도 이와 같은 프로세스를 유지할 계획인가?**

예를 들어 A팀이 촬영을 하는 동안 B팀은 다음 에피소드 촬영 준비를 충분히 하고, A팀이 포스트 작업을 할 때 B팀이 촬영에 들어간다. 담당 연출자들이 매회, 매 씬을 충분히 고민하고 준비한 후에 촬영에 들어갈 수 있게 된 거다. 이 경우 크리에이티브 디렉터는 주로 최종 결과물을 책임지면서 두 팀의 진행사항 등에 대해서도 직간접적으로 관여해 퀄리티 컨트롤(Quality Control)을 좀 더 수월하게 할 수 있다.

작품의 콘셉트와 방향성 등에 대해 100% 공유된 상태였기 때문에 〈라이브〉는 메인팀과 서브팀이라는 차등 구성이 아닌, 두 개의 메인팀으로 운영했다. 중반 이후부터는 명현우, 김양희 두 연출자가 보다 많은 부분을 촬영하고, 나는 포스트 프로덕션에 좀 더 집중할 수 있었기 때문에, 전반적인 제작 공정에 있어서 퀄리티 컨트롤이 가능했다. 서로 부족한 부분을 채워주고 의견을 나누며 퀄리티를 높였다. 여전히 **빡빡한** 일정인 것은 변함이 없었지만 (웃음) 연출자에게 좀 더 촬영 준비에 만전을 기할 수 있는 기회가 주어졌다.

단점은, 의사 결정에 있어 '과정'이 추가되기 때문에 좀 더 기민한 소통을 해야 한다는 점. 서로 이견은 있을 수 있지만, 배우와 스태프들에게 공유되는 순간에는 동일한 입장을 유지해야 한다.

그래야 효율성을 떨어뜨리지 않고, 퀄리티를 높일 수 있다. 물론 이게 쉽지가 않다.

〈라이브〉처럼 이 시스템을 유지할 수 있고, 또 성공할 수 있겠다는 판단이 드는 작품이 있다면, 시도해볼 가치가 있다고 생각한다. 〈라이브〉를 보시면 알겠지만, 매회마다 크고 작은 사건들이 2~3개씩 등장한다. 준비량과 촬영량이 어마어마한 작품이었다. 아마 혼자였다면 못 버텼을 것이다. (웃음) 젊고, 유능한 두 연출자가 함께해줘서 성공할 수 있었다.

우리나라 드라마 제작 환경은 사전 제작이 아니고서야 생방송에 비견될 만큼 촬영과 방송이 매우 스피디하게 진행된다. 연출가로서 드라마 제작 환경에서 반드시 개선되었으면 하는 지점이 있다면? 제작발표회에서 '제작진들과 시청자까지도 함께 합의가 이루어지지 않으면 절대적인 분량을 방송하고 있는 드라마로서는 버거운 실정'이라고 짤막하게 언급했다. 시청자와도 합의가 필요하다는 말은 어떤 의미인지, 시청자들에게 전하고 싶은 이야기가 있다면?

방송의 러닝타임, 횟수에 대한 근본적인 변화가 요구되는 시점이다. 플랫폼과 소비 방식이 다양해지는데 만드는 방식은 예전 그대로다. 노동량이 창의성을 담보할 수 없는 수준에 다다랐다. 현재와 같은 분량을 경쟁력 있는 퀄리티를 유지하면서 제작하려면 제작비와 시간이 2~3배 더 필요한데 이는 불가능하다. 차선책으로 포맷에 대한 변화를 모색해봐야 한다. 이러한 문제는 플랫폼과 광고주 그리고 드라마를 시청해주시는 시청자분들과도 큰 합의가 필요하다. 일주일에 두 편씩 보던 걸 한 편만 봐주셔야 한다는 이야기다. (웃음) 하지만 드라마 소비 패턴이 빠르게 변화하고 있기 때문에 시청자의 요구에 부합할 수 있다고 본다.

# 〈라이브〉를 구현한
# 스페셜리스트 코멘터리

**책임 프로듀서(CP)**

by 스튜디오 드래곤,

장정도 CP

## "생각만 해도 짜릿했던 작품"

프로듀서는 작품의 기획에서부터 편성, 제작, 방영, 그 후의 판매, 부가사업에 이르기까지 작품의 모든 과정이 원활하게 흘러갈 수 있도록 운영, 관리하는 업무 전반을 담당하고 있다.

---

〈시그널〉 〈디어 마이 프렌즈〉 〈도깨비〉 〈비밀의 숲〉 등 tvN 드라마는 기존 '미니시리즈'와는 확연히 다른 색깔을 보여주고 있다. 그해 가장 많은 사랑을 받은 드라마, 신드롬을 일으킨 드라마가 상당한데, tvN에서 〈라이브〉를 선택하게 된 배경은? 그 뒷이야기들이 궁금하다.

작년 초였다. 노희경 작가님으로부터 〈라이브〉에 대한 기획을 듣게 됐다. 기존 국내 드라마 콘텐츠에서 '경찰'은 주로 영웅적 주인공, 아니면 정반대로 사건 이후 뒤늦게 출동하는 무능력한 집단 정도로 묘사되곤 했다.

그런데 노 작가님께선 '길 위에서 일하는 감정노동자'로 경찰을 그리고 싶다 말씀하셨다. 그 기획의도가 너무 좋았다. 늘 가까이 있지만 멀게만 느껴졌던, 우리에겐 민중의 지팡이가 아니라 그저 '짭새' 정도로 소비되었던 경찰의 진짜 모습을 들여다볼 수 있을 것 같았다.

프로듀서로서 〈그들이 사는 세상〉 정도의 퀄리티를 보여줄 수 있는 '직업 드라마'를 해보고 싶은 욕구도 있었다. 노희경이 쓰는 경찰 드라마. 생각만 해도 짜릿했고, 선택하지 않을 이유가 없었다.

**프로듀서에게 〈라이브〉는 어떤 의미인가?**
노희경 작가님, 김규태 감독님에 대한 이야기를 하지 않을 수 없다. 여러 작품을 함께했지만, 내겐 너무나 든든한 파트너. 동시에 진정으로 존경할 수 있는 어른들이다. 업무적으로 만난 파트너를 존경할 수 있는 것 자체가 정말 큰 행복일 것이다. 그들과 함께했던 모든 작품이 의미 있었고, 행복했다.

　〈라이브〉의 제작 시스템은 감독님이나 스태프들 인터뷰에서 확인할 수 있듯, 기존 시스템과 조금 달랐다. 프로듀서로서 걱정도 기대도 많았다. 결과적으로 작가, 감독, 배우, 스태프가 한마음으로 노력해주어 성공적으로 마무리했다. 그들 모두의 공이며, 다시 한 번 감사의 말을 전하고 싶다.

**이번 드라마에 어느 정도 기대를 했고, 어느 정도 만족하는지. 시청률, 예산, 이슈성 등에 따라 평가하는 기준이 조금 다를 수도 있을 것 같다.**
최선의 노력은 해야 하지만, 마음처럼 되는 건 정말 아무것도 없다. 그저 좋은 퀄리티를 유지하려고 모두가 끝까지 노력했다. 시청자분들께서 외면하지 않고, 많은 관심과 사랑을 주셨기에 결과적으로는 모든 부분에서 만족할 만한 성과를 낼 수 있었다. 결국 시청자가 없다면 우리는 아무것도 아니다. 다시 한 번 〈라이브〉를 사랑해주신 시청자 여러분께 감사드린다.

**촬영**

by 박장혁 촬영감독

## "좀 더 객관적으로, 좀 더 사실적으로"

촬영은 드라마 대본을 바탕으로 연출자가 생각하는 극의 이미지를 시각화, 현실화하는 작업 가운데 가장 중심이 된다. 작품의 콘셉트에 따라 이를 실현하기 위한 카메라의 움직임을 계획하고, 그에 따른 렌즈를 선택해 통일감 있게 피사체를 담아내는 것이 촬영의 핵심이다.

### <라이브>의 촬영 콘셉트는?

김규태 감독은 아름다운 영상미를 선보였던 전작들과 달리 이번 작품에서는 '사실감', 리얼한 '현장감'을 바탕으로 시청자들이 등장인물에 몰입할 수 있는 영상을 구현하고 싶어 했다. 그러기 위해선 과도한 클로즈업과 강한 콘트라스트, 왜곡된 컬러를 지양해야 했다. 풀 샷도 최소화했다. 반면 인물과 카메라를 동시에 움직이는 것이 가장 큰 고민이었다. 드라마를 보는 동안 극 중 인물이

마치 내 곁에 있는 것처럼 느껴지도록, 드라마 속 사건이 바로 코앞에서 일어난 사건처럼 느껴지도록 영상에 담아내는 것이 최종 목표였다.

### <라이브> 촬영은 어떻게 진행되었나?

제작 초기에는 대부분의 움직임을 핸드헬드(handheld)로 촬영하려 했다. 하지만 카메라 장비를 고정하지 않고 손에 든 채로 촬영하는 핸드헬드는 카메라 워킹이 상당히 거칠다. <라이브>의 막대한 분량을 그렇게 촬영하면 오히려 극의 몰입에 방해가 될 수 있다는 판단이 섰다. 때문에 '모비(MōVI)'라는 장비를 이용한 팔로우 샷(follow shot)을 많이 사용했다.

모비는 기존의 스테디캠(Steadicam)과 비슷하다. 스테디캠은 핸드헬드로 촬영할 때 카메라가 흔들리는 것을 방지하기 위해 신체에 부착하는 특수 받침대. 모비가 스테디캠과 다른 것은 둘 혹은 셋이서 함께 카메라를 들고 움직일 수 있다는 점이다. 따라서 롱테이크 샷은 물론 정적인 샷에서 아주 빠른 움직임의 변화까지 한 번에 구현할 수 있다는 장점이 있다.

이번 작품 곳곳에서 롱테이크 무브먼트 샷을 볼 수 있는데, 이로써 관습적 편집으로 완성된 장면들보다 좀 더 객관적이고, 사실적인 표현이 가능해졌다.

**조명**
by 김보현 조명감독

### "우리 일상처럼, 내추럴하게"

화가가 다양한 색의 물감을 이용해 입체감, 생동감, 질감, 공간감 등을 표현하고, 그 속에 자신의 철학을 담아 작품을 완성한다면 조명은 빛을 이용해 그 그림을 완성하는 것이 아닐까. 화가의 재료가 물감이라면 조명감독의 재료는 빛이다.

---

**조명 파트에서 최우선으로 고려한 부분은 무엇이었나?**

작품이 완성되기까지 짧게는 5~6개월, 길게는 1년이 넘는 시간이 걸린다. 때문에 작품 전체의 밑그림을 그리고 각각의 공간에 과하거나 부족하지 않게, 배우들의 표정에 잘 어울리도록 빛과 색을 채우는 것, 그리고 그것이 작품의 처음부터 끝까지 잘 어우러질 수 있도록 유지하는 것을 최우선으로 했다.

**밤 씬도 많고, 사건현장 씬도 많다. 상당히 어두울 거란 예상과 달리 드라마 전반에 따뜻한 빛이 느껴진다. <라이브>의 조명은 어떻게 구현되었나?**

<라이브>는 제목처럼 우리 일상의 삶을 보여준다. 물론 경찰의 이야기를 다루고 있어 사건사고도 많고 이런저런 일들이 복잡하게 나타난다. 그러나 그 사건사고들 역시 우리 주변에서 일어나는 일상적인 이야기다. 최대한 우리가 생활하는 공간들과 비슷하게, 내추럴하게 표현하고자 했다. 화려한 색깔을 자제하고 기본에 충실하자. 너무 클래식할 수도 있고, 요즘 추구하는 영상과는 다를 수도 있겠지만 그게 <라이브>라고 생각했다. 배우들 역시 화려한 영상 속이 아니라 현실 속 우리와 똑같은 사람이라는 걸 표현하고 싶었다. 인간미가 느껴지는 그런 보통의 사람들로.

**분장이 과하지 않은 편이었는데도 배우들의 인상이 매우 깨끗하고 또렷하게 느껴졌는데….**

이번 드라마는 배우들의 움직임이 굉장히 많았다. 사소한 내용이라도 움직임이 역동적이었다. 가만히 있는 장면이 많지 않다. 이

런 경우, 인물 조명보다 전체 공간 조명에 비중을 두는 것이 효과
적이라고 봤다. 인물에 집중하기보다 전체 공간을 조명하여 그
안에서 배우들의 눈빛, 동작, 감정이 잘 표현될 수 있도록 하는
것, 그것이 〈라이브〉 배우들이 시청자분들께 더욱 선명한 인상
으로 다가갈 수 있었던 이유가 아닐까. 보시는 분들이 자연스럽
고 편안한 느낌을 받을 수 있도록 하는 것이 조명감독으로서의
원칙이자 콘셉트였다.

## 미술

by 최기호 미술감독

### "원래 있는 것처럼, 보통의 그것으로"

화면상에 보이는 모든 미장센에 책임을 지는 일. 다른 파트들과 협업하여 드라마의 배경을 구성하는 작업이 바로 드라마 '미술'의 일이다.

**장르물이라는 특수성이 있다. 아름다운 영상미보다는 사실적 표현에 집중한 작품이다. 전체적인 콘셉트가 궁금하다.**

보통의 장르물과 달리 〈라이브〉의 미술 콘셉트는 '보이지 않는 미술'이다. 즉 시청자가 드라마를 시청할 때 미술이 눈에 도드라져 몰입을 방해하지 않도록 새로이 창작한 것도 최대한 원래 있는 것처럼 보이게 하는 것이 전체적인 미술의 방향성이었다.

**어떤 부분에 집중해서 작업을 진행했나? 혹, 레퍼런스가 된 작품이 있나?**

미술적으로 어떤 작품을 레퍼런스로 잡는 것 자체가 미술을 보여주는 것이기 때문에 특정 작품을 레퍼런스로 잡지는 않았고 굳이 참고한 것이 있다면 경찰에 관한 다큐멘터리나 영상자료 등이다. 가장 신경 써서 작업한 부분은 등장인물들의 히스토리를 공간에 구현하는 것이었다. 각각의 공간에서 그들이 어떻게 살아왔고, 또 살아갈 것인가를 생각하며 현실감 넘치는 공간들을 만들려고 노력했다.

**상당히 많은 사건현장을 구현해야 했다. TV 드라마 특성상 블러 처리가 되어 나가는 부분도 많았는데, 시각적 구현 측면에서 힘들었거나 아쉬웠던 부분은 없었나?**

요즘은 영화나 드라마보다 뉴스가 더 자극적이라는 말이 나오는 시대인 만큼 현실은 더욱 잔혹한 경우가 많지만 드라마 〈라이브〉에서 보여주고자 했던 것은, 적어도 미술적인 측면에서만 보자면, 어떤 상황이나 현상을 그대로 재현하는 것보다는 그 속에 있는 사람들의 감정을 잘 전달해줄 수 있는 그림을 만드는 것이었다. 때문에 굳이 지나친 묘사를 할 필요가 없었다.

경찰이 주인공이고, 충격적인 사건들이 연속적으로 이어지지만 지구대 식당이나 라커룸, 정오네 집 등은 굉장히 밝고 따뜻하게 느껴졌다. 지구대는 별도의 세트를 만든 것으로 알고 있다. 주요 촬영장 콘셉트가 궁금하다.

처음 작업을 시작할 때 기본 마인드는 '그들도 우리와 같은 사람이다'라는 생각이었다. 반복되는 사건으로 인해 지치고 힘든 삶이지만 그들이 머무르는 공간이나 생각들은 너무나도 보통의 그것임을 자료나 현장조사 등을 통해 알게 되었다.

**홍일지구대**

홍일지구대는 <라이브> 주인공들의 직장이다. 물론 그곳에서도 사건이 발생한다. 하지만 지구대원들의 진정한 '일터'는 외부 현장이고, 지구대는 그들의 일터와 휴식터를 겸하는 공간이라고 설정했다. 전체적으로 밝은 톤의 마감재를 쓰고 창문을 많이 설치하여 분위기를 살렸다. 단, 장식적인 요소들은 최대한 배제하면서 기존 지구대들이 가지고 있는 상징적인 요소들을 곳곳에 배치하여 현실감을 끌어올리는 데 중점을 두었다.

### 정오와 혜리의 옥탑

정오와 혜리의 옥탑은 그들이 사회에 입문하면서 마련한 최초의 보금자리이다. 현장에서는 범죄자들과 싸우고 온갖 궂은일을 하며 여성성과는 먼 일에 종일 시달리지만 이 보금자리에 돌아와서는 모든 것을 내려놓고 편히 쉴 수 있었으면 하는 마음으로 공간을 마련해주고 싶었다. 여자들의 공간이지만 이들의 여건이나 성향 등을 고려하여 과도하게 장식적인 요소들은 피해 합리적인 공간으로 구성하였다.

**양촌 부의 집**

상수네 집과 양촌 부이 집은 인물의 성격이나 생활환경
을 고려해 집 자체가 가지고 있는 세월감에 집중했다.

### 양촌과 장미의 아파트

양촌과 장미의 아파트는 현시대를 대표하는 가장 전형
적인 공간으로 설정했다. 그들의 가족관계처럼. 평범한
32평 아파트. 이렇다 할 특징이 없는. 시청자가 오롯이
그들과 동질감을 느낄 수 있어야 한다는 데에 중점을 두
었다.

**분장**

by 이미진 실장

## "고정관념과 편견을 한 꺼풀 벗겨내고"

분장은 일반적인 메이크업과 헤어는 물론, 배우들과 함께 역할에 맞는 외형적 이미지를 만든다. 또한 상처 분장, 특수 분장 등 특정 상황에 사실감을 더하거나 상황을 극대화시키는 데에도 분장의 역할이 크다.

**등장하는 대부분의 인물이 경찰인데, 분장의 콘셉트는?**
우리들의 고정관념 속 경찰 이미지로만 콘셉트를 잡기에는 화면상 너무 단조롭게 보일 것 같았다. 계급에 따라 약간씩 차이를 두긴 했는데 보시는 분들은 어떻게 느끼셨을지 모르겠다. 내게도 경찰 이미지에 대한 편견이 있었다. 전혀 안 꾸밀 것 같은. 그런데 지구대에 자문을 받으러 가서 젊은 경찰분들이 생각보다 외모를 잘 가꾸고, 멋도 낸다는 걸 알게 됐다. 그래서 몇몇 부사수들은 좀 꾸며도 괜찮겠다고 생각했다.

**김규태 감독은 '아름다움'보다는 '생동감'에 집중한 작품이라고 했다. 때문인지 배우들의 메이크업이 과하지 않았지만 배우의 연기력이나 캐릭터와 별개로 이전보다 인상이 강해졌다는 느낌을 받았는데…. 의도한 바인가?**
분장으로 의도했다기보단 배우들의 연기와 이미지가 합쳐져 그런 느낌을 주는 것 같다. 메이크업을 거의 하지 않고 자연스럽게 가려다 보니 헤어로 변화를 줘야겠다고 생각했다. 〈라이브〉에서는 확실히 메이크업보다 헤어에서 주는 이미지가 더 크다.

**여배우들조차 메이크업이 과하지 않다. 헤어스타일도 커트 또는 단발. 오히려 실제 여경(머리망을 한 긴 머리가 많다) 이미지보다 중성적인데… 배우 각자의 스타일을 고려한 것인지?**

장미는 세련되게 보였으면 했다. 실제 배종옥 선배님께서 생각한 콘셉트와 일치했다.

정오는 경찰이 되기 전후 이미지를 바꾸는 것이 좋다고 봤다. 경찰이 되면서 머리를 단발로 자르는데, 단정한 미디엄컷을 통해 정오의 마음가짐을 보여줄 수 있을 거라 판단했다.

혜리는 애초에 중성적인 이미지로 캐릭터를 잡았다. 첫 만남에선 지금보다 훨씬 짧은 숏컷이었다. 센 느낌이 강했다. 그것보다는 약간 길러 귀여운 이미지를 주는 게 좋을 것 같았다. 상수와 정오 사이에, 예쁘고 귀여운, 친구 같은 캐릭터를 염두에 두었다.

촬영 시작 전 프리 프로덕션 단계 때부터 배우들과 상의하여 캐릭터를 잡고 함께 결정했다.

**의상**

by 아이엠, 홍수희 대표

## "환경과 개성에 맞게"

인물의 캐릭터를 표현하는 또 다른 방법, 의상. 드라마 제작에서 의상 담당은 배우 개개인의 의상과 스타일 연출이 아닌, 드라마 전체의 콘셉트와 씬 간의 연결에 맞게 모든 출연진의 의상 제작과 관리를 도맡는다.

주요 등장인물이 모두 경찰이라 의상 선택이 제한적이다. 기본적으로는 제복 차림인데 실제 경찰 제복과 같은 것인가?
경찰 제복은 정복, 근무복, 기동복, 점퍼 등 다양하게 구성되는데

〈라이브〉 출연진은 모두 2016년 6월부터 교체된 청색의 신형 근무복과 2017년 동절기부터 교체된 신형 점퍼 그리고 보급형 조끼와 사제 조끼를 착장하였습니다.

**제복에서 배역별로 변화를 준 부분이 있나?**
일선 경찰분들도 근무 환경과 본인의 개성에 맞게 착장이 가능한 것으로 알고 있습니다. 저희도 배우들의 캐릭터에 맞게 설정한 부분이 있어요. 정오, 상수, 혜리는 낯선 환경에 적응해나가는 신입 시보의 캐릭터를 살리기 위해 초기에 최대한 경찰 보급형으로 착장하였습니다. 회차가 거듭되고 나서는 익숙함을 표현하기 위해 사제 조끼로 교체하였습니다. 사수 중 명호의 경우에는 노련하고 활동적인 경찰 이미지를 부각하기 위해 좀 더 편리하게 나온 사제 조끼나 카고 바지 등을 착장하였습니다.

**편집**
by 김향숙 편집감독

**"노골적 의도 없이 진솔한 느낌 그대로"**

편집자로서 편집자가 무엇인가 자문해보면, '첫 시청자'로서의 역할이 가장 크다. 연출 의도가 잘 보이는지, 대본의 느낌이 잘 느껴지는지, 연기의 방향이 정확하게 가고 있는지 등을 가장 먼저 종합적으로 살필 수 있는 자리다.

**편집 작업은 어떤 방식으로, 어떤 과정을 거쳐 완성이 되는가?**
첫 모니터가 끝나면 감독님, 작가님과 편집 방향에 대해 의논한다. 그 후 첫 가편집본이 나오면 느낌을 묻기도 한다. 편집자로서

는 모니터 후 첫 느낌을 잊지 않으려 노력한다. 〈라이브〉는 편집 방향이 아주 힘들게 정해진 편이다. 과정도 쉽지 않았다. 그래서 더 의미가 있었다.

김규태 감독은 몰입도 높은 영상에 있어 후반 스태프의 공이 컸다고 이야기했다. 편집 작업에서 가장 중요하게 생각한 부분은 무엇이었나?

그렇게 말씀해주신 건 콘셉트를 잡는 작업이 매우 힘들었던 걸 기억하시기 때문일 거다. 〈라이브〉는 편집이 거의 개입하지 않은 느낌을 살리려고 노력했다. 쉽게 말해, 노골적인 의도가 보이지 않게 편집했다고 보시면 된다. 노골적 의도가 없더라도 시청자들께 뚝심 있게 대본의 의도와 연기자의 감정이 잘 전달되는 컷을 고르려고 애썼다.

기존 드라마 편집과 다른 부분이 있었는지 궁금하다.

제목처럼 생생한 느낌이 날 수 있는, 거의 다큐멘터리에 가까운 느낌이 나도록 편집하는 것이 목표였다. 마치 현장 속에 들어가 있는 느낌이 나게 하는 것이 편집의 큰 방향이었다. 멋지지 않아도 된다, 각 잡지 않아도 된다, 그렇게 그저 진솔한 느낌을 전달하기 위해 노력했다.

## 음악

by 최성권 음악감독

### "조용히 스며들 수 있도록"

드라마에서 음악은 작품의 색깔, 인물의 특징, 인물들 간의 관계성, 인물의 감정 등을 직간접적으로 표현해주는 역할을 한다. 드라마 작가가 내용, 캐릭터, 그 속에 담긴 '이야기'를 표현한다면, 음악은 그 이야기를 다양한 음악적 기법을 통해 감각적으로 구현한다.

요즘은 OST가 순차적으로 오픈이 되긴 하지만 그럼에도 드라마 방영 전에 상당한 작업이 필요하다. 드라마가 방영되지 않은 상태에서 어떤 방식으로 작업을 진행하는지 궁금하다.

모든 파트가 마찬가지겠지만, 먼저 음악은 대본과 시놉시스를 보고 그 드라마가 표현하고자 하는 '이야기' '감정' '색깔'을 파악하려 한다. 그리고 다양한 작곡가 및 제작자와의 커뮤니케이션을 통해 각 인물, 이야기들을 어떠한 음악적 방식으로 표현할지를 정하고 그에 맞는 곡을 작업한다. 특히 음악만이 표현해낼 수 있는 특유의 '감정선'이 있기 때문에 그것을 드라마 속에 적절히 녹여내고자 부단한 노력을 한다.

　음악감독이 드라마에 맞는 색깔을 잡아 필요한 곡을 여러 작곡가들에게 제시하면, 작곡가들이 이에 맞춰 곡 작업을 진행한다. OST의 경우, BGM과는 다르게 가수가 가지고 있는 보컬의 색깔, 표현력, 감정이 중요하기 때문에 캐스팅부터 녹음, 후반 작업까지 드라마의 이야기와 가수의 색깔을 적절히 녹여내는 것에 중점을 둔다. 때문에 방영 전 수많은 데모곡을 작곡하고, 그중에서 작품 속 이야기에 가장 적합한 음악을 선별한다.

### <라이브> OST의 콘셉트는?

<라이브>를 시청하신 분들에게 이 드라마에서 어떠한 것을 느꼈냐, 하고 묻는다면 <라이브>가 표현하고 있는 '현실감 있는 리얼함'이라 하지 않을까 싶다. 우리가 살고 있는 시대에 있을 법한 사소한 삶의 이야기부터 다시는 일어나선 안 되는 아픈 이야기, 다르게는 우리가 오래도록 기억하고 싶은 이야기까지. <라이브>의 음악은 이러한, 우리들이 이야기 속에서 느끼는 감정들을 자극적이거나 소위 '오버'하여 표현하지 않으려 했다. 우리가 겪었고, 겪고 있고, 앞으로 겪게 될 많은 삶의 이야기들 속에 조용히 스며들 수 있는, <라이브>를 시청하는 모든 이들이 공통으로 느낀 그 감정들을 묵묵히 도와줄 수 있는 음악을 하고자 했다.

### 경찰 드라마인데 '팝'이 많이 들린다. 어떤 의도인가?

이야기를 풀어내는 음악적 방법은 다양하다. 서정적인 연주곡으로 그 감정을 배가시키는 방법도 있지만, 오히려 반대로 무심코 듣게 된 '밝은' 음악에 그 감정이 훨씬 배가되기도 한다.

　<라이브>에서는 여러 상황에서 생겨나는 각 캐릭터의 감정을 '팝'이라는 방식을 통해 표현했다. 숱한 사건 속에 살고 있지만 경찰들도 경찰이기 이전에 나와 같은 '사람'이다. 우리가 인식하지 못했지만 그들도 우리와 같은 생각, 같은 고민거리를 가지고 살아간다. 때문에 <라이브>에 등장하는 각 인물들이 가지는 수많은 감정들을 팝을 통해 보다 폭넓게 표현하고 싶었다.

그간 주목받았던 OST는 대개 러브 테마였다. 그러나 〈라이브〉의 경우 하나의 메인 주제곡이 반복되기보다는 적재적소에 다양한 곡들이 배치되었다는 느낌이 든다. 그런 측면에서 장르물인 〈라이브〉의 OST는 기존 OST의 흥행공식을 깼다는 평가를 받고 있다. 자체적인 분석이나 평가를 해보자면?

아쉬움이 많이 남는다. 조금 더 다양한 방법으로 표현할 수 있었을 텐데, 하는 생각이 들기도 한다. 〈라이브〉는 여러 에피소드들을 통해, 우리가 소소하게, 혹은 충격적으로 느낄 수 있는 이야기를 들려준다. 그 이야기들이 음악으로도 적재적소에 표현되어야 했다. 그러다 보니 드라마에 다양한 곡들이 삽입되지 않았나 하는 생각이 든다. 부족함을 많이 느끼지만, 〈라이브〉를 시청해주신 시청자분들께서 '음악을 통해 〈라이브〉 속 이야기에 더 공감하셨기를 고대해본다. 〈라이브〉를 시청해주신 분들께, 그리고 〈라이브〉 음악에 관심 가져주신 모든 분들께 진심으로 감사드린다.

# 홍일지구대 사건사고 타임라인

|  | | 우울증 엄마 자녀 방치 | | | | 상습 가정폭력 | 입양 아동 실종 |
|---|---|---|---|---|---|---|---|
| 여상사 남직원 성폭행 미수 | 외국인 여성 불법 성매매 | | | | | 소명산·백운산 연쇄 성폭행 | |
| **3부** | **4부** | **5부** | **6부** | **7부** | **8부** | **9부** | **10부** |
| 음주 측정 거부자 도주 | 임산부 테이저건 제압 | | 클럽 절도 | | 시장상인 사기 수배자 도주 | 예비신부 성폭행 미수 | |
| 전현직 국회의원 음주난동 | 고교생 투신 기도 | 청소년 폭력사건에 경찰 상해 | | | | 촉법소년 경찰 펀치기 | |
| 신혼 외도 아내 살인 | 치매 노모 장애 딸 동반 자살 | | | | | 경찰 연루 불법 도박 | |
| 연탄가스 살인미수 | | | | | | | |

여청계 연계 사건

홍일지구대 사건

| | | | | | | | |
|---|---|---|---|---|---|---|---|
| 가정폭력<br>피해 아내<br>남편<br>살인미수 | 마현고<br>성폭행<br>예고 | | | | | | |

| 11부 | 12부 | 13부 | 14부 | 15부 | 16부 | 17부 | 18부 |
|---|---|---|---|---|---|---|---|

독직폭행 파면경찰
신변비관 분신

미혼모 영아 유기

오토바이
사망사고

사제 총기 격발
경찰 사망

고교 콘돔
비치 발언
파장

밀가루 연쇄 살인 및 모방범죄

주취자 독직폭행으로 경찰 협박

# 〈라이브〉,
# 세상을 변화시키는
# 평범한 사람들의 이야기

상수의 성장

치열했다. 아니, 치열해야만 했다. 아버지의 갑작스러운 죽음. 알콜릭이 되었던 엄마. 차라리 고아원에 가고 싶었을 만큼 힘겨웠던 유년기. 팍팍한 현실은 어른이 되었다고 해서 쉬워지지 않았다. 남부럽지 않게 성공하겠노라 큰소리는 치지만 뒤돌아 서글픈, 상수. 남 일 같지 않은 청춘의 얼굴.

1.5평 단칸 고시원에 처박혀 난생처음 진지하게 공부란 걸 해봤다. 1년. 죽어라 공부만 했다. '잘릴 일 없는' 9급 공무원이 되려고. 그것도 경찰. 무릇 경찰이라면, 사명감 같은 게 있어야 할 것 같긴 하지만 지금은 그딴 배부른 걱정할 때가 아니다.

가까스로 경찰시험에 합격하던 날, 이제 고생 끝, 행복 시작인 줄로만 알았는데⋯ 골 때리는 사수를 만났다. 경찰학교 때부터 후배들 골로 보내기로 악명 높았던 개싸가지 오양촌. 맨날 사명감, 사명감 운운하는데 대체 사명감이 뭔데? 나는 한다고 하는데, 아니 이 정도면 잘하고 있다고 생각하는데 아직은 끌끌 혀 차는 소리만 듣게 되는 시보 순경이다.

가만있으래서 주취자가 때려도 참았는데 제대로 진압 못했다고 지랄,
사람 목숨을 구해도 사건현장 훼손했다고 까이고,
범인 쫓다가 다치기까지 했는데 매뉴얼대로 안 했다고 쌩난리,

딱한 피해자 돕고 싶은데 그러다 다른 사건 놓친다고 신경 끄란다.

**경찰이 뭐 이래?**

지랄 엿 같은 세상. 화가 나다가, 오기가 생긴다. 지금 이 순간에도 아무 잘못 없는 사람들이 끔찍한 일을 당하고 있는데! 사람이 먼저지, 매뉴얼이 먼저야?

**그래, 시보 잘리든 말든 상관없다.**
**나는 사건 종결시켜**
**더는 선량한 피해자들 안 생기게 해야겠다.**
**다른 이유가 필요해?**

오양촌이 왜 경찰 일에 목매는지 알 것 같다. 왜 사명감, 사명감 하는지도 조금은 알 것 같다. 내가 기껏 암것도 모르는 시보지만, 범인 잡는 데 조금이라도 돕고 싶은 거, 그래서, 더는 누구도 안 다치게 하고 싶으니까. 뭔가 앞뒤가 안 맞는 거 같긴 한데, 경찰 되길 잘했다 싶다. 그러니 다치고, 까이고, 욕을 먹어도, 몸 사리지 않고 내가 할 수 있는 거라면 해야겠다. 할 수 없는 건 안 하고 할 수 있는 것만 하겠다. 아무것도 안 하는 건 아무래도 안 되겠다.

**치열하게. 이제껏 그래왔던 것처럼.**

전 현장 경험 적은 아직은 미숙한 경찰입니다.

사건 당일, 무엇이 합리적인 행동이었는지,

지금도 잘 모르겠습니다.. 분명한 한 가지..

저는, 피해자와 제가 존경하는 동료를 살렸습니다.

그 사실은.. 누구도 바꿀 수 없습니다.

전.. 그걸로 됐습니다.

# 정오의 극복

견뎠다. 견뎌야만 했다. 아버지에게 버림받은 엄마는 날 혼자 낳아 키웠다. 억척같이. 딸년은 자기처럼 살면 안 된다고 되뇌고, 딸년은 자기보다 백배 천배 잘났다고 믿는 사람. 감당하기 힘든 엄마지만 그런 엄마를 미워할 수 없다.

제 존재가 하룻밤 실수였다는 것도 삶의 그늘인데, 고등학교 1학년 때 성폭행 사건의 피해자가 됐다. 견뎌냈다. 아무 일도 없었던 것처럼. 그리고 그때 그 누구보다 자신을 걱정하고 보호했어야 했는데, 엄마 걱정하느라 아무것도 할 수 없었다.

**사건 당한 것도 억울한데 괴롭기까지 해야 해?**
**사건이 났고, 난 잘못이 없고, 시간은 지났다.**
**그래, 잘 견딘 거야. 잘 이겨낸 거야.**

그날 그 시간을 기억하긴 하지만 대부분의 날은 웃고 떠들고, 남자도 여전히 잘 만나고 싶고, 재밌는 연애도 하고 싶고, 그렇다. 정상적인 사람들은 그런 큰일을 겪으면 트라우마라는 게 생긴다는데… 스스로가 의심스럽고 혼란스러웠다. 때문에 더더욱, 누구도 만만히 볼 수 없는 자리까지 가야겠다, 다짐했다.

남녀 차별 없는 직업, 그날 나를 구해준 그 여경처럼 약자를 도울 수

있는 직업, 경찰이 됐다. 그런데… 나처럼 상처받은, 성폭행 사건의 피해자들을 보면서, 슬펐다. 피해자가 자기 걱정은 안 하고 주변 시선, 주변 사람을 걱정하는 게 마음이 아팠다. 내가 그랬던 것처럼. 아물지 않은 상처가 거기에 있었다. 내게도 위로가 필요했다.

아프지만 말해야 했다. 그 어떤 것도 피해자의 잘못이 아니라고. 피해자가 자책하지 않도록, 잘못은 범인이 했다는 것을, 아프게 말해야 했다.

그리고 알게 됐다.

**이제 내가 해야 할 일은 가해자를 향해 분노하는 것보다**
**편협하다, 무지하다, 생각하는 사람들에게**
**내 소신을 강요하기보다**
**내가 있어야 할 사건 속으로, 현장 속으로 뛰어 들어가**
**할 수 있는 최선을 다해야 한다는 것을.**
**무서워도, 힘겨워도, 계속 들여다봐야 한다는 것을.**
**최선을 다해 이 세상을**
**조금이라도 좋게 만들어가야 한다는 것을.**

그 어떤 것도.. 니 잘못이 아냐.
너 정말 용기 있고, 잘했어.
이제 힘든 거 다 끝났어. 다 끝났어....

자랑스러운 경찰, 강력계의 전설이었던 그가 문제 경찰로 낙인찍혀 하루아침에 1계급 강등, 홍일지구대로 발령받았다. 엎친 데 덮친다고 아내는 이혼을 요구하고, 자식 놈들은 아는 척도 안 하고, 열정 넘치는 부사수 녀석은 피혐의자가 휘두른 커터 칼에 피를 흘리며 쓰러지고, 피혐의자는 도망가다 오토바이에 부딪혀 중상을 입었다. 총체적 난국이다.

쌍!

경찰의 사명감 하나로 살아온 내가 20년 넘게 몸담은 조직에서 팽당한 것도 미치고 팔짝 뛰겠는데 모든 게 엉망이다. 내가 뭘 그렇게 잘못했는데? 다들 잘 알면서, 나 나쁜 놈 아닌 거 알면서, 이제까지 다 이해해줬으면서, 도대체 왜들 그래!

그런데, 강등당하고 갈 곳 잃은 나를 홍일지구대로 불러준 지구대장 한솔 형님이 나를 꾸짖는다. 내가 표창, 훈장 따위에 눈 어두워 범인 잡는 데 미쳐 있는 게 아니란 거 안다고. 경찰 초년병 때 그와 내가 놓친 범인 때문에 우리 눈앞에서 죽어간 열다섯 어린 여자애. 그때부터였던 거 다 안다고. 사건만 보면 내가 미친개가 될 수밖에 없었던 이유. 그런 그가 말했다. 피해자를 챙기는 것도, 파트너를 챙기는 것도 내가 멀쩡해야 할 수 있는 거 아니냐고. 온몸에 난 내 상처 보는 그도 힘든데 아내는 오죽했겠냐고. 매일같이 벌어지는 사건에 매일같이 목숨 걸고 달려드는 날 보는 아내가 힘들지 않았겠냐고. 피해자만큼 아내한테도, 가족들한테도, 날 보는 동료들한테도 마음 좀 내라고.

경고라도 좀 해주지. 경찰이 범인한테 총 쏠 때도 세 번은 경고를 하는데. 그게 매뉴얼인데, 범인한테도 그렇게 배려하는데. 너, 그러다 큰코다친다고 적어도 세 번은 경고해줬어야지….

아버지 말대로 연 끊어진 얼레 꼴이 됐다. 이제 정확히 내가 보인다. 나는 감정적이고, 폭력적이고, 위험한 놈이구나. 이런 나를 보는 게 모두들 힘들었겠구나, 불안했겠구나, 의지할 수 없었겠구나. 그러니 이제 난 어떡해야겠어?

**벌받아야지.**
**더 노력해야지.**
**아내가 다시 날 사랑할 수 있게,**
**애들이랑 잘 지낼 수 있게.**
**그리고 범인보다 파트너,**
**그거 안 잊고 잘 챙겨야지.**

누가 나를 이렇게 만들었습니까? 누가 감히..

현장에서 25년 넘게 사명감 하나로 악착같이 버텨온 나를...

이렇게 하찮고, 비겁하고, 비참하게, 만들었습니까..

누가.. 누가, 감히 내 사명감을.. 가져갔습니까..

대체, 누가 가져갔습니까, 내 사명감!

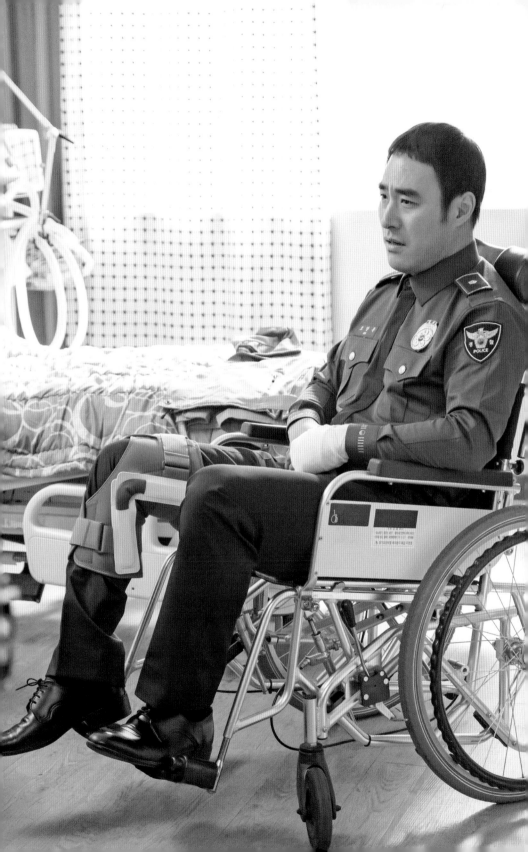

장
미
의
위
로

시아버지를 아버지라고 부르는 여자. 그 아버지 때문에 참았다. 10년 전, 5년 전에 벌써 헤어지고 싶었는데 아버지 때문에 참았다. 그런데 이제 더는 안 되겠다. 평생 키워준 내 부모와도 영영 이별했는데, 뭐하러 그 인간이랑 계속 살까 싶다.

내 인생에 한 번쯤은 그가 절실하게 필요할 때가 있을 줄 알았다. 그런데 아니었다. 내가 무섭고, 두렵고, 절박했던 순간에 그 사람이 곁에 있었다면 좋았겠지만 그는 단 한순간도 내 옆에 없었다.

그렇지만 그 남자, 남편으로선 별로래도 최고의 경찰인 건 맞다. 바다에 뛰어든 사람이 술주정뱅이라도 구하는 게 맞지. 그 일로 그의 사수가 죽은 건 사고다. 사건 아닌 사고까지 어떻게 그이가 다 책임을 져. 경찰도 사람인데. 그러니 그가 자책하지 않으면 좋겠다. 내 말에 그가 운다. 엉엉. 어린아이처럼.

**그는 그런 사람이다. 나는 그런 오양촌이 여전히 좋다.**
**그러나 지금은 혼자가 더 좋다.**
**지금 나는 중2병보다 더 심각한 갱년기를 지나고 있으니까.**

덩치만 컸지 아직 애 같은 그 사람이 어머니를 보냈다. 아무것도 해준 게 없는데 우리 맘 편하자고 어머니에게 인공호흡기 끼우고 몇 년을

침대에만 누워 있게 하는 것이 너무 미안해서. 내가 그러자고 했다.
보내드리자고.

어머니 머리 위로 면포를 씌우고 돌아선 그가 애써 참았던 눈물을 터
뜨린다. 애들도 성화고, 아버지도 걱정되고, 그도 안쓰러워 다시 합치
자고 했더니 아니란다. 자긴 벌 좀 더 받아야 한다고.

**그래, 내 인생에 그가 있다는 건, 큰 힘이고 빽이다.**
**내 인생에 그이마저 없다면, 난 너무 슬플 것 같다.**

그런데 비겁한 상관들 때문에 이유 없이 공개적으로 언론의 질타를
받고 본보기 징계를 먹게 됐다. 다른 경찰서로 가서 이런 일 다시 안
당하리란 보장도 없고, 적응하기도 힘들고, 사명감도 없이 먹고살려고
경찰 됐는데 그냥 경찰 때려칠까? 부부가 쌍으로 징계 먹은 경찰이라
니. 누가 보면 부부가 쌍으로 나랄 팔아먹은 매국노들인 줄 알겠네.

**억울하고 분해서 미칠 것 같은데…**
**그가 날 안아준다. 내 옆에서. 따뜻하게.**
**우린 그렇게 서로에게 위로가 된다.**

염상수는 누구나 할 수 있는 일을 한 게 아냐.

어쩌면 경찰 모두가 하고 싶지 않은 일을 한 거지.

오직 피해자와 동료를 위해.

그래서 부탁해, 기 대장님.

그 무모하고 순수한 어린 시보를 위해,

뭐든 우리가 할 수 있는 일을 찾아봐줘요.

죽
고
산
다
는
것

아들놈이랑 헤어지겠다는 며느리. 조만간 아들내미 살림을 집으로 보내겠단다. 아들놈은 소송 가면 지가 이길 수도 있다고, 안 된다 그럴까, 내게 묻는다. 네놈이 장미한테 평생 뭘 해준 게 있다고. 미친놈.

젊어 툭하면 술 마시고 두들겨 팼던 아내는 의식도 없이 반송장으로 누워 있다. 똥기저귀 가는 거야 뭐 힘든가. 고름이 차고, 진물이 나오고, 점점 심해지는 욕창. 한쪽 다리가 까맣다. '죽어라.. 그냥.. 이리 살면 뭐하나' 마음이 답답한데, 한 동네 살던 노인네들이 연탄불을 피워 저세상으로 갔단다. 웃으며 죽었단다. 좋은 데 가는 것처럼 입꼬리가 올라갔단다. 아주 편해 보였단다.

꼼짝 않고 누워 있는 아내를 가만 보다 호흡기와 연결된 코드를 뽑았다. 내 손으로. 가까스로 위급한 상황을 넘기자 아들놈이 득달같이 쫓아와서 난리다. 다신 지 엄마 요양원에 가지 말란다.

**니 에미한테 물어봤다면, 죽여달라.. 했을 거다.**
**평생 욕심 없이 산 사람이.. 무슨 미련이 있다고..**
**암것도 해준 게 없는데,**
**우리 좋자고 발목 잡고, 가지도 못하게..**

저는 엄마를 안 보내는 게 효도 같은데 나도, 똑똑한 장미도 그건 아니라고, 엄마 고생스럽다고 하니 그럼 저가 틀린 거라고, 양촌이 맘을 돌렸다.

그렇게 아내를 먼저 보내고 내 집 앞마당에 아내를 묻었다. 애들이 거기다 나무 한 그루를 심었다.

**미안했네.**
**곧 보자고.**

기운도 없고 입맛도 없어 누웠더니 아들놈 등살에 죽겠다. 아버지가 뭐 열부냐. 간 사람은 간 거고 산 사람은 살아야지, 저한테 해준 것도 없으면서 이번엔 뭐 줄초상이냐고. 이혼하고 애들도 다 크고 이제 아버지밖에 없다고 난리다.

그래, 한술 뜨자.
숟가락 들고 입을 뗀다.

이
기
적
일

수 없는

이
유

설마 했는데, 암이란다. 젠장. 몸 약한 마누라, 결혼 앞둔 딸, 그리고 우리 지구대. 내가 아프면 안 되는데. 그런 와중에 비상톡이다. 급하게 달려갔더니, 6팀 사수 종민이 녀석 애가 태어났단다. 자식 낳고 너무 신나서 비상톡으로 자랑질을 했다. 간 떨어질 뻔했네. 그래, 그래도 좋다. 사건 안 터져 다행이고, 갓난쟁이는 진짜, 신기하게 예쁘네.

**누군 늙어가고,**
**누군 아프고,**
**또 누군가는 죽고,**
**그래도 새 생명은 태어나고.**

딸이 결혼하는 날, 양촌이는 어머니를 보냈다. 어머니께 경례를 하고 양촌의 손을 잡지 참았던 눈물이 터진다. 죽음을 마주한 그 순간, 마치 내 모습인 것만 같아서.

일 많고 힘든 이 홍일지구대를 떠나야 조금이라도 더 살 것 같다. 마침 편하기로 소문난 꽃보직, 지방 경찰서에 자리가 났단다. 전보 신청을 했다. 투병 사실을 모르는 경모가 그 소식을 듣고는 형사과, 청에

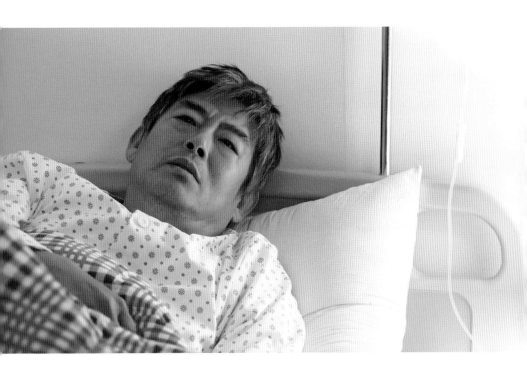

잘 있던 후배들 죄다 사지로 불러들여놓고 자기만 살겠다는 거냐며 이기적이라고 난리 치는데 미안하면서도 섭섭하다.

그리고 민 선배 사건이 터졌다. 독직폭행으로 파면당하고 인생 더럽게 꼬인 선배가 자포자기한 심정으로 제 몸에 기름을 붓고 분신을 기도했다. 경찰 된 게 살면서 젤 후회되는 일이라는 선배. 경찰 안 됐다면 나쁜 놈들 볼 일도 없었을 거고, 그럼 독직폭행할 일도 없고, 이렇게 인생 종칠 일도 없었을 텐데. 그런 그에게 꾹 누르고 있던 속마음을 쏟아내고 만다.

형님, 이 기한술이가 암이에요. 대장암.
선배님, 인생이란 게 원래 엿 같은 거 아니요.
경찰 일 죽어라고 하다 암 걸린 나나,
열심히 살아도 늘 되는 일 없고,
억울한 일 당하는 선배님이나
우리 도긴개긴이라고 생각합시다.
그러니까 선배님 이러지 말고
우리 만나서 술이나 퍼마시고,
엉엉 울면서 속 시원히 다 털어버리십시다.

대장 아픈 걸 무전으로 들은 동료들. 미리 말 못한 건 다른 어떤 이유도 없고, 다만, 내 모든 걸 떠맡을 경모에게 미안해서다.

경모가 묻는다. 뭐가 젤 걱정되냐고. 글쎄… 몸 약한 여편네, 이제 갓 결혼한 딸내미, 그리고 내가 다시 여기 현장으로 돌아올 수 있을까, 뭐 그런 거.

그게 무슨 오지랖이냔다. 지금 남 걱정할 때냐고. 지금 이 순간부터 이기적으로 살란다. 그 누구도 신경 쓰지 말고 오직 건강, 병 낫는 것만 생각하란다. 수술 끝나도 다시 지구대 돌아올 생각 말고, 꽃보직 자리 절대 누구한테 주지 말고 나더러 가란다.

**고맙다…**

**지랄하고 있어. 우리가 남이냐!**

수술이 끝났다. 대장암 3기 아닌 1기. 그
어디에도 전이 없는, 항암 치료도 필요 없
는 깔끔한 1기. 동료들에게 소식을 전하
고 전보 신청을 취소했다. 그제야 맘 편히
잠에 빠져든다. 어서 회복해야 다시 지구
대로 가지. 동료들이 있는, 내가 함께 있어
야 할 그곳, 사선으로.

오토바이를 탄 10대 무리에게 린치를 당했다. 무자비하게, 비참하게. 곧 퇴직을 앞두고 있긴 하지만 그래도 경찰인데. 놈들은 범죄 행위를 해도 처벌받지 않는 만 14세 미만의 촉법소년들. 일전에 담배 서틀 사건으로 붙잡혔던 부잣집 아들 녀석이 복수랍시고 계획적으로 저지른 일이다.

이건 단순한 보복 사건이 아니다. 지구대원 모두가 나서 녀석들의 꼬리를 밟았다. 촉법소년임을 악용한 녀석들의 나쁜 짓은 한두 가지가 아니었다. 그런데 지구대에 온 보호자, 아비라는 사람이 애를 개 패듯 잡는다. 그러고는 경찰의 위신 운운하며 한다는 말이, "니들 내가 누군 줄 알아?" 권력과 돈깨나 있는 분이시다.

상처가 다 낫고 나면 철없는 어린애가 멋모르고 저지른 일인데 그냥 한번 너그렇게 봐줄걸, 후회할 수도 있겠지만 당장엔 그럴 맘이 없다. 녀석이 담배 피던 현장에서 아버지한테만큼은 말하지 말아달라고 내게 부탁했을 때, 이 아인 절박했을 텐데 나는 그걸 무시했다. 조금만 잘못해도 무자비하게 폭력을 쓰는 아버지도, 절박한 자신을 도와주지 않은 경찰도, 이 아인 세상 모든 어른이 싫었을 거다. 그러나 이 아인 그냥 애가 아니라 촉법소년을 고용해 퇴근길 경찰을 청부 폭행하고, 장물 오토바이를 취득해 날치기를 주도한, 분명한 피혐의자다. 나는 탄원서를 써서라도 녀석을 강력하게 처벌해달라 요구할 작정이다.

죄를 지으면 벌을 받아야 한다는 걸 녀석도 알아야 한다. 하지만 아버님은 부디 녀석을 위해, 놈이 조금이라도 처벌을 덜 받게, 놈의 미래를 위해 지금처럼 최선을 다해주시라. 그래서 놈이 이 세상 그 누구도 믿을 수 없지만, 경찰도 절박한 자길 도와주지 않았지만, 제 아버지만큼은 제 편이었다는 걸 알게 해주시라.

**애들은 늘 잘못이 없어. 어른들이 망치지.**
**어른들이 애를 망쳐놓고, 그 애가 사고를 치고, 벌을 받고.**
**애가 어른이 돼서, 다시 애들을 망치고.**
**경찰은 잡아들이고, 그래도 범죄는 계속 일어나고.**

왜 자기만 늙은 사수냐고, 사수 바꿔달라던 시보 순경 혜리.
휴대폰에도 사수를 '늙은 사수'라고 저장해둔 철부지.
녀석의 전화다.
화면 액정에 '내 마지막 시보'라고 뜬다.
옆에 앉아 뭐하는 짓이냐, 묻자
제 핸드폰을 내민다.
'나의 첫 사수'라고 이름을 바꿔놨네.
늙은 사수가 아니라, 아빠 같아 좋은 사수란다.

기대고 싶고, 닮고 싶은 어른의 모습.

우
리
는

한

팀
!

1

시장 상인들의 돈을 20억이나 떼먹은 그놈이 상인들에게 집단 폭행을
당한 현장. 다리에선 피가 철철 나고 놈은 아프다고 데굴데굴. 그런
놈이 상인들 연행하는 동안 도망을 쳤다. 특정경제범죄가중처벌법상
사기 혐의로 기소중지자에 체포영장이 발부된 A 수배범. 이번에 사고
친 것까지 하면 최하 5년 이상 유기징역을 받을 놈.

최선을 다했는데도 못 잡은 범인을 어떻게 경찰이 다 책임을 지냐고?
그래도 누구 하나는 책임을 져야 한다. 감찰받고 징계까지.

하나는 결혼 7년 만에 아이가 생겨 아내가 낼모레 출산을 앞두고 있고,
하나는 평생 솔로로 지내다 이제 여자 만나 결혼한다고 날 잡은 상태,
하나는 셋째 가진 아내가 덜컥 피자집을 인수해 퇴근하고 투잡을 뛴다.
입으로 의리, 의리 했어도 의리 챙기자니 내 코가 석 자.
누구 하나 선뜻 나서지 못하는데…

그래, 사는 게 다 거기서 거기지.

나 힘들면 너도 힘들지.

징계, 까짓 받지 뭐. 의리 내세워 생색 말자.

같이 족구 한 판 뛰고 나면 섭섭한 것도 말끔히 사라진다.

밉상이라도 한 팀! 녀석들에게 패스!

징계 먹은 거 표창받고 회복하면 된다는 동기의 응원에

다시 일어선다.

## 2

시비가 붙은 주취자를 연행해왔는데, 지구대에서 자해한 주취자가 경찰을 독직폭행으로 걸고넘어졌다. 바닥에 괜히 지 머리를 박는 모습이 CCTV에 버젓이 찍혔는데, 경찰이 밀어서 머리를 부딪친 것까지는 기억이 나지만 그 이후엔 고통스러워 아무것도 기억에 없단다. 그저 고통에 몸부림쳤을 뿐 몸은 알아서 튕긴 거란다. 그러고는 민사 형사 합쳐 합의금으로 5천만 원을 요구한다. 더러운 악질. 머리 서너 바늘 꿰매고 경찰 로또가 터졌다.

주취자가 다른 민원인을 치니까 그거 말리려다 밀쳤다고 하지만, 감찰에 가면 그 말은 씨알도 안 먹힐 거다. 무릎 꿇는 수밖에 없다. 억울해도 합의를 봐야 한다. 기소되면 집행유예만 떨어져도 경찰옷 벗어야한다. 재판 진행되면 변호사 구하고 무죄 입증하는 것은 오롯이 개인이 짊어져야 하는 일. 선고유예가 되더라도 사흘이 멀다 하고 감찰이다 법정이다 들락거리다 보면… 감당하기 힘들다.

나이 많은 선배, 사수들이 나섰다. 무릎 꿇고, 고개 숙이고, 손이 발이 되도록 싹싹 빌자. 애원해서 돈 천이라도 낮추고, 십시일반 돈도 모으고.

동료가, 선배가 당한 일, 그건 내 일이다. 모두가 나섰다. 아무래도 저 놈 뒤가 구린데 가만 앉아서 당하고만 있을 수가 있나. 역시나, 오른팔 마비에 두통을 호소하던 놈이 환자복 입고 노래방 가서 낮부터 술 처먹고 노래 부르고, 오락실 가고, 한술 더 떠 야구 배트를 휘두르며 아주 신이 났다. 그걸 들키더니 적반하장 경찰의 뺨을 친다.

그래 쳐라. 맞으마. 맞아도 난 너 안 친다. 경찰이 시민을 패면 옷 벗어. 근데 나쁜 시민이 경찰을 패도 빵 간다. 그러니 쳐라. 너 같은 놈은 공갈미수랑 무고죄로 상대해주겠다. 합의는 없어. 민원인 밀친 게 문제 되면 징계 먹으마. 그러나 경찰을, 아니 경찰 아닌 그 누구라도 공갈 협박하는 놈은 용납할 수 없다.

파트너.
혼자서는 절대 갈 수 없는 길을 함께 가주는 사람.
나에겐, 우리에겐 파트너가 있다.
그러므로 나는, 우리는, 혼자가 아니다.

빨리 가려면 혼자 가고,
멀리 가려면 함께 가라!

사람이 죽었다.
온몸에 칼 찔려, 교통사고로, 누군가가 쏜 총에.
무섭다. 나는 경찰인데, 경찰 일이, 무섭다.
사건 앞에서 머리가 새하얘져 매뉴얼 따위는 생각도 못했다.
나는 아무래도 좋은 경찰이 못 되는 것 같은데…

"괜찮아, 무서워도 돼. 다만, 시민은.. 무서우면, 피하고, 우리 경찰은
무서워도.. 사건을 들여다보지. 넌 선택만 하면 돼. 무섭다고 도망가
든가, 무서워도 들여다보든가!"
- 5부 씬 20. 한솔이 정오에게

"좋은 경찰이 뭔데? 나는 솔직히 아직도 좋은 경찰이 뭔지 모르겠다,
다만.. 심오하게도, 좋은 경찰이 될 사격에 내한 생각을, 질문을 하는
니가... 이 지구대에서 좀 더 크길 바래."
- 6부 씬 17. 양촌이 정오에게

"무섭지. 근데 무섭다고 도망가면 도망다니다 인생 끝나. 무서우니까 일하는 거 만만하게 안 보고 조심하게 되고. 무서운 게 나쁜 건 아니야."

- 15부 씬 1. 헤리 부가 헤리에게

"니가 만약 내 딸이라면 난.. 경찰 관두라고 한다. 나 너 경찰 일 더 하라고 설득하러 온 거 아냐. 진짜 힘들면 경찰 일 관둬. 그거 패배 아니야. 뭐한다고 뻑하면 시체 보고, 흉악한 범인 보고, 그런 일을 하며 살어. 넌 젊고, 세상에 경찰 말고도 할 일이 얼마나 많은데.. 무서운데, 오기로 경찰 일 할 거 아냐. 안 해도 돼, 진짜. 며칠 더 생각해."

- 15부 씬 28. 삼보 주임이 헤리에게

"솔직히 나도 경찰의 사명감이 뭔지 잘 몰라. 그래서 내가 찾은 건, 단순해. 밥값은 하자, 경찰로서의 사명감이 뭔진 몰라도, 인간이 인간으로서 가져야 하는 양심은 갖자. 그런 건 나 아니라 너도 있잖아. 죽어가는 사람이 있는데, 니가 살릴 수 있다면 살릴 거잖아? 나쁜 놈 보면 분노하고, 잡을 수 있음 잡을 거잖아? 비리 안 저지르고, 법 지키고, 뒷돈 안 받고, 도움 줄 수 있음 주고... 니가 어디 가든 그렇게 할 거잖아. 니가 지금까지 여기서 그래왔듯.. 그럼 됐지, 뭐가 문제야."

- 17부 씬 28. 양촌이 정오에게

나보다 먼저 그 길을 걸어본 사람들.
경찰 일도, 이 고단한 삶을 살아내는 것도.
때로는 든든하게, 때로는 묵직하게.
무섭지만, 기꺼이 뒤따라 가볼
그럴 오기를, 용기를, 투지를 건네는 사람들이 있어
오늘도 발을 내딛는다.

# 모두가 주인공,
# 〈라이브〉 배우 코멘터리

**한정오 역**

배우 정유미

배우 정유미가 생각하는 '한정오'는 어떤 사람인가?

나쁜 일을 당했음에도 불구하고, 무너지지 않고, 열심히 살아줘서, 하고 싶은 게 있어서 고마웠다. 정오는 그렇게 '오늘'을 사는 사람.

제작발표회에서 '용기가 없는 사람이라 연기를 통해 어떤 메시지를 전달하기보다는 작품에 기대는 편'이라고 했다. 그럼에도 불구하고 맡은 캐릭터마다 또래 세대의 새로운 여성상이라는 수식어가 붙는다. 이번 작품에서는 어떤 모습을 보여주고자 했나.

내가 연기할 수 있는 한 작가님의 글 안에서 자유롭게 표현할 수 있기를 바랐다.

노희경 작가도 말했다. 국내 여배우들이 꺼릴 수밖에 없는 아픔을 지닌 캐릭터라고. 연기라지만 성범죄 피해 여성의 아픔을 표현하는 역할은 쉽지 않았을 것 같다. 방송가에도 미투, 위드유기 끊이지 않고 있는데 어떤 마음으로 작품에 임했는지?

사람으로 당연히 생각해야만 하는 이야기 안에서, 그리고 현장 안에서, 인간의 존엄에 대해 더욱 크게 생각하고 느끼게 된 시간이었다.

**작품을 마무리한 소회는?**

정오와 같거나 비슷한 일을 겪은 분들에게, 다시 한 번,
당신들의 잘못이 아니라고… 전하고 싶다.

라이브도 사랑입니다..
한정오도 사랑이죠? ^_^
여러분도 사랑입니다.♡
행복하세요! 건강하세요!
감사합니다.. 2018.. 정유미

**염상수 역**

배우 이광수

배우 이광수가 생각하는 '염상수'는 어떤 사람인가?

염상수는 모든 일에 뜨겁고, 열심히, 열정적인 인물이다. 최선을 다해 놀고, 최선을 다해 일하고, 최선을 다해 사랑한다.

노희경 작가는 '투지가 좋고, 탐구하는 배우'라고 평했다. 캐릭터에 대한 연구도 필요했겠지만 경찰이라는 특수성이 있는 배역이었다. 이번 작품에 임하면서 특히 신경 쓴 부분이 있다면?

진짜 경찰처럼 보이고 싶었고, 현장에서 뛰고 있는 경찰분들의 공감을 얻고 싶었다. 그러기 위해 촬영 전 작가님, 감독님과 많은 대화를 나눴다. 감정선에 집중하는 것 이상으로 무술과 사격 등 경찰이 되기 위해 반드시 거쳐야 하는 훈련에 임하고, 현직에 계신 지구대장님과 지구대원 분들의 조언을 통해 현장감을 익히는 것이 중요했다. 연기에 앞서 배우로서의 '준비'와 '자세'에 대해 더 깊이 고민하는 시간들이었다.

극 중 염상수는 회를 거듭하며 직업인(경찰)으로서는 물론 인간적인 성장을 거듭했다. 이번 작품을 통해 배우 이광수가 직업인으로서, 인간으로서 성장한 부분이 있다면?

상수를 연기하는 동안 직업인으로서도 인간으로서도 참 많이 배웠다. 문득문득, 아니, 많은 순간, '내가 언제 저렇게까지 뜨거웠던 적이 있었나?' 생각했다. 앞으로 더 뜨겁고 열정적으로, 치열하게 살 것이다. 상수처럼.

작품이 끝났다. 감회가 어떤가?

작품이 끝났다는 것이 믿기지 않는다. 참 애정이 많았다.

대본을 읽으며, 현장에서 촬영하며, 행복했다. 그 행복함
과 열정이 잘 전달되었으면 좋겠다.

라이브를, 염상수를
사랑해주신 여러분, 감사합니다.
촬영기간 내내 행복했습니다,
이 행복이 여러분들께도
전달되었으면 …

**오양촌 역**

배우 배성우

배우 배성우가 생각하는 '오양촌'은 어떤 사람인가?

투철한 사명감을 가지고 치열하게 살아가는 양촌은 자신의 감정을 숨길 수 없는 솔직한 인물이다. 때문에 어른이면서도 아이 같은 면이 공존한다. 어찌 보면 흔한, 그냥 보통 사람이다.

제작발표회 당시, 매일같이 일어나는 그래서 익숙해진 사건들이 있는데 지구대에서 직접 접해보니 생각보다 훨씬 심각하고, 강렬하고, 그래서 어려웠다고 했다. 배성우가 생각하는 '경찰'이란? 경찰의 어떤 모습을 표현하고 싶었나?

우선순위가 확실하고 엽렵한 경찰의 모습을 보여드리고 싶었다.

오양촌은 사람은 진국이지만 '관계 맺기'에 서툰 캐릭터였다. 아내, 아버지, 자녀, 동료 대부분과. 그러던 양촌이 조금씩 달라진다. 여러 요소가 복합적으로 작용했지만 무엇이 결정적으로 양촌을 달라지게 했을까?

양촌은 한꺼번에 닥쳐온 여러 사건들을 통해 그리고 주변 인물들과 부딪치며 자신을 되돌아보게 된다. 경찰로서의 모습뿐 아니라 그저 치열하게 살아왔던 한 사람으로서 주변을 챙기지 못했던, 뒤돌아볼 겨를 없이 앞만 보며 덤벼들었던 자신을 발견하며 조금씩 달라진 것 같다. 기본은 따뜻한 사람이니까.

첫 드라마 출연이었다. 안방극장에 아주 강렬한 인상을 남겼다. 드라마 작업은 어땠나? 연극, 영화와 다른 매력이 있는지? 어려움은 없었는지? 드라마에서 더 자주 볼 수 있을까?

오양촌으로 살아온 지난 몇 개월, 굉장히 행복하고 감사한 시간이었다. 드라마가 연극, 영화와 크게 다르진 않았지만, 개인적으로는 인물의 서사를 느끼고 표현할 수 있는 시간이 더 많아서 좋았다. 스스로 많이 부족한 배우라고 생각하기에 연기는 항상 어렵다. 그러나 이야기와 캐릭터 외에 매체에 대한 어려움은 없다. 앞으로 다양한 작품을 통해 자주 인사드리고 싶다.

**작품을 마무리한 소감은?**
그저 감사하고, 감사하고, 또 감사하다.

Live!!
를 사랑해주신
시청자, 독자 여러분
감사합니다
진심으로 ...

**안장미 역**

배우 배종옥

배우 배종옥이 생각하는 '안장미'는 어떤 사람인가?

자기 삶을 치열하게 열심히 살아온 여자.

"나 중2야."라고 투덜대는 아들에게 "난 갱년기야."라고 무심히 받아치는 장면이 화제가 됐다. 남자 동료들에게도 "내가 갱년기라서."라는 말을 아무렇지 않은 표정으로 했다. 뭐라 더 대꾸할 수 없는 한마디. 갱년기의 여성을 연기하는 건 상당히 내밀한 작업이란 생각이 든다. 어떤 모습을 표현하고 싶었나?

그 여자가 갱년기를 겪으며 지나온 시간들을 되짚고, 서글프기도 한 모습을 표현하고 싶었다. 또한 직업인으로서 열심히 일해도 쉬 바뀌지 않는 조직을 마주할 때 느끼게 되는 무력감을 알리고 싶었다.

직업적으로는 여청계 수사팀 경감으로 성범죄 사건을 다뤘다. 여성으로서, 또 딸 가진 엄마로서 더욱 착잡한 심정으로, 더욱 조심스럽게 작품에 임하지 않았을까 하는 생각이 드는데…

그랬다. 우리 사회 전반에 안전 불감증이 심하다. 특히 성범죄가 여성의 삶의 질을 얼마큼 추락시키는지 아무도 알려하지 않는 것 같아 안타깝다. 성범죄에 대한 더욱 강력한 법규들이 만들어졌으면 한다.

양촌과의 중년 로맨스에 많은 응원과 지지가 이어졌다. 이혼을 하는 상황에서도 남편을 위로하는 장미의 대사가 양촌은 물론 많은 시청자들을 울렸다. 인간적인 위로였지만, 이혼하려는 부부 사이에 가능한 일인가, 하는 생각도 들었다. 우리 모두 완벽하기보다 어딘가 결핍의 지점이 있고, 그걸 보듬는 노희경 작가의 대본이기에 가능했던 것일 텐데… 장미에게 양촌은 어떤 의미였나?

대사에도 나왔듯이 양촌은 같이 살기에 버겁고 좋은 남자는 아니지만, 동료로 또 인생의 동지로서는 장미에게 큰 힘이고 빽인 남자다.

노희경의 페르소나라는 별칭이 있을 정도로 노 작가님과 여러 작품을 함께했다. 이번 작품은 어땠나?

이번 작품은 특히 남자는 남자와, 여자는 여자와 함께하는 장면들이 참 좋았다. 이를테면 정오와 장미가 함께 붙는 씬. 그것들이 일상과 일의 연장선상에 놓이면서 서로 이해하고 화합해 나가는 과정들이 따뜻하게 풀어졌다. 그것이 우리 〈라이브〉의 강점인 것 같다. 일상과 사회적 이슈, 사건들의 결합이 묵직하지만 어둡지 않게, 재미있지만 가볍지 않게 잘 만들어져서 보는 내내 마음이 따뜻했다. 시청자들도 같은 마음이셨을 거라 믿는다.

라이브!
안장이로 살았던 지난
6개월 참 행복했어요.
아쉬움이 많지만 어제 이별한
시간이네요.
다들 오래 오래 기억날 것 같습니다.

2018. 4. 4.

**양촌 부 역**
배우 이순재

아들만큼이나 며느리를 아끼는 시아버지였다. 젊어서는 폭력적인 가장이었다는 설정이 의아할 정도로. 배우 이순재가 생각하는 '양촌 부'는 어떤 사람인가?

글쎄, 이 아버지는 사실 작품상에서는 생략되어 있지만 상당히 과거가 복잡했던 영감 같다. 나름대로 능력도 있었고. 다만, 충격이 좀 있어서 본의 아니게 부인을 학대했다. 그러나 그것은 학대를 위한 학대가 아니라 술 먹으면 나오는, 옛날 우리 아버지들 습성의 일부 같은 거라고 봤다. 또 자식들한테도 제대로 못한 회한을 늘 가지고 있는 아버지. 후엔 그 나름대로 속죄하는 마음으로 살아간 아버지가 아닌가 싶었다.

의식 없이 누워 있는 아내의 호흡 장치를 떼는 장면이 있었다. 슬프다는 말로는 부족할 것 같다. 아픈 장면이었다. 여든 넘어서도 왕성한 활동을 하고 있는 배우로서 이 장면은 어떻게 해석이 되는가?

현실적으로 도저히 소생할 가망이 없는 경우에는 편안하게 빨리 보내는 게 오히려 좋지 않겠나. 그러나 보내고 싶을까? 실오라기만 한 가능성이 있으면 어떻게 해서든 살려보려고 노력을 하는 게 가족인데. 그런데 이 경우에는 불가능하다고 확진을 받은 상태다. 그러니 오히려 고통을 줄이기 위해서라도 빨리 보내는 게 낫지 않겠나 하는 배려로 그런 결정을 한 거다. 그러나 마음은 정반대일 거다. 진정으로 평생을 같이 한 부부라면. 별 대사는 없었지만 아주 가슴 아픈 장면이다.

**작품에서 가장 기억에 남는 장면, 곱씹게 되는 대사가 있다면?**
길게 나온 장면이 별로 없어서. (웃음) 내 경우엔 한마디

씩 툭툭 던지는 대사가 많았다. 그런데 그 한마디 한마디
에 다 함축된 의미가 있다. 강하게 표현되는 선언적인 메
시지는 아니지만 은유적으로 아버지의 심정, 가족에 대
한 배려의 마음으로 툭툭 한마디씩 하는 거다.

'연'도 그렇다. 작가님은 어땠는지 잘 모르겠지만 내 나
름 독창적으로 해석하면, 연이라는 건 뭔가 좀 날고 싶어
하는, 그러니까 살고자 하는 갈망이 아닌가 싶다. 순직자
를 위해 연을 날리는, 진혼을 하는 의미로 연을 끄는 장면
이 있는데, 새겨보면 그런 데에 굉장히 함축적인 의미가
있다. 그런 마디마디가 정말 좋은 장면이었다.

우리 주인공들이 하는 장면들 중에서도 명장면이 많았
다. 18부에서 일선 경찰관들이 상관들을 향해 용기 있게
정론을 펼치는 장면. 또 징계위원회에서 변호사가 변론하

는 대사. 명대사다. 이건 정말 중량 있는, 제대로 된 배우를 특별 출연시켜도 되겠다 싶었다. 만약 양촌 부로 출연 안 했으면 내가 그 자리에 특별 출연하고 싶을 정도였다.

국내 드라마 제작 환경에 대해 몇 차례 날 선 비판을 하셨다. <라이브>는 방송 전 꽤 많은 분량을 촬영했음에도 촬영 분량이 워낙 많아 후반에는 촉박하게 진행되었다. 그럼에도 이번 <라이브>의 경우 세 명의 연출자가 하나의 팀이 되어 여느 드라마와는 다른 창조적인 팀플레이를 했다고 들었다. 현장에서 차이점을 느끼셨는지 궁금하다. 더불어 국내 드라마 제작 환경에서 이것만큼은 꼭 개선이 되어야 한다고 생각하시는 부분이 있다면?
연출은 작가의 대본을 충실하게 시청자에게 전달하는 역할을 한다. 과거엔 한 명의 연출자가 한 작품을 이끄는 1작 1연출이었다. 그러니 요즘처럼 한 작품을 여럿이 연출하는 것에는 익숙하지 않은 게 사실이다. 사람마다 장면의 해석에 차이가 있기 때문이다. 연출자가 셋이라면 배우 입장에서는 이 사람이 메인인지 보조인지, 아니면

이이가 독창적인 연출 역량을 발휘하는 건지 헷갈린다. 현장에서 촬영을 하다 보면 배우에게도 의견이 생긴다. 그런 걸 현장에서 연출과 소통해서 조정해야 한다. 이 과정에서 건설적인 토론이 이루어지면 작가의 의도에 어긋나지 않는 범위 내에서 새로운 창의력이 발휘되고 좋은 결과가 나온다. 그런데 연출자가 여럿이면 그런 의견을 개진하는 데에 어려움이 있을 수 있고, 또 어디에 영점을 두고 연기를 해야 하는지 혼란이 올 수 있다. 물론 여럿이 찍어도 각자 연출적 역량을 갖고 찍는다고 하면 할 말 없다. 그러나 나중에 화면을 보면 색깔이 다를 수 있다.

〈라이브〉는 화면을 보니, 잘했더라. 그러나 메인 포인트가 어디에 있는지 배우가 숙지할 수 있도록 해야 한다. 그게 확정이 되어야 배우의 연기를 연출이 디렉션할 수 있다. 배우가 하는 대로 맡겨서 찍으면 핵심을 못 잡아내 어떨 때 보면 적절치 않은 표정, 부족한 표현이 나온다. 다행히 노 작가 같은 경우는 대사 한마디 고칠 거 없이 정확하게 쓴다. 디렉션도 정확하다. 〈라이브〉도 쪽대본 없이 방송 나갈 때 거의 모든 대본을 다 썼다. 이런 경우엔 연출이 대본 따라 그대로 연출하면 된다. 그런데 대본이 엉망인 작품도 많다. 또 배우를 운영하는 방식에 따라서도 달라진다. 배우한테 맡겨서 되는 경우가 있고, 안 될 때가 있다. 연출이 하나하나 지적해서 시선까지 정리해줄 수 있어야 한다.

앞으로는 사전 제작을 해야 한다. 대본이 빨리 나와야 하고, 방송국에서도 그런 작가들을 등용해서 작품을 만들어야 한다. 그리고 현장에서 많은 토론이 펼쳐져야 한다. 작가가 현장에 나와서 배우 캐릭터를 제시해줘야 한다. 그래야 완성도 높은 작품이 나온다.

　tvN이 맨날 똑같은 막장 드라마를 하는 게 아니라 다양한 장르의 드라마를 실험적으로 시도하는 것도 고무적이다. 노 작가도 보면, 〈라이브〉는 그이의 일반적인 패턴이 아니다. 깜짝 놀랐다. 좋은 멜로드라마를 쓸 줄 알았더니 이런 카타르시스가 있는, 통쾌한 폴리스 스토리를 썼다. 그러니 이런 좋은 작품 나왔을 때 완성도 있게 만들려면 전체적으로 메인이 주도해서 가야 한다. 배우의 표정 하나, 시선 하나에 따라 의미가, 메시지와 감도가 달라진다.

한 인터뷰에서 노희경 작가의 작품에는 분량에 관계없이, 참여하는 데 의의를 두고 출연하고 싶었다고 말씀 남기셨다. 제대로 쓰는 작가니까 믿음이 있으셨다고. 제대로 쓴다는 것은 어떤 의미인가?
작품 전체로 봤을 때 테마, 드라마트루기, 줄거리의 흐름 이런 것들이 무리가 없어야 한다. 리얼리티가 있어야 한다는 말이다. 시청자가 보고선 "뭐 저런 게 있어?"라고 하면 안 된다. "아, 그렇구나." 할 수 있는 작품이어야 한다.
　또 하나 중요한 것은 드라마는 다이얼로그 중심이다. 소설이 아니다. 대화가 중심이 된다. 그 다이얼로그가 얼마나 절묘하게 명문으로 구사되어 있느냐를 본다. 그리고 어휘 선택이 얼마나 정확했는가를 본다. 그게 작가의 역량이다. 여러 작품을 하다 보면 "무슨 이런 말이 있어?" 어휘가 안 맞는 대사를 마주할 때가 있다. 국문학이 안 되어 있는 작가들이 많다. 그런데 노 작가의 대본은 문장이 제대로 되어 있고, 어휘 선택이 기가 막히다. 한마디도 고칠 데가 없는 것, 그게 좋은 작품이다.

좋은 드라마에는 감동이 있어야 한다. 그리고 작가 자신이 무슨 말을 하겠다는 주제가 뚜렷해야 한다. 노 작가 드라마엔 그게 있다. 〈라이브〉에서는 치안과 정의에 대한 문제를 다룬다. 작품을 통해 일선 경찰의 고뇌와 울분, 바른 정론을 끌어올렸다. 그리고 우유부단한 혹은 시세에 영합하는 상류층에 대한 소위 하층의 목소리를 제대로 표현했다. 이런 작품은 배우가 대본을 봤을 때 요다음 나는 뭘 더 할 게 있나 기대하게 된다. 이렇듯 좋은 작품은 배우가 항상 대본을 빨리 받고 싶어 하고, 기대감을 갖고 대본을 맞이한다.

노 작가의 작품은 지나가는 역할을 하더라도 의미가 있다. 지나가는 역할을 지나가는 인물로 없애버리는 작가가 있는데 이 작가의 작품에서는 모든 역할이 살아 있다. 그러니까 더 어렵다. 이걸 어떻게 절제하며 살려내느냐 말이지. 대사 많이 주는 것보다 더 어렵더라. 작가가 기대한 만큼 잘 됐는지 모르겠다.

**작품을 마무리한 소회가 궁금하다.**
이번 작품은 내가 말석에서 참여를 했다. 그렇지만 노희경 작가의 역작에 참여했다는 데 의미가 있다. tvN이 우리 노 작가 좀 잘 케어해서 앞으로 더 좋은 작품 많이 쓸 수 있도록 했으면 좋겠다. (웃음) 참 보배요, 정말 아끼고 보존할 가치가 있는 작가다. 당장에 시청률 1%가 중요한 게 아니다. 아니, 시청률도 잘 나오지 않았나. 완성도가 있는 작품이니까. 배우들도 열심히 했다. 이런 작품에선 배우들이 열심히 안 하려야 안 할 수가 없다. 자기 존재감이 있는데. (웃음)

## 홍일지구대 지구대원 코멘터리

지구대장 기한솔 역의 성동일 배우를 필두로
<라이브>의 주축이 된 홍일지구대 지구대원들에게
다음과 같은 공통 질문을 건넸다.

1. 극 중 '나'는 어떤 사람인가? 캐릭터의 어떤 면을 표현하고자 했는가?
2. 촬영 현장에서 기억에 남는 일이 있다면?
3. 작품을 마무리한 소회는?
4. 그리고 하고 싶은 이야기, 자유롭게 남겨주세요.

돌아온 답변에는 배우들 저마다의 스타일과
캐릭터와 꼭 닮은꼴의 분위기가 고스란했다.
그리하여 <라이브>가 그랬던 것처럼,
있는 그대로의, 꾸미지 않고 덧대지 않은
그들의 메시지를 생생하게 전한다.

**기한솔 역**

배우 성동일

1. 기한솔은 경찰이기 전에 한 집안의 가장이고, 남편이고, 아이의 아버지. 그리고 가장 기초적인 지구대라는 조직을 아버지처럼 친구처럼 형처럼 이끌어가야 하는, 어떻게 보면 소소한, 일반인 같은 사람이다. 그러니까 동네에서 흔히 볼 수 있는 편안한 지구대 경찰, 동네 아저씨. 형같이, 아버지처럼, 그런 편안함에 주력했다.

2. 우리 지구대원 후배들 갈구는 일이지 뭐. (웃음)

3. 스태프들 모두 힘들었을 텐데, A팀 B팀 모두 최선을 다했고, 고생 많았다. 시원섭섭하다. 촬영 마무리하고 지구대 후배들 이곳 촬영장에서 다시 못 만나는 것은 섭섭하고, 힘든 촬영 마친 것은 시원하고.

4. "시즌 2에서 뵙겠습니다."

'라이브' 독자분들께 ...

기한솔역의 성동일입니다

라이브를 사랑해주셔서

독자분들과 시청자 분들께

감사 드립니다.

사랑합니다.

2018. 봄날에

**은경모 역**

배우 장현성

1. 경모는 원칙주의자이고 현실주의자. 그
러나 원칙적 현실주의자의 모습과 그렇지
않은 모습 양면을 모두 표현하려 했다.

2. 정유미가 선물해준 이어폰. 정말 행복
했다.

3. 아쉽지만… 좋은 친구들과 나눈 멋진
여행이었다. 잊지 못할 거다.

4. 수고 많이 하셨습니다. 또 뵙죠^^

"Live"

좋은 친구들과 나눈
멋진 여행 !.
잊지 못할겁니다 .

장현성,

2013. k.

**이삼보 역**

배우 이얼

1. 삼보라는 사람을 진심으로, 연기가 아닌 마음으로, 가슴으로, 그런 다짐으로 표현하려 했습니다.

2. 첫 촬영 때 대사가 기억나질 않아 머릿속이 백지장처럼 그저 하얘졌을 때, 그 순간이 가장 기억에 남습니다.

3. 한겨울 추위를 견디며 작품을 만들어준 현장 스태프들에게 너무 수고 많으셨다고 박수를 쳐드리고 싶습니다. 정말 수고했습니다. 그리고 감사합니다.

4. 요즘 같은 세상에 한물간 배우를 불러내 함께 일한다는 것은, 많은 고심이 있었을 텐데, 말이 쉽지 그러기가 어렵다는 것을 잘 압니다. 그럼에도 불구하고 나를 믿고 캐스팅한 노희경 작가님에게 무한한

감사를 드리고 싶네요.

〈라이브〉는 제 배우 인생에 또 한 번 전환점이 된, 의미 있는 작품입니다. 배우로서도 그렇지만 제 삶을 변화시킨 작품입니다. 저는 연기를 잘하는 배우는 아닙니다. 허나, 시청자분들이 보시기에 뭔가 딱 꼬집어 말할 수 없지만 어쩐지 가슴을 뛰게 하는, 그런 배우가 되고 싶은 게 제 마음입니다.

노 작가님, 건강하시고, 이번에 함께해서 감사하고 행복했습니다.

*"몸은 동태가 됐지만*
*마음은 행복했다*
*퇴직없는 배우라*
*감사하다*

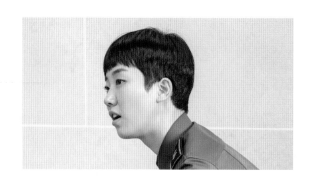

**송혜리 역**

배우 이주영

1. 내가 연기한 송혜리는 나의 10대, 20대와 많이 닮아 있다. 세상 물정 모르고 경험이 적은 사회초년생들 중에는 무조건 '나는 잘할 수 있다'라는 근거 없는 자신감과 밑도 끝도 없는 긍정의 유혹에 빠지는 이들이 있을 거다. 나는 그런 부류였다. 다른 이들에 비해 쉽게 성취를 이룬 유년기와 청소년기의 경험만 믿고, 그게 우물 안 개구리의 모습인 줄 모르고, 늘 자만심에 가득 차 있었다. 그 대가를 치르기라도 하듯이 20대엔 무엇 하나 쉽게 넘어가지는 게 없었다. 실패의 연속이었다.

내겐 20대가 질풍노도의 시기였다. 심한 성장통을 겪었다. 투우 경기에서 빨간 천을 향해 달려드는 소처럼 열정만 앞세워 일하기도 했다. 혜리는 나의 20대, 그 무모함과 패기를 상기시키는 인물이었다. 숱한 실패에 부딪히고 좌절하면서도 점점 자신을 객관적으로 바라보며 성장하는 것 또한 나와 무척 닮았다.

물론 혜리는 나보다 훨씬 용감하고 건강한 사람이라서 '이주영이라면 하기 힘들었을 텐데…' 싶은 것들을 '만약, 송혜리라면…'이라고 바꿔 생각하면 나도 모르게 용기가 생기기도 했다. 송혜리는 내게 용기를 주는 존재였다 .

2. 야유회 장면이 기억난다. 소풍을 갔던 것처럼 재미있게 놀다 온 기분이었다. 또래 연기자들이 많아 학창 시절 같은 반 친구들과 논다는 기분이 많이 들었다. 자연스럽게 긴장도 풀리고, 서로 응원하던 마음들이 있었다. 그 마음들이 오래도록 기억에 남을 것 같다.

3. 혜리라는 인물, 어설픈 시보 역할이 신

인 배우인 나의 현재와 매우 흡사했다. 바쁘게 돌아가는 현장을 정신없이 따라가기 바빴던 나와 경찰 일을 배워나가는 혜리가 함께 성장한 기분이 든다. 혜리가 성장한 만큼 나 또한 성장했다. 어설픈 시보 같던 배우 이주영을 끌고 함께 가주신 감독님, 작가님, 스태프분들, 선배 배우님들, 동료 배우님들께 정말 감사드린다.

4. 어쩌면 혜리는 시청자분들께도 알게 모르게 용기가 되었을지 모른다는 상상을 감히 해본다. 자기가 집의 가장이라는 말을 아무렇지 않게 툭 내뱉고, 이것저것 계산하지 않고 오지랖 부리며 충고하고, 나이 많은 상사에게도 겁 없이 하고 싶은 말다 하고, 친구들에게 열등감을 느끼며 한계에 부딪히면서도 다시 일어서려고 아등바등 노력하는 혜리의 모습들이 나에게 용기를 줬던 것처럼 그 과감하고 무모하리만큼 용감했던 행동들이 많은 분들에게 힘이 되었을지도 모른다는 생각이 든다. 아니, 그랬으면 좋겠다.

〈라이브〉는 첫 드라마이기도 했고, 호흡이 긴 작품이기도 해서… 아마 평생 첫사랑처럼 기억에 남지 않을까. 첫 드라마는 꼭 노희경 작가님 작품을 하고 싶다고 했던 맹랑한 바람이 이루어져 더없이 감격스러웠다. 덕분에 내내 꿈처럼 몽롱한 기분을 안고 촬영했다. 많은 시행착오를 겪으며 혜리도 나도 함께 성장했으니 〈라이브〉가 어릴 적 친구처럼 기억될지도 모르겠다.

뻔한 말 같지만 이렇게 좋은 작품에서 좋은 캐릭터를 연기할 수 있었다는 게 나에게는 너무나 큰 행운이었다. 그리고 그 행운이 지금은 행복으로 바뀌었다. 이런 작품을, 이런 팀을 다시 만날 수 있을까 싶어 벌써 마음이 짠하다. 늘 이 행복감을 마음 한켠에 품고 살아갈 거라는 게 참 감사하다.

2018. 4
말도 많고 탈도 많던 홍일지구대 이야기를 사랑해주셔서 감사했고 행복했습니다. 제가 더 많이 위로 받았습니다. 저도 제 삶의 자리에서 서툴지만 치열하게 저의 이야기를 기록해가겠습니다. 사랑합니다 LIVE♡

이주영

**강남일 역**

배우 이시언

1. 강남일은 집안의 가장입니다. 두 아이와 아내가 있고, 어려운 경제 사정으로 피자가게를 운영 중이기도 한 홍일지구대 경사. 경제적인 이유로 동료들과 잘 어울리지 못하고, 사건 출동을 소홀히 하게 될 때도 있습니다. 이런 남일이를 연기할 때 자칫 경찰 일을 하기 싫어하는 캐릭터로 보일 수 있어 그 부분에 주의했습니다. 자칫 미워 보일 수도 있는, 정말 이기적인 사람으로 표현될 수 있기 때문에. 사실은 그렇지 않기 때문에.

2. 총격 씬 장면이 가장 기억에 남는데, 사실… 초반부터 너무 좋은 배우, 스태프들과 함께해서 모든 순간이 소중하고 기억에 남습니다.

3. 어느새 한 계절이 지나고 봄이 왔습니다. 한 분 한 분 너무 좋은 분들과 함께했고, 1분 1초도 안 좋은 기분으로 연기한 적이 없는 것 같습니다. 너무나 행복했고, 또 감사하고, 영광이었습니다. 수고하셨습니다.

4. 〈라이브〉 속에 살아 숨 쉬는 강남일에게…… 남일아, 정말 수고 많았고
가족들, 동료들과 행복하길 바란다!
그리고… 한 번쯤은 이시언처럼
살아보는 건… 어떠니?
또 만나자 남일아! 수고했다!

P. 독자 여러분께!
강남일라 했게한, 리물!
다 뜻 깊었습니다!
항상 건강 하시고
화이팅 다 잘되시길 바라겠습니다!
배우 이시언
2018. 4. 13

**최명호 역**

배우 신동욱

1. 최명호. 남들이 보기에는 못하는 게 없어 보이는, 그래서 지구대원들 중에서 가장 프로페셔널한 경찰로 보일 테지만, 명호 역시 삶의 긴 여정 속에서 지금 이 순간이 처음인, 때문에 일과 사랑 속에 나름의 풋풋함이 묻어 있는 인물이었다.
  남들보다는 덜 서툴러 보일 테지만,
  그만의 서투름이 묻어 있는 삶의 기록,
  최명호의 '라이브'.

2. "낮 씬인데 해가 떨어져갑니다! 어떻게 하죠!?" "장소 섭외 시간이 끝나갑니다! 어떻게 하죠!?"
  김규태 감독님 - (긴 머리끝을 비비 꼬는 속도가 점차 빨라지며, 피식 웃으며) "허허! 그럼 담에 또 찍지 뭐!"

3. 이런 '드림팀'을 또다시 만날 수 있을까?

작가님, 감독님, 배우님들, 그리고 우리 위대한 촬영 스태프… (13, 14회 장미의 대사 톤으로) "그동안 고마웠어요. 그리고 행복했어요."

4. '라이브', 당신, 그리고 내 인생의 이야기. 비록 전파를 통해 시청자분들과 만났지만, 우리네 삶의 치열한 기록은 마음과 마음으로 맞닿아 공감을 이루었으리라 믿습니다. 삶이 치열해 버티기가 힘드시다면, 자신의 뒤에 굳건히 버티고 서 있는 동료를 믿으세요. 그리고 그 동료가 힘들어할 때는 이렇게 말씀해주세요.
  "내가 뒤에 있다. 믿고, 들어가!"

'라이브, 당신 인생의 이야기.
I ♡ You   - 배우 신동욱.
Dong wak

**김한표 역**

배우 김건우

1. 나보다는 남을 더 위하는, 서비스맨 정신이 강한 인물이에요. 내가 기분이 좋지 않아도 남을 위해 기꺼이 내 감정을 숨겨 웃음 지을 수 있는 인물 같아요. 계산적이라기보다 그런 활기차고 평화로운 분위기를 좋아해서 웃음을 띤다고 생각합니다. 그런 한표를 표현하기 위해선 먼저 '진짜 즐거움'을 표현할 줄 알아야 한다고 생각했습니다. 그래서 스트레스가 많은 지구대 안에서 최대한 그 스트레스마저 감사하게 여겼고, 나보단 상대방 입장을 먼저 생각해보려 했습니다.

2. 역시 탄산수 난동 사건입니다. 상수와 명호가 성폭행 피의자를 격투 끝에 잡고 양촌이 축하의 의미로 탄산수 폭탄을 발사했던. 난동이라는 표현이 어울릴 정도로 엄청난 탄산수 쇼가 이어졌어요. 그동

안 모든 사건사고에 대한 스트레스를 풀어버리듯 너 나 할 거 없이 미친 듯이 뿌렸던 것 같아요. 선후배 다 모인 MT에서의 야자타임처럼 선배들을 동생이라 생각하고 시원하게 뿌렸습니다^^. 정말 재밌었고 시원했어요. 그날 괜히 기분이 엄청 좋았습니다.

3. 먼저, 시간이 어떻게 흘러갔는지 모를 정도로 다이내믹한 지구대 생활이었습니다. 가끔 내가 진짜 경찰 같다는 착각이 들 정도로 많은 애정과 시간을 투자했다고 생각해요. 처음엔 노희경 작가님, 김규태 감독님을 믿고 작품을 시작했다면 시간이 갈수록 모든 지구대 식구들을 믿고 의지하면서 즐겁게 촬영했습니다. 그리고 한표라는 인물을 만나 많이 웃고 즐길 수 있어 행복했어요.

4. 위에도 말했듯 처음엔 감독님 작가님을 믿고 시작한 라이브가 점점 배우들과 스태프분들에게 의지하며 하나가 되는 과정을 거쳤습니다. 너무나 행복한 순간들이었고 제 인생에 잊지 못할 한 페이지를 장식했다고 자신 있게 말할 수 있어요!

그리고 꼭 말하고 싶었던 게 있는데 TV 속엔 보이지 않는 촬영 현장 A팀 B팀 스태프분들 그리고 라이브를 위해 힘써주신 모든 분들이 있었기에 무사히 결승선에 도착했다고 생각합니다. 정말 추웠고 정말 힘들었던 시간도 있었습니다. 배우들을 위해 보이지 않는 곳에서 힘써주신 스태프분들에게 손이 빨개질 정도로 박수치고 싶어요! 정말로!

라이브 화이팅! 우리는 하나다!

안녕하세요!!
지구대 스마일맨~
'안효' 김건우입니다!
라이브를 사랑해주시고
사랑해주셔서 감사합니다!!
전요 사랑해요~♡
                    -건우-

**김민석 역**

배우 조완기

1. 경찰의 사명감을 가지고 하루하루를 살아가는 인물이다. 경찰이라는 직업은 사명감이 없다면 하기 힘든 직업이다. 잘 해야 본전, 못하면 욕먹는 일이니까… 개인 사정도 있고, 주변 상황이 어려워도 사명감 하나로 버티고 버틴다. 민석은 외롭고 힘들지만 지구대라는 가족이 있어서 그들에게 의지도 하고, 힘이 되어 주기도 한다. 그가 갖고 있는 사명감과 동료애, 그리고 의리를 한껏 표현하고 싶었다.

2. 모든 현장이 다 기억에 남고 즐거웠다. 특히 음주단속 현장과 야유회 촬영이 가장 기억에 남는다. 음주단속 현장은 첫 촬영인 데다 추위와의 싸움이 굉장했다. 어려운 장면이라 모두들 힘들어했던 기억이 있다.

그리고 야유회 장면은 지구대 식구들이 정말 너무나 친해져 소풍 가는 기분으로 임했다.

3. 〈라이브〉에 함께할 수 있어 너무나 영광이고 감사할 따름이다. 개인적으로는 아쉬운 점이 많았고, 많은 숙제를 안겨준 작품이기도 하다. 제목처럼 정말 상황, 대사, 모든 것들이 살아 있음을 느꼈다. 그리고 〈라이브〉를 통해 경험한 이 모든 것들이 남 일이 아닌 우리 주변의 일이라는 것을 잊지 않으려 한다.

4. 관심을 가지지 않으면 알 수 없다. 나의 일이 아니라고 생각하지 말고, 나의 일처럼 사회적인 문제에 관심을 가지고 모른 척하지 않았으면 한다. 관심을 가지면 분명히 바뀔 수 있다고 생각한다. 남 일이 아닌 나의 일!!

"라이브" 김민석 역의
조완기 입니다.
그동안 라이브를 사랑해주셔서
감사드립니다.
촬영을 하면서 너무나 행복했고
독자분들도 모두 행복해지길
바랍니다. 다시 한번 감사합니다.

조완기

**고승재 역**

배우 백승도

1. 고승재는 툴툴대고 표현에 인색하지만 정 많고, 속 깊은 인물입니다. 경찰이라고 해서 딱딱하고, 험상궂고, 엄하고, 시민과 거리감이 있는 인물이 아니라 그냥 똑같은 한 사람으로 그가 느끼는 감정 그대로를 표현하고 싶었습니다. 웃길 땐 웃고, 힘들 땐 힘들어하고, 슬플 땐 슬퍼하고, 무서울 땐 무서워하고. 왜곡되고 과장된 경찰의 모습, 우리가 평소 경찰의 이미지라고 생각했던 고정관념들이 아닌 사실 그대로의 모습, 친근하고 인간적인 모습이 있다는 것을 보여주고 싶었습니다.

2. 현장에 가면 웃다 지칠 정도로 재밌고 유쾌해서 촬영하는 날이면 콧노래를 부르며 집을 나섰습니다.
  제일 기억에 남는 사건은 부사수들이 다 같이 모여 사격연습 씬을 찍을 때였어

요. 실제로 총을 쏘지는 않았기 때문에 총알이 발사되는 순간 배우들 스스로 몸에 반동을 주어야 했는데 원우 형이 동작을 너무 크게 했다며 상수 형이 막 따라 하고 그랬거든요. 그 모습이 예능의 한 장면 같았어요. 진지한 표정으로 격하게 꺾은 형의 허리, 다시 보고 싶네요.

3. 너무 아쉽고, 또 아쉽고, 또… 정말 행복했던 6개월이었습니다. 밤샘 촬영을 하면서도 힘든 줄 모르고 젤리를 나눠 먹으며 서로 웃기고 웃고…. 촬영이 끝나고 공허해질 마음을 상상하기 싫을 정도로 진짜 행복했습니다. 또 매회 대본을 읽으며 지루할 틈 없이 팩트로 꽂혔던 대사들, 사건들을 보며 이런 작품에 함께할 수 있어 나는 행복한 사람이다, 생각했습니다.
  고승재 역을 맡은 배우이기도 하지만

한 사람의 시청자로서 그 대사들을 TV 화면으로 옮겨주신 감독님과 모든 스태프들, 많은 선배님들, 선생님들께 진심으로 감사드립니다. 지금 이 순간에도 전국에서 일어나는 그 많은 사건사고들을 해결하느라 출동하고 있을 대한민국 모든 경찰분들께도 진심으로 감사드립니다.

4. 함께해주신 모든 분들께 짧게나마 감사인사 올립니다. 감사합니다. 덕분에 가슴 찡하게 행복했습니다.

"라이브"

시청자 여러분
그동안 저희 Live를 시청해
주셔서 정~말 감사합니다🙇
6개월 동안에 고승재로
호흡 할 수 있어 행복했습니다.

백승도 올림

**반종민 역**

배우 이순원

1. 반종민. 남들은 내가 항상 화가 나 있다고 얘기한다. 틀린 얘기는 아니다. 하지만 나름 이유가 있다. 종민의 대사 중에는 실제 경찰들이 직무를 수행함에 있어 제도적으로 미비한 점들(예를 들어 피해자의 정확한 위치 추적을 가로막는 개인정보보호법, 경찰 폭행에 대한 솜방망이 처벌 등)과 현재 경찰의 권익이 제대로 보호받지 못하는 것에 분노하고, 일부분이지만 조직 내 비리에 대해 절규하는 것들이 많았다. 이 모든 것들이 나를, 반종민을 '욱대장'으로 만들었다. 그렇지만 주변 동료들의 성과를 진심을 축하해주고, 동료들이 어려운 상황에 처하면 항상 앞장서 챙기는 '의리남'이기도 하다.

2. 13회에서 명호와 상수가 연쇄 성폭행범을 검거하고 난 후 지구대에서 동료들이 음료수를 뿌리며 축하하는 씬이 있다. 이 씬을 촬영할 때 신나고, 동심에 빠져 정말 촬영인 줄 모르고 촬영했다. 나뿐만이 아니라 모두가 동심으로 돌아간 것 같았다. 연기자들 표정을 보면 진짜다. 그렇게 해맑을 수가 없다. 나를 그리고 우리 동료를 동심으로 돌아가게 해준 이 씬이 가장 기억에 남는다.

3. 지난 수개월간 반종민으로 사는 동안 너무나 행복했다. 나에게 좋은 사람들을 많이 남겨준 〈라이브〉 감사합니다. 그리고 내… 근무복도. 그리고 만약에 〈라이브〉 시즌 2가 진행된다면 다시 한 번 함께하고 싶다. 시즌 3도, 시즌 4도 함께하고 싶다. 5, 6, 7…….

4. 경찰도 시민이다. 이 작품을 통해 경찰

이라는 존재에 대해 다시 한 번 생각해보게 됐다. 촬영 때문에 경찰복을 입고 횡단보도에 서 있었는데 '진짜' 경찰이 내게 인사를 한 적이 있다. 그때 나도 모르게 경례를 했다. 기분이 상당히 묘했다.

경찰에 대한 내 인식은 내가 반종민을 만나기 전과 후로 확연하게 나뉜다. 반종민을 연기하며 경찰들에 대한 생각이 많이 바뀌었다. 간접적으로나마 경찰의 삶을 대신 살아보며 그들이 겪는 고충을 조금이나마 이해할 수 있게 됐다.

대한민국 경찰들이여, 화이팅!
고생이 많아용·(^^).

라이브를 사랑해주신 모든
분들 진심으로 감사드려요~
너무 좋았고 함께한
라이브 행복했습니다♡
여러분 모두 행복하세요~

이선희 (반종민)

**민원우 역**

배우 김종훈

1. 어려운 질문인 것 같습니다 아무래도 역할상 제가 보여줄 수 있는 부분과 보여줄 수 없는 부분이 나뉩니다. 극의 서사상 제가 보이면 안 되는 부분에선 다른 배역을 살려줄 수 있는 부분을 피부로 느끼고, 배웠습니다. 그로 인해 드릴 수 있는 제 답변은 저는 현장에서 살아 있는 경찰을 연기하고, 표현하려 노력했습니다.

2. 13부 촬영을 위해 3월 말 인천 영종도에 있는 하늘고등학교에 간 적이 있어요. 그날 아침 일찍부터 촬영했고, 어디 멀리 나갈 수도 없어서 점심은 제작부에서 도시락을 준비했죠. 날도 좋고 하니 '밖에서 먹자' 해서 도시락을 받아 삼보 주임님, 혜리 누나, 종민이 형, 그리고 저 이렇게 넷이 학교 정문 앞 작은 공원 정자에서 밥을 먹고 있는데 양촌 경위님과 상수 형

이 밥을 다 먹고 우리 쪽으로 왔어요. 점심시간이 끝나고 촬영이 다시 시작됐지만 안 경감님 촬영분을 찍는 동안 우리는 경찰복을 입은 채로 바람 솔솔 부는 정자에 앉아 몇 시간 함께 노래도 듣고, 이야기도 나누고, 살짝 졸기도 하고, 그렇게 시간을 보냈습니다. 참 좋았어요. 그러다 삼보 주임님께서 "지금 여기 막걸리까지 있으면 딱인데!"라고 하셨죠. 모두 그 말에 얼마나 공감을 했는지 함께 빵 터져서 웃었던 기억. 그렇게 대단한 에피소드가 아닌데 어쩐지 그날이 오래도록 생각이 납니다.

3. 아직 뭔가 마무리되지 않은 느낌이에요. 물론 떠나보내고 있다는 느낌은 듭니다. 떠나가는 중일 수도 있고요. 저뿐만 아니라 〈라이브〉의 많은 출연자들에게 기억에 남는 작품이 될 거라고 확신합니

다. 현장에서 느낄 수 있었거든요.

작품을 준비하고, 경찰에 대해 공부하며 느꼈던 부분도 있지만 작품이 세상 밖으로 나오고, 몰랐던 이야기들을 듣게 되고, 감추어져 있던 것들이 드러나면서 우리는 경찰에 대해 조금 더 사실적으로 직면하게 되었다고 봐요. 경찰을 바라보는 시선에 변화가 생긴 거죠. 물론 비윤리적인, 부패한 경찰들도 있지만 그보다 대한민국 경찰이 가지고 있는 의식, 인간성, 사명감, 그리고 제도적 한계점 등을 현실감 있게 보여줄 수 있었던 것 같아요.

한편 어떤 면에서 우리는 '대단하면서도 대단하지 않은 존재'에 대해 이야기한 거라고 말하고 싶어요. 경찰은 우리와 같은 시민이고, 사람이고, 똑같이 두렵고 똑같이 슬프고 아픈 그런 사람이라는 걸.

4. 너무나 많고, 깊은 의미와 위로를 내포하고 있는 작품을 함께했다는 생각이 듭니다. 출연자뿐만 아니라 이 드라마에 관심을 가지고, 드라마를 보며 웃고 울고 화도 내고 통쾌해했던 많은 분들 또한 함께했다는 생각이 듭니다. 우린 같은 세상을 살아가고 있기에 사는 모습, 느끼고 생각하는 것 또한 비슷하지 않을까, 하는 생각이 듭니다. 자의든 타의든 싸우고 견디고 또 이겨내려고 발버둥 치고 그러면서도 절박하고 아픈데도 참으며 살고 있잖아요. 이 작품은 모든 부분을 이해해달라고, 공감하라고 강요하지 않습니다. 다만 여기 잠시 쉬었다 가라고, 잘하고 있는 거라고, 그동안 많이 아팠냐고 말을 건넵니다. 그것뿐이에요.

"LIVE"는
사랑 입니다!
여러분 모두 LIVE
하세요! ♡

김영호
선 배현우

# Pick!
# 배우들이 뽑은 〈라이브〉 명대사 명장면

**정오의 Pick**

너무 많은데. 그냥…

**"잘 컸네."**
- 5부 씬 45. 정오를 다시 만난
  안장미 경감의 혼잣말

**상수의 Pick**

**"범인 잡는 데 조금이라도
돕고 싶은 거. 더는 어떤
애들도 안 다치게."**
- 12부 씬 17. 상수의 다짐

생계를 위해 경찰이 된 상수가
경찰로서 많은 성장을 하고,
사명감이 생긴 것을 느낄 수
있었던, 개인적으로 참 뿌듯했던
대사. 한편, 닫혀 있던 정오의
마음을 열기 시작하는 대사였던
것도 같다.

**양촌의 Pick**

고르기 힘들 정도로 많은데,
그래도 딱 한 가지를 꼽자면
양촌의 첫 등장, 우렁찼던 그 대사.

**"일동 제자리에!"**

- 1부 씬 41. 경찰학교 무도 교수로
  부임한 양촌의 우렁찬 외침.

**장미의 Pick**

**"난 갱년기야!"**

- 2부 씬 13. 중2라는 아들 앞에서 덤덤히
  대꾸하던 장미의 대사.

그리고 한정오와 한바탕 사건을 진압한 후
둘이 나누었던 대화를 오래 곱씹게 된다.

**기한솔 대장의 Pick**

## "인사하지 마!"

- 15부 씬 7. 민 선배의 분신을 말리며 던진 말.

작가님께도 이야기했다. 대사를 하는 순간까지
힘들었고, 가장 와닿았던 대사다.

**은경모 팀장의 Pick**

## "뭐가 젤 걱정돼?"

- 15부 씬 21. 한솔 대장의 암 발병
  소식을 접하고 건넨 말.

그리고 양촌 어머니께서 돌아가셨을
때 마당에서의 수목장. 잊히지
않는다.

**삼보 주임의 Pick**

"만용이 아버님은,
부탁하건대, 만용일 위해,
지금 말씀한 것처럼 나와
우리 경찰들과 끝까지
싸우시기 바랍니다."

- 11부 씬 14. 못난 어른을 향한
  삼보 주임의 따끔한 일침.

**혜리의 Pick**

"내가 주임님 딸이에요?! 동료지! 내가 주임님 그래서 싫어요!
날 동료 취급 안 하는 거! 동료가 힘들면, 참아라, 이겨내라, 난 널 믿는다,
그렇게 말해줘야지! 관두라는 게 말이 돼요?! 난요, 힘들어도 이겨낼 거예요!
그래서, 주임님처럼 사람이 죽어도 당황하지 않고,
살아 있는 사람은 침착하게 살릴 거고, 오양촌 경위님 최명호 경장님보다
더 멋진 경찰 될 거예요! 두고 봐요, 내가 멋진 경찰이 되나 안 되나?!"

- 15부 씬 28. 혜리의 오기와 각오가 느껴졌던 씬.

지금도 이 대사를 읊조리면 눈물이 왈칵 쏟아질 것 같다.
살아가면서 어쩔 수 없이 자신의 현주소와 마주하며 겪게 되는 감정들을 담은 대사가 좋았다.
그것을 인정할 때에는 잠시 초라해지는 것도 같지만 결국에는 그것이 그 사람을 성장시키고 마는,
그 일련의 성장 과정 속에서 부단히 자신을 몰아세우고 나아가려고 발버둥 치는
모든 이들의 혼잣말 같다는 생각이 들어 괜히 서글퍼지기도 하고
많은 사람들이 그런가 보다 하며 위로받기도 했다.

### "경찰도 제복 입은 시민이고, 경찰의 안전은 시민의 안전이야."

- 3부 씬 23. 욱대장 종민의 버럭.

경찰도 사람이고 시민의 한 구성원이라는 것을 <라이브>를 통해
절실히 깨닫게 되었다. 경찰도 우리들의 부모이자, 형제, 그리고 아들딸들이다.
경찰의 임무는 국민의 자유와 권리의 보호 및 사회 공공의 질서 유지라 한다.
그런 경찰들의 자유와 권리를 위해 우리들의 의식에도 변화가 필요하지 않을까?

**명호의 Pick**

정오와 헤어지는 장면. 정오가 명호에게 우리가 헤어지는 이유에 대해 이야기하는데,
저는 누군가를 다시 사랑할 준비가 된 줄 알았다고, 과거의 트라우마를 극복해 몸도 마음도
사랑할 준비가 된 줄 알았다고…. 이에 명호가 말한다.

### "한정오. 우리가 헤어지는 이윤 그 어떤 이유도 아니고 그냥..
### 너한텐 내가 아니었던 거야.
### 그 이유 말고 우리가 안 되는 다른 이윤, 어떤 것도 없어."

- 14부 씬 29. 시작도 전에 이별을 이야기하게 된 정오와 명호.

'트라우마는 실제로 존재하는 것이 아니라, 스스로 트라우마가 있다고 믿기 때문에
트라우마라는 것이 생기는 것이 아닐까?'라고 말씀하셨던 노희경 작가님의 목소리가
떠오르던 장면이었다. 작가님은 이 대사를 통해 이런 이야기를 하고 싶으셨던 게 아닐까?
'사랑한다고? 그럼 뒤돌아보지 말고, 그저 사랑하라!'

**남일의 Pick**

### "오늘 우리는 아무도 다치지 않는다!"

- 3부 씬 38. 한솔 대장과 지구대원들의 구호 제창.

**민석의 Pick**

### "나는, 평생 솔로로 지내다, 이제야 여자 만나 결혼한다고 날 잡았다, 임마! 여자 집에서 내가 나이 많고 집 없고 경찰인 것도 맘에 안 들어해서 승진시험 봐, 곧 경위 될 거라고, 그러니까 허락해달라고, 손이 발이 되게 빌어서 간신히, 허락받았는데.. 여자 집에서 좋아하겠냐?"

- 8부 씬 21. 사기 피의자를 놓친 경사 3인방이 징계를 놓고 싸우는 장면.

극 전체를 통틀어서는 13부, 어머니를 보낸 양촌과 장미가
술 한잔 나누던 장면. 양촌을 위로하던 장미가 양촌을 안으며
"사랑해." 말해주는 장면이 가장 기억에 남는다.

### 한표의 Pick

삼보 주임님이 촉법소년들에게
린치를 당하고, 그 사실을
지구대원들이 알게 되고, 주임님이
그 일을 숨겨온 자신만의 이유를
설명하는 장면, 그리고 한솔 대장님이
우리에겐 홍일지구대 팀원들이 있다,
같이 해결하자고 했던 장면이 가장
기억에 남습니다.
하소연하듯 솔직한 자기 얘기가 너무
마음 아프면서 공감이 되었고, 그걸
해결하는 방법은 개인이 아닌 팀인
것을 강조하는 한솔 대장님까지.
우리에겐 든든한 지원군이 있고,
우리는 한 팀이라는 것이 가장 잘
느껴졌던 장면이었어요.

### 승재의 Pick

<라이브>는 모든 순간이
명장면이고 모든 대사들이
명대사라 고르기가 힘들지만
개인적으로는 야유회 씬이 참
즐거웠습니다. 모두 함께 모여
땀 흘리고, 호흡하면서
어두운 사건사고들 속에서
환기가 되는 것 같았고,
촬영하면서 더 밝은 에너지를
느낄 수 있었습니다. 여러
삶이 어우러지는 모습을
보면서 순간의 즐거움이 아닌
서로의 존재만으로도 이런
행복함을 느낄 수 있구나,
이야기하는 장면이라 더
기억에 남습니다.

**원우의 Pick**

다른 배우들도 마찬가지겠지만 너무 많아요. 그중에서도 가장 기억에 남는 장면은 7부에서 상수가 학교폭력 가해자를 쫓다가 커터 칼에 베어 다쳤을 때. 피를 많이 흘렸는데 사태가 진정이 되고 이성이 돌아오자 상수는 어지럼증과 함께 공포를 느꼈던 것 같아요. 오양촌 경위님께 "오양촌 씨, 경위님, 나 피가 자꾸 나요.. 나 왜 이래요.."라고 할 때 그렇게 맹수같이 당차고 용감했던 상수가 꼭 다리 다친 새끼 양 같았어요. 그리고 오양촌 경위님께서 상수를 지혈하며 119 지원 바란다고 무전을 하고, 왜 안 오냐며 소리를 치는 얼굴에서 진심으로 파트너인 상수를 걱정하는 것이 느껴져 너무 짠했습니다. 그 위로 타이틀이 올라오죠.

## 파트너, 혼자서는 절대 갈 수 없는 길을 함께 가주는 사람.

그리고 4부에서 상수의 대사.
"니가 초기대응 매뉴얼 똑똑하게 읊은 게, 대체 뭐가 문제야?! 내가 진짜 화난 이유, 딱 하나, 내가 진짜 경찰 자격이 없는 멍청한 놈이란 거야! 경찰 돼서 지금까지 성과 올릴라고, 민원 안 먹고, 잘했다 소리 한번 들을라고, 고작 월급 백 몇십만 원 시보 자리 안 짤릴라고 등신, 찐따처럼 주취자가 나를 위험하게 차도로 밀어붙이는 것도 모르고, 선생님, 선생님, 비굴하게! 너 오양촌 앞에서 잘못한 거 없어! 아주 기초적인, 초기대응 매뉴얼도 까맣게 잊어버린, 내 능력이 문제지.. 노력할 거야, 다신 그런 일 안 당하게!"
이 대사가 기억에 남는 이유 제 친동생 때문입니다. 제 동생도 연기를 하는 배우거든요. 동생이 연극 오디션에서 할 좋은 독백 대본을 찾고 있었는데 상수의 대사가 떠올랐어요. 그래서 동생에게 조언을 해주었고, 이 대사로 오디션을 본 동생은 연이어 두 개의 공연에 캐스팅이 되었습니다. 동생이 한창 방황하던 시기에 마음을 다잡을 수 있었던 대사였던 것 같아요. 그래서 혼자 집에서 눈물을 훔친 기억이 나는… 여러모로 제겐 의미 있는 대사입니다.

# 드라마는 끝이 났지만,
# 우리들의 이야기는 여전히 '라이브'

3월 10일 첫 방송을 시작으로 매회 뜨거운 공감을 불러일으킨 tvN 토일드라마 〈라이브〉가 지난 5월 6일 진한 여운을 남기며 종영했다. 추운 겨울에 시작해 계절이 바뀌는 동안 동고동락한 〈라이브〉의 모든 배우와 스태프들은 마지막 방송을 함께 시청하며 치열하고도 따뜻했던 서로에게 고마운 마음을 전했다. 그리고 다 함께 태국 방콕으로 떠나 못다 한 이야기들을 나눴다. 5월 9일부터 13일까지 3박 5일 일정의 리워드 여행. 숨 가쁘게 달려온 지난 6개월여의 대장정이 이로써 마무리됐다.

**행복한 세상을 꿈꾸고 행동하는 모든 분들을 라이브가 응원합니다!**

## 출연

한정오 정유미 | 염상수 이광수 | 오양촌 배성우 | 안장미 배종옥 | 양촌 부 이순재 | 기한솔 성동일 | 은경모 장현성 | 이삼보 이얼 | 최명호 신동욱 | 강남일 이시언 | 정오 모 우현주 | 상수 모 염혜란 | 김민석 조완기 | 반종민 이순원 | 송혜리 이주영 | 김한표 김건우 | 민원우 김종훈 | 고승재 백도도 | 오송이 고민시 | 오대관 장호준 外

## 스튜디오 드래곤

기획 최진희 | 책임프로듀서 장정도 | 프로듀서 이정묵 정다형 | 제작프로듀서 강상훈 | 라인프로듀서 박소은 박지은 김진구 | 사업총괄 유봉열 | 드라마사업 황설아 | 마케팅총괄 [마코] 김경석 | 마케팅PD [마코] 안윤수 | 경영지원 장세정 김수연 최지은 김지연 강지원 | 홍보 김찬혁

## tvN

tvN총괄기획 이명한 | tvN운영총괄 김제현 | 마케팅총괄 김재인 | 마케팅 강옥경 김민재 한혜진 | 편성총괄 이기혁 | 편성 권미경 김동희 한다운 | 운행 손지영 박하린 | 심의 홍주리 이지나 윤정아 | 홍보총괄 김지영 | 홍보 채주연 곽준우 | 홍보대행 [쉘위토크] 심영 이수하 | 웹기획/운영 양희선 신다애 | OST프로듀서 송동운 | OST제작 남남엔터테인먼트 | 포스터디자인 [스푸트닉] 이관용 우민혁 연다솔 장승민 백정민 | 법무지원 박도윤 박지혜

## GT:st

제작 김규태 | 제작총괄 이동규 | 기획프로듀서 최원우 | 제작행정 홍수경

## 스태프

촬영 박장혁 김진한 신현철 이영진 | 포커스 이선용 장영석 김홍목 박서준 | 촬영1st 박창환 김은석 최은진 양수인 | 촬영팀 이여름 권영주 이동현 정국원 신수란 김세연 신순원 이민석 | 조명 김보현 최용환 | 조명1st 강경근 원성빈 | 조명팀 황병윤 이아진 임호영 남대범 김완기 임창종 김현지 이호석 이제림 | 발전차 이인교 김주훈 | 동시녹음 김주환 홍정호 | 동시팀 김성태 이재홍 박기성 | 그립팀 [팀메그넘] 최운진 한용준 황교인 강민성 김효성 최재식 김의중 | 미술감독 최기호 | 아트디렉터 임성미 | 미술팀 김민정 황서인 | 세트제작 [휴먼아트] 신성운 | 세트팀징 임현묵 성명준 | 세트팀 김동섭 권용호 | 소도구 [운곡프로비전] 허세민 김정호 서정민 김수환 김근우 | 인테리어 최자영 윤인애 | 조리 이석령 | 스타일디렉터 [아이엠] 홍수희 | 의상 이정은 조혜림 손선희 전영선 | 분장팀 이미진 이해인 이예림 구한비 | 미용팀 고덕 | 의상차 김영웅 | 무술감독 [몽돌액션] 박진수 | 무술지도 김주호 | 특수효과 [SF] 민창기 신종민 | 헬리캠 [드론웍스] 김승호 | 보조출연 [하늘기획] 이종민 강호원 이동훈 이경재 | 캐스팅 [리퍼블릭에이전시] 권지연 | 아역캐스팅 티아이 | 대본인쇄 슈퍼북 | 스탭버스 [유진네트] 장호정 | 봉고배차 [유진네트] 심상수 | 소품차량/렉카 [월드] 정원종 | 연출봉고 김영진 최종광 | 데이터봉고 윤응섭 | 카메라봉고 고만득 최재철 원태영 서성영 | 편집 김향숙 이현주 강윤희 | 편집보조 주인경 박설아 조윤희 | 캘리그라피 전은선 | 테크니컬 수퍼바이저 [알고리즘] 조희대 | 포스트 프로덕션 슈퍼바이저 김경희

김민우 | DIT [DeLog] 김광환 권승일 [알고리즘] 정수아 신영섭 | **음악감독** 최성권 | **음악** 김지수 박민지 허상은 손주광 박영익 배보람 박준수 | **사운드** [모비사운드] 박준오 이승우 탁지수 김세라 이동현 이승호 | CG [Mindpool] 조봉준 김주성 김률호 김준호 박보람 채리나 방희진 오미라 이순호 김희진 | D.I [DexterTheEyE] 이정민 김예슬 | **종합편집** [리더스] 남보민 배지범 | **문자그래픽** [CGSEAL] 진동욱 박우리 | **스틸메이킹** [스완스튜디오] 김승완 정다운 백동민 손은정 최혜인 | **예고/타이틀** 박상권 우정연 이학진 우선호 | **법률자문** 이지언 변호사 | **촬영자문** 경찰청대변인실 경정 김완기/경찰청대변인실 경정 장신웅/경찰청대변인실 경위 이희목/주진희 | **대본자문** 서울마포경찰서 홍익지구대 경감 윤경호 등 순찰2팀 일동/서울서대문경찰서 경사 이지성/서울강서경찰서 경사 정인돈/서울종로경찰서 경사 이승은/서울관악경찰서 경사 박득권/서울마포경찰서 여성청소년과 경사 최덕용/인천논현경찰서 여성청소년과 경사 이이교/서울마포경찰서 생활안전과 경장 김준성/서울지방경찰청 경찰24기동대 경사 최은영/서울지방경찰청 총경 이동환/서울지방경찰청 광역과학수사1팀 경사 김승재/경찰청 감사관실 경감 황태훈/경찰청 대변인실/폴네띠앙(좋은세상 만들기 위한 시민과 경찰의 커뮤니티) | **보조작가** 이경향 이성희 백성욱 박소정 임송 | **로케이션** 이재우 이경환 이동구 | SCR 박은빈 정소미 | FD [SIGNAL LAMP] 이예나 장혜은 김대환 방우석 유신 김범성 | **조연출** 노수환 이효선 정태문 | **극본** 노희경 | **연출** 김규태 명현우 김양희

라이브